# 天國記

林世慶 著

# 推薦序一

／中壢靈糧堂主任牧師　王桂華

太平天國這一段歷史對許多人來說或許只是滿清末年的一場民變，然而對於中國宗教史上卻有著不同的歷史解讀。

當時西方列強挾著船堅砲利，冀望打破清朝故步自封的鎖國大門，並且將基督福音帶至中國。原本看似對福音傳播有利的形勢，卻由於太平天國的興起產生了一番波折，致使許多人對於基督信仰產生了誤解。

傳統歷史上的評論是太平天國的創始人洪秀全扭曲基督信仰，誤解聖經，妄稱自己是天父次子，利用時人對於純正基督信仰的不了解，掀起了滔天巨浪。

然而在這本天國記中對於當時跟隨太平天國起義的人們信仰狀態、內心世界有著更細膩、更深刻的剖析與敘寫，讓我對於太平天國的信仰世界有了更新的理解。

信仰會給人帶來力量，然而錯誤的信仰卻可能產生可怕的後果，希望讀者閱讀天國記這本小說之後，除了享受悠遊歷史世界的樂趣之外，也能對於基督信仰有進一步的認識，更盼望讀者有機會認識真正的福音，願上帝祝福大家。

# 推薦序二

／導演　洪成昌（電影《盲人律師》、《武當少年》之編劇、導演，新電影《大師時代》、《脈神仁醫》籌備中）

天亮了，你會……

《天國記》，一本絕妙的歷史小說——讓你很容易進入「天國」。

你會氣得緊握雙拳：「這是什麼世道、這是什麼官場！」而秒入一百七十年前的轟轟烈烈，與農民起義對抗腐敗清朝所建立的「太平天國」共存亡；你也會豁然開朗，因為你會得到一把神奇的生命鑰匙，讓你得以進入那奇妙的世界，一窺耶穌所帶來的「天國」模樣。

《天國記》雖然是小說，但不胡謅。

讀著讀著，你會出戲！出戲，不是因為小說寫不好，恰恰是因為寫得太好，好到讓你想暫停一下來喝個彩：「他奶奶的，這都考究的出來！」然後，你一邊像狙擊手一樣緊盯著那在書裡衝殺而出的玄甲騎兵，一邊趕緊倒杯酒、快呷一口：「老子今晚跟你拼了！」於是，你跟著那時代的人一起呼吸，一起歡笑悲泣！

這一夜，可能是你這輩子最暢爽的熬夜！

接下來啊，天亮了，你也亮了！

# 推薦序三／

龍潭活水靈糧堂主任牧師　魏麗蓉

太平天國是中國歷史上很特別的一場民變，過去教科書給我們的印象是幾個神棍再加上一群愚民，但事實並不單純。按照史書記載，這一場民變歷時十四年，全盛時期洪秀全不但在南京（天京）稱王，且影響所及遍及中國南方將近十八省。太平天國初期以軍紀嚴明著稱，在其嚴謹組織下，男女老幼皆有任務與角色，成員含括當時南方各族，社會上中下層階級都有。因此外來宗教結合窮苦人民，這樣簡單的結論恐怕難以解釋所謂的太平天國之亂。到底是甚麼力量，使太平天國的崛起如此奇特？又是甚麼原因使它最終敗落？

作者以一個杜撰的人物為主軸，穿梭在這些真實的歷史人物與當時的時空背景當中，試圖以正統基督信仰的角度協助一般讀者，探索太平天國興起與敗落的原因。書中舉凡建築、社會制度、兵器等，都試圖帶領讀者回到那個年代。不管你是不是基督徒，這本書都有機會使你對人生及人性有更多的反思；對愛好追尋歷史真相的人來說，這部小說提供了相當多的史料，讓你不只可以享受在情節變化的閱讀樂趣中，也可以更精確去判讀這段歷史的真相究竟為何。

很高興台灣終於有基督徒用長篇歷史小說的方式，讓一般人有機會認識福音，願上帝祝福這一部天國記，使人認識真正的天國。

# 推薦序四／新北市校長團契召集人、永平高中校長　沈美華

未讀此書以前對於太平天國的歷史印象，一直停留在妖言惑眾、盲目迷信所造成的社會民變，然而這本歷史小說「天國記」卻為清朝末年那一段歷史打開另一扇窗，讓讀者可以更全面性觀察到底發生了什麼事情？

作者相當用心考究了當時的社會文化背景，試圖從一群社會底層年輕人的角度來推敲，為何一個外來的宗教信仰會有如此大的魅力，吸引成千上萬民眾競相投入其行列？作者以他豐富的文采，高潮迭起的情節，透過戰爭場面的描寫，人物的刻畫，引人入勝，同時也透過虛實人物的動機、品格、對話及內心意識，對基督教主流及異端有鮮明對比的呈現，值得信徒深思。

讀完這本書後發現了幾個關鍵字，或許可以成為問題的解答。希望、公平、正義以及上帝的愛，這些字眼對於現在的我們來說可能稀鬆平常，但是對於身處於國家衰敗、社會壓抑且人生無望的滿清末年，相信追求希望與公義是人類的本能。

此書重新探討太平天國信仰的本質，也拋出了一些現今社會依然會面臨的困境，至於真正解答在何處？就留給各位讀者一起來發掘了。

# 自序

自有記憶以來，閱讀歷史書籍一直是閒暇之餘最喜歡的一種抒壓方式。

之所以會閱讀，是因為國小時期沒有參加安親班，沒錢去打電動，而當時休閒娛樂型態不是很多元，社區圖書館自然成為打發時間的最好去處。

很感謝有圖書館這種地方存在。

國小的我只能去兒童圖書室，在眾多繪本故事書中，引起我興趣的是一套岳飛傳記的歷史圖畫書，當時對於岳飛到底有多麼精忠報國並不清楚，然而對於圖畫書裡騎馬打仗的戰爭場面，卻深深吸引著我幼小心靈，讓筆者萌生出一股說不出來的嚮往與迷戀。

等到年紀漸長一點，可以進入大人書庫區借閱書籍時，最常流連忘返的區域就是中外歷史圖書區，並開始瘋狂地尋找任何有關於歷史戰爭的書籍。因為這項特殊興趣，以至於剛進入國中時，在第一堂歷史課上老師詢問同學有誰可以說出中國的朝代歷史，筆者當時自告奮勇，將中國的歷史朝代從夏商周開始，一路背誦到民國建立。

對於一個國小剛畢業的學生來說，這個表現著實令老師及同學驚豔不已，獲得大家的肯定，於是更強化自己對於歷史故事的愛好。

至於跟太平天國這段歷史產生共鳴是在高中階段，身處風雨飄搖的台灣，當時恰逢解嚴的政治時空背景，因此一接觸到太平天國的歷史，對於天王洪秀全的異夢號召、南王馮雲山的毅力器度、東王楊秀清的機敏謀略、北王韋昌輝的時務俊傑以及翼王石達開的少年神武等，在在充滿著如夢似幻的美麗憧憬。

太平天國以年輕人擎起大旗，起義革命來對抗腐敗政權的英雄故事為主軸，讓青春懵懂又熱血澎湃的筆者感受到極大的震撼，年少時，總是對於社會與政治充滿改革的熱血，常思想有為者亦若是。

然而等到自己生命的歷練更加成熟以後，回過頭來看太平天國這段歷史，便有了不同的觀念跟想法，於是決心蒐集有關太平天國的各種著作與資料，越鑽研就越體會這段歷史環境的糾結與複雜，仔細探究後才明白太平天國並不像過往印象中那麼簡單，單純是有人利用宗教迷信來進行改朝換代的權力鬥爭而已。

夢想是筆者常用來鼓勵學生的詞彙，而寫一本歷史小說則是自幼以來的夢想。

然而似乎都是這樣，人長大後，夢想便隨風而去。

某日散步時，突然間興起以太平天國的歷史背景來寫一本合乎史實小說的想法，自娛且娛人。

既然是夢想就要去完成，無論幾歲，《天國記》的寫作就是實踐的起點。

而在撰寫這本小說前，先就故事輪廓立下幾個前提：

一是透過小說故事的人、事、物敘述，努力描繪出太平天國當時真正的風貌，因此所有文本資料、歷史事件與背景環境，都盡量的貼近實際情況。

二是不落俗套的探討太平天國的興起、成長以及傾覆的原因。畢竟這一場歷時十餘年的政權對抗運動，影響範圍遍及當時清朝十八省份，其極盛時期太平天國統治的固定疆域有江蘇、浙江、江西、安徽等江南繁華地區，轄下治理人口約有三千萬人。筆者嘗試不以成敗來論英雄，希望透過對當時的政治體系、社會環境、文化制度、宗教信仰以及人性欲望等多面向的角度來帶領讀者一窺天國的奧秘。

三是重申終究這是一本歷史小說而非學術論文，書中若干角色的人設雖以歷史人物為藍本，但是故事始終為虛構。對於角色性格的描寫，來自於筆者的研究與推測，不足之處祈望諒解。謹期待同好們讀過此書以後，有所收穫、有所娛樂、有所惆悵、有所神往，並懇請不吝給予筆者批評指教，衷心感謝。

本書能順利完成出刊，特別感謝內人婉兒辛苦的協助校稿訂正，國際級大師靖淞傾力相助繪製封面大圖、暖心插畫家敬永義不容辭地協助插圖設計，以及許多好朋友的鼓勵，銘感不忘。

並將此書獻給最照顧我的哥哥、最辛勞的母親與在天上的父親作為紀念。

# 目錄

## 第三卷　天國立



## 後話

# 楔子

時間有如白駒過隙、似水流年。

滿州女真人愛新覺羅家族，自入關統治中原以來已達兩百多年，若是從其先祖努爾哈赤算起，經歷了八個皇帝，如今傳位給年號道光的宣宗皇帝，旻寧。

然而在這兩百多年間，整個世界的局勢產生了翻天覆地的改變，可是大清皇朝卻絲毫不為所動，自恃據有中原廣袤遼闊的疆域，並認為天命在我，大清是繼承了從秦漢以來中原皇朝的天朝上國大統，固執的認定本身的文明居於絕對優勢的地位，有別於四海之外的蠻夷之邦。

清朝在立國之初的康、雍、乾三代，確實文治武功頗為強盛，使得周邊國家紛紛臣屬，納貢並接受冊封，這種情況強化了大清帝國認為自己居於世界之中的印象，因此常以中國自居。

繼承了傳統中原天朝上國的心態，令大清皇帝飄飄然的坐在北京城的寶殿上兩百年，即使外面的世界已經有了滄海桑田的根本改變，但是萬邦來朝的印象，卻依然深深烙印於皇帝、王公貴族、高官大臣甚至於基層百姓的心裡面。

大清帝國並不打算去真正認識或了解自己以外的國家，只是一味地將其視為缺乏文明禮儀的蠻夷之邦、化外之國。然而大清的臣民卻沒有警覺到，這群金髮高鼻的洋夷，兩百年下來早已脫胎換骨、破繭成蝶，但是洋夷的種種改變，並沒有引起具有高度儒家文化優越感的傳統士子稍加注意，更遑論那些王公貴族們些微的關心留意。

但是不知道並不表示不存在，洋夷的震撼來的很快，起因表面上是因為清朝要禁絕毒害百姓健康的鴉片煙，實際上卻是長久以來，清朝與西方各國之間不公平貿易的摩擦所導致。

長期的鮀鳥政策下的自我鎖國，清廷堅持只有廣州一地開放給西方洋夷做生意的「一口通商」政策，並嚴禁洋人與其人民往來，再加上對洋商嚴格管制，不准外商與官員直接接觸，指定須由公行與外商聯繫等，種種不公平貿易的措施，對於以商業貿易立國並且已經開始殖民世界各地的歐美國家，特別是英國來說，帶來極大的不便與商業利益的損失。

英國需要一塊敲門磚來打開清朝的大門，此時清朝的禁煙政策剛好成為英國的一個藉口，她決心要讓這個自我沉醉已久的天朝上國，重新認識全新的世界。

顢頇無能、腐敗透頂的清廷卻還以為自己是世界的霸主，認為這些西夷如膽敢前來挑釁，只要稍事教訓以後，就不敢窺伺中華。

廣州虎門要塞就是這種心態下的產物。

虎門位於伶仃洋與獅子洋之間，約八公里長的珠江水域以及其兩岸陸地。這座臨海要塞是由清朝當時的廣東水師提督關天培於道光十五年至十九年（公元1835-39年），總共花了四年的時間，耗費巨資，親自操刀建造而成。

此一要塞規劃三重門戶來進行防禦，由外而內總共安置了火砲台三百門以上。關天培還親自制訂虎門清軍水師春、秋兩操的章程，擬定作戰方略，平時砲臺守兵約六百名，演習時再增加六百名協力兵來參與作戰演練。

依據關天培的作戰方針，若有敵艦闖入虎門附近水域時，將分三道防禦發砲攻擊，再搭配清軍水師船艦前來迎敵，前後呼應、彼此相顧，這虎門要塞宛若銅牆鐵壁、固若金湯，將成為大清抵禦從海上來的外敵之水上長城。

然而這座要塞卻在道光二十一年（公元1841年）的鴉片戰爭中，被英軍艦隊輕而易舉地攻陷，水師提督關天培陣亡殉國，據說還是因為自家火砲膛炸所導致。接下來英軍在戰場上展現出天朝上國無法理解的戰力，過關斬將一路高歌，從廣州、廈門、定海、鎮海、寧波，毫無阻攔的打到長江，攻陷吳淞口、上海，兵鋒直抵江寧，水面上的英軍船艦成排擺開，接著英國的陸軍登陸，在紫金山巔架設起大炮，這座六朝古都的陷落僅餘時間問題。

在敵軍的炮口威懾下，清廷萬般無奈只能與英方議和，簽定了第一個對外不平等條約《江寧條約》，通稱為《南京條約》。

即使事已至此，滿清皇帝還是依舊選擇活在自我與眾人編織的謊言中，不知道這遠在幾千公里外的蠻夷小國，在經過工業革命的洗滌後，其軍力早就無比強盛，所征服的殖民地遍布世界，號稱日不落國。而大清朝的根基，卻在這群無能大臣、強豪劣紳、守舊士子以及只顧自己利益的皇親國戚共同剝削、啃食下，已經徹底腐爛而不可救。

但是滿清愛新覺羅皇帝的天朝大夢仍然沒有醒過來，或許是自己不願意清醒來面對，一直等到另外有一個人，也做了個夢。

只是這個夢不太一樣。

# 卷一 異夢起

加利利人啊，為什麼定睛望天呢？

主不是只要我們有異象，更要我們有實際的行動。

——司布真

# 第一章
# 夫子暗傳教　少年顯鋒芒

耶和華對我說：你不要說我是年幼的，因為我差遣你到誰那裡去，你都要去；我吩咐你說什麼話，你都要說。

——耶利米書　1章7節

桂平是隸屬於廣西省潯州府所轄的四縣之一，在廣西省各地區相較起來還算過得去的地方，用說過得去的字眼描述是因為廣西相對江南各省來說，是比較貧瘠的省份。桂平縣雖已是廣西境內糧食生產相對充裕的地方，但在當地依然處處可見飢民四徙流竄、百姓流離失所。而此時的大清帝國的社會根基早已搖搖欲墜，國政衰敗、民生凋敝，水旱災情頻傳，再加上政治貪腐、制度崩壞，底層的平民百姓苦不堪言。但是對人民來說，最痛苦的是貧富差距極大，土地財富資源集中於少數貴族豪門官紳的手上，尋常百姓的人生簡直毫無希望可言。

農村的佃戶雖然有土地可以耕作，但是終日勞碌所得的十之八九要上繳官府與地主，生活處境痛苦不堪、怨聲載道，比起稻田裡的蝗蟲好不到哪裡去，甚至沒有它們自由。

林火土一家住在桂平縣轄下的油麻村，已經好幾個世代都是佃戶，他的地主高家今日派人到家裡面要索討積欠已久的田租。但因連續數季稻作的收成欠佳，家中所存資財早已空空如也，哪裡還有餘力去繳納田租。

林火土無能為力只好低聲下氣不停地向差人苦苦的哀求，希望能再寬限一些時日，地主差役大聲喝斥說：「別跟我求情，上頭已經交代這是最後一次寬限，下次過來時，再沒有辦法繳清欠租的話，就要押你的一雙兒女去抵債。」

這話聽在一旁林火土那未滿十五歲的兒子林紹章耳裡，血氣方剛的他立刻滿肚子火，但是形勢比人強，只好暫且先強忍下來。等到差役離去後，他偷偷跟蹤在後面，當地主的差役走進比較偏僻的林道後，林紹章從地面拿起一隻粗大的樹枝，正想要偷襲這名地主差役時，突然被人從緊緊環抱住，壓在地面，林紹章掙扎開來翻身一看，阻止他的人竟是其好友蒙天佑。

林紹章生氣地說：「你幹嘛要攔阻我？」

蒙天佑起身，拍拍身上的塵土，對他說：「這差役也只是奉命行事而已，把氣出在他身上於事無補。」

「難道我們就要任人踐踏嗎？稻穀連年歉收，導致繳不出地租也不是我們願意的啊，為什麼要如此欺負我們？我為什麼要活得這麼辛苦、一輩子這麼沒有尊嚴、沒有出路、沒有希望？」說著、說著滿腹委屈的林紹章坐在地上無奈地哭泣起來。

蒙天佑上前拍著他的肩膀，安慰說：「紹章，別難過，這個世界充滿不公 不義的事情，是因為罪惡控制了這個世界，致使大家不認識真理，不知道要怎麼做才是對自己與他人有益的。因此想要正本清源，就是先認識創造這個世界的主宰，然後學習真理，按照真理去行，才能夠導正這個世界。」

「誰才是這個世界的主宰，什麼才是真理？」紹章疑惑地問

天佑拉著紹章的手，把他從地上扶起來，然後說：「走，我現在帶你去認識祂，世界的創造主，天父上帝。」

✢✢✢

「這個阿佑啊，不知道又跑哪兒去了？家裡面又沒有柴火了，真是的。」

正想要找點柴薪生火煮水的中年男子心裡嘀咕著：「若不是這條不爭氣的腿，現在就不用麻煩兒子幫忙了。」

中年男子總是會不時地回想起以前的日子，那時他的身手俐落矯健，右持橫刀、左握騎弓，隨著綠營馬隊征戰沙場的點點滴滴，畢竟那裡是他奉獻青春的地方。即便到了今時，他依然常常將當年一人單騎衝入上千名亂軍之中，騎弓羽箭連發，百步之外取敵將性命的英勇事蹟掛在嘴邊。

這名中年男子名叫蒙飛，雖然現在看起來是個尋常莊稼漢，在廣西桂平西山這座小村子討生活，但是在幾年前卻還是清軍綠營的一名悍將，馬兵隊長。

所謂綠營乃是清朝的官軍編制，清朝的官軍分成八旗跟綠營兩類，這八旗兵是清軍入關之前的滿人軍隊，分為正黃、正紅、正藍、正白、鑲黃、鑲紅、鑲藍、鑲白八個旗。等到清軍入關之後，不少的漢人軍隊選擇投降，為了吸納這些漢人軍隊，清廷就將其統一編制，因旗幟為綠色，故名「綠營兵」。

綠營的特色是被稱作「土著」的一種兵役制度，土著一詞在這裡有兩種含義，第一是本地人的意思，綠營規定本地人爲兵，不得以外來的人補充。第二則是固定不移的意思，綠營兵入伍後，除了奉調派至外地平亂以外，便要終生駐守於固定地方，在固定的軍營服役，不得隨意轉移。故此綠營兵均是在地鄉里人士，易於培養愛家、愛鄉的觀念，所以人到了軍營以後，也不致爲非作歹，而易於控制。

蒙飛自小身體強健又頗愛舞刀弄槍的，家族長輩就找了個門路讓他進了軍營當差。綠營軍制規定，當兵得先從守兵做起，然後是步兵，再來才是馬兵，逐步升級而上。

蒙飛入了軍營後本來也想要有一番作為，可是進入軍隊中之後才發現，這個軍隊不過是個空殼子。從上到下，說真格的，除了撈錢，沒人想要認真當兵操練。所以平常的練習多是打馬虎眼，甚至許多人開小差跑煙館，搞的身體奇差無比，哪有甚麼戰鬥力可言，說綠營兵是紙老虎還抬舉它了。

所幸蒙飛遇到的頂頭上司是一個不服輸的硬漢：石英，石把總。看到蒙飛身子骨還健壯，不忍心讓一個年輕人就此跟著老兵油子放蕩荒廢，就把他帶在身邊親自調教，從基本的武術教起，到簡單的行軍布陣，手把手的教導，算是用心栽培。

蒙飛也算爭氣，經過兩三年的功夫，成了石英手下的得力幫手，協助他帶領上百號的兄弟。石英所屬的營在廣西綠營軍當中算是有戰力的，駐紮地就在潯州府城桂平縣，屬於城防營。石英在軍中是有名的臭石頭，不喜同流合污，也因此被軍營裡的長官幹部給排斥。

石家在廣西貴縣是大族，當初讓族中弟子進入綠營當兵就是希望在軍隊中有條線，軍中的長官們原本也樂觀其成，哪知來了個刺頭兒，所以給了外委把總（相當九品武官）的職銜後，就不再升他。

但是硬石頭也有好用的地方：砸人時好用。

石英雖然難相處，卻是帶兵練兵的料，所帶之兵在綠營一片委靡氣氛中格外不同。所以一旦有任何盜匪滋事情況，需要綠營出動的時候，通常第一個就想到他。幾年下來，也替長官們爭取到不少升官加餉的機會，但是石英卻是依然在原地踏步，不過是從步兵隊調升成馬兵隊的把總。雖然官運不濟，石英本人倒是無所謂，因為要升官就要跟那群長官們打躬作揖，講一些自己都噁心想吐的恭維話，這些事情他做不來，也不想做。實實在在為鄉里掃除盜匪，維護家園安寧的事，他覺得更有意義。

蒙飛跟著石英學到許多東西並且成為他的得力助手，兩人意氣相投，就彼此以兄弟相稱。

道光十九年（公元1840年），也就是清朝與英國雙方進行所謂第一次鴉片戰爭的起始年，蒙飛隸屬的廣西綠營雖然沒有加入廣州的戰事，卻因為廣西南寧府壯族在馬山起事謀反，石英受命帶著他的馬兵隊前去協助肅清叛亂。

原本石英所統領的馬隊有效率的壓制壯族的進攻，但是卻被一群壯族依地勢設機關伏擊，石英等人經過一番力戰才勉強逃出生天，而蒙飛就是在此一戰役中傷了右大腿，從此瘸了。當年他不過三十出頭，石英本想將蒙飛留在軍營裡擔任文書之類的工作，畢竟蒙飛雖然行動不便，但是比起那些混吃等死的煙桿兵有用多了，另外因公受傷的老兵在營中也很常見，通常綠營兵是一旦入伍就終生為兵，並沒有一定的退伍年限。

不過蒙飛這人有股硬脾氣，不願意繼續待在兵營中成為石英的負擔，也不希望自己的瘸腿成為他人言談的笑柄，雖然經過一番慰留，石英終究拗不過蒙飛，也就順了他的意。

石英雖然讓蒙飛因傷報退，但也幫他謀了個出路，讓他替馬兵隊養馬，在軍隊裡馬兵屬於重裝的戰力，馬匹是軍事戰略資源，因此通常設有馬場來馴養馬匹，也會委由一些民間馬伕來照料。蒙飛自從進入馬兵隊成為騎兵以後，他的騎術精進，對於馬匹的養育及照護也算嫻熟，剛好有個馬場就在西山附近，所以蒙飛便把這個差事接了下來。

出了軍營後的蒙飛除了養馬與耕種祖先傳下來的一塊小田地外，另外一項工作就是照顧他的媳婦兒，王氏。蒙飛在十八歲時就取了這門媳婦，可惜王氏身子單薄，尤其是生了個兒子後，身子骨就一直鬧病，而西山村是個鄉下地方，沒有什麼好大夫，所以蒙飛平時也不敢出遠門，一邊看顧著媳婦，一邊養育他的單傳獨子：蒙天佑。

雖然時運不濟、命運蹇拙，蒙飛不幸因傷從軍營退下來，但是他的兒子倒是讓蒙飛在苦悶的人生中感到寬慰。蒙天佑自小就聰明機伶、性格善良，蒙飛想要把自己在軍中所學到的十八般武藝都一一傳授給他。而蒙天佑不愧是蒙飛的嫡傳血脈，與他同樣在舞刀弄槍上極具天份，十歲出頭的他就能夠完整演練成套戚家刀法的起手、防禦、攻擊、反擊二十四式。

另外蒙飛也自小就教導天佑騎馬以及其他相關的馬術技巧，這對一般農家子弟來說是極為罕見的。馬匹在當時是豪門富戶才會擁有的重要資產，不管是用來代步或是炫耀。因為蒙飛是馬兵出身，加上協助綠營官軍養馬，所以平常家裡也豢養了兩匹從戰場退下來的老馬，這算是蒙飛投身軍旅、為國奉獻的獎勵與特權吧。

看見天佑在武藝上的天分才能，蒙飛一度希望把天佑培養成自己的接班人，期盼他將來能在軍隊裡闖出一番事業，但是這個想法卻被天佑的母親王氏給阻止了。在傳統社會的文化觀念裡，萬般皆下品、唯有讀書高。儘管蒙飛出身行伍，但是當兵沒出息的觀念一直根深蒂固在王氏的腦海裡，她看到天佑如此聰穎敏捷，當然希望他能夠學習讀書寫字，將來有機會透過科舉考試制度來出人頭地、光耀門楣。

在王氏的懇切哀求下，蒙飛讓天佑跟著族中的子弟去縣城桂平上了兩年的私塾，私塾老師都說天佑這孩子在讀書上的天賦不錯，應該要送到省城去拜師苦讀，但是蒙飛心想家裡面哪有這個能力啊。這幾年多虧有石英大哥的關照，在馬場工作有餉可拿，再加上家裡留下一小塊田地，可以種種稻作，自家人養活自家人勉強過得去。可是要讓孩子去走這條科舉之路，那是得要花上數年甚至十數年以上的光陰，其中所需要的花費絕不是一般尋常百姓家能夠負擔的。

好幾次蒙飛瞧著天佑的身影時，心裡十分怨嘆自己為什麼就不能夠給兒子一個好的環境以及一個有希望的未來。眼看著天佑一天天的長大，卻無法得到好的教養跟栽培。

想到這裡，蒙飛又嘆了口氣，他明白媳婦對天佑的期待，只是自己不爭氣，家裡面的環境和經濟條件就是這樣，那一股苦悶與無助感油然而生。

時候已經過了未時，蒙飛心想天佑平時這個時候應該要從田裡回來了，怎麼還沒回來呢？他抬頭望了一下晴朗無雲的天空，心想最近的雨水甚少，開始擔心起田裡的莊稼，若是今年再沒有好的收成，沒辦法補上該繳的田賦，那可就麻煩了。

清朝的田賦是按畝計算，又把地分成上中下三等，每一畝必須要將三成至四成的土產收入，轉換成白銀繳納給官府。然而基層百姓要繳的稅租不僅止於田賦，自從乾隆後期以來，清廷財政日益困難，因而廣開納捐之門，也就是利用各種名目向百姓收稅，從軍需、河工到賑濟不一而足。

蒙飛家中的田地不到一畝，所幸他還有養馬的工作可以維持生計，而其他黎民百姓，在這個富者田連阡陌，貧者無立錐之地的時代，大多數都是佃農、佃僕的身分，即便是豐收之年都還要舉債度日，才能混一口飯吃，實際生活跟乞丐與流民已經相差不遠了。

正在感傷生活困苦不易之時，蒙飛聽到約二十步開外有人聲傳過來：「阿爹，我回來了。」

一名十五歲左右的小夥子快步走進屋內，看起來有點氣喘，想必之前跑了一段不近的距離，但是眼神中帶著一縷光芒。蒙飛知道這小夥子一定有事，開口就問：「你去哪裡啊？是不是……，又偷偷跑去聽課啊！」

天佑的心中一驚，知道瞞不過阿爹，趕緊誠實說道：「阿爹，田裡的事已經忙完後，我才去的。」

天佑不說蒙飛也知道，他一定是跑去馮老師那邊聽課了。

這位馮老師是兩年多前到紫荊山區的外地人，年約三十歲，到了紫荊山地區之後就開設起私塾教書。可是紫荊這個地區不是窮苦的種地人家，就是出賣體力活的燒炭工、礦工，誰家有能力供給孩子讀書啊？幾家比較有能力的小地主，通常也是將孩子送往縣城、府城等有名私塾書院讀書，或是請夫子到家裡給孩子當教席，所以這位馮老師要在紫荊山開私塾的消息傳開時，很多人都不看好，紛紛來勸他打消這個念頭。但是奇怪的是，馮老師卻說沒有關係，他開私塾不求名、不求利，只求傳道、授業、解人之惑，束脩有亦可，無則免。

這位馮老師的出現，倒給了蒙天佑多了一些上課、讀書、學寫字的機會。一開始蒙飛也挺高興的，雖然不知道這個馮老師教書教得如何，但是人家願意免費教學生，總是要心存感激。他還常常在田裡的莊稼收成後，給馮老師送包粗米過去。

蒙天佑在馮老師的私塾裡上課，一開始還好，聽說上的是四書、五經等儒家孔孟之道，但是慢慢地聽到天佑回家跟他娘說什麼：「人都是上帝所造，大家生而平等，為什麼要分滿人、漢人，又為什麼我們就要受這些滿人貴族的欺負」。

蒙飛聽到這些話後就有警覺，心想不太妙，這大清朝女真族統治漢人也快兩百年了，雖然朝廷口口聲聲說不管滿人還是漢人都是大清子民，但是這滿漢的分際還是一條不可跨越的鴻溝，這個天下是屬於滿人的鐵律，那可是坐在北京城的滿清皇帝要普天下的漢人以及平民百姓永遠牢記在心的。

馮老師看起來不過是一名三十歲的青年，說起話來會給人一股說不出的親切感，靠近他的人都感覺如沐春風般的舒坦。因此，許多人家都把小孩送去上課，假使不是因為上課的內容有問題，蒙飛還蠻感謝馮老師的，只可惜後來他開始講授一些所謂勸世良言，說什麼人類乃是由上帝所創造，是神的兒女，但是因為犯罪墮落才被逐出樂園等等一些荒誕不經之事。

馮老師講授的東西蒙飛後來比較清楚知道是類似西方傳來基督教，而這些教義內容對於蒙飛來說都太遙遠，他總認為不過就是洋人的宗教信仰罷了。雖然大清這幾年的確是積弱不振，連續打輸了幾場仗。然而儘管洋鬼子的船堅炮利，但是總不能因為仗打輸了，就連祖宗文化、傳統禮俗都要丟棄不顧，跑去信洋鬼子的神吧。

於是蒙飛開始禁止天佑再去馮老師那邊上課。

「想讀書在家自己讀好了，我去城裡買些書回來給你。」

「阿爹，馮老師的講課相當有趣，有些道理是傳統儒家孔孟之道所沒有的，他還教導我們要敬拜上帝，還要愛人如自己的兄弟姊妹一樣。」

天佑不放棄地繼續說：「如果這世界上大家都能像兄弟姊妹一樣，不分彼此，富人願意將自己的財產拿出來照顧窮人，以有餘補不足，那麼就不會彼此起紛爭，不是很好嗎？」

蒙飛瞄了天佑一眼，沒好氣地說：「人家有錢給我們當然很好，問題是你有錢時願意給別人嗎？就算你願意，其他人會願意嗎？如果他不願意時，你又能怎樣？把他殺了嗎？這個世界沒那麼簡單好嗎？」

蒙天佑在心裡嘀咕說：「我會願意啊，只可惜我並非富有人家。」但他也不回嘴，畢竟阿爹的想法他能夠理解，不替自己和家人找麻煩是在這個混亂世道中的生存之法。

天佑很清楚自家的條件與環境，在這西山村裡面，他們不是最底層的佃農甚至是佃僕。自家裡頭有塊小田地，父親行伍出身，現在雖然因傷退伍，但還算是靠軍隊謀生當個馬伕，家中的生計經濟算是過得去，不過也就這樣了。他的人生可以說打從出生起就已經決定好了，要想出人頭地除非他不顧家中的一切條件，勉強去參加科舉考試而且能金榜題名取得功名，才有機會能在這個社會體制下鹹魚翻身。

對於一個才十五歲的年輕小夥子，人生正處於要夢想起飛的年紀，但是夢想兩字對他來說只是遙不可及的詞彙。身處在這個處處充滿限制，身心都被牢籠緊緊地拘束著，每天睡醒時都感到毫無盼望的生活環境，天佑心裡萬般無奈，那一股來自於現實環境的巨大壓力常常壓得他喘不過氣來，這時候天佑就會騎上家裡的那匹老馬，跑到無人的山林間去縱馬狂奔，大聲吶喊來發洩內心的壓力。

✝✝✝

「大哥不知道什麼時候會回來？一連送去幾封信都沒有回音。」馮雲山這位紫荊山的善心老師坐在屋內心中暗自擔心著。

「老師，大夥都到齊了。」外邊的弟子輕聲呼喚，馮雲山這才想起已經到了講課的時辰，這晚課的時間是在酉時（約現今時間下午5點至7點）。他人迅速走出了房門，轉往另一間大屋，這屋內已經有上百人席地而在坐等著他。

進到屋內後他先請大家跪在地上並閉上雙目，然後他自己也跪了下來，緩緩唸出：「馮雲山跪在地上，祈禱天父皇上帝恩憐救護，感謝上帝的帶領，保守我們天天平安，也懇請天父上帝為我們指引未來方向，好讓我們為即將來臨的天國效力。俯准所求，心誠所願。」

在座的眾人一起跟著複誦：「俯准所求，心誠所願。」[註]

馮雲山講課過後，囑咐眾人回家後要定時向上帝禱告祈求平安與天國的早日降臨，之後便遣散了眾人。

一群人留在屋內繼續閒聊，一名面色黝黑的精壯青年進前來說：「馮老師，我這幾日又邀請幾位

註：當時太平天國的祈禱文內容，依時間陸續發展改變，後來太平天國的祈禱文比較確定，記載〈天條書〉中，參閱《太平天國資料叢刊續編》，第一冊。

兄弟入教了，這位是蕭朝貴，蕭兄弟，為人仗義熱心，是一名不可多得的好幫手。」

馮雲山高興地說：「秀清兄弟做得很好，天父以及教主一定很高興，你在紫荊山燒炭工人間的傳教工作非常有成效，這前前後後也快有五十人吧。好，現在我就正式任命你為本教的倆司馬，負責管理這些新入教的兄弟。」

「感謝馮老師。」黑臉青年開心地回話，似乎是達到他的目的之後，就歡喜地帶領著一批青年們離開。

馮雲山心裡暗思道：「楊秀清這個人很能辦事情，自從入教以來，交代他許多事情都辦得風生水起、俐落妥當。不但能夠呼朋引伴，更難得的是深具有領導力，是個天生的將才。只是沒讀過什麼書，而且比較在乎自己個人的利益，將來要多點時間為他講解天國的聖言，教導他多明白一些天父上帝的真理，調整他的性情。」

晚課其實就是近年來馮雲山傳教的掩護手段，透過私塾教書的方式來進行傳教工作，其中所傳的教義就是當初他大哥從廣州人梁發所聽來的上帝真理，只是其中還不少內容是馮雲山到如今都尚未完全理解明白的。

說到梁發此人，他應該算是早期中國基督新教的宣教史上一位重要的人物。

梁發乃農民出身，於乾隆五十四年（公元1789年）生於廣東省肇慶府高明縣，二十歲時在廣州十三洋行學習印刷時，結識了英國傳教士馬禮遜和米憐，開始接觸基督教。之後梁發就受洗入教並跟隨米憐到麻六甲傳教，幫助他印刷出版中文刊物。

嘉慶二十四年（公元1819年）梁發回到故鄉廣東和黎氏結婚，妻子黎氏隨後也受洗，應該是中國第一個基督教的女信徒，夫妻倆一同在家鄉傳教，但是被當地官府視為邪教而逮捕入獄，後來經過友人營救出獄後，再赴厤六甲繼續協助米憐牧師。

米憐牧師病逝後，梁發返回廣東，道光元年（公元1821年）十二月，梁發在澳門被馬禮遜按立為中國第一個基督教的本土傳教士。道光八年（1828年）梁發在廣東高明縣設立了第一所基督教的私塾，既是一所教導孩子讀書的學校，同時是一座新式教堂，除了教導漢文之外，也傳授英文與西方的科學地理知識。

接著，梁發於道光十二年（公元1832年）時寫下《勸世良言》九卷出刊發行，這本《勸世良言》是由九本小冊子合訂一起，其中一部分是從聖經的舊約、新約的經文節錄出來的，另外一部分則是闡述有關基督教的教義。

簡單的說，勸世良言並不是一本完整的聖經，只是梁發從聖經中選編一些他個人認為比較重要的經文的選集，而馮雲山對於基督教的認識就來自於這本書。雖然說勸世良言講論基督教的內容並不完整，但是馮雲山卻從這本書中獲得對上帝的極大感動，特別是當他知道世人都是由一位真神上帝所創造的，但是卻因為人類自己的墮落與犯罪，而導致沉淪後，馮雲山是十分認同這個觀點。因為從古往今來人類的歷史來看，天下之所以會這麼紛亂鬥爭，都是因為人類的慾望所造成，而當人的慾望大到極致時，就是再怎麼卑鄙可恥的事，也是做得出來。

更無恥的是，有些人做了這些卑鄙劣行後，卻依然振振有詞，就只因為他們是有權有勢的達官顯貴，他們的個人私慾就應該要被無止境的滿足。腦滿腸肥的地主富戶不斷的巧取豪奪這些骨瘦如柴的佃戶、傭工的財產，導致富者越富，貧者越貧。

朱門酒肉臭、路有凍死骨，整個世道衰亂、人心頹敗已經至此，更不用談到滿、漢民族間不平等的現象，滿人圈地為王，不計其數的漢人成為滿人貴族的僱工，其實就是農奴，不僅個人一輩子無法翻身，接下來幾個世代也是毫無希望可言。

馮雲山認為上帝信仰是這個混亂世界的解答，唯有天下人心盡歸入上帝名下，願意遵行上帝的真理與教導後，才有可能改變這個世界。

就是這樣一個單純的想法和理念，支持馮雲山一路走到今天。

回想起過去自己是如何接觸到這位上帝，以及兩年多來在廣西紫荊山地區不畏艱苦的傳教過程，有時候馮雲山也不敢相信自己居然可以走到今天這一步，而這個結果更讓他確信上帝是真實的存在。

如今見到拜上帝會的信徒與日俱增，馮雲山對自己也越來越有信心，他覺得建立天國大業已經不再是個遙不可及的夢想，接下來重要的工作是進行具體組織的擴編與人員的培訓，除了加強信徒對教義真理的認識外，還要進行嚴格的團體軍事訓練，而這種訓練不單單是體能上的，還包括團體紀律的部分。對於團體軍事訓練這個部分，馮雲山內心盤算著自己並非這方面的專才，必須要尋找外部人士的協助。

馮雲山是廣東花縣客家人出身，在傳統文化觀念的侷限下，從小在族中長輩的期待下鎮日勤奮苦學，熟讀經史子集，不外乎是希冀透過科舉考取功名來光宗耀祖。然而經過一次府試的經驗之後，馮雲山就明白自己絕對不是科舉狀元的料，只是有一位與他自小一起讀書長大、情同手足的同鄉大哥洪秀全對於科舉功名甚是熱衷，於是馮雲山又陪他大哥再參加過一次府試。

後來這一位洪大哥某日居然告訴馮雲山，他自己乃是奉上天旨意要到世間斬妖除魔，並且切切囑咐馮不可隨意把此事告知外人。自那日後，這位洪大哥就經常有些怪異的舉動，不過馮雲山私下認為或許是因屢次科考落榜的打擊所致，也就不以為意。

馮雲山放棄了科考，開始在廣州花縣開私塾維生，然已年近而立之年，總是覺得人生不該就如此度日，雖然考場失意，但是胸中依然有一番抱負，未能施展至為可惜。

這時候馮雲山聽說洪大哥再次去參加了府試而又落第後，回來生了一場大病，他趕緊前去探望，沒想到這次的見面卻是他人生的一個重要轉捩點。

馮雲山來到了他大哥的住處後，卻發現這位大哥其實並沒有生病，反而是將一本勸世良言拿給他看，並對他說道：「賢弟，我今天要將這上帝真理傳給你，爾後就與我一同為建立上帝天國效力，我在天上的天父必定會幫助我們，斬妖除魔，掃平亂世。府試落第不過是天父上帝給我的小小考驗而已。滿清朝廷乃是妖魔鬼怪，亂我中原河山歷二百餘年，這些清妖的科舉考試有什麼好參加的，馮賢弟你且看我，將來有朝一日定要自己開科取士，為上帝天國招募真正的人才。」

剛聽到這些話時，馮雲山對於他大哥的胡言亂語並不太感興趣，心想他應該是受不了再次落榜的打擊，才會有這種語無倫次的反常表現。但是當馮雲山翻開手中的小冊子後，裡面的文字卻深深吸引他。他覺得書中的許多觀念跟道理，都一一破解他內心深處的各種疑惑。

的確，每個人都是上帝所造的，為什麼世界上有人富、有人窮；有人貴、有人賤？難道就只是因為出身不好、家境不好，一輩子就必須要受這種痛苦永世不得翻身嗎？這並不公平，出生於怎樣的家庭並不是我自己可以決定的。這本書講得有道理，這些都是因為人們自己的犯罪墮落，導致整個世界都沉淪腐敗了，深深地得罪上帝。

這是個充滿罪惡的世界，充滿不公不義的世界，需要被審判，需要被改變。

馮雲山心裡泛起了陣陣漣漪，他看著手中的勸世良言如獲至寶，在更進一步的研讀後，對於書中所提到的，信上帝得永生以及人人皆是兄弟姊妹的道理，都不偏不倚地說中他內心裡長久的盼望，這不就是我一直引頸期盼的大同世界嗎？

就此馮雲山一頭栽進他大哥口中的天國大業，與他大哥兩人開始在家鄉花縣傳起教來，名字就叫做拜上帝會。

這個宗教團體所倡導的主要教義是人心太壞，政治腐敗，天下將有大災大難，唯信仰上帝入教者可以免於災難。入教之人，無論男女尊貴一律平等，男曰兄弟，女曰姊妹。但這種來自於西方外國的宗教思想在傳統文化根深蒂固的廣東農村社會中不容易得到認同，再加上花縣本地人都知道馮雲山跟他大哥兩人的背景底細。家鄉村民聽聞他們兩人傳教後均嘲諷說：「不過就是兩個落第書生在那邊使性子、鬧脾氣，怨天尤人的胡謅瞎鬧。假若府試真的給他們矇上了，他們倆還不趕快準備進京趕考，哪還會有閒工夫在這裡瞎扯這些鬼話嗎？」

馮雲山眼見在家鄉花縣的傳教工作進行的不順利，於是建議洪大哥是否轉往廣西另闢戰場，因為那裡的民生條件比起廣東更加凋敝貧困，黎民百姓更是受到朝廷苛政的欺負與壓迫，理當會有更多的人需要信靠上帝的拯救，於是兩人在道光二十三年（公元1844年）轉往到廣西桂平紫荊鎮地區另起爐灶，在那裡建立拜上帝會。

✢
✢
✢

蒙天佑待在家裡悶得發慌，這些日子阿爹看管得很緊，他不能明目張膽去找馮老師聽講課，於是就想要去遛一溜馬解悶一下。蒙天佑騎馬時最喜歡找他的摯友好兄弟，也是常與他一同去聽馮老師講課的同窗學友，陳作容，陳大哥。

天佑的騎術在蒙飛的調教下已屬一流，沒多久功夫就駕馬跑到了陳家院子門口。陳家是西山村裡最大的家族，村內最大一座四合院就是他們家的。這四合院是屬於傳統農家建築的佈局，是以南北縱軸對稱佈置和封閉獨立的院落為基本特徵的，按其規模的大小，有最簡單的一進院、二進院或沿著縱軸加多三進院、四進院或五進院。

陳家的四合院屬大雜院形式，其中約有十戶親近的族人共同居住，占地約一畝，規模在貧瘠的鄉下農村裡算是少見。

陳家大院外還有一大片空地，天佑飛快就騎馬到了空地朝向大門內大聲呼喚：「喲，作容哥在嗎？我是天佑啊。」

陳家大門半掩沒有全關上，過不久一個老伯出來說：「是天佑啊，又在遛馬了，作容他去了後山了，不在家。」蒙天佑聽到後說了一聲：「謝了，陳伯。」然後迅速調轉馬頭便往後山奔去。

就在前往後山的路途上，騎馬的蒙天佑發現前方道路有一群人向他快速奔跑過來，再靠近一點就清楚分辨出總共有兩群人，跑在前面的一夥有兩個人，後面一夥則有四個人，手上都拿著棍棒，看起來是要追打前面的兩個人。

天佑正在納悶之時，突然間眼尖的蒙天佑似乎看到什麼東西，兩腳用力一踢馬腹，加速前進，然後與跑在最前面的人目光交會後，他點頭示意一下，便用力拉緊轠繩，駕馬凌空躍起，然後馬腳狠狠向後面的四人踏出，四人同時大驚，在吶喊聲中紛紛向外側翻滾躲開來。

而正當後方四人狼狽地想要避開馬兒的攻擊時，這時前面二人中比較年輕的一個小子，立即趁機對正在閃避的其中一人下手，一個飛踢立即讓人倒地不起，從這個腳力可以看出此人是個有功夫底子的練家子。

這時後方的另外三個人想要上去解圍，蒙天佑立即縱馬上前，不斷將馬的前腳躍起，用做勢踢人的馬前腳隔開三人，那三人畏懼舉起來比人還高又不斷飛舞的馬蹄，便不敢隨意靠近。

剛才那位年輕練家子再次抓準時機，迅速從馬後方跳出來攻擊其餘三人，這年輕小子的膽識令蒙天佑感到驚訝，他以一敵三毫不畏懼，雙方陷入纏鬥，一時間分不出高下，三人聯手竟然無法靠近年輕小子身邊半步。

此時適才與練家子同夥的另外一個人也加入了戰局，那三個人很快便落居下風，不過天佑隱約察覺到那名年輕的練家子，並不願意下重手傷害對方三人，只是不斷攻擊他們的手腳部位，讓那三人受點皮肉傷，最後三人漸感不支，只好悻悻然地扶起先前受傷的同夥撤退，臨走時還撂下一句說：「你敢得罪石家莊的人，走著瞧。」

確定對方走遠之後，天佑才下馬與那兩人說話。

蒙天佑一開口就問：「作容哥，發生了什麼事情，你們怎麼會得罪石家莊的人呢？」

原來那被圍攻的兩人當中，其中一位就是天佑的好兄弟陳作容。

陳作容看了旁邊年輕練家子一眼後說：「天佑啊，這次幸好有你及時地趕到，不然我們兩人可能非死即傷。來，我跟你介紹這位是……」，話還沒說完，那名年輕的練家子自己搶先說：「天佑哥，你好，我叫石達，先向天佑哥謝過，承蒙你及時出手相救，這個恩情我石達一定會永記於心。不瞞你說，其實我也是石家莊的人，只是名不見經傳，所以剛才那一夥人才會不認識我。」

天佑先向石達行了個禮，然後說：「石達兄你客氣了，作容哥的兄弟就是我的兄弟，千萬不要見外。還有不要叫我天佑哥，恕我冒昧，看起來你的年紀應該大我一些，叫我天佑就好了。對了，既然你們都是石家莊人，有話好說，何必演變成拳腳相向呢？」蒙天佑的表情十分不解。

天佑的為人爽快，石達亦從善如流的回說：「天佑，你有所不知，我跟作容哥是跟蹤他們被發現後，才讓他們盯上，想要抓我們回去。」

接著石達將箇中緣由從頭到尾詳細說了一遍，讓天佑明白。

這個石家莊不僅在貴縣是個大族，即便是整個廣西潯州府同樣是頗富盛名，蒙天佑自然是曉得，因為那一位相當照顧他的阿爹蒙飛情同兄弟的綠營把總石英就是石家莊的人。整個潯州府的米市基本上是由石家莊所把持，另外石家也是廣西錫礦主要的開採商家，稱得上是家大業大。

廣西一省幾個州府是傳統客家人聚居的要地，客家人非常注重宗嗣之間的關係，通常是以宗族方式過著集體群居的生活，這座石家莊大約有五、六千人，大家都是集體生活共同行動。

聽石達說明，由於每年耕種石家田地的佃戶或是相關族人會上繳部分收成到宗族的公倉，這些稻米再由公倉統一派人送至米市販售。最近石達發現部分上繳的穀粒原本是上等的精米，但是送至公倉後向外販售的米卻變成了粗米，兩者在市場上的價格相差不只一倍。

石達覺得此事古怪，暗中追查後發現，公倉中竟然有人將族人上繳的精米偷偷運往莊外，他就想要去探一探究竟。剛好碰上作容哥聊起這件事，作容哥說石達隻身前去太過危險，就專程陪他前去打探，果然發現了那些運米之人將精米運往紫荊後山的隱密大屋，然後又將米車運回，稻米還在只是已經被換成粗米。今日他們二人想要再進那座大屋查探一番，沒想到裡面負責守衛的人員頗多，發現他們倆之後就開始窮追猛打，顯見那屋子裡定然還有許多不可告人的秘密。

聽完石達的描述後，蒙天佑說：「石達兄，你們兩人這樣子做也太過魯莽了。既然是石家莊的事情怎麼不告訴你們家主呢？讓他去揪出這些害群之馬即可。何必讓兩位哥哥如此不顧自身安危以身犯險呢？」

陳作容原本要答話，但是瞧見石達使了個眼色後，就把要出口的話再吞了回去。這時候石達笑著對天佑說：「天佑你說的有道理，我這就回去請族中長輩向家主去回報，讓他們好好處理。作容哥、天佑時候已經不早，我們先趕緊回去吧。」三人就此別過，蒙天佑與陳作容同騎一馬往西山村陳家院子方向回去。

陳作容與蒙天佑是從小一起玩到大的好友死黨，他比天佑大上個六、七歲，算是天佑的大哥。而陳家與蒙家從上兩代起即是世交，特別是蒙飛從軍營退役以後，也受陳家許多的關照，因此平時常讓陳作容帶著天佑四處跑。

「作容哥，阿爹不喜歡我去馮老師那裡聽課，最近這幾天更是看管得很緊，只有向他說是來找你遛馬，他才肯放人。」一路無事，蒙天佑無奈跟作容抱怨地說。

作容說：「我知道飛叔他向來謹慎，對於這個外來洋人的宗教信仰更沒有好感，可是如果天父上帝是真的，那有什麼外來跟本地的差別呢？如來佛祖不也是從印度天竺過來的嗎？」

「是啊，是不是真的，比從哪裡來還重要。真的神才能夠帶給信徒真正的幫助。」天佑附和的說。

「但是要如何才能確定這神到底是真？是假？這麼重要的事可不能人云亦云，只有自己親自去弄清楚這個信仰到底在說些什麼，才是找出根本答案的方法。」蒙天佑心裡頭如此想，只是父親的思想古板，難以接受外來事物，對他造成極大的困擾。

✝✝✝

馮雲山終於接獲洪大哥的來信非常的高興，在信中洪大哥叮囑馮雲山要繼續勤奮不懈的傳教，他人在廣州正在研讀聖書，最近還收了個弟子，叫做李秀成，是個遠房親戚，相當聰慧機敏，是未來天國不可多得的人才。祈望雲山在廣西桂平那邊也要持續戮力為本教延攬更多可用之兵，他要繼續閉關一陣子並且等待天父進一步的指示，信中還附上他最近所撰寫的原道醒世訓㊟，讓雲山對眾信徒宣讀講授。這原道醒世訓的大意如下：

「天下凡間，分言之則有萬國，統言之則實一家。」「天下多男人，儘是兄弟之輩，天下多女子，儘是姊妹之群。何得存此疆彼界之私，何可起爾吞我並之念？」進而號召「天下兄弟姊妹」，

註：《原道醒世訓》是拜上帝會早期重要文獻之一，洪秀全所撰。

「相與作中流之砥柱，相與挽已倒之狂瀾」，努力奮鬥，變「乖離澆薄之世」為「強不犯弱、眾不暴寡、智不詐愚、勇不苦怯之世」，以求實現「天下一家，共享太平」的理想。

幾日後馮雲山在一場講課中向大夥宣讀了這篇訓詞，並且說：「教主目前正在閉關研修，等待天父上帝進一步的指示，這段期間希望大家持續努力宣揚上帝的真理，招納信徒歸入上帝名下。在這裡我要特別嘉獎兩位兄弟，請楊秀清兄弟與蕭朝貴兄弟出列。」

楊秀清與蕭朝貴兩人從會眾中出列，站至台前。

馮雲山提高聲調說：「這兩位兄弟自入教以來，積極投入宣揚天國的工作行列，透過他們努力的傳教，已經有三百名左右的燒炭工人兄弟加入本教。教主非常滿意兩位的表現，特別任命兩人擔任本教的卒長，並且命楊秀清兄弟組織本教的武衛隊，兼任隊長，朝貴兄弟為副隊長。」

楊秀清面向馮雲山雙手抱拳恭謹地說：「秀清領命，也請老師代為轉告教主，秀清一定會竭盡心力為天國盡忠，為教主效力。」

對於新職務的提升讓楊秀清感到如願以償，就一個出身於極度貧困的燒炭工來說，從大字不識半個的粗鄙野人，如今卻是身為統領拜上帝會百人信徒的卒長，兩相比較宛若天壤之別。儘管這並非是官府所派發的正式官職，但是對楊秀清這個從小就失去雙親由親戚養大的乞丐小夥子來說，已經是莫大的榮耀與成就了。

楊秀清很清楚遭人鄙視看不起的感覺是什麼，九歲起就寄人籬下，雖然收養他的人是其父的親大哥，但是對待他極為苛刻，宛如奴隸一般。不過楊秀清並不恨他的大伯，他明白大家的日子都不好過，能夠收留他，勉強給他一碗粥吃的，都算是好心人了。

今年楊秀清二十五歲了，皮膚黝黑，個子不高但是身材結實，是典型燒炭工人的樣貌。楊秀清雖然出身低微，內心裡卻充滿求生的慾望，自從父母雙亡以後，楊秀清就對天暗暗地發誓，他不但要活下來，而且要活得很好，將來一定要讓親戚家族、街坊鄰居用羨慕景仰的眼光看自己。

這個心願一直藏在楊秀清的內心深處，但卻始終無法實現。窮困潦倒的背景讓楊秀清長大後很自然的成為一名社會最底層的伐木燒炭工人。不過楊並不自暴自棄，他想過上百種方法要脫離現在卑賤又貧窮的生活，儘管經歷許多失敗，他依然記得小時候那個誓言，他一定要翻身，一定要出人頭地給大家看。

楊秀清悲慘的人生處境一直等到馮雲山的出現，終於有了改變的契機。

馮雲山告訴楊秀清說：「創造世界的天父上帝愛他，愛每一個人。每個人都生而平等，無論富貴、不分高下。現在這個國家被清妖竊據破壞了，才使得百姓生活的如此痛苦。天父上帝命他的子民們要挺身而出，一起斬妖除魔，建立一個共均勻、同飽暖的地上天堂。」

馮雲山的話帶給楊秀清相當大的震撼，他第一次對人生真正感到有盼望。《人人平等、耕田均分》的理想，對一個清貧寒苦、一無所有的人來說具有極大的吸引力。楊秀清彷彿是在黑暗中看見一盞明燈，於是決定加入拜上帝會，冀望在這裡能夠找到完成自己小時候心願的機會。

而當楊秀清成為拜上帝會卒長的這一天，他非常確信自己做出正確的選擇，他選擇相信上帝，他選擇愛這位上帝，因為這位上帝已經開始一步一步地幫助他實現小時候從沒有跟人提過的心願，他一定要出人頭地。

聚會過後，楊秀清帶領著一群人在小屋內喝小米釀聊天，一名年輕小子悄悄靠近秀清說道：「大哥有件事我想問你，你可別生氣啊。」

「小七，不打緊，快說。」

「大哥，你是真相信這個上帝，還是怎麼的？現在我們每位兄弟都要將自己的好不容易積攢下來的錢財交出來讓聖庫保管，這是要真的要交，還是假的要交啊？」

聽完小七的話，現場眾人都安靜下來，靜默無聲，大家都等待著楊秀清說話表態。

這一群人都是長期跟著楊秀清一起討生活的燒炭工人，他們的生計是依靠平常為富戶豪門伐木燒炭、幹些雜役零工來掙錢過日子。楊秀清天生具有領導能力，他遊說這群工人們說，我們每個人單獨出工，常被那些大戶的工頭走狗們壓低工資，不如大夥集合起來跟那些富戶的工頭議價，能夠爭取到比較好的工資。眾人心想，團結就有力量，既然有人願意帶頭來爭取自己的福利當然好，漸漸地楊秀清便成為紫荊山地區燒炭工人的意見領袖、帶頭大哥。

後來楊秀清加入拜上帝會，小七向來是楊秀清最大的擁護者，自然二話不說地跟著秀清入教，同時也鼓動許多燒炭工人一起加入拜上帝會。雖然他還搞不清楚拜上帝會到底是在信什麼東西，不過小七轉個念頭想，信什麼教又有什麼關係，只要能夠填飽肚皮，為自己帶來好處，對他來說就是好的宗教、好的神明。

可是沒想到入教以後，要遵守的教規可真不少，先是定期要去聽講經上課，現在又說要凡物公用，教大家要把自己的財物交出來讓聖庫統一管理，這就令大夥有點難辦，只是大夥都不敢去跟楊秀清反映，最後公推由小七去說最適合，畢竟他也姓楊，向來跟楊秀清最合拍。

楊秀清明白眾人內心的嘀咕，思考一番後正式向大夥說道：「我知道眾位兄弟有些疑惑，我來給大家說說。你們問我信不信這上帝，我當然信，這上帝是好神，我就信他，你說怎麼知道好？沒聽馮老師今天宣講教主的信中提到天下本一家，我們要一起共創太平。一個能夠帶領我們創建太平盛世的上帝當然是好神，所以我相信祂。各位兄弟，這位天父上帝會保佑我們來打破舊的、壞的、被這些貪官污吏、富豪劣紳所把持掌控的官府朝廷，這是接下來我們要做的大事。至於將自己財物繳入聖庫一事，則是為了達到這偉大的目標所需要的方法跟手段，唯有如此我們才能集眾人之力去完成建立地上天堂這個偉大的使命。」

「再說，將私人財物繳納至聖庫然後統一分配管理，對於我們來說是百利而無害，你看看我們，哪一個不是一窮二白的可憐工人，哪有什麼多餘的財物啊，這繳出去的財貨統一分配後，我們回收的肯定會比以前更多，那有什麼不好啊。」

眾人聽楊秀清這麼一說，也都紛紛贊同地說：「是啊、是啊，聽起來這是一樁好買賣。」經過楊秀清的安撫與說明，這群新入教的燒炭工人才願意遵守教規，讓拜上帝會新頒布的聖庫制度順利運作下去。

眾人都散去之後，楊秀清特地將小七留下，叮囑他要將兄弟們各種狀況回報給他，意味深長地說：「小七啊，你跟隨大哥最久，大哥最信任你。要知道現在我們是同在一條船上，這輩子我們想要翻身就靠這位上帝，你看，越來越多人加入拜上帝會，這些人越虔誠，對我們就越有利。善男信女們所祈求的不過就是能過上些好日子，我們也是一樣。只不過我們的好日子卻是要靠這些信徒們的虔誠來達成，信徒們越虔誠，我們的日子就能過得越好，你明白嗎？」

小七看了楊秀清的眼神後茅塞頓開，點頭說：「大哥，我懂了，以後我知道該怎麼做了。」

楊秀清點醒了小七，讓他明白宗教的好處。宗教可以陶冶教化人心，但是一旦被有心人給利用，將成為極可怕的工具。這些日子以來他漸漸發現其中的奧祕之處。

廣西拜上帝會的信徒持續增加已達千人之數，而加入拜上帝會的人其原因各異，不過大部分的人都希望這位上帝能夠真正帶給他們新的希望，脫離目前悲慘又無助的現實生活，這群人多半是在農村討生活的貧苦佃戶、打零工的無業流民或是被地主富戶剝削壓榨的長工、僕役等。

清朝立國之初雖是外族入主中原，但前面幾個皇帝算得上是明君，經過康、雍、乾三代盛世後，國家社會獲得長期的休養生息，人口得以迅速增加。根據統計到清、英鴉片戰爭前夕，整個大清帝國的人口已經接近四億人，這對於以農業為主要經濟型態的國家來說是極大的人口負擔與社會壓力。

過多的人口卻沒有相對足夠的可耕田地，再加上土地兼併的結果，大量的可耕田地都掌握在滿人貴族、官宦世家以及豪強富戶的手中，一般沒有土地房產的平民老百姓，打從娘胎出生以來就注定要一輩子過著宛如奴隸般的生活，人生毫無盼望可言。

而沒有希望這件事對於一個人來說，是極其鬱悶、痛苦而難解的，尤其是對年輕人。人生的歲月才剛要開始，精力充沛卻無處可去，這個社會結構早早地宣判這群年輕人死刑或是終身監禁了。

然而同時期的西方世界卻正透過工業革命以及海外探險與殖民，將人力從土地當中釋放出來。

對外擴張向來是國家解決內部人力過剩以及資源不足的方式，其實滿州女真族早期也是如此，從努爾哈赤於山海關外，東北地區龍興之始，滿清就不斷對外擴張，但是經過兩百餘年，原本是向外侵略的擴張國，如今已經轉變成為一個被侵略的國家。因為天下已經不再只是中原而已，這群住在中原的人們猛然警覺，原來這個世界沒有他們想像中的小，他們自己則沒有想像中的優越。

「牧師這一次是否可以答應我呢？」長袍青年對一位中年的外國人輕聲說道，眼中充滿懇求之意。

✝✝✝

這名褐髮圓臉、中等身材的外國人是一位洋牧師，有個很道地的中文名字叫做羅孝全。他出生於美國田納西州，就讀於南卡羅來納州富曼學院Furman Academy後被按立為牧師。

道光十六年（公元1837年）羅孝全來到中國傳教，初期先在澳門向痲瘋病患傳教，道光二十一年（公元1842年）加入美國浸信會差會，隔年，他來到香港傳教，道光二十三年（公元1844年）開始進入廣州傳教。

羅孝全牧師在廣州傳教幾年後，某天一位長袍青年突然造訪他的禮拜堂，說要跟他學習聖書的道理。對於任何一位想要了解上帝話語的人，身為牧師的羅孝全自然是來者不拒。只是這個青年聽他講論聖書的內容兩個月之後，有一天卻突然跟他說，他曾生了一場大病，然後在睡夢中上帝跟他說話，說他是上帝的次子，耶穌的弟弟，他降世為人是要為上帝斬妖除魔，為這世界開創出一個新的太平盛世。

這番話一出口，羅孝全牧師立刻說道：「秀全，你不要再說了，這是魔鬼的謊言，這是異端，絕對不是正確的信仰。普天之下就只有一位聖子，是為我們的罪死在十字架上的主耶穌，除此以外，沒有其他的救世主。」

「如果你這種錯誤異端的想法不改變，我是不可能為你施洗的。」羅牧師堅決地說。那長袍青年悻悻然地看著羅孝全，在無可奈何下便拂袖而去。走的時候留下一句話：「也罷，哪日我斬妖除魔，君臨天下之際，看你信不信！」

望著那青年離去的背影，羅孝全嘆息道：「真是可惜啊，資質不錯的一個人，但是卻被魔鬼撒旦擄走心智了，主啊求祢幫助他，讓他真正認識祢是一位真神，而不是一心一意只想去拜一個由自己個人慾望所創造出來的上帝。」

儘管沒有得到羅牧師願意為自己施洗的回應，洪秀全還是將這幾個月在廣州學習聖書的心得一一寫下來，在書寫的同時，洪秀全的內心充滿著悸動。他一心認為這位羅牧師不明白天父上帝真正的旨意，只有他才明白，現在該是回應天父上帝的時候，天兄耶穌在一千八百多年前道成肉身降世為人，在地上傳道拯救人類，今日該換成他來承擔這個使命、為除滅人世間的妖魔挺身而出。越思想這些事情洪秀全就覺得越興奮，心情激動起來，最後他突然一翻白眼就昏厥過去，開始神遊象外，在渾沌不清的夢裡，開始與滿天的妖魔鬼怪大戰起來。

洪秀全花了許多心思研讀聖書，但是顯然還是沒有看到關鍵，如果他仔細研讀就應該知道，耶穌來到世上，最重要的一件事情是為全人類的罪死在十字架上，然後戰勝黑暗死亡權勢，復活升天。

✠✠✠

夜闌人靜，桂平縣城南邊的西山村，眼前呈現的是廣西地區典型貧瘠農村生活型態。幾戶人家沿著農田搭設房屋聚居，經濟條件比較好的農民會在田邊設立人力腳踏水車來進行田地的灌溉，幾條耕牛在泥濘的路上悠哉地行走著。耕牛是農村重要的資產，缺少耕牛的家庭必須用人力與有耕牛的家庭交換，於農忙時節進行互助，才有辦法完成耕作得以生存。

天佑自小在這個偏僻農村長大，去過最遠的地方是省城桂林，那是蒙飛在天佑十歲左右，帶著一家人趁春遊踏青時難得的一趟旅程，之後天祐就再也沒有出過遠門。而今天佑已經面臨人生的重要時刻，那就是決定未來人生的道路該怎麼走？

就傳統社會的價值觀來說，大部分的人所嚮往的生涯規劃就只有一條路：參加科舉考試。所謂十年寒窗無人問、一舉成名天下知，描述的就是這些士子青年在閉門苦讀與高中狀元後的情境。

話雖如此，但參加科舉考試對於尋常農民百姓家來說卻是一個極大的經濟負擔。首先清朝科舉考試分成童試、鄉試、會試、殿試等幾道關卡，這最基本的童試又分成縣試、府試、院試三級。縣試通常在每年二月舉行，由知縣親自主持，考生必須由五人聯合作保，另外加上本縣一名有正式考試資格的人作保人才能夠參加，因此沒有相關人脈的平凡基層家庭，通常在第一關的縣試就會被淘汰。

第二關府試時間大多在四月，府試過了才能參加院試。院試又包括歲試和科試兩種考試。童生通過歲試，就稱為生員，也就是俗稱的秀才。這秀才出身的人可以見官老爺不用下跪，享有某些官方的福利，算是勉強擠入上層社會的門檻。而歲試成績優秀的生員才可以繼續參加科試，而科試通過之後，就能夠進階參加鄉試。

鄉試則每三年舉行一次，在京城及各省省城舉行，考期多在秋季八月，所以又稱「秋闈」（闈指考場），考生通過鄉試後便稱做舉人，考中舉人其實就已經具備了做官的資格。

鄉試過後就是會試，會試同樣是每三年舉行一次，一般在鄉試的第二年，考期多在春季的二、三月，故會試又稱「春闈」。會試被錄取的人，稱為貢士，成為貢士以後才有資格參加殿試，殿試則在四月份舉行，緊隨在會試之後舉行，殿試由皇帝親自主持，考試通過者就成為進士，這殿試的榜首就是大家所熟知的狀元。

科舉之路關卡重重，即使對出身於富戶豪門的子弟來說都是一條漫漫長路，更何況是三餐溫飽都有問題的寒苦之家。所以尋常百姓若真的沒辦法讓孩子求學讀書，透過參加科考取得進入上層社會的敲門磚，那麼就儘早放棄，趕緊為將來的生活另謀出路。

天佑的娘，王氏最近一直在煩惱這個問題，使得本身的病情更加惡化。

服侍躺在床上的阿娘喝完湯藥後，蒙天佑輕聲說：「阿娘，您好好休息。明早我再去街上買些鴨蛋，煮碗鴨蛋鹹粥給您喝。」

「阿佑啊，我知道你孝順，別浪費錢了。這副身子骨如何我自己最清楚，這個病折騰我十幾年了，也沒見好過，只是辛苦你們爺倆。別為我費神了，倒是你啊，最近有沒有讀書啊，希望你有機會可以為自己謀個好將來。」口裡雖這麼說，但是王氏心裡頭清楚，像他們這種家庭環境，將來是沒有太多的盼望。年輕人不是種地就是去富戶人家當長工僕役，再有本事一點的就到縣城、省城找機會，但是多半也是苦力活的工作。

多數家庭都是子繼父業，雖然天佑他爹出身綠營官軍，但是王氏並不想要天佑走上當兵這條路，但是不當兵又能做什麼呢？王氏心想或許可以跟他爹學一學養馬，將來當個販馬商人也好。但是尋思過後又覺得有點可惜，因為天佑從小就相當聰明勤奮，假若能夠進學堂或是請個夫子來家裡當教席努力讀書，說不定有機會考取功名，只可惜他們家裡負擔不起讓天佑專心讀書準備參加科考的費用。

蒙天佑看著娘親的表情，知道娘心裡在想著哪些事情，突然心裡有個感動，就對他娘親說：「娘，別擔心，不管這個世道環境如何，我們總是要心存希望。」

王氏無奈地說：「希望？什麼希望，誰會給我們希望？」

「上帝會給我們希望，只要我們相信祂。」蒙天佑語氣堅定地說。

「阿佑啊，你是不是不聽阿爹的話，去信那個什麼拜上帝會啊？」王氏焦急的問。

「娘，您可別跟阿爹說，免得他擔心。我去信教是因為我覺得這位上帝真的很不錯，自從我信了祂以後，就覺得心裡充滿平安。而且對於未來不再感到灰心與喪膽，覺得做任何事都有盼望。」蒙天佑興奮的說。

「天佑，信神拜佛這種事，心誠則靈，什麼神都好，只要能保佑我們全家平安、豐衣足食。哪個神不都一樣，何必要去信什麼洋人的神呢？」

蒙天佑知道現在並不是跟娘親解釋這些信仰內容的恰當時機，但是他心中真的覺得這個上帝跟他以前所認識的那些所謂王母娘娘、城隍爺、土地公、佛祖、玉皇大帝、關公、濟公、觀世音菩薩等都不一樣。因為這個上帝似乎真正的愛他、關心他，也愛每一位像他一樣的平民百姓。

「是啊，娘，這樣好了，我為您來向上帝禱告祈求，希望您的身體可以早日恢復。」

「好啊！」王氏心想難得天佑有這個孝心，儘管是洋教的神，但是她也不忍拒絕天佑的一番心意，並且她真的覺得什麼神都一樣，於是帶著笑容接受這位十六歲大的兒子，為她向上帝禱告。

她聽見天佑用著虔誠的語氣，雙眼緊閉地念道：「天父上帝，我替娘親向祢祈求，保守我娘的身體趕快好起來，讓她一天一天充滿活力，讓她心情歡欣快樂，讓她……」，說也奇怪，在天佑的禱告聲，傳來一股安詳的感覺，王氏邊聽眼皮越來越沉重，就漸漸地睡著了。天佑的禱告令她感覺特別地安穩，自從她生病以來，沒有一晚睡得像今晚這般安穩放鬆，就如同躺在她自己娘親的懷裡一樣。

隔日清晨，天佑趁蒙飛出門去馬場上工後，趕緊溜出門去。今天有個特別的約會，陳作容邀他到村外的竹林見面。當蒙天佑抵達竹林時發現除了作容哥以外，還有上次遇見的石達也在現場。

三人見面後熱絡的聊起來，越與石達深聊，蒙天佑越發覺得這個石達是一位不簡單的人物。石達其實年紀只比天佑大上一歲而已，但因為他的身材長得魁武高大，面部鼻樑高挺、五官輪廓分明，會使人誤以為他比實際年齡要大上幾歲。

石達的眉宇間自然散發一股英氣，雙目炯炯有神，說話條理有序、層次分明。與之言談交往會油然產生一股安定感，對於他所說的任何話，不知不覺就言聽計從。

不過讓天佑最難以置信的是，今日石達居然利用這種使人相信自己的優勢，要求作容哥與他去做一件事。

石達邀他們兩人一起去騙人，沒錯：去騙人。

石達之所以會找上陳作容跟蒙天佑，請他們幫忙去騙人，是因為他最近發現作容與天佑所加入的拜上帝會，其實是個隱藏著巨大力量的團體，而他現在需要這個組織的協助。

原來石達是先認識馮雲山，馮雲山嘗試著向石達傳教，但是效果不大，然而馮雲山並沒有放棄，便教弟子陳作容與石達多多交往。石達生性豪邁好交友，所以也不排斥。在與陳作容的交往過程中，石達慢慢地對於拜上帝會有了更進一步的認識。

根據石達初步的了解，馮雲山來到桂平紫荊山區以開設私塾的方式傳教，西山村陳作容全家是最早加入拜上帝會，在他的影響下帶領蒙天佑加入。現今拜上帝會在紫荊山地區已經建立一個相當完整的宗教組織，他們這群人所拜的神叫做天父上帝，是創造世界的真神。拜上帝會有一位神祕的教主，自稱是天父的次子、天兄耶穌的弟弟。

石達對這一位神祕教主並不清楚，只知道目前在紫荊山地區，一手建立並實際掌管拜上帝會的人，是一名個性親和、意志堅定的夫子：馮雲山。

至於陳作容是馮雲山所器重的弟子，最近才剛被升為倆司馬，而蒙天佑則是他底下的一名伍長。所謂倆司馬、伍長這些組織名稱是石達對拜上帝會最感到好奇的部分，他聽陳作容解釋之後才恍然大悟。由於加入拜上帝會的人數日漸增多，他的老師馮雲山開始規畫擬定拜上帝會內的組織制度，據說是參考拜上帝會的教義經典：舊遺詔聖書。其中以色列人出埃及時，以色列人的領袖摩西於十二支派中選立十夫長、百夫長等長老來協助領袖摩西管理人民。

另外也參酌中國歷代固有軍隊組織架構，馮雲山設計一套拜上帝會所獨有的管理制度，將所有教徒均編入組織中，讓每個教徒就如同一個士兵，堅守個人崗位為地上天堂奮戰。

拜上帝會現行的組織編制是每五人為一伍，設伍長一人；每五伍為一倆，設倆司馬一人，管轄二十五人；每四倆為一卒，設卒長一人，管轄一百人。註

---

註：太平軍自起義之時即有相關的軍事編制制度，直至永安建制之後頒行了正式的軍制編制規定。其組織編制基礎源自《周禮》五人一伍，五伍為兩，四兩為卒，五卒為旅，五旅為師，五師一軍。

陳作容如今已是管轄二十五人的倆司馬，石達此次的計畫是去作一場戲，由於要欺騙的對象很難隨便唬弄，所以他需要拜上帝會的協助，於是找上陳作容，而陳作容答應協助石達之前，早已請示過馮雲山，得到馮的認可。至於馮雲山之所以會爽快同意讓作容帶領教內人馬去幫助石達，絕不是考量陳作容與石達間的朋友情義，他心中所打的如意算盤，還是為了念茲在茲的天國大業。馮雲山還特別叮囑作容行事要非常小心，千萬不可洩漏出本教的行蹤。

✣✣✣

蒼梧縣隸屬廣西梧州府，縣城外約二十里的官道向來是南來北往的運輸通衢，許多商隊均走這條官道來運送物資。雖然近年來飢荒導致流民、盜匪四起，但蒼梧畢竟是梧州府治所在，在官道上行走還算平靜。可一旦過了蒼梧就不一樣，出蒼梧到鬱林的這段路，素來常有壯匪的騷擾，而這些壯匪就是那些還住在蠻洞，漢化程度較低的壯族所組成。

壯族最早可以溯源自秦朝時代，秦始皇統一中原後慢慢的將漢人勢力從黃河推向長江，再從長江推向嶺南。此時壯族先人受到漢人的壓迫開始向嶺南發展，也開始與漢人交往甚至通婚。大致上嶺南東部漢化的比較快，嶺南西部則維持壯族傳統生活圈為主。

中原歷朝對於壯族的治理也分成東西兩部。東部置州縣，由中央派官吏治民，與其他中原各地無異；但是西部通常是以羈縻為主，所謂羈縻，就是利用當地原來的壯族首領為官，所謂「雖貢賦，版笈多不上吏部」，進行間接統治。

到了清朝，雖然廣西設省，各地也由中央派駐官吏直接治理，然而壯族勢力依然強大，特別是在丘陵間所建立起千年的蠻洞，是壯族生存的堅強依靠。

壯、漢兩族之間通常彼此井水不犯河水，但是有時壯族會為了經濟因素，向來往的商隊收取過路費，此時壯族常會宣稱自己是這塊土地的擁有者。

一支由十輛騾車所組成的商隊在這條道路上悠閒的行進，整個隊伍大約有二十名鏢師再加上十名車伕。隊伍中為首的是一名身高五尺的壯漢，邊走邊看著兩側的樹林，好像在等什麼人出現。騾車的鏢旗上面寫著大大一個「石」字，這個字在廣西一帶有一定的震懾力，對一些小蟊賊來說，這面旗幟足以讓他們知難而退。

突然間，領頭壯漢停下腳步，後面隨行的人立刻上前問說：「頭兒，啥事，是不是他們人到了？」

「閉嘴，招子放亮點。」

百步之外傳來馬蹄聲，不疾不徐的向他們靠近，三匹駿馬在刺眼的陽光下出現。馬背上的三名騎士穿著清一色的黑褐色勁裝，腰間配著橫刀，遠遠看去，讓人感受到一股朝氣蓬勃、精神振奮的感覺，等到更靠近一點，發現這三位騎士長得都相當英挺，只是中間為首的那名騎士留著滿臉落腮鬍，教人無法看清楚其面容。

「您可是石家莊所派來的石年，石鏢頭？」落腮鬍騎士大聲問道。

「正是，請問閣下是？」石年聽到後立刻大聲回應。不過在心中卻有點納悶心想，這騎士雖然滿臉的落腮鬍，聲音卻是相當年輕，而且有似曾相識的感覺。

「石鏢頭，您貴人多忘事，我跟隨家主來交易過好幾次了，只是這次家主因為有些事情耽擱了，改由我來洽談這筆交易。」

「哦？不知是何事讓貴當家無法前來？」石年有點疑惑地問。

大鬍子騎士說道：「其實也沒什麼事，只不過最近本園與幾個蠻洞的土民有些過節，他們率眾前來搗亂，不過估計花不了太多時間就能處理完。」

石年對於最近蠻洞壯匪的動靜略有耳聞，只是沒想到居然這些壯匪會找上他們。他心裡還是有些不安的感覺，於是道：「口說無憑，我怎知道是真、是假？」

大鬍子旁的另一名年輕騎士耐不住性子道：「你這人真奇怪，不說，怕你起疑。說了，你又不信。不然你是要怎樣，到底要不要交易啊？如果不打算交易，就說一聲，我們好回去覆命。」

石年暗忖道：「是啊，這個人知道我的名字，應該不會有錯，估計也不會有其他人知道我們要來這地方。」

「好吧，這位兄弟別急，這樣，你們先看一下貨。」石年用手指一指他身後的騾車。

三位騎士互相看了一眼後，縱馬向前，走到一輛騾車前示意車伕打開車後面的箱子，車夫於是將騾車上的箱蓋打開，可以看見箱內裝有約五斤左右的錫砂，接連檢查了十輛車子，裡面貨物均一致。

整個車隊總共運有百來斤的錫砂，依市價來說可賣到一千五百兩白銀。千兩白銀對於一個尋常農村小子來說是這一輩子無法想像的天價，要知道在當時一畝田也不過就賣個十幾兩的價錢而已。

「怎麼樣，貨驗過了，各位兄弟，老價錢吧！」石年說完，等待對方回應。

此時的大鬍子騎士面無表情，但心裡暗暗叫苦：「糟糕，怎麼辦，不曉得他們雙方之前交易的價格是多少，這下眼看就要穿幫了。」

蒙天佑這時頭有點發昏了，但是他卻不能現在昏倒，因為他正是三名騎士中的一位。蒙天佑對於自己居然會答應石達來到這裡，到現在為止，心裡都還不敢置信，即使現在他坐在馬背上都還感覺很不真實。

如果石年能夠仔細的觀察，或許就會發現天佑的額頭已經冒起汗來。不過還好，除此之外，蒙天佑的表現相當冷靜沉穩，展現出超乎常人的從容，而天佑之所以能有如此平靜的心態，主要原因就在於他身旁的人：石達。

✢✢✢

一個月前的蒙天佑絕對無法想像自己會騎著馬，假扮起別人，攔截商隊，甚至拿著刀面對這麼多位鏢師而不懼怕。

整件事情的發展實在是超乎蒙天佑的想像，首先當石達提出需要他們找人來假扮一樁交易的買家時，他直覺說不可能。先不說可能要面對的危險狀況，光是要找人假扮就不知道上哪去找。但是當石達提出可以請拜上帝會的兄弟們幫忙時，他更覺得無理取鬧，畢竟這是石家莊自己的事情，跟拜上帝會毫無關係。不過此時，令他更加意外的居然是作容哥的反應，陳作容表示他要去請示馮老師後再做決定，天佑一度想要阻止作容前去，但當他發現陳作容一副興致盎然、胸有成竹的樣子，就放手不管了。

接下來事態的演變更令天佑吃驚，馮老師不僅答應了石達的要求，而且還加派一個倆司馬的人手給陳作容，等於總共派了五十名拜上帝會的教徒參與這場騙人的計畫。緊接著是一連串的準備籌辦，相關布置工作前後花了一整個月的時間，期間馮雲山甚至多次前來視察，顯得非常重視。

到底他們做了哪些預備工作呢？先由石達提供衣服以及兵器，沒看錯，就是兵器。

拿出五十套的服裝還說得過去，但是當天佑看見石達送來的二十五柄柳葉刀與二十五把長槍時，委實令天佑驚訝得合不攏嘴。這時候天佑已經清楚馮老師不是單純幫忙石達而已，石達真實的身分也絕對不像他自己所說的，僅僅是一名見義勇為的石家莊人。但既然石達自己不說，馮老師與作容哥也不說，天佑也就不問，他心知肚明，問了也是白問。

石達的計畫是由拜上帝會的人假扮成與石家莊交易的買家：蓮園。而這正是此次計謀成敗的關鍵。

蒙天佑是第一次聽到蓮園這個名號，經過石達的一番解釋後，天佑才曉得這個蓮園是在兩廣之間行走多年的粵劇戲班，頗有名氣。

粵劇，又稱廣東大戲，自明朝嘉靖年間開始於兩廣地區出現，是一種融合唱做唸打、樂師配樂、戲台服飾、抽象身形的表演藝術。粵劇每一個角色都有各自獨特的服飾打扮，近年來兩廣的戲曲活動算是興盛，每年的關帝、天后等一類神誕，都有「演戲迎神」的活動。

傳統的粵劇比較著重坐功、打功、絕技，以近距離對打為主，強調力量展現，因此參與戲班的人員通常都有功夫底子，蓮園就是一團穿梭兩廣間眾所聞名的戲班。

蒙天佑對於戲劇不是很感興趣，所以沒聽過蓮園的名號相當正常，只是他不明白為何一個粵劇的戲班會捲入石家莊內部糾紛，甚至還要跟他們交易錫砂。

天佑猛然察覺到眼前這個世界跟他以前所認識的世界似乎不太一樣，好多事情不但從未聽過，甚至想也不會去想，如今加入拜上帝會後才逐漸接觸到。

另外對於馮老師，天佑也有了不一樣的看法和認識，從前只覺得老師是一名溫文儒雅、熱心助人的傳教師。現在越來越覺得馮老師的胸中藏有經天緯地之志，他早已按部就班、循序漸進地把拜上帝會打造成一個軍事化的組織，這是蒙天佑之前沒有發現的事情。

這些讓他感到疑惑的跡象，天佑不會特地去追問，但他會用眼睛仔細的觀察，他終於明白，當初爹阻止他參加拜上帝會的原因。

然而蒙天佑並沒有打退堂鼓，反而比以前更加熱情的投入。或許是信仰的緣故，抑或是年輕人的天生熱血，蒙天佑在這裡找到了以前所沒有的東西，那就是：希望。

如今的他雀躍地投入拜上帝會要進行的事業：建立地上天國。這個天國絕對不是天佑以前所認為的，只是一個宗教團體而已，天佑漸漸清楚馮老師要建立的是一個非常真實的地上天國，而這個天國要在地上實際執行統治。

石達則是另一個讓天佑感到驚訝不已的人，這一位與他年紀相仿的年輕人，腦袋中裝的東西跟他相比差距太大，天底下好像沒有石達不懂的事物。

還有一件特別的事情就是和石達越親近的相處，就越對他產生一種莫名的信任感。這種感覺是相信任何的困難只要交給他就能夠迎刃而解，不需要擔心後果如何。蒙天佑非常喜歡或是說沉溺於這種感覺，因為這正是他現在所需要的：安全感。

在準備好服裝與兵器以後，接下來他們要進行的工作，假使讓天佑的爹蒙飛知道，肯定會把他嚇得連魂都沒了。因為石達與陳作容接下來要做的事，居然是：練兵。

陳作容帶來這一群拜上帝會信徒，大都是跟天佑年紀相仿的年輕人。他們有些人是在家裡種地，有些則是在鎮區裡從事閒散零工，但是每天都會從四面八方到桂平縣城北方的一座山谷內集結。

五十名年輕小夥子就在山谷裡天天進行軍事操練與武藝演習。這些人雖然都是第一次拿起刀、槍來嘶殺吶喊，不過石達卻一點也不擔心，反而展現出絕佳的練兵能力，這點再次讓天佑瞠目結舌。

石達向作容與天佑表示練兵是「以治為勝」。所謂「治」指的便是士兵的管理訓練，治兵便是讓士兵懂得軍隊的法令，明白軍中的旗鼓號令，以及各種武器訓練等。而治兵的關鍵就是「教戒」，所謂「戒」就是為士兵講解軍隊的軍令軍紀，讓士兵明白在軍中哪些可以做，哪些不能做，建立軍隊的行為準則。

這些練兵的道理天佑曾經聽父親蒙飛提起，但是直到今日才真正看見有人將之付諸實行。在石達嚴格又細心的調教之下，不到幾天五十名鄉下傻小子便對於基本軍隊行進和列隊等各項指令大致熟悉，關於兵器部分，單刀與長槍的操作使用技巧則是逐漸進步。

蒙天佑的父親本身是綠營行伍出身，在營時期接受石英的調教，學到一身武藝，才能夠一路從守兵、戰兵升格到馬兵。

雖然蒙飛沒有特意傳授，但天佑自小耳濡目染下受到不少的薰陶，基本強體健身的拳腳功夫對蒙天佑來說不在話下，至於槍、棍、刀等兵器的操作使用，天佑從小看過他爹演示過無數次，多少略知一二。

就以槍法來說，槍的用法主要有：扎、刺、捧、砸、挑、纏、圈、攔、拿、撲、點、撥、舞花等。至於刀法在武術上更是百花齊放，光是流傳較廣的就有儀刀、橫刀、少林雙刀、太極刀、梅花刀，九環刀，各家技巧與使力重點不同，但各有所長。天佑自己就對戚家刀法相當感興趣，一套二十四式戚家刀使來說不上爐火純青，但也遊刃有餘。

石達教導這一群年輕人武藝技巧時天佑在一旁觀看，過程中天佑對於石達的教導有些不解，比如說槍法部分石達只教刺、挑、撥、砸四招；刀術更簡單，光練斬、劈兩招，只有方位與角度的變化不同而已。

石達察覺到天佑在他教導刀法與槍法時，在一旁默不作聲，表情有異，這次換成石達主動向天佑做出解釋。

「天佑，你一定不明白為什麼我會這麼教他們，我知道令尊是軍爺出身，所以這些軍中武藝、戰陣操練的技巧，在令尊的指導下，必然是遠勝我一籌。」

「石達哥，千萬不要這麼說，我爹不喜歡我舞刀弄槍，所以沒教我太多東西，只不過傳授一些拳腳功夫讓我可以防身而已，我相信以石達哥的聰明才智，會如此教導大家一定是有你的用意。」天佑趕緊回道。

「天佑不要客氣，有機會還要跟你討教。不過我之所以如此教導乃是因為練兵之法，自有正門。美觀則不實用，實用則不美觀。」

石達拍拍天佑的肩膀說：「為何我只教大家刀、槍技法中簡單的刺、挑、斬、劈，一來是因為在極短時間內要將戰場上最有用的東西教給他們；再來真正行軍結陣、兩軍對壘之時，個人花俏的武藝發揮不了太大作用，甚至若是有人過於自恃個人武功高強，但是缺乏團隊意識，對於集體作戰行動反而不利。」

聽著石達鞭辟入裡、深入精微的講解，蒙天佑觀看世界的眼光再一次被打開，彷彿進入另外一個層次，而那個層次是十五歲的他，一個窩在桂平鄉里田間種地的小夥子，就算是作夢也不會夢到的境界。如今卻在石達的循循善誘、諄諄教導下，天佑漸漸打開眼界，慢慢成長茁壯。

石達接著又說：「另外，往後的日子將是火器的時代，傳統的刀、槍會轉為輔助的用途，即便是綠營官軍現今也以演練鳥槍做為主要操練科目。所以除非個人有興趣，實在不必花費太多心神在刀、槍的演練技巧上。」

這話確實不假，從父親蒙飛的口中天佑早就知道，清軍綠營的操練早就改以鳥槍、抬槍的射擊訓練為正技，刀槍則為次要或是兼習，目的就是希望提升綠營的火器戰力來與那些洋人的火器對抗，只可惜道光二十年（公元1840年）那一場鴉片戰爭中，清軍還是被洋人打得落花流水，慘不忍睹。

可見得要打勝仗絕對不是只有兵器一個因素而已，這個問題一直藏在蒙天佑心裡，此時的他還無法回答，若干年後，他再次回想起這個問題時，心中已經有了解答。但此時的天佑，怎麼也想不到多年後，自己居然有機會去驗證之前所思考出來的答案，不過這是後話。

✠ ✠ ✠

突然一陣叫罵聲讓蒙天佑從許多回憶思緒中迅速清醒過來。

「莫非你們是假扮的，不然怎麼會不知道以前交易的價格。」總鏢頭石年大聲呼叫著，其他鏢師也跟著起鬨。

蒙天佑看見這一幕，情急之下、突生一智，策馬向前一步大聲說道：「我們不是不知道，而是不滿意以前的價格，上頭有交代，今天的交易要減價。」

「減價？為什麼？這價格是之前早就約定好的。怎可說改就改，就算要改價也不是你們單方面說了算，沒有上頭的交代我是絕對不能改價的。」

石年正在思忖這夥人究竟是打什麼主意，大鬍子騎士右手拔出腰刀高舉過頭，瞬時間從四面八方冒出許多黑衣人將整個商隊團團圍住。

石家莊的眾鏢師見狀紛紛將攜帶的佩刀、棍棒握在手上，雙方間的氣氛劍拔弩張、一觸即發。

「莫非蓮園真的改行幹起打家劫舍的生意，大鬍子你這是什麼意思？」石年雖是表面上很鎮定地說，但是連蒙天佑都聽出他語氣背後隱藏的不安。

是的，他們比我們還要緊張。蒙天佑看穿石家莊鏢師的心態以後，與石達所假扮的大鬍子騎士眼神交會示意，接著說道：「這是我們出發前，家主特別交代的，因為最近園內有事耽擱，無法先與貴莊商量，實在抱歉。不過既然眼下石鏢頭你做不了主，我倒是有個辦法。」

「什麼辦法？你說看看。」

「這樣，貨我們先帶走，等到我家園主與貴莊商議出新的價格後，貨款下次交易時再一併兌現。」蒙天佑故意趾高氣昂地說。

「不行，豈有此理？你這擺明是要硬搶。」石年一聽立刻生氣地回應。

就在石年語氣激動時，石達揮手示意其他黑衣人向前縮小包圍圈，讓石家莊的鏢師感受到壓力。五十名手持利刃的黑衣人對上二十名鏢師，雙方在人數上有明顯的差距。但只要石年再仔細觀察就會察覺每一位黑衣人或多或少都在顫抖，畢竟他們都是第一次遇上這種場面的新手，不過由於蒙上臉面看不見他們的神情，再加上石年自己這邊同樣相當焦慮害怕，所以錯失了發現破綻的良機。

形勢比人強，石年此刻滿頭大汗，不知該如何是好。真要硬拚下去可能會死傷慘重，但是要乖乖交出這些錫礦，他回去同樣是無法對上頭交代。

「你們到底要什麼價錢？」兩難之間，石年試探地問。

三位騎士互相望了一眼後，大鬍子騎士以明顯低於市場行情的價格試探著說：「家主交代，一斤五兩。」

這時候石年旁邊的小漢忍不住開口回嗆道：「你們這夥人太不講理，之前一斤十兩已經夠便宜了，居然想漫天要價，就地還錢。」石年一聽到，趕快喝斥他閉口。

大鬍子騎士探得交易價格後了然於胸，便說：「石鏢頭別生氣，這價錢不是你訂，也不是我訂，我們犯不著為此爭執不下，買賣是雙方心甘情願之事。」

石達既然已經得知交易價格，想要趁此機會取得石家敗類的證據，於是說：「只是我等奉家主之命進行這趟買賣，也不能空手而回。但是要按照我方的價錢取貨，你們必定不肯，可是照以前價格交易，我又違反了家主的命令。然而在雙方價格沒談妥前，確實不宜隨意變動，這是我方理虧。不然這樣，我們兩方各退一步，請貴莊先行畫押，這次就暫時先以舊價格交易，下次交易時再以雙方新談定價格，從這次的貨款中扣抵，不知石鏢頭意下如何？」

「那若是雙方新的價格談不攏時，又該如何呢？」

大鬍子騎士笑笑的輕鬆說：「那就是上頭的事了，於你我又何干？」

石年心想，也對。但總覺得哪裡怪怪的，只是說不上來。不過既然能夠先把此次交易的貨款取回，自己也就完成任務了。至於蓮園要求新交易價格的事情待他回去稟報上頭後，自然會有人裁決，不勞他花費心神處理。

石年心裡頭考量能有個下台階，避免雙方衝突就好，為了趕快把交易完成便爽快的答應畫押。還特別把交易的相關過程在字條上寫得仔仔細細，挑明是蓮園單方面想要更動價格，而我方並沒有同意，以免將來落人以柄。石年畫押後反覆再三查看，才放心將字條交給大鬍子騎士。

大鬍子騎士確認完畫押字條的內容後，便命一名蒙面人推出一個大木箱交給石年，石年查看箱內的銀兩數量無誤，露出滿意的笑容。這宗買賣交易到此，銀貨兩訖，雙方都覺得完成任務，隨即散夥。

石年帶著鏢師、車伕回頭往貴縣方向走，至於大鬍子等三名騎士則是大搖大擺押著十輛騾車與其他的黑衣人向東南方離去。

# 第二章

# 戲台退豪強　北山爭礦區

祢把旌旗賜給敬畏祢的人，可以為真理揚起來。

——詩篇60篇4節

假冒蓮園去搶劫石家鏢車商隊的事情過去大半年了，天佑覺得好像是做了一場大夢，但是環顧四週身處的環境，卻又如此真實。

自從上次事件以後，整個拜上帝會傳教與組織訓練信徒的工作越發積極起來，這半年來天佑更是脫胎換骨，簡直換了一個人似的，變得更忙碌，但是更快樂，也更有自信。

他與陳作容除了在縣城附近的村莊，特別鎖定與他年紀相仿的年輕人，熱心積極地傳教之外，另外一項重要任務就是訓練這些新加入的信徒，讓他們在最短時間轉變成可以拿起刀槍上戰場作戰的教兵，時至今日天佑與作容共同訓練出來的年輕教兵已達數百人之譜。

石達有時候會抽空來前來協助天佑訓練教兵，而只要石達一來，天佑就會逮住機向他請益兵法謀略和行軍布陣等相關問題，其他時間就是跟石達切磋武藝。雖然名為比試，事實上石達在互相切磋的過程中給了天佑很多功夫上的指導，特別是拳腳功夫方面，原是天佑較不擅長，幾個月下來，天佑不但身形精壯結實許多，速度反應與出拳力道亦大有長進。

天佑非常喜歡現在的生活，以前的他加入拜上帝會是想尋找心靈的寄託，但是拜上帝會給他的卻遠超過心靈上的滿足。

從前的他不過是一個在家鄉種地和跟著父親養馬的農村青年，他的人生注定毫無希望可言。如今卻帶領著一百多號人，排兵佈陣、行軍操演，他心裡情緒彭湃、熱血沸騰。雖然現在還不明瞭拜上帝會究竟要帶他走到哪裡？但是從攔截商隊這件事情中他領悟到一點，那就是只要自己擁有足夠的力量，就可以完成很多事情，甚至可以改變這個令他沉悶難受、壓抑不已，又毫無希望的世界。

天佑所訓練的年輕人大都跟他有同樣的想法，加入拜上帝會，認識上帝當然很重要，但是吸引他們來認識上帝的關鍵是兩個字：希望。

今日作容跟天佑都接收到一道特別的指令，總舵要求只要是伍長以上的信徒幹部一律集合進行禮拜，這是相當罕見的現象。

拜上帝會規定每七日要進行禮拜儀式，這一天便稱為聖日或禮拜日。因為信徒日漸增多，為了掩人耳目不引起注意，通常採用分區方式進行。以二十五人為單位，由一名倆司馬負責主持禮拜活動，即便有重大事情需要宣布，通常最多只會有一卒計約百人的聚會，畢竟人數再多就容易引起外人側目的眼光。

因此特別要聚集伍長以上的幹部必然是有大事發生，陳作容跟蒙天佑一路上都在談論，但是想不出到底是什麼事情。他們兩人來到總舵進了大屋後，發現屋內老早坐滿了許多人，有些熟識的人互相打了招呼後，就靜靜地坐下來默禱等候。

這是拜上帝會固定的儀式，聚會開始前，所有人都會靜坐禱告，等候上帝的靈降臨。

拜上帝會的許多宗教儀式中，這段等候的時光是蒙天佑最享受的儀式之一，因為在這段時間裡他的心可以安詳謐靜的休息，好像真實感受到上帝的手將他擁抱在懷裡的感覺，而這種感覺是加入拜上帝會以後才出現的，是一種平安穩妥的感受。每一次進行聖日禮拜時，天佑都希望這段時間能夠一直延續下去不要停止。

聖詩班頌讚上帝的優美聲音慢慢在天佑的耳邊響起，歌聲由小至大，接著整個屋內突然光明乍現，大屋內週圍的燭檯以及聖詩班歌手所提的小燈籠被一一點亮。

今天的詩歌聽起來特別的宛轉悠揚，男女合聲相互呼應，歌頌著天父上帝的偉大，也唱出上帝子民景仰之心。

悅耳歌聲，朗朗清音、觸動人心，聖詩班唱道：

開闢真神惟上帝，無分貴賤拜宜虔。
天父上帝人人共，天下一家自古傳。
盤古以下至三代，君民一體敬皇天。註

蒙天佑睜開眼睛瞧見聖歌隊伍中，計有二十人。十男、十女各分成兩排，共四排。其中女子為首的就是與天佑同屬馮雲山老師親自轄管下的一卒當中的一名女伍長：阿桐。

註：《原道救世歌》是拜上帝會早期重要文獻之一。洪秀全撰。

天佑心想：「是她啊，難怪，今天的詩歌特別好聽。啊，我不能這麼想，這是不聖潔的，會惹天父的氣。」蒙天佑趕緊禱告祈求天父上帝的原諒，但還是忍不住又偷瞄了阿桐一眼。

聖詩班詠詩頌讚完畢後，照例應是輪到馮老師上台講經，但今日馮老師上台時，臉上表情顯得有些興奮。

這幾個月下來，天佑經歷過許多事情，而每一次的經歷都讓天佑有不小的成長，天佑近來發現自己許多能力都提升了，特別是在察言觀色的本事有很大的進步。

現在的他比較容易從別人的表情、言談、情緒以及行為中去瞭解對方內心真正的想法。當然不一定每次猜測都正確，只是越多的經歷，讓他對觀察揣想別人的心思更有把握，猜對的機率越高，天佑自己對於這種能力的提升也覺得特別。

天佑從馮雲山的面部表情中看到他內心的激動，果然講台上的馮雲山隨即大聲地說道：「各位兄弟姊妹，請問大家有沒有仔細聽聖詩班剛剛吟唱的那首聖詩，可知道是誰所作的？」底下眾人交頭接耳、竊竊私語地討論，但是卻無人回應。

馮雲山繼續說：「這首詩歌是依據教主最新的訓詞編曲而成。」

拜上帝會的教主就是洪秀全，這位隱身於幕後的神祕人物，是拜上帝會內至高無上的人物，天父上帝的次子。

馮雲山在傳教時都不會忘記提到洪秀全的傳奇故事，所以拜上帝會每一個信徒似乎對教主的各種傳說非常熟悉，比如說：這位教主在幾年前夢見天父下凡，夢中看見天父身穿白袍，命他於人世間斬妖除魔，並賜他寶劍〈雲中雪〉以及印璽一顆。

相傳洪秀全的本名叫做洪仁坤，小名火秀，又名洪日。而他所稱的天父就是從基督教聖經中所認識的那位上帝，當時上帝的漢文譯名叫做〈耶火華〉，因為洪的小名〈火秀〉兩字中的〈火〉字，冒犯了〈耶火華〉的名諱，所以天父告訴洪，他的名字必須做更改，上帝又特別指示洪要改用〈全〉字。而這個〈全〉字，拆開來就是〈人王〉，顯然天父早就指定洪要做人間的君王。

馮雲山提高聲調說：「今天是個特別的日子，除了可以聽到教主所作的詩歌外，眾兄弟姊妹們期盼已久、朝思暮想的教主，尊貴天父上帝的次子，天兄耶穌的弟弟，今天終於來到我們當中了。」

什麼教主來了？

這是何等大事，難怪要聚集伍長以上的信徒幹部前來，就是要迎接這位離開廣西兩年多的教主。蒙天佑是洪秀全離開廣西以後才加入拜上帝會的，而在場的信徒們絕大多數也都沒有親眼見過教主。

這位神祕的教主，終於回來了。

其實洪秀全一開始與馮雲山兩人連袂前來廣西桂平山區傳教，幾個月以後洪秀全認為自己的傳教工作沒有太大的效果，再加上廣西山區貧困的生活著實不好受，他便獨自返回家鄉廣東，表面上說是要閉關鑽研上帝的旨意，沒想到這一閉關就是兩年多的時間。然而令洪秀全想不到的是馮雲山居然能在兩年多的時間裡，把拜上帝會發展到至今坐擁接近千人信徒的局面。

在眾人期待中，一位看起來約三十幾歲，臉色淨白、身著黃袍的男子，緩緩從台後走出來，一路走到馮老師身旁，他的表情肅穆、眼神凝重、不發一語，靜靜地從台上看著大家。

台下眾人也都睜大眼睛看著他，因為一時之間實在不知該做何反應，可能是太過驚訝，這位傳說中的教主，身分是天父上帝的次子，僅次於天兄耶穌的人物，在拜上帝會的信仰裡是代表上帝在人間的角色，何等尊貴，如今活生生地出現在大家的眼前，真是難以形容的感覺。

天佑仔細地端詳著台上那名黃袍男子，方臉大耳，目光深邃，但是表情卻陰沉。他往台上仔細觀察了許久，眼前這一位上帝的次子除了臉色有點白皙外，似乎沒有什麼特別，如果真要說特別之處，天佑的直覺是這個人有點鬱悶，是的，好像心中鬱鬱不得志的心情，完全寫在臉上。

眾人靜默許久，正不知該如何打破這個尷尬的場面時，突然有一個人的聲音改變了現場的氣氛，那就是原本坐在第一排的楊秀清。他突然改坐為跪，雙手伏地，大聲喊說：「尊貴次子、教主萬福。」此時所有人才似乎被點醒，大家趕緊都學楊秀清改變原本的坐姿，紛紛雙膝跪地，高聲喊道：「尊貴次子、教主萬福。」

楊秀清的這個動作是要讓洪秀全對他印象深刻，也是向洪秀全表態，但是此時在楊的內心裡面，卻是期待將來有那麼一天，自己可以這樣被人跪拜著行禮，如同皇帝一般。

拜上帝會的信徒從來只跪拜天父上帝，馮雲山從不要求信徒向他跪拜。如今教主回來了，馮雲山本來還在思索信徒們應該用哪一種儀式來迎接教主，楊秀清替他解決了這個問題。

向權力的至高者下跪是傳統文化的習慣，黎民百姓遇見官老爺都要下跪，更何況是這位身分尊貴至極，天父的次子、上帝在人間的代言人。

然而魔鬼腐蝕純正的信仰，通常是在一些細微處下手導致其腐敗。從這時候起，這個原來強調不拜假偶像，要敬拜永恆真神的拜上帝會，卻自打嘴巴轉變成要去跪拜一個有形的肉體，活生生的凡人。雖然這個凡人自稱為上帝的次子，耶穌的弟弟。只是這種假藉神明下凡的名義，在歷史上並不罕見，此時拜上帝會信徒的心被魔鬼的伎倆蒙蔽了。

拜上帝會的教主回來了，但是會不會真正的天父上帝與祂的真理卻反而在拜上帝會中逐漸失去應該擁有的尊榮呢？

在楊秀清領頭向洪秀全跪拜之後，接下來的發展可想而知，台下眾人紛紛向教主歌功頌德一番，而這位尊貴的洪教主自然要勉勵眾人，講了些「普天之下皆兄弟」、「上帝視之皆赤子」的道理後，便轉身回台後去，其餘的事情就交給馮雲山來處理。

聚會結束後所有人都在談論剛剛所發生的情形，絕大多數的人都是說自己何等幸運，竟然能夠親眼見到教主一面，回去之後一定要向兄弟姊妹們好好炫耀一番等等，只有蒙天佑獨自在心裡納悶，默然不語。

「天佑，怎麼一路上都不說話？」陳作容好奇問道。

「作容哥，我講一件事，聽了你可別生氣？」

「怎麼會呢？好兄弟，無話不說，快講。」

「作容哥，我怎麼覺得這個教主，好像……，好像……」

作容不耐的說：「好像什麼？」

「好像沒有什麼信心，又好像個鬱鬱寡歡的落第書生樣子。」蒙天佑小聲說道。

作容聽後馬上敲了一下天佑的頭，生氣地說：「你別亂講，他可是教主，尊貴上帝的次子，這話可別到處亂說。」

蒙天佑吐了舌頭道：「我知道，別緊張，我只是說出心中真實的感覺，沒別的意思。不過看到教主的真面目後，還真希望我們的教主就是馮老師，他那溫文儒雅的風采，再加上聰明才智，才配得上教主的名號。」

「好了，別說了。不管教主也好、馮老師也好，他們兩人都是我們拜上帝會最棒、最重要的領袖。總之，從現在起我們拜上帝會要闖出一番驚天地、泣鬼神的大事業了，這乃是天命所在，因為我們有真神天父上帝的護佑。」作容信心滿滿地說。

陳作容的這一番話倒是讓蒙天佑打從心裡面支持，經歷過這麼多事情，包括石達的訓練與教導，從他胸懷韜略，腹隱機謀的手段跟態度中，蒙天佑打開自己的眼界，現在的天佑一心一意把石達當作自己學習的對象，也下定決心要跟著陳作容一起在拜上帝會裡面闖出名號。

因為天佑知道，這是他這一輩子唯一的機會。

唯一翻身的機會。

他不想要永遠當一個鄉下貧困的農民，而拜上帝會，提供給他一個機會與舞台，對於一個窮小子來說，絕對千載難逢，他要好好把握住。

幾天之後，蒙天佑跟陳作容就接到馮雲山交代的任務，馮雲山從自己所帶領的教徒中挑出五十名強健的青年，結合之前由石達幫忙訓練出來的五十名教徒，組成一個新的卒，這個卒番號為神兵卒。藉由石達的協助，這支百人隊伍擁有拜上帝會內最完整軍事化的武器配備，包括槍、刀及盾牌。

另外陳作容跟馮雲山建議組成一支馬兵，由蒙天佑來帶領，因為這是他的專長。拜上帝會中懂得騎馬的人是少數，而像天佑這般會騎馬又懂得養馬的人就更少了。馮雲山也覺得難得教中有這樣的人才，因此下了血本，買了十二匹駿馬，交給蒙天佑組成馬兵隊。

為了組成馬隊這件事居然讓楊秀清跟馮雲山起了點小摩擦，吵嚷著要由他所統領的武衛卒來組成馬隊，但是馮雲山怎麼樣都不肯。為了安撫楊秀清，後來馮雲山答應讓他再多帶領一卒的人馬，總共兼領三卒，才讓楊秀清不再跟馮雲山嘟囔要爭取馬隊。

不過這一件事讓馮雲山感受到一些危機，開始對楊秀清這個人的強烈權力欲望與其在拜上帝會內日漸擴張的實力覺得忌憚。

馮雲山心想必須對楊秀清這個人做些管控和提防。於是他趁清點教徒人數的時機，重新把拜上帝會的組織編制做了調整，將所有信徒中十二歲以上至六十歲的男子編入各卒，共計有十卒，每卒百人。

其中由楊秀清領三卒、蕭朝貴領一卒、陳作容領一卒，剩餘的四卒都由馮雲山自己親自統領，這樣的人事安排可以確保他自己掌控拜上帝會當中最大的勢力，開始巧妙地平衡教內的派系力量。至於老人、幼童與女眷都另外編組，正式實行類軍事化的管理制度，這時的拜上帝會若不分男女老幼，總人數已經接近二千人。

馮雲山同樣認知到拜上帝會需要發展出更精細且更有效的組織系統，否則即使人數再多也都只是一盤散沙，無法發揮作用。傳教的工作無法再如從前那樣，都是由他個人親自進行，這樣接觸的人數既少且傳教的速度緩慢，當然好處是每一個入教信徒的狀況他都能夠掌握，不過現在是拜上帝會發展的重要關鍵時刻，必須做出一些取捨。

於是，他將傳教後的信徒入教審查權下放至各個卒長身上，也就是以後各卒長有權審查入教信徒，並且因應信徒所居住地區巡行編入所轄管的各卒內，這是因應現實環境而採取的作法。

另外就是有關個人私產繳交入聖庫部分，則是規定入會所有信徒，都要將個人財物繳入聖庫，聖庫再依照各卒人數比例、個別經濟條件與生活需求統一分配，而這分配的權力就由各卒長共同來決議。

馮雲山所建立各種措施的關鍵，在於每個卒長是否能確實判斷新入教的信徒們的信仰狀況，是否真實而虔誠。不過以目前情況來說，由楊秀清及蕭朝貴兩人所招募進來的信徒，信仰審查通常比較粗略，一般想要入教之人只要表達自己願意放棄傳統信仰，改信天父上帝，相信將來天國會為他們預備榮耀的賞賜，就算通過。對於拜上帝會教義認識的深淺則沒有太多要求。

針對這個部分的缺漏，馮雲山則是打算從入教以後的信仰教育來彌補，希望新的信徒入教以後，透過信仰教育系統來加強對拜上帝會教義真理的認識。

但是由於信徒人數不斷增多以後，入教後的信仰教育工作通常也委由卒長或是倆司馬代為執行，不是每個人都能夠得到馮雲山親自傳授教義真理的機會。

這是一個組織成長增大以後不得不面對的現實。因此，馮雲山對現實狀況做出了妥協，這也預告了拜上帝會自此要邁入集體領導的階段，權力不再只集中於馮雲山、洪秀全這兩人的身上，領導幹部階層擁有一定的發言權，特別是楊秀清及蕭朝貴兩人，因為這兩人所招募的教眾大多是他們燒炭工人同黨或是其親朋好友，以成年男子為主，是拜上帝會主要的生產力與戰鬥力來源。這使得楊秀清與蕭朝貴兩人在拜上帝會中的發言權快速擴張。

✢✢✢

洪秀全回到廣西桂平後，對目前拜上帝會的主要領導成員做逐一的認識與了解，洪對馮雲山相當感謝，因為能夠在兩年間把組織發展到這個規模是洪秀全料想不到的，但這也大大增添洪秀全的信心，對於自己是承擔天國使命的這件事更加深信不疑。

洪秀全對於洞悉人性、讀懂人心有一番獨到的功夫，經過馮雲山的解說與自己的觀察後，洪秀全察覺到拜上帝會內的權力布局中需要注意的現象。他與馮雲山都有共同認知，如今教內除了他們二人以外，就屬楊秀清的勢力最大。

楊秀清毫無疑問是個幹才，拜上帝會許多新進的信徒都是透過他招募進來，但是此人野心很大，對於權力慾望的企圖十分明顯而旺盛，前些日子為了增設馬隊一事居然公然與馮雲山爭辯，可見此人遇到權力競逐時，會不顧一切，毫不猶豫，不會因為人情或是規定而裹足不前。

洪跟馮兩人都明白現階段需要楊秀清這種人幫忙發展拜上帝會的組織，但是同樣地楊秀清也需要他們，楊秀清在教內的勢力發展才剛開始起步，不能讓他一路坐大到不可控制的情況，洪秀全認為需要趕緊再招攬一些與他同類型的人物來加入拜上帝會與之抗衡。

於是兩人商議後，將眼光放到貴縣龍山的礦工區。

貴縣龍山礦區是廣西著名的錫礦區，各家開採大戶都在此地進行開礦工作，因此聚集了數以千計的開礦工人，是發展傳教工作的好地方。由於石家莊是龍山礦區的主要大戶，通過石達的安排，馮雲山開始進入龍山礦區傳教，他很快就看上秦日昌這人。

秦日昌從小家境貧窮，年少失學，少時做豆腐為業。年紀漸長後在鄉里的團練效力過，後來輾轉到了龍山挖礦。由於他為人忠厚，又頗有義氣，漸漸在礦工中取得人望，成為礦工們的領袖。馮雲山觀察後立刻將秦日昌列為傳教的主要工作對象。

龍山地區的礦工們背景多數相似，大夥每天掙扎於溫飽之間，鎮日辛勞工作所得不到十文銅錢，生活苦不堪言。馮雲山的上帝天國、均平共富的言論一進到礦區工人中，再加上馮雲山個人獨特的親和力，拜上帝會的信仰迅速地獲得認同。

對這些貧苦礦工來說，這個上帝似乎能為大家帶來那遙不可及的希望，就算在今生沒有指望，那麼至少還可以期待在天上那永恆的天國。礦工的特性又和農民不同，他們組織性強，能吃苦，又因為沒有土地、房產，沒有後顧之憂，對於加入類似團體組織相對容易，因此礦工們加入會黨組織也是時有所聞，在龍山礦區甚至也有天地會的堂口滲入其中，暗中發展組織。

應該是上帝的恩典，馮雲山天生具有傳教的恩賜，很快地，馮雲山與秦日昌搭上線，經過一些時日的關心交流，秦日昌居然願意加入拜上帝會，並且十分認同天國的信仰理念，他也開始拉攏一些礦工加入，來聽馮老師講道。

拜上帝會在礦區內傳教的事引起了騷動，於是有礦區的開採大戶準備驅離拜上帝會的人，不過卻被石家莊給阻止了。因此，礦區內有人開始謠傳石家莊才是拜上帝會幕後真正的藏鏡人，但由於石家莊是貴縣在地的實力大族，官府不敢輕易得罪，也就不了了之，拜上帝會傳教的工作得以繼續進行。

龍山礦區在馮雲山努力以及秦日昌的加入後就取得大幅度的進展，很快地累積上百名的信徒，於是馮雲山開始讓秦日昌自己帶領信徒擔任起卒長的工作，想慢慢地培養他成為可以與楊秀清分庭抗禮的人物，這同時是洪秀全的想法。

洪秀全對於如何管理部屬、馭下之術有一套自己的想法，他認為將來需要這些領導幹部共謀大事，但是對於教內的領導班子，絕不可讓某人獨大，採用瓜分其勢力而治之的方法，使這些領頭人物彼此間互相競爭、互相抗衡，才能確保他自己永遠掌握住最高的權力。

馮雲山確實感受到楊秀清這個人的危險性，除了積極培養秦日昌以外，他評估最好是要有一支專門屬於自己的力量作為支撐，他知道將來唯有掌握力量的人，才不用擔心被人控制或是威脅，也唯有本身具有實力，才能夠為上帝建立一個全新、均富、平等又幸福的地上天國。這是他一生的理想，整個人生都在為這件事奔走努力，所以不會輕易地讓任何人毀了這個理想，馮亦深信上帝會保佑、幫助他。

馮雲山細心栽培的對象中，蒙天佑也是重要的一位，但是對於蒙天佑來說，他則是一心一意要透過拜上帝會的力量，衝出這座禁錮自己很久的牢籠。

這個牢籠不是個具體的牢籠，也不是他的家，對於家、對於爹娘，其實他是依戀又感恩的。禁錮天佑的是這個社會、這個充滿腐敗與墮落氣息的體制。在這個暗無天日的世界裡，多數同他一樣的尋常平民百姓，打從出生起就沒有了希望。

以天佑來說，家裡還不算是村子裡最貧窮的，但是依然看不見自己的未來在哪裡。這個社會除了透過層層科舉制度考取功名，然後謀取一官半職來翻身以外，似乎就別無生路。

家大業大的豪門，自然會想辦法替後輩們找門路，而像天佑這種尋常百姓，一輩子辛苦活著，難道就只是用自己的不幸來陪襯這些龍子鳳孫的尊貴嗎？

蒙天佑不願意，也不甘心過這種生活，將相本無種、男兒當自強。他不願意一輩子像他爹一樣幫人養馬，雖然曾經興起仿效阿爹投效軍營的念頭，但是聽到綠營軍隊中的腐敗比之外界有過之而無不及時，他就打了退堂鼓，再也毫無興趣。

今日的天佑有機會如史書中的英雄豪傑，為蒼生、為百姓、為人世間公義而奮鬥，最重要的是，為自己那海闊天空的未來而努力。這時候的他，和那些陸陸續續不斷湧入拜上帝會的新信徒一樣，不太會關心上層領導班子裡面隱而未現卻暗潮洶湧的權力鬥爭，現在的他只想尋找這位公義的上帝所帶給他們的——希望。

另外還有一群人也在尋找希望，不過他們的希望卻在幾個月前，讓三個年輕小子假扮的買貨人毀了，如今真正的買貨人從廣東到廣西潯州來討一個公道。

一路上不斷有人傳報消息，說蓮園大戲即將要在桂平縣登場了，趕快來看喔！蓮園戲班在兩廣地界算是赫赫有名，若不是豪門富戶或是官府的邀請是不輕易上門的。這回不知誰是東道主，可以請到蓮園戲班到桂平表演，聽說要唱的就是元朝關漢卿的雜劇代表作《竇娥冤》，看來是打算來喊冤的，也是來算帳的。

✠ ✠ ✠

廣西潯州府貴縣衙門的內堂裡，縣令黃濟與吳師爺正在商討北山舊銀礦區重新開採的事情。

「縣太爺啊，知州大人那邊攤派的礦稅高達兩萬兩，這意思就是要本縣自個兒想辦法搜刮了。」

黃縣令嘆口氣說：「自鴉片戰爭戰敗以後，我大清不但開放五口通商，還割地賠款，這二千一百萬銀元賠下去，整個國家的財政就江河日下、一落千丈，藉各類名目攤派加稅乃常見之事，現在上頭要我們重啟北山礦區，隨便一分攤就是兩萬兩礦稅，我上哪去籌款啊？」

「吳師爺，你說看看重開北山銀礦的法子到底可不可行？上次開採北山已經是嘉慶年間的事。但若不開採銀礦，每年要攤派兩萬兩礦稅又是要如何籌措？」知縣黃濟說得心煩意亂。

黃濟剛提到的是清嘉慶二十四年，前貴縣縣令蔣慶錫曾經僱工開採北山之六班諸山銀礦，耗費了數千兩銀子與龐大人力，但是所獲的銀礦卻十分有限。

吳師爺趕緊安撫知縣大人說：「大人，您別擔心，嘉慶年間那次開採銀礦是由官府直接僱工進行開採，故獲利與風險全由官府自行承擔。這次我們採用另一種方式，把礦區的開採由官營改成官辦私營，招商開採，官府直接收權益金就好，什麼事情也不用做，這樣就穩賺不賠，萬無一失了。」

「吳師爺，話說得輕巧。所謂殺頭生意有人做、賠錢的生意沒人幹。那些商賈富戶個個都精明地跟鬼似的，會有這麼好說話嗎？」

「大人，州衙那邊的意思是要本州境內各大豪門富紳共體時艱、同舟一命一起解決難題，而本州境內的這些富紳們平時受到浩蕩皇恩的照顧，今日朝廷有難、國家有需，他們豈能袖手旁觀呢。再說我們也有給了那些願意參與開採的商戶們一些額外的甜頭，比如說西市賭坊、酒樓的經營權，我相信那些大戶會買單的。若再不成，就加點硬的，隨便找個人擊鼓鳴冤說這些富戶欺壓百姓，弄點官司上身，他們還不是乖乖就範。」吳師爺皮笑肉不笑地分析著，讓黃知縣看了都覺得噁心。

儘管無奈，黃知縣清一清喉嚨，輕咳了一聲說道：「這也是為國為民著想，相信那些平常為人就樂善好施的仕紳商賈會理解、會體諒的。好吧，就請吳師爺趕快擬個章程，貼榜招商，重開北山銀礦，讓有意願的商家前來競標。」

此時的朝廷為了籌措鴉片戰爭失利所導致的巨額賠款，不斷地向地方加稅。清朝的課稅原本就十分繁瑣，除田賦之外，另有礦稅、房捐、厘金、鹽稅、茶稅、酒稅、當稅、洋葯稅、土葯稅、關稅、契稅、牙帖費、當貼費、茶引費、鹽引費和印花稅等五花八門、琳瑯滿目。

到了後期為了要徵稅，更是什麼名目都用上了。宰牛、宰豬要稅，販魚、擺攤、開店鋪都要收稅，如果什麼都沒有的地區，那就直接加丁稅。反正稅不會從官府出，永遠是從百姓身上挖，這左一挖、右一挖，民心就這麼被挖斷、挖爛了。

要重新開挖北山銀礦的招商消息一出，旋即在大戶豪門間捲起一陣風浪。廣西潯州府四縣的大戶不出十幾家，而當中有能力參與銀礦開採招商的不外乎是黃、石、胡、韋、高、岑這幾大家。果不其然，這消息一傳到這些世家大戶的耳裡立時引發種種議論，不過大家討論的卻都是如何找藉口不去參與招商。

因為誰也不清楚北山銀礦目前到底還剩多少礦脈可挖，但上次嘉慶年間開採失利卻是大夥記憶猶存、印象深刻。正當各地大戶們都避之唯恐不及的時候，這個消息同樣在紫荊山區拜上帝會內引起了討論。

楊秀清主動跟馮雲山提出參與招商的建議，馮雲山初聽到時也曾心動，然而幾經思索後說：「秀清兄弟，貴縣要重新開採北山銀礦，貼榜招商，此時若我們能夠取得開採權進駐北山，對於本教的傳教發展自然是一大利多。但是參與招商這事一來所費不貲，對我教的財力是一大負擔；再者就算經費無虞，我們要用什麼名義去參加招商也是個問題，畢竟本教向來沉潛，如今大張旗鼓地派人參加招商，難免會引起官府的注意，對本教的發展未必有利。」

「馮老師的顧慮很有道理。」楊秀清揚聲說道，又停頓一會，看了一眼在座的眾人後才接著說：「這些問題我也思考過，故此次參與招商絕不能以本教名義出面競標，甚至不能委由石家莊來代為辦理。」說完後，又看了馮雲山一眼，似乎是在告訴馮雲山，你跟石家莊之間的聯繫我都清楚得很。

馮雲山心頭一震，思忖這楊秀清果然厲害，消息相當靈通，不過馮雲山並不理會楊秀清的目光，一副老神在在、神態自若地說：「既是如此，不知秀清兄弟有何高見？」

「出面參與招商的人由我來找，可擔保此人絕對不會洩漏本教的行蹤，也絕不會讓官府起疑，是個萬無一失的人選。但是經費的部分則需由本教聖庫支應，另外取得採礦權後，北山礦區的傳教工作便由我來負責。」

馮雲山立刻面露難色，他之所以會有興趣來參與北山銀礦的採礦工作，就是因為從秦日昌與楊秀清兩人的例子中發現，礦工苦力是拜上帝會信仰很好的傳教對象，這些礦工們多半沒有家累、又無恆產，大部分只剩下爛命一條，不過基本上身子骨還算可以，才能負擔起這種粗重的體力活，而且就馮雲山的經驗來看，這些礦工多數不排斥接觸拜上帝會的信仰，甚至一旦加入後，便會成為虔誠忠貞的信徒。

馮雲山評估過，向苦力工人傳教比向佃農貧民傳教的效果還好。然而現今不管是工人或是農民，拜上帝會本身都沒有多餘的資源可以提供給他們，反而還需要這些貧苦信徒們將自己所剩無多的財物上繳給聖庫，對這些信徒來說，會吸引他們入教，完全是信仰的力量，他們認為自己找到一個心靈上真正的依託，將希望放在拜上帝會所允諾的那個遙不可及的未來天國。

馮雲山明白如果能夠進入北山礦區傳教，那裡可以成為拜上帝會另一個重要的根據地，一來北山礦區的腹地廣大、可招募礦工人數眾多，人員聚集十分容易，又不會引起官府注意。再加上礦區的地理位置偏僻，正好方便進行軍事組織操練的工作，確實是一個大好機會。

只是參與競標所需經費實在龐大，光是二萬兩白銀的開採權利金，就算拿出本教聖庫裡目前所有積蓄也還不夠，實在是一筆龐大負擔。再來讓楊秀清專責北山礦區的傳教工作後，想必未來他的勢力又要更加擴展，左思右想評估考量後，馮雲山依舊著眼於拜上帝會的未來發展，拋棄對楊秀清個人的成見說：「這樣好了，負責出頭的人由你去找，經費我來想辦法，但事成之後的北山礦區傳教工作，必須由你跟秦日昌兄弟共同負責，他亦是礦工出身，到礦區工作熟門熟路，可以給你很大幫助。」

楊秀清聽後，沒考慮太久就答應，畢竟這是當下對大家都有利的做法。與馮雲山商議定後，楊秀清回頭跟小七說道：「通知平南那位武秀才，準備一下，好戲要上場了。」

✢✢✢

戲台上正上演著熱鬧大戲，劇情進展至關鍵時刻，這戲的劇本是四折一楔子，現正演到第四折：竇娥的冤魂向已經擔任廉訪使的父親控訴。案情重審，將賽盧醫發配充軍、昏官桃機革職永不錄用，張驢兒斬首，竇娥的冤屈蒙其父竇天章平反的重點橋段。

竇劇會如此吸引戲台下近千人的觀眾翹首專注觀賞，除了這女主角唱功一流外，劇中所描繪的心地善良的人貧窮命短，作惡多端的人卻富貴延壽，這種世間的不公義，讓台下的廣大群眾產生共鳴，莫不希望能夠有一位正義使者，替天行道，一洗眾人那無處可訴的冤屈啊。

看戲的群眾中有不少人隨著竇娥的冤情，揪心哭泣，恨不得向青天大喊一聲：「老天爺啊，為何待我如此不公啊，天理何在啊？」

當然劇中女主角唱起劇曲來的嗓音絲絲入扣、撩撥人心，也替這齣戲加分不少。粵劇以梆子、二黃作為主要唱腔。女主角的調門唱得甚高，讓離戲台數百步以外的觀眾也聽得相當清楚。

蒙天佑隱身於台下的人群之中，看著台上竇娥精湛的表演，被其深深地吸引住。擔綱演出竇娥的女主角是蓮園戲班掛頭牌的名伶，也是園主的女兒：李聰兒。

李聰兒今年不過十五歲，但從小在戲班裡長大，再加上園主極力的栽培。自小就對粵劇中講究的武打身段、唱腔口白勤加練習。約莫在三年前開始挑大樑擔任女主角，沒想到一演出就廣受歡迎，逐漸在兩廣戲壇闖出了名號。

蒙天佑看著李聰兒扮演的竇娥，表情眼波流轉，加上悠人悅耳的聲音，讓天佑這位慘綠少年，有一股情竇初開的感覺。其實蒙天佑對於男女之事算是開竅晚了，以他十五、六歲的年紀正是血氣方剛、對異性產生好奇與愛慕的時候，然而相較於其他年紀相仿的同伴，天佑似乎不太有什麼動靜。

也許是因為沒有遇到令他怦然心動的女生吧！如果勉強要算，就只有那位唱詩班的阿桐，長得清秀靜雅，再加上歌聲也不錯，曾經出現在他夜晚的夢中。

就在蒙天佑出神忘我地聆聽著李聰兒唱戲之時，一個清脆的聲音把他從沉醉中給喚醒。

「天佑哥，你也愛看戲啊！」

蒙天佑回頭，嚇了一跳。正是阿桐。

「沒、沒、沒有啊，剛好路過而已。」蒙天佑表現得有點慌張，好像怕阿桐看穿他剛才閉目冥想的內容。這時，阿桐看著蒙天佑奇怪反應，不解地說：「你別怕，馮老師又沒有說不能看戲。」

「我不是那個意思。」

阿桐不理會蒙天佑繼續道：「這戲的女主角長得真是漂亮，歌聲又好聽，我看台下這麼多年輕小哥們的魂都被她勾去了，天佑哥，你是不是也一樣啊？」

「哪有啊，你別亂說，我……我哪有啊？」蒙天佑急忙澄清。

「好啦，天佑哥，我鬧著你玩的，別這麼認真。」阿桐看著蒙天佑焦急的神情，連忙說道。

畢竟天佑與其他小夥子不同，自從阿桐加入拜上帝會以來，天佑算是她的好友知己，是少數幾位能夠與她深入討論信仰真理的人。

阿桐年約十四歲，雖非國色天香之容，但是眉清目秀、秀外慧中，在拜上帝會年輕一輩裡是眾人皆知的美女。她是佃戶的女兒出身，阿桐的爹已經三代佃戶，家裡就靠著替地主耕種那幾畝地過活，平均一年可掙得的銀子不到十兩。

阿桐是家中第二個女兒，家裡有哥哥、有弟弟以及一個大姊。但是大姊從小就送人做童養媳，這是佃農間常出現的狀況，畢竟養不起還不如送給別人養，或許生活還過得比留在家裡好。不過有時候還得看命運的安排，因為童養媳被虐待至死的狀況也是層出不窮，這就是當時底層百姓真實生活的寫照。

阿桐原本小時也要被送走，好不容易經過她娘向阿桐的爹極力爭取才保留下來。從小家境雖然貧困，但是阿桐的娘親極力照顧她，這在廣西客家人的重男輕女傳統下，非常的難得。

客家女子在當時被稱做大腳蠻婆，理由是當時客家女子不像漢人婦女一樣從小纏足。但這絕不是因為客家人提倡男女平等的觀念所導致，而是因為客家女子的地位很低，從小就要幫忙家計，因此種田、採茶等大小事情都要做，甚至還要做得比家中的男性更多。可想而知在這種情況下如果纏足，那客家女子們要如何去從事採茶、耕田等粗重工作。

傳統客家庄文化裡沒什麼男主外、女主內的習俗，客家男性由於從小倍受長輩寵溺的關係，有些人還會說出以耕田為恥、以讀書為榮的渾話，來搪塞自己應盡的工作責任，但是這種現象反而鍛鍊出堅毅卓絕的優秀客家女性。

阿桐雖然生活過得辛苦，但至少還有母親的關愛。當馮老師來到紫荊山地區開私塾免費教孩子讀書時，在阿桐母親強力懇求下，終於讓丈夫點頭答應，准許阿桐去馮老師那裡讀書學寫字，就這樣開啟了阿桐的信仰道路。

自從接觸拜上帝會以後，阿桐開始真正去認識這個原本她自以為熟悉的世界。人是從哪來？要往哪裡去？人為什麼要活著？這三個問題一直在阿桐的腦海裡打轉，阿桐應該是馮雲山到廣西傳教以來，所教過的學生當中最會對信仰問題追根究底、反覆辯證的學生。

有時候阿桐所提出的問題，連馮雲山自己都沒有答案，不過即便從馮老師那裡得不到答案，也不影響阿桐對於上帝真理的追尋。因為她從馮雲山的教導中學到了，上帝愛世人，要救一切相信祂的人，不至於滅亡，反而得到永生。這一句話讓阿桐感受到極大的安慰，她覺得這個天父上帝好棒，居然愛我這個微不足道的佃戶小女子，祂不會看我的出身、性別、才幹、能力，只因為我們都是祂所創造的。

阿桐心裡想：「以前的我們，因為罪惡的緣故，墮落不認識上帝，像是迷路的人，如今，我們都可以回家，成為永恆天國的一分子。這是多麼好的一個消息，多麼有盼望的消息。為什麼我現在才知道？」

拜上帝會的信仰跟阿桐以前所認識的傳統民間信仰不一樣，她說不太出來是哪裡不一樣，只是她每次向上帝禱告敬拜時，就會帶給她平靜感、安全感。這是阿桐從來都沒有過的感覺，阿桐非常喜歡這個感覺，因此很快就接受信仰加入拜上帝會，自然而然成為馮雲山的高徒。

蒙天佑與阿桐就是在馮雲山講課時認識的，每次講課後，常看到蒙天佑與阿桐兩個人留下來繼續糾纏著馮老師，詢問許多有關信仰的問題，兩人也被馮雲山封為「男女雙問」，表示兩人最會問問題，最認真學習。

這類信仰的討論相當令馮雲山感到高興，因為馮雲山自己也有許多信仰的問題是在跟他們兩人討論思辯後，得到進一步的釐清，這對馮雲山產生極大的幫助。

只是隨著拜上帝會的信徒人數增加與教主洪秀全回到廣西後，馮雲山的工作重心漸漸轉移至整個組織與制度的發展規劃上，比較沒有時間去探討信仰本質的問題。所以後來多數時間是阿桐跟蒙天佑兩人互相討論，他們倆人也透過信仰分享與交流發展出堅定的情誼，阿桐與天佑都清楚這種情誼並非男女之間的感情，但他們卻十分的珍惜。

阿桐最近常覺得大家都把焦點放在傳教方式以及組織制度的建立上，反而比較少人專注於信仰真理的探討。沒有人真實地去問自己：我信的這個上帝到底是誰？是真的嗎？如果祂是真的，應該用什麼方式來敬拜祂才是正確的？這些問題經常在阿桐的心裡徘徊，每次看到天佑都會讓她發出心意相通的微笑，因為蒙天佑是極少數跟她一樣，非常在乎這些信仰問題探究的夥伴。

戲台下群眾的歡呼聲與鼓掌叫好聲打破了兩人之間的對話。蒙天佑跟阿桐同時間將眼光轉移至戲台上。

戲演完了，竇娥終於沉冤昭雪。但是底層老百姓的冤屈呢？蒙天佑心中突然升起這個疑惑，不過這個思緒很快被一陣喧囂聲給打破，因為一名身穿藍袍公子哥裝扮的人帶著數名黑衣壯漢跳上戲台，開始大聲嚷嚷，台下的群眾跟著不停地鼓噪起來。

蒙天佑花了一段時間才搞清楚台上究竟發生什麼事。

原來這名藍袍公子哥跑上台表示：「蓮園向來以武戲為主，今天文戲唱完了，就來個武戲。聽說蓮園戲班裡個個能打、能跳，武功頗負盛名。是不是就跟本縣在地幾位武師較量較量，好教大家見識一下蓮園的威名。」

阿桐對蒙天佑道：「這群人是存心找碴來的。」

這時候台上的竇娥：李聰兒，對著藍袍公子打躬作揖道：「高公子有禮，今天蓮園來到寶地是應了貴縣的知縣大人盛情邀約，專為酬神謝民而來，今個兒專演文場，不演武場，還請高公子見諒海涵。」

李聰兒口中的高公子就是潯州府在地有名的強豪富戶高家的大公子，名叫：高大。

高家的勢力遍布潯州四縣：桂平縣、平南縣、貴縣以及武宣縣，而桂平縣更是高家的根柢所在，戲台所處的桂平城北市集基本上就歸高家管理，因此雖然台下觀眾們多數覺得高公子是無理取鬧，卻也沒人敢吭聲，所有人都靜悄悄地看著戲台上情況的演變。

這名高公子之所以會藉故來找蓮園的碴乃事出有因。一開始蓮園受到桂萍知縣邀約前來桂平演出，高大一得知消息，便計畫蓮園戲班一抵達就要邀請聞名遐邇的名伶李聰兒過府一敘，理由是辦接風宴，實際上當然是想趁機一親李聰兒的芳澤。

怎麼知道蓮園居然有眼不識泰山，推三阻四，幾次高大派過來拜訪的差役都吃了蓮園的閉門羹，推說是要專心準備演出，不勞高公子盛情款待。

高大平時橫行霸道、作威作福慣了，怎能容忍被人拒絕，面子丟盡。況且在他眼裡，雖說是名聞遐邇的粵劇名伶，但是說到底不過就是個戲子罷了，有這麼威風嗎？於是高大決定在今日蓮園公演時上台，藉故比武尋闕，打定主意要讓蓮園難看。

高大身旁一名橫臉武師大聲叫囂說：「蓮園號稱兩廣第一團，平時武場打戲人人稱讚，怎麼了今天是不敢接受挑戰嗎？難道是怕被人看破手腳，不過是虛有其名而已。」

李聰兒雲淡風輕地說：「咱們蓮園是以唱戲聞名，又不是以武術起家，就算拳腳功夫不如各位師傅，那是自然，也沒有什麼好丟臉的，在此謝謝高公子的抬舉。」

此時台下零星傳來幾句是啊、對啊的贊同聲，只見高大轉頭狠狠瞪了台下群眾一眼，眾人便靜默不語。見眾人在自己的威嚇下安靜，高大相當開心，更趾高氣昂的轉向李聰兒說：「不管如何，今天蓮園來到桂平縣公演，就得按照我的規矩辦事，倘若蓮園不敢派人出馬接受挑戰，就表示認輸，那麼我就要把蓮園這個招牌拆了帶回家作個紀念。」

拆招牌的舉動，對任何人都是一個極大的挑釁與污辱，更何況是赫赫有名的蓮園，是絕對無法接受的行為，但若是出馬接受高大的挑戰，無論是輸是贏，接下來的發展都不會太好處理，李聰兒心思一沉眉頭緊鎖，陷入了長考。

看著台上高大囂張無理的挑釁，台下的蒙天佑忍不住大聲道：「你們這群人不要欺人太甚，剛剛人家已經給你下台階了，不要給臉不要臉。」這話一出，令全場人士轉頭把目光集中在這位年輕小哥身上，大家的眼神彷彿是說：「兄弟你真是太棒了，見義勇為，不過也要為你獻上哀悼。」

李聰兒聞聲也往台下一瞧，想看一下這位願意挺身而出，為正義發聲的人在哪裡，李聰兒的眼光充滿了感激。可是另外一邊高大的眼神就非常難看，他同樣往台下瞧去，憤怒的眼神似乎是在說：「好小子，今天若不將你剁成十八段餵狗，我就不姓高。」

高大怒不可抑的道：「是哪位?有種上來，不然等我下去，你就知道後悔。」

蒙天佑被高大的話一激，義憤填膺正想要衝上台時，一個身影比他更快跳上台前，站在高大對面。

這名突然跳上戲台的人一上去就令人側目。他的體型比高大還要高大，身長約六尺以上，身著白色素袍，面如冠玉、儀表堂堂、英氣逼人。此人的身形甫站定，先彬彬有禮的向眾人行禮致意，展現出來的態度從容自若，氣宇軒昂，遠望有龍鳳之姿、天日之表，霎時間就將高大的氣勢完全給比了下去。

白衣青年朗聲道：「就讓在下來會一會高家的人，你們要派誰出來?」

半路殺出個程咬金讓高大嚇了一跳，正在上下打量這名白衣男子時，高大身邊剛才說話的那橫臉武師不甘示弱，立時向前跨出一步說：「你這好事的臭小子，多管閒事，不要命了，就讓我來教訓教訓你。」話一說完，馬上向白衣青年展開攻擊。

武師一出手就是八卦掌法，朝著青年的中路直來一拳，青年輕輕向後一退，就在拳頭快要接觸到身體時，那白衣青年不知怎地身形忽然一遁，迅速往左邊一繞，接著迴轉就出腳踢向武師的右下腹，橫臉武師中招之後立時向後撤了好幾步。

好不容易才穩住身形，橫臉武師忍住痛苦企圖向青年發動另一波攻勢時，這時白衣青年突然加快速度，向前急奔，武師定神正想舉拳格檔防禦，白衣青年又突然身形詭異的繞至武師的左側，以迅雷不急掩耳之勢，突發一拳快速擊打武師左後背，這一拳就讓武師倒地不起，那青年卻若無其事地站回原地。

戲台上兩人比鬥的場景變化轉換極快，看的臺下眾人鴉雀無聲，直到白衣男子一拳擊倒橫臉武師，那一身俐落功夫突然間讓臺下群眾爆出熱烈的掌聲，大聲叫好。

「好樣的、行、棒、真有你的！」讚賞聲不絕於耳。

沒想到戲台上的情勢突然逆轉讓高大好沒面子，他眼看自己的武師居然三兩下就被撂倒在地，心中一時沒了頭緒。這名橫臉武師是家中的護院頭子，在武師群中功夫已屬最好，居然在這名年輕人底下走不出三招。

正當惱羞成怒的高大想要叫剩下的武師採取人海戰術圍攻時，他聽到對面的白衣青年說了一句：

「別浪費時間，你們幾個一起上吧！」

好刺耳的一句話啊，讓高大感到極大的羞辱。

高大身旁剩餘的武師們早已按捺不住，四名武師迅速把青年包圍起來，右前方的武師出腿向前攻擊青年的下盤時，左後方的武師也出手攻擊青年的上路。這上下兩路的封鎖，一下子把青年逼入絕境，可是白衣青年似乎是背後長了眼睛一般，身形迅速先向右後方一迴避，接著左腳快速一踢，踢中原本要從左後側方向來進攻他的武師後，旋即用右手格檔右前方武師的拳頭，然後左手出拳直接往那名武師的下顎直送，這兩下顯然青年加重了力道，中招的武師立刻躺在地上哀號起來。

剩餘兩名武師見狀後，馬上加入戰局前後夾擊，只見青年先奔向前方那名武師，擋掉他的幾次拳腳攻擊後，快速地出腿攻擊武師的大腿及腹部，武師中招後身形不穩，白衣青年用力一躍，腳踏在武師的身上，利用反作用力，趁勢迴旋一踢正好與後方上來攻擊的武師互相抗衡，雙方互踢後落地，接著白衣青年又以迅雷不及掩耳的速度，用全身的力量向前一躍攻擊，最後一名武師只能舉起雙拳交叉於胸前，想要阻擋青年快速攻來的拳頭。

沒想到白衣青年又迅速變招，就在雙方準備接觸的一瞬間，身形陡降往下一沉，接著出腳攻擊對方下盤，讓對方失去重心跌到在地，又快速地補上兩腳，這時候就只聽到倒地武師的痛苦哀號聲，以及全場觀眾不斷地大聲叫好。

戲台上的此情此景，高大心裡是又氣又悔，氣的是家中這群武師竟然如此的不爭氣，這麼多人居然被一個小子打得滿地找牙；悔的是，本來想趁機給蓮園一個下馬威，現在卻反而給自己找了個大難堪。

高大畢竟橫行鄉里許多年，眼看情勢對自己不利，便想改用自己高家的威名來嚇退這一位突然殺出來的程咬金，攪局搗亂的白袍青年。

「好小子，功夫不錯，然而今天你可是出錯風頭了，我怕你有命上台，沒命下台。」高大暗想，這戲台上發生的事，底下高家的僕役應該已經看到，必然會回去通風報信，高家援兵很快就會趕來，到時就算眼前這個小子再怎麼能打，也打不過幾十個、幾百個吧。想到這裡，高大的底氣似乎恢復過來，一副準備要讓這個出頭鳥好看的模樣。

白袍青年看到高大這副可笑的嘴臉，也不生氣，只是淡然回道：「高公子，今天只是瞧見你向蓮園這群遠道而來的客人刁難，心覺不妥，才代替蓮園出頭比試，如今勝負已分，還請高公子就此收手，山高水長，日後好相見。」

眼看這名小子竟沒把他放在眼裡，稱雄一方的貴公子高大怎麼受得了如此對待，不禁怒從中來，大聲道：「好小子不長眼，你打哪來的，竟然不知天高地厚，今天我倒要看看你怎麼走出這座桂平縣城？」

聽到高大這麼說，台下眾人莫不為這名青年感到擔憂，畢竟高家的勢力龐大且囂張跋扈，白袍青年見義勇為的行為雖然令人感佩，但卻是捅了個馬蜂窩，台下觀眾們心裡面都站在青年這邊，然而此時卻無人敢站出來聲援他。

這時候台下的阿桐與在場眾人一樣的憂慮，對著身旁的天佑頻頻說：「要怎麼辦才好？那位白袍公子可是闖了大禍了。」

阿桐心裡面又想：「倘若不是這名青年適才搶先一步登台，現在陷入困境的人就是天佑了。」不過阿桐轉頭看了一下天佑，又尋思天佑是否有能力像白袍公子那般以一打五呢？

阿桐左思右想已經跑出這麼多的問題，但是蒙天佑看起來卻一點也不擔心台上白袍青年的處境，只聽到天佑喃喃自語地說：「沒想到才不過半年多，他的武藝居然精進如斯，我到底要到什麼時候，才能夠追得上他？」

目光再度回到戲台上。

台上的李聰兒正在尋思要如何替這位青年解圍時，只見白袍青年皺了眉頭大聲說道：「高公子，在下路見不平，且不願意在外人面前丟潯州人的臉，請高公子三思，如果繼續不識好歹，那麼我，石敢當就奉陪到底。」

石敢當。

當聽到這個名字時，貴氣公子高大真恨不得今天沒來過這裡，這次肯定是要輸得精光。

高大語氣遲疑地再一次確認說：「你是石敢當、石家莊主。」此時有六名身穿丈青色勁裝的壯漢，從台下步伐整齊地跳上戲台，然後迅速站在白袍青年的背後。這群壯漢與高大所帶來的武師相比，無論身材或氣勢都高出一籌，更難得的是這六名壯漢上台後，就肅靜站立於白袍青年的身後，台下眾人都可以感受到那一股隱隱的殺伐之氣，卻又展現出高度的團隊紀律，所謂令行禁止、紀律嚴明就是這種感覺。六人一站上戲台，雖然為數不多，但立時讓人覺得是來了上百號精壯人馬。

見到此狀，高大整個人就像顆洩了氣的皮球，再也撐不起剛才那副仗勢欺人的架勢，轉而對著石敢當抱拳然後無奈說：「石莊主有禮，沒想到竟然會在這裡與大名鼎鼎石敢當碰面啊！」

「好說、好說，蒙高公子不嫌棄，今天是石某唐突了，改日再登門拜訪貴府，親自向令尊高員外致意，請教一番。」這話裡是軟中帶刺，雖然給了高大一個下台階，但也婉轉地告訴高大，論輩份你還不是高家的當家主人，輪不到你來跟我說長道短，說到倫理輩分在高門大戶人家中是十分講究。

再來，雖然石敢當接下石家莊大當家的身分才半年多，但是其雷霆霹靂手段已經在潯州以及整個廣西名聞遐邇，他迅速地把石家的勢力整整擴大一倍以上，潯州四縣的商場、酒樓、客棧都見得到石家莊插旗，並且石敢當還親自訓練一批團練鄉勇，號稱「石家軍」，除了保護自家商隊，也接受其他商家保鑣的委託。

時下的廣西省除了各州府的治城重地外，其他鄉里村鎮流民逃竄、盜匪四起。石敢當親自率領石家自訓的團練：「石家軍」，在兩個月內就連續挑掉從潯州至廣東這路上十幾家的土匪窩，給附近居民以及商隊帶來難能可貴的安寧，這「石敢當」的稱號就是因此而來。

潯州一代家家戶戶都傳頌著這句話，所謂：「潯州護鄉民、貴縣石敢當。」

高大碰了個軟釘子，聰明的他不再戀棧，很快地敷衍一下後就趕緊帶著那群被打趴的武師們摸著鼻子離開戲台。

高大走後，這時台上的李聰兒，心懷感激地向石敢當行了個大禮，輕聲說：「感謝石莊主急公好義、挺身而出，解我蓮園之圍。」不知為什麼，李聰兒這位平常見慣大場面的江湖兒女，此刻臉上卻泛起了小女孩的羞怯表情。

石敢當連忙打躬作揖道：「不敢、不敢。聽兒姑娘您客氣了，在下不過是來還一個舊債而已。」聰兒聽後不禁莞爾一笑，眼波流轉更在俏麗的臉龐上出現一抹嫣紅。

英雄總是配美人，蒙天佑看著台上這一幕幕的進展，又看見旁邊的阿桐同樣是用著少女崇拜英雄的眼神，張著大眼盯著石敢當看，天佑心裡面也升起了一股莫名的感覺。

這名白袍青年石敢當就是半年多前帶著陳作容與蒙天佑一起假扮蓮園去打劫自己石家莊商隊的石達。

當然石達不是本名，陳作容很早就知道石達的身分乃是石家莊老當家大兒子的長子：石達開。事後石達開也向蒙天佑正式說明並道歉，解釋他之所以會隱瞞的原因，是為了避免讓天佑捲入石家莊的內部紛爭。蒙天佑當然不會介意這些，更何況天佑早已把石達開當作是自己學習和模仿的對象。

石家莊當時因為老當家石鳳的長子，也就是石達開的父親石昌輝長年臥病在床，而石鳳又年紀老邁，所以莊內的大權漸漸的被二當家，石達開的叔父石雄給把持了。

石達開的父親從他約莫六歲時就開始生病，石雄見石達開年幼可欺，沒將他放在心上，心想這莊主之位必定非他莫屬。但老當家石鳳卻是一心想要栽培這個長孫，而石達開也確實爭氣，從十歲起就展現出過人的聰明智慧，開始撐起石家莊長房的門戶。

石達開自小不但讀書寫字樣樣精通，更難得是長得特別高大，十三歲就已有成人的身材，說話談吐間常自雄其才，年少時就顯露出經略四方之志，這讓老當家石鳳開心不已，直言真是上天送給石家的禮物，居然得了個麒麟子，一心想等到石達開年紀再大一點，便要將石家家主之位傳給他，這可讓二當家石雄無法接受。

石雄實際掌管石家莊大小事已經五六年，在他特意經營下石家莊內滿佈了二房的黨羽跟勢力，身為長孫石達開明白在這種情形下，假如祖父石鳳現在就撒手西歸，憑藉著多年的佈局，石家莊主之位肯定是叔父石雄的囊中物，因此他必須於老當家還在之時解決這個難題。

石達開不愧是少年豪傑，明查暗訪下發現石雄個性貪婪，常常做一些見不得光的醜事來中飽私囊，並且危害全莊的團體利益。他想如果能夠在族人面前揭發這些醜事，即便莊內的其他長輩有意袒護，也沒辦法保住石雄當家的位子。

眾多醜事中的一件即是石雄暗中把莊內佃戶所繳納的精米偷偷轉成粗米，然後將精米運出藏在自己私建的倉庫中，待價而沽，接著在市場上哄抬米價，他再趁機售出來謀取高利。石達開與蒙天佑第一次見面的場合，便是他與陳作容兩人跟蹤石雄二房的運米工人至其私藏的米倉後被發現，在逃跑途中剛好碰上蒙天佑騎馬過來解圍。

石達開隨後向族人舉發石雄私自換米與賣米的行徑，雖然掀起一波漣漪，卻還無法完全撼動石雄在莊內的地位，這時整個莊內核心叔伯輩都袒護著石雄，最後宗族決議讓石雄戴罪立功，繼續暫行當家的職責。

但此一件事後也在石家莊內正式掀起長房與二房的戰爭，幾次明爭暗鬥的結果都是二房占了上風。

眼看兩派鬥爭結果對長房極為不利，然而莊內依然有些仗義人士，某日石達開收到份密報，說石家最近幾次運送錫礦至南寧的商隊都被盜匪劫掠損失巨大，但是內情實不單純。

經石達開秘密調查後發現竟然是石雄與蓮園戲班聯手，由蓮園戲班的人馬假扮盜匪，實際上卻是把錫礦賤賣給蓮園，石雄回頭再說是盜匪所為，讓全莊蒙受極大的損失。

石雄這種出賣石家莊，謀取個人私利的行為，重視宗族集體利益的莊內長輩若是得知，必定無法再容忍。只是眼下石家莊都是石雄的勢力與眼線，石達開完全無法調動任何人來揭發此一黑幕，於是他想到了拜上帝會。

馮雲山曾經親自向石達開傳過教，當時他並不感興趣，但是馮雲山知道石達開的身分，心想若是此人能夠加入拜上帝會，必定為拜上帝會帶來極大的助益，因此並沒有放棄，便讓陳作容與石達開多多聯繫，保持關係，而兩人也算氣味相投，於是成了知己好友。

石達開雖然沒有接受馮雲山所傳的上帝信仰，但是對拜上帝會卻保持開放態度，並不排斥與之接觸，甚至頗為好奇。等到後來拜上帝會信徒人數逐漸增加，他開始覺得這個組織不是簡單的宗教團體而已，說不定將來會有機會互相幫忙，因此也樂於跟拜上帝會繼續維持良好關係。

機會很快地降臨，石達開想要揭發石雄賤賣本莊礦產的黑幕，需要有人手幫忙。基於保密緣故，他無法調動石家莊的人馬，因此找上了拜上帝會幫忙。這時候馮雲山正好開始要訓練屬於自己的武裝力量，他知道石家莊有訓練鄉勇團練的經驗，因此與石達開達成協議，由拜上帝會出人手來協助他，但是這群人需要由他來負責訓練。

蒙天佑就是在這種情況下，正式見識到什麼是軍事部隊、武裝團體的組織與訓練，何時要令行禁止、結營布陣，何時又要伐謀詭道、兵不厭詐。

在石達開的用心調教下，蒙天佑和一群初生之犢年輕人終於有了團練鄉勇的基本雛形。但是讓蒙天佑收穫最多的是每次與石達開對話討論，如果說與馮雲山的談話是開啟天佑追尋信仰真理的濫觴，那麼和石達開的討論則是啟發他探索軍事天賦的開端。

蒙天佑曾經問石達開，為什麼他懂得這麼多事情？石達開說自己從五歲開始就聘請私塾教師教導四書、五經等儒家經典，他學得不錯但是總覺得沒什麼興趣，一直等到老師教導資治通鑑後，開啟他對歷史的興趣。

因此他對歷朝歷代的發展做了研究，發現朝代的興衰有跡可循，通常開國的人都是明君雄主，對於百姓比較照顧，清楚知道百姓如水，水能載舟、亦能覆舟，故多半會勵精圖治，強國富民，所以國家處於治世的時代。

接下來開國明君將皇位傳給子孫後，這些皇家子孫從小在深宮內院長大，哪裡知道民間疾苦，再苦也不是苦他們，於是壞皇帝開始出現，一兩個或許還不礙事，但經過幾代之後君昏臣庸、吏治敗壞，朝廷無法去約束豪門大族，造成土地兼併、資源壟斷後，就把整個黎民百姓帶入痛苦的深淵。這時候國家便會由盛轉衰，亂世便是由此產生。

石達開告訴天佑，學歷史的好處在於協助我們判斷現在是處於什麼時代，然後身處於這樣的時代又該如何自保？

石達開問蒙天佑，現在是處於哪一種時代？

蒙天佑說：「我想絕對不會是治世。」

「不是治世就是亂世，那麼生於亂世，我們應該學哪些東西來自保呢？」

石達開說，打從他想通這一點的那天起，他就不再研讀四書、五經，並且徹底放棄透過科舉考試來為家族爭光的念頭。

相反地開始學習任何一種在亂世中可以幫助他的事物，包括拳腳武術、刀槍劍法、弓矢、騎術、兵法，乃至於打造各式兵器的技藝等。另外熟悉各地的山川水文、地理環境，那些城鎮是通商大衢，那些河流是灌溉渠道，那些地方是生產重鎮等，也是平常必做的功課。

聽完石達開這番話後，蒙天佑整個張大嘴巴合不攏，滿臉驚訝，他發現石達開的思想見識跟他完全不在同一層次上面。一個是天、一個是地，雖然天佑從小還算好學，對於基本的歷史典故也有涉獵，加上他父親也會把在綠營所學事物告訴他，但是這些跟石達開他所追求的境界是完全不能比擬，他不敢問石達開學這些東西要做什麼？因為答案可能會令他十分震驚。

蒙天佑在石達開的教導下，開啟了天生的某些竅門，這些竅門或許是上帝所賜下的恩典，為天佑往後的人生開啟了一條他自己都未曾想像過的道路。

而對石達開來說，那一次拜上帝會聯手合作收到極佳的效果，不但用計取得鏢頭石年的親手畫押，再加上十車的錫礦作為鐵證，使得宗族中的長輩縱然有心袒護石雄，也說不出口，最後在臥病在床的老當家親自出面下，果斷地拔除了石雄二當家之位，更直接宣布由石達開接手大當家，自此開啟石家莊新的時代。

石達開接手大當家之位後，立刻開大門、走大路，銳意興革、勵精圖治的結果，馬上為石家莊擴大原本的勢力範圍，接著更積極訓練鄉勇打造石家軍，勇闖土匪地盤，綏靖鄉里，為他博得石敢當的美名封號，而這些不過是最近半年才發生的事情。

這一年石達開十八歲不到，僅比天佑大上一歲，但是一位名垂青史的傳奇人物，即將要橫空出世，在晚清的歷史上留下令人讚嘆的一頁。

✢ ✢ ✢

夜闌人靜，在貴縣境西靠近桂平附近，石家莊華燈初上、燈火輝煌。石家莊其實不該說是一個莊，正確的說是一群莊園。

石家莊是由約三十幾座客家土樓、圍樓所構成。客家土樓這種建築型式獨具特色、別樹一格，有方形、圓形甚至八角形的圍屋，方形較早出現，後來多採用圓形，算是世界民宅建築中一種罕見的形式，而這種建築的出現與客家人的習性有關。

客家人原屬於中原漢民族的一個族系，相傳在東晉永嘉年間，北方少數民族入侵中原之後，便開始南移。唐末黃巢之亂、北宋末期金人南侵、明末清兵南進，歷次戰火使得客家人一再南移，最後客家人分佈於中國大陸東南沿海，以閩粵贛、台灣、海南人數最多。

由於是逃難避禍的移民，所以客家人每到一地通常會以宗族團體型態群居，避免被移居地的在地土人欺負，故所居住的建築是以全族人口能夠共同生活在一起的出發點為思考來進行設計，這便是客家土樓的起源。隨著時間演進發展由圓形的樓寨取代方形，因為圓形建築相較於方形的圍屋可以有更大的內部空間、材料也比較節省，更重要的是圓形比方形樓寨更有利於防衛，整座圓樓只留一個大門出入，對外的洞口減到最小、最少，這對於抵擋敵人入侵產生最大效果。

石家莊內每座土樓的大小不等，一般的土樓有幾十個房間、大一點的約有上百個房間。每間土樓平均下來都有幾十戶約數百人共同居住所構成，因此整個石家莊的人口數少說也有五、六千人之譜。

位於整個土樓寨群的中央是最大的一座土樓，名為承啟樓，樓高四層，整棟樓約有三百個房間，大門的高牆上左右各插著五面石字大旗，這是石家莊的主堡，也是石達開宴請蓮園戲班的場所。

今晚的座上賓有蓮園的園主李文茂、女兒李聰兒以及三位主要頭領，石家莊這邊就以石達開為首，另外有其四叔石進、堂哥石祥禎、家族總掌櫃石向前以及管事石雨讀等人作陪，這幾位人士是石達開目前管理石家莊最倚重的核心幹部。

酒過三巡後，蓮園園主李文茂打開天窗說亮話，首先感謝石達開在桂平戲台上為他們解圍，而石莊主的義行就與先前假冒蓮園名義去打劫商隊一事，互相折抵，恩怨兩清，蓮園不會再追究此事。

但石進聽了卻不以為然，不客氣地說：「李園主此言差矣，分明貴園勾結我石家敗類來盜取石家的財貨，怎麼反而先上門告狀了。」

石達開連忙說：「四叔，千萬莫怪人家，盜賣錫礦一事是我們石家自己內部出了宵小之徒，蓮園這邊只是按合同辦事，銀貨兩訖，這事怪不得別人。我們為了自家糾紛，假冒蓮園的名號，確實是理虧。」

李文茂一聽趕緊拿起酒杯來說：「早聽說石敢當少年英雄，沒想到處事公道在理，真令人佩服，來，我敬石當家一杯。」語畢，一飲而盡。

石達開也回敬一杯說：「園主客氣了，哪兒的話。」

「蓮園眾人不辭辛勞，從廣東到潯州來，我想不會單單只是為了找石某人說個理字吧！」

「石當家果然是明白人，那我就直說了，原本是想藉由之前石當家假冒我蓮園名號一事，來向貴莊討個人情，所以才會遠從廣東過來。不過這下人情已清，不知道還有沒有機會和貴莊做個買賣。」李文茂說道。

石達開朗聲道：「園主請說，只要是好買賣，我石家都有興趣。」

李文茂停頓了一下說：「不瞞石當家，我蓮園對於最近貴縣打算重開北山銀礦頗感興趣，因為蓮園在貴縣毫無根基，所以想要請石家莊代為出頭參與招商。只需要借用石家莊的名號，至於所需的費用都由我們來負擔，另外還會再付給貴莊仲介經費，不知石當家意下如何？」

掌櫃石向前聽到李文茂想要參與銀礦競標心想正好，對於縣衙發來的通知，要求石家一定要參與北山銀礦的招商，但他明知這是無利可圖的苦差事，正愁不知該如何推辭，如今竟有呆頭鵝願意淌這個混水，豈不是正好。

石向前馬上給石達開使了個眼色，希望石達開答應，但石達開卻好像沒看見一樣，只是淡淡地說：「這個冷灶怎麼突然間熱了起來，這麼多人想要搶北山銀礦的開採權啊，連戲班都上門，好不熱鬧啊。」這話才落，倒是讓李文茂眉頭緊蹙，心裡想著：「這賠錢的銀礦，為何還有人要搶來做呢？莫非？」

石達開似乎看穿李文茂的心思，他一派輕鬆地說：「沒錯，李園主，那些人想的跟您一樣，請教您為何想要參與北山銀礦的開採？那些人應該也是同個理由。」

李文茂被人點破，有點不好意思道：「石當家，您這話是什麼意思？我參加銀礦開採，自然是想要挖些銀礦啊！」

「明人不說暗話，李園主，如果北山銀礦可以挖到銀子，還輪得到蓮園千里迢迢從廣東來搶嗎？」管事的石雨讀發話了，這人是石達開從司庫中提拔上來的新秀人才，一臉就寫著精明兩字。

石達開接著道：「園主不方便說出真正的原因也罷，不過，只能請蓮園另尋他途，因為這北山銀礦一事，石家已經決定要袖手旁觀，實在無法出手相助。」

這時候李聰兒終於說話，她用帶點嬌羞的語氣問道：「不知是哪家英雄，能夠說服石當家出手相助？」

石達開心想，這個女孩果真聰慧，從短短幾句話中就猜出我要另助他人。他緩緩地說：「聰兒姑娘果然人如其名，不過北山銀礦到底會花落誰家，我想只有上天知道吧。」

雖然買賣不成，石達開還是盛情邀約蓮園戲班在石家莊住上幾日，李文茂等人也欣然接受，畢竟能夠趁此機會和石家莊建立更緊密的關係是有利無害，當然其中的關鍵就在李聰兒身上。

自石達開在戲台上用一夫當關、萬夫莫敵的態勢把高家的武師們打得落花流水起，李文茂就察覺到女兒的心思一直放在這位少年英雄的身上。李文茂自忖這也難怪，聽兒打從六歲起就被自己逼著學武、練唱，接著就在兩廣地界不斷登臺賣藝，幾乎忘了她如今已是年方十五的娉婷少女。倘若是尋常人家，說不定老早說了門親事找個好歸宿。

可是聽兒卻是不行，因為她是我李文茂的女兒，背負著上一代的深苦血仇要報啊。但若有機會撮合她與石達開兩人，這對蓮園可是一大利多呢。

李聽兒怎麼會不明白父親的那點心思，雖然她自己的確心儀石達開，但是這種為了利益而將女兒終身大事拿來交易的想法令她難以接受，反而使得聽兒在石達開面前一直無法大方坦然的相處，顯得彆扭起來。所幸，石達開並不在意聽兒在情感上的細微表現，依然十分熱情的招待她。

某日雙方論及功夫武藝，石達開顯得興致高昂，於是兩人下場比試，前後總共走了二十餘回合。石達開對於聽兒所使的拳法頗為好奇，因為聽兒的拳路講究反應敏捷，注重技巧甚於力量，然而在實際與人對陣時，又不拘泥於拳術身形的花招，特別懂得利用身體關節的流動來擋拆對方的攻擊。

石達開好奇的詢問：「聽兒姑娘，您這拳法實在精妙，不知是師承何處？」

聽兒回答道：「這套拳法是一個棲身在紅船戲班的武生所教，當時有個機緣與他學拳，不過那人的個性古怪不讓我拜他為師，彼此以切磋之名來練習，歷經三年後盡得所學。我曾經問過他這套拳法的出處，他只說是一位姓梁的師父傳授給他的。」

石達開一聽就說：「果然不錯，剛剛在對陣之時在下就約略猜到這套拳路應屬詠春一脈。聽兒姑娘果真是有福之人，想不到能有機緣學習到這套拳法，嚴詠春的夫婿就是姓梁啊，想來應是詠春拳的傳人無疑。」

聽兒說：「哇，其實我也曾經做此推想過，想不到石大哥這麼聰明一下子就輕易的梳理出其中可能的關係了。」

「那敢問石大哥的拳法又是師承何處呢？」

「我的啟蒙老師叫陳亨，曾經為本莊的武術教頭，他自創了一套蔡李佛拳。但是今天所使的拳法乃是我自己獨創。剛開始時只是希望創一套可以真正在戰場上臨陣殺敵使用的拳法，因此較不講究招式、身形與架勢。這套拳路從一年前就開始鑽研，如今算是略有小成。」

「石大哥的拳法，是拳腿並用，甚至腿占六分，常數轉環踢連之，好似連環鴛鴦步，不知這拳法叫做什麼？」聽兒問。

石達開答說：「我還沒想到給拳法起名，不如就叫石家拳。」

聽兒秀眉一挑說：「石家拳聽起來太過普通，配不上此拳法的迅猛快捷。讓我想想，嗯，既然這是專門為戰場殺敵使用，不如就叫作戰拳吧。」註

「戰拳，嗯、好名字，好，就叫戰拳，明天我就跟大夥兒宣布。」石達開開心地說。

聽兒跟石達開兩人就這樣愉快地相處了一段時間，雙方說起話來相當投緣，看在李文茂眼裡甚是

註：據《太平天國野史》記載石達開的拳術「高日弓箭裝，低日懸獅裝，九面應敵。每決鬥，矗立敵前，駢五指，蔽其眼，即反跳百步外，俟敵踵至，疾轉踢其腹臍下。如敵勁，則數轉環踢之，敵隨足飛起，跌出數丈外，甚至跌出數十丈外者，日連環鴛鴦步」，民間認為這種武藝就是後來號稱「北腿之傑」的「戳腳拳」，並傳說石達開曾將這種武藝傳授給選拔出來的士兵，用於作戰。

高興，便不急著離開。反而藉故替石家的莊民們演幾齣戲來感謝大家而繼續逗留下來。石家莊的人也甚是高興，因為平常要看個戲不是件容易的事，更何況是遠近馳名蓮園戲班的表演，更是非常難得的機會。

蓮園眾人就這樣在石家莊待上好些日子，石達開與李聰兒兩人不是煮茶品茗、天南地北的交流談論對時局的看法，就是彼此切磋武藝拳腳功夫。某日石達開心血來潮對聰兒姑娘說要帶她去找一位特別的人切磋武功，聰兒很開心可以出門走走，於是兩人各自騎上駿馬，疾風迅雷的出了承啟樓大門，往桂平方向飛奔而去。

# 第三章
# 天妹展風姿　玄甲初成軍

人心籌算自己的道路，唯耶和華指引他的腳步。

——箴言16章9節

紫荊山後山的山谷平原，平常這裡是杳無人煙的荒地，今天在樹林裡卻有著吵雜的馬蹄聲，如果從遠處觀看，會發現這樹林裡跑動的馬匹很奇怪，不斷地南北來回奔馳。

再就近一點觀察，就可以看到這些馬匹是有騎士在駕馭的，馬群儼然分成兩隊，每隊十二騎，每位騎士手裡都拿著弓箭，彼此互相射擊。每位騎士都互相找尋對方騎士來比拚，被射中的騎士就會自行退出爭鬥行列，漸漸地，只剩下四騎，倆倆互相較勁。

其中有一名身穿藍衣騎著一匹黑色駿馬的年輕人，正被一位棕色馬匹騎士從後方追擊，棕色馬騎士對著藍衣青年放了一箭，眼看要射中時，藍衣青年上半身向左方的馬腹一倒避過，然後快速的向後仰身拉弓搭箭，射出一箭，棕色馬騎士迅速向右側低頭躲避，但才回正身子，突然發現前方又來一箭，此箭乃是同為前方藍衣青年所發，原來藍衣青年居然可在短短時間內連發兩箭，棕色馬騎士避無可避，胸口中箭後一下承受不住箭的力道猛力拉了馬一下，差點跌落馬來，好在棕馬騎士的騎術頗精，立即地控制住馬兒。

這時，藍衣騎士迅速上前來問了聲：「世賢你還好嗎？」

李世賢摸了一下胸口說：「還好這箭頭拔了，又包裹上布，否則就要去見天父上帝了。」

「別瞎說。」講話的正是蒙天佑。其餘二十幾名騎士快速地聚攏過來，大家互相討論剛才是誰的箭法比較厲害，誰躲避的身法巧妙。這一群人就是由蒙天佑率領訓練的神兵卒馬隊。

神兵卒是馮雲山親領的一個卒，實際運作上由陳作容帶領，當中一百多人都是十七、八歲年輕力壯的小夥子。又於當中仔細篩選出二十四人，組成拜上帝會目前僅有的一支馬隊，馬隊隊長倆司馬一職自然是由蒙天佑擔任。

自從蒙天佑擔任馬隊統領後，他就常藉故向阿爹討教他當年在綠營馬隊的行軍布陣與操練之法。蒙飛其實對於天佑這一年來的行徑相當地擔憂，因為他知道蒙天佑跟陳作容走得很近，而陳作容全家族加入拜上帝會，則是村內人盡皆知的事情。

雖然蒙飛並不贊成天佑加入拜上帝會，但是天佑的娘親王氏現在卻不再反對。因為天佑這一年來每日回到家，都會親自服侍母親入睡，然後在床邊講述一些拜上帝會的教義道理給母親聽，聽著聽著，王氏也覺得這些教義頗有道理，再加上蒙天佑每日會為她禱告，祈求母親的身體恢復。

說來奇怪，或許真是上帝垂憐蒙天佑一片至誠的孝心，王氏多年的疾病在這一年中竟然有了極大的改善，漸漸能夠起床行走，甚至操持一些簡單的家務，這令蒙飛大感高興，因此對天佑的信仰也不再那麼排斥，只是不斷提醒告誡他，單純信仰就好，千萬不可投入教派中一些與己不相干之事，總而言之，明哲保身。

出身軍旅的蒙飛，對於這些教派會黨的聚集，有種天生職業病的警覺。他明白自從鴉片戰爭失利以後，朝廷官府的威信越來越弱，民心越來越不穩，說不定哪天又要出大事，假使真是這樣，到那時候朝廷那紙糊一般的綠營官軍哪有什麼作用可言，真令人擔心啊。

話雖如此，對於天佑向他請教當年在綠營馬隊服役的各種事物，讓蒙飛可以提起當年勇，倒是令他樂此不疲。故而從馬匹挑選、馬兒生活照料、騎術訓練、行軍列陣、馬隊作戰兵法等都鉅細靡遺地向天佑一一說明。從蒙飛的教導解說中，蒙天佑對於騎兵在軍隊整體作戰時的方式與功用有了比較清楚的輪廓。

騎兵自古就是軍隊中的重要軍種，騎兵的黃金時代始於漢朝，當時漢朝為了對抗匈奴，發展騎兵，更建立了飼馬的制度。漢朝文景時期頒行「馬復令」用免役的辦法鼓勵民間養馬，並在中央和地方設立專管的馬政機構。中央任命太僕管理，在地方設有馬丞負責，這些官員負責馬匹的飼養以供軍需。

到了三國、魏晉、南北朝時代，由於戰亂紛爭不斷，特別在十六國與南北朝時期，大量的北方遊牧民族南下侵略中原，這時候各國騎兵的運用達到了更高峰，交戰各方都大規模的使用騎兵，騎兵成為戰場上最重要的兵種，當時的騎兵配備也進入到重騎兵時代。這個時期重大進展就是馬鐙的發明，馬鐙的出現使得騎兵更容易進行近距離的戰鬥，也使得騎兵可以承受更長距離的行軍。

所謂重騎兵是指騎兵的戰士與馬匹都披上鎧甲的俱裝甲騎。當騎兵增強防護力時，相對步兵而言則產生更大的威脅。騎兵使用的武器除了弓箭外，也大量使用穿透力更好的長兵器，而騎兵使用的長矛被稱為「槊」，另外腰刀也是騎兵的制式武器。

隋唐五代時期，騎兵依舊是軍隊主，不過這時期開始改以輕騎兵為主，有可能是經費因素，因為培養一支俱裝甲騎的重騎兵所需要花費的金錢過於龐大，再者輕騎兵的機動力比較強亦是另一個考量。

元朝則是把騎兵戰術推向世界的巔峰，成吉思汗幾乎是靠著騎兵征服半個世界。蒙古人實行全民皆兵的制度，他們習慣於「上馬則備戰鬥，下馬則屯聚牧養。」戰時自備武器裝備出征，和平時期則是普通牧民。為了保證軍隊的戰鬥力，蒙古人往往通過大規模的圍獵來訓練部隊，對於兒童也是從小就看重他們騎馬射箭的能力。

然而明朝之後由於火器得到了長足的進展，隨著專門的火器部隊和炮兵部隊的出現，騎兵的地位開始逐漸下降。明代的騎兵主要和其他兵種配合作戰為主，明朝的名將戚繼光設立了車營就是一種步、車、騎配合作戰的方式。另外孫承宗的《車營扣答合編》中也對這種戰術進行了進一步研究。還發展出了先以火器轟擊，繼以騎兵衝擊、步兵跟進的戰法。

清朝統治者女真族發源自山海關外的東北，也是依靠弓馬起家。早期滿清八旗子弟騎術是必備的技能，但是隨著時代的演進，軍隊的戰鬥主力已經轉成步兵使用的火器〈鳥銃〉以及紅衣大砲，但是騎兵在戰場上仍然保有一定的作用。

隨著對騎兵訓練以及作戰方式的研究與了解，蒙天佑對於如何將騎兵在戰場上的功用發揮到最大，產生了濃厚的興趣，甚至要求阿爹帶他去綠營馬隊參觀。蒙飛拗不過天佑的懇求，透過關係帶他去參觀馬營的操演兩三次，這一看除了讓蒙天佑更清楚綠營軍隊是如何訓練騎兵之外，另一個收穫則是對於所謂綠營官軍內部運作有了進一步的認識，他更加清楚當今的朝廷的武備廢弛已經到了荒腔走板的地步，難怪西方各國可以如此步步進逼，予取予求。

場景回到紫荊後山的山谷中，蒙天佑這時又把馬隊分成五組，每一組五匹分別進行圍獵野鹿和野豬，這種大型的野味已經很少出現在山谷裡，因為世道不好，比較接近平地的動物早就被獵人打光了，其餘就要到更深山裡，但是風險也更大，除了經驗豐富的獵戶以外，一般人是不敢進入山谷去冒險。因此難得發現大型獵物出現時，這群騎兵就爭先恐後、一擁而上。圍獵是蒙天佑訓練馬隊的必要科目，透過圍獵剛好可以練習小組隊伍分工配合、互相掩護以及騎術操控等技巧。

除了圍獵動物外，蒙天佑還加入各組間可以互相以弓箭攻擊的條件，等於是在追擊獵物的同時又要提防敵人的攻擊。這種訓練方式極具功效，在紫荊山谷平原中，可以看見五組人馬彼此互相不斷攻擊，又要驅趕著不同的獵物，讓牠們跑進預設的陷阱路線中。

五組人馬分成兩大群正各自追擊著一頭野鹿與野豬，就在野豬正要衝進山坳時，林紹章發出一隻羽箭，凌厲快速地射中牠的頸部，野豬瞬間失去行動力。至於另一組的藍成春則是正瞄準一頭野鹿，準備給牠致命的一擊，卻為了要躲掉陳玉成向他射來的一箭而讓野鹿給逃脫了，令大夥扼腕不已。

最後眾騎士一同圍著今天辛苦圍獵唯一的收獲野豬歡呼，這時藍成春輕輕地打了旁邊的陳玉成一拳說：「四眼的，好樣兒，如果不是為了躲你那一箭，今晚就有鹿肉可吃了。」

「成春哥，我是看那隻鹿可憐，說不定牠娘還在等牠，才故意射你，好放那隻小鹿回去找牠娘親。」陳玉成調侃地說。

「想不到你這麼好心啊，我想天父上帝一定很感動，讓你很快就能……」

玉成聽他繼續不往下說，趕緊問：「就能怎樣？」

「就能討個好媳婦。」說畢，藍成春和其他人都相視大笑起來。

玉成聽藍成春取笑自己就反譏說：「別光說我，這應該是你的心願吧，成春哥。」此話一出，在場眾人更是捧腹大笑不已，換成藍成春的臉上是一陣青一陣紅。

突然間，蒙天佑舉起右手握拳輕聲說：「大家安靜。」眾人默契十足的陷入一片寂靜，幾個呼吸後，大夥環顧四週，蒙天佑打了個眼色，所有人安靜又迅速地立刻駕馬分五組往不同的方向散開，眾騎士的身影迅疾的隱身沒入於樹林間。

沒過多久就聽到一陣馬蹄聲出現，兩人雙馬來到這片樹林裡。其中的一位身穿白袍，策馬上前查看中箭躺在地上的野豬後，發話說：「他們應該還在這附近，我們找一下。」話還沒說完，就聽到四周圍突然竄出數十匹馬，將兩人團團圍住。

白袍男子下意識拔出腰刀，並將同行的另一人護在後方，可是對方人數眾多，以一個圓形將他們包圍住，然後越靠越近。同行的另一人是名女子，從神情可以看出她略顯緊張，但是依然可以鎮定的控制住馬，這兩匹馬兒似乎感受到殺氣，不停的跳動想要尋找空隙逃出，對方馬陣顯露出壓迫的氣勢讓雙馬顯得焦躁不安。

就在雙方越來越靠近時，白袍男子突然把手中的腰刀收入鞘，然後說：「天佑啊，你這一支騎兵是越練越精了，居然可以藏身於數十步外讓我察覺不到。」

來的正是石達開和李聰兒兩人。

蒙天佑策馬向前竄出，拱手說道：「石大哥好久不見，今日怎麼有空過來？」

「我特地帶李聰兒姑娘前來找你切磋一下武藝。」

石達開轉頭向聰兒說：「這位就是我先前跟你提過的，那日高大在戲台上刁難你的時候，在台下為你仗義發聲的蒙天佑。」

李聰兒立刻拱手作揖道：「感謝蒙公子當日的義舉，小女子在此謝過。」

蒙天佑一聽立時耳根發紅，不好意思地說：「聰兒姑娘千萬別這麼說，我不是什麼公子，當日不過就是看不過那高家如此盛氣凌人、蠻橫無理的姿態而已，再說最後還是石大哥站出來替我解圍，否則還不知道要闖出什麼禍事來。」

天佑接著說：「這裡談話不方便，這樣吧，我帶你們回去山谷內的小屋，順便享用一下今天打獵的成果：野豬大餐。」旁邊眾人一聽都大聲歡呼起來。

一群人快速縱馬出了樹林，再繞向山谷平原的左後方，在經過由兩片峭壁所構成僅容一人一馬通過的百尺小徑後，忽然眼前一片開闊，出現約有四平方里大的小平原，抬頭望天正好處於環山繚繞之間，好似人間仙境一般的美景。

石達開是第一次進到這個場地，忍不住問道：「天佑啊，你是怎麼找到這塊地方，如此隱密又開闊平坦？」

蒙天佑回答道：「這是在一次打獵行動時無意間發現的，我相信是上帝的美意，賜給我們這一塊寶地。」

石達開回道：「嗯，應該如此，若非天意，豈能找到如此動人的秘境。」

李聰兒從兩人的對話中隱約察覺，這群人的身分，莫非就是近年來在潯州一帶興起的新宗教團體：拜上帝會。

再往前走有兩間木造建築矗立眼前，一間是長條形的馬廄，而馬廄的旁邊還圈了一個圓形的跑馬場。另外一間則是方形小屋，屋內有炊煙升起，看起來已經有人在其內。果然當眾人馭馬奔向馬廄時，一名清秀女孩走出屋外大聲問說：「今天有什麼好收穫嗎？」

蒙天佑踢了馬腹一下，先行縱馬出列向前跑至阿桐的面前，然後故意大聲地回說：「阿桐，今天我打獵打到一個你朝思暮想的好東西了！」

「什麼好東西？」阿桐期待地問。

「潯州大豪傑，貴縣石敢當。」蒙天佑刻意用正經的語氣說。

阿桐聞言眼光迅速瞧向天佑後方的人群，果然看見石達開和一名女子正雙馬並轡向小屋緩緩靠近過來。阿桐的心中掀起一片漣漪，然而當她看見石達開身旁的女子，正是名聞遐邇的蓮園名伶李聰兒時，那一片漣漪便很快地恢復平靜。

阿桐瞪了蒙天佑一眼，然後道：「你別瞎說！」

蒙天佑俏皮的笑道：「我可沒瞎說，昨天你不是還在叨唸說很久沒見到石大哥了。」

阿桐一時語塞，轉頭進入屋內不理會天佑。

眾人將馬匹都安頓妥適後，蒙天佑交代陳得才帶人去處理適才打到的野豬，其餘人都進屋內休息。

這座方形小屋裡面的擺設相當簡單，除了幾張大桌加上椅子外，別無他物，主要功用是讓馬隊士兵訓練完後休息與用餐的場地。蒙天佑找到這隱密處所建立馬隊訓練基地後，便安排人員輪流駐守此處，這個秘密基地在拜上帝會內除了馮雲山與陳作容少數幾人外，其餘教眾都不知情。阿桐之所以能夠進來是因為天佑需要有人來協助士兵教義信仰真理的教導，阿桐是教內少數讓天佑信得過的夥伴，無法拒絕天佑的一再邀約，阿桐只好答應過來幫忙。

然而其他外人進入此地卻是頭一遭，雖然馬隊中大多數人對於石達開都不陌生，其中許多人還參與那一次假扮蓮園搶劫商隊的任務，而石達開正是他們這群人刀槍武術、行軍列陣、安放營盤等軍事戰技的啟蒙老師，雖非同教中人，但馬隊眾人都相當尊敬石達開；同樣地石達開對於這群年輕夥伴們有份特殊情誼，等同自己親手調教出來的弟子，如今看見這一群人越來越成長茁壯，石達開亦是打從心底高興。

進入屋內蒙天佑正式介紹阿桐與石達開跟李聰兒雙方認識，大夥兒圍住桌子閒話家常起來。幾輪談話後，石達開有感而發說：「先前所認識拜上帝會的兄弟多是英雄好漢，想不到今日遇見阿桐姑娘談吐不俗，對時局頗有見地，讓人稱羨，貴教真是人才濟濟啊。」

李聰兒也立刻答腔說：「是啊，今日首次拜見各位英雄，個個是頂天立地的好漢不說，阿桐姐姐更是蕙質蘭心、才貌雙全，令小女子佩服、佩服。」

阿桐一聽到李聰兒的讚譽，馬上臉紅地說：「聽兒姐姐您過獎了，在天生麗質、才貌雙全的姐姐面前，小妹怎敢造次。」

就在兩位佳麗互相稱讚推崇之時，忽然有個聲音說：「你不敢，我敢。我說兩位姊姊一位是我們拜上帝會之花，一位是蓮園之花，都是國色天香的大美女。」插話的是陳玉成，此話一出引得眾人相視大笑。陳玉成向來喜歡跟阿桐獻殷勤，不過阿桐總是拿玉成當小弟弟看待。

石達開說：「玉成此話極好，我要跟你叔叔說，玉成長大了，講起話來頭頭是道，不再是小孩子了。」

陳玉成的叔叔就是陳作容，石達開自然對陳玉成相當熟稔，玉成今年才剛滿十四歲，可以算是個小大人了，先前假扮蓮園的任務，還不斷吵嚷著要參加，作容怎麼都不肯答應，想不到大半年過去，他已經變成一名上馬能夠奔馳自如，引弓拔弩、箭無虛發的豪邁少年了。

石達開有感而發地問：「天佑，你這馬隊目前總共有多少人馬？」話畢，突然心生不妥的說：「唉啊，我只是隨口問問，不方便就別說。」

「石大哥，不瞞你說，這馬隊之事還請幫我保密，畢竟馮老師跟作容哥都特別交代別讓外人得知。不過石大哥你不算外人，目前這支馬隊總共有二十五人，說不定過一陣子還會增加。」

石達開心想，一支訓練有素、配備精良的騎兵隊，雖說人數不多，但若能運用得宜，在戰場上可以發揮超過其十倍甚至二十倍步兵人數的戰力。看來拜上帝會的下一步絕非傳授教義真理、撫慰大眾人心這般簡單，接下來廣西一帶恐怕會掀起一場風浪了。

這時陳得才把已經料理好的野豬烤肉端進屋內，眾人又是齊聲一陣歡呼。正當大夥預備好要享用美食時，就聽到蒙天佑說：「我們一起低頭禱告。」聰兒看見在座眾人很有默契地低頭閉上眼睛。

蒙天佑禱告說：「感謝天父皇上帝，賜下美好的食物，求天父保佑您的子民身體健壯，每天的操練順利，闔家平安，俯准所求，心誠所願。」

眾人齊聲說：「俯准所求，心誠所願。」

野豬烤肉宴在歡欣快樂的氣氛中進行，半個時辰後石達開摸摸自己的小腹說：「今日真是大飽口福，時候已經不早，感謝天佑以及諸位兄弟的招待，改日再邀諸位到敝莊一聚。」

李聰兒也說：「原本今日是想來找天佑哥切磋一下功夫武藝，沒想到武藝沒有切磋到，倒是先嚐到了得才哥的一番好手藝。」

陳得才立時接話說：「聰兒姑娘千萬不要客氣，您能喜歡這野味是我的榮幸，歡迎妳下次再來，到時換打一隻野鹿給妳嚐嚐。」

「我來打，這裡的野鹿我很熟，我一定給聰兒姑娘預備一頓特好的。」玉成搶著插嘴說話，惹得眾人又大笑起來。

天佑說：「天色不早了，石大哥這次出門沒帶護衛，一路上要小心，如今桂平與貴縣間交界的地面特別不平靜，常有盜匪毛賊出沒。」

盜匪出沒的情況石達開自然曉得，這也是他要趁太陽下山前趕路回去的原因。

「最近盜匪流寇滋生越來越多，許多貧民早已無地可種，如今朝廷又不斷加賦增稅更逼得這些人鋌而走險，搞得連善良百姓們無法安居樂業。」石達開突然心情沉重地說。

「天佑啊，不然這樣，哪日我帶你和這幫兄弟一起去剿匪，這樣也可以讓小夥子們見識一下真格的場面。」

蒙天佑馬上說道：「真的嗎？太好了，我一直想找機會讓大夥練一練兵，若是能有剿匪的機會，那真是太好了。」

「不過，這可得經過馮老師跟作容的同意才行。」石達開補充道。

天佑有信心地說：「放心，他們一定會答應的。」

跟大夥道別後，石達開和李聰兒兩人出了秘密馬場所在的紫荊後山，隨即往貴縣方向奔馳而去。趕了幾里路後，走到桂平縣區要進入貴縣境內附近，兩人找了一處亭子歇息，讓馬兒喝口水。

「石大哥，你認識蒙天佑這群人比較久，請問他們一開始就是這樣嗎？」聰兒突然發問。

石達開有點不明白聰兒這話裡的意思，反問說：「聰兒姑娘所指的一開始就這樣，是什麼意思？」

聰兒說：「我是在想這群人一開始應該彼此互不相識，但是到底是何種因素讓他們可以培養出如此信任又親密的關係，大家在彼此面前都非常坦然的表現自己，不需遮掩、毫不做作。」

「在我們蓮園裡，大家從小就相聚在一起練功、演戲以及共同生活十數年，才有可能產生這種緊密的情感關係，特別是互相信任的感覺。」聰兒不解地問。

石達開說：「聰兒姑娘觀察入微，發現了這個現象。」

「其實我對他們觀察了許久，原先認為或許是因大夥都是年輕人比較容易相處，後來發現並不是這麼簡單，我猜想應該是這群人有一個共同點。」

聰兒問道：「什麼共同點？」

「你有沒有發現天佑所帶領的這群人都非常尊敬所謂的天父上帝。」

「他們是拜上帝會的信徒，尊敬他們的天父上帝是理所當然。」

石達開解釋說：「確實如此，但是我所說的尊敬，更是指這一群人對於他們的信仰乃是真實的相信，不是人云亦云或是道聽塗說。這與我們傳統民間宗教不太一樣，他們會在固定時間去思想上帝的話，然後彼此分享，見證上帝在他們個人身上的作為。這些人是真正相信所謂的上帝會隨時在他們身邊給予幫助，而他們也時時刻刻為上帝所賜下的幫助獻上感謝。」石達開接著說：「這樣的信仰關係是我以前未曾遇見過的，我認為他們是以上帝為中心來發展出如兄弟姊妹般群體緊密的信任關係。」

「真是特別啊。」聽兒心裡納悶疑惑地思想著：「信仰，我也有啊，但是為什麼我從來沒有這種感受呢？而我的信仰只讓我感到無比沉重的壓力。」

石達開望著聽兒臉上迷惘的表情，正還想要說明些什麼的時候，忽然從四面冒出許多蒙面人把兩人給團團圍住。

石達開迅速拔出腰刀與李聽兒兩人背靠背，形成一個防禦的陣型。

「哪一路的好漢，石家莊石敢當候教。」石達開還想以自己的名號嚇退這些蒙面人，沒想到為首的蒙面人卻說：「沒錯，石敢當就是找你。」接著幾位蒙面人不發一語立即提刀上前攻擊，雙方隨即展開戰鬥。

石達開一邊抵擋蒙面人的攻擊一邊尋思：「這群蒙面人為數眾多，約莫二十幾人，若是只有我孤身一人或許勉強可以脫身，但是聽兒恐怕就難以保全了。」

石達開個人的武藝遠高於蒙面人，很快地便有幾名蒙面人被他擊倒，但是其他的人卻沒有退卻的跡象，每名蒙面人都手持雁翎刀，刀身製作相當精良，看來這些人絕對不是一般落草為盜，打劫過路客的流匪。

憑藉自身高超的武藝，石達開一開始尚能應付蒙面人的輪番攻擊，但是體力卻已漸漸流失當中。李聽兒自身的拳法也頗為精湛，蒙面人一時間無法將其制伏，她尋找敵人的空檔，擊倒一名蒙面人後，順勢將敵人的雁翎刀奪為己用，不過在眾人的圍攻下已經左支右絀，受了幾處刀傷。

石達開看出蒙面人攻擊的策略主要是對付他，明顯下重手想要取自己的性命，而對付李聰兒顯然是想要活捉。觀察出對手進攻策略後，石達開改變應戰的打法，不再花那麼多心力協防聰兒，而是放開手腳去進行攻擊。很快地，在包圍網中打出了一個空隙，正當石達開想要呼叫聰兒一起突圍時，沒料到蒙面人卻分做兩群將他們兩人各自分開包圍，讓他們不能彼此聯防。石達開落入包圍後，就腹背受敵，雖然接連砍倒幾名蒙面人，但體力下滑的情況越來越明顯，自己也開始受傷。

此時，聽到李聰兒從另外一邊大聲呼叫說：「石大哥，你別管我，自己先走。」

然而為首的蒙面人則大聲道：「笑話，今天你們兩個人誰也別想走。」石達開隱約覺得這個聲音好像在哪兒聽過，但為首蒙面人沒給石達開時間多想，隨即改變進攻的策略，不斷透過多人四方聯合出擊的方式，步步近逼石達開，石達開見狀，暗想若不豁出去採用同歸於盡的打法，今日恐怕難逃生天。於是心神一定，採取玉石俱焚、決一死戰的方式攻向為首的蒙面人。

蒙面人一看石達開這次對著他來的攻擊非同小可，立即變招後撤數步，讓後方的人上前替他解圍，石達開眼看為首的蒙面人不願與之正面硬拚，只好回頭去解決後面過來的攻勢，正要格擋之時，那為首的蒙面人又突然回頭快速向石達開的背部劈出一刀，石達開心想此招要避開已經來不及了，為了保全自己的性命，電光石火之間石達開沒有選擇，轉身準備犧牲自己一條手臂去硬擋，倏忽之間，一隻尖銳的羽箭以迅雷不及掩耳之速，不偏不倚射中那人的手臂，箭尖入肉所帶來的一陣刺痛讓他手裡的單刀脫手而飛。接著是一陣馬蹄聲，一群快馬奔向蒙面人之時，又有數隻利箭快速地飛向他們，馬上就有數人倒地哀嚎。

石達開看到後立刻精神大振，配合這群騎兵的攻勢展開反擊，蒙面人頃刻間便被騎兵們衝散分開，石達開趕緊與李聰兒會合一處，彼此互相協防後，蒙面人這方已無勝算。為首的頭領看到苗頭不對就示意眾人撤退，這時卻聽到一個年輕的聲音大喊：「別讓他們逃了。」然後一名騎著棕馬的騎士拔出單刀向準備逃跑的蒙面人揮去，揮刀的氣勢又快又猛，直接一把砍掉了那名轉身向後方逃跑的蒙面人的頭，這一幕大大震撼了其他想要逃跑的蒙面人。

揮刀的騎士正是陳玉成，當玉成回馬要繼續衝向其他人時，石達開聽到蒙天佑大喊說：「降者不殺，不降者，殺無赦。」

蒙天佑駕馭著一匹黑馬快速地奔馳過來，並號令眾人向外圍繞出更大的圈子，把剩餘的蒙面人團團圍住。剩餘的二十幾名蒙面人被剛剛殘忍血腥的畫面給嚇傻，紛紛都釘住在原地，不敢妄動，然後彼此觀望，到底是降還是不降。

此時那名為首的蒙面人突然想趁隙逃逸，蒙天佑一看便發動胯下坐騎四蹄張開，朝著那蒙面人頭領直奔過去，然後用手中的橫刀，了結一個無知的生命。

這人的無知在於他原本認為憑藉著自己勢強力大就可以隨意踐踏和奪取別人的性命，在於他自以為精心策畫、天衣無縫的一場埋伏，轉瞬間居然變成自己人生的終點站。

蒙天佑的心中並非沒有憐憫，只是今日突然來的一場戰役，是上帝給天佑的一個機會也是一個考驗，剛剛陳玉成初上戰場就手刃敵人，那身首異處的場面相當血腥，鮮血的味道傳遍在場每一名騎士，包含天佑自己在內，每個人的心跳都達到前所未有的速率，是興奮，也是害怕。

天佑自小在父親蒙飛的教導下，從來不會對戰場心存浪漫的幻想，他深切知道眼前這群年輕人若是想要蛻變成一支真正的強兵，就必須面對戰場是血腥又殘酷的現實。

天佑也清楚地知道今天他站在指揮官的位置上，率領這群初生之犢、單純樸實的年輕小夥子，若是想要將這群人原本什麼都不懂的單純農家子弟，訓練成一支令行禁止、威壓四方的強兵勁旅，就必須有嚴明的軍紀規定，為將者令出必行，正所謂慈不掌兵。

他剛才已經宣布：「不降者，殺無赦。」假使現在他對違反命令逃跑的人心軟仁慈，往後他將很難建立威信來領導眾人，而所期待的強兵勁旅只會成為一場空話，之前一切的努力都付諸流水、功虧一簣了。

天佑回頭望向剩餘的蒙面人，這些人都被他銳利的眼神給震懾住了，蒙天佑操控著韁繩馭馬緩緩前進，然後用堅定的語氣說：「我再說一次，降者不殺；不降者，殺無赦。」

在場的幾十名蒙面人都明顯感受到天佑眼神中果斷的殺氣，於是紛紛拋下手中的刀，束手就擒、跪地求饒。

神兵卒的馬隊騎士接手控制這些蒙面人，收拾殘局後在天佑與石達開的逼問之下，蒙面人很快就一一吐實，表明自己是桂平高家那邊所派出來的殺手，為首的頭領就是那日隨高大上戲台挑釁的高家護院橫臉武師。至於前來埋伏截殺石達開的緣由，自然是要為當日高大在戲台上所受的屈辱討回公道。

石達開對於高家竟然會為這事就痛下殺手感到不解與驚愕，最後為了安全著想，蒙天佑決定護送石、李兩人以及押解那群棄械投降的高家刀客一同返回石家莊。

途中石達開不解地詢問蒙天佑：「你怎麼知道我會發生事情？」

「不知道耶，就是心裡面突然有一個感動，可能是天父上帝的提醒，總覺得你們可能會有危險，就乾脆帶著大夥趕過來，感謝天父上帝，正好趕上了。」天佑用充滿感謝的語氣回答。

「看來，真要感謝這位上帝了。」石達開舉頭望向天空說。

「是啊，石大哥，天父上帝很厲害、很偉大，希望哪天你也能夠加入我們拜上帝會，成為上帝的子民。」陳玉成在旁趕緊順勢幫腔。

石達開笑而不答，但是他心裡面充滿著激動，一方面是為這次能夠安然脫險而心生感激，另一方面則是讓他看見未來的無限可能。石達開觀察到天佑帶領的這一群年輕騎士們，宛如初昇的朝陽充滿希望。當中年紀最小的陳玉成剛過十四歲，蒙天佑小自己一歲，也還不滿十八歲。但是陳玉成的狠辣、蒙天佑的堅毅果決以及其他人所展現出來的朝氣蓬勃、神采奕奕，都令石達開驚羨不已。

他相當羨慕與期待這一支隊伍，暗忖或許集結這群人的力量，真的有機會為這個殘破不堪、敗壞腐朽的世界帶來一些改變。

✝ ✝ ✝

貴縣縣衙內，知縣黃濟正笑得合不攏嘴。

「吳師爺，怎麼的，想不到這北山銀礦居然這麼熱門，不費一點工大就順遂的招商標出。」

在旁隨侍的吳師爺替黃知縣斟了杯茶說：「是啊，縣太爺，最奇怪的是居然由胡家老二出面來標下。」

黃知縣喝了口茶，抿一下嘴唇後道：「這個胡家老二，聽說早已跟胡家老大以及老三分家，想不到還可以有這麼厚的家底，直接用每年兩萬兩白銀出價，另外還承諾私底下每年再孝敬二千兩銀子給本官。吳師爺，你說這個人會不會是矇傻了啊！」

吳師爺嘴角上揚笑著回說：「縣太爺，胡老二傻了沒有我是不知道，不過他送上來的錢是真金白銀，這可是我確確實實親自驗過的。」

黃濟看了吳師爺一眼說：「胡家老二是個武秀才，四肢發達，頭腦簡單，沒有做生意的眼光跟本事，這大家都曉得。不過，我看那天隨他同來的管事，雖然面容長得黝黑，但是雙目炯炯有神，說起話來不疾不徐、條理清晰，一看就是個精明老練之人，這個精明管事怎麼會給他東家出這個主意。」

吳師爺不以為然地說：「說不定那名管事是想趁機撈胡老二身上的油，就怪胡老二自己沒本事，任由底下的人胡攪瞎搞的。」

知縣黃濟沒有答腔，心裡頭想或許正如吳師爺講的，胡老二底下的人給他出的餿主意是想趁機撈點油水，但是那名管事給他的感覺總是怪怪的，好像對北山銀礦之事志在必得，又胸有成竹。然而不管如何北山銀礦招商之事總算是塵埃落定，他也好向知州大人那邊有個交代。潯州的幾大家族們都如釋重負，卻也紛紛到處打聽，這胡家老二到底是在玩什麼把戲。

說起這位胡家老二名叫胡以晃，潯州平南縣人。平南就在貴縣南邊，兩縣相鄰不遠。據傳胡家先祖是江西臨江府人，家族大多是仕宦富戶，後來躲避戰禍南遷到廣西後，成為廣西潯州府罕見的巨富。胡家傳到胡以晃的父親胡琛一代時，更以狠毒的剝削手段，不斷提高佃戶糧租，強取豪奪的占據山場田地，家族下產業橫跨平南、貴縣和武宣三個縣區。

胡以晃是胡琛的老二，兄以昭，弟以章。父親胡琛在胡以晃不到十歲時過世，家產由三個兒子繼承。兄弟們長大以後，常常為了講排場，比闊氣而鬧意見，後來索性分了家產，各過各的。胡以晃從小腦袋不行讀書不成，但是體格壯碩就開始學習武藝，進了武學，後來更成了一員武秀才。

胡以晃曾經上省城去應武舉的考試，個人武藝算是出眾，但因最後考弓箭時，用力過猛，導致弓身折斷，手臂扭傷，而名落孫山。自此以後就聽說其因抑鬱不得志，轉而追求一些旁門左道來尋求慰藉，特別極端迷信一些茅山道士的妖言。

這樣的人，怎麼會想要去北山開採銀礦呢？難道是聽信那些道士、仙姑的讖言嗎？再說，胡家三兄弟分了家產後，這幾位敗家子應該也把家產花了差不多，哪還有這麼多金錢去參加招商呢？難不成胡探真的留下一堆金山銀山，就算是，能這麼胡亂花嗎？這些疑問留在許多人的心中，不過大多數的人並不知道，答案就在當天與胡以晃一同參加招商競標的那位管事身上，他，就是楊秀清。

楊秀清之所以會跟胡以晃搭上線其實是個意外，原本楊秀清在拜上帝會所負責的傳教地盤是以桂平縣和貴縣山區的燒炭、伐木工人為主，這批人現在也正是拜上帝會的主要骨幹。

馮雲山自己則以貧農佃戶和一些仕紳家族為傳教對象，其中貧農佃戶為大宗，一般的仕紳家庭多半囿於傳統儒家孔孟禮教的束縛，較難接受外來宗教信仰，但是馮雲山並不放棄，隨著他的努力再加上上帝的恩典，在某些大家族裡慢慢看到成效，西山村陳作容家族就是個很好的例子，陳家在桂平縣西山村算是小地主階層，整個家族約一百餘人再加上其擁有的田產財物集體加入拜上帝會，帶給拜上帝會不小的挹注。

陳家的例子讓拜上帝會明白，想要迅速發展組織，人和錢是關鍵，有了信徒才能夠貢獻更多錢財至聖庫中，而聖庫有了經費資源後，則會按照拜上帝會信仰的教導去做公平的分配，以有餘來補不足，照顧那些困苦貧窮的兄弟姊妹們，因此只要加入拜上帝會，原則上會根據個人的經濟條件狀況給予財物補助。拜上帝會的這種概念在現代社會是簡單的社會救濟制度，但是在晚清時期社會經濟體系幾近崩潰，朝廷的貪官污吏收刮民脂民膏都來不及，哪還有心思餘力去做這些事情。

拜上帝會的信仰宗旨是希望建立一個共有、共享的太平社會，所以馮雲山建立聖庫之後，就利用聖庫的資源來接濟教內有需要的兄弟姊妹，如此一來自然會吸引更多窮困貧苦、無依無靠的人士前來加入。

不過馮雲山也清楚若只是吸收為了吃一碗飯而來的人，資源只出不進的結果，聖庫的資源很快便會面臨枯竭的一天。他明白想要迅速的擴大實力，拉攏大家族的加入是最有效的方式，現階段石家莊成了首選目標，他不斷透過機會與石家莊的人接觸，特別是石達開，無奈石達開個人雖然對於拜上帝會的許多信仰觀念表達認同，但是要他拋棄客家人的傳統習俗，不祭拜祖先牌位，在十分保守的客家文化裡委實困難。所以對石家莊傳教的工作就陷入僵持沒有進展，然而與石家莊的合作卻仍持續進行，這次參與北山銀礦招商所需要的標金，有一部分還是請石家莊給予支援。

楊秀清看見了大戶人家的力量，便希望自己也能夠拉攏到一門大戶入教，成為自己的膀臂。但是楊秀清本人對於富戶家族並不熟悉，與潯州幾個大家族向來沒有交情，要打入這群人的生活圈子談何容易。

所幸，上天也不偏待他，機會很快就降臨，在一次斬妖除魔行動中發現了個目標。所謂斬妖除魔行動是楊秀清自己發展出來的一種私底下賺錢的行為，並沒有得到馮雲山的認可。

楊秀清藉口道觀和寺廟乃是假神與偶像，不符合上帝的真理，都是一群裝神弄鬼、欺騙百姓的邪魔歪道，故經常會帶領他所訓練的信徒前往打劫與破壞。一方面是趁機收刮錢財，另一方面則是訓練一下自己人馬的膽量。這種在外人眼中無疑是土匪強盜的行徑，但是對於信仰虔誠的拜上帝會信徒來說，由於心中真正的神只有一位，所以去拆毀假神寺廟和木頭偶像絕對有十足正當性。另外確實有許多尼姑、和尚跟道士打著宗教信仰的旗幟到處招搖撞騙，那些人作惡多端、害人不淺，順便給他們個教訓也是剛好而已。

在某次的除妖行動中，楊秀清找上了秀瑤山上的白鶴觀，這座道觀的主持自稱是白鶴仙子，乃是千年白鶴轉世下凡來救苦救難，實際上卻是專門出賣一些符咒、仙水來謀取私利。

這天他們抵達時剛好瞧見胡老二跪在白鶴仙子面前參拜，一副虔誠畢恭畢敬的模樣。楊秀清突然心生一計，等待胡老二離去後才進入道觀內教訓所謂的白鶴仙子。白鶴仙子眼看一群壯漢猛然闖入觀內，接著就是一陣打砸破壞，白鶴仙子的道觀裡通常是一些善男信女、愚夫愚婦，她那裡見過這等凶神惡煞，趕緊呼求討饒，不然恐怕真要駕鶴歸西了。

楊秀清從白鶴仙子口中得知胡老二的背景來歷與十分迷信的個性弱點，便威脅白鶴仙子與他合作，設局糊弄胡老二。

於是胡老二接到白鶴仙子的指示，於數日後再次進入道觀，一如往常看見白鶴仙子端坐在前方，他便虔誠恭敬上前跪拜說：「大仙，今日找弟子前來不知有何旨意揭示？」

白鶴仙子故弄玄虛說：「弟子胡以晃，今日你有大福降臨了。」

「什麼大福？請仙子明示。」胡以晃興高采烈的說

「今日你要遇見真神降臨。」仙子接著說。

胡以晃丈二金剛，摸不著頭緒。這時候原本在白鶴仙子後方，供奉玉皇大帝的神像，突然冒出白煙並且有聲音傳出來說：「胡以晃，今日你要認識真神，這位真神比世上任何一位神明都大，比我玉皇大帝都還大。」

胡以晃慌張地問「請問玉帝，是哪一位神？」

「是創造這個世界的天父上帝。」

「上帝？」胡以晃雖然已經嚇得抬不起頭來，依然半信半疑地問。

接著，這個玉帝繼續說道：「胡以晃，你要去信奉這位全能的天父皇上帝，一輩子專心跟隨祂才會得著保庇。現在你就下山去，然後往西走一里，有一處香樟木林，在那裡會遇見一位名叫楊秀清的人，他是上帝差派來的使者，也是你的引路人，要帶領你去認識真正的上帝。」語畢，這座玉帝神像又是一陣煙霧瀰漫，接著白煙漸漸消逝，聲音就不見了。

此時換白鶴仙子說話：「胡以晃，想不到你居然有此大福，這位上帝親自選召你進入祂的天國，你趕快去吧，以後就不要再來找我了，你我緣盡於此。」

胡以晃聽到後還淚流滿面地感謝白鶴仙子指點迷津並且與她不捨道別，之後就匆匆下山去。

等確認胡以晃離開後，楊秀清才從玉帝神像後面現身。現在換白鶴仙子求饒說：「大爺饒命啊，我已經按照你的話辦了，請放過我吧。」

楊秀清一聲不吭，突然向前一步將握在右手中的匕首，直直送入這位白鶴仙子的肚腹中，然後對著睜大眼睛看他的仙子說：「仙子你這麼會算，有算到今天就是你的死期嗎？替上帝剷除邪魔歪道乃是我的本分，下地獄去吧！」確認這名仙子真的駕鶴歸西之後，楊秀清一夥人順勢點了把火將整個道觀燒掉，然後快步下山去找那名自以為幸運，大福降臨的胡以晃。

楊秀清特意慢慢走近樟樹林，果然看見胡以晃已經在那裡等待多時，臉上滿是焦急的表情。然後他一派輕鬆地走向胡，高聲對他說：「上帝啟示我要見的人可是你？胡以晃！」

胡以晃一聽這人居然知道自己的名字，趕緊說：「弟子正是胡以晃，請教高人是否姓楊名秀清？」

「正是本人。」

胡以晃確認來人身分後立刻下跪，把用在白鶴仙子身上的那一套說詞，也原封不動地用在楊秀清身上。楊秀清雖然不屑白鶴仙子裝神弄鬼糊弄人的方式，覺得這個胡以晃實在糊塗，怎麼如此容易就被這些讖兆預言神怪之事給迷惑。後來楊秀清仔細思想，發現這就是人性，人們就是想要尋求超自然的力量來幫助自己，因此這一類神異方式或許無可避免，畢竟有些人就是需要特別的引導。

楊秀清擺出一副上帝使者的身分告訴胡以晃，天父上帝親自指示他在這片樟木林前會有一位祂親自挑選的信徒在等著他，這些話把胡以晃唬得是一愣一愣。自此以後胡以晃便深信不疑地加入拜上帝會，而且還真是非常虔誠，楊秀清叫他拿出所有的家產奉獻給聖庫，胡以晃二話不說的立馬照辦，對於楊秀清有關教義真理方面的教導更是言聽計從、百依百順。

後來北山銀礦招商一事時，楊秀清便想到讓胡以晃出馬前去，對貴縣的官府來說胡家應是個可以信賴的對象，最後的結果就是楊秀清順利拿下北山銀礦的採礦權。至此，拜上帝會的勢力又獲得一個極大的進展，當中得利最多的人自然是楊秀清，現今在教內可以清楚地察覺到楊秀清這一派系的力量不斷崛起壯大，跟馮雲山這一邊已經處於互相競爭抗衡的狀態。

✠✠✠

桂平縣金田村附近的山谷裡，一座嶄新的房舍剛剛興建完成。這是一座兩進的傳統四合院，但與傳統四合院不同之處在於二進以後的內院特別寬敞，幾乎是一般四合院的三倍面積以上，大約可容納五百人在其中聚集。另外此屋採用的建材簡單以木料及磚瓦為主，工程相當的簡易，可以看出興建之人十分的低調，不想要引人注目，因為這裡是拜上帝會最新的總壇，而在內院中的正房是教主洪秀全目前的居所。

洪秀全回到桂平以後除了幾次重要的場合出現於信徒面前外，其餘的時間幾乎都窩在這一座新起造的總壇內，不對外露面，埋首專研從羅孝全宣教士那裡取得的新、舊遺詔聖書㊟。洪秀全認為自己熟讀聖書，並且對聖書當中的教義真理融會貫通，然而他身為天父上帝的次子，為了在華夏大地上建立起聖書中的天國，必須對聖書內容做些局部更動，原本的新舊遺詔聖書的內容有些已經不符合現在拜上帝會傳教的需求，他必須花時間閉關研修，將聖書的部分內容進行改寫，以利後續的傳教與信仰教育工作的推動。這段時間以來洪秀全幾乎足不出房門，只有遇到極重大的場合時，才會對外公開露面。

---

註：在馬禮遜譯本基礎上修訂的早期中文版新舊約聖經，又稱「四人小組譯本」。麥都思、郭士立為主要翻譯者，後來，郭士立反覆修訂此譯本，前後至少有十六次，太平天國的版本就是以郭士立翻譯的舊約與修訂的新約為藍本的。

馮雲山則是住在這座四合院的東廂房，整個大院由馮雲山最信任的親兵負責守衛工作，同住的人約有五十名左右，另外馮雲山以此屋為中心，在方圓五里內佈建七個哨站，派人駐守，由他自己親領的天衛卒負責。

東廂房內，馮雲山正埋首於書案，侍立在旁的是拜上帝會剛上任的主簿李秀成，這位李秀成是洪秀全在廣東花縣時所收的入門弟子，與其有親戚關係，是少數幾位在拜上帝會創立之初就跟隨洪秀全的人。

李秀成此人的個性忠敏，頗得洪秀全的信任，因而一直將他帶在身邊服侍自己，後來就隨著洪秀全一起到廣西桂平來。馮雲山一見到李秀成就跟洪秀全要求，讓秀成跟著自己學習教內的各項事務，用心認真的栽培教育，將來這人必成天國的棟樑。洪秀全亦認為除了馮雲山以外，教中高層幾乎沒有自己的親信人馬，因此贊成馮的做法，將李秀成培育鍛鍊後拔擢進入教中的領導班子，可以成為自己的左膀右臂。

於是洪便將李秀成及其堂弟李世賢都交給馮雲山安排，馮雲山把李秀成帶在自己身邊擔任拜上帝會的主簿一職，就近教導有關教義條例、組織制度、人才培訓等政務之事，至於李世賢則是派他到蒙天佑的馬隊去磨練，分別一文一武的用心栽培兩人。

案桌上的文章寫到一半，馮雲山突然抬頭問李秀成：「最近讀聖書有沒有不懂之處？」

李秀成遲疑一下，慢吞吞地說：「老師，弟子最近讀聖書發現其中一處經文寫到，上帝只有一個獨生愛子，就是聖子耶穌。而祂為了要拯救世人，被釘死在十字架上。因此這讓弟子有點疑惑，那教主為何又會是天父的次子？」

馮雲山放下提在手上的毛筆，站起來走到窗戶旁，望向洪秀全所住的正房，好像是要窺伺什麼，然後回頭跟秀成說：「秀成啊，我們教主是位奇人，有一天他做了異夢，天父上帝在夢中親自啟示教主乃是祂的次子，命他在這世上斬妖除魔，替天行道，建立地上天堂，這不是常人所能參透的天機。」

秀成將身子站直恭謹道：「弟子明白。」

馮雲山又道：「其實，你只要確信，這位皇上帝是真神，我們只要信靠祂，在此時此刻所做的一切努力都會得到上帝祝福。現今最重要的是如何更快速的把上帝的真理與恩典傳播出去，使得更多的人認識真神，讓他們加入本教一起為建立一個全新而且符合上帝旨意的天國而努力。所以你只要明白教主所做的一切事情，都是為了這個偉大的目的就夠了。」

「是的，弟子謹記教主跟老師的苦心。」

馮雲山看著秀成，心想這位青年聰穎信誠，素質極佳是一塊良玉，得要好好教導磨練他，將來必定能夠為天國發光發熱。

馮雲山接著說：「近來我教的信徒快速成長，如今秀清與日昌兩人在北山礦區的傳教工作效果頗大，信徒總數已近三千之眾，本教原來的組織編制已經無法滿足現況的需求，我打算將教內人員的組織編制重新律定，你以為如何？」

秀成答道：「弟子正想與老師討論此事。」

馮雲山開心笑道：「很好，能有這樣心思，就不枉我平日不厭其煩的教誨訓勉了。」

馮雲山將自己最新的規劃告訴秀成說：「本教的組織編成現在是五人一伍，伍長一員，伍員四人，每五伍為一倆共二十五人，由倆司馬管理，每四倆為一卒共百人，由卒長管理。由於信徒人數增加，我計畫在卒長之上再加三級，分別是旅、師、軍。每伍卒為一旅共五百人，設一旅帥；然後每五旅為一師共二千人，設一師帥；然後每五師為一軍共一萬人，設一軍帥管理之。」

馮雲山問李秀成對這個組織編制有何想法。

「弟子以為這次擴編的制度相當妥適，符合教內原先的建制再逐級增加，弟子現在就按此擬個章程，讓老師過目。」秀成心有同感道。

馮雲山接著問：「目前本教的信徒人數約可分為五旅，依你之見這五旅的統帥分別由誰來擔任比較好？」

李秀成看馮雲山一眼，知道老師問這個題目是想考驗一下自己對於目前教中的派系勢力分佈是否能掌握透徹。

於是李秀成沉思一下後回覆道：「以目前狀況來說，蕭朝貴兄弟所帶領的信徒可以自成一旅，楊秀清及秦日昌兄弟在北山礦區與龍山礦區的信徒亦可各自率領一旅，剩下的二旅建議由老師自兼。」

馮雲山聽完後點頭微笑，因為李秀成完全了解教內各派系勢力的分布，他的規劃一來可以顧到權力平衡，又能讓本教的領導權牢牢的掌控於馮雲山的手中不致旁落。

確實如今的拜上帝會若以信徒人數來論，燒炭工人這個區塊是楊秀清與蕭朝貴共同發展起來，目前約八百人左右；龍山錫礦區是馮雲山交給秦日昌經營，目前約三百人；其餘的九百人是馮雲山在潯州一帶佃農戶、個體戶與小地主家族耕耘的結果。至於北山礦區的傳教工作帶來極大的效果，才開礦招工三個月不到，已經有五百多名的礦工加入本教，而北山礦區實際所招募的礦工達三、四千人之譜，往後這地區的信徒人數破千應該是遲早的事。

馮雲山明白李秀成適才所建議的規劃是維持教內各派系力量均衡，並且由他繼續保有最大實力來鞏固領導權的最佳佈局，他的內心同樣是傾向這個安排。

「不過……，倘若是這樣，秀清兄弟那邊恐怕會心生怨懟。」馮雲山不自覺地說。馮的心裡相當清楚，雖然北山礦區的傳教是交由楊秀清與秦日昌兩人共同負責，但是實際上卻是楊秀清一人在主導。而且自楊秀清網羅胡以晃入教以來，他安排武秀才胡以晃在北山礦區擔任新加入教徒的武術教頭，真刀真槍的把教徒武裝組織建立起來，積極厲兵秣馬，這對楊秀清一系的實力增長助益頗大。以楊秀清的現在的實際力量應該能夠自領二旅，如果只讓他率領一個旅，勢必會讓楊秀清心生不快。

李秀成明白馮雲山心中的擔憂，於是說：「老師，弟子有一策，不如讓秀清兄弟也可兼領二旅，但另外一旅為虛銜，等到北山礦區入教人數達到二旅之數時，屆時新增加的一旅就自動歸入他的管轄。」

馮雲山高興地說：「秀成你的這個策略頗為周到，如此一來即使楊秀清再不滿，恐怕也不好發作。」於是兩人就按所規劃的藍圖擬定最新的組織人員編制章程，並傳令各分壇施行。

當中還有一項特別的安排，便是將蒙天佑所率領的馬隊，從一個「倆」的單位二十五人的編制提升至一個「卒」百人的編制，但畢竟馬匹是極為重要的戰略資源，民間蓄馬太多容易引起官府注意，再加上聖庫的經費也相對有限，因而馬匹的數量只先從二十五匹增加至五十匹。但是馬隊教兵人數先補足百人，由蒙天佑親自挑選年輕力健者優先加入。

馬隊的編制提升至卒的位階以後，要起個番號，馮雲山問秀成有什麼好的建議，秀成想了一想說：「不如就叫玄甲騎吧。」馮雲山一聽，立刻明白這稱號乃是引自唐太宗李世民的開國利劍——玄甲軍。

根據《資治通鑑》記載：「秦王世民選精銳千餘騎，皆皂衣玄甲，分為左右隊，使秦叔寶、程知節、尉遲敬德、翟長孫分將之。每戰，世民親被玄甲帥之為前鋒，乘機進擊，所向無不摧破，敵人畏之。」另外，相傳李世民與王世充雙方對峙虎牢關，並且竇建德率領精銳主力十餘萬人前來支援王世充之際，李世民拿出壓箱寶三千五百名玄甲精兵為前鋒增援虎牢關，結果大破竇建德十餘萬眾，竇建德僅率數百騎逃遁，隨後，洛陽的王世充也被消滅。天下的局勢才算底定。

馮雲山撫掌稱是道：「太好了，就叫做玄甲騎，希望這隊精銳能成為我拜上帝會，掃蕩清妖，開創地上天國的一把無堅不摧的利劍。」

✠ ✠ ✠

桂平縣城亦是潯州府治所在，所以一城之中有兩個官府，潯州知府衙門在城北，桂平知縣衙門在城南，而城西有座大宅，這宅邸輝煌氣派完全不輸給兩座官府衙門。

大宅的主人名叫高強，人稱高員外。

高強就是潯州高家的主人，也就是之前在戲台上找蓮園戲班麻煩那位惡霸高大的老爹。高員外不愧是惡霸的老爹，當日高大與眾護院武師在戲台上受到石達開的羞辱之事傳回他的耳裡後，高員外不是想著護短，而是認為高家豈能丟這個臉，這往後高家如何在潯州地方立足？高強的心中怒不可抑，不斷咒罵石敢當，當真以為全天下的人都怕你嗎？偏偏我高強就是要吃定你石家。那日過後高強立即著手部署如何對石達開展開報復行動，所以一直派人守在石家莊外守候並等待機會來臨。

那日石達開與李聰兒兩人雙馬出莊外去找蒙天佑，正好給了高強一個難得的機會，高家迅速的調集幾十名刀客在桂平與貴縣的交接偏僻處埋伏，想要一舉除掉石達開，沒想到結果卻是損兵折將，連頭號的護院武師都賠了進去。

「爹，石家這個仇要怎麼報？絕不能讓石達開這小子這般的猖狂。」高大悻悻然說。

高強坐在椅子上抬頭看著兒子，心中暗想這個不肖子什麼時候才能給我長臉。但是他仍然耐著性子說：「阿大，你說探子回報看見石達開進了紫荊後山區，等他們出來後，埋伏的刀客動手反而被他們打敗，一網成擒。」

「是啊，聽說他們出動了一整隊騎兵才有辦法擊潰我們派去的刀客。」

「想不到拜上帝會的人竟然有這能耐，不能小覷啊！」高強心想這紫荊後山現在是拜上帝會的地盤，一般閒雜人士根本不會靠近。石達開與拜上帝會人近來走得很近的消息時有耳聞，看來不假。

高強嘴角微微上揚的笑說：「太好了，正愁找不到理由整死這塊石頭，如今他跟拜上帝會走到一塊，正中我的下懷，剛好一箭雙鵰。」

高大不解地說：「爹，要如何一箭雙鵰啊？」

聽見高大的疑惑，高強不禁眉頭一皺，內心裡叨唸真的要把家業傳給這小子嗎？我走了以後，這小子能守住高家多久啊，算了，還是趁我還在的時候幫他把這潯州的幾家大戶都給擺平，不然等到這小子掌舵高家時，說不定我高家就要任人宰割了。說實在，高強不是沒有想過廢掉這個高大，改立他幾個庶出弟弟們，不過他幾個兒子中，只有高大是嫡子，而高大親娘秦氏的娘家乃是潯州地方的實力人士，並不好得罪，所以高強才沒有真的採取廢長立幼的行動，只好想盡辦法扶起這個阿斗。

「阿大，你要記住，我們高家要想在潯州府稱霸一方，除了想盡辦法擴大家業的勢力範圍外，另一方面就是要剷除潛在對手，而要剷除對手最好的助力就是官府。」

「官府？」高大依然丈二摸不著金剛，但是高強也不再多做解釋，反而是叫高家的管事先去通知縣衙門，告訴他們自己有緊急事情需要面見知縣大人。

另一方面則把高家的團練總管王作新找過來，囑咐他抓緊時間盡快把護院、家勇們組織訓練起來，近期之內務必練出至少三千勇壯，接下來會有大用。

民間鄉里的練勇制度起源於清朝嘉慶時期，當時社會經濟開始崩壞，各地暴動盜匪不斷，而原有軍隊綠營漸漸無法發揮保衛鄉里的功能。合州知州龔景瀚上奏《堅壁清野並招撫議》，建議讓各地自行設置團練鄉勇，由地方士紳負責，相關興辦團練的經費自負，勇壯由練總、練長自訓。這樣一來減輕朝廷軍費的開銷，又能夠讓地方有武力解決盜匪猖獗的問題。

地方團練制度實行至道光年間後，開始產生質變，雖然綠營軍隊為官方武力，但是對於地方鄉里來說漸漸成為擺設，毫無正面助益可言，而地方團練則是容易成為地主富戶的私人武力。就以石家莊而言，在石達開掌舵之後也大力開辦團練，號稱「一千石家軍、踏破眾綠林。」

高強接著針對幾名重要對象放出大量的探子，他心底盤算，倘若這次的計畫可以成功，就能一舉樹立高家獨霸潯州的地位，只要將石家徹底摧毀，潯州府境內再無其它豪門大族的勢力可以與高家匹敵。

高家在算計著石家莊，但是石家莊也不會傻愣愣地等著對方宰割，他們同樣在圖謀高家。同一時間石家莊內也正在商量，要怎樣向高家討回公道，石達開的四叔石進義憤填膺地說：「想不到高家的人如此狠毒，一出手就要人命，還好這次多虧蒙天佑他們相助，否則後果真不堪設想。」

石達開坐在屋內的主位上，喝了口茶後平靜地道：「這次是我誤判了，想不到高強這人如此心狠手辣，看來潯州境內原本的土、客之爭就要搬上檯面，高家想要對付我們石家莊應是盤算已久，這次蓮園的事件只是給了他們一個加快動手的理由。」

土客之爭，係指在兩廣地區土、客兩族群的武裝械鬥，所謂「土」就是原籍住在兩廣的漢、壯等族的本地人；而「客」則是指從別處遷搬到兩廣地區的客家人。自清朝中葉開始，為了爭奪耕地、水源兩邊族群的衝突逐步激烈尖銳起來，石家莊是潯州客家人的代表勢力，至於高家則是典型當地漢族的土人力量。

一向頗能精準分析時勢的管事石雨讀說：「高家這次出手受挫而且曝光，必定不會善罷甘休，看來雙方免不了要有一場惡戰，我們得要及早準備。」

「既然如此，何不先下手為強？」掌櫃石向前一直以來都是比較保守的態度，但是看到大當家居然被人埋伏追殺後，明白現況已經是勢如騎虎，得趕快做出因應對策。

石達開見眾人群情激憤、情緒高漲，連忙將手一抬阻止大家說：「且慢，諸位莫心急。這筆帳當然非算不可，但高家是潯州的地頭蛇，其根基頗深，要一舉將其拔除談何容易。只是我們確實不能坐以待斃。雨讀，那批新添購火繩槍何時會到？㊟」

註：所謂火繩槍是利用火繩槍機點火的槍，槍機包括蛇形桿和扳機，蛇形桿端夾有陰燃的火繩，扣動扳機，蛇形桿下行，點燃火藥。這是當時清朝綠營軍隊的標準武器配備，但是已經相對落後於世界其他國家火槍武器的發展。

石雨讀回說：「預估三日後會到。」

「等這三百桿火繩槍到了後，馬上讓莊內的練勇們裝備訓練，有備無患，我估計高家正死盯著我們，現在雙方都在等待一個時機出手，誰先犯錯就會給對方機會。」

火繩槍需使用火繩點火來點燃火藥引信，因此操作的步驟繁複，並且無法在雨天使用，這已是從明代相傳至今快二百年的作戰兵器，西方各國已經漸漸從火繩槍進步至燧發槍，甚至再到更先進的擊發槍。

儘管如此，對於民間團練來說火繩槍還是除了刀、槍、弓等冷兵器以外，最常見且具有威嚇效果的武器，石家莊的團練原先僅裝備二百桿而已，這次趕緊向海外的洋商採購三百桿，加強自己的作戰實力。

石進憂心忡忡地說：「高家素來詭詐，不知道會出什麼怪招，莊主您最好不要四處亂跑。明刀明槍直接比拚，我們一定不會輸，可是高家那群小人肯定會有暗箭，那就比較難防了。」

石達開心裡還在猜測高家的下一步，是會光明正大使用武力械鬥方式來解決糾紛呢？還是會有什麼其他手段？石、高兩家在潯州府各個領域互相爭奪地盤與擴張勢力是長久存在的事實，石達開在蓮園戲班事件的舉措只是給高家一個開戰的藉口，高家自恃是地頭蛇，就算石達開是條強龍也不能不給他面子，但如今石家既然都踩到高家的頭上，那麼高家必然是要跟石家拚個魚死網破。

四叔石進用隱晦的口氣問石達開說：「莊主，你買火槍來裝備訓練家勇這事可以理解，但是聽說還進了幾門劈山砲，這又是何故？」

劈山砲主要是發射散彈，散彈等鉛製砲彈用的火砲，作戰時可以拿來轟擊密集的士兵，對付重甲有一定效果，另外又因其移動方便，所以主要使用於行軍野戰。一般民間鄉勇團練購置鳥銃火槍還算常見，但是裝備火砲就比較罕見，這點讓石進有些擔憂。

石達開知道四叔想要問什麼，便回覆說：「四叔，你別擔心，這些劈山砲我主要是拿來防衛自家的土樓，畢竟高家會使哪種手段現在還不清楚，多一點防備總是好的。」

石進還是不放心地說：「莊主，石家大大小小幾千條人命是唯你是從，如果莊主有什麼重大決定還是要開誠布公地說，讓大家心裡有個底。」

石進口中所說的事情，當然是指石達開與拜上帝會的關係。

雙方近來合作密切是眾人都曉得的事，但這卻讓石進頗為擔心。拜上帝會雖對外宣稱只是一個教化人心、引人向善的宗教組織，但是觀察他們的行事與傳教宗旨，擺明是與當今的朝廷打對台。以前石進認為這種洋人的信仰很難在廣西一地引起共鳴、掀起風浪，但是最近發現加入拜上帝會的人日增月盛，另外北山銀礦的礦區開採權也讓拜上帝會取得，綜合種種跡象觀之，讓石進不得不擔心焦慮起來。

這個拜上帝會越來越成氣候，會不會有進一步的動作？萬一牽連到石家怎麼辦？總得要事先提防。另外，如今的朝廷雖然腐敗，但還不到聾聵不可使聽的地步，若是做得太過張揚，官府又豈會坐視不管？

石達開看出四叔的憂心，他起身走到窗前，看著窗外的朗朗晴空，若有所思。過了一會兒後道：「四叔啊，我知道自己身繫石家莊上上下下數千人的命運，正因為如此，我才會猶疑不定，正所謂覆巢之下無完卵，眼看整個國家日益糜爛、朝廷愈發腐敗，光是潯州一處流民四徙、盜匪猖獗、餓殍遍野，再這樣下去，我們石家的未來到底在哪裡？這才是我日夜思考的課題。」

此時掌櫃石向前說：「莊主您目光遠大、高瞻遠矚，自是我們所不及。總之不管如何，要怎麼做也得讓大夥明白，如果真要走到那一步，我相信大夥會支持莊主的。」

石進與石雨讀也都紛紛點頭附和。

石達開望向三人說：「感謝大夥兒這麼齊心，不過現在我們只能邊走邊看，局勢會如何演變，老實說現在還看不太清楚，但是我相信，應該不會等太久。」

說罷，又轉身望向窗外，這時遠方的天際線上有片烏雲出現，然後慢慢地飄向石家莊。

山雨欲來風滿樓，一場風暴正等著石達開去面對。

✢✢✢

在紫荊後山距離拜上帝會總壇約二十里路程有座分壇，今天這兒異常的忙碌。除了每月固定要收集上繳至總壇的煤炭車早已預備好滿滿十輛車就緒之外，分壇統領身居旅帥高位的蕭朝貴還特地精心打扮，並早早在分壇門前等候預備。幾個不明就裡的小夥子還在私底下議論紛紛，說莫非是教主要親自蒞臨分壇，否則怎會有如此大的陣仗。

隨著百步外出現的身影，所有的疑問都有了答案。

一匹毛色光澤鮮亮的黃驃馬背上載著一名身著艷紅上衣、白色長褲裝扮的倩影緩緩出現眾人眼前，馬背上的女子雖然一身紅衣卻是戰場戎裝的扮相，遠遠望去只覺得此女落落大方，並沒有庸脂俗粉的感覺，再加上背後淡黃色披風迎風搖曳，恍如楊門女將再世，神采飛揚、容光煥發。

這名紅衣女子身後兩側則是整齊地跟著一支二十人的女兵隊伍，個個腰帶上都繫著一把橫刀，背上揹著一面圓盾，表情嚴肅，行進間散發出勇毅果敢的氣息，這部隊的氣勢一點也不輸給那些漢子大兵。

紅衣女子駕馬直至蕭朝貴前方五步左右才翻身下馬，這時候蕭朝貴一個箭步率領部眾向前拱手道：「朝貴在此恭候天妹多時，聽候差遣。」

那名女子淺淺的一笑，臉上酒窩立刻讓她看起來更加嫵媚動人，紅衣女子拱手回敬道：「朝貴大哥您這是折煞小妹了，怎敢有勞大哥在此等候，還望大哥恕罪。」

紅衣女子說起話來軟語呢喃，眼波流轉、甜意瀰漫讓蕭朝貴有點不好意思起來，急忙道：「天妹代教主前來宣慰信徒，自當以教主之禮待之，請天妹趕緊入內歇息。」說罷，就領著天妹進入壇內。

進入內堂後，蕭朝貴下令眾人迴避，只留兩人在場。這已經是一個月來天妹第二回造訪蕭朝貴的分壇，蕭朝貴目前身為拜上帝會四大旅帥之一，也是楊秀清到北山銀礦區建立分壇後，紫荊山燒炭工人教區當然的接棒者，畢竟楊、蕭兩人算是拜把兄弟，紫荊山區燒炭工人的傳教工作是兩人一起創造出來的成果。

楊、蕭兩人的聯合在拜上帝會內是一股極大的勢力，洪秀全與馮雲山一直苦思要如何處理這個狀況，一直到半年前洪秀全有了答案，答案來自於一名自稱是洪秀全遠房親戚的女子楊雲嬌。

這名喚做楊雲嬌的女子從廣東前來投靠拜上帝會時，曾自稱是洪秀全的遠房親戚，但是真相如何至今依然是個謎團。不過倒是洪秀全一見到楊雲嬌就頗為賞識，而楊雲嬌投入拜上帝會後在信仰態度上也表現出十足的熱心與虔誠。再加上此女生得面容白皙，身材姣好，原本洪有意要將其收納為妾，但是某日蕭朝貴至總壇議事時被洪秀全瞧見蕭頻頻窺伺楊雲嬌，再三打探她的來歷，於是讓洪秀全突生一計。他告訴楊雲嬌說天父上帝降旨要自己與她結成兄妹，命她要全心全力扶助自己斬妖除魔，建立一個安居樂業、共享富貴的新國度。楊雲嬌一聽是上帝的旨意自然是言聽計從、欣然接受。

於是楊雲嬌改名為洪瑄嬌，開始在洪秀全的身邊行走幫忙，接著洪秀全成立女營，交由洪宣嬌擔任指揮統領，正好洪瑄嬌本人喜歡舞刀弄槍，對於女兵的操練甚是用心，快速地建立起一支百人的女兵營，承接起擔任教主近身護衛和傳達旨意的工作。

洪秀全慢慢讓洪瑄嬌打著自己妹妹的名號到處活動，漸漸地教眾們聽說是教主之妹，就給洪瑄嬌起了個天妹的名號，雖然不是教內正式的稱謂，但是洪秀全並不出面制止，所以這個稱謂便在教內傳播開來。

接著洪秀全告訴洪瑄嬌，為了天國大業，他要在本教的諸位豪傑中找一個配得上她的英雄做為夫婿。天父上帝指示蕭朝貴兄弟是個好人選，但是須讓他慢慢傾心地投入，不要太快也不要太慢，這話說得輕巧，洪瑄嬌是個明白人，自然曉得洪秀全期待她怎麼做。於是最近兩個月來，她開始藉由種種理由接近蕭朝貴，蕭朝貴本來就是個大老粗，對於女人的攻心之計怎能提防，再加上洪瑄嬌長得婀娜嫵媚、楚楚動人，是男人都難抵擋這般的勾引誘惑，更何況是孤身一人的蕭朝貴，果不其然蕭朝貴旋即自投羅網，深深陷進洪瑄嬌的迷魂陣中。

洪瑄嬌與蕭朝貴兩人在內堂裡甜言蜜語約一個時辰後，才依戀不捨地走出來，洪瑄嬌向眾人說了幾句教主非常關心各位弟兄的體己慰勞話後，隨即啟程押解煤炭車返回總壇。蕭朝貴則是一路相送至分壇大門的百步以外，才依依不捨的告別，他癡癡地目送天妹的身影離開，一旁跟從的信徒兄弟們眼尖的自然明白是怎麼回事，大家都心照不宣，也雀躍不已，因為在兄弟們心目中，假若蕭朝貴能夠娶天妹為妻，這不但可傳為一段佳話，亦是本分壇的榮耀，兄弟們在教內的地位更會跟著水漲船高。

當然蕭朝貴的上鈎全在洪秀全的預料之中，他心想倘若能夠拆解楊、蕭二人的聯合勢力，爭取蕭朝貴站隊到自己這一邊，對於掌控拜上帝會內的權力布局會有極大的幫助。馮雲山知道洪秀全對蕭朝貴使出美人計，雖然不是光明正大，但畢竟是為了天國大業，所以就不置可否。然而在這過程中馮雲山發現洪瑄嬌的表現相當出乎他意料之外，這位天妹不但手腕靈活，把蕭朝貴弄得服服貼貼、死心踏地；再者洪瑄嬌本人識大體、明事理，不恣意妄為，對於教中之事，該問則問，不該問的不會無事生非；另外她確實也是名幹才，包括女營的組織與訓練等工作都辦得妥妥當當，不勞他人費心。

馮雲山心想或許這名女子真是天父上帝特別差遣來的助手，那真是我教必興、清妖必滅。

✝✝✝

在紫荊後山的玄甲騎訓練基地中可以看出這兩個月來有極大的變化，原有的馬廄空間整整擴大兩倍以上，另外還搭建了個大屋，屋內的大堂空間可同時容納約二百人坐在其中讀書，目前正有約百人在齊聲朗讀聖書。

不明所以的人會以為誰在這荒郊野嶺開了間書館，而講書先生就是蒙天佑。不過，今個兒蒙天佑邀請了阿桐前來講書，因為阿桐擅長專精的部分跟天佑略有不同。

原來馮雲山到紫荊山傳教時，只帶了部分的聖書抄本以及勸世良言，新舊遺詔聖書共有六十六卷，當時馮雲山並沒有帶齊，一直要等到洪秀全從廣東回來桂平後，才將整套的新舊遺詔聖書一併帶來，這才把全部聖書抄本給完整補齊。

然而在傳教的過程中，為了讓教義傳播順利迅速，洪秀全與馮雲山並沒有將整本聖書的教義完整宣講，原因之一是他們兩人無法明白聖書的全部內容，甚至誤解或曲解聖書的某些意義；再者是為了傳教方便，他們刪減許多自己難以理解的教義，只選擇好記又好遵行的教義先行宣講。

然而對於馮雲山來說，追求認識完整的教義真理一直是他所遵行的中心思想，因此他找來幾個資質聰慧的弟子，希望他們能夠專心的研讀聖書，藉此培育這群人成為天國的傳教師。馮雲山十分清楚要建立一個全新的國度，關鍵還是在於這個全新國家的人民是否能夠正確認識聖書中的教義真理並且遵行不悖，只有人人成為忠心跟隨上帝的子民，這個國家才會強大，所以信仰研讀的功夫不可廢，從現在起就要培育人才。

阿桐與天佑兩人都是他選定重點栽培的聖書教義研修人選之一，馮雲山將聖書的經卷分給這些弟子各自去研究，天佑拿到的經卷多是舊遺詔聖書，而阿桐則是以新遺詔聖書為主。因此，今日蒙天佑特地請阿桐過來向玄甲騎的戰士們講解新遺詔聖書的內容。

這是玄甲騎成立以來，固定每七天要做的功課，每七天有一個安息日，這日要舉行聖會來敬拜上帝，這是所有拜上帝會信徒都要遵行的教規。但是只有玄甲騎這群信徒是在聖日的敬拜儀式結束後，還要留下來另外再聽課半個時辰，接著所有成員還要學習朗讀聖書與識字，並且抄寫聖書的內容半個時辰。

這樣的規劃安排出自蒙天佑的一個簡單想法，他認為每一個信徒都應該要自己熟記並明白上帝的話語，而不是只靠傳教師或是頂頭上司來傳講聖書內容而已，為了明白上帝的話語，每個人就得學習讀書識字。

這種作法在現代看起來沒什麼大不了，但是放在清朝道光年間，那並不是一個人人有機會學習讀書寫字的年代，這種作法就顯得相當進步且難能可貴。蒙天佑自己也沒想到，這個做法將會替拜上帝會培育出一批素質優良的年輕骨幹人才，而這一批年輕人未來將會給整個大清皇朝帶來極大的衝擊。

阿桐講完經後，趁大夥都在練字抄寫聖書的時間，蒙天佑便趁空檔上前找她討論一番。

「阿桐，妳剛剛講到聖子耶穌說就是到天地都要廢去，律法的一點一畫也不能廢，都要成全。㊟」蒙天佑狐疑地說：「那麼為什麼教主要重新改寫新舊遺詔聖書呢？這豈不是自相矛盾嗎？聖書內容不是不能隨意更動嗎？」

阿桐說：「關於這點我請教過馮老師，老師是說因為教主乃是天父次子，所以他有權利去更改聖書的內容。」

蒙天佑摸著頭說：「你覺得這個解釋合理嗎？」

阿桐思索了一下說：「我也覺得不是很合理，要不這樣，我們再一起去請教馮老師。」

蒙天佑遲疑了一下，雖然是他先提出質疑，不過他也能理解馮老師為了天國大業所做出的一些權

註：《馬太福音5章18節》我實在告訴你們：就是到天地都廢去了，律法的一點一畫也不能廢去，都要成全。

宜措施，他只希望這些措施不會影響拜上帝會的核心教義與真理。

蒙天佑回道：「還是算了，近來老師為了北山礦區以及教內眾多的事務正忙著，我看還是妳多講一些聖子耶穌的故事給我們聽，我每次聽了都覺得好感動。」

阿桐知道蒙天佑的考量，也就順勢說：「聖子耶穌的故事都很特別，我也是讀了之後才發覺聖子耶穌居然是這麼愛我們，祂本是個神聖的君王，卻降世為人、道成肉身，為救贖世人的罪，最後死在十字架上，真是太了不起。」

蒙天佑興奮地說：「我也是這麼認為，所以這一次我們絕對不要讓這種事情再度發生，一定要在這地上建立起新的天國，不許再失敗了。」

阿桐聽了急忙打岔道：「不過我覺得，耶穌應該沒有失敗吧，祂上十字架是為了我們眾人的罪，沒有聖子耶穌親自成為救贖世人的贖罪祭，我們就無法得救，也就沒有永生。」

蒙天佑說：「喔，是這樣啊。好吧，但是有了永恆的生命與將來的盼望後，我們更要拯救目前處於水深火熱、苦不堪言的天下萬民，努力建立在地上的天國，我知道這個過程充滿挑戰與艱辛，但是只要跟隨上帝的旨意走，即便在地上有許多痛苦，但是將來還是會進入天堂，得到從天父上帝來的獎賞。」

阿桐一時聽不出蒙天佑話裡面的不妥之處，只好說：「好像是這樣沒有錯，但是我總覺得有些事情似乎跟聖書裡的教導不太一樣。」

但是到底哪裡不一樣？阿桐一時間也說不上來，她其實蠻希望能夠有個人從頭到尾好好地跟她說一下聖書的完整內容，她還有好多不明白的地方。

蒙天佑看阿桐陷入沉思，就提高音量說：「嘿，我聽說你最近都跟作容哥一起去給石大哥講解聖書，石大哥的狀況如何啊？」

天佑的問題打斷了阿桐的思緒，她回說：「是啊，我們每七天就去給石大哥講一次聖書。石大哥的反應很好，感覺他越來越認同我們拜上帝會的教義與真理。」

蒙天佑接著吞吐地問：「那，你有沒有看到那位……」

阿桐見天佑這副模樣就噗哧一笑說：「唉，我就知道你是想問那位年輕貌美的聰兒姑娘吧。」

「沒有～～，沒看到，就算我看到了，也不跟你說。」阿桐淘氣地回答。

蒙天佑緊閉著雙唇不知道該接什麼話，阿桐一看又笑出來，才說：「好啦，開你玩笑的，聰兒姑娘已經跟著蓮園戲班回廣州，聽說是有新戲要開演。不過離開之前有特地請石大哥向你轉達她的感謝之意。」

蒙天佑一聽，臉頰又紅了起來，心思馬上飄到當時李聰兒在戲台上那身形曼妙輕盈、嗓音悅耳動人的記憶畫面裡。

不過天佑心裡頭相當明白雖然他將聰兒姑娘放在心上，但聰兒姑娘卻不會把他看在眼裡，即便天佑曾經救過她的性命。因為還有另外一個人，站在蒙天佑的前面，那是一位被無數少女羨慕與景仰的不世之才、超凡絕倫，當今的英雄俊傑：石達開。

蒙天佑並不會對李聰兒心存不切實際的幻想，因為兩相比較下，他很清楚自己在石大哥的身旁不過是天冠地屨、霄壤之別。但縱使如此，能夠讓心儀對象知道自己的存在，對天佑來說已經是很大的鼓勵。

而相對阿桐來說，能夠定期與石大哥碰面亦是件令她開心的事，尤其越認識石大哥就越對他感到衷心的敬仰。阿桐觀察石達開，發現這人不但胸襟廣闊，腹中真有拔地倚天之才，更難得的是石達開好學不倦而且不恥下問，對於自己不明白的事情不喜歡走馬觀花，總是要追根究柢直到弄清楚為止。每每在與石大哥討論信仰教義時，讓阿桐自己得到許多新的看法與收穫。

至於石達開，可能沒有太多心思去處理這兩位對他傾心不已的佳人，和他之間曖昧複雜的情愫，以及她們彼此的暗中較勁。他目前最關心的問題在於：為什麼這世界有這麼多的苦難，而上帝的旨意究竟是什麼？阿桐無法回答他這個問題，後來阿桐在研讀新遺詔聖書時，發現其中約翰福音這卷經書裡面有這麼一段經文，她告訴石達開。經文是這樣：

約翰福音十六章三十三節

耶穌告訴他的門徒：「在世上你們有苦難，但你們可以放心，我已經勝了世界。」

石達開當初聽到這段經文時沒有特別的感覺，後來才漸漸明白，耶穌是在告訴門徒，不管這世界發生什麼事情，要永遠記得一件事，祂已經為我們勝過世界的罪惡與魔鬼，這個世界是由上帝在掌權。

想通這個關鍵點之後，石達開的內心有了不一樣的轉變，他不再懼怕要面對的決定，或許他這個決定將導致石家莊數百個家庭命運的改變，甚至會有許多人因此喪命，但如果上帝是真的，而這又是必須走的一條道路，那他應該要毫無畏懼的勇往直前。

以前的石達開會有許多考量與憂慮，但是如今他的心情篤定從容、無所畏懼。只要確定自己這個決定是否真是從上帝來的旨意，如果是，他願意接受上帝的安排繼續往前走。

到底是什麼改變了他，石達開自己也似懂非懂，不過最近他比較清楚透徹了，因為上帝把一個東西賜給他，使得他挪走內心的憂慮，可以平靜安穩的面對一切挑戰，上帝給他的是兩個字：信心。

✠ ✠ ✠

拜上帝會總壇有一個議事的房間，稱做崇義堂，今晚這裡燈火通明。

這處內堂通常只有旅帥層級與拜上帝會的核心人物才能入內。堂內坐了兩個人，分別是洪秀全以及馮雲山，站立在馮身後的是李秀成。洪、馮兩人正在討論楊秀清今天派人從北山礦區分壇送過來的一封密信。

洪秀全眉頭深鎖的說：「這已是一個月來楊秀清送來的第三封信，催促我們趕快行動，雲山兄弟這事你怎麼看？」

馮雲山將信件的內容再讀一遍，然後說：「教主，楊秀清在信中話說得很漂亮，什麼要敬天扶主、頂天報國，依拙弟觀察是他評估自己手中的實力已經擴大到可以起事的地步了。」

洪秀全略帶讚賞地說：「楊秀清近一年來在北山礦區的傳教工作確實取得極大的成果，上次安排他兼領兩個旅，其中一個旅原本是虛銜，沒想到才三個多月，他已經把北山礦區的信徒擴增至一千二百多人，這是實打實的兩個旅人馬，這人真的不容小覷。」洪秀全一方面對楊秀清的能力才幹讚揚，但是另一方面又對他的權力慾望相當忌憚。

馮雲山接著說：「楊秀清那邊經過這些日子的招兵買馬，不只是普通信徒的增加，教主您看這封信寫得文情並茂，一眼便知是行家手筆，絕不是楊秀清這位大字不識幾個的燒炭工人可以寫得出來的。聽說最近他延攬了一名當地秀才入教，好像叫做什麼來著。」

此時身後的李秀成上前提醒道：「那人叫做何振才。」雲山欣慰地回頭看了秀成一眼，然後繼續說：「楊秀清現在右有武秀才胡以晃，左有文秀才何振才，招賢納士，廣聚天下英傑，這會兒當然志得意滿，想要睥睨寰宇，爭雄於天下。」

「那該怎麼回覆呢？雲山，你認為現在是時候了嗎？」洪秀全疑惑地問道。

「教主，起事的時機點絕對還沒有到，但是我們也得給楊秀清一個面子，不過卻要同時給他一點下馬威，讓他不要妄自尊大，以為本教無能人，只有他楊秀清會辦事。」

「這既要給面子，又要給威嚇，要怎麼做呢？」洪秀全被搞得更糊塗了。

馮雲山起身抱拳向洪秀全行個躬身大禮，然後道：「有請教主，親校北山礦區軍營。」

✢✢✢

北山銀礦的礦場被分成幾個部分，最前面是進礦坑前的工作區，有幾條道路一直延伸到礦坑口，可以看到許多工人推著獨輪車，忙著進出礦坑，將礦坑內的大小石頭不斷運出坑外，然後再分給冶煉工人手選和淘洗後再入爐，繼續加熱熔煉。

銀礦的採選複雜，手續相當繁複，再加上銀礦的礦床在土裡藏得很深，為了避免礦道倒塌毀壞，採礦者還得用木板支撐洞頂口和礦道壁。另外銀礦中通常夾雜有其他礦石，比如說要從含鉛礦中提煉銀的方法叫「灰吹法」。必須先把礦物在爐中熔化成團，冷卻後放入一個叫「蝦蟆爐」的爐子裡，然後加熱熔煉，等到熔化時，鉛就會沉到爐底，這樣就可提煉出生銀了。

北山銀礦是個方圓數里的大礦區，工寮就設在要進礦區大道的左側，來到這裡的人會看見有幾百名工人在進行採礦作業相當忙碌，採礦作業發出的聲響十分巨大，讓人一進來就有人聲鼎沸、吵吵嚷嚷的感覺。

然而這樣的聲響與場景都只是為了掩護在礦區左後方的另一個天地。

礦區後方屬於管制區，閒雜人等不得進入。這片空地是把一個小山丘移平後闢建出來的場地，其中有好幾座屋子長得跟前面的工寮相仿，但是住在其中的人卻不需要從事採礦的活動，這些人乃是加入拜上帝會的礦工。

只要經過楊秀清的審核，願意加入拜上帝會的礦工，就不再需要進行採礦工作，他們的住處也會從前方的工寮移至這裡，住進管制區後便管吃管住，對於一些窮苦人家來說，這簡直是上天的禮物，遠比一日不到十文錢的礦工工資還要更好。因此一開始還出現許多人大排長龍要加入拜上帝會的現象，但是楊秀清在傳教工作上也有他的一套方式，經過幾堂講經課程與面談後，楊秀清能從當中挑選出哪些人是真心想要信奉上帝，哪些只是來打混摸魚混口飯吃的。

對於入教信仰審查，楊秀清是越來越嚴謹，他不再只為了擴充人馬而胡亂招收信徒。因為現在的楊秀清是真心相信拜上帝會的信仰對於自己未來人生的發展有極大的幫助。他清楚知道，唯有真正信奉上帝的人，才會對他忠心不二，才能任由他驅使。如果只是跑來混口飯的投機分子，不必指望這些人會掏心掏肺、兩肋插刀跟他一起打天下，一旦情勢有變時，這些人會跑得比誰都快。

楊秀清在傳教與信仰思想教育上所下的功夫頗深，不過他將自己所知有限的拜上帝會教義又再加以簡化，來進行礦工的信仰教育。

楊秀清傳教的核心概念是：一、天父上帝是創造這個世界的真神，其他的宗教神祇都是魔鬼。二、只要加入拜上帝會的人一律平等，大家都是弟兄姊妹，不分貴賤貧富。三、加入拜上帝會的人只要遵守天父上帝的命令，努力去傳教為上帝的國度付出自己所有一切包括生命財產，那麼將來死後就會上天堂，得到永生以及天上更豐富的財寶，而那些不願意相信的人就會下地獄。

這幾點信仰原則言簡意賅，很容易打動這一群無依、無靠、無恆產的孤苦礦工們，在物質生活貧乏的環境下，至少可以讓心靈得到安慰。再加上礦工們入教之後，楊秀清也確實對待他們如同兄弟一般，生活吃住都在一起。

具有領導才幹與領袖魅力的楊秀清迅速地將這一群北山礦工團結組織起來，接著開始進行團營編組，由武秀才胡以晃負責進行軍事武術的操練，並且就在自個兒礦區裡面開爐打造刀、槍、盾牌等兵器，於是這座北山銀礦一年不到的時間，便被楊秀清打造成一座千人的軍營。

不過楊秀清知道，北山銀礦的訓練以及隱密狀況無法維持太久，一來這些教徒久練不戰容易銳氣盡失、志氣消沉；二是再隱密的事情總有曝光的時候，他預估官府遲早會接獲消息找上門來。這也是新延攬入教的何振才給他出的主意，希望本教積蓄實力後能夠早日起事，以防有變。

自從何振才加入楊秀清陣營以後，漸漸受到他的倚重，特別是在出謀劃策的事情上，何振才乃是秀才出身，確實給楊秀清帶來很大的幫助。而這看在原本楊最親近的拜把兄弟小七的眼裡相當不是滋味，今日小七特地來到楊秀清房間與他商談。

「大哥，這次教主親自來到北山分壇校閱，可是要宣布大事？」小七謹慎地問。

楊秀清招呼小七坐下後，親自為他斟一杯茶然後道：「希望如此，然而據我觀察總壇方面似乎還沒有這個打算，畢竟馮雲山是個思慮周全、老謀深算的人，沒有十足把握他是絕不會輕易出手的。」

「不過，這次教主親自出馬來校閱，可是我們分壇露臉的一個大好機會，如果讓他瞧見北山礦區教眾的士氣高昂、戰力堅強，就算一時半刻還未行動，也會對本旅更加另眼相看。」

楊秀清對小七說話時，從來不拐彎抹角，小七就是個鐵兄弟，不管任何事情，不管對與錯永遠會站在自己這邊，倒是之前也算是拜把兄弟的蕭朝貴，最近卻越來越生疏了。

小七沒瞧出楊的心思，急著附和說：「對啊，大哥您放心，這次絕對會給大哥做足面子，我已經命令弟兄們加強操練，這行軍列陣自不在話下，其他的刀槍武技演示也是駕輕就熟，絕對會讓教主刮目相看、讚歎不已。」

楊秀清滿意地對小七頻頻點頭說道：「你是最挺大哥的，我知道你一定不會讓大哥失望。」

小七打蛇隨棍上地說：「我小七啊，才是真心實地替大哥做事，不會像某些人，才沒來幾天就只憑個三寸不爛之舌天天在您跟前掉書袋，光會賣弄但實際上沒啥鳥用。」

楊秀清一聽哈哈大笑起來，說：「我還以為你今天不會提到這個人啊。」

小七趕忙道：「大哥，不是我小心眼，總之那些書呆子啊，都是滿口胡說八道，表面上一副為國為民，然後指天論地，可真要打打殺殺動真格時，還不是躲得遠遠的。」

楊秀清拍了拍小七的肩膀說：「小七啊，誰是我的真兄弟，我哪會不清楚。不過做大事的人要能夠海納百川，這些讀書人雖然只會嘴巴說，但只要說的有道理，咱們還是得聽。不過你不用擔心，將來打天下，還是要靠你這個真兄弟。」

小七聽了心裡頭暖呼呼起來，打從在紫荊山做燒炭工人開始，楊秀清就把他當成自家弟弟照顧，楊有的東西，他一定也有一份，所以當楊秀清被後面來的人包圍爭捧時，他自然會吃味起來，擔心大哥不再記得小弟了。

楊秀清自然明白小七的想法，被他的真情至性所感動，想了想便說：「小七，你我雖非親手足，但是情更勝真兄弟，不如我們就桃園結義，索性結拜成為真兄弟如何？」

小七聽了立刻興奮的說：「真是太好了，從今天開始我要改個名字，讓大家知道我是秀清大哥的弟弟。」

楊說：「改名啊，也好，你是該有個名號，這樣吧，從今天起你就叫做楊輔清。」

「楊輔清，輔清，輔助秀清，好耶，我喜歡，就叫這個名字。」小七開心的說。

楊秀清看著小七開心的樣子，心裡面同樣跟著高興起來，他深深明白將來打天下要倚靠的是這一幫能夠義氣相挺、生死相依的兄弟，從現在開始要從這群信徒裡挑選出菁英，培養出一支忠貞不二的骨幹隊伍，才會對於未來開創天國大業有所助益。

楊秀清看到小七願意這樣打從心底跟隨自己，不禁在心裡萌生出一個念頭，心想前朝開國的皇帝朱元璋也不過是個臭頭和尚出身，所謂將相本無種，男兒當自強，他日或許登高望遠的人是自己也說不定。問鼎天下這個欲望就這樣悄悄地爬上楊的心頭，此時的他躊躇滿志，正等著向洪秀全展示這一年來在北山礦區所訓練出來的精銳教兵。

✝ ✝ ✝

在眾人引頸期盼下教主終於要出現了，北山礦區後邊所隱藏的大校場上，早在三天前已經搭起一座約丈高的閱兵台，閱兵台上擺著兩面大鼓。今日台下共有兩個方陣整齊排列，每個方陣一個排面有二十名教兵，總共三十排。兩個方陣算下來是整整一千二百名由楊秀清親自訓練出來的精銳教兵。

楊秀清身穿藍白戎裝、上身披細練甲，甲上還加了護肩，站在閱兵台上望著底下的成群教兵，一排長槍、一排單刀持盾的教兵互相間隔排列，可說是槍林刀山，氣勢磅薄、十分壯觀。

身在閱兵台上往下一望，楊秀清突然整個人有點飄飄然起來，不是很真實的感覺。

如果三年前他對別人說，自己將來會是一位統領千人的將領，眾人肯定會笑他是癡人說夢、癡心妄想，甚至連他自己也會這麼認為吧。可是如今自己居然從一個名不見經傳，社會最底層的燒炭工人，一躍成為統領千人教兵的旅帥。想到這裡，他不禁抬頭仰望天空，說了一聲：感謝上帝。

楊秀清是真心感受到這個上帝的眷顧，他不否認當初一開始加入拜上帝會時，是帶著賭博心態，想要試一下這個洋人的宗教跟傳統民間信仰有何不同，但是實際接觸之後他發現這個信仰真是特別，特別的好，好到可以改變他整個人生。倘若他沒有加入拜上帝會，今天的他還窩在紫荊山區裡燒木炭、伐木、耕林甚至挑糞，過著豬狗不如的日子。然而這個信仰改變了他的人生軌跡，今天他站在這裡，舉手之間便能號令千人，衝鋒殺敵、攻城掠地，都隨己心所欲，想到這裡讓楊秀清的內心激動澎湃不已。

不過一陣馬蹄聲打斷了楊的思緒，數名教眾引領著一群人進入校場內，其實楊秀清沒有親自至礦區大門迎接教主駕臨是有違禮數的，然而他的用意是想讓洪秀全與馮雲山看見他站在這座閱兵台上的英姿，展現這一年來他苦心經營的成果，他要讓教主看清楚，誰才是本教的將才與干城。

洪秀全與馮雲山兩人各自騎著馬匹隨著引導的教兵進入校場，楊秀清先是沉穩的看著兩人，然後趕緊走下台，快步地向前走到洪的坐騎前抱拳躬身說：「教主寶駕蒞臨，有失遠迎，祈望教主恕罪。」

洪秀全坐在馬背上說：「秀清兄弟哪的話，這座軍營建置的隱密妥善，教兵訓練的有條不紊，有功無罪、有功無罪。」話畢後，洪才下馬與楊秀清一同走上閱兵台。

眾人於閱兵台上站定之後，楊秀清才定神細看此次與教主一同前來的人，馮雲山自是不用說，另外還有陳作容與李秀成。只是楊秀清發覺除此之外，後面還有人跟著，應該是說還有一大群人陸陸續續進入校場內。

這群人個個都騎著高頭大馬，身穿黑色勁裝，褐色皮甲護胸，每人的腰上配著橫刀，馬背左側掛著一把騎弓，右側則是懸著箭壺，壺內裝著滿滿的羽箭。這一身標準騎兵裝備的騎兵隊魚貫而入，不疾不徐、從容不迫，領頭騎士自然是蒙天佑。

馬隊進校場後在閱兵台前十步的距離排成一列，馬背上的騎士們個個容光煥發、目光炯炯有神。馬隊依序排列後共有五十匹，正好與台下兩個方陣的步兵成對面之勢。在南方各省騎兵相當罕見，如此井然有序、整齊劃一的騎兵隊伍更是難得一見，無論台上或台下眾人都被這支馬隊給吸引，全場鴉雀無聲，一直等到馬隊就定位後，馮雲山才提醒楊秀清可以開始進行校閱了。

楊秀清似乎也被這支訓練有素的馬隊陣仗給威懾住，還好他反應快，旋即面不改色的下令擂鼓，鼓聲一催動，台下的北山礦區教兵迅速地回過神來，按著鼓聲開始進行預定的操演，今日操演的指揮官正是小七楊輔清，目前身居卒長的職務。

操演的時間大約用了半個時辰，過程中間演示刀陣與槍陣的互相配合，變換攻擊與防守的列陣隊形，操演完畢後全部一千二百名教兵直挺挺的手持刀槍原地站立，楊輔清跑步向前跟楊秀清行了個軍禮，然後舉刀高呼：「敬天扶主、頂天報國」，身後兩個方陣的教兵也隨著同聲高喊：「敬天扶主、頂天報國。」

威武的口號聲傳遍整座演武校場，一直等到台上的楊秀清高舉右臂後，眾人瞬間一同閉口，顯現出教兵的紀律及訓練成果。整個操演過程令行禁止、規規矩矩，雖然是還沒有上過戰場的新兵，動作略顯僵硬，但是看得出來紀律嚴明，已經具備了成為一支強軍的基本條件了。

這時的楊秀清總算是在臉上展露出笑容，然後轉身向洪秀全行禮道：「教主，操演完畢，恭請教主訓示。」

洪秀全此時看了馮雲山一眼，馮雲山心想楊秀清果然是個厲害角色，短短一年不到就能夠鍛練出這千名精壯教兵，若是能夠好好駕馭此人，真的是我教的一大將才。然而此人心高氣傲，權力慾望過重，要給他個下馬威瞧瞧，否則往後將難以駕馭掌控。

馮雲山向前邁出一步，輕輕舉起右手向台下的蒙天佑示意，蒙天佑在楊秀清的教兵方陣操演完畢後，就一直在等待台上馮雲山的信號，所以當一看到馮雲山下達指令，他便示意身旁的林紹章拿起牛角吹號，此時適才完全不受到北山礦區教兵操演影響的馬兒們開始跳動，從蒙天佑本人起馬隊迅速分成兩隊，向左右兩個方陣的中間空隙奔去，馬隊分成兩列各二十五匹，在奔跑的過程中並排前進，沒有任何一匹馬掉隊，兩兩以相同的速度小跨步前進，然後一直跑到方陣的尾端後，在各自朝左右分開，繞著方陣後方的士兵持續前進，然後又再拐彎跑向前方，一直行進到閱兵台前方，兩條馬隊互相距離約兩百步左右，蒙天佑突然拔出橫刀向上高舉，開始策馬提速，所有騎兵都跟著蒙天佑加快了胯下馬匹的速度，這時候馬隊就像兩條長龍各自衝往閱兵台前中間處，看似要互相撞擊一樣。

騎兵加速之後，馬蹄聲震耳欲聾，看得台上台下都心驚膽跳，正當所有人擔心兩條馬隊會撞成一團時，突然間兩條長龍又各自改變方向，緊急轉向兩個方陣的中間空隙處前進，於是又再度形成兩馬並排前進的隊形，只是這一次的馬匹的速度比上一圈更快，馬上的騎兵也都是以拔刀向前衝鋒的狀態奔馳前進，一直到方陣的尾端才又各自分開，等到又繞行方陣一圈後，兩條長龍才放慢速度，再一次在閱兵台前集合成一個長列，此時的蒙天佑坐騎位於馬隊的正中間，他高舉著橫刀，然後面向閱兵台大喊：「上帝真神、教主萬福、替天行道、斬妖除魔。」眾騎士也跟著高喊：「上帝真神、教主萬福、替天行道、斬妖除魔。」

或許是這隊騎兵的操演實在精彩、令人激賞，後面兩個方陣的教兵們，也都心情振奮跟著一起高聲吶喊起來，群情激動、士氣高昂，呼喊聲接連而起，綿延不停。此時在台上的馮雲山向洪秀全使了個眼色，洪秀全才抬起右手示意，這時候台下的騎兵與教兵的聲音才嘎然而止。

這一幕確認了洪秀全在北山軍營這些教徒心中的地位。

這個場面看在楊秀清的眼裡，心中立刻浮現許多難以對外人道的字詞，原本想要透過此次校閱北山礦區的教兵來展現自己的實力，增加他在拜上帝會的話語權。沒想到卻讓洪、馮兩人給反將了一軍，反而讓他們在北山教眾面前展示這支精銳的騎兵，這隊騎兵不管是士氣、騎術、訓練與紀律都遠在北山軍營之上，話說騎兵的數量雖少，但是既然五十騎的騎兵可以練成這樣，那麼就代表五百騎、五千騎亦是可以。

這個結果讓楊秀清不敢再過於放肆，趕緊上前拱手向洪秀全說：「恭喜教主、賀喜教主，精兵已成，我教所向披靡啊。」

洪秀全微笑道：「這是天父上帝保佑我們，也歸功於雲山與秀清兄弟的齊心努力，才能夠訓練出這馬、步二路強軍。」接下來洪秀全向在場眾人做了簡短信心喊話後，便跟楊秀清等人回到營房的大廳內議事。

在議事廳內洪秀全坐在主位，楊秀清坐於右下首座，馮雲山坐於左下首座，其餘人等皆在廳外聽候差遣。

三人中洪秀全首先發話：「秀清兄弟，你幾番上書總壇，認為時機已成熟，該是舉旗起義為上帝天國展開戰鬥的時刻。今日看過北山軍營教兵的操演後，余亦認為北山礦區的教兵訓練有素，對於起事頗有助益。不過總覺得還是有些地方需多加考量，希望萬事都預備妥當之後再尋機起事，如此方能畢其功於一役。」

經過方才校場的操演後，楊秀清明白儘管他努力建立自己的人馬勢力，但是洪、楊兩人也不是省油的燈，目前教中大權依然是牢牢掌握在這兩人手中，況且洪秀全的天父次子身分目前是無法挑戰的，他也還不想去挑戰，想通這點後他就拱手說：「還望教主恕罪，秀清不才，乃是出於對本教一片赤膽忠誠之心，故而斗膽上書，希望能夠早日將清妖趕出中原，建立屬於真神上帝的地上天國。至於何時才是最佳的起事時機，秀清自當聽候教主的聖裁。」

雙方取得共識後，接下來就是互相趁機查探對方底細的談話時間，不過雙方都十分巧妙地把自己最重要的機密隱藏起來，也不彼此說破，畢竟將來想要有一番作為，雙方都清楚必須互相合作才能辦到。

離開北山軍營的路上，洪、馮兩人並肩而騎，蒙天佑的玄甲騎則特意以兩人為中心將距離拉開有五十步之遙，然後形成一個方形圈將兩人包圍護衛起來。

洪秀全對馮雲山說：「這次多虧了你，才將楊秀清的氣焰稍微打壓一下，否則我看尚未起事，這個楊秀清就想要取你我而代之。」

馮雲山答道：「教主聖明，不過依我看楊秀清雖有強烈的權力慾望，但還不至於背骨，只是他是個想要獨攬大權的人。若是能善用這種人，會對本教帶來益處，但若是無法駕御他，得要小心陰溝裡翻船。今日操演過後，他的囂張氣焰必定會收斂許多，盼望他將來能夠謹言慎行，好好的效忠教主就是。」

洪秀全道：「楊秀清這人要用，但是也要防。如今瑄嬌應該已把朝貴兄弟給牢牢掌握在手心裡，至少不必擔心他會偏向楊那邊。這樣依你看何時起事比較妥當？」

其實洪秀全心裡對起事的時機點一直無法下定決心，今天看過北山軍營的演武陣勢之後，心裡不免心癢難耐、躍躍欲試，畢竟任何人手中有上千雄兵在握，都會令人飄飄然的忘乎所以、得意忘形起來。

馮雲山看穿洪秀全的心思，於是好言規勸說：「教主，還是要按照我們原先的計畫，至少能聚集一萬名以上的精兵，才是發動起義最起碼的要求。如今滿打滿算我教可用的教兵大約三四千人，離萬人之數尚有一段距離。我會積極在石家莊使力，假若石家莊願意加入我教，那麼事情就好辦許多。否則，以我們目前的實力來看，貿然起兵，很快就要面臨清軍的圍剿，若是不能一開始就打幾個大勝仗，造成一股風潮，便不能吸引其他勢力與民眾的加入，那麼想要一鼓作氣滅掉清妖恐怕並不容易。」

這是馮雲山一直以來的籌算，說實在的在短短幾年中，傳教工作能夠有如此進展已經是超乎洪、馮兩人的原先預期。洪秀全知道在規劃武裝軍事行動長遠準備的工作上，馮雲山比自己拿手許多，所以也就不再與之爭辯，不過他倒是想起一件事。

洪秀全說：「今日蒙天佑的玄甲騎立下了大功，這可是我教的精銳，我看需要趕緊擴編，現在只有五十騎的兵力太少了，是不是先再增加一倍的數量呢？」

馮雲山道：「謹遵教主指示，只是組建騎兵的花費龐大，另外良駒難覓，一時半刻間不容易找齊。但是愚弟會命天佑盡快完成玄甲騎的擴編工作，這支騎兵的戰力強大，再加上蒙天佑是個領兵將才，將整支騎兵訓練得兵強馬壯、軍容壯盛。這些年輕騎士們一定會成為我教未來的重要骨幹、中流砥柱。」

洪秀全聽了也是頻頻點頭表示認同。

# 第四章 雲山陷囹圄 土客生死鬥

正直人的義必拯救自己；奸詐人必陷在自己的罪孽中。

——箴言11章6節

回到紫荊山總壇之後，馮雲山積極為拜上帝會接下來發展布局，他先交代陳作容協助蒙天佑擴編玄甲騎，然後親自跑一趟石家莊要和石達開面談，因為從阿桐回報的消息判斷，石達開對於本教的教義已能認同，目前只差一個臨門一腳的理由讓他願意率領全族投入拜上帝會。

正當在思考該用哪種理由來說服石達開時，盧六突然前來請見。盧六是馮雲山到桂平紫荊山傳教時最早一批加入的信徒之一，算是馮的得力助手，目前桂平縣城內的傳教工作便是由他來負責。

今日盧六來向馮雲山報告一個好消息，盧六說桂平縣的大族之一，岑家大少爺有意願加入拜上帝會，希望能夠邀請教主及馮雲山兩人至岑家一敘，彼此見面詳談。馮一聽大喜，只是教主不方便親身前往，他倒是可以抽空前去會面，畢竟岑家是桂平在地的大族，倘若岑家願意加入本教，那真是如虎添翼。盧六表示對方希望能儘快見面，於是馮雲山命盧六回覆岑家大少爺，三日後他將親自登門拜訪。

約定拜訪之日，由於岑家大宅位於桂平縣城內，不方便帶著大批人馬同行，馮雲山不疑有他，只帶了兩名護衛，便會同盧六共四人前往桂平縣城，馮雲山萬萬沒想到這個邀約居然是個不懷好意的鴻門宴。

進入桂平縣城，馮雲山一行人馬不停蹄地直奔位於城東區的岑家大院，到了大門口，盧六上前請門房通報，不一會兒門房領了一位管事打扮的人出來會面。來人表示大少爺已經在來青閣恭候大駕多時，請馮雲山等人入內。

馮雲山在進入岑家大院時，為了防範萬一還是留下一名護衛在大宅外面守候，他自己跟盧六以及另一名護衛，總共三人進入岑家。

岑家在廣西潯州府算是個有名望勢力的大家族，一進入大院內映入眼簾的就是一座開闊寬廣的庭園，庭園中間有個榕蔭大池，讓訪客從小橋穿越過大池的同時，還可以一邊欣賞庭園的造景之美。走過小橋進入步道，這條步道用一座座的涼亭相連接，每座涼亭作工設計都相當精緻，雖以磚砌為主，但是亭簷都有雕花裝飾。

尋常人家進入這座庭園裡多半是目不暇給、眼花撩亂，讓豪門巨富的門面氣派給懾服。馮雲山儘管對這花花世界不屑一顧，只是單純欣賞美景，然在其心中所想卻是這世道真不公平，所謂朱門酒肉臭，路有凍死骨，正是當今社會真實的寫照。廣西全省因連年歉收，饑民四處流竄，萬千個貧農朝不保夕，然而這些富戶大族卻憑藉著聚斂有術，把資源財貨不斷聚積起來，使得貧者愈貧、富者愈富。

馮雲山對於世家大族兼併土地、聚斂錢財的做法深不以為然，不過若是這岑家大少爺願意改弦易轍、革故鼎新的真心加入本教，相信他必能對上帝子民做出極大貢獻。

來青閣是岑家專門用來宴請重要賓客的一棟二樓建築物，閣樓前有數名家將護院在看守。在僕役的引導下馮雲山一行人進入閣樓後便直上二樓的貴賓廂房，岑家大少爺就端坐在房間的主位上，見到馮雲山一行人便急忙起身招呼說：「恭候名聞遐邇的馮老師大駕多時，貴客臨門讓寒舍蓬蓽生輝啊。」

馮雲山立刻拱手道：「不敢、不敢，岑公子盛情邀約，敝人豈能不來。」

岑大少招呼馮雲山入座後便說：「馮老師今日難得真人現身，趁此良機，有幾個問題要請教馮老師。」

馮雲山說：「岑公子，請講，在下知無不言。」

岑大少：「盧六先生向我傳教，說貴教的上帝是真神，並且說相信上帝可以得到永生，聽到盧六先生的話以後使我對貴教的教義很感興趣。今天商請馮老師來跟我講明，敢問貴教所謂的上帝，是這個世界唯一的主宰嗎？」

馮雲山回說：「普天之下、萬事萬物都是上帝所創造，上帝確實是這個世界的唯一主宰。」

岑大少又問：「那麼這當今朝廷、當今皇上又當如何視之？」

馮雲山思忖後說：「當今朝廷是人間的政權，並不能高過上帝的權力。況且清廷入主中原已兩百年，現今國家民不聊生，朝綱衰敗，正是因為清廷妄自尊大，不信上帝、得罪上帝所造成的結果。」

沒想到馮雲山這話才一落下，原本站在岑大少爺身後的人突然發話：「大膽逆賊，竟敢妖言惑眾，來人啊，給我拿下。」說話的人正是高家的團練總管王作新，這時候從樓下衝上來數十名差役將眾人團團圍住，馮雲山一看這情況，立刻心裡有譜，看來是中計了。馮雲山以及盧六等三人很快地被制伏收押，而在大院外馮雲山所留下的護衛，卻是幸運地在岑家的護院準備下手捉拿他時，乘隙逃回拜上帝會總壇回報消息。

馮雲山被抓關進縣衙大牢的消息迅速傳遍整個桂平縣以及拜上帝會，眾多拜上帝會的信徒開始向總壇來聚集，馮雲山被抓這件事情對於信徒的心理層面造成極大的衝擊。雖然說教主是洪秀全，可是紫荊山的傳教工作從一開始就是馮雲山一手打造的，即使是楊秀清、蕭朝貴等人也都是馮雲山帶領入教的。

馮雲山是拜上帝會眾信徒的實質信仰導師，近兩年來拜上帝會發展的風生水起，讓信徒們越來越堅信，這是上帝的應許，要透過拜上帝會在地上重新建立一個新的國度。

可是如今帶頭的領袖馮雲山居然輕易地被縣衙官府逮捕入監，這當然會對教眾們產生很大的心理衝擊與信仰危機。馮雲山一被抓，很自然地大家都會把希望放在教主洪秀全的身上，於是總壇內的信徒越聚越多，但始終見不到教主洪秀全出來向大夥說話，只有李秀成出面替教主安撫大家說：「請大家稍安勿躁，一起為馮老師向天父上帝禱告，祈求平安。」

總壇的崇義堂裡，幾名核心人物緊急會商，一起討論要如何面對這次拜上帝會創教以來最大的危機。為首的是一接到消息就星夜兼程趕回總壇的楊秀清，其次是蕭朝貴、秦日昌、胡以晃、陳作容、李秀成等人。雖然擔心楊秀清此人會趁機坐大，但是在教主洪秀全進入神遊狀態後，把楊秀清召回總壇卻是李秀成不得不做的決定。

原來洪秀全在得知馮雲山被抓進縣衙大牢後，立刻陷入手足無措的情況，馬上召來李秀成商討對策，一開始洪就有想到將身在北山軍營的楊秀清調回來，但是又擔心楊秀清一回來他可能就會大權旁落，但是不把楊給召來，身邊就缺一個富謀略又夠份量的人來處理這個危機。

接著大批信徒們開始自動聚集於總壇內外，洪秀全感受到信徒的壓力越來越大，突然向李秀成說要去廣州找兩廣總督徐廣縉申訴，因為鴉片戰爭過後，傳教已是合法，他想要藉由兩廣總督來向桂平縣衙施壓。

李秀成說雖然這是個辦法，但是就算到了廣州，兩廣總督豈是說見就見的，就算見到了，他與本教一沒關係、二無交情，又如何教兩廣總督徐廣縉站在我們這邊，然後去要求桂平縣衙放人呢？

洪秀全一聽李秀成的分析，當然清楚這只是自己一廂情願的想法，心中六神無主，情急之下突然就兩眼翻白，神遊相外去了。神遊是洪秀全自己的說法，他這個症狀在廣州花縣時就曾經犯過，神遊過後，他就說天父上帝親自啟示他，告訴他是天父次子、天兄耶穌的弟弟，賜他寶劍下凡來斬閻羅妖，為民除害。

後來，這神遊之症在洪秀全身上時而發作，每次發作以後，洪就說他去天堂與天父上帝談話，讓身邊服侍的眾人都深信不疑。

李秀成對內廳裡的眾人說：「教主如今神遊，大批信徒聚集於總壇外，信徒間各種謠言四起，人心惶惶不安，還請諸位頭領商議個辦法來度過眼前難關。」

廳內眾人一片寂靜。

大家不講話的原因，或許是真的不知道該如何是好？這一群人打從加入拜上帝會以來，主要面對是貧農、佃戶、流民、礦工這些人物，說真格的這是第一次直接與官府對抗，雖然大家常把「打倒清妖」四個字掛在嘴上，現在清妖真的找上門了，反而一下子就被人逮住要害。從前比較困難的工作都是馮雲山負責傷腦筋，由他親自處理，今日馮雲山不在，眾人立刻頓失主心骨。

終於有人開口了，不意外就是楊秀清。這時楊的話語似乎有安定人心的功效，他說：「教主神遊至天堂，我們唯有盡心竭力共同面對這個難關，我相信天父皇上帝一定會保佑我們。」

接下來發生的事情卻令在場所有人都瞠目結舌。楊秀清突然大叫一聲，然後身體不停跳動起來，全身一陣亂顫後，突然身形一定大聲喝道：「眾子民聽命，吾乃天父親下凡塵。」此時，站立在楊秀清身後的楊輔清跟著大喊：「天父下凡頒旨了。」然後便領著楊秀清走出大廳，邁向總壇外的廣場大院，此時約有兩千多名信徒聚集，楊秀清甫一上前，就大聲道：「眾子民聽命，吾乃天父上帝，真神創造主，此次下凡藉由弟子楊秀清肉身說話。」

廣場上的眾信徒面對出乎意料、突如其來的場面不知所措，一開始皆靜默無聲，接著人群中有人大喊：「天父上帝下凡來了，大家趕緊跪拜。」接著在場眾人紛紛俯伏於地，聽候楊秀清講話。

楊秀清見到眾人皆拜伏後說：「馮雲山被捕乃是吾要給信徒們的一個考驗，吾已命次子洪秀全前往廣州找兩廣總督徐廣縉，令其聽命於拜上帝會。教主不在之時，眾人則皆要聽從楊秀清的指揮領導，同心協力度過此關。」楊秀清講完後，人群之中便有人大聲呼喊：「謹遵天父皇上帝旨意。」眾信徒接著同聲說：「謹遵天父皇上帝旨意。」

這時候楊秀清又是一陣全身跳動亂顫，仰頭朝向天空大喊一聲後，就暈倒在地。楊輔清立即上前把楊秀清攙扶起來進入總壇內廳裡休息，約莫一刻鐘之後，楊秀清才漸漸清醒過來，看著圍繞他的眾人說：「剛才發生什麼事？」

此時蕭朝貴、李秀成、陳作容、秦日昌等人都還在遲疑未定，思考到底是要向楊秀清說什麼？

假若說他剛才天父下凡附身的行為是假的，那必定立即惹來一場內鬥，但若是承認他所行所言為真，恐怕自此以後，就得聽命於楊秀清的天父下凡附身，因為有一就會有二。

正當李秀成等人還在猶豫不決之時，只聽見胡以晃大聲說道：「剛才天父上帝借楊大哥肉身下凡，命楊大哥指揮全局帶領本教度過難關。」此話一出，眾人也只好跟著拱手道：「請楊旅帥指揮大局。」

聚集於總壇大院外廣場的人群逐漸散去，許多人都還在私下七嘴八舌的討論，當中大部分的人都是感謝上帝親自下凡為本教指引方向，幸好這只是個考驗，不用擔心，謝謝上帝的憐憫，否則真不知該如何是好等等。

蒙天佑跟阿桐兩人也身在群眾之中默默地離開，阿桐向天佑問說：「你覺得這事如何？」天佑看著正紛紛離去的信徒，他們臉上的表情明顯比先前剛來的時候要平靜許多，他自己內心裡雖然深深覺得楊秀清的行為不妥，但是卻回答阿桐說：「這可能是現階段不得不為的方法。」

阿桐低聲抗議道：「不得不為，但不代表這就是對的。」天佑並不回話，他心中猜想得到，剛才的天父下凡多半是楊秀清自己搞出來的一齣把戲，真神上帝豈會宛如乩童一般降臨凡間，這些是傳統民間宗教迷信的玩意，但是木已成舟，就算他不贊成這種作法，又能怎樣呢？他既無法對抗楊秀清在教內的強大勢力，也無力安撫信徒因馮老師被抓而浮動不已的人心。

蒙天佑所認為的一個不得不的選擇，但是對拜上帝會而言卻是個轉危為安的契機。自從楊秀清正式接掌總壇的指揮大權後，整個總壇的運作馬上恢復正常，甚至可以說比以前更好、更順暢。

楊秀清展現過人的管理長才與領導能力，這一點連李秀成都非常欽佩。楊並未因李秀成是馮雲山的嫡系人馬就排斥他，相反地，在總壇各項事務上十分重視李秀成的意見，數日之後拜上帝會總壇紛擾紊亂的局面便逐步穩定，信徒們的信心慢慢恢復過來。

楊秀清召開高層會議討論後續因應的策略，參加此次會議的有蕭朝貴、秦日昌、胡以晃、李秀成與陳作容等重要幹部，另外還有楊秀清的得力助手楊輔清與謀士何振才。當中蕭、秦二人原本就是旅帥的身分，至於胡、李、陳則分別是以副旅帥的身分參加，這是楊的決定，將馮雲山所掌管的二旅分別交給李秀成與陳作容來繼續統領，並未趁機奪權。這個安排顯示出楊秀清有能力與格局擔任總舵手，他不但迅速穩定教內各派系間暗潮洶湧的鬥爭，也讓各方樂意接受楊秀清的領導。

經過數天的沉澱後，情勢逐漸明朗，桂平縣衙張貼公告，表示經人密告馮雲山利用宗教名義組織叛亂會黨，並勾結地方不肖仕紳，意圖謀反。如今匪首被緝拿下獄，歡迎鄰里鄉親同來維護治安，如有發現拜上帝會逆匪的行蹤主動通知官府，並呼籲信徒們立刻改邪歸正，千萬不要跟隨惡徒，以身試法，趕快棄暗投明，便既往不咎，否則絕不寬貸。

楊秀清先是詢問在場眾人對於當下情勢的看法。

蕭朝貴大聲說道：「這還有什麼好說的，清妖既然要對付我們，那麼就開大門、走大路，正式起義跟他們對著幹。」

李秀成連忙說：「請蕭旅帥稍安勿躁，依在下看這事有蹊蹺，本教的大事雖策劃已久，但是一向行事隱密、作風低調，外人應該很難得知其中奧秘。這次之所以會中了圈套，從探子帶回來的消息研判，並非是岑家本身出謀劃策，背後真正使力的人乃是高家。請大家仔細想想，高家實際想對付的是誰？」

高家是潯州的在地勢力，向來跟外來族群不和，先前因為蓮園事件與石家莊有過衝突。經過李秀成這一解說，大家才恍然大悟，這次事件竟是高家項莊舞劍、意在沛公。

胡以晃嘆口氣道：「那麼本教豈不就成了高家與石家相鬥的替死鬼！」

「話也不能這麼說。」陳作容發話，看了一下楊秀清，見他沒有制止便繼續往下說：「本教與石家莊向來是合作夥伴的關係，石家莊給了本教不少支持，何況兔死狐悲、唇亡齒寒，倘若石家莊被高家給徹底剷除，那麼本教就會是下一個砧板上的肉，任人宰割。」

秦日昌係屬於馮雲山一派的大將，自告奮勇地向楊秀清拱手道：「請楊帥發號司令，秦某自願組一支敢死隊衝入縣衙大牢去營救馮老師。」

楊秀清聽到這裡，對於在場眾人的想法態度有基本的認識，便順勢說：「人是一定要救，但是依我看目前還不到要與清妖撕破臉的時候，既然幕後的主謀是高家，而不是官府的想法，那麼就還有時間與空間可以爭取。」

楊秀清果斷的下了決定，先請陳作容向石家莊報個信，告知他們這次是高家利用馮老師與本教要來對付他們。雖然估計石家必然早已得知消息，但這個動作代表本教與石家依然是連成一氣屬於同一陣線，把兩邊的合作關係加以鞏固。接著楊秀清對眾人說：「現在只需除掉背後的主謀，官府那邊自然會少了壓力，屆時要去說服官府放人就會比較容易。依本帥看，我們這位桂平縣的父母官王知縣是要跟高家綁在一起，真是如此的話，我們就要想辦法換一個知縣大人了。」

楊秀清這話一出，讓在座所有人都睜大眼睛。

大夥的內心充滿疑惑，心想朝廷命官的七品知縣豈是我們說換就換，更何況要在不與官府撕破臉的情況下進行，在場眾人聽了都滿頭霧水、不明所以，不過楊秀清本人卻是一副胸有成竹的模樣，眾人也只好各自依照楊的命令安排分頭去行事。

✝✝✝

阿桐與陳作容兩人代表拜上帝會前來石家莊聯繫會談，一踏入莊內便察覺整個石家莊已進入戒備森嚴的武裝狀態，他們料想石家莊應該已經掌握整個事情的脈絡與發展。果不其然才一見面，石達開就憂心忡忡地詢問拜上帝會的現況，在得知拜上帝會的內部已經穩住陣腳後就稍微感到寬心。

「石大哥，接下來要怎麼辦呢？」阿桐焦急地問道

石達開語氣平穩的說：「你們放心，高家處心積慮想藉由貴教一事讓石家莊冠上勾結謀反的罪名，然而我人待在莊內，官府那邊沒有真憑實據，也不敢隨意上門抓人。反而我比較擔心馮老師的安危，不知貴教可有因應對策？」

陳作容回說：「營救老師的方案正由總壇楊帥負責擬定中，目前還不清楚楊帥有何具體的規劃，現在也只能等候消息、靜觀其變。」

石達開沉默一會後說：「這次事件發生後，其實我並不擔心自身安危，反而是對石家莊的未來感到惶惶不安。想不到竟只因在地大族為了牟取私利的挑撥，就可以輕易羅織謀反罪名，陷我石家莊數千人於水火倒懸之中，這般官府、如此朝廷，不要說我原本沒有反抗之意，如今就算不反，想到要繼續在這種助紂為虐、殘害百姓的官府下生存，心裡就萬般無奈，更是對未來毫無任何盼望可言。」

聽完石達開的抱怨，阿桐的心中泛起無限漣漪，難以相信世道已淪喪至此。阿桐自己是佃農的女兒出身，從小到大吃不飽、穿不暖不說，每年過年都要回去跟族裡長輩借貸，才能準備一頓比較像樣的年夜飯來吃。記憶裡常常看到地主差僕到家裡來催納糧租，只要糧租繳的不夠，父親就難免要挨一頓毒打。

地主走後還有官府的稅銀要繳，這一年到頭辛勤耕種所收的糧米，十之八九都是為人作嫁。阿桐的爹自己連個孩子也養不起，心中不僅鬱悶難過，在家族親友面前也抬不起頭來。因此阿桐的爹本來反對她去馮老師那裡上課，更不願意讓她加入拜上帝會。但是阿桐的娘一句話使他放手，阿桐的娘說：「頭兒，阿桐去信拜上帝會至少有吃管住，還有書可讀，把她留在家裡，我們又能給她什麼？就讓她去吧，至少那裡還有希望。」

這是現時底層社會人家實際生活的寫照，阿桐的內心清晰瞭然，這幾年下來她發現有成千上萬的人和她一樣，需要上帝的拯救與恩典，大家都需要一個希望。只是直到今日她才明白，在這個惡貫滿盈的亂世，不單單是貧苦無依的農民需要拯救，即使像石達開這般大門豪族，當遇到更強大勢力的逼迫與欺壓時，他們是同樣脆弱、同樣艱苦，同樣感到無助，同樣需要一個希望。

一個佃農被欺負，受傷害的是一個家庭幾個人；一個家族被欺負，受傷害的可能是幾百、幾千人。阿桐從石達開憂慮的眼神中瞧見他對朝廷與社會環境的灰心和無奈。阿桐想要出言安慰石達開，石達開明白阿桐的心意，舉手示意說：「別擔心我，阿桐。我不會輕易認輸的，畢竟石家莊幾千人也不是任誰想要欺負，就能夠隨意欺負的。」

阿桐想想也是，石大哥聰明過人、智慧超群，肯定比她一名柔弱女子有辦法來解決困難。只是那一股被壓抑許久的無奈感不斷蔓延到全身，令她覺得快要窒息。這種窒息無援的壓抑和無奈也在石達開身上感覺得到，只是石達開不會輕易就範，他正在為這個窒息的感覺找一個宣洩的出口。

石達開向作容與阿桐表示雙方合作的關係不會改變，只是現階段他無法輕易出莊，如果拜上帝會需要任何幫助儘管來找他，一定會盡力協助。作容與阿桐代表拜上帝會向石達開表達謝意後，便離莊回總壇覆命。

接下來的幾天之內，不斷有桂平縣衙的差役上門要求石達開同他們回縣衙辦案。結局可想而知，石家莊守衛森嚴，區區幾名差役如何能夠帶走石達開，這些差人也是心知肚明，迫於長官的命令，只好到石家莊大門前虛晃幾招就趕緊打道回府，免得真的惹毛石家莊人，找自己出氣，那才是兩雄相爭殃及池魚。

朝廷官場是現實的，高家雖然想要透過羅織罪名的方式陷害石家，但是官府這些人也不是愣頭青傻子，任憑你擺佈。馮雲山既已束手就擒，要什麼口供就儘管隨他們寫，桂平縣衙裡官老爺的想法很簡單，高家想要對付馮雲山這一個傳教的落魄書生也就算了，但是石達開可不是一般尋常老百姓，高家要指控他圖謀造反，還得要有真憑實據才行。就算是證據確鑿，以石家在潯州的力量，這場兩大家族的角力肯定要進行很久，雙方都會透過既有的人脈、金脈來對抗。除非能夠將石達開逮捕入獄，否則想要讓他束手就擒，也只是癡人作夢而已。

在過往土、客兩族群衝突時，官府通常是最大與最後的贏家，因為兩方都想方設法讓官府站到自己這邊，最起碼得要做到兩不相幫。只是這次桂平縣的知縣大人王烈卻身不由己，無法從高家這邊脫身。因為王烈本身好賭，在高家的賭場輸了幾十萬兩白銀，被高家逮住機會送個妾給他，雙方結成親家，算是跟高家綁在同一條船上。

這些時日以來桂平縣衙發了幾次公文書請差役到石家莊來找石達開，要將其帶回縣衙裡問話，然而石家莊不隸屬桂平縣管轄，按朝廷律例得會同貴縣縣衙才能執行，這位貴縣的黃知縣可聰明多了，石家莊乃是貴縣的大族，平常該給的銀兩孝敬從沒少過，只是這次王烈弄了個謀逆造反的罪名讓他有點投鼠忌器，不然他絕對是站在石家莊這邊。現在黃知縣只好向桂平縣表明自己的態度，擺明貴縣不會插手此事，有本事想抓人，得自己上門去抓。

石家莊又豈是幾名差役就能上門抓人的地方，桂平的王知縣眼看沒辦法將石達開帶回縣衙來，只好下幾道命令關閉石家莊在桂平縣的店鋪作為懲罰，只是這對石家莊的影響有限，高、石兩家的鬥爭就這樣進入僵持不下的局面。

高家自然知道官府的本事跟能耐如何，這一切還只是佈局的開頭而已，他只要取得對付石家的正當與合法性後，剩下來的就是高家跟石家的對決。

高家的差役爪牙開始不斷去騷擾原本隸屬於石家勢力的店鋪商家，迫於壓力使得潯州境內原本屬於石家勢力的商鋪紛紛改換旗幟，投靠高家，另外對石家在外的商隊，高家更是明目張膽的搶劫打殺。石家面對商隊被高家打劫的情況感到棘手萬分，然而即使想要告官，且不要說桂平縣衙，就連潯州其他三縣貴縣、平南以及武宣等三縣的衙門的立場一致，對相關案子置之不理，擺明要兩家自行解決。

自家的商隊被劫的消息不斷回報至石家莊，莊內人心開始動搖。畢竟，雖然桂平縣官府無法進入莊內抓人，但是石家莊裡有幾千人要靠這些田租、地租、店租以及商隊買賣過生活，高家這一招果然厲害，雖然不是由官府自己動手，但是官府放任高家派人去逼迫、欺凌屬於石家勢力的商家與佃戶，就可以讓石家莊吃盡許多苦頭和悶虧了。

莊內議事大廳，眾人都如熱鍋上的螞蟻焦急不已，但是卻拿不出個計策來解決，然而大家都心裡有數，情況再惡化下去絕對不是辦法。這時候門房來報，拜上帝會有人前來拜訪。

石達開正愁找不到人商量，猜想應該是陳作容來了，正好多點人一起商量討論。只是沒料到僕役領進來的人卻是一位身材結實，膚色黝黑的年輕男子，男子身後跟著一名身形瘦小、目光精明的隨從。

這名隨從是小七楊輔清，到訪石家莊的人乃是楊秀清。

石達開英雄出少年，今年未滿十九歲，但是在廣西地面上已是成名的大人物，楊秀清年紀也不算老，這是他與石達開初次見面，時年二十六歲。然而石達開卻從楊秀清的眼神中看到一種少見的老練與狠辣，這種狠辣的感覺甚至讓石達開覺得有點不舒服。

兩人寒暄一陣過後，就進入廂房內密談，其他人等一律在大廳等候，等到兩人再度走出廂房已是一個多時辰以後。雙方顯然已經商議妥適，石達開步出房門時臉上的表情不再是愁眉深鎖，楊秀清則向眾人一一道別，最後對石達開說：「今日一見，果然人如其名，石敢當果然令人折服，將來之事就有勞石莊主了。」

石達開拱手一揖道：「楊帥親臨敝莊，為我石家指點迷津，萬分感激，爾後事成，不忘此恩。」

楊秀清微微一笑道：「好說、好說，合則兩利、分則兩敗。但願你我二人將來有機會一同為天下萬民、為上帝天國興利除弊，共創安居樂業的新天地。」

送走楊秀清後，眾人趕緊圍著石達開說話探詢會談的內容。石達開只是淡淡說：「楊秀清給了石家莊一條路，但是這條路卻未必好走。我只是在思索，如果不走此路，我們石家是不是還有其他的路可以走？」

✢✢✢

數日之後高家就收到石家送來的一封信，是石達開親筆所書，信中石達開言詞懇切地表明祈望高員外大人有大量，宰相肚裡能撐船，別與年輕人一般見識，若有得罪之處他會深自檢討，希冀高家能夠高抬貴手讓石家莊有條生路可走。

高家收到石達開的這封求和信，高氏父子覽信之後兩人相望，均在眼中流露出稱心如意、得意洋洋的神情，高員外笑得合不攏嘴地說：「這石頭總算踢到鐵板，嚐到苦頭了吧。」

高大則是放聲說：「我還以為這塊臭石頭能有多硬，還沒幾個月就撐不下去了，枉我們費這麼大的勁來對付他。」接著對高強說：「爹，可別輕易放過這小子，我一定要報上次蓮園戲台之恥。」

高員外一邊輕聲安慰這個不長進的嫡子，一邊心想這個兒子真是生來討債的，沒替高家爭過什麼氣，還成天只會花費高家數代積攢的錢財，如果不趁我還活著的時候替這個二愣子清除這些對手，將來高家真要交到他手上，就等著被人侵門踏戶吧。

想到這裡，高強不禁心頭一嘆，這就是做爹的軟肋。

高家在廣西潯州累世紮根幾十代，是當地土人豪門，要說起發達時間可追溯至清康熙爺撤三藩之時。當今潯州府桂平縣幾乎是高家說了算，那些所謂的朝廷知縣不過就是流水的官，高家才是鐵打的大族，哪一個人來當知縣還不是得乖乖地向他拜碼頭，任他擺布。

至於石家莊乃是客家人移居，在潯州貴縣立足不過二、三十載，先前雙方勢力已經常有爭端，近年來石家在石達開的帶領下是越發興旺，眼看就要威脅到高家稱霸潯州的地位。高家的家訓就是對敵人仁慈即是對自己殘忍，所以拔掉石家這顆眼中釘早已勢在必行，高強只是在等一個好時機，而拜上帝會的崛起就是個最佳時機。

這一次利用拜上帝會陰謀造反的大罪名將石家莊給綁在一起，讓高家順利取得出手鬥爭的正當性，實在是高強等了許久的良機。高家從前不是沒有對付過其他豪族大戶的經驗，通常都是先替這些大戶羅織誣陷罪名，其實並不需要高家特意的編造，因為這些豪門大戶哪個沒有欺凌佃戶、高利詐財、苛扣財貨等不法情事，信手拈來隨便都一籮筐，所以要找個罪名來對付他們不算太難。

只是碰到這個石家卻不太一樣，石達開不管是與佃戶的契約訂定或是各門生意上都講求公正、公平，絕不偷斤減兩或是占人便宜，為商信實在潯州地方上頗負盛名，大家都喜歡跟石家做生意，甚至許多佃農租戶離開其他地主轉投入石家旗下。石家的光明正大、誠實無偽，尤其令高強無法忍受，因為這種人最難有把柄可以對付。這次好不容易在石家與拜上帝會的合作關係上讓他找到了突破點。

高強轉移思緒詢問在場的王作新說：「那個拜上帝會的馮雲山在牢裡的狀況如何？」

高家的團練總管王作新說：「回老爺，小的已經與縣衙的師爺及大牢的差役都打過招呼了，口供部分早就寫好，只是當中那個盧六死都不肯畫押，不小心讓差役打死了。」高強聽了眉頭一皺，王作新眼看高員外就要罵人，趕緊補充道：「不過那位馮雲山倒是完好無事，後來衙門就不強逼他畫押，反正這口供跟畫押，只要縣老爺說是就是了，哪還管馮雲山自己認不認啊。」

高強喝了口茶順一順氣，對眾人說：「口供跟畫押重不重要，是要看人、看案子。記住一件事，在官場上，講的不是事實，講的是實力。」

「今天別人想要透過官府來對付我，那口供跟畫押是不是真的就很重要。但是高家要對付的人，口供和畫押就只是個擺設，重點在於我高某人有沒有讓官府那邊乖乖聽話的實力。」

「老爺說的極是，拜上帝會只不過是我們用來對付石家莊的棋子，不管是死是活，都只是個擺設而已。」王作新趕緊為自己的疏忽打了個圓場。

高員外白了王作新一眼說：「話雖如此，這個拜上帝會妖言惑眾，組織會黨，密謀造反也是事實，尤其是想在潯州地面上紮根基、搶地盤、坐大勢力，遲早要剷除他們，現下正好是一箭雙鵰。」

「老爺忠君報國之心，皇天可鑒。」王作新連忙又拍了個馬屁。

高強雖然對這些場面話不上心，但是對於自己精心擘劃的佈局難免躊躇滿志、得意洋洋起來，於是大聲說道：「這群拜什麼上帝的傢伙們，以為靠幾個農民礦工，就可以替天行道，想在廣西地面上闖出名號、搶奪地盤，甚至癡心妄想推翻官府朝廷。真是荒唐、可笑，也不想想大清朝立國兩百多年來，從開國之初的三藩之亂至今時今日，想要作亂造反，甚至說什麼反清復明的不知凡幾，可你倒數數看，到底有幾人成功啊？」

在座的高家管事同時也是高強的族弟高明這時候插話說：「可就是有人不死心啊。」高強聽後，嘴角微微一揚說：「最好是不死心，就是有這群傻子，我們才有可趁之機。」接著轉頭吩咐王作新道：「那個姓馮的現在還有用，交代下去，先留著他的小命，別給我添亂。」

王作新連忙說：「請老爺放心，這小的早已交代好了，馮雲山在縣衙大牢裡，管吃管住，不會少一根寒毛。」

「石達開來求和，老爺接下來做何安排？」王作新順勢轉移話題。

高明提醒高強說：「大兄，雖然石家送來這封求和信，我看說不定留著後手，不能不提防。」

高強冷哼了一聲說：「我猜也猜得到他們在打什麼主意，想要玩就來玩，只是我高某人絕不是那麼容易讓人耍弄。」語畢，高強開始吩咐眾人接下來該如何應付，眾人聽完後都不禁在心裡打了個冷顫，心想高強這次出手如此狠辣，看來是打定主意要將石家莊從潯州府連根拔起了。

✠ ✠ ✠

時過多日一直沒有進一步行動的消息，讓天佑的心中十分焦急，卻是束手無策、一籌莫展。加上半個月前才接收了新撥補的百匹良駒與新手教兵，他現在只能待在馬場基地埋頭進行玄甲騎兵的訓練工作。

經過人手擴充後的玄甲騎總人數達三百人，兩人一馬，計有一百五十匹戰馬。而且每名騎兵都配有橫刀、騎弓、長槍以及護胸黑牛皮甲，讓玄甲騎成為拜上帝會中裝備精良、隊形整齊的堅強戰力。這是馮雲山出事前所交辦的任務，他可是在這玄甲騎上下足了本錢，擔任玄甲騎卒長的天佑當然備感光榮與責任重大，所以此時的天佑只好更用心在玄甲騎的組訓工作上，希望用最好的訓練成果來回報馮老師。

天佑一直不敢去揣想萬一馮老師真的發生什麼不測，他該怎麼辦？整個拜上帝會又該怎麼辦？雖然拜上帝會的教主是洪秀全，可是教中的核心幹部都知曉，馮雲山才是拜上帝會真正的主心骨，教中所有的組織架構、章程制度以及人脈關係都是馮一手辛苦建立。今天若不是楊秀清跳出來接手，拜上帝會可能老早就分崩離析了。

正在心焦之時，看見阿桐進入屋內，天佑趕忙上前迎接，阿桐帶來幾個消息。首先關於馮雲山的部分，已確認馮老師目前狀況安全無虞，雖說桂平縣衙定調馮雲山的罪名是組織會黨、勾結仕紳、密謀造反。但由於主要目標不是他，所以暫時不會有生命危險，再加上透過關係給負責看管犯人的縣牢衙役們送了好處，因此馮老師在大牢裡面的生活不會太辛苦。只不過與馮雲山一起被抓的盧六，卻是沒有熬過來，在衙役的嚴刑拷打下，已經身死殉教。聽到這裡，天佑不禁心裡一沉，雖然自己跟盧六不算熟識，但畢竟是同教的兄弟，沒想到出師不利，還沒有打造出一個公平正義的新天地，就不幸犧牲了。

阿桐安慰天佑說：「我相信盧六兄弟的靈魂已經在天父上帝那裡安息，我們也要為他能夠脫離這個世界的苦難來獻上感謝。」

聽完阿桐的話，天佑提起精神抬頭說：「沒錯，天父上帝一定會安慰盧六弟兄的靈魂。我也明白在未來的道路上，會有越來越多的人像盧六一樣，為了掃除地上的邪魔歪道、為了建立地上天國的神聖使命而犧牲自己。我只是希望這些犧牲是有價值、有意義的。」

阿桐沒有答話，因為她並沒有答案。

但她清楚如果拜上帝會的行動繼續下去，朝著建立一個真正屬於人民百姓、一個充滿公平正義的地上天國前進時，老實說，接下來必定會有更多人要犧牲，甚至包括天佑以及她自己在內，然而這些犧牲會不會帶來最後的成功，她也無法預測，一切只能仰望上帝的憐憫。

天佑察覺阿桐似乎被自己的話所困惑，反而覺得不好意思，趕緊安慰阿桐說：「別擔心，我相信天父上帝一定會有最好的安排。只要有信心，大家同心協力就一定可以打敗清妖的。」

阿桐知道自己內心的疑問現在是無解的，於是收拾起心情，拿出一封信說：「這是作容哥交代的信，他教我一定要親自交給你，看起來相當重要。」

天佑趕緊把信打開來看，信並不長，但是天佑卻越讀越慢，約莫經過一刻鐘的時間，才把手中的信放下。

「作容哥的信上寫些什麼？」阿桐狐疑地問。

天佑突然露出難得的微笑，慢慢地吐出這句話：「這一場風暴，說不定真的是天父上帝所賜下千載難逢的機會。」

✢ ✢ ✢

嚴格說來，人一生當中有無數的機會在身邊出現，但是彈指之間、稍縱即逝，能夠真正掌握住的幾希。

遠在桂平數十里外的梧州蒼梧縣城西郊山谷，有一群人也在等待一個百年不遇的良機。

小小的山谷裡近日來陸陸續續有人前來聚集，現已經超過一千多人。今晚又有一群身強力壯的灰衣人進駐，這批人約有六百名左右，大多操著粵省口音，而且每人身上都配著刀斧，這應該是整群人當中的最後一批，等灰衣人進駐後，山谷內所有群眾反倒是沉靜下來，開始以百人為單位各自結成約二十個小營，每座營都有一支令旗作為標誌，儼然是座軍營模樣。

在眾多營帳的正中央，設有一座大帳，帳內數人正在激烈的爭辯著。

「爹，我們怎麼可以為虎作倀，難道你忘了那高家當初在桂平是如何羞辱我們嗎？」說話的聲音，宛如銀鈴，相當悅耳但卻讓聽者感受到她心中的憤恨不平。

「聰兒，我知道，但做大事者要不拘小節，現在只要能夠幫助我們的，就是朋友。」說話的正是蓮園園主李文茂，正在試圖說服她的女兒。

帳中還有一名約莫四十歲的男子，也加入李文茂的陣營一起向聰兒勸說：「世侄女，我不知道先前你們跟高家發生什麼恩怨糾葛，但是再大的恩怨也大不過我們跟滿清狗皇帝的恩怨。這幾十年來，本教教徒們隱姓埋名，為的就是有朝一日能夠替已故教主與先輩們報這個血海深仇。世侄女妳可別忘了，從小妳就背負復興本教的使命，還記得妳的名字是從何而來嗎？」

男子的話讓李聰兒的思緒也跟著回到自己六歲時的場景，那是她剛開始學武的第一年，有一日被父親帶往一座不知名的大屋，屋內大堂裡聚集幾百人，她被推上大堂前的一個座位上，然後有人將一個蓮花形狀的頭環戴在她的頭上，接著屋內所有人就對著她下跪，頻頻高呼一些「白蓮聖女、復興我教、千秋萬世、造福眾生」的口號。

自從那一天起，她多了一個身分，就是白蓮教聖女。而這聖女到底是什麼身分，其實李聰兒一直不懂，只知道每次大人們要舉行重要聚會時，特別是在祭拜所謂無生老母時，都要將她推上台去接受眾人的朝拜。直到年紀更大一點，她才從父親那邊得知白蓮聖女的由來。

這得從白蓮教的起源說起，相傳南宋紹興三年，在江蘇吳郡，有一位名叫茅子元的僧人在佛教淨土宗的基礎上創立了分支，稱作白蓮宗，其教義與淨土宗相差無幾，其信徒也與一般佛教僧侶無異。經過時日的遷移，白蓮宗漸漸發展成了白蓮教，不再是過去單純的佛教組織，而是一個半僧半俗的秘密團體，為了吸引底層百姓加入，白蓮教將那些晦澀難懂的佛教經卷進行簡化，使其通俗易懂，並以民謠等諸多形式來傳播。

白蓮教歷經宋，元，明三朝，期間多次被拿來當成底層民眾起義的宣傳工具，最知名的就是元末的紅巾軍起義，當時起義領袖韓山童就是打著白蓮教的旗號。

到了明末清初的時代，白蓮教又與許多反清復明的團體扯上關係，故此清廷一直想要根除瓦解白蓮教，然而白蓮教已經在各地方扎根，陝西、河南、湖北、湖南、四川一帶的信徒眾多，要將其完全剷除並非易事。乾隆末期以後清朝的國勢逐漸衰敗，屢屢有白蓮教信徒打著所謂彌勒佛生，明王出世的口號起兵造反。而影響最大的一場白蓮教起事，就是發生在嘉慶皇帝即位的第一年，白蓮教信徒趁著朝廷政權交替之時，在湖北起事，領導者就是史稱白蓮聖女的王聰兒。

這王聰兒原來只是一名江湖賣藝女，後來在襄陽城遇到當時白蓮教領導人齊林，在他的引導下加入白蓮教並進而結為夫妻。從此夫妻二人就一同領導白蓮教，並暗中進行反清武裝起義的準備。

隨著加入白蓮教的人數日漸增加，齊林和王聰兒見起義條件已成熟，就決定在襄陽起義。不料起義的風聲卻提前走漏了，齊林和另外一百多名教徒被清廷派兵捕獲，全部遇害。齊林死後，王聰兒就被教徒們推選為首領，繼續領導白蓮教，並於嘉慶元年正式起事，起義軍迅速擴大隊伍，最後演變成影響川楚五省地區的大民變，史稱川楚白蓮教亂。

當然最後的結局是失敗的，據說當年王聰兒年僅二十一歲，就率領數萬大軍為夫報仇，武藝精湛的王聰兒被所有白蓮教徒尊稱為白蓮聖女，是一名傑出的領導人。然而經過兩年多的辛苦奮戰，依然在嘉慶三年（公元1798年）在湖北鄖西被清軍圍困，最後王聰兒兵敗跳崖自盡，而整個白蓮教民變餘波盪漾一直到嘉慶九年（公元1804年），才完全被鎮壓下來。

為了平定這場民變，據說清廷耗費了十六省的數十萬軍隊，並導致十餘名提督、總兵等高階將領陣亡，前前後後共投入超過兩億兩白銀，相當國庫五年財政收入，使得國庫為之一空，大清國力也就此江河日下，一瀉千里。

李聰兒當然知道自己的父親，還有許多親朋好友都是當時王聰兒所領導的白蓮教徒遺民，先祖們隱姓埋名，從湖北逃到嶺南廣東一帶，就是為了躲避清廷軍隊的追殺，並且伺機積蓄實力，期待將來有天能夠推翻滿清政權、殺狗皇帝，替先人們報仇雪恨。這些歷史記憶刻印在她腦海裡相當清楚，因為這就是她從小所受到的教導，蓮園這群人一輩子存在的目的，就是這個，也只有這個。

父執輩的世代血仇與畢生夢想，她可以理解，只是她不甘願，也不明白為何人不能夠為自己活呢？從小她學功夫、學唱戲、學身段，都是為了別人，為了一個不屬於她且遙不可及的夢想。截至目前為止沒有一件事是她自己喜歡而想要去做的，如果真要說自己喜歡的事情，應該是畫畫吧，每次看到一些難得的丹青墨寶，聽兒都會禁不住多看上兩眼。她曾經跟阿爹提出自己想要學畫的要求，但是都被勸阻，父親勸說必須要把握時間學習一些能夠為本教的未來做出貢獻之事，繪畫水墨等技藝不是不好，等到有朝一日推翻朝廷，建立白蓮教千秋萬世的功業之後再說吧。

「聽兒啊，你有沒有聽到爹說的話。」

父親李文茂的聲音再一次把她的思緒從過去拉回到現實來，李聰兒知道自己所處的時代、環境以及身分都不容許她去做自己想做的事情，她的存在是有目的的，需要為了大我去犧牲小我，她明白，但是她就是不甘心。

「爹、開叔，你們說的我都明白，我當然希望有朝一日能夠復興本教，並且推翻這個不公不義的朝廷。但是我不認為，為了要達到這個目的，就可以忘記公理與正義，就能不顧一切、不擇手段。這更不是口口聲聲要替天行道的本教中人，該有的行事作風。」說罷，李聰兒頭也不回地轉身就離開大帳，不顧李文茂在後面的聲聲呼喚。

「算了，文茂兄，讓她去吧，丫頭說的也不是沒有道理。只是她不理解我們大人的苦衷，這個是幾代人、數十載的血仇與理想啊！」說話的是聰兒口中的開叔，陳開。

陳開跟李文茂都是王聰兒的徒孫，他們的父執輩都是當年川楚教亂時，王聰兒手下的將軍。在川楚兵敗之後，當時殘存的教徒輾轉逃到嶺南，分別將他們後代子孫撫養長大，養育兒女的同時也將復仇雪恨的使命傳給他們，李文茂更是王聰兒夫婿齊林一脈的直系後人，只是逃到嶺南後就改姓李。李文茂與陳開兩人長大後便成為嶺南白蓮教的領導者，後來為了尋找更多機會復興白蓮教，他們約定各自隱藏身分，分頭發展。

李文茂率領一支人馬化身為嶺南粵劇戲班—「蓮園」；至於陳開這一支選擇加入廣東的天地會，希望能夠藉由天地會的名號壯大自己。十幾年下來，雙方在各自地盤上皆有小成，但是算不上是站穩腳跟，畢竟無論蓮園或是陳開直到如今都沒有一塊真正屬於自己的地盤。

如今擁有自己地盤的機會上門了，這一次潯州高家找上的是陳開，天地會是台灣鄭氏軍師陳永華所創立，向來是朝廷官府的死對頭，官兵時常對天地會黨展開清剿，但也如同白蓮教一般，在各地方滋生不滅，其主要活動於華南地區，並以福建、廣東、湖廣等地最盛。自清、英鴉片戰爭之後，廣東的民間武裝幫會都假借天地會名義起事反抗地方政府，讓清廷十分頭痛。

陳開在廣東天地會已經是一方勢力，這次收到高家的邀約前來助拳，請他一起對付石家莊。陳開收到消息後立刻跟李文茂聯繫，這次高家開了極優渥的條件給他們，高強表示願意將石家莊的堡寨和石家在潯州一半的產業割讓給他們。如此豐厚的條件對圖謀發展十幾年卻一直沒有太多進展的嶺南白蓮教來說是個極大的誘惑。

一開始李文茂對於跟高家合作心存疑慮且相當觀望保留，除了對高家的作風與格調不敢領教外，也對高家所提出的條件感到懷疑。不過，陳開提出先向高家收取十萬兩白銀作為條件，怎知高家非但爽快答應而且立刻派人將十萬兩雪花白銀送來，看來高家這次的結盟邀約誠意十足，讓陳開頗為心動。畢竟在廣東一帶奮鬥這麼久，儘管已是天地會一方舵主，但是實際上卻依然沒有一塊真正屬於自己的地盤，他覺得這次如果順利接收石家莊的莊堡樓寨與潯州一半的產業，將大大提升自己的實力，將來才有機會真正與朝廷展開對抗，於是便力勸李文茂接受這次的邀請。

李文茂對於過河拆橋、不顧道義轉頭去對付石家莊有點過意不去，他口裡雖說與石家莊是恩怨兩清，互不相欠。但實際上李文茂很清楚上回石達開在桂平戲台的義舉，確實是有恩於蓮園。然而人在江湖，身不由己，除非他打定主意一輩子就這樣窩囊的過，放棄先人的理想與深海血仇，否則對於這群白蓮教遺民來說，的確是一個難得能壯大自己的好機會。經過一番長考後，李文茂決定為了白蓮教的未來，甘願背負背信忘義的罵名，冒天下之大不諱，轉而對石家莊恩將仇報，即使將來為千夫所指，也在所不惜。

不過，在他的內心深處曾經出現這樣子的疑問，質問他自己是真的為白蓮教的未來而不計毀譽，亦或是他心中的那個貪念慾望，打敗了自己的良知，而所謂白蓮教的未來只不過是一個藉口而已。

這個問題，他自己也無法回答，然而現在說這些都沒有意義了，如今，箭在弦上不得不發。陳開的人馬抵達後，兩千人的嶺南白蓮教大軍匯集完畢，枕戈待旦，開弓沒有回頭箭，他也只能無奈地對著目標，前進。

✢ ✢ ✢

無數馬兒們在樹林中來回奔馳，遠遠看去似乎是馬群們在四處亂竄，但若是仔細端詳就會發現這群馬隊是有組織性的行動。而其中相當令人訝異的是大約有十幾股馬群，分別在樹林中以快速奔馳的方式不斷變換位置，雖然這處樹林並不濃密，但即便如此，樹木與樹木間的空隙約莫就是兩丈左右的距離。這樣的間隙要提供馬匹快速跑動已經不容易，更何況是這些在林中運動的馬匹都還能保持一定的隊形。

這些馬兒如游龍般來回疾馳於空間不大的樹林間隙之中，並且能快速轉彎而不脫隊，要能夠如此熟稔的駕馭馬匹在樹林裡移動，除了要具備高超的騎術之外，還必須對這裡的地形相當了解，熟記每一處林道、每一棵樹的位置才能辦到。

這群穿梭於林間的馬兒還有個特點，就是以五匹馬為一組行動，每一組馬群有一匹帶頭馬兒，因此每匹馬的運動路徑是緊緊地跟隨著領頭馬，只要領頭馬能夠正確判斷地形地物，後面跟隨的馬匹就能順利躲避障礙物，漂亮地完成樹林內奔馳的動作。這些領頭馬就是玄甲騎的老兵，後面跟著的就是新進的菜鳥，然而在老兵的帶領下，這群新兵菜鳥很快地進入狀況，就連十分困難的樹林奔馳、分隊搜捕等訓練都一一完成。

由於馬匹的數量不足，三百人的玄甲騎要分批訓練，但是蒙天佑要求每個人都必須成為一名合格的騎兵。三百人被分成三隊，分別由李世賢、林紹章、陳得才擔任卒長，陳玉成、梁成富、藍成春擔任副卒長。玄甲騎的建置是按拜上帝會的組織編制來編成，每卒有四倆、每倆有五伍，每伍編配五名騎兵。這支玄甲騎兵的總數雖然不到五百人，但是整體戰力早已超過由純步兵所組成的旅，所以天佑在上帝會內實際已達旅帥的位階，只是馮雲山出事之前並沒有授予蒙天佑正式的任命，因而天佑並不自稱是旅帥，而是騎兵隊長自居。

目前在教中，正式掛有旅帥頭銜的人不過就寥寥數人，首先是楊秀清下轄北山軍營兩個旅，剩下的是蕭朝貴轄一旅、秦日昌轄一旅，原本由馮雲山自轄的兩個旅目前就分別由李秀成與陳作容各自統領，這幾人都掛上旅帥稱號。馮雲山出事以後，楊秀清透過天父下凡的方式接管教中大權後，並沒有將原本屬於馮雲山系的兩個旅併吞，反而將兩旅人馬交給馮雲山的子弟兵管理，一時間獲得眾人好評。但是知曉內情的人相當清楚，依現在的情勢分析，即便如今楊秀清取得天父代言人的地位，但一時間想要撼動馮雲山在教內的地位與聲望，並不是件容易的事，況且楊秀清自己的盤算是，只要取得全教教兵的總指揮權即可，又何必在這個時候搞兼併擴張力量的事情來落人口實，徒增困擾。

至於擴增玄甲騎的戰力一案，楊秀清也同樣表示支持，並且在裝備撥補與供應上毫不拖欠，隱約中有想要拉攏蒙天佑的味道。畢竟，一支擁有一百五十馬匹所組成的騎兵隊，就算是放眼廣西省的清軍綠營裡也是相當罕見的。

在樹林外的平原，天佑正集合玄甲騎眾兵士訓話，檢討剛剛分組訓練時大夥犯的毛病和需要加強注意的事項，這時忽然有斥候來報，告知有人闖入禁區，而且是個女人。

李聰兒被人攔在山谷入口前，自從玄甲騎擴軍後，這個祕密訓練基地管制是越來越嚴格。即使是教內人士，沒有通行手令也是無法入內一窺究竟。李聰兒在進山谷之前就被攔截無法進入，然而因為她自報名號並大聲嚷著要找蒙天佑，谷外守衛一聽來人知道自家隊長的名號便不敢擅自驅離，只好將其留置原地，派人回谷內請示該如何處理。

一聽到李聰兒的名字，天佑急忙策馬奔出山谷外，而李聰兒一見到天佑，心中那些萬般委曲立時湧上心頭，頓時淚眼汪汪、潸然淚下，止不住的兩行淚水讓天佑一時手足無措，畢竟一個黃花大姑娘在他面前哭泣的場景並不常見，在他的記憶裡面，應該就只有阿桐在自己面前哭過吧。李聰兒的淚水似乎一打開就關不了，嚎啕大哭起來，旁人見狀亦十分好奇，心想到底自家隊長對這姑娘做了什麼事，怎麼害得姑娘家一見面就哭哭啼啼。天佑一看場面頗尷尬，顧不及解釋，趕緊先把李聰兒領入谷內休息。

經過天佑一番安撫之後，聰兒心情總算較為平復，便將來意表明。把高家要與蓮園結盟，一同打擊石家莊與拜上帝會的計畫一五一十的告訴天佑。聽完李聰兒帶來的消息，天佑知道這事非同小可，得趕緊向總壇回報，好做應對。於是立即命人備馬，帶領聰兒前去找陳作容商議，在路上他與聰兒兩人雙馬並轡而行，瞧見聰兒臉上焦急的表情，天佑的心情跟著沉重起來。雖然聰兒是他心儀之人，但是天佑很清楚佳人早已心有所屬，但即使如此，倘若可以為佳人分憂解勞，他仍會全力以赴，沒有半點遲疑，更何況此事不單關係到石家莊，也關係到整個拜上帝會的未來。

兩人一路朝向拜上帝會總壇的路上疾馳而去，過於心急的操駕讓馬兒有點受不住，天佑決定讓疲累的馬兒喝口水歇息一下，兩人也趁空下馬伸展身子。休息之時聰兒對天佑說：「天佑哥，謝謝你這麼幫我，我在想以現今的局勢，除了你以外，很難有人願意出手幫石大哥了。」

天佑回道：「聰兒姑娘千萬別這麼說，石大哥同我有過命交情，不僅是我的良師更是益友，而拜上帝會的教兵乃是石大哥協助組訓才能夠快速建立起來。所以只要能幫到石大哥，任何事情我都義不容辭。」

「如果石大哥知道有你這麼好的兄弟在後面支持與協助他，一定會感到非常安慰。」聰兒緩緩地說，但其心裡頭卻是想著：「不知石大哥是否明白我處境的為難以及對他的一片苦心？」

天佑這些日子以來察言觀色的功力進步不少，從李聰兒眼神中可以略略探知女孩心中的憂慮，於是說：「聰兒姑娘不要擔心，你那些父叔輩所為之事跟你是兩回事，我相信石大哥通情達理一定不會將之混為一談。再說，妳千辛萬苦特地前來通風報信，為他冒險奔波，這份恩情他肯定會明白的。」

天佑的話中有話，點出了聰兒心中的兩個憂慮，一是蓮園這次與高家攜手，算是與石家成為死敵，不管後果如何，這結下的樑子可能是幾代人都解不開的；再者她拋棄了家族大義，甘願揹上數典忘祖的罵名，為了石大哥前來通報拜上帝會，尚且不論是否真能解救石家的危難，卻已經是背叛父親、蓮園兄弟以及信仰一輩子的白蓮教，必然成為眾矢之的。

李聰兒的選擇令自己陷入極大的困境，蓮園這下肯定是回不去了，下一步她又該往哪裡走呢？石大哥又會收留她嗎？這樣子做值得嗎？這些問題都曾在她腦海中閃過，但現在的她沒空去細想、去盤算，只希望石大哥能夠平安度過這一關，而她所能做的就是盡自己最大力量去幫助他。

到底是什麼原因驅使她冒這麼大的風險來做這件事？聰兒她自己也理不清楚頭緒，喜歡石達開肯定是原因之一，雖然石達開是大戶富家子弟出身，卻沒有太多門戶階級之見，不管對上或是對下都能夠保持謙和自然的態度，出自內心不做作，這是與他相處兩個月下來，聰兒自己真實的感受。跟石達開在一起，會讓她有如沐春風的感覺，一個如此頂天立地的男子漢，當然會令無數青春少女傾心。

不過，似乎也不只是單純因為石達開的因素，長久以來所信奉的白蓮教規以及蓮園與清廷的血海深仇都把聰兒壓得喘不過氣來，這一次起因於不滿父親與蓮園居然為了自身利益而與狡詐無恥的高家聯手，讓聰兒長期蓄積的壓力終於一次爆發開來，使她痛下決心，不再沉默和隱忍，她要表達自己內心真正的想法，她要選擇做一次真正的自己，她是李聰兒，而不是幾十年前那位白蓮聖女的替身。

聰兒心思一轉望著眼前的蒙天佑，他也只是一名十八歲左右的年輕小夥子，可是全身充滿活力與朝氣。聰兒突然發現，與上一次見面比起來，天佑似乎又成長不少，待人處事更加成熟老練，而且居然從三言兩語的對話中，就能察覺出我的心思與憂慮，甚至加以婉言慰藉。這名年輕人著實不簡單，聰兒一邊思想、一邊盯著天佑細瞧。

天佑被李聰兒這樣直盯著看，看得有點不好意思，就趕緊說：「我們繼續趕路吧。」一風馳電掣下，兩人終於趕到拜上帝會總壇附近，先是來到總壇外陳作容所駐紮之大屋，這座大屋其實是總壇五百丈外的哨所，目前由陳作容與其所率領的教兵看守，負責總壇周遭的警衛工作。一見到陳作容，天佑與聽兒兩人迅速將整件事情的原委始末向其說明。

「聽兒姑娘，感謝你帶來這個消息，雖然這是石家與高家的恩怨，但如今我教也深陷其中，何況拜上帝會向來與石家莊交好，路見不平、伸張公義更是我教中人向來的主張，只是這事非同小可，容我先向上頭回報，後續狀況再告知聽兒姑娘。」陳作容了解詳情後向聽兒作以上的說明。

李聽兒理解這件事自然非蒙天佑與陳作容兩人即可做主，但還是向陳作容表達誠摯的謝意說：「說來真是慚愧，敝園的長輩利慾薰心，居然為虎作倀，接受高家的利誘，要來對付石家莊。如今整個潯州府只有拜上帝會有能力助石大哥一臂之力，希望兩位英雄能夠鼎力相助，感恩大德，請兩位英雄受小女子一拜。」話才落下，就要起身向陳、蒙兩人行禮。

天佑連忙拉了聽兒一把說：「聽兒姑娘千萬不可如此，且不說石大哥本來就是我教好友，這不畏強權、伸張公義、除惡揚善更是聖書裡面時常教導的當行之事，我們怎能受聽兒姑娘如此大禮呢？」

陳作容也趕緊附和地說：「是啊，聽兒姑娘，你能夠將這麼重要消息提供給我們，應該是我們要感謝你才對。好了，現在先想辦法來化解這個困境才是重點，聽兒姑娘風塵僕僕趕來一定相當疲累了，請先在此好生歇息，我與天佑兩人先前往總壇去稟告此事。」

隨後安排人協助聽兒至房間休息，就領著天佑出門去，一出哨所之後，沒想到陳作容給天佑的指令卻是讓他趕緊先回馬隊基地，整頓好玄甲騎，然後等候命令準備隨時出動。

天佑滿臉疑惑，但是陳作容卻說：「之後再向你解釋，我們得把握時間，關鍵時刻就要來了，得要趕緊做好準備才行。」

✝✝✝

高家大院內外人聲鼎沸，聚集了數千名私募的團練鄉勇正在整理兵器刀械以及相關的裝備。屋內大廳裡有幾個人正在商議討論事情，其中的核心人物自然是高家家主高員外高強、大公子高大、團練總管王作新以及管事高明等人。高員外特別跟高明確認那十門威遠砲是否已經準備妥當。高明表示已經把砲台架上砲車，萬無一失。

看見自家鄉勇兵強馬壯，高大顯得熱血沸騰，但是略有疑惑地問：「阿爹，我們有了這些火砲，就可以輕易解決那顆石頭了，又何必找什麼天地會來湊熱鬧，事後還要把好處給他們，這多不划算啊？」

高員外用眼白瞅了自己兒子一眼說：「你這小子長進一點好不好？多用點腦筋。我高家的團練鄉勇這次傾巢而出，就是要把石家莊給夷為平地，又怎麼可能會將到手的好處分給外人。」

腦袋不太靈光的貴公子高大不解地說：「爹，那為何你又聯絡廣東天地會的人前來幫忙？」

這時候在旁邊的管事高明怕老爺子發火，趕緊給這位高家未來的接班人提點提點說：「大公子，老爺找天地會的人來，不是請他們來分一杯羹，是找他們來當擋箭牌的。」

這個高強、高員外不愧是老奸巨猾、心思縝密，高家能夠橫行潯州數十載不是沒有道理。高強想要除掉石家莊不是一天兩天的事，但是一直找不到好的時機。雖說在潯州地面上高家的勢力比較強大，廣西省內土客雙方的武裝械鬥火拼事件也是層出不窮，但是想要無端將幾千人的石家莊從潯州地面上抹去而不生出一點漣漪，確實不太可能。因此最好的辦法就是找一個可以嫁禍的對象，這幾年天地會的會黨在兩廣一帶不停滋事作亂，現今廣西大煌江一帶水域甚至長期被天地會黨所控制住，地方官府亦無可奈何。而天地會黨或是其他地方盜匪滋事都是採用打帶跑的方式。會黨盜匪在各地鬧事，打劫官府富戶、搶占米糧，等到朝廷派遣官軍前來進行圍剿時，這些會黨匪徒就邊打邊跑，通常打不過就四處逃竄或就地解散，而官軍也是樂得輕鬆，一看匪黨散了，就敲鑼打鼓地宣揚剿匪成功，打道回府去向上級領賞邀功了。

因此會匪、亂黨在兩廣境內，特別是廣西一帶是剿不勝剿，官軍向來不能依賴，真要等到官軍來援早已家破人亡，故只好由地方仕紳自行組織的鄉勇團練來自我防衛。自嘉慶年間川楚教亂始起，幾十年下來，各地方興辦團練風氣越來越盛行，特別是長江以南盜匪猖獗的省分。雖然民間鄉勇團練可能會造成地方私人武力的坐大，但是對於已經喪失地方治安控制能力的朝廷來說，這些由仕紳大戶所組織的民間團練，一方面替朝廷解決匪盜的禍害，一方面又節省軍餉的開銷，而且其目的只是保衛家鄉的生命財產免於盜賊殘害，並非想趁機叛亂或是割據地方。

再者，朝廷實在無力去對付全國各地三不五時冒出來的小股盜匪作亂，畢竟集結大軍出動勞師費餉，又經常打不到要害，錢花了卻得不到剿匪的效果，相關的軍費支出勢必又要攤派在各地的財政稅收上，長久下來，反而可能會激起更多民變，故而這些民間團練就漸漸成為被朝廷認可的地方防衛武裝力量。

高家團練自然是桂平縣衙所認可，不過石家莊自己也設有團練組織，石家軍的英勇更是遠近馳名。如今兩強相爭，高家當然可以託言藉詞是土、客之爭，但是土客間的族群之爭向來不會鬧到要集體滅族的地步，這次若想要把石家連根拔起，非得要有一個好藉口才行。

所以高強才會千方百計將天地會的人找進來，事成之後他把除滅石家莊的所有罪名都推給天地會，這時候再回頭去剿滅天地會的亂黨，如此完美的一石二鳥之計，最後總算讓桂平知縣大人首肯放行。否則石家在潯州也算是家大業大，無故放任土客兩大家族的私人練勇武裝械鬥造成極大傷亡，縱使有高家的力撐，恐難杜各界的悠悠之口。

但假若是天地會的亂黨來滋事作亂，是他們把石家莊給滅了，那可就大不相同，說不到最後還可以順利撈到一個剿匪有功的獎勵賞賜，這也是為何桂平的王知縣這次願意讓高家放手一搏的原因。

只是高強料想不到，他聯絡的廣東天地會陳開一夥人竟然是白蓮教的遺民，與蓮園系同出一脈。然而更出人意外的是蓮園園主李文茂才剛剛跟石家建立起關係，竟然會為了高家所承諾的巨大利益而與虎謀皮，接受高家的利誘。果真是利益面前沒有朋友，這其中的互相算計是一環扣一環，這些團體的掌舵領頭人物的眼中只有利益與甜頭，毫無公理與道義可言，難怪李聰兒看了會覺得噁心與厭煩。

經過管事高明的仔細解說後，高大終於明白他爹的一番苦心籌謀，此時他的嘴角不禁微微揚起，泛起一股詭異的笑意，彷彿已然看見石達開束手就擒，向自己下跪求饒的模樣，他暗自下決心絕不讓石達開這麼容易死，一定要將他百般凌辱後再碎屍萬段，才能消去他那天的恥辱與心頭之恨。

他開心地轉頭問說：「爹，是哪一天要甕中抓鱉啊？我好想趕快看到那顆臭石頭絕望無助的表情。」

高員外向在場眾人揚聲道：「五日後，叫石達開到紫水南岸來投降。」

✢✢✢

五天之後，紫水南岸，徐徐春風輕撫著大地，流水潺潺，河面粼粼波光，一幅萬物安詳、怡然自得的風景。誰知其中卻暗藏著無限殺機，接下來的幾個時辰內將會有無數的年輕生命埋骨於此，原因卻只是少數人的既得利益與恩怨情仇。

紫水是一條潯江的小支流，從貴縣向東流匯入潯江然後朝梧州方向奔流而去，其南岸是一塊方圓數里的平地，附近沒有什麼村落民居，杳無人煙、荒涼偏僻相當適合大規模的群眾聚集。高家選中此地，先擺出了陣勢，這一次傾巢而出，三千名高家團練列陣佈防，旌旗招展，軍容盛大。在大軍陣前高員外還特地擺了一桌香案等待石達開前來投降。

高員外相當用心的觀察地理環境，將背向紫水的一塊空地留給石家，等於石家無論帶多少人來，其背後是一條湍急的河流，前方面對的則是高家的三千大軍。高強捎給石達開的訊息是只准允石達開帶領一百以下的人前來投降，否則就是沒有誠意，想要講和就不必了。

從紫水南岸一直到石家莊，高家沿路安排探子斥候，查探石達開是否有遵守規定，有沒有在某處安排伏兵。並且派人從石達開一行人出石家莊後就一路跟蹤回報，而探子送回來的消息都是石達開確實只率領一百人左右的隊伍出發，途中沒有與任何人連繫，直接朝紫水這邊過來。

根據探哨回報的消息，高強對在旁的管事高明說：「看來一切都在我的掌握之內。」

「老爺，您果然神機妙算、料事如神啊。」高明拍了個馬屁後順道問說：「不過不知道北山礦區那邊的情況如何，天地會陳開那幫人不知能否打敗拜上帝會的教徒？」

「昨日收到陳開捎來的訊息，據說他們已經集結兩千人馬，直撲北山礦區而去，我想拜上帝會那邊的教徒儘管人數再多也不會超過一千人，應該不是陳開他們的對手。而且不論雙方誰輸誰贏，等我這裡解決完石達開以後，立刻開拔大軍進攻北山礦區，將剩餘的人全都一網打盡。」高強得意地說。

此刻又有探子上前來向高員外遞了紙條，高強趕緊打開來看，看完之後，嘴角大開哈哈大笑起來，然後他起身對眾人豪氣地說：「各位，今日就是我高家獨霸潯州的日子。」

不到半個時辰，紫水南岸便可看見石達開騎著一匹高頭大馬，容光煥發、神采奕奕地在出現在眾人的視線裡，他的後面跟著一隊百人左右，清一色藍衣勁裝的石家軍。

石達開所率領的隊伍人數雖然稀少，但是在三千高家軍的面前卻一點也不會顯得膽怯，反而人人散發出沉著冷靜與雄壯威武的氣息，不禁讓人豎起拇指稱讚石達開的練兵有方。這是石達開最引以為傲的親兵部隊，能夠加入這支部隊的人都是千挑百選，石達開還給這群人取了個名號叫做〈陷陣營〉。今天石達開就率領這支忠誠精銳的隊伍，不疾不徐、氣定神閒地走入高強為他們選擇的地點，正可謂親陷敵陣，自入死地，因為前有三千敵軍、後有滾滾河水。

石達開與陷陣營進入紫水南岸的平地後，他一人策馬出列向前，直到高家軍百步開外才停住，石在馬背上向高強喊話說：「高員外，石家莊石達開依約前來與貴寶號講和，看到高家如此壯盛的軍容，當真令人佩服。」

高員外尚未答話，身旁的高大就搶先發話說：「臭石頭，你已經死到臨頭了還在裝什麼派頭，趕快下馬來束手就擒，否則我高家的大軍就立刻踏平你石家莊。」

石達開嘆了口氣苦笑道：「可惜虎父犬子，高家幾世積累下來的基業恐怕真要毀在高公子手上。」

一開始就被石達開出言戳中軟肋，高強肚子裡一股怒火衝上來，揮了揮手示意高大住嘴，他朗聲道：「石敢當果真名不虛傳，在千軍萬馬前，石莊主還是有空閒管別人的家務事，只是自家的後院已經起火，不知道石莊主要怎麼辦？」

石達開說：「青山常在、綠水長流，還望高員外高抬貴手，為雙方都留條後路，日後好相見。」

高員外一聽更有氣，立刻回說：「看來石莊主你是錯估了當前的形勢，今日不是你來向我高家投降的嗎？」

「且慢，今天不是敝莊前來向貴寶號投降，我乃是依約來與閣下講和。」

石達開毫不示弱地接著說：「高員外，兩虎相爭必有一傷，如今就此罷手，你我雙方還有後路可退，要是貴寶號再執意糾纏下去，可能到時候要追悔莫及了。」

「後悔莫及我相信，不過後悔的人絕對是你。」高強一副早猜測到的口吻說：「聰明人常自以為聰明，你敢答應我的條件，只帶一百號人就前來赴約肯定是早有盤算，才會有恃無恐。」

高強稍微停頓了一下，繼續一派輕鬆的說：「好，我就來見識一下石敢當的手段。說吧，你要談什麼條件？」

石達開拱手說道：「不敢，石某乃是真心誠意地希望雙方罷手，就此偃旗息鼓，避免造成更多傷害。今日我依約只帶領百人前來，更是要表示我石某人光明磊落、心胸坦蕩，希望兩家化干戈為玉帛。」

高員外盛氣凌人的說：「好，既然你這麼說，聽好，講和的條件就是石家莊將所有產業都歸到我高家名下，石家莊的人要嘛離開廣西，要嘛就成為我高家佃戶，供我差遣。至於你石敢當，則是要留下你的項上人頭，做為當日在戲台上污辱我高家的代價。」這話才說完，石達開後面的百人陷陣營紛紛拔出腰中橫刀，臉上充滿憤怒的表情，就等石達開一聲令下，百人精英就要向三千高家軍衝去，因為高強剛才那一番嘲弄羞辱的言詞，是任何一位石家莊的血性男兒都無法接受的，即使面對高家的三千大軍，這支勇猛果敢的百人陷陣營依然要為自家的顏面討個公道。

石達開右手微微一抬，示意陷陣營眾人稍安勿躁。

「高員外，你提出這個條件聽起來不是要講和的。」

「沒錯，石達開，你說對了。我一開始就跟你說，是來接受你投降的，而這就是你投降的條件。」高強用一種極度輕蔑的語氣向石達開說，更是向他後面那怒氣衝天的百人石家軍說的，高強正是希望激怒他們，讓他們自己衝向前來，正想試試三千人對上一百人的後果會是如何。

「既然高員外並無和談之意，那麼也不必浪費大家時間，就容我告辭。」說完，石達開就策馬轉身離去。

「且慢，石達開，你當真以為今時此地是你想來就來、想走就走嗎？你沒看到我身後的三千大軍，正是專門要伺候你的。」高強大聲咆哮說。

「石達開你真是聰明一世、糊塗一時，居然敢只帶百人前來，不是誤以為我不敢殺你，就是認定自己有恃無恐。可惜這兩點你都錯了，因為當我挑起兩家戰爭時，早下定決心要將你們石家莊連根拔起，絕不留活路給你。至於你的另一個盤算我也猜到了，應該就是事先計劃聯絡拜上帝會的人馬前來支援，因此你才敢有恃無恐的答應前來，甚至你想要利用拜上帝會的人馬從後方偷襲我軍，趁機將我高家一舉擊垮，這應該是你心中的如意算盤吧！」

高強還補了一句：「被我料中了吧。」

石達開聽到這裡時，心頭一顫，這確實是當初他跟楊秀清談好的計策。由他先發出求和信，引誘出高家，然後拜上帝會與石家兩路人馬前後夾擊，將高家一網打盡。石達開理解到這是一招險棋，如果真要動手就必須一招斃命，否則高、石兩家將成為世代死敵，後患無窮。

因此楊秀清剛提出建議時石達開非常的猶豫，無法下決斷。可是當楊秀清告訴他說，高家已經決定要把石家徹底從潯州剷除，如今已是石家面臨生死存亡的關頭，不是他死就是你死。這是石達開第一次覺得肩上的重擔有如萬斤重，倘若只是個人的恩怨倒也罷了，認輸或是逃走他都可以接受。但如今是關乎石家數千條人命，數百戶家庭存亡的決定，他知道自己有責任，既然當了石家掌舵手，就有義務與責任維護石家數千人的性命財產的安全。今天高家既然不仁在先，就別怪我石達開不義於後。

高強的笑聲打斷了石達開的思緒，高強狂妄地說：「你有你的張良計，我也有我的過牆梯。想要設局暗算我高某人，哈，真是笑死人了。這輩子只有我高強暗算別人，豈有被人暗算的道理。石達開啊，想不到你一世英名，今日要栽在我的手上。再給你最後一次機會投降，否則我背後高家的三千大軍展開攻擊後，屍骨無存將是你唯一的結局。」

石達開轉頭看一下自已身後的百人陷陣營，這是石家軍的菁英骨幹，是他一手訓練出來的忠勇家將，每個人臉上都充滿憤怒與無奈，但沒有一個人的表情是恐懼與害怕，他看一下每個人的眼神後，心中有了答案，回過頭來向高強說：「千算萬算都不如天算，既然事已至此，看來我降與不降都沒有太大差別了。但若以為這樣就可以輕易讓我石達開降服，讓石家男兒在你面前屈膝受辱，那可就是大錯特錯。」接著，他緩緩抽出腰刀，刀尖向前一指道：「今日我就讓你見識一下百戰石家軍的威名。」

石達開說話的同時，身後石家陷陣營的勇士們也都握緊刀把，做好戰鬥的預備，每個人身上所散發出來的是即使面對三千大軍也勇往直前、無所畏懼的強大氣勢，這股氣勢讓對面的高家軍相形見絀，尤其是石達開一人單騎在大軍面前毫無懼色，這副萬夫莫敵的模樣，即便是高家的人看了也都在心底暗自嘆服叫好。

王作新一看苗頭不對，趕緊調派兩百名刀牌兵趨前護在高強的前方，防止石達開突然發起突襲。高強雖然心中暗罵，但是臉上依然從容道：「好，不愧是一名虎將，既然是你們自尋死路，那就讓我來替你們送行。」說罷，人便轉身撤入中軍，與王作新等頭領跨上戰馬，展開布陣。

王作新上前獻策道：「老爺，依小的看不如用威遠砲先轟他個幾下，讓石達開瞧瞧我們的厲害。」

高強十分不屑地看著他說：「王練總，你看看人家多少人，我們多少人，難道還怕他們不成。讓大軍直接押上，真刀真槍的了結他們，給他們一個痛快，才不枉我高家大軍威名。」王作新表面點頭稱是，但是心裡卻啐念道：「說什麼大軍威名，還不是以多欺少，既是如此，為什麼不先開砲攻擊，直接押上大軍還不是拿別人的命來玩啊。」但是埋怨歸埋怨，王作新還是得遵命辦理，正打算打旗號下令部隊前進時，左側方突然有塵土飛揚，發現有數匹快馬朝這邊奔來，雙方眾人的目光都被快馬蹄聲吸引住，於是姑且按兵不動觀看情勢。

來的人正是由陳開領頭的數騎戰馬，高強看到後也揮手示意眾人先勿行動，他心想，此人來的正好，讓天地會的人在戰場上摻一腳，可以坐實此事乃由天地會匪徒發起，等滅了石達開後，再以天地會的人為主進攻石家莊，如此他便可坐收漁翁之利。另外，等到石達開等人看到陳開的人馬，讓他們知道拜上帝會的後援已經被陳開消滅了，也可以大大削弱眼前這百人部隊的鬥志與戰意，高強雖然不願意承認，但是對於眼前這支石家陷陣營還是多所忌憚，若是其他人遇到這等場面，恐怕老早下跪討饒了，怎知這群人竟然強橫如斯，非但不怕死，還意志堅定的想要拚死一搏。

陳開等人在雙方陣前停下戰馬，其身後開始看見黑壓壓一片人影跟上，旌旗招展，遠遠可以看見旗幟上面寫著「天地」兩個大字。

石達開心想不妙，這群天地會人馬怎會突然在此處出現，難道高家與天地會勾結，拜上帝會的人到現在還沒出現，恐怕是凶多吉少。不過無論如何石達開心中已經打定主意，今日一戰，在所難免，待會雙方戰鬥一啟動，他便要一意突圍，無論如何絕不會被俘虜或死在此地，一定要把石家男兒帶回石家莊，即便要身死殉家，也不能讓自己落入這些賊人的手裡，讓石家莊人可以毫無顧忌的來保衛家園而不受威脅挾制。既然心意已決，石達開也就顯得心情篤定，不急著發起進攻，等候陳開的人馬來到。

這時候，高強再度來到陣前，向陳開拱手道：「恭賀陳舵主，剛剛我已接獲探子來報，說陳舵主所率領的天地會義軍已經剿滅在北山礦區的教匪，真是大功一件，我一定會上書知縣大人，來表彰各位的功績。」

高強特地拉大嗓門說話，顯然是要讓石達開眾人聽到所期盼的援軍已經被人消滅，藉此動搖他們的鬥志、瓦解其士氣。

話說完後，高強還特地轉頭看一下石達開的表情，怎知，石達開竟然從一開始的面色凝重望著陳開等人，不知怎地突然間反而眉頭舒展開來，轉頭對著高強露出微笑。高強內心頗為訝異，而陳開這邊也不答話，反而是身旁一位面色黝黑的男子從陳開身旁策馬而出，來到高強前面說道：「高員外，你剛收到的探子回報是我給的，天地會的朋友確實是到了北山礦區來找我，不過卻不是來消滅拜上帝會，相反地卻是來跟我們結盟的。」

高強一聽大驚失色，大聲斥喝：「胡說，你是誰？」

那名黝黑男子並不答話，而是逕自拔起腰間的橫刀向天一指，身後的大批人馬立刻將原本寫著天地兩字的大旗撤下，改豎立起數面黃旗，而黃旗的上面則是寫著大大一個【楊】字，正中間則有一面大纛，旗幟上出現的是【拜上帝會】四個大字。

那名面如黑炭的青年男子正是楊秀清，身後人馬當然不是天地會的人，相反的是他調教已久，終於可以見一見世面的北山軍營教兵。

面對突如其來的變故，高強心裡有底，雖然驚訝，但他不愧是縱橫潯州數十載的霸主，立刻穩住情緒面不改色的說：「好啊，這拜上帝會、天地會與石家莊陰謀勾串，聚眾造反，今天正好讓我一網打盡。」接著對王作新發令：「陳開他們那邊最多一千多號人，先讓砲兵向陳開等人開砲，挫挫他們的士氣。」

王作新見勢頭不對，領命後趕緊下令把原本對準石達開眾人的砲車轉向對準楊秀清與陳開這邊的人馬。

然而就在高家軍調整砲口方向的時候，楊秀清絲毫不浪費時間，高喊：「弟兄們，斬妖除魔、替天行道，衝啊！」掌握戰機的率領北山軍營的教兵往高強大軍方向殺去。楊秀清這人果然藝高膽大，因為他們剛剛趕路過來，上千人馬還沒有喘過氣來，可是楊秀清知道機不可失，等到高家軍重新布陣完成後就為時已晚了。

高家軍清楚楊秀清所率的上千人馬才是最大威脅，幾名團練的領頭練長趕緊重新佈防陣形，高家這邊的鄉勇團練雖然人多，但是負責訓練的頭領卻不是正規軍事行伍出身，缺乏作戰觀念，這臨戰變陣乃是兵家大忌，石達開一看機會來了，也立即率領石家陷陣營向前衝殺，結果三千高家軍就同時遭受到兩股一大一小力量的夾擊，雖然己方的人數遠多於對方，但是士氣卻是遠遠不及，高家軍空有人數的優勢，一時間卻也動彈不得。

高強等人連忙退至大軍後方，這時候高家團練軍的指揮統領王作新總算發揮作用，他花了一番努力才將高家軍的混亂局面穩定下來，揮舞令旗，下令其弟王大新率五百人馬先去阻擋住石達開的攻擊，他自己則是專心對付楊秀清這邊的人馬，然後再回頭過來打石達開。

經過幾輪調度之後高家軍的陣勢漸漸穩定下來，而其在人數上的優勢逐漸顯現出來，石達開這邊的百人精銳即便再威猛也難以抵擋兵力上的巨大落差，王大新所率領的五百名高家軍雖討不到便宜，但是至少是跟石達開打個平手難分軒輊。而在另外一頭，楊秀清的北山軍營以一千教兵對抗兩千五百人，雖說楊秀清的調教訓練有方，這些教兵們顯得士氣相當高昂，但畢竟同樣是初次上戰場，缺乏實際的戰鬥經驗，所以很快地也被高家團練軍給阻擋下來，雙方亦是呈現僵持不下的狀態。

分頭抵擋住兩邊的夾擊攻勢後，王作新接著傳令砲兵，因為雙方已經接戰，他下令砲兵瞄準楊秀清人馬的後半部打，就算沒打到敵人還是可以透過轟隆火炮巨響來震懾敵軍的心防，於是十門威遠砲調整射角完畢，就等砲長下令發砲，要讓拜上帝會的教兵見識一下火砲的威力。

但是砲長卻遲遲沒有出聲，砲兵大夥正納悶回頭一看，發現砲長雙手按住自己喉嚨，鮮血不斷湧出，一根羽箭正直直的插在砲長脖子上。接著有更多的羽箭從天空落下，這些砲手們感受到疼痛從自己身上中箭部位傳過來，趕緊四處躲避，緊接而來的是轟轟隆隆的響聲由遠而近傳來，那些正忙著尋找掩蔽物的高家砲手，赫然發現有龐然大物靠近自己，有人一抬頭就被撞倒，全身骨折；身手矯健的人，閃過龐然巨物，卻沒有閃過那一道寒光，寒光乍現之後，眼睛所見的是人的頭與脖子分開，手與軀幹分離，這些景象就好像是一幅幅畫面快速發生，彷彿與自己無關，須臾之間這些砲手很快的意會過來，不但與自己有關，更是性命交關。

高家的砲手們終於醒悟，這些轟隆巨響與龐然大物原來都是騎兵，這群騎兵採錐形陣從高家軍的右後方奔馳過來，先是用騎弓射倒砲長與砲手，然後全力衝刺，將三千名高家軍硬生生的撕開成前後兩半，騎兵隊衝破高家軍的陣勢後，整群快速來個左後迴轉，對準被割開的後半部高家軍，包括高家砲兵隊，展開第二回合的攻擊，與其說是攻擊，不如說是一場屠殺，在這群騎兵的攻擊下，這些高家團練鄉勇，宛如是刀俎上的魚肉、待宰的羔羊任人蹂躪，也正因為高家軍後方的崩潰，使得前方的高家軍後繼乏力，漸漸地楊秀清的部隊取得上風，開始進逼高強所在的中軍位置。

高強一看苗頭不對，知道高家軍已經瀕臨崩潰，好漢不吃眼前虧正想要趁亂逃逸之時，發現後方通道被整隊騎兵堵住去路，只好向右方逃竄，這時以一百對五百的石達開，率領那存活下來剩不到三十人的石家陷陣營，滿身鮮血走到他的前面，此時高強的身旁大約還有三百多人，均是他最倚賴的親兵家將，高強明白相對於左方的楊秀清以及後方的騎兵來說，前方石達開與僅剩的二十餘人是他唯一的機會，只要打敗石達開就還有希望能夠突破包圍、死裡逃生，他二話不說命令所有人向前衝殺。

面對高強最後的一搏，石達開所率領的二十餘名殘兵沒有退卻，儘管他們早已精疲力竭，面對數百敵人不斷地猛攻，他們都頑強的堅持過來，沒有落敗，沒有投降，雖然現在活著的人所剩無幾，可是看見高強就在眼前，每個石家男兒都睜大發紅的雙眼，他們不會往後跑，因為存活下來的石家軍要為那些死在戰場的同族弟兄報仇，而仇人就在眼前，即使再疲累，他們也不會躲避、退卻，相反地高強的出現，把他們身上最後一丁點體力再次激發出來，每個人的雙目都露出精光，連為首的石達開都一樣，這群人所散發出來的是令人膽寒的氣息，一股要將高強整個人吞沒的死亡氣息。

高強感受到了，他示意一下身旁的高大與王作新後，就發起衝鋒，並大聲喊說：「殺了石達開者，賞黃金千兩。」希望透過重賞讓三百多人再次提起士氣向前衝鋒，這是高強最後的機會了，就算沒逃出去，至少也要拉石達開做墊背才划算。不過可惜的是，剩餘的高家軍都是步兵，步兵最大的缺點就是跑不過騎兵，正當高家軍提刀向前衝殺的時候，他們發現自己一邊跑卻一邊被黑影給超越，被轟隆響聲的龐然巨物給超越，然後發現自己已經身首異處，騎兵的橫刀從背後砍來，如同切菜一般容易。

一隊騎兵從中間切斷高家剩餘殘兵，將其分成兩半，幸運的是這群騎兵並不繼續追殺高家軍，反而是衝到石達開以及所僅存的石家軍前面就調轉馬頭，站成一字形排開，然後護住所剩不多的石家軍，不讓高家軍再靠近石家軍半步。

被衝散、衝垮的高家軍最後退縮成一個圓圈陣形來進行防衛，但是騎兵隊派出十幾名騎兵分別從四面八方來回衝刺，每一次騎兵向前的衝殺就會讓高家軍倒下兩、三人，在十幾名騎兵衝刺幾個回合以後，高家軍就僅剩下幾十人還在頑強抵抗。面對毫無希望的絕境，貴公子高大終於再也忍不住，雙膝下跪放聲大哭，大聲哭喊著說：「饒命啊，我們投降，不要殺我。」他一說完話，除了高強以外的其他人也紛紛丟棄兵器，跪下求饒。

高家軍棄械投降後，騎兵隊長舉起右手示意，負責攻擊的十幾名騎兵就勒住韁繩不再衝刺。此時楊秀清的部隊也已經收拾完其他地方的戰事，他率領拜上帝會的教兵把紫水南岸重重包圍起來，然後走出陣前，來到石達開的身邊但並不發話，率領騎兵隊的蒙天佑同樣保持沉默，兩人只是靜靜地看著石達開，就等他下決定，因為這一戰對石家來說是慘烈無比的一戰，也是決定石家未來命運的一戰。

石達開與剩餘的石家軍默默走向前方，看見站著的高強以及跪在地上不停啜泣的高大，他心中有一股怒氣，有一股恨意、有一股憂傷。

「我給過你機會。」石達開對著高強咬著牙說。

高強緘默不語，只是無奈抬頭望天，心中突然覺得作威作福幾十載，以為自己在潯州手握權力就可以專橫跋扈、為所欲為，但是上天好像特地安排今日來跟他算總帳，這個結局對他來說有點荒謬。

石達開若有所思地盯著這群高家人許久，終於他將刀緩緩舉起，慢慢走向高強，接著只聽到高大可悲嘶吼般的討饒聲和高強眼中萬念俱灰的神情，可是石達開充耳不聞、毫不猶豫地繼續往前走，其餘的石家軍們，迅速地跟上家主的腳步，用殘存的力氣握緊自己手上的刀，衝向剩餘的高家軍內，為那些已經慘死戰場的石家男兒報仇雪恨。

石達開想通了，或者說終於想通了，從今而後，他知道只有一個方式，才能夠讓這樣的慘劇不要再度重演，他已別無選擇，這是他的天命。透過鮮血染紅大地才能結束這一切，他抬起頭望向天空，似乎是在詢問那一位上帝，我這麼做，對嗎？

只是上帝似乎沒有給他答案。

# 卷二 將相興

我不是我應該是的，我不是我喜歡是的，我不是我希望是的，
但我已不是從前的我，藉著神的恩典，我成了我今天這個人。

——約翰・牛頓

# 第五章
# 韋氏全族附　天兄下凡塵

不要自欺，神是輕慢不得的。人種的是什麼，收的也是什麼。順著情慾撒種的，必從情慾收敗壞；順著聖靈撒種的，必從聖靈收永生。

——加拉太書6章7．8節

今年是道光二十九年，這位統治大清皇朝快三十個年頭的皇帝，依舊以君臨天下之姿端坐在北京的紫禁城太和殿上，接受萬千臣民的跪拜。然而他內心裡清楚自己已經是日薄西山，距離去見列祖列宗的時候不遠了。

這幾年來的國勢衰微，外夷入侵不斷，所謂天朝威儀早已蕩然無存，道光帝嘴上不說，但是心中有愧。儘管貴為天子，這個龐大帝國卻已成為肩上的重擔，有時道光甚至覺得自己不過是坐困京城的籠中鳥，只是比別人吃穿好一點，但卻必須肩負祖宗遺留下來巨大的責任。一國之君的他反而羨慕那些可以自由自在活著的人。他也曾經嚮往無拘無束、海闊天空，有如閒雲野鶴、逍遙自在般的生活，但是對道光來說那是遙不可及的夢想。

自從他坐上金鑾寶殿的龍椅那一刻起，他就不再是個自由人，必須受到許多有形、無形的約束及限制。這座錦繡江山、萬千的臣工以及無數的黎民百姓都仰賴英明神武的皇帝來領導他們，雖然道光帝勵精圖治，可是卻力不從心，日積月累經年的沉痾巨弊早已消磨掉他的鬥志，姑且不論四夷、諸蕃勢力的侵擾，光是每年在神州大地上所發生的各種天災禍事就夠他頭疼的。

光以去年來說，總共發生十四次大大小小的災難，其中水災、震災、雨災、旱災、飢荒都有，許多地方的底層百姓早已民不聊生，各地方上報的民情，記載木棉歉收、禾稻不登算是還過得去，更多奏摺是寫著：大荒，民食草根、樹皮及土。真的是吃土，為了求生存人類只能適應環境，據湖北崇陽縣傳來的消息：飢荒盛行之地，人可以吃土，聽說這土出自於山谷中，色白為綠，外裹黃壤，挖取碾碎如粉末，跟小米混合便可充飢。

有土可吃還算好的，四川省樂山縣所奏上來的民情更可憐，有些流民盜匪專綁良家婦女殺而烹之，這種行為完全喪失人性了。簡單地說底層社會的人倫秩序已經失控了，這是道光帝要面對的殘酷事實，然而他已經六十六歲，體虛氣弱、疾病纏身，身子骨是每況愈下，這日子對他來說似乎是要走到盡頭了，他還能怎麼辦呢？就留給子孫們去煩惱吧。

不過在距離京城千里之外的遙遠的南方，有一群人今年倒是翻了個大身子，終於可以過上好久不見的舒坦日子。

三月的潯州桂平縣，春暖花開，氣候相當宜人。桂平縣治下的鄉里鎮圩，最近陸續傳來不少好消息，首先是春耕需要的雨水下的很足，附近各地農民都開始進入農忙期。而今年的農忙跟往年感覺不太一樣，可以發現那在田裡工作的農民們都特別地賣力、特別地來勁。不明就裡的外鄉人經過，還會認為這些人是不是吃錯藥了，怎麼幹起活來這麼帶勁，又心情愉快。

細究其原因就在於桂平縣內約有萬畝原本是屬於高家的良田，今年開始發放給縣轄下貧窮佃戶來耕種，這些農民可能是幾代以來第一次擁有自己的耕田，能夠在屬於自己的耕田上勞作，是這些人一輩子的夢想，如今這個夢想竟然糊裡糊塗的實現了。

單純是木板上的一紙告示，通知原來屬於高家佃戶的農民，只要願意加入拜上帝會，每一戶人家中滿十五歲以上男丁都能夠取得三畝良田的所有權，每戶限額最多十五畝。而加入拜上帝會的農民，只需繳納每年田地產量的十分之一份額交給拜上帝會的聖庫即可，另外沒有種子與耕具的人，會由拜上帝會統一來提供。這等天上掉下來的好事，剛開始還令許多原本屬高家的租佃戶半信半疑，一直到有人先試探性地加入後，居然能夠從桂平縣衙領到官方發出的田契證明，這時候大家才相信是真的，真是上帝保佑。消息一出立時有約三、四百家佃戶加入拜上帝會，領到屬於自己的田地，並且全心投入展開全新的生活。

原本屬於高家的這些農民佃戶加入拜上帝會後，便按戶口編組，每二十五家設有一個禮拜堂，並且設立一名倆司馬負責管理。這位倆司馬要負責這二十五家信徒的信仰教育，並且於禮拜日主持敬拜上帝的儀式活動，其中包含相關教義真理的宣講。另外倆司馬還需要照顧這些教民的日常生活缺乏部分，排解信徒糾紛以及擔任教區與拜上帝會總壇之間的聯繫溝通管道。

至於那些因為宗教信仰不同或是其他因素不願意加入拜上帝會的原高家佃戶，則可依自己的意願選擇成為拜上帝會所屬教田的新佃戶，但是勞動條件則是遠優於隸屬高家時期，高家向來跟佃戶收取高達百分之八十的佃租，而選擇成為拜上帝會教田的佃戶，佃租則只需要負擔百分之五十以下。

清朝佃農的社會地位，其實僅比農奴稍好一點而已，當佃農取得耕作權後，還要根據其自身條件來談佃租，一般說來能夠自備耕牛、種子與農具的佃農，其佃租約在產量的百分之五十至六十；但是若由地主提供種子、耕牛與耕具的佃戶，其需要繳納的佃租會高達百分之八十以上。再者，除了地租之外，地主還會向佃農勒索各式各樣的附加稅收。比如說所謂「冬牲」，亦即冬天時向地主交納的雞豚牲畜。單是這一項附加，折價就可約達正租的百分之五，一項冬牲尚且如此，其他的附加租稅可以想見。

另外這些佃戶還要為地主提供各種勞役，既有生產勞役，也有家內勞役。也就是說地主與佃戶之間，常可以看到「議定以工抵租」的情況，真所謂「佃戶如奴僕，有事服役，不敢辭勞。」當中常見的勞役例如：負責看管地主的其他樹林竹木私產，協助婚喪喜慶的人工等，換言之就是將佃戶當作家僕使喚，甚至稍有不滿，就拳打腳踢、污辱責罰，待之如同奴僕一般。

除了佃戶之外，高家還有約百戶的佃僕，這群人是剷除高家後加入拜上帝會的主力，這些佃僕的地位比起佃戶更加的低微。

佃僕大抵都是一無所有的底層勞動者。這些人是所謂「種主田、住主屋、葬主山」的世襲奴僕，在佃僕關係一開始，就要向地主出具兩張文約：一張是佃種田畝、山場，交納地租數量的「租佃文約」；一張則是明確隸屬關係、保證子孫永遠服役的「應主文約」。

這些佃僕不但是「種主地、住主屋」，而且包括耕畜、農具、種籽以及口糧在內的全部「工本」，也要向地主告貸。其耕種田地、山場，要自負盈虧，但卻無權過問耕作的安排。山上種什麼樹，什麼時候砍伐；田地種什麼糧食，各種多少，都得聽地主指揮監督。佃僕在繳納地租之外，還得向地主服應各種勞役。地主家中遇有冠、婚、葬、祭，科貢選官，以及遷墳造宅，搭橋撐船，升旗豎匾，立碑建坊等大事，佃僕都要到場服役。至於日常巡更守夜，看家護院，撥路除草，作樂嚎喪等等，都要算是佃僕分內的差使。所謂「一有使喚，即赴聽用」以及「永遠應付，不得抗拒」。

所以佃僕基本上沒有獨立的人格，地主可以把佃僕一家隨同土地、房屋出賣給任何人。佃僕可以把自己的兒女典當給東家，作為借款之抵押。他沒有人身自由，只能居住在地主規定的地方，不能私自遷居。佃僕的兒子，不能過房，不能賣與他姓。佃僕的女兒，在向地主交納若干銀兩，得到地主允許以前，是不能出嫁的。甚至他死了以後，他的妻子只能招贅夫婿來家，不能改嫁外出。總之，妻子兒女都不能自由脫離佃僕家庭，基本上以當時法律來看，這些佃僕幾乎等同奴僕的身分，而地主就是他的主人。

所以當這百戶計約四、五百人的佃僕得知自己不但可以恢復自由身分，並且擁有屬於自己的耕田時，幾乎所有人都爭先恐後地加入拜上帝會，因為即使最終被糊弄拐騙，條件不如宣傳說的好，但是再怎麼差，也遠強過當一個佃僕的生活。

這些佃農、佃僕們甚至桂平縣許多鄉親都在詢問到底發生什麼事情？拜上帝會這個宗教組織憑什麼改變這幾百戶約上千名基層百姓的人生？

關鍵是在四個月前發生於紫水南岸那一場總計數千人參與，雙方打得屍橫遍野、血流成河的土、客之戰。

紫水一戰徹底改變了桂平縣的權力結構，所謂土人代表，也就是在桂平本地紮根幾十代三百多年的高家，一夕之間土崩瓦解，整個家族頃刻就灰飛煙滅。而那場戰役的勝利者自然是石家莊與拜上帝會。說也奇怪，在大戰結束後的隔日，原桂平知縣王烈全家十餘口誤食有毒野菇身亡，同一天張縣丞則是走在官道上被無人駕駛的馬車給撞死，潯州知府先命黃主簿暫代知縣權責，後來派了一名叫邱國杜的新知縣來履新就任。

這位邱知縣一上任便以查無實據為由，將關押在縣牢內大半年的馮雲山放出來，並且還宣布馮老師長期教化人心有功，特頒匾額予以褒揚。縣衙並且公告朝廷早已解除傳教禁令，拜上帝會在桂平傳教是於法有據，使得拜上帝會在潯州桂平一地，鹹魚翻身，從原本是人人喊打聚眾謀反的教匪叛黨，轉瞬間變成為撫慰人心、安頓民情有功的公益團體。

拜上帝會的命運與聲勢能在短短數月之間有如此大的翻轉，馮雲山知道這大部分是要歸功於現在跪在蕭朝貴面前的楊秀清。

奇怪嗎？楊秀清犯了什麼錯竟然要跪在蕭朝貴面前，然而不只是楊秀清，就連洪秀全、馮雲山以及數十名拜上帝會的核心幹部，現在也都跪在蕭朝貴面前，這是為何？

因為今日的蕭朝貴不是以往的蕭朝貴，而是代表天兄耶穌下凡來到拜上帝會的總壇，正對著教內核心幹部發表訓詞。馮雲山跪在蕭朝貴面前，心裡有點掙扎，因為前些日子，當教主洪秀全對他提起說要讓天兄耶穌下凡時，他還極力反對這個想法。他對洪秀全說：「天兄耶穌下凡既然不是真的，我們這麼做可能會惹怒上帝。」但是洪秀全卻安慰他說：「不怕，我乃是天父的次子，天父上帝不會責罰我的。」

那時洪秀全用幾近哭泣的語氣懇求說：「雲山，我的好兄弟啊，你不知道，在你坐牢的這半年，我是多麼的辛苦委屈啊，原本我魂遊相外，要去請天兵天將來救你，但是天兵天將還未請到，整個拜上帝會就被楊秀清以天父下凡這一招給奪去了實權。楊秀清還對外宣稱我去找兩廣總督求救兵，害得我想要出來跟大家見面也不行，只好將錯就錯，繼續躲在總壇裡面，看著楊秀清一個人獨攬大權、發號司令。」

「如今，感恩天父上帝保佑，讓雲山兄弟重新回到我身邊來，這就表示天父要你襄助我重新掌權。因此，為今之計就是讓天兄耶穌也下凡來，方可制約楊秀清假借天父下凡的權威，雖然這並非是真的天兄下凡，但說到底這也是天兄曾在我夢裡，跟我提點過的法子，你就尚且事急從權吧。」

聽到最後兩句，馮雲山心裡不禁起了一陣厭惡感，心想眼前這人當真是天父上帝的次子嗎？怎麼會連這種話都說得出口。雖然他和洪秀全情同兄弟，一起到廣西來傳教，可是最近他總覺得洪秀全不像以前的他了，還是到了現在他才真正認識這個人？此人雖貴為天父上帝的次子，但是遇到緊急危難之時卻沒有任何魄力與擔當；如今化險為夷後，對他而言最重要的事情卻是趕緊找回失去的權力，這副貪婪的臉孔讓馮雲山心中生出不屑感，他對自己竟然會對洪秀全有這種感覺感到吃驚，馮雲山連忙將心中的念頭給除去，因為他知道這種想法會替拜上帝會帶來災難。

最後馮雲山看著洪秀全期盼的臉龐，嘆了口氣說：「好吧，有關天父與天兄下凡之事，以後我不管了，也不是我可以理解的範疇。不過我是不會去假扮天兄下凡的，請另尋高明，教主想怎麼做就怎麼做吧。只是除了天兄下凡外，有關其他教義真理之事，還祈望教主切勿隨意更動，務必本於聖書的宗旨，合乎天父上帝的真理來進行教導才是。」

馮雲山終於做出了妥協，洪秀全清楚這已經是馮的底線了，於是也不再勉強為難，他忙道：「當然、當然，只要將本教的主導權奪回來，這些教義真理教導之事，自然由你主持，我豈會不放心。」

由於馮雲山不肯假扮天兄下凡，洪秀全於是找上了蕭朝貴商量，畢竟他是除了馮雲山以外，目前教中具有份量而且讓洪秀全信得過的人選。

終於一場天兄附身在蕭朝貴身上的下凡大戲，就在洪秀全精心策畫下粉墨登場。這場合是特別挑選出來的集會時機，出席的人士剛好聚集了目前拜上帝會的核心幹部群，以洪秀全為首，各旅帥以及其他數十名重要幹部都在現場，蒙天佑當然也不例外。

當蒙天佑看見蕭朝貴上演天兄附身時，心裡還嘀咕說怎麼天兄早不下凡、晚不下凡，偏偏要選在這個時間來。

先前楊秀清的天父下凡，天佑還可以理解是為要穩住當時本教的人心，或許天父上帝真的要透過楊秀清來拯救大夥也說不定。但是今日天兄下凡到蕭朝貴身上就不知所為何來了？

馮老師都平安歸來了還要下什麼凡？但當天佑看見馮雲山與洪秀全都跟著跪在蕭朝貴面前時，他別無選擇，只能無奈接受，因為連教主和馮老師都認可這個天兄下凡，其他人還有什麼好反駁的。

等到蕭朝貴扮演的天兄對大夥展開一番訓示後，充滿疑惑的他，就漸漸清楚明白葫蘆裡是賣什麼玩意了。天兄的訓誨長篇大論，但基本的重點在說，這一次馮雲山被俘虜關入大牢乃是天父賜給眾人的考驗，至於大家能夠平安通過此次考驗，主要歸功於教主洪秀全魂遊相外，在天上為眾信徒祈福，再加上楊秀清在地上領導教徒掃除高家妖孽的結果。

因此，天兄特地下凡來傳旨，再一次強調教主洪秀全是天父次子，是天弟，更是天父與天兄在地上人間國度的代表人，列位信徒都要好生聽從教主的領導，共同為天下的黎民百姓斬妖除魔、替天行道。最後還強調一點，今後天父只會透過楊秀清下凡，天兄就只會透過蕭朝貴下凡，除此二人外，別無他人，上帝子民千萬不可被其他不相干的邪魔外道之人所迷惑。

一場下凡大戲演完，現場眾人都了然於心，所謂天兄下凡到底是真、是假無需再做爭辯。整件事情的重點只在於確認一件事，就是拜上帝會的神主牌還是教主洪秀全，楊秀清雖然此次替本教立了大功，但是有再大的功勞還是只能排在洪秀全之後，因為他是天父的次子，這個身分透過蕭朝貴的天兄下凡，從他口中再一次確認，誰也不要癡心妄想圖謀篡位。

再者是欽定天父下凡於楊秀清、天兄下凡於蕭朝貴是兩人的專屬特權，其他人別來搗亂，避免爾後不斷有人假借天父、天兄附身下凡之事來混淆視聽、造成困擾。

利用蕭朝貴來制衡楊秀清的權力是目前洪秀全可以做的最好安排，雖然一開始他希望能由馮雲山扮演天兄代言人的角色，無奈馮雲山怎樣也不願意屈從於他，所以才找上了蕭朝貴。後來洪發現蕭朝貴或許比起馮雲山更加適合，一來他跟楊秀清是相同燒炭工出身的老兄弟，楊多少會給蕭一點面子。再者，蕭朝貴現下已經完全臣服於洪瑄嬌的石榴裙下，為了能夠如願娶得美人歸，他自是對洪秀全言聽計從，如今再透過交付天兄下凡的任務讓洪、蕭兩人之間的關係更加緊密，對於洪秀全擴大自己的影響力產生更大助益。

天兄下凡的一齣大戲過後，洪秀全領了聖旨，再一次率領拜上帝會的核心幹部宣示斬妖除魔、替天行道，為普世萬民打造一個安居樂業、均富太平的地上天國。

接著上場的就是封官大戲，洪秀全趁勢宣布楊秀清在剷除高家勢力與營救馮雲山的事上立了貳功，因為首功已經歸給洪秀全自己。晉升楊為拜上帝會第一師帥，統領五旅，由北山軍營編制內逕行改編；馮雲山為第二師帥，統領原屬人馬逕行改編，並兼本教總舵長史，管理教內政務；最後蕭朝貴也升為第三師帥，先封虛銜，人馬不足部分，於後續新加入本教的信徒中補齊後，再行實授。

在權力布局上，楊、馮、蕭三人都向上提升一級，官階不是重點，關鍵在於所掌管的兵力人數擴大。雖然均由原本所轄的人馬下去擴編，但是這代表總舵必須從聖庫撥付相對等的糧草兵餉出來。楊秀清的北山軍營原本所招募的信徒就達一千多人，這次紫水一戰大捷後聲勢高漲，加入其麾下的教眾很快突破二千，因此要組建一支五個旅，二千五百人的教軍不是問題。

至於馮雲山那邊原來李秀成和陳作容就是率領兩個旅的人馬，另外天佑的玄甲騎屬於騎兵，紫水戰役後也補滿五百人，其中戰馬數達三百匹，是拜上帝會目前戰力最強的一旅，另外再招募新人手組建剩餘的兩個旅也不是難事。至於擔任總舵長史只是讓馮雲山原本的角色有個名分，一直以來馮雲山都是拜上帝會教務運作的操盤手，只是在他被抓坐牢的這段時間，由楊秀清取代他的位置發號司令，穩住了軍心。

如今馮雲山回來了，把政務的指揮權還給他乃是理所當然，其實馮雲山回來之後也斷然明快地將許多權力重新掌握，並開始推動相關政策，例如這次戰役後將原本屬於高家的農田發放給加入本教的佃戶農家，就是出自於馮雲山的計策，果然立刻為拜上帝會爭取到大批民心歸附，迅速增加了上千名的教徒。論到治教理政、疏通民瘼、攏絡民心的工作，馮雲山的確不愧是拜上帝會第一人。

而蕭朝貴這個師帥相較之下就顯得有名無實點，因為扣除掉楊、馮兩人的勢力以外，其他所剩餘之教兵能勉強再拼湊出一個旅五百人馬就已經算是好的了，但是基於蕭朝貴他取得天兄代言人的角色，在拜上帝會內的發言份量與日俱增，升任師帥一職亦不會有旁人說話。

如此縝密細心的權力布局在洪秀全與馮雲山這一方的人來看，算是滿意。

但是對楊秀清那一方的人而言，肯定是個個咬牙切齒、罵聲四起。楊系的將領一行人隨楊秀清回到北山軍營的大廳，眾人立刻失望與不滿地你一言我一語紛紛開罵，但是楊秀清本人卻是波瀾不興，相當平靜。

楊秀清的頭號義弟小七楊輔清第一個跳出來打抱不平說：「什麼玩意啊，現在這片局面可是大哥您辛苦打下來的，他洪秀全可是一點力也沒出，怎麼馮雲山一回來，一切就好像要物歸原主似的奉送給他們。」

楊秀清一聽馬上伸手朝楊輔清的後腦勺用力打了下去罵道：「放肆，怎可直呼教主名諱，自個兒掌嘴。」

楊輔清這時也意識到自己剛才話說得太快，馬上就朝自己的嘴巴拍了幾下說：「口不擇言，小的該死、小的該死。」

楊秀清招呼諸位頭領一塊坐下，當中包括胡以晃、何振才等都是楊秀清這些日子一手拉拔起來的核心幹部，實打實的自己人，然而在眾人面前他依然要維持一定的紀律與形象。

楊秀清向眾人表示說：「這天兄下凡所吩咐的聖旨，其實正合我意。我相信本教在天父皇上帝的保佑下就要一飛沖天、青雲直上了。我教中人要以打造出一個讓黎民百姓人人安居樂業的新天地為己任。」

胡以晃自從加入拜上帝會以來都在楊秀清的帳下，與總壇那邊聯繫不多，所以對於馮雲山沒什麼特別情感，對天兄下凡也沒有意見，畢竟天父也附身在楊秀清身上。只不過這次能一舉剷除桂平高家的勢力，全教上下都知道是楊秀清的功勞，因此他還是對於教主的安排頗有微詞地說：「楊帥您為本教大業不辭辛勞，並且絲毫無半點私心，這等胸襟實在令人萬分欽佩。只是今個兒本教能在桂平縣站穩腳跟、嶄露頭角，全是靠楊帥運籌帷幄，屢出奇計所致。但卻只是封了個師帥，其他的權力一概收回，這未免太讓人心寒了。」

楊秀清擺一擺手回道：「胡兄弟千萬不可做此想法，馮長史這次能夠歷劫平安歸來，實乃我教之萬幸。話說治理教務的事情千絲萬縷、盤根錯節，這事非馮長史不可為，也是我拚了命想盡辦法要救回馮長史的原因。今日我受封為本教第一師帥，軍務乃為我專精擅長，豈不剛好正合我意。」

環視一下眾人後楊接著說：「我明白各位兄弟的好意，但是諸位，如今我教才剛剛在桂平縣小有局面，尚在等待時機一飛沖天，此刻最需要的是眾人同心協力，切莫為了一些小小的權力之爭而壞了未來的天國大業。」

眾人聽完楊秀清的一席話，莫不拱手向楊秀清一揖行禮致敬，紛紛稱讚楊的度量大器，並表示要以楊的一席話來自我勉勵，表明願意與楊同舟共濟、生死與共的決心。

眾人陸續散去後，楊再把小七楊輔清留下交代事情，只剩下兩人在場時，楊秀清貼心地說：「小七啊，下次切記，千萬不可在眾人面前說那樣的話，畢竟教主是本教的門面，這尊卑上下之分還是要有的。」

楊輔清一聽楊秀清叫他小名，就覺得格外親切，明白楊秀清並不是真的生氣，一溜煙地跑到楊的身邊說：「大哥，我是為您打抱不平，這馮雲山可是您千辛萬苦、用盡手段才把他從縣牢裡營救出來，關教主什麼事？現在倒好，坐在轎上的是他，您卻在轎下拼命使勁地抬，這划算嗎？」

楊秀清苦笑的用食指輕敲了小七額頭說：「你跟我這麼久了，還這麼不長進，我看啊真該要把你送去研經院好好讀一下聖書。」

楊輔清一聽馬上說：「千萬不要啊，大哥。我寧願在軍營裡做牛做馬，也不想去研經院每天讀聖書、學寫字。」

楊秀清語重心長的說：「小七，我們做大事不要看短不看長，想要建立天國大業，絕非幾個山野莽夫可成之事。在我眼中馮雲山的重要性甚至遠勝於教主。」

楊秀清所說的研經院是馮雲山從大牢回來後所提議設立的新機構，馮雲山決定把拜上帝會的信仰教育更加組織化與系統化，而這個制度就是馮待在縣牢裡幾個月的心血結晶。

原本拜上帝會的規定是每二十五家信徒為一單位，設一個禮拜堂，並派一名倆司馬來負責管理宗教敬拜的事務。但是由於倆司馬的信仰程度及對真理的認識參差不齊，在信徒人數不斷增加的情況下，整體的信徒信仰狀況一直令馮雲山十分擔憂。剛好在牢中閒閒無事，他殫智竭慮後構思於總舵設立研經院的點子。每一位負責民戶的倆司馬都必須定期至研經院進行聖書經文的研讀，透過這樣的方式來培育負責基層信徒的宗教信仰教師，再透過這些宗教教師來教育全體信眾，鞏固拜上帝會信徒對教義真理的認識與學習，不至於走偏。

藉由研經院制度的建立，自此以後加入拜上帝會信徒的純正信仰觀念、態度以及知識都逐漸建立起來，減少許多混水摸魚之徒潛伏於教內。

接下來馮雲山再將每一百家民戶的信眾編入「卒」的軍事單位，由卒長進行監督管理，亦就是說每位卒長要負責管理一百家民戶，這樣一來能將軍、民融合成一體，原則上是以軍管民的方式進行信徒管理。

此外，馮雲山還規定卒長、旅帥階級以上的幹部，必須於每七天的一次聖日輪流至轄管的各個禮拜堂講經，宣揚上帝天國的信仰理念，加強各級幹部與平常信徒之間的聯繫。而每七天舉行一次聚會禮拜儀式則是依照聖書中的規定所制訂的聖安息日禮拜。

馮雲山還參考西洋曆，改革中國民間傳統農曆，制定出一套新的曆法，稱做《天曆》預備推行。凡此種種皆是馮雲山回來後推動的各項教務改造措施，這讓楊秀清明白一件事，拜上帝會想要壯大，馮雲山絕對是不可或缺之人，所以現階段他並不吝嗇與馮雲山分享教內的權力。

楊秀清拿起桌上的茶杯來，緩緩地將香氣四溢的溫茶送入口中。這是產於廣西梧州的六堡茶，產地在潯江、桂江以及紅水河兩岸的山區，屬於黑茶類。此茶素以「紅、濃、陳、醇」四絕著稱，其外型呈現色澤黑褐、湯色紅濃明亮、滋味醇厚、爽口、回甘、香氣陳醇，算是極高檔的貨品，在尋常百姓家並不常見，如今卻是楊秀清大廳中常備之物。

他不禁意氣煥發地說：「小七，我教在桂平縣現下可以說是呼風喚雨、稱雄一方，但是千萬不可以此自滿，我們費盡心機才讓潯州知府接受拜上帝會來取代原本高家在桂平的勢力，但是不表示這些朝廷狗官們就會永遠支持我們，把握時機壯大自己才是最要緊的。」

楊輔清正色說：「大哥深謀遠慮、謀定後動，我一定做大哥的馬前卒，為大哥掃除前面的任何障礙。」

楊秀清笑道：「你是我最信任的兄弟，我現在要交付你一個極重要任務，你一定要誓死達成。」

楊輔清雙手抱拳說：「大哥請講，小七萬死不辭。」

楊秀清拍了拍小七的肩膀說了一聲好，然後將他籌畫已久的「天眼司」方案告訴小七。楊秀清之前就曾經叫小七從教徒中吸收一些聰明伶俐且信仰純正的優秀青年，並且一律認他們為義弟組成楊氏宗親團，這群人就成為楊秀清的鐵桿助手。楊秀清將他們分派至麾下教兵的基層隊伍中，成為他的耳目，讓楊能夠透過這群人，掌握部隊裡的一舉一動。而楊秀清在與高家的鬥爭中發現，戰場上能否快速又正確掌握情報消息是勝負的關鍵所在，因此決定讓小七以宗親團為班底，成立一個名為「天眼司」的機構。專門負責情報打探蒐集的工作，簡單的說就是擔任間諜與細作。

不過楊秀清又將情報工作分成對內與對外，對外目前是以官府衙門以及各家豪族為監視目標，至於對內則是除了北山軍營的人馬外，還特別將總舵與幾名旅帥都納入名單中。這個天眼司等於是楊自己私設的機構，目前他並非要利用天眼司來打擊總舵，不過掌握眾人的消息動態，對他來說是有備無患。而且他認為以馮雲山的聰明才智，必然也會有類似相對應的手段及布置。這等至關重要的情報收集工作，目前只能交給他最信任的小七來負責。

楊輔清恭敬的領命說：「大哥您放心，這天眼司的籌備工作就交給我來辦，我一定讓天眼司成為大哥的耳目，教內與潯州上下所有消息都逃不出大哥的手掌心。」

除了建置情報單位天眼司之外，楊接下來要忙著進行人馬的擴編及訓練，目前北山軍營約有一千餘人的兵力，他必須在半年內把人數補足至五個旅，二千五百人，成為貨真價實的一個師兵力。楊秀清明白在不久的將來，拜上帝會就要猛虎下山、蛟龍出海，到那時候最重要的成敗因素就是手上有多少兵馬，而且是強兵，有兵權就有說話權，因此現下他得要抓緊時間打造出一支強軍，是屬於他楊秀清自己的家底，成為他將來爭雄天下的本錢。

✢✢✢

紫水南岸一戰同樣改變了石家莊的命運，虎口下逃生的石達開沒有閒著，在石家莊內與重要幹部討論石家未來的方向。

四叔石進是個四十歲左右的老成漢子，他知道莊主石達開的顧慮是什麼？於是開口先說道：「莊主啊，這次多虧拜上帝會的人出手相救，才讓我們石家莊免於家破人亡的慘境，這一點全莊上下的石家人毫無疑問是感恩在心的。如果莊主決定投效拜上帝會，我會第一個跟隨莊主，相信全莊上下也不會有二心。」

石家莊是客家人組成的宗親團體，客家人在四處流浪的過程中養成非常濃厚的宗族意識，只要是宗族領袖決定要做的事情，幾乎是全族一致跟隨，這是因為脫離宗族的客家人幾乎無法依靠個人力量單獨在異地生存，失去宗族蔭庇的客家人等於喪失親友以及所有資源，而當地土人則會趁機欺凌這些沒有宗族保護的客家人。

石達開道：「四叔，族人同心的支持讓我相當感動，只是幾位長老們對於改變信仰一事還有疑慮……。」

沒等到石達開說完，石進搶著插話說：「那些老骨頭愛怎麼說由他們去說，別太在意，反正現在你是莊主，他們也無處可去，最後還是得跟著你。至於信什麼宗教對我來講都是一樣，只要別禁止我祭拜祖先就好。」

這時石達開的堂哥石祥禎向石進解釋說：「這些日子來我跟著莊主研讀拜上帝教的教義內容，根據阿桐小姐的解說，拜上帝教絕對不是背祖忘宗，而是認為列祖列宗都是應該要尊敬的，而且一定要追本溯源到最早的哪一位祖先，而最早那一位祖先又是誰所創造的呢？創造第一位祖先的真神，才是我們要真正要敬拜的對象。」

管事石雨讀聽到後也加入討論：「那麼這位創造第一位祖先的神，是不是就是拜上帝會所敬拜的神明呢？跟道教的玉皇大帝、佛教的如來佛、觀世音、白蓮教的彌勒佛、無生老母等眾神是不是一樣？只是名稱不同而已？」

石雨讀最近同樣開始跟著石達開研讀起拜上帝會的聖書，他對於信仰真理的追求頗為熱誠，只是對於一些關鍵問題還不明白，尚處於混沌疑惑之中。

掌櫃石向前見大家你一言、我一語的熱烈討論起來，不禁心頭一熱也提出自已的想法：「依我看，應該都一樣，只是各地方、各教派給的名稱不同，這位上帝就是創造萬物的神，而如果教義都是勸人為善、追求正義與真理，那麼信什麼教，拜哪一尊神，不也都是相同嗎？」這名掌櫃顯然支持莊主選擇加入拜上帝會。

石達開眼見眾人熱烈的發表對信仰的意見，笑著說：「看來大家都對信仰的話題非常有興趣，這是好事。就我個人而言，我不會糊里糊塗去信仰一個宗教或是神明，我一定要搞清楚狀況後才能加入。而我跟馮老師與阿桐小姐一起研讀聖書經文大約有一年多了，其實在高家事件發生之前，我個人已經決定要相信這個上帝了。」

石達開拿起早上在外院所摘下的映山紅放在桌上，請大家看一看這花長得如何？

映山紅是中原南部名花，盛開於春天，開紅色、粉色或白色等顏色，型態為闊漏斗形，當花開一片時，有如綠中彩裙，鮮豔奪人。眾人看了當然是一片稱讚叫好聲，石達開於是接著問眾人說：「那麼請問這麼美麗的花，從何而來？」

石雨讀答說：「常人道這美物只應天上有。」

石達開說：「是的，所以我確定這天地之間必然有一個主宰，這主宰就是創造萬物的神，唯獨這個創造主，才能夠創造設計出如此美麗的花朵，我們凡夫俗子是辦不到。那麼，至於哪一個主宰是真正的創造主？怎麼判斷呢？」

眾人都屏息以待，等待石達開的答案。

「老實說，我沒有什麼一定的答案，只是在某個時候，我好像感受到這位上帝在跟我說話，感受到祂愛我，而當我開始向祂禱告以後，這些禱告都有獲得回應，這是第一個回應我的神，我的想法很單純，既然我向上帝祈求時，祂回應我，那麼我就決定相信祂，願意跟隨祂，成為祂的子民。」

石達開眼神堅決的說：「故從今爾後，我立志要跟隨上帝，為天下萬民打造出一個沒有恃強凌弱、只有公平正義的大同世界。」

眾人聽到石達開的慷慨陳詞，心裡頭跟著熱血起來，於是眾人皆說：「好，信上帝，一起打造公義世界。」

誰也沒想到，今日在場眾人的隨口附和，數年之後居然有實現的一天。

在這名受到上帝呼召感動後挺身而出的雄奇青年率領下，幾年之後在安徽省一帶數百萬平方里的土地上，建立起一個新家園，這個安徽省是在太平天國時期，少數遵守上帝信仰真理，以公平正義原則來治理百姓的天國轄區。

據說石達開治理安徽時期，從登記戶口休養生息開始、重視選拔官吏、恢復治安、賑濟貧困、整肅軍紀、使士農工商各安其業，成為太平天國史上有名的安徽之治。

✝✝✝

另一個因紫水一戰而改變的人是天佑的父親，蒙飛。

蒙飛靜靜的觀察天佑這個孩子，心想這一年多下來他真的長大不少，雖然臉上不脫稚氣，但是身形抽高，肌肉也更加結實。

最明顯的改變是眼神，現今的天佑的眼神深邃銳利，在那黑色瞳孔的深處散發出一股智慧內蘊的亮光。蒙飛一時還無法理解，這些日子來這個孩子到底經歷了那些事情，怎麼好似變了一個人的樣子。

蒙飛走到天佑的身旁，摸了摸他的頭與肩膀，眼光流露出對於一個長大成才兒子的讚賞。天佑對於父親突如而來的舉動感覺有點意外，但是他並沒有迴避，而是去感受父親那隻滿佈風霜的手掌與手勁，他轉頭看著父親，沒說什麼話，然而眼神中透露出的訊息是：「爹，您放心，我長大了。」

父子倆彼此間心有靈犀，並不需要過多的言語表達，蒙飛最後用力拍了天佑的肩膀說：「小子，身子骨強健了不少。」

「最近天天帶著兄弟們出操鍛練，肌肉當然又強壯一些了。」天佑回道。

經過與高家這一戰，蒙天佑在拜上帝會的身分自然而然浮出了檯面。老實說在這之前，蒙飛就清楚天佑跟著陳作容加入拜上帝會，但當時希望天佑只是一時興起，他還期待日子一久熱度減低之後，天佑就會放棄拜上帝會，回到家裡。

沒想到事情的演變完全出乎蒙飛的預料，天佑非但沒有離開拜上帝會，反而一躍成為統領該教戰力最強大的騎兵隊「玄甲騎」的旅帥，如今其麾下共有三百名騎兵與二百名戰兵，相較於朝廷官軍綠營的編制已經是游擊、都司甚至於參將的等級，是正四品以上的武官。

蒙飛年輕時投身軍旅的夢想，想不到居然能在天佑的身上獲得實現。雖然這並非正式官軍的職銜，但是，誰也說不準哪一天拜上帝會的教兵會不會取代清軍成為正式官軍。然而在經過紫水一役之後，連蒙飛也不敢斷定。

蒙飛經由天佑的解說敘述，得知在剷除高家勢力的戰鬥過程中，拜上帝會所顯露出令人驚艷而高明的政治與軍事手段。

就軍事部分來說，以往大型的土客族群武裝鬥爭不是沒有發生過，其中參與人數甚至有達上萬人之譜。但這次就天佑所描述的過程內容來看，拜上帝會的操盤者顯然是個高手，而這位高手最厲害之處在於洞悉人性與先發制人。

楊秀清趕在陳開與李文茂等人率領的天地會白蓮教人馬要偷襲北山軍營之前，先包圍他們，然後用優勢兵力脅迫他們談判。楊秀清先說之以理，告知陳開等人高家只是設局要將天地會拖下水，利用他們當替死鬼，並非真心與他們結盟；接著誘之以利的允諾陳開與李文茂，只要他們願意退兵，接下來不必出動一兵一卒，完全由拜上帝會人馬自己處理，另外將來他們若要起兵反清時，拜上帝會也會助其一臂之力。

當時處於前後被包圍的情況下，陳開與李文茂其實沒有太多選擇，如果與拜上帝會硬拚，就算拖住北山軍營的人馬，使其無法前往支援紫水南岸的石達開，但是自己所帶來的天地會與白蓮教部隊肯定會損失慘重，老實說，這樣的結果只是便宜高家而已。而損傷慘重的陳開與李文茂再無任何籌碼去跟高家談判，說不定，會真如拜上帝會所說，成為替死的棄子而已。

想通這一點以後，他們倆人便很快速地跟楊秀清達成協議，天地會所帶的人馬原封不動回轉開往梧州準備退回廣東，只剩陳開與李文茂兩人與假扮成天地會人馬的北山軍營教兵，一同前往紫水南岸支援石達開。

這場軍事鬥爭的過程讓蒙飛嘖嘖稱奇，他心裡對於楊秀清在戰場上的謀略與佈局十分欽佩，這個人雖然是出身不起眼的燒炭工，卻能將戰場上的敵我形勢看得如此透徹，真是一名奇才。

倘若拜上帝會裡都是這等厲害的角色人物，未來或許真的大有可為也說不定。眼前天佑已經和拜上帝會這條船綁在一起，雖然蒙飛心裡仍然不希望天佑走上這一條不歸路。

蒙飛清楚拜上帝會絕對不是單純的一個宗教組織而已，所謂「天下人田，天下人同耕」的改革口號當然是衝著現在的利益當權者而來，而建立「地上天國」更是等於要起兵造反。這可不是鬧著玩的，圖謀叛逆被捉到可不單單是砍頭，而是凌遲致死，並且要抄家滅族的。

雖然說現今的朝廷積弱不振，但也是屹立中原兩百餘年的龐大帝國政權。細數距今為止大規模的民變，除了苗民起義之外，就是川楚教亂和癸酉之變。這兩起發生在三十幾年前的人民叛亂恰好均是宗教團體發起，一是白蓮教、一為天理教。這些宗教人士的行為稱謀反也好，叫起義也罷，都不重要。重要的是結果，而結果就是大清皇朝依舊屹立不搖，姓愛新覺羅的人照樣當皇帝，而那些參與起事的英雄豪傑則是死的死、逃的逃，滿門抄斬、禍延子孫。

想到這裡蒙飛的心情不禁沉重起來，但是當他看見天佑臉上陽光般的笑容時，不禁又想，這以前是以前，現在是現在，以前不成功，未必代表將來就不會成功，而且清廷這三、四十年下來，吏治越來越腐敗，社會越來越動盪，因此才會搞得各地民變四起、叛亂不止。

此刻在兩廣地界除了重要的省會縣治與繁榮大城外，不管是天地會或是地方豪強都不斷擴張自己的勢力範圍，官府袖手旁觀、束手無策，宛如亂世一樣景象。看來清朝的國祚快要走到盡頭了，說不定這一次真的會成功，那麼天佑或許有機會為自己、甚至為整個家族闖出一片天地，蒙飛這時候做了一件他從來沒有做過的事情：他對著上帝默默地禱告起來。

突然間「開國功勳」這四個字出現在蒙飛腦海中，蒙飛年輕時也曾經夢想過藉由馬上功名來為自己以及家族換取一身榮耀。無奈他投身軍旅時，清朝已經日薄西山、風中殘燭了，綠營軍隊毫無鬥志與士氣，只是被高官將領們當成牟取個人私利的工具，如此軍隊又怎能保家衛國呢？他更難以在其中安身立命、謀求發展。想到這裡，早已消失的小小願望再一次於蒙飛的心頭悄然升起。

蒙飛知道自己目前能夠給天佑的幫助，就是將自己從前在綠營馬隊所知所學的一切都悉數傳授給天佑。畢竟在戰場上，騎兵部隊是重要的戰術兵種，擁有一支強大的騎兵幾乎是每個王朝建軍時最大的冀望。翻閱整個中原朝代歷史，向來是北強南弱，原因就在於北方產馬，容易建立訓練有素及數量龐大的騎兵部隊。

清朝原是禁止民間養馬，由中央政府在東北、內蒙古和西北的青海、甘肅、新疆等適宜牧放的省份興辦多處官方牧場，同時設立馬政管理的專責機構——專管軍方牧場的太僕寺與專管皇家牧場的上駟院。

但是嘉慶以後清朝進入多事之秋，國力逐漸日衰，各地牧場的堂官不再按制度親臨牧場進行監督，也不向兵部彙報盈虧情況，更遑論考核賞罰。馬政逐漸廢弛，各級官吏盜賣馬匹，貪墨成風。接著對於民間富戶豪強早已無約束能力，豪門大族開始有畜養馬匹的情況，但是由於良馬難尋，平常大戶圈養十幾匹馬兒已是相當大的數量。除了西北馬賊外，拜上帝會的玄甲騎能夠偷偷訓練出百匹以上的騎兵部隊實屬難得，無怪乎一出場就發揮極大的震懾力量，高家軍也就是敗在玄甲騎從背後突襲的致命一擊，全軍潰散。

如今玄甲騎擴編達三百騎，所需要馬匹數量更是龐大，於是蒙飛帶著天佑去綠營官方牧馬場找了幾名優秀的飼馬伕，並假借外地富戶的名義，在桂平縣城外東南六十里處設立私人養馬場，為玄甲騎蓄養馬匹。能夠有實力開設私人牧場，代表拜上帝會在桂平縣內已經完全取代過去高家的勢力，甚至有過之而無不及。

蒙飛把握時間將自己過去在綠營馬隊所習得的騎兵戰術與訓練方式傳授給天佑，在教導的過程中蒙飛發現天佑極具天分，基本的馬兵訓練技巧天佑早已精通，如今再加上他所教導戰場上運用的正統騎兵戰術，例如迂迴包抄、敗退誘敵、兩翼夾擊、圍三闕一、箭雨打擊、開口戰術等，使得蒙天佑的騎兵指揮能力向上提升好幾級。而兵隨將轉，透過天佑的領導統御也同樣將整個玄甲騎的戰力向上提升不止一階。

蒙飛同時傳授現今綠營的軍事訓練方式與作戰形態，綠營是以步兵為主的軍隊，而且步兵之中有過半之數是鳥銃兵與抬槍兵，都是以使用火器的攻擊為主的兵種。綠營編制少量的騎兵通常作為發動奇襲、擴大戰果、清理戰場，或是衝鋒威嚇之用。

在清軍之中多數的騎兵部隊乃由八旗軍所統轄，都是由滿人所掌控。雖然滿人入關已經兩百年，八旗子弟早就腐朽不堪，但是清廷依然將八旗騎兵視為是自己傳家的家底老本，必須保持著一定的戰鬥力量。

如何將有限的騎兵戰力在各種戰場環境中發揮最大效用，就成為蒙飛父子倆近來常常討論的話題。

父子倆人望著牧場馬伕，正在餵食最近剛從四川引進的藏馬，蒙飛對天佑說：「天佑啊，騎兵雖然擁有速度以及機動性，但是如今的戰場致勝關鍵是什麼，你知道嗎？」

「是什麼？阿爹。」

「關鍵有很多，但其中之一是兵器。」

「你看這幾年前的鴉片戰爭，英吉利國先後出動軍艦二十八艘，各種船隻約八十艘，兵員不過約一萬餘人。這等規模的軍隊，竟能將擁有八十萬綠營軍隊的大清朝給一舉擊敗。這一戰大清輸的不冤，兵敗如山倒的原因相當多，士氣與民心都是關鍵，但其中有一點絕對是不可忽略的，那便是武器的優劣。兩國交戰時使用的各式火槍、大砲自本朝開國之初就是戰場上的利器，然而經過與英吉利國一戰之後，我們才猛然發現這些洋人的兵器技術早已經超越大清太多、太多了。」

天佑對於鴉片戰爭的認識多是來自於父親的描述說明，他理解這場戰爭把清廷的最後尊嚴給打掉了。清朝夜郎自大，閉關自守，常以天朝大國自詡，視外國為蠻夷之邦，對國外的先進思想和科學技術，往往當作邪說、淫技之流而拒絕接觸與學習。

清朝政府不僅沒有專門研究外國的機構，而且反對任何人這樣做，因而對外國列強的經濟實力和軍隊科技情形毫無所悉。一直要到道光十九年（公元1839年）林則徐在虎門銷毀鴉片菸後，英國政府決定調集軍隊，發動戰爭前夕，清廷竟然毫無警覺，及至英軍封鎖珠江口，侵占定海，兵臨大沽，對其侵略與作戰的意圖還茫然無知，最後終於土崩瓦解、一敗塗地。英軍直逼南京城下，清廷被迫簽下和約，割地賠款以及開放五口通商，就此天朝上國被迫走下神壇、進入真實的世界之中。

朝廷的衰敗與洋人的入侵都是現在進行式，天佑也知道這個世界很大，地理的認知不應該只有中原，他明白如何在最短的時間內學習到有關這個世界其他國家的相關知識，乃是現在最重要的事。畢竟世事難料，或許將來要面對的敵人，不只是朝廷的官軍而已。

天佑問說：「阿爹您的意思是，火器可以擊敗騎兵？」

蒙飛解釋說：「如果騎兵還只是掄刀、提槍去砍殺敵人，那麼威力強大的火砲，或者是數量多和質量高的火槍，絕對可以輕易擊垮身上毫無防護的戰馬，戰馬一旦被嚇退，那馬上的騎兵自然就潰不成軍。」

「阿爹，那這應該要如何因應呢？」

「天佑，因應之道必須由你親自去思索，因為你才是統兵之人，而我所能給予的建議是戰場上瞬息萬變，此時是優點的東西，可能下一刻便是缺點，所以如何以子之矛、攻子之盾，關鍵在於用兵之人。」蒙飛道。

天佑心裡想，自從成為拜上帝會的騎兵部隊後，他所遇到的戰鬥對象都是以手持冷兵器為主的敵人，尚未真正面臨大規模火器的攻擊。如果有一天他必須率領騎兵與配備數百、甚至數千火槍的強悍步兵對抗作戰時，他應該怎麼做？這個問題從此刻開始就困擾著他，不過卻沒有阻擋天佑繼續前進的腳步，他更清楚自己的將來與這支玄甲騎兵已經是密不可分，一榮俱榮、一損俱損。他也清楚父親心裡頭的擔心，不過如今的蒙天佑，已經不再是兩年前那一位平凡單純的鄉下農家少年，連天佑也想像不到自己會發生如此大的變化。

紫水一戰帶給天佑與玄甲騎巨大的改變，應該說是一種蛻變。讓他從一名農村子弟蛻變成一名威猛騎將，而他所率領的這群年輕人，同樣從青澀稚氣的純樸少年蛻變成為精銳勇猛的士兵。

一場真刀實槍、鮮血淋淋的戰爭，偶然地發生在廣西桂平這個偏僻之隅，在歷史的長河中甚至沒有一字一句的記載，卻帶給這麼多人不一樣的衝擊與影響，更意想不到的是，幾年之後為這座蒼茫大地、錦繡河山帶來一個翻天覆地的巨大變革。

天佑回想過去幾年他所經歷的一切，如夢似幻。

事情的開端原本只是想要尋找一個能夠幫助他找到人生方向的信仰，期待這個信仰可以為自己帶來一些改變。天佑不願意一輩子守在鄉下小村落的農田中度過。馮雲山的出現為他帶來一絲希望，即便他自己心中當時並不認為這個希望可以成真。然而，這位他所相信的天父上帝似乎冥冥之中聽見他的禱告，正在一步一步帶領他走向一個自己完全沒有想像過的境地。

天佑的人生整個翻轉與改寫，本來他一生的宿命是待在自家的一畝田地，努力種地求得溫飽，好一點的情況是跟父親一樣到綠營牧場當個馬伕，或是跟隨著父親年輕時的腳步投身官軍，謀取一張長期飯票，但是這些都不是他內心真正想要的。

就天佑的冀望來看，他並非一開始就想要成為一名騎兵統帥，他甚至不想要戰鬥，不想要打仗，更不想要為了任何理由去奪取別人的生命。

他想要的是改變。

想要改變那一種看似為人、實為牲畜的無奈。打從出生起就被周遭環境給限制住，終其一生要面對一個毫無盼望的未來。這種無奈的壓力無比沉重，蒙天佑不想在壓力下隨波逐流，他想要突破，想要逃離。他想讓自己的家庭、自己的父母、自己的親友能夠生活得更好、更自由，而不需要一輩子搖尾乞憐，抬頭倚賴這些富戶、官吏、豪強的臉色來過日子。

只是在當今社會體系下他無法改變任何事，別說像他一般的底層人民、普通老百姓沒有辦法，就算是像石達開這種富戶大族，也照樣是束手無策。天佑甚至認為即便是那坐在北京皇城龍椅上的大清皇帝也沒有能力改變這個現況。在這個朝廷官府、社會體制、文化禮俗、歷史環境底下，天佑心中所期待的改變，希望渺茫、遙遙無期。

因此，天佑轉而期待馮雲山帶來的天父上帝。如果這是真神，那麼上帝應該能夠給這個社會、這個體制帶來真正的改變。假若這個改變需要犧牲，那麼或許犧牲是必要的，而一群人短暫的犧牲，倘若可以換來廣大百姓永久的幸福生活，他願意付出這樣的代價。

天佑心中如此自我安慰，他心知肚明，拜上帝會可以重新在桂平縣生存下來，甚至大翻身取得優勢的地位，是用玄甲騎刀下幾百條人命換來的。或許那些死在自己刀下的人作惡多端、咎由自取。但畢竟也是一條條活生生的人命，跟你我毫無二致。然而天佑毫無選擇，這是改變所必須付出的代價，不這樣做，他什麼也改變不了。那些原本屬於高家的佃戶、佃僕依然會一代又一代的被高家壓榨、欺凌。但是如今藉著拜上帝會的挺身而出、撥亂反正，這些人有了改變自己人生的機會，那一道曙光已經出現。

天佑不斷這樣思想著，也再一次合理化自己所作所為的正當性。

道光二十九年間廣西潯州府轄下的桂平，一個長期強凌弱、大欺小，沒有公理、缺乏正義的不平等專制社會，天天有數以萬計的流民吃不飽、穿不暖，到處乞討求生存。

在這個地方，這種時刻，天佑有這樣子的想法，不僅合理，根本是對極了。

而有類似天佑這種想法的人越來越多，其中許多人原本不是拜上帝會的信徒，現在也對拜上帝會的教義宣傳逐漸產生認同感，韋氏一族就是其中一個例子。

✠✠✠

不滿時局的人越來越多，桂平縣的韋家更是充斥著這種氛圍，但是韋家的不滿跟別人不太一樣，他們的不滿主要是因為自己得到的太少，別人卻得到太多。

韋家是桂平縣的富戶之一，有良田千畝，在縣城內亦有不少商號產業。當然在過往是比不上高家的勢力，所以在高強掌控桂平的時期，韋家長期受到高家的打壓。再加上自己不爭氣，韋家現任的年輕家主韋昌輝參加過幾次科考，但均是榜上無名。這種情況自然是無法在官場上替韋家提供更多的奧援，這一點讓老家主韋元玠在與高家勢力拚搏較勁時往往落居下風，常令韋元玠感到鬱悶不已。

韋老家主清楚在這個社會中，想要不被別人欺負，就是要擁有權力，而現今社會權力的大小常取決於官場勢力的大小。韋家紮根桂平已歷四代，算是富甲一方，然而在這個社會權力體制下，若是在官場上沒有奧援的力量，即便你再有錢，也要擔心隨時被人暗算、出賣甚至侵占搶奪。

他見過太多活生生的例子，特別是在和高家爭鬥的過程中，由於高家把持桂平縣衙的官府力量，因此常讓其他的富戶豪強吃悶虧，過去這十幾年來被高家聯合官府給連根拔起的大戶豪門也不在少數。

韋元玠自知鬥不過高家，曾經想過遷移到他處另尋發展，但是回頭一想，這個問題到哪裡不都是一樣，如果自己沒辦法在官場上找到支援，就必須想辦法讓自己人投身於官場之中。

於是他費盡心力為長子韋昌輝捐了個監生，取得搏取功名的敲門磚，希望這個兒子能夠替韋家出一口氣。然而事與願違，長子韋昌輝不是不聰明，反而是太過聰明，讀書喜歡走旁門左道，沒有定性，不肯下功夫苦讀，以至連最基本的鄉試都沒通過。韋家還曾經做了個傻事，為了突顯自己的門楣，想要攀附官場名聲，於是在大門上掛了個成均進士的匾額，結果被高家發現後，立刻夥同桂平縣衙的僕役前去韋家搜查，最後以冒充進士的罪名要將韋昌輝給抓入大牢，這事後來用賠幾萬兩白銀作為代價，才把縣衙官府和高家的人擺平。

這也令韋昌輝對於朝廷官府懷恨在心，而他經歷過幾次考場失意與官府欺壓之後，對於應試科考這件事也就意興闌珊、趣味索然了。

後來韋昌輝發現自己對做生意比較感興趣，自身也頗有生意頭腦，將韋家的幾門生意經營得有聲有色、蒸蒸日上，老家主一看心想，或許是老天的安排，韋昌輝天生就是個生意子，索性將家業通通交給韋昌輝去管理，自己逐漸退居幕後。而在與高家的勢力鬥爭中，就乖乖的臣服，不再存有稱霸桂平之心。

但是大半年前所發生的一個事件，以及後來情況的演變，讓韋元玠改變原先的一些想法，這日他便將韋昌輝找到跟前詳談一番。

「阿輝啊，你怎麼看最近在桂平發生的這些變化？」

韋昌輝正心想老爹怎麼突然來找自己，原來是為了這事啊。他回答說：「我也剛好想找爹您說一說這事，想不到我們父子真是心靈相通、默契十足啊。」

老家主看了自己兒子一眼，欣慰的笑道：「阿輝，我們韋氏在桂平也算是富甲一方，可為父一直以來有個遺憾，你可知否？」

「爹，您的心事，做兒子的當然明白，我們韋家雖然是個富戶，卻不算是豪強，只能做到讓自己衣食無憂，但事事卻得向官府以及那把持官府的背後豪強低頭。」

老家主頷首稱是，說：「當今世道紛亂，大清朝立國已兩百年，國勢衰頹、社稷凋敝，中央對於地方的掌控能力越來越小，我看，大清的國祚也快要走到盡頭。」

韋昌輝聽了這話一驚道：「爹，您說這話的意思是……？」

老家主拍了拍韋昌輝的肩膀說：「阿輝，爹不是個食古不化之人，這忠君愛國的思想不過是執政掌權者為了控制底下臣民，所編織出來的一套美麗說詞，歷朝歷代的改換興替很平常，雖說有德者居之，但若是細看背後緣由實際上卻是有能者居之。誰有本事在亂世中生存，為自己一方的勢力獲取最大利益，這個人就能夠讓眾人追隨，並且取得最後的勝利。」

「所以爹您認為這亂世已到？」

老家主沉思頃刻後說：「亂世是否已到要先有徵兆，爹是認為自從鴉片戰爭以來的這些年間，朝廷力圖振作未果，各省天災人禍不斷，比較貧困的地方盜賊與流民四起，這是一個徵兆。而今把持桂平縣的大戶豪強高家，居然一夜之間被拜上帝會這個新興宗教團體給斬草除根、一舉剷除，而拜上帝會非但沒有受到官府的懲治，反而被以教化人心有功加以褒揚，並取代高家成為桂平縣內最大派系勢力，我認為這也是一個徵兆。」

「爹，真是英雄所見略同，兒子也是如此認為。當今朝廷對地方的控制力道明顯已經減低，將來肯定是群雄豪傑四起的局面，我們韋家應當在天下大亂之前先擬定一個萬全的方略，進則可以興家旺族，退則可以保全自身。」

韋元玠對於寶貝兒子的回答十分滿意，心想這小子雖然科考失利，但是其心機巧敏捷、八面玲瓏，說不定韋家的興起就要倚靠他了。

「這正是我找你來談的原因，阿輝，你認為我韋家接下來當如何行事？」

韋昌輝似乎就在等待父親問這一句話，他立刻將心中籌畫已久的想法說出：「爹，不瞞您說，兒子已經暗中派人查訪拜上帝會一陣子了。這一次拜上帝會居然能夠扭轉乾坤，把雄據桂平的高家一舉擊垮，真是讓所有人都始料未及。」

當高家準備利用官府力量要對付石家莊時，桂平的土人，也就是在地土生土長的豪門大戶都收到高家的通牒，叮囑他們千萬不可與石家莊暗通款曲，給予支援，否則將一併剷除之。雖然石家莊素有好名聲在外，石達開為人更是磊落光明，向來不與其他富戶爭奪地盤生意，但是桂平的大戶仕紳們畏懼於高家的惡勢力，多數人都只能尾隨高家之後，對石家莊進行防堵，韋家亦是如此。

韋昌輝繼續說道：「依我看拜上帝會裡面必有能人異士，否則怎麼可以策畫出如此陰謀狠辣的計策，一方面說服潯州知府給予支持，另一方面果斷地殺掉桂平知縣全家，要知道七品知縣可是朝廷命官啊，這是殺頭的大罪。但是拜上帝會居然說殺就殺，毫不遲疑。」

老家主附和說：「確實，能如此殺伐果斷，出此險招的必定是個胸懷韜略、腹隱機謀的高人。不過即使能夠搞定官府，我認為最大的關鍵，還是在於他們居然可以擊敗高家軍。這次高家軍可是下足重本，除了三千團練家勇傾巢而出之外，聽說還購買了十門威遠大砲助陣。」

「是啊，爹。就我探聽得知拜上帝會有個將領名叫楊秀清，這人用兵如神，不但識破了高家埋伏的伎倆，還聽說他們秘密訓練一支騎兵部隊，這支騎兵戰力驚人，橫掃千軍，所以高家才會一敗塗地，落得灰飛煙滅，永難翻身的下場。」

「真想不到一個宗教團體竟然能夠訓練出戰力如此堅強的騎兵，真是令人畏懼。我看廣西一帶恐怕再無其他勢力足以跟拜上帝會互相抗衡了。」老家主讚嘆道。

「阿輝，那你還探查出拜上帝會的那些事情呢？」

「爹，兒子查出拜上帝會表面上是一個宗教組織，但是實際上卻更像是個獨立的武裝團體。他們敬拜的神，是西方的上帝，有人說是天主教，有人稱是基督教。主要的神明是天父上帝，還有一位天父的長子天兄耶穌，而拜上帝會的教主洪秀全則自稱是天父次子。那些加入拜上帝會的信徒，因為信仰虔誠的緣故，每個人都非常積極努力，希望為天國大業盡一份心力來取得功勞，以便將來在天上能夠有豐富的賞賜與永生。」

老家主問韋昌輝：「這樣的宗教信仰你又如何評斷？」

「永生是一個吸引人的東西，當現實環境非常惡劣，使得人無法生存時，大多數的人是需要一個希望才能夠有勇氣繼續活下去。我認為拜上帝會帶給這些貧苦群眾的就是一個希望，倘若運用得宜，這會是一股極大的力量。」

老家主不斷點頭說：「好兒子啊，你可以看出這些端倪相當不錯。拜上帝會在滅掉高家之後，讓加入拜上帝會的佃戶可以取得自己的土地來耕種，這對於那些已經貧苦好幾代的人來說，本是完全不可能的癡心夢想，如今卻實實在在的擺在眼前。這不是神蹟？什麼才是神蹟？而提出土地改革的做法向來都發生於改朝換代之際，那些有志稱雄天下的豪傑才做得出來的手筆。由此可以想見，拜上帝會裡面操盤的人絕不僅是想要建立一個宗教組織而已，而是想要打造一個新的天下。」

「阿輝，那麼接下來我們韋家要怎麼做，就關乎韋家未來十年、甚至百年的發展了。」韋老家主語重心長地對著自己寄予厚望的兒子說。

韋昌輝明白爹在等自己的答案，而這個答案關係到韋氏一族三千多人的未來，這個想法其實放在心裡面已經有一陣子了，他緩緩地說：「爹，這開國功勳、裂土封侯的事先不用想，就以做生意的觀點來看，一門有前景的生意要趁早投資，因為越早投資，就越早卡位，將來的利潤回報也就越大。不過，做生意總是會有些風險，我們韋家雖然在官場上失意，但是在商場的投資上卻是從來沒有失敗過，這次的買賣我決定押寶在拜上帝會。」

老家主聽後，深深地吸了一口氣。他沒有反駁，因為他曉得，除非韋家甘願永遠當一條任人欺負的看門狗，否則孤注一擲、放手一搏似乎是跳脫這個環境、這個體制束縛的唯一手段。

他望著一手栽培的兒子，想像有一天，他身穿官服騎在駿馬上的身影，這是他夢裡期盼許久，兒子功成名就、衣錦還鄉的畫面。如果真有那麼一天，他就算是闔眼歸天也會心滿意足了！

富貴險中求，是生意人顛撲不破、畢生奉行的真理。

道光二十九年（公元1849年）五月，廣西省潯州府桂平縣富戶，韋氏一族三千多人，在年輕家主韋昌輝的帶領下，全族一舉投效拜上帝會。

韋氏歸附之後，再次大大擴張了拜上帝會在桂平縣的力量，拜上帝會儼然成為桂平縣檯面下的實際統治者，縣內轄區一半以上的農田均歸屬拜上帝會所有，除了本身信徒耕作外，還擁有為數眾多的佃戶。

由於拜上帝會給予佃戶相當優惠的條件，也連帶使得其他地主必須跟進仿效其做法，才能夠避免底下的佃戶大量流向拜上帝會。如此一來，底層民眾的生活獲得很大程度的改善，桂平縣境大治，民生經濟發展，整個桂平呈現生機勃勃、欣欣向榮的景象，在當時廣西一帶相當罕見。

洪秀全得到韋氏的歸附之後大受激勵，直覺天命在己，不但親自為韋氏一族施行入教的洗禮，還對韋昌輝個別傳授教義真理，而韋昌輝生性機敏聰慧，很快便取得洪秀全的信任，逐步在拜上帝會內占據核心的角色。

由於加入拜上帝會的人越來越多，馮雲山決定擇地擴大總舵的規模，地點就選距桂平縣城東北方六十里處，一個廢棄多時且頗為隱密的地方，叫做金田村。

這座新總舵是以軍事寨樓的規模來興建，而這個興建城寨的工作，就交由興建堡寨經驗豐富的石家莊來進行。

此時的石家莊也同樣成為拜上帝會的重要成員之一。石祥禎與石雨讀二人接下這個任務，按照馮雲山的要求在金田村打造出一座客家土樓堡寨。這個堡寨的規模十分龐大，並且寨中有寨，當中除了提供教主居住的大圓寨外，教內各方派系勢力都有專屬於自己的樓寨可住，原則上以馮雲山跟韋氏一族的人馬最多，另外楊秀清、蕭朝貴、秦日昌甚至石家莊都有派遣人馬進駐寨樓。一方面是提高彼此間聯繫的便利，另一方面洪秀全也希望就近看管眾人，所以要求這些核心幹部必須將家眷親戚送入總舵內居住。

因此拜上帝會的新總舵基本上是將金田村方圓四十里內的地域，以石家莊為典範來設計建造的大型樓堡。

而其最外圍再依托山谷地形將圍牆豎立起來，這道城牆約高四、五丈間，僅留北方與西方兩處出入口，整個金田總舵的地形地勢易守難攻，相當隱密，其內大約可容納上萬人口在裡面活動居住，附近地區自有水源，如果將糧倉填滿，便可化身成一座長期據守的軍事要塞。

金田總舵的興建是從道光二十九年（公元1849年）六月開始進行，一邊建設總舵的過程，馮雲山同時加緊腳步進行信徒的信仰思想教育。他嚴格要求只要是倆司馬層級以上的幹部，都必須輪流進研經院來學習聖書的教義，並規定唯有在研經院通過信仰教育審核的幹部，才能夠取得向上拔擢晉升的資格。

馮雲山藉由這個方式來確保信徒信仰的純正，讓幹部對於拜上帝會的中心思想有正確的認識，另外透過派遣幹部進入各地方信徒禮拜堂巡迴宣講教義，來加強對一般信徒的信仰思想教育。

馮雲山深深明白唯有建立起一支對於上帝完全忠貞不二的信仰精兵，而不是收容一些趨炎附勢，為眼前利益加入的僥倖之徒，才能夠在未來更艱苦的挑戰中堅持下來。

故此馮雲山訓練出一批信仰教育宣講使，擔任至各地巡迴宣講教義真理的責任，陳作容、蒙天佑、阿桐、李秀成等人都是其中重要成員。

某聖日蒙天佑輪值至桂平縣東部的中沙村宣講教義，他在職司倆司馬的幹部引導下進入聚會所內，當時已經有約七、八十名信徒席地而坐等候著，天佑一進入會堂內，在場眾人都趕緊站立，恭敬的表示歡迎之意。在倆司馬介紹過後，蒙天佑示意眾人坐下，並表示大家都是兄弟姊妹不需太過拘禮。

拜上帝會聖日的禮拜程序通常是在一間大屋中舉行，參加的眾人均席地而坐，然後先由司禮者帶領會眾吟唱敬拜上帝的詩歌，接下來便是誦讀聖書與祈禱，然後再由當天講經人上台宣講教義。

今日便由蒙天佑負責講經，於是天佑走上台便開始宣講所準備的教義內容。

在研經院時，天佑對於舊遺詔聖書當中的約書亞記這一卷書特別感興趣，因此今日就以約書亞記作為宣講的主要內容。

天佑向在場眾人提到，上帝應許以色列人要進入迦南地，雖然當時迦南地在地的土人比較強壯，經濟也比較發達，軍事力量強大。但是只要對上帝有信心，願意跟隨上帝，聽神的旨意，就能夠以少勝多，上帝就會將敵人交在他們的手裡。

教義宣講完畢後，眾人紛紛齊聲讚揚上帝。結束前蒙天佑還特地詢問參與聚會的信徒，有無任何問題。剛開始時，會場並無人表達意見，然而突然間在會眾的後方，有一隻纖細的手悄悄舉起，旁邊的人卻不斷示意舉手的人將手放下。天佑定神細看，發現兩人這一幕的動作後，不禁完爾一笑說：「這位姑娘，請說。」

舉手的姑娘趕緊從位子上站起來，眾人目光聚焦在她身上，才發覺是一名長髮雙辮，臉蛋潔白中透著泛紅，柳眉杏眼雙目流轉，加上一抹微笑，標準古靈精怪的青春少女。

少女雙手一握躬身道：「請問旅帥大人，這個以色列民族身為上帝的選民，為何會在成功進入迦南地以後，反而離棄上帝，去敬拜外族的偶像呢？」

天佑回道：「這位姑娘的提問甚好，大家可以一起來思索探討，以色列人被上帝從埃及為奴之地拯救出來後，還帶領他們來到應許之地迦南地。但是等到一切順利成功之後，他們卻忘記上帝的律法，離棄神的話。這是為何？」

天佑沒有等待眾人的回應，直接了當的說：「這都是因為他們貪圖當時迦南土著民族的人力與經濟利益，再加上貪戀那些外邦女子的美色，於是就背棄上帝的命令，不把外邦人全部趕出迦南地，造成這些留在迦南地的異教外邦人變成以色列人的陷阱網羅。約書亞那一代的人走了以後，他們的子孫就慢慢忘記上帝的誡命與律法，最後整個民族就走向滅國的結局。」

那名少女接著問：「以色列人成功進入迦南地後就忘記上帝的律法，背叛上帝。請教旅帥大人，您認為我們是否也會跟以色列人一樣，犯下相同的錯誤呢？」

荳蔻少女旁邊的男子，聽到這裡再也忍耐不住，站起來向蒙天佑躬身一揖說：「旅帥大人，請原諒舍妹年幼無知，口不擇言。」這人乃是林紹章，為蒙天佑玄甲騎旗下一名卒長，此地正好是其本家所在，所以與妹妹林俔一同前來參加聚會。

天佑微笑地揮一揮手，表示無妨，問說：「那姑娘的看法呢？依妳看我教目前可有當初以色列人的現象產生？」

小姑娘回說：「我教正處於起步發展階段，眾人剛剛齊心合力打倒本地豪強，拯救桂平的黎民百姓於水火中，聲名鵲起。但是……」講到此處欲言又止，小姑娘看了一下旁邊的哥哥，吐了一下舌頭說：「只是聽說，總舵最近在大興土木、揮霍無度，而且還有流言蜚語說教主納了許多姊妹為妾，這等謠言四起，對我教發展十分不利。」

天佑用力抿了一下嘴唇，心想怎麼會有如此的流言，不過他泰然地說：「小姑娘關心本教的發展實屬難得，只是坊間許多不實的消息，實為敵人惡意散播扭曲，目的是要打擊我教的人心，眾人切莫隨意相信，並且嚴禁四處流傳。」

聽到這裡，主持禮拜儀式的倆司馬趕緊跳出來說：「旅帥大人所言甚是，我教信徒一定銘記您的教誨。」說罷，就宣布禮拜聚會結束，急忙遣散眾人各自回家。

會後，林紹章帶著小妹林倪來找蒙天佑，再次跟天佑賠罪。這時候會場內只剩下他們三人，蒙天佑對林倪說：「小姑娘蕙質蘭心，對於教義真理頗有見地，本教能有爾等信徒實乃大幸。不過剛才妳所問之事，實為惡者的造謠，這是妖魔的詭計，千萬得要小心應對。」

林倪雙手抱拳說：「祈望旅帥大人恕罪，小女子不該道聽塗說，只是憂心我教的未來，更不願意看見我教高層步上以色列人的後塵，建立天國的大業尚未完成，就陷入富貴享樂的誘惑陷阱裡。」

「小姑娘所言極是，以色列人的歷史正是我輩的一面鏡子，希望眾人都要記取教訓才是。」天佑稱許的回應，並觀察林倪，這名年紀輕輕的少女約莫十五歲而已，對於信仰與本教局勢竟有這等見識，深感難得，一時興起愛才之心，便對林紹章說：「令妹聰慧過人，可有意入女營為本教效力？」

沒有等哥哥回話，林倪就急忙搶先說：「我不要入女營，我想要加入旅帥大人的玄甲騎。現在廣西遍地人人皆知，天兵天將四地起，英雄無敵玄甲騎。」

天佑倒是第一次聽到這種傳言，不禁笑道：「小姑娘真是過譽了，拜上帝會的教徒個個都是英勇精兵。而這女營更是由教主御妹親自統領，訓練精實、軍容壯盛，本教提倡男女平等，也鼓勵姊妹們參加女營，共赴沙場、斬妖除魔。」

天佑想再一次勸說，不料卻換成林紹章跳出來為其妹說項：「啓稟旅帥，舍妹自小與我親近，家中長輩均已過世，我倆相依為命，實不忍與妹分離。然舍妹向來有投軍從戎報效本教之心，是否懇請旅帥將舍妹收入帳下聽用，或是讓其擔任本營輜重幕僚差事，舍妹略通點文書筆墨，對於養馬、騎術等技藝亦頗擅長。」

原來林紹章有意將其妹帶入玄甲騎的心思已經有一段時日，只是一直找不到機會跟蒙天佑說，他自己如今在玄甲騎內身兼卒長的重任，大半時間都花在訓練新兵上，長期讓林倪一人在家無人相伴，實在不放心，如果能夠將她帶入玄甲騎，那是再好不過。

如今拜上帝會各路部隊都在擴大編制，急需大量人才，加上提倡男女平等，女子只要稍有能力者都會被各個部隊延攬加入。雖說女營是專收女兵的部隊，但是一入女營就必須與外界隔絕，基本上是直屬教主的部隊，所以加入女營，比不上進入其他部隊來得自由。

天佑暗忖，想來自己的玄甲騎目前正是需才孔急，既然是自己人，就乾脆答應留下林倪協助管理玄甲騎輜重與後勤裝備。

林倪一聽到天佑同意其加入玄甲騎，就開心地大叫：「好耶！」甚至想要向前抱住天佑，才跨出一步似乎意識到自己的舉措不得體，就趕緊換成抱拳拱手道：「多謝旅帥大人收留，小女一定盡心協力為玄甲騎赴湯蹈火，在所不辭。」

在旁的林紹章也趕緊說：「多謝旅帥成全。」

「你們二人不必言謝，兄妹同心、其利斷金，將來玄甲騎還要靠大家的鼎力支持。」

天佑之所以會答應紹章的請求，一方面是紹章說情，不好抹了一同出生入死兄弟的臉面，另一方面也是考量玄甲騎的擴張，他要開始尋找更多人才進入隊伍中。

天佑計畫要招攬的人才分為幾個層面，身強體健、意志堅定者自是當兵打仗的首選，但是隨著隊伍不斷擴大，天佑知道不能只有強兵，更需要強將，但是無謀不成良將，從現在起必須培育一些參謀人才來為自己出謀劃策。

目前旗下的幾名卒長，在戰技武藝與騎術層面都已經是領兵率隊的好手，不過對於時局和戰場形勢的判斷仍顯得生澀不足。以前許多事情都可以去找作容哥與阿桐商量，但是自己現在成為單獨統領一支兵馬的旅帥，就不能老是依賴作容哥，畢竟他也有自己的部隊要管理。

至於阿桐從前是扮演自己幕後軍師的角色，許多瑣事都由她發落處理，但是自研經院成立之後，阿桐擔任總宣講使，常常要巡迴各個分舵與部隊講經上課，能來玄甲騎協助的機會就更少了，更何況現下石家莊已經正式加入拜上帝會，看來她得花更多時間去看石大哥吧。想到這裡，天佑深深地吸一口氣，對自己信心喊話說：「我要更努力，否則不知道要等到哪一天才能讓石大哥、阿桐他們對自己刮目相看。」

回到軍營以後，天佑招來卒長以上幹部議事，一是將林倪進入軍營協助的事告知眾人，另一是了解目前部隊訓練的需求。林倪是林紹章的妹妹，雖是女兒身，但既然是旅帥的決定，加上軍營內並非沒有前例，至少在伙房內現在就有幾名姊妹幫忙打理飯食，玄甲騎的後勤輜重業務事繁且雜，能夠有個聰明又信得過的幫手，大夥兒自是拍手叫好。

林倪一一向眾卒長行禮後，算是正式加入玄甲騎。目前依拜上帝會的規定，倆司馬以上軍職須由直屬旅帥推薦後，上陳至總舵，經由總舵審核通過親下文書才能算正式任命。至於伍長以下及其他佐理書吏，均可由旅帥自行來任命。

天佑接著詢問眾人關於軍需與訓練上的狀況，陳玉成表示近來士兵們的騎術馬技進步頗速，全軍五百人如今在馬背上均能風馳電掣、駕馭自如，但是在箭術方面的進展就比較緩慢。

另外一名卒長李世賢頗有同感的說：「大夥的騎術沒有問題，但是戰技武藝上就略顯不足，特別是弓法還有相當大的進步空間。」

天佑說：「辛苦各位了，要能在短時間內訓練這些新兵的馬術已經不容易，更何況是訓練能在馬上作戰的騎兵。一般弓箭手的培養沒有一年兩年難有成效，再加上我們要訓練的是技巧難度更高的騎弓手，這絕對無法速成。」

陳得才說：「是啊，想當初我們在樹叢林裡花了多少時間，馬上的箭法才勉強有點樣子，只是我們沒有多少時間可以慢慢磨，說不定很快就又要打仗了。」

林倪聽到這，突然靈機一動便舉手示意要講話，眾人看到她精靈古怪的表情，都覺得好笑。天佑提手一擺說：「林姑娘有話請講。」

林倪先向天佑拱手道：「旅帥大人，以後叫我小倪就可以了。」接著說：「自古弓箭手便難以訓練，小女聽聞有人為了縮短訓練時間便發明『弩』這種兵器，操作簡便易學，例如前朝有『諸葛弩』的發明，配有矢彈匣，可以加快發射速度。只是後來鳥銃火器漸興盛，才被大家棄而不用。但是玄甲騎是騎兵，馬上無法使用火槍，弓箭又不易訓練，不知道我們玄甲騎可否改練諸葛弩，可收速效。」

眾人聽完紛紛睜大眼睛看著林倪，害得林倪不知所措，站在眾人當中許久很是尷尬，最後才緩緩吐出話說：「難道我說錯了什麼嗎？」

藍成春身材矮小，所以又被眾人叫做藍矮子，走到林倪面前，兩人站在一起身形一般高，模樣相當逗人，但是藍成春用老成的口氣對著她說：「你這小姑娘，真是不簡單，我們一大夥人想不透的事，竟然被你一點就通。」

語畢，眾人相視大笑。

天佑說：「小倪一語驚醒夢中人，其實用弩一事以前我們就提到過，只不過當時我們並沒有造弩的能力跟資源，但是今日不同往昔，總舵那邊已經成立軍械司負責打造各式兵器，待我走一趟總舵，跟他們說說，看看是否能夠協助打造『諸葛弩』來取代騎弓。」

此時忽然有傳令兵進入，通報總舵急召天佑前去議事。天佑一聽，說聲：「上帝的安排時機正好。」便點了紹章、世賢與小倪一同前去，把軍營交給得才、玉成等人代掌後，四人便立刻出發前往金田總舵。

# 第六章 斬邪贈明主 廣州歷奇遇

他救贖你的命脫離死亡，以仁愛和慈悲為你的冠冕。他用美物使你所願的得以知足，以致你如鷹返老還童。

——詩篇103篇4-5節

興建中的金田總舵業已完工一大半以上，教主洪秀全所在的主堡樓最先完成。主堡的樓高有三層，內有二十幾間大小不等的房間。而在主堡左側的是洪瑄嬌女營的堡樓，裡面駐紮了一百名精挑細選的女兵，充當洪秀全的親兵護衛。主堡的右側則是馮雲山所住的堡樓，樓高只有兩層但是面積頗大，裡面一樓內院裡設有政事堂，是拜上帝會高層主要的議事場所。另外規劃許多房間存放書籍、文件資料的地方，這些是馮雲山多年苦思的心血，包括有關教義的註解、曆法的改革以及信徒組織與訓練章程都存放於此地，可說是拜上帝會的政治運作中樞。

除了這些教務、政事運作外，其他房間則是馮雲山親自轄管神兵衛教徒的住所，神兵衛約有五百人，是相當完整一個旅的編制，這個旅是馮雲山的親兵，平時就負責總舵的巡邏警戒與防衛任務。神兵衛雖說是馮雲山親領，但是實際統領管理是由李秀成來執行，馮雲山希望把李秀成培育成文武兼備的人才，目前拜上帝會武將不缺，政事人才比較少，但是馮雲山明白未來會是兵馬倥傯、滄海橫流的時代，光通政事還是不夠的，武略同樣必須修習，畢竟身處亂世，誰的胳臂粗，誰就有發言權，所以馮也將神兵衛的操練交給李秀成來負責進行，同時訓練李秀成在部隊領導統御的能力。

馮雲山眼見金田總壇的各棟堡樓逐漸完工，表面呈現一帆風順的樣態，但他深知其內充滿暗流，稍有不慎，便會一夕之間風雲變色。現下一片欣欣向榮的風光美景之下藏有眾多隱憂。

功高震主這四個字一直在馮雲山的內心裡纏繞著，但他知道再多擔心也是枉然，唯有趕快將後起之秀培養起來，以便將來可以成氣候，才能對那個人加以制衡。

後起之秀中李秀成自是首選，還有陳作容與蒙天佑，特別是天佑，自從高家一役以來，天佑的表現讓眾人刮目相看，再者他心性純敏、悟性聰達，或許將來其成就會出人意料也未可知。每每想到拜上帝會這些年輕一輩時，馮雲山就充滿希望與欣慰，好似心中所擘劃的上帝天國真的就指日可待。然而一想到目前住在主堡樓內的教主洪秀全，他臉上不禁露出擔憂的表情，特別是昨天的那番談話更是令他憂心忡忡。

原來昨日洪秀全來找馮雲山商議，是不是要將還待在廣東老家的母親李氏、髮妻賴氏以及兒子都接來一起同住。如今大業初成，不該讓老母及妻兒繼續在老家受苦，應該接他們過來享福，也讓他們瞧一瞧當初不相信他的上帝託夢與天國大業，但如今整個局面早已截然不同。

馮雲山聽完洪秀全的想法之後，立即勸戒道：「教主慎戒之，現在絕對還不到天國大業初成的時刻，相反地，危險隨時會降臨，而這個金田村也絕非久留之地，懇請教主千萬勿以此處為天國、勿認此刻為勝利。」

洪秀全的剃頭擔子一頭熱被澆了盆冷水後，便擺手說：「雲山啊，這些道理我都懂，不過天父上帝既已命我在地上建立天國，勝利總是遲早的事兒。雖然你說的也有道理，可是若不將家母他們接來，說實在的一直待在老家那裡我也不安心。」

馮雲山左右思量過後便建議說：「老夫人他們確實不宜繼續待在花縣老家，畢竟我們一旦與朝廷正式開戰，這些親戚家人必然成為清妖首先緝捕的對象。依我看，不如先將老夫人他們從老家接出來，安置到廣州城內隱密之處躲藏，廣州城大人多，相對容易隱匿行蹤，萬一真有什麼不測，還能隨時出城跨海到香港去避禍。」

洪秀全想了想說：「這倒是個辦法，那要找誰去將他們接出來以及安置呢？這個人必須是個信得過的人，看來只有秀成了。」

「且慢，秀成現在手頭的工作任務甚多，暫時走不開。」馮雲山忽然靈光乍現，說：「我倒是想起有一人可來擔此重任。」

「誰？」洪秀全問道。

「蒙天佑，這個小子聰穎且可信任，目前在我教新銳一輩中屬佼佼者，教主將這個任務委託此人，一來表示推心置腹，二來此番前去廣東，他亦可為我教先行探查該地的地理人文、山川形勢與城防哨所等情況，以利接下來軍略方針的擬定。」

洪秀全低吟一下說：「的確，玄甲騎的蒙天佑是個信得過的人選，只是他並不識得家母、內室與舍弟等人，光憑畫像又怕會有所差池。」

馮雲山說：「這不難辦，他手底下有位卒長是李世賢，剛好是秀成堂弟，記得曾經到過花縣老家，見過老夫人，有他同去應可萬無一失。」

「是啊，我怎麼忘了世賢他也在呢，哈哈，雲山設想的周全，好，就這麼辦。」洪秀全拍拍馮雲山肩膀說道。

✠✠✠

還在為前往廣東轉移老夫人居所的事情整理思緒當中，差役進來稟報玄甲騎旅帥蒙天佑等人已經抵達堡樓門口，馮雲山立即遣人傳喚，告知僅限蒙天佑一人入內堂議事。

在門外等候的天佑聽到只傳他一人入內議事略感詫異，只好請其餘三人在外廳等候，獨自進入內堂與馮雲山會面。約莫一個時辰的時間，天佑終於從內堂中走出來，眾人齊趨身向前詢問是有何要事，只見天佑淡淡地說：「沒什麼特別事，馮老師交付我一個任務而已，回去再細說。我已經向馮老師取得手令，現在我們先去軍械司找韋總管談一談我們的諸葛弩吧。」

馮雲山知道天佑要前往軍械司，特別派人帶領天佑一行人前去。在差人的引導下，到了總舵的北面一帶，這裡新建有一座大堡樓，堡樓的西側則是一群低矮的磚房建築，每間屋子裡面都人聲鼎沸，不斷有人出入。這裡就是目前拜上帝會的兵工軍器匠作坊，被稱為軍械司。負責管事的人則是加入拜上帝會不到半年的韋昌輝，韋氏一族的家主。

在韋昌輝的帶領下，韋氏舉族投效拜上帝會，甚至將老家遷入總舵的堡樓居住，並且把本族所有田產、物業都奉獻出來給拜上帝會，此舉使得拜上帝會的財力大增，洪秀全因此對這一位青年才俊相當賞識，於是命其掌理新設立的軍械司，負責為各路部隊打造軍械兵器。

而軍械司的設立，則令韋昌輝心中激動不已，因為這代表拜上帝會即將要擺脫單純的宗教組織身分，往建立政治組織邁進一大步，他則是躬逢其盛在這個重要時刻加入拜上帝會，並有幸來擔任這個任務，是立功表現的好機會，因此韋昌輝盡心竭力透過既有的人脈關係，從外地招攬了一批技巧嫻熟的工匠，進入金田總舵的軍械司來作業，自此天天如火如荼、緊鑼密鼓的展開打造各式兵器的工作。

天佑一行人在差役的引領下進到軍械司大廳與總管韋昌輝正式會面，天佑迅速地說明自己的來意，表示希望藉由軍械司的協助，打造出供騎兵使用的諸葛弩，用以增加玄甲騎的戰力。

韋昌輝聽了天佑的說明後，爽快的答應說：「蒙旅帥既然有這方面的需求，軍械司自當竭力配合。不過有關『諸葛弩』的設計與工法，並不常見，我得先去詢問一下，說不定從廣東以及四川來的工匠中有人懂也說不定。」

天佑趕緊回說：「感謝韋總管幫忙，『諸葛弩』在民間少見，但是我聽說有些山裡的獵戶善用此器，說不定從那邊下手可以有些收穫。」

「嗯，這也是個法子，待會我立即遣人出外去探查，尋訪附近獵戶，說不定還可以帶把諸葛弩回來，相信以現在這批工匠的經驗技術，要將其拆解再仿製並不困難。」

「真是太好了，再次感謝韋總管的鼎力協助。」天佑雙手抱拳一揖。

韋昌輝趕忙回說：「蒙旅帥您太過客氣，這乃本司份內之事。再說玄甲騎是本教大功臣，各位的英勇事蹟早已經傳遍潯州各地，今日能與蒙旅帥共事一堂，為天國大業效力，實乃韋某之幸。」

在兩人互相寒暄交談當中，天佑明顯感受到韋昌輝的熱情洋溢，不免對這一位新加入的大戶青年領袖多了些好感。之前傳言韋氏一族投靠本教後，地位快速竄起，韋昌輝短短時間內便獲得教主的賞識並且委以重任，這件事自然讓教內許多老兄弟心生妒忌與不滿，許多耳語也流傳到天佑這裡，而流言內容多半是批評韋家靠著族大人多，再加上貢獻本教大量的錢財，才得以迅速上位。

然而今日蒙天佑與韋昌輝相識面談後，發現此人頭腦機靈，辦事精準，確實是個幹才，再加上有韋家的資源做為後盾，他在教中的地位竄升想是早晚之事。而如今本教正是需才孔急的時候，韋氏一門的加入確實帶來極大助益，教主想拉攏韋昌輝亦是必然。

就在天佑心裡打量評估韋氏一族加入本教的利害關係之際，韋昌輝情詞懇切的說：「蒙旅帥難得親訪軍械司，不如就隨韋某參觀作坊，說不定還能挑選一些合用上手的盔甲兵器。」

聽到此話，隨從在側的李世賢與林紹章都不禁脫口而出：「太好了。」

天佑瞪了他們兩人一眼，對韋昌輝說：「這不好吧，會不會給韋總管帶來困擾？」

韋昌輝連忙擺手說道：「哪的話，不會困擾，寶刀名劍配英雄豪傑正好，請隨我來。」

在韋昌輝盛情邀請下，眾人便隨其參觀了軍械司的工坊，一邊參觀、一邊聽著韋昌輝的解說，他是如何從外地把工匠找來，然後依據不同的需要建立作坊，這作坊內有鐵匠、木匠、金匠、石匠一應俱全，另外設置炒鐵廠、鍛造場，從上到下一貫作業，如此一來所製造的兵器品質自然提升。這一路看下來，眾人對韋昌輝的才幹是越來越佩服，蒙天佑更是心裡清楚，打仗靠的是兵強馬壯，而軍械武器等後勤則是軍隊強壯與否的重要關鍵，韋氏居然可在短短數月之內就建立起規模如此大的兵工坊，其中調度管理、經營配置的能力實在難得。

一行人來到一座打造棉甲的工坊，林紹章眼尖的發現師傅正在打造一頂頭盔，頭盔的外型吸引了他的目光。

天佑也停下腳步來觀察，他詢問韋昌輝說：「這些棉甲是要提供給誰？」

韋回說：「這些是楊帥部隊所訂的單子。」

「那麼頭盔又是給誰用呢？」天佑接著問。

「也是楊帥訂的，據說是要供給卒長以上的將領穿戴，作為戰場上的識別。」

其實明清以後，厚重的鎧甲因為火器的大量使用，在考量經濟條件與實際保護效益下便漸漸被淘汰。如今清軍綠營都是以穿著棉甲為主。因為棉甲不像鐵甲那樣造價高，不用那麼多鐵，而是把鐵甲片卯在裡面，外面只露出卯釘。一般步兵的頭上並不會佩戴盔甲，而只是戴上大笠帽或者紅纓帽。至於清朝自家的八旗兵以滿人騎兵為主力，身披棉甲或是鎖子甲為常規配備，優於綠營步兵。

一邊觀賞頭盔，蒙天佑突然心血來潮向韋昌輝說：「韋總管，我也想替玄甲騎的將領們訂製合用的頭盔，不知是否方便？」

「當然沒問題，我這裡就有些清軍八旗騎兵使用的頭盔，不知蒙旅帥有沒有什麼樣的想法？」

天佑思考了一會說：「基本上依清軍騎兵頭盔的樣式打造，但是將頭盔體的銅葉從寶塔狀改成圓錐狀，盔纓使用紅氂，至於盔盤則是漆為黑色，以符應玄甲騎的標誌。」

韋昌輝趕緊讓師傅記下天佑的要求，並詢問數量後，表示可於十五日後交貨，天佑再次向韋總管表達謝意，並且對其辦事效率印象深刻。

接著韋昌輝引導天佑一行人走進一座鐵工作坊，坊內的主事人稱沙老大，來自廣州。

韋氏向沙老大介紹，今日的貴賓均是本教大英雄，希望看一看是否有機會找到足以匹配英雄的寶刀利劍。

沙老大一聽是玄甲騎的人，就立刻說：「我這兒有幾把不錯的馬刀，請各位豪傑勇士儘管試試，說不定能為這些兵器找到明主。」

林紹章與李世賢立刻見獵心喜趕緊入內四處瞧瞧，連林倪也一副興致盎然的樣子到處亂逛。

所謂馬刀是專門給騎兵使用的刀，馬刀身狹，略帶彎曲，刀把則是有長有短。騎兵使用作戰的兵器在宋元以後有了極大轉變，隋唐時期，騎兵部隊以重裝騎兵為主，配備長槊，組成如同鐵甲般的騎兵。當重裝騎兵成群結陣發起衝鋒時，可在戰場上發揮致命一擊的功用。但是自從蒙古騎兵興起，騎兵使用的兵器逐漸改變，蒙古騎兵以精湛騎術縱橫天下，且在馬上可以雙手開弓射箭，然後再手持馬刀來擊殺敵人，於是那些持槊或長槍的重裝騎兵便逐漸消失，取而代之的是以快速打擊為主，縱橫馳騁為要的輕裝騎兵。因此騎兵的兵器也改以持刀為主，這種刀就被通稱為馬刀。

沙老大這裡的馬刀約有數十把，形式、寬薄、彎度各有不同，紹章跟世賢都挑選自己合手的兵器試試，蒙天佑眼見大家興致勃勃，不免心動起來跟著一塊挑選。他一連拿起幾把刀來試揮幾下，都感覺不稱手，忽然瞧見在角落有一把刀身黝黑但卻蘊含精光的刀，這刀長約二尺半，刀身窄薄，且刀形幾乎成一直線，只是略有彎度。

天佑握住刀柄將刀輕輕地提起，刀重約四至五斤，隨意揮劈幾下，刀與空氣所產生的摩擦聲嗽嗽作響。

「好刀。」天佑脫口而出。

「旅帥好眼光。」沙老大說：「這刀乃是仿照前朝名刀所打造。」

「前朝？莫非是繼光刀。」

戚繼光是明朝的將軍，相傳他在浙江沿海與當時日本倭寇打仗時繳獲一批倭寇使用的武士刀，發現日本刀雖然源自唐刀，但是他們將刀身的寬度減小，並將厚度變薄，使得刀身的重量大為減輕。另外日本刀在用料和作工上，大下工夫，加強了刀身的強度，同時，刀尖部分微收，具備很強的刺擊功能，而刀身略彎，亦有砍劈的效果。

戚繼光就以日本刀為基礎改良出一種新刀，更適合於明軍作戰使用，這種刀就被稱為「繼光刀」。

沙老大接著說：「這刀雖然是仿繼光刀而製作，但是在刀柄的部分，卻比一般繼光刀長了一寸，讓雙手持刀時更為方便。此刀原本是我在廣州時，有位刀客下了訂金委託我打造，但是後來不知何故卻沒有前來取貨，我便將它保留至今。」

蒙天佑越使越順手，興致一來便向紹章與世賢兩人說了聲：「試刀。」

兩人一聽，分別挑了自己稱手的兵器，與天佑一起步出作坊，在空地上準備較量起來。三人持刀橫立，突然間空氣似乎凝結起來，許多來往的工匠都被此難得的景象給吸引，紛紛駐足觀看。

紹章與世賢一左一右分開站立，以二對一的形式向天佑進攻，天佑將刀持在胸前，屏氣凝神。突然間，紹章與世賢兩人同時發動進攻，分別持刀劈向天佑，天佑瞬間先將身形一轉，繞過世賢的後方，右手向前一刺，這時世賢也迅速蹲下避過此招；紹章則趁勢一躍而起，以泰山壓頂之姿向天佑進攻，天佑也立刻向右出刀橫劈，硬是將紹章的刀勢給擊退，雙刀互擊發出噹噹脆亮聲，天佑順勢接著出腿攻擊，而紹章則是在避無可避的情況下，只好以左臂擋住天佑腿部的攻勢。

圍觀的眾人都被這個場景給震懾住，心想這些人不是切磋過招而已嗎？怎麼招招都是真槍實刀、直指要害，十分驚險，就連在旁邊的林倪與韋昌輝也是看得心驚肉跳。倒是沙老大則是一臉津津有味，頻頻叫好，每遇三人過招凶險精彩之處，無不拍手稱是，走過數十招之後，三人原本不停跳躍、騰空纏鬥的身形落地，分別抱拳吐氣然後收刀。

韋昌輝趨前拍掌道：「精彩、真是精彩。想不到蒙帥小試身手便技驚四座，果然是武藝超群、身手不凡，我教有諸位英雄豪傑在此，何愁大業不成啊。」

「韋總管過獎了，不過賣弄雕蟲小技而已，難登大雅之堂。」天佑趕緊說。

沙老大也加入讚譽說：「旅帥您太過謙虛了，今天有幸見識到玄甲騎等各位英雄的刀法，真是難能可貴。沙某自忖在兩廣地界見多識廣，但是就我平生所見，當今兩廣境內能與蒙旅帥的刀法相比肩之人，不出十位，而在拜上帝會中只有一人。」

林紹章聽到沙老大這樣的評語後，不服氣地問：「本教內有誰可以與我們旅帥一較長短啊？」

沙老大說：「石敢當。」

玄甲騎眾將一聽是石達開自然是無話可說，李世賢接著問：「我看沙老大應同是練武之人，閱歷又廣，就您看，這兩廣之地，誰的刀法堪稱第一。」

沙老大謹慎地說：「既然這位英雄提問，沙某便隨口說說，幸勿見怪。就刀法論，本各有所長難謂第一。比如以兩位來說，可以看出你們所使的刀法適合於騎戰時使用，南方人少騎馬，因此若是在馬上論刀，不要說兩廣，就算在長江以南各省之中，恐怕也很難找出幾位英雄可以與二位相較。但若是論到步戰，則二位尚在韶州刀首甲午兒、香山劉三、潮州鎮刀客王學義、廣州九環刀周孟達、肇慶楊百齡以及人稱草上飛刀段三多這些人之後，不過若只以威名論，則前兩廣總督大人的侍衛金虎臣的大刀，堪稱舉世無雙。」

世賢略顯不服地說：「我和紹章的刀法評價如此，那我們旅帥的刀法呢？」

沙老大恭敬地說：「蒙旅帥的刀法自然是在二位之上，即便是步戰，蒙帥的刀法同樣是氣勢磅薄如萬馬奔騰、龍吟虎嘯令人望而生畏啊。」

沙老大這番對刀法的品評言論引起蒙天佑的興趣，想不到此人居然可以看出自己刀法是除了在騎戰使用外，針對步戰也有特殊的演繹與應對。這人對各路刀法果真有一定見識，難得碰上懂武之人，值得討教交流一番。韋昌輝也看出天佑的心思，便招呼大家一同進入作坊交談。

細談之後，方知原來沙老大年輕時也是練武出身，後來一度落草為盜，最後被慈母喚回後，決定封刀改邪歸正、洗心革面。正想要尋一門正經事來做時，沙老大察覺自己對於各式各樣的兵器都愛不釋手，乾脆專研鍛造打鐵的技藝，沒想到他還真有天分，找了個打鐵師傅學了一段時間之後，就開始自立門戶。又因為跟江湖人士熟稔，後來就專門接各路刀客的生意，沙老大打造兵器時喜歡詳加研究改良，長久下來越打越精，其所打造的刀、劍、槍在綠林道上的名聲漸長。

兩個月前才被韋昌輝重金禮聘至金田村來，從沙老大的身上，天佑探詢出不少兩廣綠林的消息，長了很多見識，眾人相談甚歡，原本世賢還打算跟沙老大切磋兩下，不過沙老大表示封刀以後便以鍛造打鐵為主，武藝退步甚多就不方便丟人現眼了。

眾人相談甚歡，最後是因時辰已經不早才勉強散夥，臨走前，每人都帶上自己挑選的兵器，天佑自是選了那把黑色的改良型繼光刀，李世賢選了把儀刀，林紹章則是看上了把苗刀，就連林倪都選了一把柳葉刀，她直嚷回去後也要勤練刀法。

一開始天佑還擔心大夥兒一下子就帶走這麼多好東西是否不恰當，韋昌輝再三表示這些兵器原本就是為了提供給本教的高手英雄使用，如今神兵利器找到名主，更是相得益彰。

天佑一行人再三謝過韋昌輝以及沙老大的協助，眾人才從軍械司滿載而歸，回程的路上，天佑給自己的隨身新夥伴取了個名字叫做：「斬邪」。

天佑想從今以後，這把「斬邪」要陪伴我一路披荊斬棘、除魔斬邪，為上帝、為天國大業闖出一條康莊大道。

✠✠✠

數日後，梧州。

這個地方位於桂江注入潯江之口，從這裡起兩江合併成為西江，是出廣西、入廣東的主要門戶。

這日天佑要在此地與石家莊的一支商隊會合，然後一同前往廣東。商隊的頭領叫石城，是名約莫二十五歲的青年，身穿藍衣藍褲，典型客家男子裝扮。見面過後，石城領天佑到旁邊說話：「莊主有封信要我帶給蒙旅帥，請蒙旅帥到了廣州後轉交給李姑娘。」

「李姑娘？」天佑先是遲疑一下，思量過後便豁然開朗，猜測石大哥一定知道這次任務的目的，便收下那封信說：「有勞石頭領了。」

這趟出門遠行天佑只帶了李世賢同行，他們二人便喬裝成商隊鏢師，一路順江而下，這是天佑打從出生後第一次離開廣西，要展開他人生中一段重要的旅程。

潯江是兩廣一條重要的水系，其上游是黔江和鬱江，從桂平一直到梧州這段被稱作潯江，進入廣東後就叫西江，然後再匯入珠江出海，可說是珠江三角洲的上上游。

潯江向來是往返兩廣的重要水道，早期有綠營分兵駐紮在各重要水道口看守，但近年綠營官兵的訓練與勤務執行力崩壞，許多駐防點都已棄置不用，駐守防線不斷向廣東後退，現在整個廣西潯江水系已是三合會的天下。

天佑的商隊共有五艘船，出梧州後就馬上有十幾艘船向其靠近，頭領石城拿出一條黑底鑲紅的布旗掛上旗桿，並向靠近的首船抱拳後，這些船便迅速地退開，讓出一條通道，天佑一行船便暢行無阻的通過。

世賢見狀不解地問石城說：「這些是何許人啊？」

頭領石城低聲說：「李兄弟，這些人是潯江一帶的管事，負責水面安全與秩序，只要向他們繳交保護費，掛上通行旗，他們就不會惹事。」

「就是水賊啊！」世賢語帶不屑地說。

「是水賊沒錯，但可不是一般水賊，他們是兩廣三合會的水賊，帶頭的是大頭羊張釗、羅大綱、田芳等人，這幾個人算是江湖好漢，尤其是羅大綱在地方上素來行事公正。自從官軍棄守水道以後，往來商船長期受宵小打劫，不堪其擾。現在有了三合會這幫人巡弋江面之後，我們商隊往來也安心省事許多。」石城解釋道。

天佑嘆了口氣說：「朝政崩壞、綱紀廢弛，如今竟淪落到靠匪賊維護治安，天下的黎民百姓真是苦啊。」

石城說：「的確如此，不過這正是我教興起，拯救天下百姓於危難的最佳時機，不是嗎？」

天佑與世賢兩人均輕輕點頭附和。

船隊出了廣西省後就順流而下，一路上或許是因為掛上通行旗的關係，航行相當順利。天佑一路上觀察西江左右兩岸的水文、河道寬度與深淺、沿岸地形以及相關碉堡建築等設施，特別是兩軍交戰時的最佳伏擊地點，這是馮雲山派他至廣州的另一個重要任務：探路。

時至冬初，接下來就要過年，明年拜上帝會就要面臨關鍵時刻，就是正式起事的時間點。而起事之後必定會招致清廷派兵前來圍剿，現在的金田總舵絕非長久立足之地，勢必要尋找一個可攻可守的根據地。

拜上帝會的高層對於下一步的進攻地點已經展開多次討論，洪秀全一開始的想法很簡單，就是拿下桂平縣城，作為建立地上天堂的第一步，或許在洪的心裡面只想要有一塊安身立命之處，來施行其地上天堂的宏願即可。他甚至錯誤地以為廣西天高皇帝遠，清廷派兵來打的壓力可能比較小。不過洪的想法被馮雲山、石達開和楊秀清等人強力反對，甚至連韋昌輝都期期以為不可。

最後大家一致認為，既然武裝起義就必須尋找一個地廣人眾的地方作為根據地，以目前他們所能掌握的消息與自身的條件判斷，東進廣州是首選。一來廣州是南方重鎮，又是通商口岸，人文薈萃，人口眾多，能提供部隊的補給需求。再者攻下重鎮廣州城一定會給清廷一個重重打擊，朝廷的威信一失，必定烽煙四起，群起效尤，進而吸引各方豪傑之士來投。最後退一萬步說，假若萬一戰事失利，廣州的對岸就是香港，隨時可登船出海去投靠同樣信仰上帝的洋兄弟英吉利國。

「可有退路」這一個說法似乎打中洪秀全的心，也讓他興起為家人們安排好後路的想法，於是同意以廣州為下一階段進攻的目標。因此馮雲山就趁此次安排教主家眷至廣州城內躲藏的任務，順便讓天佑先行前來探路，囑咐天佑蒐集將來要東出廣州時沿路地理環境與風土人文等情報，任務中當然也包含了聯絡目前拜上帝會在廣東的盟友——蓮園，白蓮教。

洪秀全的老家在廣州府轄下的一個縣城：花縣。

花縣位於廣州城的西北方，天佑等人在靠近花縣前約一里路就先行下船，讓商船隊繼續向前航行，駛進廣州城附近的河口岸。天佑與世賢則是走陸路進入縣區，花縣不是個大城，天佑跟世賢為了掩人耳目選在天黑之後才慢慢靠近洪秀全的老家。

他們費了一番功夫才找到洪秀全老家所在，兩人一進屋內發現其內有數人聚集，屋中人士看見有外人闖入紛紛起來呼喊，這時李世賢一眼認出洪秀全的母親李氏，便立刻下跪大喊：「老夫人，世賢來看您了，您老受苦了。」

這時眾人定神一看才認出李世賢來，紛紛前來將他扶起，你一言、我一語的說道：「世賢啊，你怎來了，長這麼大了，你不是去了廣西嗎？發生啥事了？」

蒙天佑則跟在李世賢的後面走進來，他環視屋內眾人，用極短的時間就把每個人的臉孔看清並熟記。屋內共有五人，兩名婦人，三位男子。這兩位婦人應該就是教主的老夫人李氏與髮妻賴氏，至於三名男性則是在介紹之後得知分別是教主親弟與族弟：洪仁發、洪仁達與洪仁玕。

洪秀全自從去廣西傳教後，除了書信往返外少有音訊，老夫人一直很擔心，今夜好不容易看見熟識的李世賢，趕緊向他打探洪秀全的消息，李世賢極有耐心地對眾人的疑惑一一解答，但是對於某些敏感問題則刻意略過保留不說。

李氏詢問：「阿坤的身體怎樣？你們在桂平有沒有被那邊的土人欺負啊？」

「教主的身體很好，我們也沒被欺負，老夫人請放心。」

天佑一開始不知道阿坤是誰，後來才明白，原來教主本名叫洪仁坤，小名叫火秀。有一年他大病一場，夢見天父上帝身穿白袍來到夢境中賜他寶劍以及印璽給他。天父上帝的名字翻譯成漢文為耶火華，天父指他火秀的小名須避諱，改用全字代替火字，而「全」這個字分開就是人與王，也就是要立洪為地上君王之意，所以後來就自己改名叫洪秀全，但是洪的母親總是認為自己兒子是因為生病而腦子壞掉了，還常常因此感到傷心難過。

洪仁發則是疑惑的問：「教主？阿兄現在是教主了，是什麼教？」

在一旁的洪仁玕則說：「自然是拜上帝會，對吧？」

世賢對洪仁玕抱拳拱手說：「仁玕叔說的對，正是拜上帝會，我教在桂平潯州一帶傳教相當順利，發展迅速信徒日漸增多。」

原來，洪秀全一開始在老家花縣傳教時，洪仁玕曾經入教接受拜上帝會的信仰，只是沒有跟著馮雲山他們一同去廣西傳教。

在洪家眾人的詢問與李世賢的回答下，雙方漸漸將所需要了解的訊息拼湊起來。蒙天佑則是從大家的言談對話之中，對現在所面臨的人、事、物拼湊出一個整體概念。

教主的親弟洪仁發與洪仁達兩位都是大字不識幾個的粗漢；髮妻賴氏則是典型的客家婦人，耐勞刻苦並不多話；但是其族弟洪仁玕則大不相同，他對於拜上帝會的教義真理似乎有番獨特理解。天佑隨後得知，廣州開港後，許多基督教傳教士進入廣州城傳教，洪仁玕曾跟隨一個美利堅國來的傳教士學習正統基督教信仰。

洪仁玕告知天佑，他在洪秀全自稱被天父上帝賜與寶劍與印璽後，就跟從他學習所謂的拜上帝會教義，但是他之所以對這個上帝信仰有更深入的了解，是受到那位美利堅國傳教士影響。洪仁玕所言引發了天佑極大的興趣，因為從加入拜上帝會跟隨馮雲山學習教義真理以來，天佑其實對於信仰上還有許多疑問未解，但在許多關鍵時刻，天佑的禱告都得到上帝的回應，帶領他度過許多難關跟挑戰，因此他堅定的相信上帝是存在的，只是他內心仍然有很多問題不懂，洪仁玕的出現適時給了他尋求答案的機會，他心想或許這是天父上帝的帶領，要讓我去見一下洋兄弟，解開我一些疑惑吧。

李世賢正式向老夫人以及眾人表明來意，傳達教主要把他們接入廣州城內安頓的消息，一開始老夫人與賴氏都抗拒不肯離開老家，仁發與仁達也擔心去廣州城後人生地不熟，也不知道要住哪裡。但是經過世賢解釋廣州城內的住所是教主精心安排，強調絕對會比老家的環境舒適許多，再加上洪仁玕也一併加入勸說的行列，費了一番唇舌終於勸服這群人同意離家前往廣州城。

最後蒙天佑考量避免驚動左右鄰舍，決定分成兩批人陸續出發，洪仁玕與蒙天佑先行一步至廣州，李世賢與其他人則是收拾家當細軟，過兩天再走。

✠ ✠ ✠

羅浮山下四時春，盧橘黃梅次第新。
日啖荔枝三百顆，不妨長作嶺南人。註

據傳廣州築城最早起於春秋戰國時期，原本在東南沿岸一帶的越國為楚國所滅，宰相公師隅帶領越國臣民南遷至廣東，建城南武，即今日廣州。秦始皇三十三年（公元前214年），始皇派任囂、趙佗率兵，征服嶺南設置了三郡，其中南海郡轄番禺、四會、博羅、龍川四縣，南海郡治和番禺縣治就是今日的廣州城，南海郡尉任囂在番山、禺山一帶修築番禺城（史稱任囂城），這是廣州設立行政區與建城的開始。

廣州位於五嶺之南，這五嶺分別為越城嶺、都龐嶺、萌渚嶺、騎田嶺和大庾嶺，這五嶺位於湖南、江西南部和廣西、廣東北部交界處，所以今日大多用嶺南代替廣東，然而嶺南自漢代以來一向不是政治與軍事的重心，中原戰亂不止，朝代興替不斷，不過對於嶺南似乎沒有太多影響。

反而因為中原地區戰亂頻仍，漢人大量移入相對安定的嶺南地區，促進了廣州一帶的經濟發展。再者外國貨物從廣州港內運北上，比從交趾（即今越南）更為方便，魏晉南北朝以後的海外貿易中心便由交趾轉移到廣州。五代及宋元時期，廣州更是一躍成為全國第一大對外的通商口岸，宋朝在廣州設立市舶司，是當時國家海上對外貿易的管理機構，相當於現在的海關。進入明清兩朝時期，因為當權者的政治意識考量下，開始實施「海禁」政策。明朝洪武三年（公元1370年）「罷太倉黃渡市舶

註：【惠州一絕】宋朝蘇軾所作之詩

司」，洪武七年（公元1374年）撤銷福建泉州、浙江明州、廣東廣州三市舶司。

到了清朝康熙二十四年（公元1685年）撤銷全部市舶司，設立江、浙、閩、粵四處海關。乾隆二十二年（公元1757年），乾隆帝南巡，在蘇州親眼目睹洋商船隻絡繹不絕，引起他的警覺，下旨除了粵海關一處外，撤銷其他的海關，因此正式進入廣州「一口通商」時代。

「一口通商」的政策一直延續到清朝鴉片戰爭戰敗之後，道光二十二年（公元1842年）清朝與英國簽訂南京條約，開放廣州、福州、廈門、寧波、上海五處港口，進行貿易通商。自此廣州才不再獨占對外的貿易，而清廷也從一個天朝大國的雲端跌落凡間，成為西方列強刀俎上的魚肉。

這樣的一座千年歷史名城，天佑卻是第一次看到，心中不免有一些起伏激盪，畢竟自小就聽聞許多關於廣州城繁華熱鬧的軼聞，直到今日終於有機會親眼目睹，洪仁玕得知天佑是第一次到廣州，自願成為地陪，為他導覽解說。

進入廣州城以後，仁玕首先介紹天佑參觀的地方就是十三洋行街，他向天佑解釋這所謂十三洋行，是指自明代以來對外貿易特區裡的十三家牙行商家所在區域，後來洋行、洋貨行就成為對外貿易商家的通稱。

廣州十三行在開放五口通商前，因著獨占廣州對外貿易的中介商權利，成為當時與兩淮鹽商、山西晉商齊名的行商集團。十三洋行當中又以伍秉鑑家族的怡和行勢力最為龐大，不過他在鴉片戰爭後不久就過世，聽說單單伍秉鑑一人，就獨力負擔起鴉片戰爭失利所簽訂的南京條約中，外債三百萬兩白銀中的一百萬兩。

走在十三行街的大道上，蒙天佑有如紅樓夢裡的劉姥姥逛大觀園一般，每一棟建築、每一個景色都震撼著他。這裡十三洋行的建築，多為三層樓結構，一樓通常當作貨倉，二、三層則是漂亮洋樓，天佑是第一次參觀這類西式建築，典雅華麗的設計與中國傳統雕龍畫棟的建築風格迥異。

仁玕特別帶天佑來到碧堂，對他說：「這些洋行的建築裡，最有名的就是『碧堂』，在《揚州畫舫錄》還有一段記載：『蓋西洋人好碧，廣州十三行有碧堂，其制皆聯房廣廈，蔽日透月為工。』指的就是這裡。」

天佑在洪仁玕的解說導覽下，對於這個洋行街區有了比較完整的認識，從建築結構原理及特色中發覺，原來洋人的工藝思想是如此的進步，難怪可以從遙遠的西方穿越大海東來，把自以為是天朝上國的大清打得一蹶不振。

兩人在十三行這邊逛了約莫一個時辰，天佑還十分興致盎然，頻頻對一些新奇事物發問，倒是洪仁玕有點吃不消，於是拉了天佑進了間茶館休息。

入內後兩人選了個位置坐下來，仁玕點了壺茶與茶點，店小二端上茶點後，仁玕看著天佑對西式茶點又是一陣好奇的觀察，笑著說：「我剛到十三行這裡時，也跟你一樣，什麼都好奇、什麼都要問，旁人就說我這是出洋相。」

天佑輕聲笑說：「是啊，我今天可是出了個大大的洋相了。仁玕兄再請教一事？」

「天佑兄，但說無妨，不才知無不言。」

「依您之見，朝廷是怎麼打輸鴉片戰爭的？這英吉利國的軍隊又為何如此的厲害？」

仁玕喝了口茶，沉吟一會說：「天佑兄，若要論到這兵要軍務之事，您的見識應該遠在愚之上。」

蒙天佑聽後略感訝異的說：「仁玕兄，何出此言？」

洪仁玕大笑一聲說道：「打從進城至今，凡是交通要衝與咽喉要地，你都一一仔細詢問並詳加記載，天佑兄的心高志廣，依愚看，您絕非不知兵事之人。」

天佑暗暗地稱讚此人，心思縝密又老成持重，還好目前看來是屬同一陣營，但若是讓此人得知本教有意起事推翻官府朝廷，不知他又會做何反應？就在天佑思量之際，仁玕看他並不答話，以為天佑介意他看穿了一些意圖，趕緊說道：「天佑兄請放心，雖然在下沒有跟隨秀全大哥前往廣西傳教，但是對於秀全大哥的傳教志業，是全然支持的。」

天佑拿起茶杯來向仁玕致敬說：「天父上帝安排仁玕兄留在廣州，我相信一定有祂的旨意，你我將來定能為上帝天國共同盡一份心力。」

仁玕也端起茶杯來回敬說：「這是當然。」雙方一飲而盡，仁玕接著說：「依在下的愚見，這一場鴉片戰爭，朝廷之所以會敗得如此之慘，原因有三個。」

「敢問是哪三個？」

仁玕回說：「國勢、民心、兵器。」

洪仁玕解釋道：「就國勢論，清廷立國已經兩百餘年，自嘉慶以後整個國勢便江河日下，官貪吏腐、朝綱紊亂不已；就民心而論，富家仕紳以強取豪奪、聚斂積財為樂，貧農流民則是為求一餐溫飽而不可得，這時國家有難，眾人皆以為，與我何干；就兵器論，朝廷的八旗與綠營早已腐朽不堪、積弱不振，而洋人卻船堅砲利、無堅不摧，即便清廷軍隊在人數上遠多於英吉利國，但是火砲、火槍都殘破老舊，一遇上洋人先進的兵器，你有再多兵士也只是送死當砲灰而已。」

天佑聽完後說：「這國勢與民心兩者眾所皆知、毋庸多贅，至於兵器部分，洋人的火器當真如此厲害？」

因為父親蒙飛的關係，天佑對於清軍綠營的編制與裝備還算了解，其實火器對於清軍來說並不陌生，在鴉片戰爭之時，一個綠營軍中的基本營編制約五百名士兵，而其中裝備鳥槍與抬槍等火槍兵約在二百五十名，也就是一半以上。再加上火炮部分不管是子母砲、劈山砲、威遠砲等都在三十門以上，如果單純就火器的數量來說，一定不會輸給英軍。

仁玕說：「若僅就數量來看，本朝軍隊在火器的配備上其實不輸給外國，使用時機也很早，甚至早在雍正與乾隆年間，軍隊在火器的裝備上就已經超過五成。但是重點不在於量，而是在質。本朝軍隊的武器裝備一百多年來毫無進步，而相對的遠在幾千里外的西方各國則是在工藝技術上不斷推陳出新、大幅進步。」

「仁玕兄可知洋人的火器進步到什麼境界？」天佑急忙地問。

「就以火槍來論，最早的火槍是火繩槍，用火繩來點燃火藥，非常不方便，而且極容易受風勢以及下雨的影響，一般來說，擊發的成功率只有五成不到。所以使用火繩槍的明兵遇上使用弓箭的滿州八旗兵，反而常常被嚇得屁滾尿流。」

「而今本朝的主力軍隊綠營主要裝配的乃是遂發槍，相較於火繩槍，這已是比較先進的兵器，燧發槍在槍機上安裝燧石，利用撞擊時發出的火星點燃火藥，與火繩槍相比則安全、可靠許多。但是天佑你可知道，英吉利國早在距今幾十年以前就發明所謂擊發槍，這是使用雷管來點火的裝置，雷管中有雷汞，將其製成火帽，靠擊錘來撞擊火帽後引發火藥，其穩定度相較於燧發槍又提高不少。」

蒙天佑是上過戰場的人，他相當清楚在戰場上分秒必爭，光是氣候因素以及戰場上士兵操作當下手臂、手腕的力道穩定度，對火槍能夠發揮的效用都有極大的影響。可能只是一瞬間的差異，稍不留神就會導致一名士兵寶貴生命的喪失，進而引發一整個防守陣線的潰敗，這也是為什麼天佑要請軍械司製作諸葛弩來訓練玄甲騎，因為多爭取一彈指的時間，就多爭取到一分戰勝敵人的機會。

天佑嘆說：「幾十年的差距，不可謂不小啊。」

仁玕接著道：「另外，天佑兄你看，不管是燧發槍或是擊發槍，要裝填子彈都必須從前面槍管口往下裝填，這對於步戰的士兵極為麻煩，而且更不利於騎在馬上的騎兵使用。但是最近我聽到一個消息，在歐洲有個國家叫做普魯士，他們已經有人發明出從槍管後面裝填子彈的火槍，這樣一來裝填子彈的速度會更快，更可將火槍的殺傷力發揮到極致。」

聽到這個消息，天佑的大腦似乎要爆炸一樣，這太可怕了。

從槍管後膛裝填？這種火槍一旦出現，將使步戰的士兵不需要辛苦的先將槍管收回靠近自己，然後把槍口朝天，重新填裝子彈。對於火槍的擊發速度會產生重大改變，天佑思忖如果這種火槍真的問世，肯定會改變整個步戰戰術以及戰場上的風貌。

天佑沉默一會後說：「這個消息倘若為真，那麼洋人的可怕之處不是船堅砲利而已，而是在於他們可以不斷創新、不停改進兵器，甚至是各方面的工藝技術能力，這才是決定爾後戰爭勝負的關鍵啊。」

說到這裡，天佑突然仰天長嘆一聲說：「洋人能有如此智慧與技術，真的是天父上帝的旨意嗎？」

仁玕喝了口茶後嘆氣說：「可惜啊，本朝自從前明以來只重視四書五經的八股文科舉，對百匠工藝技術則相當輕視，看為奇技淫巧、旁門左道。所謂萬般皆下品、唯有讀書高，菁英份子專注一生投入科舉來求取政治上的功名，強調文章可立身，殊不知八股卻可誤國。當追求金榜題名、升官發財成為舉國士子人生最大目標時，全國的莘莘學子、優秀人才，把自己數十載青春都投注於科舉文章當中，長此以往，真正對民生經濟有利的工藝技術、工匠培育都被視作次等階級，等到西方各國挾進步的兵器技術來到國家大門前，我們才突然驚覺自己的國家早已落後不只一個層次。而且更重要的是，這個世界早已不是中原獨居天下之中、萬邦來朝的那個世界。當初我們認為的蠻夷之邦，如今個個都已成為兵強馬壯的西方列強，從荷蘭、西班牙、葡萄牙、英吉利、美利堅到普魯士，都想要在我們這個積弱不振的國家分一杯羹。」

天佑說：「仁玕兄所言與我們自小所受的思想教育完全不同，自漢唐以來歷經宋元明清各朝，雖然其中朝代的興替不斷，但自古立足中原的這個華夏大國便是天朝，即便如今的滿清朝廷也自稱是順應天命，取明朝而代之，其雖為滿人，但依舊是繼承中原正統的天朝上國。」

「這才是夜郎自大的可怕之處，如今的世界之大早已經超出古人所教導的範疇，而我們卻依然故步自封、閉關自守，殊不知中原早已不是世界的中心。以前哪裡聽過在數萬里之外有個英吉利國，如今的英國卻是海上霸權，聽說在全世界各地都建立了殖民地，這些年來則是憑藉著無敵戰船來敲開我國封閉的大門。」

洪仁玕緩口氣說：「不過仔細想一想，這也未必是壞事。若不是有這些西方列強的到來，當今朝廷說不定還沉溺於自我陶醉的幻想當中，無法看清世界大勢。也因為這些洋人，我們才有機會認識天父上帝。」

對於這點天佑倒是附和著點頭，頻頻說是。說到這邊倒是提醒了天佑，於是他問：「對了，仁玕兄，之前您所提到那位美利堅國的傳教士是在哪裡認識的？是否有幸與之會面？」

「當然可以，那位傳教士就在十三行街區右街角落的教堂那裡，不過我們是否應該先去跟世賢他們會合，安頓好老夫人之後再另做安排？」

「說的有理，就等正事辦完後，再去拜訪那位傳教士吧。」天佑說。

事不宜遲，兩人休息過後就出發前往先前約定好的地點。

替老夫人安排的住所是一座位於廣州珠江北岸的小樓房，這時候的廣州因為長期一口通商之利，物富民豐，有「天子南庫」的美稱，故而許多商賈貴紳聚集，在珠江兩岸建起各式私人林園蔚為風氣。

以北岸來說，就有馬家的「得月樓」最負盛名，其樓高百尺，園內古木蕭森，樓瀕臨白鵝潭，江波飄渺，天光雲影，賞月最宜，故名之。接著是「風滿樓」、「佇月樓」、「得珠樓」、「岳雪樓」等各座名樓林立，中間還穿插著十幾座小樓園，而為教主老夫人所預備的小樓第就座落在此處。

老夫人一行人來到這座三層的樓房，一時之間還不太敢相信自己的眼睛，心想這麼大的一座樓房是要給我們住的嗎？仁發與仁達兩人更是竊竊私語地道，看來大哥在廣西是發了，不然怎麼會有錢買得起這樣的樓宇給我們。

仁玕一進屋內，發現已經有兩名年輕的女婢以及一名中年的男僕在裡邊準備妥當，等著接待老夫人遷入。

洪仁玕抵達後趕緊詢問世賢：「大哥讓老夫人住進這等大宅院，會不會顯得太過招搖啊？」

李世賢回答說：「還在這裡是馮老師的主意。」

「馮老師？雲山兄，他這是何意啊？」仁玕問。

「馮老師說大隱隱於市，這珠江兩岸的林園樓第是富戶貴紳聚集之處，治安良好，比較不會有閒雜人等靠近。另外官府通常勢利眼，對於大戶人家不會為難，故意來找碴，所以住這裡反而是有利無害。」

仁玕聽完後頷首稱道：「雲山兄果然思慮周詳，與當初離開時一模一樣。」洪仁玕雖然嘴巴上這樣說，但是他在心裡卻是這般思想，這群人跟當初離開廣州去廣西傳教時恐怕已完全不一樣了。就拿這個世賢來講，離開之時不過是個十三歲的年輕小子，還是個楞頭青，搞不清楚狀況的小毛頭。而如今站在眼前的李世賢卻是身強體健、意氣風發的勇壯青年，生龍活虎般的朝氣在臉上一覽無遺，眼神中更是隱含了股無畏的殺氣。不出幾年的光景就令世賢有如此大的改變，那麼雲山跟大哥又會有那些變化？在廣西的拜上帝會究竟發展到怎樣的地步，居然可以一出手就是如此大手筆的樓宇，想來這拜上帝會絕對不是我先前所臆測那樣簡單。

天佑敏銳的察覺到洪仁玕的表情微妙變化，便說：「仁玕兄無須擔憂，這樓房只是給老夫人的休養之地，但是眾人的生活起居還是要以簡樸低調為宜。」

老夫人與教主夫人賴氏，帶著洪秀全的兒子在一干僕婢的協助下開始入房安頓家當。此時突然有人從外頭進來，原來是石家商隊的頭領石城，天佑看到後就吩咐世賢在大廳守候，他領著石城到另外一間客房入內洽談。

天佑的種種動作，洪仁玕都在一旁仔細觀察，他心想這個蒙天佑絕非簡單人物，不僅處事果決又條理分明，再加上他之前進廣州城時，觀察風土人文與地理環境的舉動來看，必然是負有其他任務。看來，廣州城接下來恐怕不會太平靜。

不久後，天佑與石城兩人出了客房。石城打過招呼後就先行離去，天佑則是交代李世賢留在此處安頓眾人，但是私下囑咐他去辦另外一件事。接著他便向眾人辭行，表示另有要事辦理必須先離開，並與洪仁玕約定，等辦完事情之後，再回來找他一同去拜訪那位美利堅國的傳教士，煩請他再稍候數日，說罷，便揚長而去。

# 第七章 洋行困佳人 千金論信仰

我們曉得萬事都互相效力，叫愛神的人得益處，就是按他旨意被召的人。

——羅馬書8章28節

雖然蒙天佑初到廣州，待的日子不長，但經過一番走訪探查後，他對廣州的地理人文已經有了粗略的理解。

廣州人有個順口溜，「南番順香東，清水化成龍」，是指廣州府轄下的南海、番禺、順德、香山、東莞、清遠、三水、從化、增城、以及龍門十個縣，這些是自明代以來就已經設立的縣，至於洪秀全的老家花縣則是在清朝康熙二十五年間才設置，屬於新的縣區。番禺縣所管的就是廣州省城的老城區，這日天佑來到老城區裡的一間客棧，上了二樓的一間廂房，房間內已經有三位中年男子在等著他。

天佑一進房內，三名男子均起身拱手道：「見過蒙帥，幸會幸會。」天佑也連忙道：「不敢、不敢，晚輩拜見各位前輩。」

這三人對天佑的尊敬態度，絕不是裝模作樣，因為經過紫水一戰以後，玄甲騎的實力與威名早就在這些人的心中留下深刻印象。蒙帥的名號不是自己說的，是打出來的。原來等待天佑的三人，正是蓮園園主李文茂與其結義兄弟陳開，另一位則經由李文茂介紹，得知是天地會負責西江與沿海水上活動的主要頭領梁培友。

天佑一聽水上活動就心知肚明，便問梁說：「不知閣下與羅大綱、大頭羊等人熟識與否？」梁培友回答道：「大家都打著天地會洪門的旗號，但分管西江上下游，井水不犯河水。」

天佑這時對廣東一帶的民間社團武裝勢力已有比較清楚的圖像，現下在粵省有許多民間私自組成的武裝社團，好一點的依附豪門大戶，做起商隊保鑣或是莊園護院的工作，差一點的就是落草為寇，過著打家劫舍的生活。但是不管哪一類，多半都會打著洪門天地會的旗幟行事，在廣州附近則稱三合會或是小刀會、哥老會等不一而足。然而這些武裝幫會雖都號稱是天地會分支，但實際上與清初台灣鄭氏的陳永華所創的天地會已經關係不大，有些可能還保持一些組織傳統與文化精神，但是對多數人來說就只是個名號而已，就以陳開來說，其實真正的底子是系出白蓮教，來到廣東後才打起天地會名義，因此天佑心想這個梁培友應該也是白蓮教後人一掛，才會與陳、李二人走在一塊。

「李園主，冒昧請教不知聰兒姑娘目前身在何處？在下這有一封石大哥的私人信函要轉交給她。」

「李某從石家聯絡人得知蒙帥前來廣州，便立刻安排與您會面，一來是商談聯盟後續事宜，再者就是要告知有關小女之事。」李文茂略顯焦慮地說。

天佑聽出李文茂話中的不安氛圍，連忙說：「園主快請講。」

經過李文茂的一番說明，天佑方才得知李聰兒因為要偷取一件寶物，潛入廣州十三行的總商首行

「怡和行」的大宅園內，不料失風被捕，目前人被關押在伍家大院內。

天佑對於聰兒潛入怡和行內偷取寶物的行徑感到十分不解與疑惑，於是道：「敢問前輩，聰兒姑娘要偷取的寶物究竟是何物？居然會令聰兒姑娘如此輕易涉險。」

三人被天佑這一問後面面相覷，臉上露出為難的表情，不知該如何回應。天佑觀察出其中端倪便道：「各位前輩，貴園與我教已定盟約，彼此合作，共謀大業。如今若因某事不能坦誠以告，妨害到雙方的合作關係，實非你我雙方所樂見，請前輩三思。」

李文茂思忖過後才開口道：「實不相瞞，聰兒要找的寶物乃是吳王寶藏。」

經過李文茂費了一番唇舌解釋後，蒙天佑終於明白何謂吳王寶藏。

吳王原來是指前朝末年叛明投靠滿清的漢奸吳三桂。明朝覆滅以後，吳三桂因功被朝廷封為平西王，封地在雲南兼管貴州一地，一時間權傾天下。接下來繼位的康熙帝為了剪除藩鎮而下令撤藩，面對皇帝的步步進逼，自知即將失去好不容易得來的權勢，吳三桂一怒之下便起兵反清。從雲南起兵，吳三桂率領的軍隊曾經打到湖南岳州、長沙一帶，後來戰事進展不順，勉強在湖南衡陽稱帝，國號為周，建元昭武。不過吳三桂稱帝不久後就死了，他的孫子沒能守住江山，最終被清廷剿滅，而謠傳吳三桂把他多年收刮掠奪的金銀財寶與大量兵器都藏在某處，成為歷代的江湖傳說，這便是吳王寶藏。

天佑聽完後直說：「荒唐，簡直是荒唐，居然為了這種虛無飄渺的秘寶傳說而身陷險地，真是太不值得。」

「我也是這樣跟聰兒勸說，然而她一心一意想要取得寶藏圖，希望能夠盡快助⋯助⋯，助我們一臂之力，完成大業，才會鋌而走險。」李文茂吞吞吐吐地說。

天佑當然明白李聰兒的心思意念，她必定是因心繫石大哥，希望能夠盡快幫助石大哥完成天國大業，才會有此魯莽行動。

回想十個月前的高家一役，李文茂與陳開等人原本要與高家合作滅掉拜上帝會，被楊秀清與天佑的玄甲騎一舉擊破後，李文茂才真正見識到拜上帝會不僅是個紀律嚴明的宗教團體，更是個戰鬥力堅強的軍事組織。

所以李文茂接受拜上帝會的提議，與其簽訂盟約，他帶領蓮園返回廣東繼續暗中發展，並且為拜上帝會在廣州附近建立據點，將來一旦起事，雙方分進合擊。拜上帝會則允諾蓮園，雖然彼此信仰不同，但將來會助其一臂之力，協助他們另立根基，開府立國，不會將其兼併於拜上帝會內。於是雙方又從敵人轉變成盟友的關係，這也讓李聰兒背叛父親與白蓮教，向拜上帝會通風報信的舉動獲得諒解。

李文茂非常清楚自己女兒的個性與想法，古語有云：「動心容易痴心難，留情容易守情難。自古英雄皆寂寞，唯有佳話傳千秋。」

聰兒對石達開情有獨鍾、一往情深，但是石達開是天生英雄，一句大業未成、何以家為，又讓雙方分隔兩地。

李聰兒回到廣州後，便更加努力地投入在預備將來起事的工作上。所以當她得知吳王寶藏的藏寶圖可能落在怡和行伍家手中的消息時，她便不假思索擬訂計劃，潛入伍家去盜取藏寶圖，怎料到會失手被擒，如今被關押在伍家大牢內，已經有十多天了。

李文茂說：「這伍家是廣州十三洋行的首行，富可敵國，相信其宅園內必然是重兵把守，加上伍家的官商勢力龐大，想要闖入其府邸內救人恐非易事。我們三人已經想破了頭，還是想不出什麼好法子。」

「是啊，就算我們有上千人馬，也沒辦法在光天化日下衝進伍家去救人，否則行跡敗露更難收拾，所以這事委實難辦。」陳開說道。

「但總不能眼看著聰兒姑娘就這樣在伍家大牢內受苦啊。」天佑憂心之情溢於言表，而他這般神情讓李文茂留下了深刻印象。

「園主是如何得知聰兒姑娘還在伍家大牢內？」天佑急問。

李文茂說：「事發後，我們便透過幾個管道私下查探消息，確認聰兒目前並沒有生命危險，但所關押的伍家大牢卻是護衛層層、看管嚴密。」

天佑沉思許久後說：「這似乎不太尋常，伍家是商紳巨賈，家中擒獲盜賊，要不解送官府，要不私下處理。伍家卻只是將聰兒關押起來，既不傷害其性命，也不送官府關押審理，依我看伍家必定是另有所圖。」

「另有所圖？圖什麼？」陳開不解的問。

「不管圖什麼？只要伍家有想要的價碼，我們就有還價的空間。」

天佑突然靈光一現，似乎想到了解方，他轉向梁培友道：「請教前輩，對於十三行商的貨運船隻水路行徑是否熟悉？」

梁培友回說：「只要是進出珠江口的船隻，我們是瞭若指掌。」

陳、李兩人一聽，也心有靈犀，都猜測到天佑想要幹嘛。打劫一艘伍家的商船，對於在西江下游以河面總管自稱的梁培友來說並不困難，只是這貨船的價值再高，通常不過是一些茶葉、絲綢與瓷器而已，對於伍家來說不過是九牛一毛，會有影響嗎？這是三人共同的疑問。然而天佑卻說：「在商人的思維中，一艘貨船的損失或許沒什麼，但等到他們知道是在跟誰打交道後，就會開始衡量他們手中貨物真正的價值。」

陳、李二人對於天佑的說法不甚明白，亦擔心這些舉動會暴露自己隱藏的身分，不過眾人商議後還是同意先依天佑的意思去辦，畢竟先救出聰兒是目前最重要的事。

天佑與陳、李等人討論完後續行動方案後，便分頭行事。天佑再次回到十三行街區，他決定獨自前往怡和行探路，希望對於敵情能夠有更多的認識。

怡和行位於十三行街區的左側，來到這裡天佑才發現原來怡和行並不是一棟洋樓，而是一排洋樓，大約有七、八間連棟洋樓都是掛著怡和行的牌子，而這排洋樓的前面有座廣場，廣場上人聲鼎沸，約有數百人聚集，天佑上前好奇的詢問其中一名衣服破爛的老漢發生何事。

老漢瞧了天佑一眼說：「新來的？」

「是啊。」

「我告訴你，大家是來等怡和行的千金小姐伍思喬的，每個禮拜日伍家大小姐上教堂作完禮拜後，都會到洋行的廣場來發放白米救濟鄰里窮人。」

「作禮拜？」天佑問。

「沒聽過嗎？這東西在廣州可是正風行，就是信洋教，拜什麼耶穌的。」

天佑拱手向提供消息的老漢致謝，看著幾百名流浪漢擠在廣場上，他心生一智，把自己攜帶的包袱找個街角藏匿後，把自己的衣服撕了幾個破口，然後雙手在地上抹些泥巴塗抹在臉上，接著混入廣場的人群之中。

漸漸擠向人群前方的天佑，觀察著那些正對著排隊人群發放白米的人，幾名保鏢模樣的灰衣男子腰間佩刀站立於左右兩側，正中間是兩名女子，其中一位長相十分顯眼、引人注目，那名女孩杏眼瓜子臉，穿著高領圓筒旗袍的粉色上衣，下身穿著飄逸的鉑金長裙。女孩長得朱唇明眸、亮麗動人，果然是大家閨秀、金枝玉葉，蒙天佑混在人群中觀察，也被難得一見的佳人美貌給吸引了。不過更令他感興趣的卻是這名年輕佳麗的眼神，望著排隊領取白米的窮苦人家，不卑不亢、柔和謙卑，當她一一將白米袋送給每位排隊民眾的同時，也隨口對他們說聲：「耶穌愛你。」

那聲音聽起來是何等悅耳，又讓人心情平靜。

天佑凝視那名女子許久，一時間有點心神蕩漾、心不在焉，以至於人群將他擠到隊伍的最前頭時還沒會意過來，直等到伍家小姐身旁的丫環大叫了兩聲，天佑才回神過來，趕緊趨身上前領取白米袋。

當他走上前伸手要領取米袋時，伍家大小姐卻遲疑了一下，沒將米袋拿出來，這位伍小姐仔細端詳了蒙天佑許久，然後說：「這位小哥，我看你手腳健全，為何會淪落至此，請問你是打哪來的？發生了什麼事？」

天佑連忙回說：「請姑娘莫怪，在下剛從廣西潯州前來依親，不料那遠房親戚早已不知去向，而我人生地不熟，流落街頭已經數日，湊巧聽見怡和行前有善心人士發放白米就姑且前來一試，本人實非遊手好閒、不事生產之徒。」

伍家千金定睛一瞧，眼前這名年紀與她相仿的小哥，雖然面目有些髒污，衣裳破落，但是講起話來口齒清晰、彬彬有禮，又聽他說是流落異鄉的外來客，憐憫之心油然而生。

伍千金旁邊的丫環這時插話道：「那你怎麼不回廣西去呢？」

天佑拱手向那丫環致意說：「這位姑娘有所不知，在下本欲返鄉，但心想回去亦是孤獨無依，於是想廣州城大，可能比較容易謀個生計，就暫時待下來找個零工討生活，無奈外地人無依無靠，謀生不易，現在也只能暫時餐風露宿街頭。」

天佑隨口編了個理由，但說的卻是真實在街頭上演的情況。伍家千金與她的丫環兩人都心知肚明，儘管廣州城繁華似錦，但是一個毫無依靠的外鄉人，想要在廣州找到個工作，圖個安身立命並不容易。即便是各種下等低賤的苦力工作，在廣州城內早已被各大幫派所把持操控，沒有透過關係就想要去碼頭當捆工扛貨或是幫人扛轎子拉車，都不是一件簡單的事情。

千金大小姐伍思喬不知怎的倏忽善心大發，就說：「這樣吧，待會你跟我們回去，我看看家裡有沒有缺幫傭或是雜役之類的工作，讓你暫且可以生活，之後再慢慢打算。」

旁邊的丫環一聽正想要開口攔阻，天佑趕緊拱手作揖道：「感謝姑娘大恩大德，在下一定會努力工作來回報姑娘。」

伍小姐露出皓齒微微一笑說：「那小哥你叫什麼名字呢？」

「蒙天佑，大小姐就叫我天佑吧，大家都這麼叫我。」天佑開心地說。

謝過大小姐後，天佑先到一旁等候伍思喬一行人將白米繼續發放完畢。廣場上的人群四散之後，丫環陪著伍家大小姐上了一輛檜木打造的雙頭馬車，四名保鑣隨侍兩側，天佑則是在馬車後面亦步亦趨的跟著。

馬車行進的速度並不快，眾人小碎步就能跟上，一路朝著伍家花園前進。出了廣州十三行街區，馬車緩緩駛向位於珠江南岸的伍家花園，天佑印象中曾聽洪仁玕提過，廣州城的這座伍家花園堪比紅樓夢裡的大觀園，所以他心裡也充滿期待，想要見識一下當代名園。而坐在馬車裡面的兩位姑娘正在交談，那丫環再次跟伍家千金抱怨說：「小姐，我們隨便就帶了個男人回去，老爺知道了肯定會怪罪我的。」

這名丫環名叫小倩，從小陪著伍思喬一起長大，雖然是主僕關係，但是在伍思喬心中卻更像是朋友一般，因此兩人私底下的交談非常開放與自然，不太有尊卑之分。

伍思喬說：「小倩，可別胡說，什麼隨便帶個男人回去，多麼難聽啊。我是看這位小哥雖然身世清苦，但是態度從容也不怨天尤人，而且據我的觀察，他雖然是個鄉下人，可是眼神清澈、神情雋朗，應該是塊璞玉，說不定好好調教之後會是家裡的好幫手也不一定。」

小倩聽後說：「哇，小姐妳是認識人家多久啊？怎麼可以看出這麼多名堂，對他有這麼多好話，依我看啊，準是因為那小子長得俊俏吧，但即便長得不錯，總歸是個下人而已。」

被譏諷的伍思喬瞪了小倩一眼說：「別亂說話，這跟長相有什麼關係。還有不要成天說什麼下人、不下人，人就是人，雖出身有富貴貧賤之別，但是在主耶穌的眼中每個人都是平等的。」

小倩不甘示弱說：「是啊，人都是平等的，那為什麼我們坐馬車，他就得跟在馬車後面跑？」

伍思喬聽了還想要跟小倩爭辯，突然前頭拉車的馬匹一聲長鳴，車輛戛然止步。她們兩人趕忙掀開車簾查看發生了什麼事，沒想到竟有十來名蒙面黑衣人團團圍住馬車。

此刻職司保護伍家小姐的四名保鑣護衛紛紛拔刀，站在四個方位護住馬車，伍家護衛領頭一名滿臉鬍渣的高個大聲說：「來人何意？你們可知道這是伍家的馬車嗎？還不趕快閃遠一點。」

但這群蒙面黑衣人無人答話，只見其中一名狀似頭領的人向其餘同夥點頭示意，顯然護衛一番話反而讓他們確定了目標的身分。

十多名黑衣人立即有組織地分成四組人馬向四名護衛進攻，雖說這些伍家護衛的身手都不差，但是黑衣人的數量比護衛多出數倍並分成小組攻擊，這些護衛們寡不敵眾，沒多久時間便敗下陣來。

蒙天佑原本躲在馬車後觀察，正在思索如何在不暴露自己身分下營救出伍家小姐並且脫身，但眼看護衛們一個一個不支倒地，他情急之下別無他法，一個箭步衝向右前方正在圍攻伍家高個鬍渣護衛的那群黑衣人，迅捷剛猛的出拳撂倒其中一名黑衣人，減輕伍家領頭護衛被圍攻的壓力之後，接著天佑立即跳上馬車的駕駛座，從嚇到失魂落魄的車伕手中搶下韁繩，然後大喝一聲，拍打馬匹，啟動馬車向前狂奔。

所有蒙面黑衣人都被天佑的舉動嚇一跳，他們的注意力原本都放在伍家的護衛身上，沒想到一個不起眼的隨從竟然有如此大膽的動作反應，當下帶頭的蒙面人立即呼喊眾人改追馬車，這時候四名護衛僅剩下兩名還在奮力一搏，這兩名護衛努力纏住一些蒙面黑衣人，迫使黑衣人分成兩群，一群改追馬車、一群留下來對付剩餘的護衛。

天佑接手駕馭馬車後越馳越快，但後方黑衣人也快速奔跑緊追不捨，一行人在北岸的車道上狂奔，天佑一邊駕車一邊詢問身旁驚惶失措的車伕伍家花園的所在地，這時伍思喬與小倩從車廂內探頭出來協助，她們告訴天佑前方六百丈左右有一座橋，只要右轉跨過橋，到了南岸就可以看到伍家大院了。天佑暗想這輛馬車跑得再快，待會要轉彎過橋時非得放慢速度不可，他回頭觀察那群黑衣人現正在馬車後面約百步左右的距離步步進逼，只要馬車速度一放慢，黑衣人隨時就可能追上來，於是他跟身旁的車伕說：「待會快到橋頭時要放慢速度轉彎，你來接手，等我離開後，你一轉上橋就立刻加快速度，千萬不可遲疑。」

後邊的伍思喬聽到後問：「天佑小哥，那你要去哪裡？」

天佑回答說：「待會馬車要轉彎，速度一定會慢下來，我去阻止後面的黑衣人追上來，小姐妳們記得待在車廂裡面，千萬不要出來。」

伍思喬聽到天佑說他要去阻止黑衣人，便要勸他說：「小哥千萬不要，這樣非常的危險。」

天佑說：「這是幫助妳們脫困的唯一方法，大小姐別擔心，我自己會一點拳腳功夫，只是抵擋他們一下而已，打不過我就會趕快逃走。」

伍思喬還猶豫著想說些什麼，不過理解到似乎這是能讓他們脫困的唯一方法，於是她對天佑說：「小哥，你千萬要小心，黑衣人目標應該是我，你設法拖延他們一下，之後就趕緊自己逃命，事後記得到伍家大院來找我。」

伍思喬話一說完，馬車離橋頭只剩不到百丈，而後方黑衣人也追近至三十步以內，領頭的黑衣人輕功不錯，只要雙方距離再縮短個十步，他施力縱身一躍就能登上馬車。

眼看情勢越來越緊迫，天佑把韁繩交給車夫後，轉身雙腿一蹬跳上馬車頂蓋，從車頂上方走到車後，他瞧見一名黑衣人正準備躍上車廂後端，馬上一個飛踢對準那名黑衣人攻擊，在此同時，車伕將馬車速度放慢準備轉彎，然後將馬車頭向右駛上石橋，接著再加速向前直奔而去，留下天佑一人獨自面對追上來的七、八名黑衣人。

領頭的黑衣人為了閃躲天佑的攻擊，狼狽的向左方側滾過去，雖然天佑一擊未中，但是他勢不停歇，立刻接著再出腿橫掃，讓跟著過來的黑衣人都必須停止追擊的攻勢，往後方躲開。就在天佑連續出招攻擊下，馬車順利轉上橋並加速駛離黑衣人的追趕範圍，天佑評估黑衣人要再追上已經十分困難。

這群黑衣人眼見追趕無望，一怒之下立刻將目標轉向天佑，所有人都目露凶光，那名領頭黑衣人說：「不知死活的小子，竟敢破壞爺們的好事，看來你是嫌自己活太久了。」語落，七、八把横刀開始靠近天佑。

此時只看到天佑環顧左右，確定沒有其他人之後，嘴角微微一揚說：「江湖好漢，怎麼做這等擄人搶劫的惡事，回頭是岸，我給你們最後的機會，趕緊走人，我既往不咎。」

黑衣蒙面人一聽眼前這名年輕小子不僅破壞他們的好事，居然還在他們面前口出狂言，是可忍、孰不可忍也，帶頭黑衣人大喝一聲說：「找死，大夥上，給我剁碎他。」

眾人同時對天佑發起進攻，只可惜，他們這群人行走江湖慣了，今天竟然百密一疏，沒能夠看出眼前這年輕小子的底細，如果他們不是因為輕敵，或許還有機會逃出生天。天佑下手前就決定，如果這群黑衣人不主動撤退，那就是上帝的旨意，出手絕對不留情面。

天佑以靈巧的身形躲過前面幾位黑衣人横刀的劈砍，然後使出石達開所創的戰拳，快速向一名黑衣人的下腹出拳重擊後，立即反手奪下他的兵器。所有人都被眼前這一幕給嚇了一跳，沒想到這個不起眼的小夥子居然有如此身手。隨後又有五名黑衣人趕到，應該是剛才留下來對付護衛的那群人，把伍家護衛全部解決後趕上來會合，天佑說了一聲：「來得剛好！」

蒙天佑出刀了。

天佑的手腕一舞動，凌厲的刀風瞬間讓空氣凝結。

雖然握在手上的刀不是他的「斬邪」，但是用來對付這群江湖豎仔已經是綽綽有餘，大約兩刻鐘不到，一場戰鬥就結束了，勝負高下立分。蒙面人大敗，天佑痛下殺手，只餘下那名領頭的黑衣人身負重傷跪地求饒。

天佑神情冷峻地說：「我只給你一次機會，說，是誰派你來的？為什麼？」

黑衣人將自己的來歷以及受何人所託等內情一一和盤托出，說完後便不斷向天佑討饒。

天佑則喃喃自語說了句：「沒想到廣州商場的凶險狡詐，與潯州的戰場相比更是不遑多讓啊！」

天佑命令僅存的黑衣人將那些死去黨羽的屍體丟入珠江大河裡，並囑咐他立刻離開廣州不要回來，也不要去跟委託人通風報信，否則後果自負。負傷的黑衣人好不容易逃過一劫，自然是滿口答應天佑的要求，發誓自己絕不會再回廣州城。

黑衣人完成他的善後工作，頻頻跟天佑鞠躬道謝，感謝天佑放他一條生路，就快速地逃離現場。

天佑獨自望著在珠江河面上那些載浮載沉，剛剛命喪於他手下的黑衣人屍首，深深嘆了口氣。

他暗忖在這個年代滾滾江河裡，不管有多少具浮屍從中飄過，都不會引起太多漣漪，甚至沒有人會刻意去查看。因為知道改變不了任何現狀，豪門大戶門口所栽種的鮮豔花朵依然綻放，而那些汲汲營營的商賈店鋪照常的進行買賣，至於流落街頭孤苦無依的貧民百姓，等待他們的依然是無止境的漫漫長夜。

痛苦無依的底層階級僅有的小小盼望，是期待有一天，在某個地方能夠有像伍思喬這樣的善心人士，願意發揮憐憫之心，用正眼仔細瞧一下他們所面臨的悲慘苦境。

不過即便是這種心願也是遙不可及的，像伍思喬這種人是可遇不可求。實際上每個人的日子還是必須在這種極度壓抑、無助的氛圍下，日復一日、年復一年的過下去。想到這裡，蒙天佑突然感受到胸口有一股極度鬱悶的壓抑，他握緊手中的刀放聲大喊，想要衝破心中那股沉悶的壓抑。

對於自己手上所沾染的鮮血，天佑已經越來越不在意，他現在所在意的是，這種無比抑鬱的日子要到哪一天才能夠結束？

✢ ✢ ✢

當晚，伍家大院東廂的書房內，家主伍榮跟其四弟伍和兩人對坐而飲，伍榮是前任家主伍秉鑑的三子。

伍家世居福建泉州，在福建從事茶葉種植生意起家，康熙初年伍秉鑑的祖先舉家移居廣東落地生根。後來朝廷推行新的商業政策，宣布凡資金實力雄厚的行商繳納一定金額後，便可註冊為「官商」，代官府包攬對外的貿易業務，並代徵關稅。

最初共有十三家行商註冊，就被稱為「廣州十三行」，其後行商隨發展增減，有多有少，並不是固定只有十三家。

當年同文行為十三行的總商，伍秉鑑的父親伍國瑩年輕時在同文行擔任賬房，並且參與資產管理和投資貿易等工作，與英國東印度公司多有來往，累積了商場經驗和財富，後來便自己出來開設怡和行。嘉慶六年（公元1801年）伍秉鑑開始接手家業，他僅花了五年時間，就把怡和行經營得風生水起，和當時獨領風騷的同文行並駕齊驅。

據傳伍秉鑑相當有商業頭腦，能夠在任何時候算出自己存放在英商行號中的期票利息是多少，兌付時分毫不差。後來怡和行的勢力逐漸坐大，超越了同文行，取而代之成為十三行公行的總商。

伍秉鑑在鴉片戰爭過後，道光二十三年（公元1843年）去世，接著便由其三子伍榮克紹箕裘接手家業。而伍家開始面對接踵而來的挑戰，首先一口通商的優勢不再，清廷與英國簽訂的南京條約中改成五口通商，許多洋商開始聚集上海，再加上香港開埠，使得廣州的通商口岸地位不斷下降，廣州十三行再無以往壟斷貿易的巨額利潤可圖。

伍和對三哥說：「今天是誰這麼大膽，在珠江岸旁就公然攔車劫人，會不會是潘家那邊派來的人？真是欺人太甚。」

伍榮眉頭深鎖說：「這不好說，有可能是潘家派來的，也有可能是那個女賊的同夥，但是也有可能是其他道上的人，現在似乎所有人都已經知道這個寶藏在我們手上。」

「三哥，這該如何是好？怎麼好好地，會弄個燙手山芋在自己手上。」伍和埋怨地說。

「當初想要做這門生意，就要有心理準備。現在木已成舟，只好硬著頭皮上了。」伍榮有點無奈地說。

「無論如何，我是絕對不會向潘家低頭。那廝仗勢欺人、狐假虎威，以為我伍家已經日薄西山好欺負了嗎？」

伍和看了伍榮一眼，想說甚麼卻又開不了口，他知道三哥之所以會決定做這檔生意也是為了伍家的未來著想。於是喝了口茶轉換話題問說：「今天救了喬兒的年輕人三哥怎麼看？這個人妥當嗎？」

他們說的人自然是蒙天佑。

伍思喬的馬車擺脫追兵後就直奔伍家，伍家接到通報隨即派出了一大隊家丁護衛前去支援天佑，但是到了現場早已失去眾人的蹤跡，只留下伍家四名保鑣的屍首橫躺大街上，於是為四人收屍後便回去覆命。

過了一個多時辰，蒙天佑出現在伍家大門前，正在擔心天佑安危的伍思喬立刻歡天喜地出來迎接，並且帶著他去見伍榮。

天佑向大夥編了個說詞，說他跳下馬車抵擋蒙面人一陣子後便趁機逃跑，那群黑衣人追了一陣子後被他甩開。於是他找地方躲藏，一個多時辰後，觀察黑衣人確實已經離開，才敢前來伍家。

天佑的這一番說詞合情合理，表面上也沒有什麼漏洞破綻，但是伍榮依舊充滿戒心。伍榮向天佑表達感謝之意，原本是要致贈一些金錢就打發他離開，沒料到伍思喬竟趁機向其父要求，留天佑下來充當她的私人護衛，伍榮本來不答應，但是因為伍思喬當著天佑的面直接提出，且天佑才剛剛拚了性命拯救了自家女兒，伍榮面對女兒的誠摯懇求，實在不好當面拒絕，便勉強先答應下來，於是蒙天佑便加入了伍家的護衛隊，並且職司保護大小姐伍思喬的任務。

「那名小夥子看起來是個機靈的年輕人，身手也不錯，面對十幾個匪徒能有如此膽識很不簡單，如果身家清白，那倒是給伍家找了個幫手，但是就怕……」伍榮沒把話說完，可是心中的憂慮全寫在臉上，畢竟現在局面已經是焦頭爛額了，真的不希望再節外生枝。

「是啊，但願如此，不過依我看今日喬兒對那小子可不單單是感謝之心那麼單純而已，喬兒眼神中的孺慕之情是明眼人都看得出來啊。」伍和說。

「哈，這女孩子的心思，四弟觀察入微啊！唉，吾家有女初長成，養在深閨人未識。」

伍和接著道：「天生麗質難自棄，一朝選在君王側。」

「早晚要替喬兒找個如意郎君的。」

伍榮嘆道：「哪有這麼容易，喬兒自幼在洋人書院裡讀書長大，可不會乖乖地聽父母之命，媒妁之言。再加上她的娘親走得早，我怎麼捨得這麼快把她嫁人。」說到此時，伍榮又是一聲長嘆，今天發生的事情又讓他勾起對思喬娘親的思念。

伍和聞言亦不免感傷，自從父親伍秉鑑走了之後，伍家怡和行這塊大招牌就壓在伍榮的身上，家族裡面多少人得靠他吃飯生活。他清楚自己的三哥為了家族承受多大的壓力，這幾年下來伍榮的頭髮越來越白，臉上皺紋越來越多，都是為了延續伍家命脈啊。伍和只企盼籌劃中的這樁生意能夠儘快塵埃落定，完結一切的紛擾，只不過窗外風聲蕭蕭，似乎是在訴說著萬物自有主宰，凡事未必能照著人自己的安排來走。

接下來幾天，伍思喬都被規定不能外出只許待在宅院裡頭，蒙天佑也趁機利用這兩天的時間把伍家花園裡裡外外都摸個清楚。這座伍家花園不愧是廣州第一名園，不但面積廣大占地寬闊達百畝以上，其內的格局遼闊、氣派大方。整個園區的地景設計佈局層次分明，分別為祠、園、林以及原有地貌等幾個區塊，其入口處稱伍家祠道，要通過伍家祠道才進入園內，其北側有土地祠，南側依次排列荷塘、竹林，然後進入萬松園。

其中的萬松園是伍家花園的核心景區，是在道光十五年（公元1835年）伍氏宗祠建成後陸續擴建而成。該園乃是一座園中園，通常是伍家招待外國洋商和省城名士的主要場所。

萬松園內有一座大池，池面廣達數畝，曲同溪澗，兩岸架有長短石橋，旁倚樓閣，倒影如畫。池水出口有閘道，與溪峽相通，池中常會停泊數艘畫舫。園內外古木參天，宛若仙山樓閣倒影池中，園內隨處可見伍家從世界各地搜羅而來的骨董藝術珍品，屋子中則擺設塗著南洋油漆的名貴木料所做的家俱桌椅、鑲著寶石的枝形吊燈、大理石鋪的地面與各大名家的墨寶名畫等，是一座龐大宏偉且中西交融的私家園林。

園內估計可容納數百人居住，包括伍家的私人護衛達五十人之譜。護衛的頭領名喚周孟達，大家都叫他周師父，是陝北刀客出身，自伍秉鑑還在世時便於伍家擔任護衛頭子，雖然年紀已過四十，但是身手仍然俐落敏捷，刀法出神入化，所使的一口九環刀更是名震廣東。

蒙天佑剛到伍家加入護衛隊伍時，周孟達曾經試過天佑的身手，天佑在隱藏自身實力的情形下，勉強在他刀下走過幾回之後便佯裝落敗，但即使如此，天佑展現出來的武術底子依舊讓周孟達頗為訝異，追問天佑是師承何門？天佑只說是鄉里長輩在小時候指點過，但因其早已過世不便再提，周師父聽到天佑如此說，猜測他有難言之隱，也就不繼續追問下去。

伍思喬被限制行動在家悶得發慌，每日下午都會去逛逛花園，便由天佑陪伴同行。在陪同的過程中，天佑對這名青春洋溢的千金小姐有了更多的認識。伍思喬從小就讀洋書院，跟著一位北美長老會派來的牧師學習英文，並且對於醫護方面的知識頗感興趣。而伍思喬則是發覺天佑對於教會信仰的事情很感興趣，於是把握機會向他傳起教來。

「天佑小哥，你對於信仰有何看法？會排斥基督教嗎？」

「基督教？請教小姐這基督教是拜什麼神的啊？」天佑不解地問。

「基督教信仰的是三位一體的真神，也就是天父上帝、聖子耶穌以及聖靈。」伍思喬回答。

「三位一體？聽起來有一點玄奧，天父上帝與聖子耶穌，我是有聽說過，但是三位一體就不清楚了，請問他們之間的差別在哪裡？」

伍思喬被天佑這一問突然有點心虛，但是還是認真的回答說：「你問了個很重要的信仰神學問題，我不敢保證能夠向你解釋得清楚，但是我會盡量說明，如果說得不好，是我的問題，下次帶你去找牧師解釋得更明白。」

天佑笑笑地說：「小姐別客氣，請賜教。」

伍思喬說：「我先將基督信仰的來龍去脈簡單的說明一下。」

「所謂上帝就是這個世界的創造主，祂按著自己的形象創造人類，將他們看作自己兒女般珍惜愛護，但是人類濫用上帝所給的自由意志犯了罪，也在魔鬼的引誘下背叛上帝，不聽上帝的話，不遵守誡命。並且忘記自己乃是上帝所造，反而自以為義，想要與上帝同等，由自己判斷是非善惡，一切要由自己做主，於是就在罪惡中墮落，遠離上帝。」

講到這裡伍思喬稍微停頓下來問說：「到這裡你明白嗎？天佑小哥。」

天佑答說：「嗯，還可以理解。」

伍思喬繼續說：「剛才說的是人類的開端與墮落。接下來，上帝透過跟一個民族立約，來證明祂自己的存在，並且傳遞祂的話語以及祂對全人類的愛，那個民族就是以色列人。」

「上帝跟以色列人的始祖亞伯拉罕立約，然後一路帶領以色列人將他們從被奴役的埃及地拯救出來，進入上帝為他們預備的應許之地『迦南』。只是這個民族就像是我們所有人類的縮影一樣，重複地犯著他們祖先所過犯的錯誤，當自己一帆風順的時候就忘記上帝的恩典，甚至跑去敬拜別的神，背棄了上帝。而每當遇到苦難，國家被敵人侵略時才又想起那位拯救他們祖先的真神，然後再一次回頭向上帝祈求，這個民族的信仰就這樣一直反反覆覆。這種行為惹怒上帝，最後，就面臨亡國的命運。」

這段以色列人的歷史，天佑在拜上帝會的舊遺詔聖書中有讀過，研經院開課時還是由馮老師親自主講，馮老師解釋說這段以色列的歷史是一個在地上建立天國失敗的例子，所以我們千萬要記取以色列人為何會失敗的原因。

天佑於是說道：「所以，以色列國是上帝嘗試在地上建立天國，但卻失敗的例子喔？」

伍思喬一聽噗哧一笑說：「你的說法很特別，但並不是這樣。」

天佑疑惑地說：「不是這樣？那又是如何呢？」

「以色列人失敗是因為他們忘記上帝，不遵守上帝的話。但這不是上帝的失敗，上帝從來不會失敗，而且祂早就知道過去、現在以及未來所有的事情，因為祂是全能的上帝，沒有一件事情是祂不曉得，也沒有一件事是祂不能掌握。正因為這一切早在神的預知當中，所以上帝在創造這個世界以先，就預備好了一個救贖計畫，要透過聖子耶穌道成肉身來到世界上，並且預定透過主耶穌犧牲自己的生命，為全人類的罪被釘死在十字架上，三日後，祂戰勝黑暗死亡權勢，從陰間復活升天。耶穌一次為所有人死，一次的獻祭，將全人類的罪用祂自己的寶血洗淨。一次而且永遠解決人類罪的問題。從此以後，世上所有的人不分血統、種族、國家、男女、貴賤、身分，只要願意心裡相信、口中承認耶穌是生命的主，並且遵行神的話緊緊跟隨祂，就能透過主耶穌重新回到上帝面前，成為神寶貴的兒女，所以耶穌的救恩是無價的恩典。」

「所以聖子耶穌其實就是神，因為聖經上耶穌說：我與父原為一。這部分很難理解，祂們有不同的位格，各自獨立卻又是完全合一。」

伍思喬再一次停下來詢問天佑是否明白她的話。

天佑聽完伍思喬對基督教教義的解說後，心中泛起許多的疑問，他說：「確實有點難以理解，不過就小姐剛才所言，基督教的信仰關鍵是聖子耶穌。」

伍思喬有點驚訝地望著天佑，然後說：「小哥你真的很厲害，一點就通。我以前也不太明白，但是哈牧師就曾經跟我提過，要認識基督教信仰一定要先真正認識主耶穌，因為祂是救恩的源頭與關鍵。」

思喬口中的哈牧師，是北美長老會所差派到廣州的傳教士，哈巴牧師。他於道光二十四年（公元1844年）來到廣州開始傳教，北美長老會的傳教策略是透過興辦醫院以及學校等慈惠工作來與當地居民建立關係，其中的一個特色是學校招收女性，所以十九世紀中國女性受教育是始於教會所辦的學校。而伍思喬所就讀的格致書院就是哈巴牧師所創辦，三年前伍思喬在哈巴牧師的引導下受洗成為基督徒。

伍思喬接著說：「至於聖靈與天父上帝和聖子耶穌兩位是同等的，是永遠與我們同在的一個保惠師。約翰福音記載主耶穌要求天父，天父就另外賜給我們一位保惠師，叫祂永遠與我們同在，成為屬神兒女們隨時的幫助。聖靈雖不可見，但是卻如同風一般，可以確實感受到祂的存在。」

天祐心裡猛然醒悟：「原來她所說的聖靈，就是我們拜上帝會所說的聖神風。」

天佑一邊聽著伍思喬述說基督教的教義宗旨，一邊與自己從拜上帝會那裡所領受的教義真理互相比對，發現兩者有其相同之處，但也有其不同之處。他發現伍思喬所言基督教信仰強調一件事，那就是神愛世人，也因為神愛世人才會讓聖子耶穌降世為人，為了全人類的罪，上十字架受死，最後復活升天。由於主耶穌的犧牲與復活，世界上所有的人可以藉由耶穌所成就的救贖恩典，只要願意承認自己的罪與過犯，然後真正的悔改，便可以坦然無懼來到天父上帝的面前蒙憐恤、得安慰，不必倚靠自己的才能、行為或是功德，神都會全然的接納我們。

基督教的信仰內容與拜上帝會裡所教導的教義真理相比較，表面上差距不大，但是天佑很快就歸納出其中重要的關鍵差異。首先拜上帝會所教導的信仰是強調天父上帝是世界萬物的創造主，祂是唯一的真神，所有人都要離棄假神跟偶像，回到天父上帝的面前來敬拜祂，上帝就會賜福與保守。但是拜上帝會的信仰並不重視聖子耶穌，因為如今在地上有另外一個代言人，那就是天父次子，教主洪秀全。

伍思喬所介紹的基督信仰帶給天佑極大的衝擊，他內心不斷問自己到底哪一個才是正確的，為什麼伍思喬的基督教中只有耶穌是神的獨生愛子，而祂是三位一體的神。至於他的拜上帝會卻還有一個次子：教主洪秀全。

天佑左思右想，在其所讀到的遺詔聖書中，的確沒有任何一處提到天父上帝還有什麼次子。但是他又反問自己，會不會是在耶穌的時代沒有，但是今時天父上帝看見黎民百姓的痛苦與需要，所以又賜下了另外一個兒子呢？這些疑惑跟想法不斷在天佑的腦海裡反覆辯論，使得天佑陷入苦思冥想中。

天佑一臉發呆的表情，讓伍思喬以為是自己剛剛的言論令天佑產生疑惑和困擾，所以趕忙說：「天佑小哥，這些道理不是一時半刻能夠理解明白的，下次跟我一起上禮拜堂找哈牧師聊一聊，或許就可以解答你的許多疑惑。」

天佑也說：「好啊，也是，相信牧師一定比較厲害。」

伍思喬聽到天佑這麼說就嘟起小嘴說：「哦，天佑小哥是取笑我學藝不精的意思囉！」

天佑趕緊拱手道：「不敢、不敢，大小姐聰穎慧詰，在下怎敢取笑小姐呢。」

看到天佑緊張的模樣，伍思喬嫣然一笑說：「小哥別緊張，我是跟你開玩笑的。」

兩人就在討論拌嘴的情況下，度過悠閒愉悅的下午時光。

連續幾日伍思喬都與天佑一起同遊伍家花園談天說地，看得伍榮心裡有點不是滋味，但是想到這個寶貝女兒從小失去親娘後，除了丫環小倩外也沒有什麼同齡的朋友陪伴交往，雖然貴為大小姐，實際上是孤零零的一個人。其個性隨著年齡越長越是孤僻，好不容易透過進入洋書院讀書接觸基督信仰以後，整個人才逐漸變得比較開朗。進入格致書院學習一年後，思喬向他提出要受洗成為基督徒時，伍榮一開始是非常反對的，然而在伍思喬極力的說服以及想到思喬接觸基督信仰後，個性與心情都有極大幫助，伍榮才勉強答應。

說也奇怪，伍思喬自從接觸基督信仰以後，個性有了極大的轉變，以前不愛說話、常鬧脾氣、不懂得包容體貼，甚至把從小陪她長大的丫環小倩當做她的出氣筒，一有不順心之事，常常大聲責罰。但是成為基督徒的伍思喬竟好像變了一個人似的，不但會體貼父親的辛勞，也主動向小倩道歉，尋求和解，請求原諒她之前許多不成熟的行為。

另外伍思喬信仰基督教後，對於旁人的困難處境展現出更多關懷與憐憫心，她主動跟父親提出要在每個禮拜日下午發放白米來賙濟廣州城內貧苦的窮人。這些種種的轉變都讓伍榮萬分驚訝，他猜不透為何信仰會有如此大的力量，居然可以改變一個人的個性到這種地步，以前苦口婆心地規勸都沒有用，而今聖經中一句教導的話語竟然有這麼大的力量，讓人願意甘心順服，真是不得不佩服上帝的力量啊。

看著思喬與天佑說話互動時臉上所洋溢綻放的光芒，那一顰一笑都讓身為父親的他感到安慰，於是原本打算介入兩人互動的伍榮，暫時打了退堂鼓，畢竟每一位做父親的心願都很單純，就是希望自己的兒女幸福快樂，伍榮非常清楚現在的伍思喬是歡喜快樂的。

然而對天佑來說，他的心情就複雜許多，雖然這陣子以來和伍思喬的相處讓他體驗到以往未曾有過的愉快輕鬆，但是他並沒有忘記自己進入伍家真正的目的。

白天過後，夜晚通常是天佑更加忙碌的時間，幾個夜晚下來他已經對於伍家大院的房屋方位、環境地形瞭若指掌。伍家的私牢是位於整個園區西南角落的一處磚造平房，這座平房內總共有兩間牢房，平常是用來處分犯錯的僕役或是雇工的地方。

蒙天佑探知伍家對待下人算是不錯，除非犯了大錯，否則甚少使用關押方式處分僕役，可是現今大牢裡面卻有名貴客，還是名女性。不過伍家並沒有苛待這名犯人，只知是個竊賊。不過奇怪的是，一般捕獲竊賊，通常關押取供後，不是在府內私刑了結，不然就是會押送官府究辦，但這名竊賊卻已在伍家私牢裡待上近一個月，無論是護衛或是僕役都沒有人清楚緣由。

天佑猜測牢裡面的人應該是李聰兒，雖然他還沒有理清頭緒，不明白為何伍榮不將聰兒押送官府，總之設法將李聰兒從牢裡救出來是第一要務。

負責看守私牢的職責是由家丁護衛輪班負責，不過天佑的職份是以護衛大小姐伍思喬為主，並不需要參與輪班。今夜剛好一名護衛臨時因老家有急事需請假外出返鄉，天佑心生一智向眾護衛表示他初來乍到，理當多分擔點大家的工作，所以自願去擔任監管牢房的輪值，其他護衛則對於天佑的行為紛紛表示讚許，覺得這年輕小子很懂得做人處事的道理。

當晚天佑與另一名護衛負責晚班輪值看守，並且負責將伙房送來的飯食拿進牢內給犯人，這是天佑來到伍家首次進入私牢內，總算讓他有機會見到李聰兒。

這座私牢內有兩個房間，中間用一道土磚牆隔開，每個牢房內的三面為密閉土磚牆，面臨走道這面牆則分成上下兩半，下半部是磚牆，上半則是用圓木做成的柵欄，柵欄右方又開了個口，方便從外面將飯食送入，至於牢門則是厚木門，門栓用鐵鍊上鎖。

天佑進入牢房中走近一瞧，牢內右邊房間地上有個黑衣女子坐在牆角，這名女子面相門口正在閉目養神，牢內燈光灰暗，但是可以從該名女子的臉龐輪廓認出確實是聰兒沒錯。雖然已經被關押在這牢房內十幾天，聰兒臉形略顯消瘦，不過堅毅的神情卻依然寫在臉上，天佑相信以聰兒的性格，伍家很難從她的身上獲取任何情報。

「吃飯了，聰兒姑娘。」天佑脫口而出。

聽見有人居然知道她的名字，加上這個聲音有點熟悉，讓正在閉目養神的聰兒心頭一震。張開眼睛望向對面，那牢房柵欄外站著的是一張熟悉的臉孔，雖然這些日子以來讓她最牽腸掛肚的並不是這張臉孔，但是不管如何，他的出現讓她頓時感到十分安心。

這種感覺立即讓李聰兒回想起，就在不到一年前，她也是在情急之下找上了他來拯救石大哥。今日在大牢裡再一次看見，聰兒心裡立時明白，眼前這個人是除了石大哥以外，在這世界上最令她感到放心的人，或許在聰兒的內心深處，早已感受到天佑對她那份特別關愛之情，即便如此她卻刻意選擇忽略，因為她已經心有所屬，女孩子家在感情上是天生敏感的。

聰兒趕緊起身奔向柵欄，雙手握住欄杆說：「天佑哥，你怎麼來了？」

看到聰兒臉上的笑容，天佑立時感到欣慰。他輕聲說道：「對不起，來晚了，讓妳受苦了。」短短幾句話，讓聰兒聽了又感動又無奈。她望著天佑明澈的雙眼，嘆了口氣柔聲說：「天佑哥，千萬別這麼說，小女承擔不起。」

天佑想回些什麼話，但又把那股心思給按耐下來，他知道現在並非話家常、訴情懷的好時機，畢竟外面還有一名被他暫時支開的護衛。天佑快速扼要地向聰兒說明自己來到廣州與其父碰面後，得知其被關在伍家，以及如何混進伍家當護衛的過程，並且詢問聰兒她被抓的經過。

兩人一番交談後，天佑才從聰兒口中得知一個訊息，原來聰兒當日確實是為了盜取吳王寶藏的秘圖而來，而那日聰兒已經偷得秘圖在手，只是這個秘圖根本不是什麼吳王寶藏的藏寶圖。

「那秘圖內是什麼東西？」天佑問。

「無法確定，但我想應該是一種設計圖。」

「設計圖？什麼東西的設計圖？」

聰兒想了一會說：「我覺得應該是一種火槍的設計圖，我看不懂，但是在我發現秘圖的地方，同時放有一把短火槍。」聽兒回憶說道：「我當時便是太過好奇，想要把秘圖與火槍看個明白，多耽擱了一會時間才讓伍家的人發現，失手被擒。」

得到這些相關訊息後，天佑腦子裡不斷打轉，他知道自己需要花一些時間弄清楚來龍去脈，於是告訴聽兒請她再委屈一些時日，過不了多久就能救她出伍家大牢。聽兒理解天佑的想法，於是回說：「沒關係，正事要緊，你既然來了，我就一切放心。」

天佑離開牢房後，聽兒仔細回顧剛才向天佑說的那句話，發現這真是她自己內心的聲音。

不知道從什麼時候起，天佑在聽兒心裡面的印象已經漸漸的改變。李聽兒依稀記得當時隨著蓮園戲班到潯州桂平縣演出，是雙方第一次見面的場合。當時的天佑因為她被高家公子在戲台上公開為難，而在戲台下大聲仗義直言，當下她只聞其聲、不見其人。後來是透過石達開的介紹才正式與蒙天佑這名古道熱腸又懵懂青澀的小夥子見面，兩人雖然年紀相仿，但是因為聽兒行走歷練江湖多年，使她看起來遠比天佑成熟、穩重許多。

兩年的時間過去，這其間發生了太多事情，天佑無論是身形或是思想上都飛速地成長。在剛剛短暫的會面中，她發覺天佑比起幾個月前她離開廣西回到廣州時又有了顯著的不同。今日的天佑雖然依舊有副十分年輕的臉龐，但雙眸變得清澈而深邃，除了讓人有股生氣盎然的感覺外，卻又帶著沉穩靜謐。彷彿任何事情只要交給他處置，就可以一切穩妥安心。

為什麼會有這種感覺？

這種感覺以前只出現在石達開身上，聽兒心裡頭正納悶地想。

而有這般感受的人不只是李聽兒。同時間，在伍家千金小姐的閨房內，伍思喬的心裡也正在納悶著，為什麼只要是天佑陪著我的時候，我的心情就非常愉快，喜上眉梢的感覺，兩人話匣子一開就聊不停，直到現在我還掛念著他呢？為什麼會有這種感覺？難道……？我……，不會吧？

正在一邊思索，一邊把玩著自己心愛的手絹時，有個聲音輕輕地喚醒她。

「小姐，千萬不要忘記自己的身分啊！」說這話的人正是小倩，做為伍思喬的貼身丫環，自家小姐的一言一行當然無法瞞過她的眼睛。

少女情懷總是詩，壓根無法隱藏。小倩其實很希望自家小姐能夠找到一個幸福的歸宿，但是眼前這個蒙天佑，不管是身分、地位與家世都不是一個適合考慮的人選。小倩看得出來，如果再繼續下去，會害得自家小姐深陷泥淖，到時更難以自拔了。

小倩幽幽微聲地說：「小姐，畢竟伍家是高門大院，這牌子不是隨便個人可以扛得起來的。」她也知道這對伍思喬不公平，然而卻是這個社會女性的宿命。門當戶對是任何一椿大戶人家美好姻緣的基本條件，不在這個條件底下的任何愛情故事，都不具意義，也不會被祝福。小倩是真心替伍思喬的將來著想，然而伍思喬心裡又是怎麼想呢？

她只是凝望著窗外天空說了句：「人的腳步為耶和華所定，人豈能明白自己的路呢。」

✠ ✠ ✠

隔日，伍榮跟伍和兩人忙著商討最近被劫走的一艘商船，商船在外海被海盜打劫已經是很久未曾發生的事情。伍榮敏感地聯想到這次打劫事件或許與最近家中秘寶圖有關。

三家共同均分。」

伍榮跟伍和說：「我們要快點跟英吉利、美利堅、法蘭西各方的人談好，是要價高者得，還是要

「所以不管西班牙跟荷蘭了嗎？」伍和說。

「管不了，再拖下去變數越大，時間拖越久對我們越不利。」

此時有差僕來通報，說是有伍家商船被劫的消息，兩人迅速到了大廳，一看是天佑手中拿了一封信。蒙天佑向伍榮稟報說，他今日上午在院中，發現有人朝院中射入一隻斷頭羽箭，這羽箭夾帶一信，信封上面寫著與伍家被劫商船有關，必須由家主親啟，所以他便立刻來報。

伍榮打開信紙，閱畢便把信件交給伍和，伍和看完後，臉色一沉，不發一語，轉身與伍榮再次進入內堂商議。

這封信自然是天佑的安排，在陳開與李文茂進行劫掠商船的行動後所寫，信中提到要以商船交換被俘的犯人，並限伍家三日內放人，否則將繼續劫船至伍家放人為止。

天佑寫這封信的目的主要是想試探一下伍榮到底心裡做何盤算？為什麼對於囚犯他既不想放人，也不解送官府，而在內堂裡的伍榮跟伍和二人正在討論著這個問題。

「這樣看來那名女竊賊並不是潘家的人。」伍榮說道。

「是啊，潘家才不會管一名被抓竊賊的死活，但這也表示還有其他人馬想要覬覦這個秘寶，而且對方的勢力不小，居然有能力輕易劫走我們一艘商船。」伍和接著說：「三哥，那你打算要如何處置那名女賊？」

「看起來這名女賊對他們來說很重要，證明當初我們把她給留下來是對的決定。如果不是潘家的

人，那他們應該不知道這秘圖的底細，我們就有談判斡旋的空間。」

接下來伍榮命人將李聰兒從牢房中提送出來，帶至伍榮二人所在的內書房。這中間的過程早已被躲藏在一旁窺伺的天佑看得一清二楚，事情的發展正如他所料，只是伍榮的內書房卻不是他可以隨便接近的地方。天佑一時無計可施只好在外頭等待消息，不過依據他的計畫，他相信聰兒可以利用這個機會打探出伍家更多的內幕消息。

的確，此刻伍榮書房內的場景顯然有一些主客易位的味道，李聰兒自從知道天佑已經混入伍家以後，心中擔憂的大石頭已然放下，現在應該是要設法將情勢扭轉成對我方有利的局面。

伍榮看著坐在面前的李聰兒一副氣定神閒的模樣，也不囉嗦，一開口就直說：「姑娘的身價不凡，好大的手筆，居然要用我伍家一條商船來交換。」

聰兒聳聳肩，不置可否的說：「大當家客氣，只是希望雙方彼此能夠罷手而已。」

伍榮拿起茶杯來，順手替聰兒斟了杯茶放在她面前，然後伸手示意說：「姑娘請用。」接著說：「姑娘雖擅闖我伍府偷竊，不過我卻只將姑娘關押，也沒有嚴刑逼供，姑娘可知為何？」

聰兒不動聲色地說：「感謝大當家的善待，小女愚昧，真不知為何？」

伍榮瞧了聰兒一眼，心想這位姑娘真不簡單，臨陣不亂，應對得體。便道：「我乃光明磊落之人，伍家可是名門正派不屑小道。只因不明姑娘為何要私闖我伍家？又是何方神聖？企望姑娘能給個說法而已。」

聰兒回說：「大當家，這些緣由之前小女也早已經相告。所為無他、為財而已。」

伍榮說：「可是姑娘先前的說法是孤身一人，為何如今卻有人為姑娘出頭，奪我商船呢？」

聽兒不語，心中盤算該如何應答才是上策。

伍榮看聽兒不說話，與坐在旁邊的伍和對望了一眼，然後說：「姑娘，既然如此，我們不妨打開天窗說亮話。雖然我的船在你們手上，但重點是，你人在我手上。這船我丟得起，畢竟伍家的商船總數上百艘，可是人的性命卻只有一條，而且據老夫評估，姑娘性命的價值絕對不止一艘商船。」

聽兒緩緩拿起面前的茶杯，喝了口茶，然後再將杯子放下。她明白伍榮要向她出價了，於是說：「大當家，但說無妨。」

「爽快，真是女中豪傑。」伍榮稱讚道：「那我就直說，姑娘夜闖我伍家大院的罪名以及這十幾天在伍家的吃住開銷，再加上奪我一艘商船，這林林總總加起來，我想需要十艘商船的價碼來支付。」

李聽兒聽完後哈哈大笑道：「想不到，我竟然是誤入狗盜鼠竊之家。」

「此言差矣，姑娘你闖入的是商賈之家。伍家是做買賣的，如今要買、要賣，主隨客便，老夫從不強求。」

「倘若是不肯，大當家又要如何？」聽兒問。

「姑娘你不肯，但是我相信有人會肯，以姑娘的身價，老夫認為還便宜了。」

聽兒尋思後說：「此事非小女所能決定，而且我身在此處，實為籠中鳥。」

伍榮再次替聽兒的杯子斟滿茶後說道：「姑娘神通廣大，想必自有辦法。」

「好吧，讓我寫封信送出去，但是我只能將你的條件告訴他們，其他事情我愛莫能助。」

伍榮笑道：「這是自然。」向房外喊了聲：「來人啊，準備筆墨。」

李聰兒便在書房內寫了封信，信上內容僅是將伍榮的條件寫明，然後告知伍榮遣人把信放置廣州萬壽宮正殿前最左邊的柱子下藏好，自然會有人來取。伍榮看過信件內容後，便派人將聰兒帶回牢房。

聽兒離開以後，伍和問伍榮說：「三哥，若是對方不願答應或是討價還價又該如何？」

伍榮笑說：「我這個出價只是想要試探一下，這位姑娘背後的人馬到底是何方神聖而已。不管他們是接受或是討價還價，都能讓我判斷出他們的底細為何，假若對方只是一般盜匪而已，並無其他特殊身分，便好處理，我們就順勢做個交易，剩下的就看價錢我們滿不滿意了。」

伍和說：「是啊，倘若只是一般雞鳴狗盜之輩，倒好處理，只不過最近世道越來越亂，這廣州城雖說是通商大埠，但拳匪、賊黨之流越來越多，居然也敢找上我們伍家，真是膽子不小。」

伍榮嘆了口氣道：「朝廷無道，國家社稷糜爛至此，自鴉片戰爭以來何曾有過好轉。倘若不是這個不爭氣的朝廷，咱們的爹又怎麼會死得如此不甘啊。」

憶起往事，兄弟二人不勝唏噓起來。

伍榮回憶起道光十九年，朝廷表面上是因為禁菸，實際上是為貿易問題引發與英吉利國的衝突，當時廣州十三行行首就是伍秉鑑。他的身分夾在清國與英國之間很是尷尬，身為大清子民，伍秉鑑並不希望自己的國家戰敗，所以積極的穿梭於兩國之間調停，可惜人微言輕，再加上北京當權者認不清楚時勢，導致衝突擴大，甚至連當時負責的欽差大人林則徐亦多次指責伍秉鑑背祖忘宗協助洋人，讓他背負極大壓力。

最後清軍戰敗，為了不讓英軍打進廣州城，伍秉鑒與廣州十三洋行又承擔了二百萬兩白銀的賠款。伍秉鑑用自己的身家為當時主持廣州軍務的奕山將軍，即當今道光帝的姪子，換來了英軍不入城的功勞，但卻給自己按上一個「不戰而贖城」的罵名。

伍秉鑑一生戮力為國為民的下場是替當權者扛起罵名，以及承受百姓們不明究理的無端攻擊，這些值得嗎？

這一切事情發生的過程，伍榮都陪在他父親的身旁，伍榮知道父親走時並不甘心，為什麼一生勤奮勞苦所賺來的財富，卻任由掌權者這樣隨意的糟蹋，要拿多少，就得給多少。在這些掌權者的心中不管士農工商，不管貧富貴賤，不管賢良愚昧，不管男女老幼，不管你是誰，是什麼身分，都只是替他們帝王家族服務的奴才而已。

就拿那個奕山來說，大草包一個，毫無半點能力。接替欽差大臣琦善主事，竟以「粵民皆漢奸，粵兵皆賊黨」為由，防民甚於防寇，真不知所謂何來？然後另外去福建省招募未經訓練的士兵，又整日飲酒作樂。城外英軍趁機發起夜襲，結果當然是清軍這方一敗塗地，廣州城外炮台盡失，清軍退入廣州城內，不敢出戰。

廣州城內的南海鄉勇與湖南鄉勇兩派人馬又為了搶奪糧食而引發內鬨，導致城中大亂，奕山無力處理亂局只好舉白旗投降。然而主其事的高官將領，本該為戰敗與所作所為負責，卻只因為身上流的是皇族血統並且貴為皇帝姪子，得到的懲罰不過是被訓斥一番，過不久後就重新被封為伊犁將軍，錢財、官位以及權勢一樣不少，一切都是他們皇家貴族的囊中物。

為什麼要當這些人的家奴？爹不甘心，我伍榮也不甘心。

回到牢房中的聽兒還正在思考要如何因應伍榮的出招，當晚蒙天佑就藉機進入牢房內，聽兒一看天祐來了，快速地將伍榮與她會面的所有細節詳細告知，詢問天佑接下來該如何應對？

蒙天佑思考許久後向聽兒說：「我想這伍榮果真是有陶朱之術啊。可惜他看不明白這個天下的時局大勢將會有天翻地覆的改變，他日以繼夜的聚斂想要坐擁巨資與奇貨，殊不知只會為自己帶來更大的禍害。唉，依我看伍榮並無廟堂之志，接下來就讓我去點破他，希望可以讓他清醒、清醒。」

聽兒說：「天佑哥可是想到辦法離開這裡？」

天佑對聽兒微笑說：「要離開此處易如反掌，只是我想要將這伍家底細以及所謂秘圖的來龍去脈給打探個清楚。現在應該是到了跟伍榮攤牌的時候，不過還得等一等。」

「等一等？為何？」

「我需要先向伍家小姐說個明白，希望她能夠原諒我用假扮身分混入伍家的行為。」天佑若有所思的說著。

「伍家小姐？」聽兒對於整件事情的來龍去脈不是很清楚，所以一時間難以明瞭，然而她卻在天佑的臉上看見了那不捨的眼神，而這種眼神似乎在哪個地方也曾經看過，只是……，只是當時的她並沒有太在意，如今她又應該在意這個眼神嗎？她的心中也沒有答案。

✠✠✠

次日剛好是星期日，在伍思喬極力爭取下，才讓伍榮答應放她出門去教堂作禮拜。

這是伍思喬的堅持，固定每個星期日都要上教堂敬拜上帝。伍思喬要去的教堂位於廣州城東區長興街，在十三行街區之外，是鴉片戰爭以後，北美長老會哈巴牧師在廣州設立的真光教會。因為哈巴牧師想要向更多本地人傳教，所以希望教堂能夠設立於十三行街區以外。這在當時引起極大的爭議，許多在地守舊派人士紛紛拒絕與抵擋，說是邪魔歪道入侵，不過在哈巴牧師努力溝通下，以及後來教會陸續創辦書院與醫院等慈善義行來服務當地居民，便逐漸讓在地人士對於這個所謂的邪魔歪道信仰有了不一樣的態度與看法。

去教堂是伍思喬常做的事情，只是這次伍思喬出門足足帶了二十名護衛，這派頭已經跟知縣大人出巡差不了太多，對伍榮來說，他再也經不起任何一個閃失。

天佑自然是護衛當中的一員，伍思喬希望能夠藉由這次去教會參加禮拜，讓天佑有機會更多認識基督信仰，她對於將福音傳給天佑有著相當大的期待，應該說是一種負擔吧。

長興街上的真光教會是五年前哈巴牧師所創立，基本上是座老舊民宅所改建，這座教堂映入天佑眼簾的第一印象，與他們拜上帝會在廣西所建立的聚會場所不同，教堂的屋頂上聳立了一個大大的十字架，這個十字架天佑聽說過，是用來釘死天兄耶穌的刑具，但是對於拜上帝會來說，並不強調這個符號。

當日參加教堂聚會的人數不多，加上伍思喬、小倩與天佑大概二十幾人左右，而在教堂門外駐守的伍家護衛就有二十位了。伍思喬為了不驚動大家，還特意等信眾都進入會堂後，自己才隨後步入教堂聚會，這時禮拜儀式已經開始。

基督教禮拜的程序與拜上帝會雷同，一開始是唱聖詩歌，歌頌上帝，然後由哈巴牧師進行講道。

天佑至此才看清楚哈巴牧師的模樣，約莫五十幾歲的中年人，中廣身材，留了個落腮鬍，帶了副眼鏡，頭頂微禿，頭髮為金褐色，說起話來中氣十足，眼神裡充滿熱情，最重要的是會說漢語，雖然腔調有些奇怪，但是天佑還是可以聽得懂。

哈牧師講道主題內容是記載於新約聖經中約翰福音第三章16、17節，經文內容是：

「神愛世人，甚至將他的獨生子賜給他們，叫一切信祂的，不至滅亡，反得永生。因為神差祂的兒子降世，不是要定世人的罪，乃是要叫世人因祂得救。」

哈牧師的整篇講道內容在強調，人類之所以能夠從墮落的罪中，再一次重新回到天父的面前，都是因為神差派祂的獨生愛子耶穌降世為人，為全人類的罪死在十字架上，背負起所有人類的罪惡。祂原是無辜的卻成為代罪羔羊，因此那願意相信祂、跟隨祂的人，就可以透過主耶穌的寶血遮蓋回到上帝面前，與神和好，恢復最初如同亞當一開始被創造時，與神親密又美好的關係，而那些信祂與跟隨祂的人就被稱為神的兒女。

聽完哈巴牧師的講道，天佑心中有股說不來的激動，心裡面的許多疑惑被解開，既開心又難過，天佑不明白自己為什麼會有這樣的情緒反應，然而他的心中有一股想要大聲歌頌讚美神的衝動，於是在禮拜儀式最後大眾一起唱聖詩歌時，雖然不太懂歌詞，但是也隨著詩歌節奏大聲地哼唱，天佑的眼淚莫名其妙地不斷從眼眶中落下。

天佑的心裡面不停在思想哈牧師口中的上帝，跟我所信的上帝是同一位嗎？為何我會有如此的感動？這是我從來不曾有過的感覺，我以前從來沒有好好地向上帝認過自己的罪，也不明白聖子耶穌的犧牲是如此偉大與重要。從前的我所認識的上帝是可敬又可畏的，是人類的創造主，世界上只有一位真神就是天父上帝，其他偶像都是人類自己想像或是人死後由後人自己隨意所加封的神明。但是自己從來沒有感覺到原來上帝是如此且真實的愛我們，甚至犧牲自己的愛子耶穌來到世上，成為救贖的挽回祭。

過去這幾年天佑所學習到的拜上帝會信仰，除了強調天父上帝是真神，信靠上帝可以得到永生這個教義與其他宗教信仰不同外，至於其他有關人們在地上生活所需要一些準則與道理，和傳統的道德教育或是文化思想的差異並不是那麼巨大。當然有些道理還是很不一樣，比如拜上帝會的教義認為人應無貴賤之分，人人平等，男女也應該平等，但是這些說法或許其他宗教也不是完全沒有，只是做不做得到而已。

天佑覺得今天所聽到的內容，跟他以往在拜上帝會所聽、所學的都不太一樣。他第一次覺得自己是有罪的，這個罪不是他做了什麼錯事，而是他知道自己，甚至是全世界所有人，沒有一個人可以站立在聖潔公義的上帝面前說，我可以靠著自己有多麼好的行為，累積多少功德來邀功，沒有一個人可以跟上帝說，因為我有多好多優秀，所以我有資格得到永恆的生命。

不，天佑知道自己沒有資格，因為他清楚自己的內心中藏有很多不聖潔、骯髒的思想，天佑也真實面對自己心中常提到的理想與目標，而那些目標說好聽是為了上帝使命與黎民百姓的鴻圖大志，但是說穿了，也不過就是一己的私欲罷了。

為了個人的理想，如今在他的手底下也沾滿了許多人的鮮血。夜深人靜、午夜夢迴之時，天佑曾經問自己為什麼？這一切是否值得？無數的想法與念頭不斷地衝擊著天佑，讓他的眼淚不停地流出來，甚至開始啜泣，聲音大到連一旁的伍思喬也注意到，趕緊將隨身的手巾遞給天佑，然後輕輕拍著他的肩膀表示安慰。

天佑意識到自己的失態，連忙振作想要撫平自己激動的情緒，伍思喬也感覺到天佑今天激動的情緒反應，她認為這是聖靈正在工作，神親自觸摸天佑的內心，於是暗暗地為他禱告。

禮拜儀式結束後，哈巴牧師站在教堂大門口一一與信徒握手道別，伍思喬特意留到最後，然後領著天佑去與牧師會談，經過簡單的寒暄介紹後，哈牧師從天佑所展現出來對信仰的好奇態度知道他有需要，於是邀請他們進入教堂房間內坐下來詳談。

天佑心中充滿著許多問題，所以一開口就問牧師說：「請教哈牧師，這個基督教與其他宗教最大的不同在於何處？」

哈巴牧師說：「我認為基督信仰不應該是一個宗教儀式或制度，只是受限於人的理解限制，大多數人就只是把基督信仰當作許多宗教當中的一個。如果真要說基督信仰與其他宗教的不同，應該說其他宗教是人去找神，但基督信仰則是神主動來找人。」

天佑聽了非常疑惑地說：「神找人？」

「是的，上帝是這個世界的創造主，然而更重要的是祂還創造了管理這個世界的人類，而且是按著神自己的形象所創造。祂將人類視作自己的兒女，所以即使人類自己選擇墮落，背叛神，離開神，但是神依然愛著我們。因此在創世以前，祂就為我們預備了救贖的恩典，而這個偉大的恩典可以將人類從罪惡的深淵、黑暗的權勢當中拯救出來。」

天佑越聽越好奇，趕緊問是怎樣的救恩？

「這個救恩是神在創造世界以前就預備好的，原本是一個天大的奧秘，如今已經被解開了。那就是神藉著祂獨生愛子，主耶穌，親自道成肉身，降世為人，成為全人類的榜樣。主耶穌親自與人同行，體驗人的七情六慾和悲歡離合，他透過自己來成就過去以色列人無法成就的義，然後又為全人類的罪上了十字架，承擔過去、現在與未來所有人類的罪孽，然後戰勝死亡黑暗權勢，最後從陰間復活、升天，等待大審判來臨，他也說過他必會再來。」

哈牧師一口氣娓娓道來地把基督信仰中幾個重要的基本教義講給天佑聽，這些道理在天佑的腦中不斷盤旋激盪，其中有些內容他以前就聽過，但是有些內容似乎是今天才第一次聽到，例如說聖子耶穌的角色，以前自己對於聖子耶穌的身分與地位非常模糊，如今聽到哈牧師的解釋後才整個豁然開朗起來，內心大喊原來如此。

天佑又急忙問：「哈牧師，天父上帝只有一個兒子嗎？會不會有其他的兒子也降世成為人呢？」

牧師哈哈一笑說：「這個問題很好，在你們這裡許多人會有這個問題，因為傳統上漢人是多神文化的信仰觀，因而很容易做此聯想。其實所謂聖父、聖子、聖靈是三位一體的概念，請原諒我，因為人類有限語言的限制，不容易去說明這一位不被限制的神之作為。但是我盡力來解釋清楚。聖父、聖子與聖靈的關係是合一又各自有不同的位格，祂們都是神，但是彼此心意相通，聖父創造世界，聖子降世為人成為救贖主，然後聖子升天後，聖靈保惠師來到我們中間，引導我們、成為我們隨時的幫助。這三位是分別但又是合一的，實在不好理解。真抱歉，我的漢語不好，只能先這樣解釋。」

天佑連忙說：「哈牧師，您客氣了，您的漢語說得很好。」

哈牧師接著說：「謝謝，所以除了聖父、聖子與聖靈三位一體的真神外，不會有其他的神，也不會有其他神的兒子從天而降到世上來。」

「但是……」哈牧師停頓一下，吸引大家的目光，然後說：「從另一個角度來看，所有的人都是神所創造的，如果你相信天父上帝，也相信主耶穌基督道成肉身成為你生命的救主，把你從罪惡當中拯救出來，然後你願意認罪悔改，從今而後跟隨祂，那麼你也可以被稱為神的兒女。」

天佑聽完哈牧師的說明後，便喃喃自語道：「不會有第二個從天而降的救世主……，只要相信主耶穌，願意認罪悔改跟隨神就是神的兒女……」

眼看天佑進入自我對話的沉思中，眾人也不好意思打擾，一直等到天佑自己意會過來，然後對著身旁正看著自己的眾人說了聲：「抱歉，我失神了。」

天佑好似被人用棒子敲醒一樣，想通了許多事情，於是便向牧師說：「感謝哈牧師的教導，令在下茅塞頓開。」

留著一臉金褐色鬍鬚的哈牧師雖已年過半百，但是臉色依然紅潤，他用慈祥又溫柔的口氣對天佑說：「年輕人，我認為你想要追尋神的心意很棒，讓我來為你祝福禱告，希望你可以認識這位真神。」

天佑一聽就說：「太好了，謝謝牧師。」

哈牧師從座位上站起來，右手按在天佑的肩膀上然後開始禱告：「慈愛的天父上帝，懇求祢幫助天佑這名年輕人，他想要認識祢，求祢親自與他同在，打開他的心與他的眼睛，使他看見自己的過犯，並且願意向祢認罪悔改，也求祢把那豐盛的救恩賞賜給他，讓他明白祢才是生命真正的主，指引他未來的方向，帶領他勇敢向前。感謝上帝，奉主耶穌基督的聖名禱告。」

眾人齊聲說：「阿們。」

天佑覺得這個禱告與以往他所做過的禱告截然不同，哈牧師的禱告充滿溫暖與力量，有股熱流不斷湧入心中，這似乎就是聖靈同在的印記。他心中默默思想，我要把這種感覺牢記下來，這才是我要追求的信仰。

天佑感謝牧師為他禱告後，眾人又閒聊一會才散去，伍思喬向哈牧師辭行後便上了馬車，準備前往怡和行預備下午發放白米、賑濟窮人的工作。但此時天佑突然跟伍思喬提說，希望能夠前往廣州城知名景點荔枝灣一遊，並建議由他駕車前往。

伍思喬對於天佑這個突如其來的提議有點疑惑，身旁的丫環小倩也不贊成，於是她問天佑說：「小哥，你是不是有什麼事情想要說？」

這時候天佑才明說：「大小姐，我要離開廣州城了，臨走之前希望能夠跟你一起去逛一下熱鬧的珠江荔枝灣留個紀念。」天佑特別在跟你一起四個字上加重了語氣。

伍思喬聽到天佑說要離開，有點驚訝不知所措地說：「離開廣州，那你要去哪裡？怎麼會這麼突然？」

「是啊，真抱歉，事出突然，在下必須要返回家鄉。這是我臨走前的一個小小心願，還冀望小姐成全。」

天佑既然如此要求，再加上伍思喬想要再問清楚緣由，於是便同意天佑的提議，她讓原本的車伕下車與護衛一同步行，而讓天佑負責駕駛馬車載著她跟小倩向荔枝灣區前進。

荔枝彎區乃是廣州著名觀光景點，離十三行街區並不遠，區域地勢低平，多半為池塘、窪地，由珠江夾帶泥沙不斷沖積而成，據說在唐朝以後才形成陸地。

整個荔枝彎區的占地寬廣，總共由四座湖與五座橋所構成，因此也被稱為泮塘區。彎區的池塘種植的茨菇、菱角、蓮藕、茭筍、馬蹄等作物，因為質優量多，被譽為「泮塘五秀」。沿著湖面、河岸旁有許多小吃叫賣商販以及街頭雜耍的表演，每逢年節遊客如織，旅客既可乘船遊湖，也能漫步於河岸兩側欣賞南國風情與嶺南園林的美景。

伍家的馬車慢慢駛入荔枝灣區，一行人的聲勢浩大剛開始時還頗引人側目，不過此處因遊客眾多，再加上城中豪門富戶的馬車經常於此地穿梭而過，路人久了便也習以為常。

天佑駕著馬車特地放慢速度，人車悠閒地走在車道上，他聽著路旁的遊人歡樂嘻笑聲與小販忙碌招呼聲，難得一見繁榮富庶的昇平景象，頓時心有所感地說：「真期盼這等繁華昌盛在各城、各鄉都能看見。」

伍思喬在車廂內聽出天佑語氣裡心事重重，於是喊了聲：「停車。」

天佑將轠繩向後一拉，止住馬車。

伍思喬對小倩說：「你下車幫我去買個糖葫蘆回來。」

小倩知曉伍思喬的用意，雖然心中不願意，但是在伍思喬的示意下還是勉強走下了車廂，下車前對著天佑說了一句：「你可別亂來。」

小倩下車後，伍思喬便在車廂內呼喚說：「天佑小哥，你可否進車廂內一談？」

天佑轉身進入車廂與伍思喬面對面坐了下來。

車廂內只剩伍思喬與他兩人，天佑開門見山就先向伍思喬道歉，表明自己欺騙了她，其實他是為了營救一名被關押在伍家大牢裡的女賊而混進伍家的。

「那名女賊？為什麼？你們是什麼關係？」思喬一臉疑惑地連續發出許多問題。

天佑望著伍思喬單純皎潔又無邪的眼神，不忍心再繼續欺騙她，於是便將他與李聰兒之間的關係，甚至把有關拜上帝會的一些事情都全盤告知伍思喬。天佑料想不到自己居然會如此坦白，或許是因為不希望再讓伍思喬認為自己是個說謊者、欺騙者吧！

聽完天佑的陳述之後，伍思喬緊閉著雙唇陷入沉默，久久不語，車廂內的氣氛頓時凝結，然而天佑並不急著打破沉默，他知道伍思喬需要時間去消化剛才所聽到的這些訊息，畢竟他背叛了伍思喬對他的信任，這對任何人來說，一時之間都無法接受。而天佑心裡也已預備好接受伍思喬對他破口大罵，說他忘恩負義、卑鄙無恥。甚至會跟他翻臉，叫護衛過來抓他，然而無論伍思喬所做的任何決定，他都會全然接受，因為這是他必須付出的代價。

「那麼你說要回家鄉也是騙我的嗎？」伍思喬在沉默許久後，開口輕聲問了一句。

天佑趕忙解釋：「不是，我確實是要回家鄉，而我的家鄉真是在廣西潯州。」

伍思喬緩緩地說：「所以你一開始接近我，就是有目的的？」

這個問題讓天佑不知該如何回答，他真的不知道要怎麼說才能夠真實表達他內心完整的想法與感覺。天佑無法否認自己一開始接近伍思喬是為了要救聰兒，只是經過這些日子的相處以後，他的想法已經不是一個月前的自己，對於伍思喬他有份特殊的感覺，而那種感覺讓天佑不願意在她面前再說任何的謊言，天佑希望對伍思喬呈現真實的自己，卻也不希望她受到任何傷害。

「這……，我不知道該怎麼說，我……只能說一開始是這樣，但是後來……，」後面的話聲音越來越小，然而伍思喬已經將臉轉向一側，她不願讓天佑看見她臉上滴落下來的淚珠，於是假裝鎮定地說：「你不需要對我解釋什麼，你有你的原因，你走吧，我不想再見到你了。」

天佑盯著伍思喬轉向一側的臉龐，想要再對她解釋些什麼，但是伍思喬卻完全不想聽，天佑內心難過與苦楚油然而生，但這是自己應得的結果，最後只說了一句：「真抱歉，思喬小姐，我知道自己的所作所為讓妳失望了。但是，我永遠不會忘記妳對我的好，以及妳對我說過的每一句話。」

說完，天佑就轉身離開車廂，直接走下馬車，迎面看見小倩剛好拎著一袋糖葫蘆回來，天佑對小倩說了一句：「請好好照顧小姐。」說完便逕自離去。小倩看見這個情況以為發生什麼事情，趕緊跳上馬車大喊小姐，卻只看見伍思喬坐在車廂內，望著車窗外天佑漸漸走遠的背影，然後黯然神傷地說：「原來被人背叛是這種感覺，當年主耶穌也被背叛過，而背叛祂的，就是我們，就是人。」

✝✝✝

伍家萬松園的大廳，伍榮跟伍和一臉驚恐地坐在椅子上。

廳內的大小桌椅被亂摔成一團，幾十名伍家的護院則是被放倒在地，現只剩下護院頭領周孟達手持著一把九環刀站著，而與他對敵的人正是蒙天佑。

通常能夠使九環刀的人都是力大無比。這種刀長達三尺五寸，刀背有九環，刀環的用意是當刀豎起來的時候，環會下垂，刀的重心就落在手的方向，這樣更加有利於控制住刀，而當對敵劈砍的時候，金屬環會隨著慣性的作用，向前甩出去，這時候刀的重心就會向著刀頭的方向偏移，增加了劈砍時所產生的殺傷力。

周孟達自忖憑藉著拿手的九環刀法在兩廣境內可排進前三名，但今日少年出英雄，原以為天佑在他手底下走不出三十招，現在他暗自擔心自己或許才是那個走不出三十招的人。

天佑左掌橫放於胸前，右手持「斬邪」於背後，準備伺機再發動另一波攻勢。今日天佑所使的刀法連在場的李聰兒都沒見過，令她十分好奇。聰兒仔細觀察後發現天佑的刀招雖然簡樸無華，卻是招招致命，完全是針對沙場臨戰殺敵所研發的刀法。天佑出刀之時完全不在乎招式是否華麗炫目，有時甚至會暴露出自己的破綻，只要求先發制人。這些破綻看似容易成為對手鎖定攻擊的部位，但是天佑卻常在千鈞一髮之際突然變招，反而利用己方的破綻，引誘敵人深入而自陷險境。這完全是戰場上兩軍對陣的搏鬥兵法，天佑居然將戰場上的兵法演化成對敵的刀法，自成一家、獨樹一幟。

面對天佑那把黑刀斬邪凌厲的攻勢，周孟達屢次用九環大刀抵擋，不過已經落入下風。周心想再無破解之道，接下來十招內自己必敗無疑，於是把心一橫，兵行險著，縱身躍起，一招大鷹撲兔，雙手握住大刀從上而下朝著天佑的頭部猛砍。天佑見狀立即整個人向後翻身一躍，同時用斬邪向上方畫出一個弧形，格開九環刀猛烈砍劈的進攻後，整個人在空中翻了一圈落地，屈腿蹲地蓄勢後，立刻持刀向前彈出，刀尖的去勢甚快，正好刺入身形甫落地的周孟達右胸前，不過見血即止，天佑倏忽地抽刀，並利用抽刀的回勢，向前出腿一踢，把周孟達連人帶刀的踢出兩丈外才跌落於地。

天佑的手腕一翻將斬邪握於背後，左手立掌於胸前說：「勝負已分，周師父以為如何？」

周孟達用手按住流血不止的胸口，狼狽地從地上起身說：「多謝公子手下留情，周某不敵，甘拜下風。」

這時候院外其他的護衛也紛紛被人制伏，用繩索給綑綁起來，而控制住這群護衛的人正是由林紹章所率領的玄甲騎。

原來當天佑得知聽兒被囚禁伍家大牢一事，便立即透過石城送消息回廣西，命林紹章速率五十名玄甲精兵至廣州會合，他早策劃好只待玄甲騎的支援一到，便是跟伍榮攤牌的日期。只是，天佑一直在思考該如何向伍思喬解釋清楚而遲遲未行動，前日他親自向伍思喬解釋以後，雖然並未獲得她正面的原諒，但是天佑也只能暫時先收起對伍思喬的歉意，專心來面對伍榮。

大廳裡的伍榮面對遽然的變化雖然顯得心慌，卻依舊冷靜地率先說話：「蒙天佑你這個吃裡扒外的小子，竟然做出這種背信忘義的勾當。」

「伍行主，很抱歉，在下並無惡意，所以你也別費力氣用話激我，對閣下並無好處。我雖是潛伏於伍家內，但是並沒做過一件對不起你們伍家的事情，再來當日確實也是因我出手搭救，才能保存大小姐的性命。」天佑三言兩語就輕易把伍榮的指責給駁回，並且提醒他自己其實是有恩於伍家，別想用背信忘義的大帽子扣住他。天佑接著說：「今日之事出於無奈，只是希望讓行主能夠看清楚形勢，還盼行主能替伍家未來著想，慎重考量。」

伍和在旁邊氣沖沖插話道：「形勢？什麼形勢？你們不就是想要貪圖伍家秘圖與財寶嗎？還妄言什麼形勢？莫非你以為普天之下沒有王法了嗎？就算今天讓你們這幫賊子僥倖得逞，你們也逃不過官府的追捕。」

天佑惋惜地看了伍和一眼，然後望向伍榮說：「的確，這就是你們目前最大的期待了。只可惜，這只是你們所希望的形勢，但是實際的情況，你與我都心知肚明，今日我倘若心一橫將伍家上下一個活口不留，你也奈何不了我。」

伍榮立刻氣急攻心的說：「千萬別動思喬，否則我跟你拼命。」

慈父心焦的神情溢於言表，這一幕讓天佑略感愧疚地說：「伍行主你別擔心，我只是在說明形勢而已，伍小姐安然無恙，我今日特地請人支開她，也是不希望讓她瞧見這等場面。」

天佑在進入伍家大院行動之前，就先派人假借哈牧師名義請伍思喬前往教堂一聚，並設法將其拖住在外頭，避免讓她見到自己與伍榮衝突的場面。

聽見天佑這麼說，讓伍榮稍稍放心，不過對於蒙天佑剛剛所言，要將伍家上下從這個世界抹去的這番話，依照現在天佑所展現出來的能力，伍榮是一點也不懷疑。天佑剛進伍家時，他僅將其視為一名想要尋找發達之路的年輕小夥子，雖然知道天佑精通一些拳腳功夫，但是萬萬沒想到，他可以隱藏得這麼好、這麼深。

就以功夫身手來論，護院頭子周孟達在廣州可是排名前幾名的高手，剛剛居然在天佑手下沒能走過三十招，就被他放倒在地上，還好天佑看來並無取人性命的意圖，否則這些護院武師們受傷的情況可能會更加慘烈。

不過最令伍榮訝異的是心機，這名二十歲不到的年輕人模樣純樸溫厚，竟讓自己這個老江湖完全看不出其底細，老練沉穩且毫無破綻的在伍家待上數十天，等待時機一旦成熟，果斷出手就用雷霆霹靂手段將伍家上下全部制伏，其心思縝密如斯、深藏不露，真可畏也。

這還不是令伍榮最害怕的事，伍榮自忖也是見多識廣的人，然而他卻對天佑身後的數十位刀客深深感到畏懼，沒錯是畏懼。天佑所率領的這群刀客，樣貌狀態完全不同於以往他所見過的土匪強盜，或是幫派會黨，這幾十號人馬進入伍家大院時，井然有序，攻守進退皆按部就班，此外個個身形精壯，雙目炯炯有神，眼神中滿佈的不是殺氣，而是士氣。這等強悍精銳，別說是綠營官兵，就連京城裡的御林軍中恐怕也找不出幾個。

伍榮現在內心相當詫異，假若只有一個蒙天佑厲害到難以對付也就罷了，但他是如何能夠調教出身後這麼一群強悍的勇士呢？難道是天地會的會匪嗎？現今這些會黨幫派有這般能力了嗎？不會啊，據我所知，這些會匪中縱然偶有英雄豪傑，但是總的來說還是一群烏合之眾，蒙天佑身後這群精兵到底是打哪來的奇人異士啊？

這些問題不斷在伍榮的腦海中迴盪，天佑從伍榮眼中看出他的疑惑，他不想浪費太多時間，因此直指核心的問了個問題：「伍行主，你一輩子積攢錢財，想要為自己及家人求個平安富貴，但是你又有幾分把握，這些金銀在危難之時，可以提供你伍家保障呢？」

伍榮定下心神來回答說：「金銀財富或許不是萬能，但至少可以打造一個讓我全家通向平安的渠道。」

天佑笑一笑說：「是的，在承平無事的年代確實如此，擁有巨大財富再加上攀附官府的勢力，別說是幸福平安，功成名就自然不在話下，小則橫行鄉里，大則權傾朝野，這是當今社會制度運行的不二法則。」但是天佑語氣一轉幽幽地說：「然而，現今卻不再是四海昇平、萬國來朝的年代了。對內來說，朝廷積弱不振，民生凋蔽，百姓生活苦不堪言，那些身居朝堂的高官貴族們卻不聞不問，整日只想如何從老百姓身上多搜刮一些錢財，好填補自己的虧空。對外而言，西方列強虎視眈眈，隨時等著要吞吃這群沒人保護的肥羊。而這群肥羊就是千千萬萬的無辜百姓，當然也包括廣州十三洋行在內。」

天佑稍微停頓一下後，繼續說道：「在下相信以伍行主的智慧與見識，不會看不清這個天下大勢吧？」

伍榮還想再爭辯些什麼，但是話卻卡在喉嚨裡說不出來，因為天佑所言確實不假，伍家只要還在這個荒唐無道朝廷底下，就如同被困在一個向下沉淪的大牢籠裡，怎麼樣也逃脫不了。

倒是伍和不服氣地說：「這個朝廷不爭氣是真，但是大清自入關以來也歷兩百多年，大船再爛也有三分釘，不是說倒就會倒，難道你們就有本事推翻朝廷、取而代之不成？」

天佑擺一擺手說：「能不能夠取而代之，不是誰說了算，只有上帝才知道。不過兩位前輩要思量的重點是在伍家，不在朝廷。今日在下若只考量自身利益，就只要將人救走，取走我想要的東西即可，何必在此白費唇舌與二位爭論。只是在下深深明白伍家數代積累的龐大錢財，完全無法給伍家帶來任何保障，今日的事就是個明證，留不留兩位的性命就僅在我一念之間，與你擁有多少金銀財富有何干係？」

伍榮逐漸對天佑的這一番話產生興趣，他總覺得天佑這話背後有些道理是從前他一直無法領悟的，伍榮對於要將伍家帶向何處始終感到迷惘，宛如身陷五里霧中，不過今天聽到天佑的提醒，伍榮慢慢有點撥雲見日的感覺。

「那敢問蒙公子，你以為我伍家又該如何生存於這亂世之中？」伍榮換了個口吻說話，連對天佑的稱謂也改了，讓旁邊的伍和聽了有點不順心，還啐了口氣。

聽兒坐在一旁看了也禁不住抿嘴一笑，但她著實覺得驚奇，天佑這半年不見，短短時間內的成長與變化之大，令她難以想像，整個人彷彿已經不是當日她所認識的天佑了。不光是在武藝上突飛猛進，方才他與院內護衛們的打鬥可說是以猛虎撲羊、泰山壓頂之勢，輕而易舉地就把眾護衛們制伏，再加上他對付周師父時所展現的獨創刀法功夫，武藝修為儼然已經不在石達開之下。

現下再觀察天佑與伍榮間的對談，說話條理清晰、鞭辟入裡，並且醍醐灌頂、引人深思。聰兒不禁心想，這個天佑精進成長如此之速，是天份、還是天意呢？看來好手雲集的拜上帝會宛如潛龍在淵、蓄勢待發，不久就要一飛沖天了。

「伍行主客氣了，還是叫我天佑就好。」

伍榮雙手一揖道：「蒙公子這不是客氣，既然蒙公子有意為我伍家指點迷津，我等當虛心受教。」

天佑不再勉強，便微微一笑道：「請教伍行主，伍家雖然富可敵國，但對於如何保全自家性命與財產於當今之世可有想法？」

伍榮明白天佑所問是何意，便直說：「現今朝綱不振，我輩唯有委曲求全，苟活於亂世。上結達官顯貴，下擴事業版圖，不入官場，不涉亂黨，明哲保身，永保富貴。」

「講的好，那請伍行主捫心自問，世事豈能盡如人意嗎？以明哲保身為例，伍行主不就對潘家的欺壓一籌莫展嗎？」

天佑此話一出又讓伍榮與伍和嚇了一大跳，心想他竟連這事也知曉。

天佑不動聲色地繼續說：「那日伍小姐被匪徒襲擊，我打敗他們之後，從那些人口中得知一些消息，再加上近日來明查暗訪後，也逐漸對整件事情的來龍去脈理出個頭緒。」

天佑口中的潘家，就是廣州十三洋行的廣源行潘家。潘家的家主現為潘仕成。潘家原籍福建，家族後來遷居廣州，先祖以鹽商起家，至廣州十三洋行設立起已歷三代。

廣源行傳至潘仕成後更加興旺起來，這十幾年來都在與怡和行競爭十三洋行首行的位置，剛開始當然無法撼動怡和行的地位，不過到了鴉片戰爭之後雙方的形勢開始逆轉。

伍秉鑑在鴉片戰爭的過程中受盡委屈，英軍兵圍廣州，負責鎮守的靖逆將軍奕山不敵戰敗請降，在賠償英軍贖城的龐大費用中，伍秉鑑就獨自出資上百萬銀元，並擔任與英軍義律爵士的談判調停工作，為國為民、出錢出力的結果卻反而被無知民眾當成漢奸，替皇族高官扛起戰敗辱國之責。伍秉鑑搞得自己進退維谷、身心俱疲，終於在清英簽訂南京和約的隔年便抑鬱而終。

伍秉鑑晚年的這段遭遇給其子伍榮很大的警惕，自此之後他學到一個教訓就是：朝廷不可靠、官府不可信。再怎麼有錢的富戶豪門，對於那些永遠高高在上，依仗血統的掌權者來說，都只是呼之則來、揮之即去的工具而已。你有利用價值時，可許以官位名器；而當不需要你時，就棄之如敝屣。

鴉片戰爭是伍家由盛轉衰的關鍵，相反地廣源行的潘家則是利用這場戰爭趁勢崛起。

戰爭初期，許多商人都相繼出錢提供軍需，潘仕成則是別出心裁，獨力出資仿造西洋戰艦。道光二十三年（公元1843年），潘仕成所造之船初具規模後便獻與朝廷，軍機大臣奕山特地為此上奏皇帝，大為讚揚說：「在籍郎中潘仕成捐造之船極其堅實，駕駛演放，炮手已臻嫻熟，轟擊甚為得力，並仿照美利堅國兵船，製造船樣一隻。」

潘仕成不僅仿製西方的戰船，同時還高薪聘請法國人雷士壬製造水雷及火炮，潘家此舉獲得朝廷特頒「始終奮勉」的嘉評，並獲賞加布政使銜，授兩廣鹽務使、浙江鹽運使，屬於從二品的官銜。潘家自此風生水起，開始向怡和行伍家展開挑戰、步步進逼，今年甚至聯合兩淮鹽商、徽商共同抵制伍家，不對其供輸食鹽、絲綢、瓷器等貨物，以此逼迫伍家交出十三行首行的位置。

這一段潘、伍兩家的爭鬥史，不是在地十三洋行自己人是很難曉得其中的玄機，所以當天佑說出這番話時，著實令伍榮與伍和震驚不已。

然而天佑所獲知的消息不僅於此，他還告訴伍榮，當天那些黑衣人是廣東三合會的人，其背後主使的藏鏡人就是潘家。潘家還對廣州各大幫會放出消息說吳王寶藏圖現正落在伍家手裡，只要取得寶圖者，重賞十萬兩白銀，這才使得各路人馬爭相出動，甚至連李聰兒也步入此一陷阱中。

話說完，天佑從座位上站起身來，向林紹章示意把那些已束手就擒的伍家護衛帶出去，連同玄甲騎的士兵全都退出大廳之外，關上房門。這時候廳內僅剩伍榮、伍和、聰兒與天佑四人在場。

天佑回到座位上繼續說：「伍行主真以為只要不入官場、不涉亂黨，這些吃人老虎就不會找上門嗎？十三行之首的怡和行不管在誰的眼裡，都是一塊色香味濃的大肥肉。」

聽到這裡，伍榮面部的表情雖然沒有變化，但是他的內心卻是激盪不已，因為天佑點出他既有觀念中最大的一個盲點，那就是他的龐大家業、他的巨額財富、甚至他的寶貴性命，這一切都是受制於人。

此刻伍榮想起了他父親伍秉鑑最後為何會一病不起、含恨而終。他父親在鴉片戰爭中，慷慨解囊、四處奔走，想要搏得一個愛國商人的美名，最後卻是被當權者利用來背黑鍋，反而讓鄉親百姓誤會他勾結洋人出賣祖國，落得罵名不斷，真是何苦來哉。

但是，即便是含恨而終又能改變什麼嗎？一切依舊如故，這片錦繡江山的好壞，完全輪不到他們說上一句話，使不上任何的力。這種無力感即使是身為廣州十三洋行之首的怡和行尚且如此，更遑論村野匹夫、平民百姓，對於攸關自己性命財產安全的事，毫無置喙的權利，因為老百姓對於自己的生命財產並沒有最後的決定權。誰有？只有統治者才有。

經過這些年的磨練，天佑對於察言觀色有了長足的進步，雖然伍榮臉上表情沒有太大變化，不過他從伍榮的眼神中看出一些端倪，他知道伍榮的心思已經開始動搖，於是接著說：「不必我多言，伍行主冷暖自知。在下只想為伍家指出一條可以真正保存自家性命、財富、產業的明路。」

「蒙公子，讓伍家上下數百條性命身涉險境的事我做不到，除此之外，願聞其詳。」伍榮真心的求問。

天佑笑著說：「這是自然，讓伍家涉險非我本意，只是伍家想要保全於亂世中，唯今之計，就是離開這個是非之地。」

「離開？去哪裡？這廣州城可是我伍家的根基啊！」伍和一聽大聲駁斥道。

天佑回說：「廣州已非大清對外唯一的通商口岸，十三洋行也不再是壟斷這南來北往以及對外的貿易航商，爾後福州、廈門、寧波、上海等港埠都會漸漸崛起取代廣州的地位，相反地，有一個地方在不久的將來將會成為通商大埠，其地位會越來越重要。」

「何地？」伍榮急忙問。

「香港。」

「香港？」伍榮與伍和同時用不解的口吻說。

天佑嘆了口氣說：「雖然不願意見到情勢這般發展，不過據我的研判這是無可避免的趨勢。這座割讓給英吉利國統治的小島，將成為西方與東方交會的樞紐，這幾年下來已經有很大的轉變，未來的變化只會更加可觀。這個世界之大、之廣、之複雜已經超過我國以往歷史經驗之想像，千萬不要再將這些洋人當作蠻夷之邦來看。」天佑語重心長地說：「就以伍行主你手中那個秘寶來說，請問大清或是中原有哪一個人可以做得出來，這種火槍若將其應用於戰場之上，威力是以一擊十、以一擊百，又請問以大清當今的國力，又能抵擋得了幾時？」

伍榮驀然覺得眼前這個年輕人，話語充滿智慧，原本極難想通的道理，從他口中說出來就一切柳暗花明、豁然開朗。他越看越覺得蒙天佑這年輕人非比尋常，辦事心思細膩、論理曲盡奇妙、態度綽有餘裕，再加上他率領的那群可比虎狼之師的精銳，說不定未來真的時勢造英雄也未可知。

伍榮聽罷雙手一揖道：「蒙公子一言，真令我茅塞頓開。」

伍和轉頭看著伍榮說：「三哥，難道連你也矇了嗎？」

「覆巢之下無完卵，大清雖大卻如大廈將傾。香港雖是蕞爾小島，但如今在英吉利國的統治下，終會被人看見其光芒。英吉利國在世界的版圖上是個大國，更是海上強權。所以香港將會是未來的東方明珠，未來東方與西方所有商業貿易、貨物轉運的中介站，再加上洋人辦事講法、講理，他們的朝廷官府遠比大清朝更令人信任。」伍榮越說越興奮，再次向天佑說：「非常感謝公子指點迷津。」

天佑揮揮手道：「這是伍行主你自己想通的。」接著又說：「假若伍家真的能夠將家族基業轉移到香港，一來不怕這個腐敗的朝廷壓榨剝削，二來也避免了一場滅門之禍。」

「滅門之禍？」伍和越聽越覺得自己的腦袋是不是有問題，不然為什麼三哥跟這個小子兩人的對話，自己聽了完全彷如墜入五里霧中？

伍榮一聽，心頭也是一詫，問道：「蒙公子你們可有萬全的把握？」

「沒有什麼萬不萬全？只有應不應該做而已。倘若上帝的旨意如此，那麼我所能做的僅是盡量避免大地生靈塗炭而已。假若伍行主已經下定決心，我這邊還想跟伍家做一樁買賣？」

「買賣？」

我知道行主手上的秘圖是洋人的新式火槍設計圖，應該是與潘家互相爭奪下得來的。潘家因為失去此設計圖又不敢公諸於世，才會設下此局，揑造出吳王寶藏圖藏於伍家的消息，藉此讓道上兄弟綠林好漢為其盜圖，也替伍家製造困擾。

「蒙公子料事如神，佩服、佩服。」伍榮服氣地說。

「此秘圖一方面有重利，但另一方面又帶來極大困擾，應該要盡快脫手，建議伍家跟我做個買賣，一樁互蒙其利的買賣。」接下來天佑娓娓道出買賣的內容，這一買一賣之間讓伍家的怡和行與天佑兩方都大受其益，而伍榮此時受制於人，也沒有不答應的餘地。

李聰兒在一旁聽得出神，忖量這個天佑著實厲害，這一番話不僅化解與伍家的恩怨，並且化阻力為助力，她暗中觀察天佑，感到此人有如見龍在田，隨時會乘勢而上，潛力無窮、深不可測。

經過此一晤談，伍榮已將天佑當成是啟蒙導師般看待，於是接著問：「請教潘家一事又該如何處理？」

天佑氣定神閒的說：「你我彼此互惠，為表示做買賣的誠意，潘家一事就交由我處理即可，但切勿輕易尋釁對方，盡可能低調行事。」

聽天佑這麼一說，伍榮衷心感謝地回說：「那是當然，各安其所，兩不相干。」

雙方談妥之後，天佑便與聰兒率領玄甲騎眾人離開伍家大院。

數日之後，廣源行潘家位於荔枝灣附近的大宅海山仙館發生一件怪事。據傳行主潘仕成夜半於睡夢中驚醒後，看見擺在茶桌上他最鍾愛的那只紫砂潘壺破碎成數片㊟，旁邊留有一紙條，其上寫著：「退一步海闊天空，勿謂言之不預也。」

自此而後，潘家的氣焰就收斂許多，不再對伍家步步進逼、窮追猛打，雙方保持一定的克制。

註：潘氏家傳嗜飲茶，便在宜興訂製專屬紫砂壺，潘氏訂製的紫砂壺形制固定，且慣於將印款落於蓋沿之上，壺底及他處反而不落款，所用印款均為陽文篆字「潘」印，世人乃將此一形制紫砂壺稱為潘壺。

# 第八章 潯江連水盜　迎主山人村

心中貪婪的，挑起爭端；倚靠耶和華的，必得豐裕。

——箴言28章25節

道光三十年（公元1850年）初夏，五月天，南方已經逐步炎熱起來，桂平縣城外北側郊區的金田村，村口外面一幅破落不堪、年久失修的景象，但是再往裡面走一里路就會發現村內與外面景況相比簡直天差地遠、判若雲泥。這村裡面的城寨堡樓一棟棟地興建起來，街道上人來人往、熙熙攘攘，不知道的人還以為身處在哪座縣城名鎮。

金田村平常光是在裡面生活的人口數就達一萬多人，而實際可以上戰場的青壯教兵達五千人，這些都尚未計入其他坐落於桂平縣與貴縣中間一帶隱密堂口的信徒人數。拜上帝會在韋氏一族加入以後氣勢猛然提升，新進的教徒與日俱增，再加上楊秀清那邊的北山軍營教兵也已達三千人，洪秀全躊躇滿志、沾沾自喜地以為整個天下已握於自個的掌心之內，於是召聚核心幹部議事，討論正式起義的時機。

如今能夠進入拜上帝會總舵議事堂，已成為尊貴身分的象徵，大堂內總共坐了六個人，洪秀全位居中間首位，右邊三人是馮雲山起首、蕭朝貴跟石達開，左邊兩人則是楊秀清跟韋昌輝。拜上帝會以右為尊，從座位的安排上可以窺探出拜上帝會現在的權力分配情形，除了洪秀全外，其他五人的勢力各據一方。但是以馮雲山為最大的派系勢力領袖，其麾下有李秀成、陳作容跟蒙天佑等青年才俊；接下來楊秀清的北山軍營則是目前拜上帝會內兵力最強的武裝部隊；石達開與韋昌輝分別是潯州的在地大族，他們各自帶領約三千以上的族人投效拜上帝會；而蕭朝貴則是以最早的傳教區桂平縣燒炭工人為主要發展地盤，目前的勢力人數稍顯不足，不過蕭朝貴的心思現已被洪秀全的妹妹洪瑄嬌給牢牢掌握，他自然是靠向洪秀全這一方。

教主洪秀全打自金田這座龐大總舵根據地建立以來，就不斷向信徒們強調地上小天堂已經成形，開始顯露出志得意滿的模樣。但他身旁的馮雲山可不這麼想，馮雲山的眼界顯然比洪秀全高出許多，他心知肚明拜上帝會之所以能在潯州一帶順風順水的發展起來，全是因為朝廷的目光還沒盯上這裡，再加上他們對潯州知府付出極大的好處，一年要繳上二十萬兩雪花白銀，才順利繼承高家原本在桂平縣的勢力與特權。

然而隨著拜上帝會的隊伍不斷擴張，起事的時間越來越近，跟官府的關係遲早要出現變化。潯州的大小官員再怎麼愚笨，也不會笨到拿自己脖子上的腦袋開玩笑，這些官員們頭腦都很清楚，地方派系的權勢利益分配是一回事，但是聚眾公然造反卻是另一回事，那可是抄家滅族掉腦袋的大罪。一碰到關鍵時刻，平常交情再好、關係再深，跟你稱兄道弟的官員們會毫不猶豫地立刻翻臉倒打你一把，因為對他們來說，如何保住自己頭上那頂烏紗帽，以及囊袋中的金銀才是最重要的事。

不只馮雲山看得清整個大局情勢，在座的其他人等也一樣看得很清楚。

楊秀清首先發言：「上帝的旨意乃是要在地上建立拯救黎民百姓的天堂，如今萬事齊備，我教起義、除妖滅魔此其時也。」

楊的言論正中洪秀全的心坎，頻頻點頭贊同說：「秀清兄弟所言極是，不知諸位兄弟可有其他想法？」

向來深謀遠慮的石達開首先提問：「教主，各位兄弟，起義乃大勢所趨，只是我教一旦揚旗，不知大家以為首圖應為何處？畢竟若無根基，當清妖大軍一到，一旦被圍攻將會陷入無可依恃的險境。」

這個問題在洪秀全心中已經縈繞許久，其實依洪秀全最初的想法是就近攻打桂平縣城做為根據地，再派遣人馬經略四方，但是這個主意在與馮雲山討論後，被打了個大回票，馮並勸告洪秀全千萬不可在議事中提出此案，否則將有損教主的威信。

洪秀全是個聰明人，先順勢問眾人有何意見？

毫無懸念，英雄所見略同，大夥一致屬意先攻打廣東的省城廣州而不是廣西的任何一座城市，包括省城桂林府。因為廣西地貧人窮，相比起來廣東省較為富裕，省城廣州又是繁華無比的通商大邑，如果能夠攻下廣州做為根據地，再圖北伐，那麼成功扳倒清廷的機會則大增。

這亦為馮雲山長期的戰略規劃方向，否則他不會派蒙天佑去廣州找教主太夫人時，趁機聯絡在當地的盟友蓮園李文茂與陳開等人，並且蒐集沿途的地形、地勢、河流水文、哨所分布等資料，就是為了擬定將來東進的戰略布局。只是他所擔憂的是，東進一途看似順理成章，我們的敵人難道會不清楚嗎？

石達開跟馮雲山有相同的憂慮，但是無庸置疑，目前東進廣州確實是戰略目標的首選。於是石達開向眾人提出另外一個問題，他說：「東進廣州確實是現在最好的選擇，但是東進之路卻非坦途。現今整個潯江、大煌江的水路進出都在別人的掌控中，豈是我們說進就進、要出便出這般的容易。」

韋昌輝道：「石兄弟指的可是大頭羊、大鯉魚以及羅大綱等人，這群艇匪打著天地會旗號盤據西江已久，東往西來的船舶都要向他們繳納過路費才得保平安。」

「這又有何難？神阻殺神、佛阻殺佛，凡是不信天父上帝的異教徒，不必對他們客氣，擋我者死。」蕭朝貴豪氣干雲地大聲嚷嚷起來。

馮雲山連忙安撫他說：「朝貴兄弟先別急，雖然這群人據水為盜不足取，但說到底也是為了反抗清妖的暴政，據了解西江艇匪少說也有兩三千人，若是能將這群人勸服，投入我拜上帝會的門下，總比兩方人互相廝殺，白白的讓清妖得利要好得多，不是嗎？」

楊秀清一聽心中有定數，於是說：「不知長史有何妙策能讓那幫水盜降服於天父上帝面前？」這長史是馮雲山在教內正式的官職，總管教內大小事務，一人之下、眾人之上。楊秀清使用長史的官銜稱呼馮雲山乃是向馮暗示，既然你要做主，結果就由你來負責。

馮雲山自然聽得明白楊秀清話中有話的含意，然他並不加以理會地說：「我並無錦囊妙計，只是希望能夠有機會用真理來對這些人加以開導，或許上帝會親自感動降服他們也說不定。」

洪秀全明白馮雲山的想法，也不願馮、楊兩人就此事起爭論，於是說：「既然雲山兄弟有憐憫愛人的傳教之心，那麼起事時間就暫且延後一個月，讓雲山兄弟與西江艇匪等人接觸，我會向上帝禱告，祈求勸降工作一切順利。但是無論最終結果如何，一個月後召集本教全體教眾於總舵誓師，正式宣布起義，務必一舉將閻羅清妖剷除，彰顯天父上帝的公理與正義，重建一個無處不均勻、無人不飽暖的地上天堂。」

語罷，眾人皆拱手同聲稱是。

✠ ✠ ✠

貴縣石家莊的堡樓內今日來了個貴客，莊主親自迎接，來人正是剛從廣州回來的玄甲騎旅帥蒙天佑。

天佑迫不及待把這次在廣州所發生的事情悉數告訴石達開，其中包括如何與伍思喬相遇、營救聰兒、以及說服伍家家主將基業轉往香港的過程。聽完天佑這回在廣州的經歷後，石達開忍不住發出讚嘆說：「了不得、了不得，真令人佩服，精心布置、處置得宜，想不到天佑竟有如此手腕。」

天佑被石達開稱讚得有點不好意思說：「石大哥，您別笑話我，如果過程有些不妥之處，還望大哥多指點。」

石達開回說：「天佑，真的不是我自謙，這幾年下來你早已成長許多，無論是個人武藝、行軍布陣與戰術謀略等各方面都突飛猛進，愚兄實在已經沒有什麼東西可以再教給你的。並且按我評估，將來天佑的成就也絕對不會在我之下，真是令人期待。」

儘管石達開給予天佑如此高的評價及讚譽，天佑依然覺得自己差石達開不只十萬八千里，還是將石達開當成自己追趕努力的目標，期待有一天真的能夠與他並駕齊驅，甚至超越。

天佑猛然想起一件事說：「差一點忘記正事，這裡有一封聰兒姑娘託我帶回來的信函要交給石大哥。」天佑把懷裡的信封取出交給石達開，石達開立刻拆開閱覽。

讀完手上的信後，石達開神情愉悅地對天佑說：「聰兒她再次囑咐我一定要好好謝謝你，這次又救了她一命。她預計廣州那邊的事情忙完之後，就會先來金田這邊與我們會合。」

天佑不好意思地說：「哪兒的話，什麼又救她一命，伍家大牢豈能關得住她。況且若不是恰巧有此機緣，我也不會有這些難得的際遇。」

「對了石大哥，關於這次馮老師命我前往梧州當說客，您有何建議？」

對於馮雲山希望透過勸降方式來打開東進的大門，石達開是認同的。

畢竟多一個朋友比多一個敵人要好，只是石對於羅大綱這群艇匪的習性不太了解，尋思良久後便說：「有時候事情成與不成的關鍵很微妙，常常關係對了，一切就對了。」

「關係？」石達開的話讓天佑陷入一陣沉思默想中。他想人與人之間最難釐清的其實就是關係，甚至關係會導致許多難解的問題。比如說父子的關係，若是父親執意不讓我參與拜上帝會，甚至以死相逼時，我又該如何去面對？

不過關係亦是打開人與人對話的鑰匙，特別在客家人當中，只要有一點關係就可以拉近彼此的距離，接下來不管是做生意或是談任何事情都比較好處理。

「所以我要先跟誰建立關係呢？」天佑自言自語起來。

幾日後，天佑率人前來梧州，希望能夠順利完成交辦任務。

史記記載舜帝崩於蒼梧之野，此地白雲山建有相關歷史遺蹟，成為後人懷古憑弔的聖地。

梧州府轄下的蒼梧縣是潯江出廣西的關口，出了廣西的潯江就被稱為西江，然後一路向東流，一直到廣東的德慶。這一段江面基本上是清廷官軍跟艇匪水盜互爭地盤的地方，雙方在多年的爭鬥中互有勝負。由於江面寬廣又長，水盜採用打了就跑的戰術，以至於近年來清軍是勝少敗多，在剿匪無功亦無力的情勢下，官軍改變策略，慢慢將駐防主力後撤德慶以東至肇慶這一帶，鞏固肇慶下游的江面巡防。而上游部分則是與水盜這一方形成默契，只要他們不出德慶，朝廷官軍也不會主動追擊，這乃是官軍囿於本身兵力不足，不得不然的妥協。

艇匪水盜頭領們識破清軍的能耐，所以在德慶以西一帶幾乎是公開的揚旗，設置關卡，對於往返船隻徵收保護費。一開始有好幾股勢力互相較勁，最後以大頭羊、大鯉魚與羅大綱三人為主的勢力打敗其他各路人馬，取得江面的控制權。但是除上述三人之外，還是有一些獨立的派系力量存在，在鎮南關碼頭的捆工挑腳便是其中一個較大股的勢力，而這群人的統領頗特別，人稱蘇三娘。

聽說蘇三娘本家姓楊，是江湖賣藝出身，善使飛鏢，原是這群捆工頭子蘇三的娘子。在一場與清兵的戰鬥中，蘇三因被人出賣而死於清軍的亂箭之下，他所帶領的碼頭工人群龍無首，便要求蘇三娘繼續領導他們為蘇三報仇。從此蘇三娘繼承亡夫的位置，拉起一支隊伍盤據於潯江各個碼頭，他們壟斷碼頭捆工挑腳的生意，也和其他水盜勢力合縱連橫，特別是大頭羊他們。

潯江水盜間彼此的利益糾葛與勢力範圍，錯綜複雜、盤根錯節，其中來龍去脈足足讓天佑費了一番功夫才調查梳理清楚。天佑這次的任務相當艱難，馮雲山將勸降大頭羊這群人的重責大任託付他。拜上帝會想要東進廣州，就必須下潯江，要下潯江就需要水軍，這是眼下拜上帝會所缺少的一塊。然而訓練水軍不是一朝一夕可以辦到，癥結在於拜上帝會缺乏具有水上作戰經驗的人才。

蒙天佑明白自己此行的重要性，倘若沒辦法將羅大綱、大頭羊等艇匪水盜納為己用，不僅東進的水路會被堵住，而且若是這群艇匪反而與清軍聯合起來對抗拜上帝會，則會讓本教陷入腹背受敵的困境。天佑釐清一些人脈關係後發現，要找羅大綱與大頭羊，就必須先找到蘇三娘。

因為江面的水盜再怎麼勇猛還是得要登岸補給休整，所以掌握碼頭勢力的蘇三娘就相當關鍵，倘若能先說服蘇三娘投靠本教，那麼大頭羊這夥人的壓力就會大增，說服他們的機率也就相對提高。

天佑一行人來到鎮南關碼頭市集已經兩天了，讓天佑意外的是居然一直無法跟蘇三娘的人搭上線，眾人無計可施只好回到客棧中休息閒談。

目前天佑轄下的玄甲騎眾士兵，都跟天佑的年紀差不了太多，不到二十出頭的年輕小伙子。他們一同加入拜上帝會，一同領受天父上帝的旨意，一同接受騎兵訓練，也一同經歷過刀槍戰場的洗禮。

這群人漸漸形成以天佑為中心的生命共同體，而天佑不知從何時開始，也對於領導這一群人有了不同的想法，他不再單純以一個玄甲騎旅帥的身分自居而已，天佑開始思考整個玄甲騎的未來以及在拜上帝會中的角色地位。他了解自己所率領的這一支玄甲騎部隊的戰力強大，將來要扮演的角色會更加舉足輕重，而他身邊這群年輕幹部都跟他一樣，把自己人生的未來與玄甲騎的發展綁在一起。

天佑理解到不能夠只有他一個人成長而已，必須讓其他人也迅速的成長，才是壯大玄甲騎的根本之道。故而在陪同他出任務的人選上，可以看出天佑的細心安排，他讓這些幹部們輪流上場，一方面讓大家增長見識、磨練經驗，一方面也是讓天佑觀察這些核心幹部的重要時機。

這趟行程原本天佑只要帶上陳得才與藍成春兩人，只是林倪突然跳出來說，上次出門是哥哥林紹章跟來，這次說什麼也要換她來才公平，拗不過林倪的懇求與糾纏，並且想到林倪這丫頭古靈精怪、口齒伶俐，說不定會派得上用場，也就答應下來。

「大哥，說也奇怪，居然打探了兩天都無法得知蘇三娘的堂口在何處？」陳得才口中的大哥就是天佑，因為身處外地，不方便稱呼旅帥的頭銜，所以改叫大哥。其實陳得才的年齡還大上天佑兩歲，可是如今天佑的動作舉止大方有度、個性沉穩內斂，反而真的像是眾人的大哥。

林倪百般無聊伸個懶腰，口中嘟囔著說：「上次我哥跟……跟大哥出門時，聽說好精采，又是花園豪邸、又是高手護衛，說得是驚心動魄、險象環生，害我好生羨慕。怎麼地，換我出門就是窩在這間簡陋的客棧中，整天望著這些碼頭工人進進出出、搬上搬下的，真是無趣。」

「林倪，別亂說話，我們出門是有重要職責在身，不是來打打鬧鬧的。」藍成春個性拘謹，在旁實在聽不下去，出言訓斥一番。

林倪抿了一下嘴唇，正想出言反擊時突然聽到隔壁桌子的聲音大了起來。

那張桌子坐著一家子人，中年男子應該是父親，正對著身旁一個跟林倪差不多歲數的小女孩大罵，內容不外乎是倒了八輩子的楣，才生了你這個女的，什麼都不會做還要浪費家裡糧食，帶衰家運，害我賠了這麼多錢，這次我一定要把你賣到廣州去給人家當奴婢，好補償我這十幾年花在你身上的費用。另外一邊坐著的應該是女孩的母親，瑟縮在一旁不敢搭話，可憐的小女孩只是緊閉雙唇，淚流滿面地坐在父親身旁，連哭都不敢大聲，只是不停地啜泣，看了十分不忍心。

原本林倪並不想去理這家務事，但因那位中年父親越罵越大聲、越罵越難聽，讓林倪實在忍無可忍，一個轉身跳到男子面前將他衣領一抓，一把從座位上拉起來說：「給我閉上你的臭嘴，哪有父親這樣說自己女兒的。」

中年男子被林倪突如其來的舉動給嚇了一跳，霎時間反應不過來，真的噤住了聲不敢再講。等到他看清楚那抓他衣領的人居然是一個略略矮他一點，年紀和他女兒相仿的女孩時，馬上想要撥開林倪的手，哪知道林倪看似弱小的身軀，男子卻怎樣也撥不動她的手，甚至也無法移動自己的身軀。那男子被一個女孩子抓住衣領卻毫無反抗之力，惱羞成怒、氣急攻心的大聲罵道：「哪裡來的野姑娘，我教訓自家女兒關你啥事？」

而一旁的天佑等三人也對林倪突如其來的舉措來不及反應，但是當聽到對方大罵林倪是野姑娘時，陳得才便立即想要一躍而起給那名男子一個教訓，卻被天佑按住手臂，示意他稍安勿躁，不要輕舉妄動。

這時客棧中突然沒了交談聲，大廳內所有的顧客都將目光放在林倪與那男子的身上。林倪面對男子大聲斥喝卻絲毫不為所動，反而將其衣領揪得更緊說：「你管教女兒本不關本姑娘的事，但是你講什麼女子會帶衰家運的鬼話，不尊重女性，口出歧視侮辱之言，就關本姑娘的事。」

在眾目睽睽下那名男子被林倪出言回擊，又掙脫不開林倪的手，頓時又羞又氣道：「反了、反了，這個天下反了嗎？女子三從四德向來就是倫常綱紀，再說女孩子原本就是賠錢貨，這……這也是大家共同的想法啊，各位你們說說，是不是啊？」男子見掙脫不了林倪的手，便將目光望向客棧內的眾人，期望有人可以打打圓場替他解圍。

客棧內的顧客以男性居多，眾人見這名年輕女孩言行竟然如此嗆辣也都愣住，加上聽中年男子這麼一說，在場多數的男性紛紛點頭示意，甚至有人發出聲音表示同情。林倪被這股民情反應給更加激怒，於是用力把男子的衣領一甩，中年父親狼狽地跌回自己的座位上。

林倪氣鼓鼓地對著客棧內四方眾人說：「誰說女子生來就是賠錢貨，我說這是錯誤的思想毒害所造成，敢問你們哪個人不是從女人的肚皮出來的，沒有女人哪來的男人啊？」

林倪氣憤的反應，讓客棧內諸多男性紛紛閉上嘴巴，林倪眼看沒人敢接話，便繼續說：「大家有沒有想過，上帝造人，為何造男、造女，為的就是讓陰陽調和。所謂孤陰不生、孤陽不長，男女必需相互配合，一男一女組成家庭，然後才能開枝散葉，繁衍子孫。所以男人跟女人是平等的、是互補的、是一體的。在上帝的眼中，兒子跟女兒是同樣的寶貴，都是天父上帝親自創造的。」

林倪連珠炮似的這一番話讓在場所有人緘默不語，似乎都在琢磨她話中的深意。儘管這名年輕女子的行徑囂張，且她所說的這一席話跟傳統儒家禮儀文化所教導的男尊女卑不太相同，但是卻又讓人說不出哪裡有問題。

每個人都認同娘親的偉大，在孩提時候，娘親擔負了大多數照顧孩子的責任，這是任何一個人都無法抹滅與漠視的事實，但是在傳統社會裡就是父親掌握大權，再加上女兒總歸是要嫁人，就好像是潑出去的水一樣，即便再怎麼疼愛，也是別人家的媳婦。

只是大夥都捫心自問，這樣的思想文化與傳統習俗難道就一定是對嗎？正當眾人心裡面還在推敲思考林倪的言論時，客棧二樓傳來聲音。

「姑娘好手勁、好口才，但是羅某不才，想要跟姑娘討教一番。」

一位年約四十出頭的青衣男子，緩緩走下樓梯。這人腳步沉穩、雙目精煉，一看就知道是個功夫底子極高的練家子。此人貌似壯年，然而其聲音卻有如少年般清澈明亮，他的出現立刻吸引蒙天佑等人的目光。

這名自稱羅某的男子來到林倪面前，不卑不亢先向林倪打過招呼便說：「小姑娘立論新穎，挑戰禮教文化中男尊女卑的價值觀，不知道是以哪家學說立論為依據？還有姑娘方才所說的上帝又是哪尊神明？是道家的北極鎮天玄武上帝還是玉皇上帝呢？」

林倪抬頭看了這名從二樓走下來的男子一眼，接著不假思索的說：「這經史子集我是沒讀過幾本，但是真理是前後一致、顛撲不破的，不需要倚靠什麼大家學說，光是觀察這個世界萬物中的飛禽走獸與花草樹木就可以明白知曉，這天底下的生物哪個不是陰陽一對、公母一雙呢？沒有純陰或是純陽的物種，這表示上帝創造時就是要陰陽調和，不是誰尊、誰卑，也不是誰大、誰小，乃是要彼此幫助、互相合作。」

林倪侃侃而談，話語出口就宛如一把利劍，快速地刺進眾人的心思裡，大家心裡都在想：「是啊，這小姑娘所說的不就是這天地之間再簡單不過的道理嗎？」

林倪接著說：「至於問上帝是哪尊神明就更好笑了，這個世上的神明都是人們自己所創造、想像出來的假神偶像，真神是不需要用木頭或是石頭雕刻而成，祂不會、也不需要住在人手造的寺廟、道觀之中，因為天地和萬物本來就是祂所創造的，所以真正的上帝只有一位，就是創造人類與世上萬物的真神上帝。」

這名青衣男子一時間被林倪的放言高論給震懾住，不知該如何回話，發現自己口才不及人，青衣男子只好另闢戰場說：「好個伶牙俐齒，果然是女中英雌，只是不知道拳腳上的工夫是否跟嘴上功夫一樣厲害。」接著就擺出討教過招的手勢，林倪正為自己令眾人啞口無言的辯才暗自高興，怎肯輕易地示弱，馬上也擺出一副候教的手勢，看來是打定主意要讓這名青衣男子口服心也服。

客棧內的看倌們眼見兩人要從文場轉成武場紛紛拍手大聲叫好，這時在旁的陳得才與藍成春兩人則顯得有點擔心，不過他們見天佑還沒有進一步指示，也就不輕舉妄動。

青衣男子在徵得林倪同意比試的回應之後，就以迅雷不急掩耳之勢向林倪發動進攻，這一出手就是重拳直攻咽喉要害，痛下殺手，完全不考慮對方只是個十幾歲的小姑娘，但這也倒符合林倪自己訴求男女平等的論點，林倪對於江湖的武鬥並不陌生，自然也不會希望對方因她是女流之輩就故意放水。

林倪一個閃身，避掉青衣男子的拳頭攻勢後，身子迴旋一躍順勢右腿一抬，踢向男子，男子似乎早已料到林倪的招式。身形一蹲、左腳一掃，順勢就踢中林倪從半空中要降落的下盤，林倪的下盤受到攻擊，重心不穩落地後，只好利用身形滾動快速讓自己脫離男子的攻擊範圍。林倪的身形移動快速，但不料男子的步伐更快，他一躍向前，很快又欺近林倪的身邊，右手重拳朝向林倪的面門撲來，眼看林倪勢必得要硬接這一拳的時候，突然有一個悅耳的聲音出現，喊著說：「雖然我也主張男女平等，但我更看不慣以大欺小。」

一個藍色身影急速地衝向青衣男子，將他的右拳擋開，接著身形一變，抬腿攻向青衣男子，男子面對這個倏然的變化，馬上收住身形，向後一躍，退後兩丈站立不動，然後面帶笑容對著一名身穿藍衣的女子抱拳一揖道：「在下向蘇大當家請安。」

這時在座眾人才看清楚那個藍色身影原來是一名杏臉桃腮的婦人。這名婦人身穿藍衣黑褲，尋常客家媳婦的裝扮，只是在那藍衣立領之上，卻是白皙透亮的頸子與一張面容姣好的臉龐。

婦人年紀約莫三十幾歲，內斂眼神中散發出幾經風霜的淡定，如花似玉的臉蛋所透出的氣息卻是婉約中帶著滄桑、秀麗裡夾有嫵媚，相當獨特的感覺，本應是在大宅門生活的閨秀佳人，卻出現在綠林草莽中行走的江湖女子。在場的每名男子都不免被這女子溫婉迷人的萬千風情給吸引住，紛紛想要一看再看，蒙天佑等人也不例外。然而天佑卻觀察到那名青衣男子看向這位蘇總舵主的眼神深情款款、情意綿綿，他心裡暗自估量，看來是找對地方了。

藍衣女子微笑說：「羅大舵主高抬了，我可不是什麼大當家，只是個小小的掌櫃，不知道羅大舵主今日光臨小店有何要事？又不知為何要以大欺小，為難這位小姑娘？」

青衣男子被藍衣女子這麼一說，相當難為情，連忙道：「大當家您誤會了，在下沒那個意思，只是方才聽到這位小姑娘的說詞立論新穎，想要認識一下，沒料到小姑娘不但口齒伶俐且心志高大，所以一時興起就與之切磋、切磋。」

「切磋？我看明明就是以大欺小。」藍衣女子顯然不接受青衣男子的解釋，青衣男子還想要再替自己辯解時，林倪從後面發聲說：「姐姐您誤會了，這位大叔並沒欺負我，我與他是公平比試。謝謝姐姐您出手相助，但是在拳腳功夫的比試上，我的確技不如人，甘拜下風。」林倪順勢向青衣男子抱拳作揖。

藍衣女子相當讚賞地看了林倪一眼，臉上綻放出一抹微笑，而女子充滿陽光又可人的笑容馬上讓在場所有人士頓時感受到溫暖和煦，最後她把目光停在青衣男子身上，示意青衣男子應該要對這名小姑娘的雍容大度做些表示。青衣男子心裡嚥不下那口氣，並不說話，以致於所有人這時也把目光焦點全都集中在他身上。

剛才林倪在武藝上認輸的一番話，雖然是她心底毫不虛偽做作的想法，但是反而使得整個場面被導引成青衣男子就是以大欺小的這種氛圍上。

青衣男子見到場面如此不利於己，臉上瞬時間一陣紅、一陣白還真是尷尬不已，他心底想說我幹嘛自討苦吃，本想要教訓一下小丫頭，結果反而讓這個小丫頭給占盡上風、倒打一耙了。最後他只好悻悻然說：「小姑娘那裡的話，是我羅某思慮不周，姑娘能言善道又功夫精湛，江湖人才輩出，甚幸、甚幸。」

青衣男子心不甘、情不願的回完話後，轉頭對藍衣女子說：「聽說蘇大當家身體微恙，今日特來探望，現在看來大當家應該是安泰健康，在下多慮了。」

藍衣女子道：「感謝羅大舵主的關心，奴家這一點小事情，不敢勞駕您的掛慮。」這話說得輕描淡寫，一般人聽起來只是禮貌性的回答，但是天佑卻從這話中的語氣略略嗅出那一股似有若無的情意。此時他已經可以確認青衣男子與藍衣女子兩人的身分，正是他此行的兩大目標人物，羅大綱與蘇三娘。

蒙天佑立即起身向兩人打招呼說：「見過兩位大當家，不好意思小妹調皮，給諸位添亂了。」

羅大綱與蘇三娘二人同時將目光轉向說話的這位年輕人，簡單的觀察後他們兩人都隱隱感覺到這個年輕人與眾不同，而林倪一看到天佑站出來說話，就立即守分的退到天佑身後去。

羅大綱說：「原來姑娘是這位公子的妹妹啊，請教貴姓大名。」

「不敢，在下不是什麼公子，晚輩姓蒙，名天佑，拜上帝會人士。今日特來拜見兩位大當家。」

蘇三娘與羅大綱在廣西的地面討生活，肯定知道拜上帝會的名號，尤其是最近一年來，整個桂平縣已是其囊中物。只是沒料到拜上帝會的人居然會大喇喇地跑上門來，更令人意外的是，上門的人居然就是最近在潯州聲名鵲起的蒙天佑。

打從拜上帝會剷除桂平在地豪門高家後，在那一場戰役中大出風頭的蒙天佑及玄甲騎的名號，早已在廣西江湖中廣為流傳，特別是他所帶領的玄甲騎更是威名遠播，無人能敵。

蘇三娘道：「原來是蒙公子啊，難怪會有這麼一位聰明伶俐的好妹子，既然貴客臨門就請上座。」大當家這麼說，在旁的店小二趕緊上前引領天佑一行人上了客棧二樓的包廂就座，並遣人擺上酒菜好生招待一番。

羅大綱與蘇三娘一同進入客棧二樓的廂房與天佑等人寒暄起來，天佑說：「蘇大當家的手段真是厲害，在下一行人來到鎮南關碼頭已經兩日有餘，想要查訪貴會的堂口，費盡心思尋尋覓覓但是卻一無所獲，沒想到這座客棧就是貴會的堂口啊。」

蘇三娘微笑道：「好說、好說，咱一個婦道人家，沒什麼本事，在江湖上混口飯吃，靠的就是謹慎一點、低調一點。」

「大當家客氣了，江湖傳言百發百中蘇三娘，光是甩手劍這門功夫就已威震廣西。更何況是手下這一批精壯挑腳捆工，放眼潯江兩岸各大碼頭，蘇大當家說一，誰敢說二。」

蘇三娘擺一擺手向天佑示意說：「蒙公子您太抬舉奴家了，這條潯江豈是我小小一名弱女子可以說三道四的。倒是身旁這位羅大舵主才是潯江水面的大人物，有事儘管找他說去。」

此話一落，蘇三娘的巧目望向羅大綱，看得他有點尷尬。羅大綱趕緊道：「不敢、不敢，就是在水面上討生活而已，蘇大當家愛開玩笑，蒙公子不要見怪。」

天佑觀察到兩人的互動，不禁會心完爾一笑，心想此二人互有心思，或許可以一箭雙鵰。於是他拿起桌上茶杯來向兩人致敬道：「不瞞二位，這趟拜會乃是奉本教教主之命前來請二位會盟，共商大事。」

羅大綱暗叫不妙，低聲問：「不知蒙公子所謂的大事為何？」

蘇三娘也謹慎注視著天佑，等待他的回答。

天佑語氣堅定地說：「推翻清廷、重建太平」。

羅大綱本就是潯江水盜，與朝廷作對跟官兵打仗的事情從沒有少過。但是這些都只是為了生存而採取的一種生活方式。如今的潯江水面都是他跟大頭羊幾個人掌握，東往西來的商家船隊均默認了他們的權力，該給的規費不會少，幾年下來累積了豐富的身家，如今心裡頭只剩下一個願望未了，就是娶房好媳婦跟著自己過些舒坦日子。羅大綱理解自己在江湖上討生活，尋常的良家婦女不可能適合他，並且一直以來有個心儀對象在心底。總想著如果哪天可以跟這位佳人結為連理，或許就會金盆洗手退隱江湖，帶著紅顏美人雲遊四海、浪跡天涯，快活人生亦不過如此。

「推翻朝廷？蒙公子話說得輕鬆，這造反謀逆可不是做無本生意，一旦失敗被擒不僅個人要凌遲處死，還會株連九族。請公子謹言慎行，我等雖落草為盜，然而這不過是被環境所逼，雖偶爾與官府對抗，但多半是你來我往，虛應故事一番。動真格的要起事造反這檔事，於我無益，敬謝不敏，還是另請高明吧。」羅大綱語氣平緩、娓娓道來，話語中論情論理，態度堅決，想叫天佑知難而退。

天佑沒料想到羅大綱回絕地如此迅速，正還想要好言勸說，身邊坐的林倪已經忍不住大聲說道：「江湖傳言羅大舵主是何等英雄好漢，今日一見居然不過是個苟且偷生、甘為雞鳴狗盜之輩。只為一己之私利，不顧同胞百姓生活在水深火熱之中，這般委曲忍辱又有何意義？」

羅大綱聽到林倪如此諷刺挖苦的話，心中實在難忍立刻回道：「姑娘小小年紀卻如此大放厥詞，敢問貴教又有多高明，就可以解救萬千百姓於水火之中？」

羅大綱不等林倪的回應立刻接著說：「自有清以來，想要推翻清廷的人士不知凡幾，遠的有三藩之亂不提；近的有白蓮教起事，不過距今幾十年前，當時一度震動川楚各省。可妳知結果如何？朝廷調動十六省軍隊數十萬大軍，歷時數年花費巨資，還是把白蓮教給剷除了。敢問貴教比之當年的白蓮教又是如何？」

連番激動發言後，羅大綱嘆了口氣平靜地說：「我明瞭諸位英雄胸懷大志、憂國憂民之心，但是請聽在下一言。謀逆造反之事非同小可，想要推翻朝廷，改朝換代談何容易？各位知道為何朝廷容得下我這個小小水盜在邊陲之地打打鬧鬧，不會勞師動眾集結大軍前來圍剿嗎？就是因為我不會威脅到滿人皇族政權的根基，他們千里迢迢勞師遠征並不划算。但是京城的皇帝怎麼樣也容不下公然聚眾謀反的叛逆，那是要挖他們的祖墳、斷他們的命根，一旦公開造反，不管你人數有多少，朝廷鐵定會興兵前來剿匪，而且必定斬草除根的。」

羅大綱說完這番話後，林倪又想要出聲反駁時，被天佑阻擋了下來，他雙手一揖向羅大綱道：「感謝羅當家開門見山、直言不諱，而且對我好言相勸。然而推翻清廷的暴政絕不是為個人的私利，乃是為了千千萬萬苟活於悲慘世界的同胞百姓。清廷對於叛逆絕不會心慈手軟，你我都心知肚明。只是若善良百姓們忍氣吞聲過活，可以換來朝廷官府改弦易轍，願意正視天下蒼生的痛苦也就罷了。但是君不見滿人入關二百年餘來，黎民百姓的生活卻是一年苦過一年。近來神州大地更是天災、人禍不斷，政綱廢弛、生靈塗炭、國家衰敗，數年前的鴉片戰爭更是被西洋外國打得一敗塗地。可是如今過了這麼多年，可有看見朝廷有任何痛改前非、奮發圖強之意嗎？這些皇親國戚、高官厚祿之士依然故我，盡是做一些搜刮財貨、欺壓鄉民、魚肉百姓的惡行，完全不知悔改。所以我教起義之舉，不過是順天應人，絕非逆天行事，相信只要眾人能齊心協力，何愁大事不成。」

聽完天佑的一番懇切陳詞，羅大綱並非不動心，只不過理智壓過了激情，他在江湖上打滾多年，刀下舔血的日子也見慣了，朝廷的倒行逆施早已是眾人心頭大恨，但是若僅因為滿腔熱血、一時激憤，就要賭上自己所有的身家性命，實在過於冒險與不智。他心中盤算後，還想要出言向天佑規勸一番。

不料這時蘇三娘卻搶先說話：「好，我加入。清狗與我有殺夫不共戴天之仇，此仇不報，奴家無顏去見九泉之下的亡夫。我等這個機會已經好久了，不管最後能不能推翻朝廷，只要能夠多殺一些清狗，報此血海深仇，以慰亡夫在天之靈，那奴家就死而無憾了。」

羅大綱真不敢相信自己的耳朵，睜大眼睛看著蘇三娘。

他知道蘇三娘深愛著其夫蘇三，而蘇三確實是在與清兵戰鬥對抗時被殺害，才會由蘇三娘接續其位，繼續領導這群潯江碼頭的捆工挑腳們自成一方勢力。這些年來蘇三娘雖然不滿清廷官府，卻未曾聽聞其有大力反抗朝廷的舉動。想不到，今天蘇三娘居然會如此乾脆地答應拜上帝會的邀請，羅大綱此時才看清楚原來蘇三娘想為其夫報仇的信念居然是如此執著與熱切。

在旁的林倪聽到後忍不住大聲叫好說：「好樣的，不愧是女中豪傑。還是我們女人有出息，不像有些臭男人藉口一堆，扭扭捏捏、瞻前顧後、左害右怕的。」

羅大綱向蘇三娘說：「蘇大當家，這事千萬不可兒戲，切勿隨意應允，是否應該慎思熟慮後再做決斷較好。」

「羅大當家你想慎思多久，儘管慎思多久，與我無干。不過這些清狗與我以及這上千名潯江碼頭的捆工們有著那恨比天高的刻骨血仇，如今拜上帝會願意挺身率領大家出這一口怨氣，我歡喜都來不及又豈能袖手旁觀。」

蘇三娘越是慷慨陳詞，羅大綱的心情越是沉重，現在他想要勸阻蘇三娘不對，不勸阻她也不對。羅大綱的矛盾、複雜及為難的心情全寫在臉上，一旁的天佑觀察後心裡有數，知道此行的成果十分豐碩。

✢✢✢

道光三十年（公元1850年）八月初，盛夏時節，暑氣逼人，但是伴隨陣陣南風的吹拂，還算是出門郊遊踏青的好時節。

廣西潯州桂平縣的金田村外最近許多農家都養起鵝來，這些聒聒噪噪的鵝叫聲，在氣候炎熱的日子裡顯得有些惱人。不過這金田村民看似相當融入於鵝群的呱叫聲中，農民們忙裡忙外、不亦樂乎。這群村民是最近半年才從潯州各地搬遷至此處定居，多數是拜上帝會的教民或是佃戶，村民們說不上豐衣足食，但是家家戶戶有稻田可種，有雞鵝可養，日子比起從前可滋潤許多。這一幅繁榮昌平的景象能在被視為窮鄉僻壤的桂平縣出現，更屬難得。

此情此景若有朝廷的欽差大臣前來查訪視察，一定非給當地父母官嘉獎表彰不可，因為能夠把這片窮山惡水治理得井井有條、生機盎然，實是能吏幹才。

然而身居縣衙高堂上的桂平知縣邱國柱本人卻完全無心享受這個榮耀，反而憂心忡忡、坐立難安。今早他滿臉焦慮地問身旁的黃主簿：「金田村之事，主簿你怎麼看呢？」

黃主簿歷經四任知縣，在桂平縣算是個老地頭了。他深知金田之事不同以往，從前即使高家勢力在桂平不可一世的時候，也不過是結合地方官府欺壓其他門戶派系的勢力來謀取自己的私利。不過現在的拜上帝會卻完全不同，自從取高家而代之以後，便將所奪取來的大量土地發放給貧困的佃農流民，並且整頓治安、分配水源、排解紛爭。這幾乎是把屬於官府的職責一肩扛起，而桂平縣在其協助治理下，出現難得一見的歌舞昇平、安居樂業的氣象。

「卑職勸大人早做準備，拜上帝會這群人絕非單純的宗教信徒而已，金田村外雖然養了幾萬頭鵝，但卻依然掩蓋不住村內那日以繼夜的打鐵聲響，再加上其所興建的堡寨一座座都比縣城還要堅固牢靠。依下官愚見，這一群人定是假藉傳教之名，欲行亂黨謀逆之實。」

邱知縣一聽心情更加沉重，黃主簿所言不虛，金田村內的狀況他是心中有數。只是從他上任桂平知縣以來，每個月從拜上帝會那兒收到的孝敬銀兩已經超過他幾輩子的積累，並且在拜上帝會協助治理縣政的情況下，讓自己的官聲鵲起，頗受潯州知府的賞識。邱知縣心想若是能夠再撐一段時日，等到自己輪調離開廣西至他省任官以後才……，不知道該有多好。

然而邱知縣知道凡事難以盡如人意，若是自己離開的時間點距離事情爆發的時間點太過接近，還是會難辭其咎。為今之計，只有先將後路安排妥當，伺機而動了。

✢✢✢

紫荊後山的馬隊基地，陣容整齊的五百匹戰馬正在操練編隊行進的陣勢，一個排面二十五匹駿馬，每匹馬左右各間隔兩丈同時前進，共二十排。

每一個排面的騎兵隊伍先是步調如一、不疾不徐地緩緩向前行，前後各排的距離大約三個馬身。在前進約二百丈以後，校閱台前的年輕將領雙手擂鼓發出信號，在接收到指令後，每一排的馬匹便迅速地以五匹為一個小隊集中靠攏，然後分別向五個不同方向快速跑離。

馬隊提高速度後迅速地集結成五條巨龍穿梭於諾大的跑馬場中，速度不斷向上提升，但是每一條巨龍卻不會彼此互相衝撞打結，最後以五個陣面，五條長形馬隊，每隊以間隔五個馬身的陣型再一次重新集結於校閱台前，而所有馬匹也從快速疾馳中逐漸減速到緩緩地踱步，最後慢慢回到原地。

校閱台前方一名負責指揮的將領右手握拳向上高舉，五百匹馬在騎士的操控下立時停止不動，眾人靜默無聲，只留下馬匹嘶吼的喘氣聲在跑馬場上迴盪。負責指揮的年輕將領調轉胯下坐騎，迴轉過來向雄姿英挺站立於在閱兵台上的主帥行軍禮回報，操演完畢。此時，主帥蒙天佑緩緩向前跨出一步，向年輕小將陳玉成也就是今日的演武官回禮後，大聲對騎兵隊說：「眾將士辛苦了，請稍息。」

整個騎兵陣列的行進操演如同行雲流水一般，讓一同在場觀賞的馮雲山與陳作容不禁鼓掌叫好。

「此精騎鐵蹄勝過十萬大軍，有玄甲騎在何愁大事不成？」陳作容眉飛色舞地向馮雲山說。

「萬不敢當，作容哥繆贊了，小小的五百騎兵豈能與十萬大軍匹敵。」天佑在旁趕緊回說。不過天佑身旁的幾個年輕將領包括林紹章、藍成春、陳得才等人聽了都喜形於色，畢竟玄甲騎能有今日精湛的表現，可是大家不眠不休花了許多心血才調教出來的。

喜形於色的馮雲山向眾人說：「比擬十萬大軍或許太過，但玄甲騎絕對是目前我教之中戰鬥力最強的一支利劍，雖然只有區區五百之數，然而戰場上勝負之際常常只在關鍵時刻，而玄甲騎就是我軍面臨關鍵時刻的一把利劍。」

校閱完畢後，馮雲山命眾人散了，領著蒙天佑與陳作容兩人回到屋內，天佑跟著馮雲山後頭，他可以感覺出馮老師今日似乎心事重重。三人坐定之後，天佑開口問說：「老師，不知軍議的結果如何？」

「東進的大方針已經確定，現在令人為難的是要如何處理桂平縣衙。」

「桂平縣衙？」

「桂平邱知縣自上任以來與我教的關係良好，事事均配合我教行事。然如今起事在即，就算他配合度再好，也是朝廷的官，這定然是要有個處置。楊帥認為一旦起事，要想辦法爭取時間，所以桂平縣衙一定得先拿下來，避免他們通風報信走漏消息。所以楊帥的想法是要斬草除根，順便把邱知縣從我教這裡搜刮走的銀兩錢財連本帶利都討回來。但是我跟石帥都認為不妥，既然本教是順天應人、替天行道，那麼在揭竿起義之初就不宜殺戮太過，即便是清妖的官吏，倘若肯歸降我教，還是要給人家留個生路才是。」馮雲山向天佑以及作容兩人說出自己的看法。

作容說：「老師，楊帥果然是殺伐決斷、心狠手辣之人，邱知縣這條線可是他親自建立起來的，如今他翻臉就要殺光別人全家，這等心腸可不是常人會有的。」

天佑想一想說：「老師，學生也認為不宜殺戮太過，但真要起事，這刀光血影之事就避免不了，再者一旦我教揚旗，桂平知縣即便與我方關係再好都得撕破臉，否則日後被朝廷砍頭的第一個人就是他。據我觀察邱知縣為人處事，貪財怕事，這種人想要他降服於本教，認罪悔改歸向上帝恐怕是困難重重。這件事真是難辦啊！」

馮雲山對天佑說：「莫非天佑也覺得我乃婦人之仁？」

「學生不敢，老師您和石大哥的想法是對的，本教替天行道豈能任意殺戮。邱知縣若願意歸順當然最好，只是我總覺得要讓此人歸順恐怕不易，這人乃是楊帥親自拉的線，想來他最清楚此人的心性如何。所以，難辦就在此處。」

馮雲山微笑道：「天佑聰穎，觀察人心入微細致，對於邱知縣的判斷也確實精準。但我教起義乃是標榜解救天下蒼生於水火間，千萬不能妄行殺戮，否則有違上帝真理的教導。邱知縣若能歸降當然最好，假若不能，就將其拘禁，待天下大勢底定之後，邱知縣他必然會審時度勢，知道自己該如何安身立命。」馮雲山頓了一下說：「這樣安排，你們以為如何？」

「太好了，老師您民胞物與、愛人如己，不因小利而棄大義，實乃本教教義真理的履行實踐，學生受教了。」作容恭敬地回覆。

「那好，這件事就交給你們二人去辦，希望能搶在楊帥之前辦妥此事。」

「學生遵命。」作容與天佑兩人同時應聲。

就在馮雲山想方設法要替桂平知縣解套之時，桂平縣衙裡裡外外其實早已被小七楊輔清轄下的天眼司細作們給重重包圍與監視，這座縣衙裡面的一舉一動都在楊秀清的掌握中。

而遠在天邊的北京城裡，不滿二十歲剛登基的年輕皇帝咸豐，正在為了祖先所留下來的破落江山傷透腦筋。

✝ ✝ ✝

道光皇帝於今年（道光三十年）正月駕崩於圓明園，享壽六十八歲，在位近三十年。這三十年來清朝的國勢可說是日薄西山、氣息奄奄，宛如風中殘燭。其實清朝國勢的衰落不能全怪道光帝，他本人並不是個昏君，相反地在年輕時候道光帝可是以勇武著稱，個人騎射武藝等功夫頗為厲害。

道光帝最有名的事蹟是發生在嘉慶十八年的天理教癸酉之變。

天理教原屬於白蓮教的一支，其教徒相約於嘉慶十八年九月十五同時起事，教眾分三路攻掠，其中林清攻直隸、李文成攻河南，馮克善攻山東。不料消息外泄，於是天理教決定提前起事，九月初七就攻占滑縣，殺知縣強克捷、巡檢劉斌，共推李文成為「大明天順李真主」，各地教徒紛紛響應，聲勢大振，並攻克定陶、曹縣。

接著林清則是趁嘉慶帝在熱河舉行木蘭圍獵，與二百餘名教徒假裝成商人，潛入京師，在宮廷宦官內應的幫助下，以「順天保民」、「順天開道」等旗號起事，直取紫禁城，攻入東華門、西華門，欲占領紫禁城皇宮。當時還是皇子身分的愛新覺羅旻寧（即道光），取出宮中封禁的火槍，上城樓禦敵，親自擊斃兩人，並指揮部隊抵禦叛黨。最後天理教因後繼無力，起事宣告失敗，眾教徒均被捕且處以凌遲極刑至死。

事後，嘉慶帝為了獎勵旻寧（道光帝）的功績，加年俸一萬二千兩，封其為智親王，並將其所持之火槍命名為「威烈」。而在這件事上立下護國功勳，也成為旻寧後來能夠獲得嘉慶帝青睞，將皇位傳之於他的重要關鍵。

大清朝自嘉慶親政以來，雖然將巨貪和珅扳倒，但是政治跟社會的衰弊風氣已經積重難返。以治河為例，這是關乎國計民生的大事，但每每朝廷撥補經費治水，到了最基層用於治水的經費卻只剩十之二三，多數公帑盡入貪官污吏之手，政治的腐敗早已病入膏肓、不可救藥。吏治的敗壞常是中央集權的獨裁帝制必然面臨的問題，因為真正與皇權為敵的不是黎民百姓，而是數以萬計的官吏，這些貪官污吏結合形成龐大共生的利益團體，天天想著如何將原本屬於皇家的利益搬入自己的口袋私囊之中。貪官們整日只想到如何剝削百姓，自然造成百姓的生活苦不堪言，吏惰民怨的結果自是官民相仇，而兵禍不止。

另外一個造成清朝危機重重的原因是經過康熙、雍正與乾隆三代盛世後，人口的過度增加，根據統計從乾隆至道光，大清人口增加三倍之多，從一億兩千萬增長至四億二千萬人之譜，而可用的耕地卻無法擴大，生產的糧食明顯無法養活如此龐大的人口，再加上高官富戶不停地為謀取私利而展開土地兼併，把土地財物從平民百姓的手中豪取強奪過來，如此一來階級間的衝突與矛盾就不斷擴大，民變叛亂之事叢生則是必然的結果。

年輕的咸豐繼承這樣一座風雨飄搖的帝國，不到二十歲的他雖然銳意興革，可惜身邊缺少的是良臣明相，就拿手中這一堆百里加急的奏摺來說，每一件事都耗盡他許多心力還找不出有效的解決之策。

上書房總師傅杜受田在咸豐登基後，被加封為太子太傅兼吏部尚書，此時拿著一封奏疏前來覲見皇帝。

杜受田一進上書房就恭謹的下跪行面見天子之禮，咸豐擺手示意說：「太傅免禮，有何事上奏啊？」

杜受田雖然身為帝師，但在咸豐面前一直都謙恭地謹守君臣之禮，他知道帝師是皇帝給的名器，自己就只是個人臣而已，所求的就是為君盡忠、為國效命、為己留名。他恭敬地說：「啟奏聖上，穆彰阿『保位貪榮，妨賢病國』已到非除不可的地步，否則大清兩百年的基業堪憂啊。」

「太傅莫憂，穆黨一事，朕心中有數，除是要除，不過畢竟穆黨這群人於先帝在位時把持朝政多年，根基不小，動手也得找個時機。」

咸豐抬頭看了看自己這位老師，雖已逾花甲之年，臉上皺紋滿佈，但每次前來謁見均能從他的眼神中看出想要重振朝綱的那股殷切期盼。對於杜受田的忠君愛國之心，咸豐自己是深受感動的，心想畢竟是自己的老師，忠心不二是自然，即或是有私心想要為己搏取一個中興良臣的美名，也不過是相得益彰而已。

想到這裡心有所感的咸豐便說：「來人啊，趕緊給太傅賜座，別累著太傅了。」

太傅趕忙拱手一揖道：「謝聖上隆恩。」旁邊伺候的太監們趕緊遞上一張椅子，杜受田坐定後，正想開口說話，咸豐就先發話說：「太傅，現下我大清可說是百廢待興，可有何治國良方？」

太傅雙手一拱高聲說：「回聖上，祖宗成法、下詔求賢。」

杜受田本人是殿試二甲及第，被選為庶吉士，當過散館編修，後來出任山西學政，回到京師任官不久後，便被選拔到上書房負責教授太子（即咸豐）讀書。杜的政治經歷薄弱，缺乏實際治理國政的經驗，基本上就只是個讀書人，腦袋裡裝的不外乎四書五經、孔孟思想，這種人在國家清平強盛時期，還能勉強擺擺樣子，唬一唬同樣是士林出身的百官朝臣，但是在國家積弱衰敗、企圖要振衰起敝的時機點，並不是一名可以帶領國家突破困境的人才。

但是杜受田自身可不這麼想，他一生研習儒家經典，好不容易坐上重臣之位，正是一展胸中抱負的大好機會，怎麼說也要好好的把握住，他願意鞠躬盡瘁、死而後已啊。

「依太傅之見，這群穆黨盡除以後，有那些賢臣足堪大用啊？」咸豐的話在耳邊響起，杜受田趕緊將自己早已預備好的口袋名單端上檯面。

「啟奏聖上，林則徐、周天爵可用。」

咸豐閉上眼睛，努力地想要回憶這兩人的長相模樣。

林則徐自不待言，咸豐心裡頭依稀對於林則徐這位勞心勞力、公忠體國的臣子有愧。道光十九年（公元1939年）以來的鴉片戰爭，對大清是一次極大的失敗。敗的原因很多，但總是要有一個人來承擔戰敗的責任，林則徐是推行禁菸政策的舵手，當然是不二人選。不過這十年來皇家已逐漸地還給他公道，前幾年他在雲貴總督任上，處理棘手的漢回兩族衝突得宜，本想要再加以重用，沒想到他夫人病逝於昆明，林則徐本人悲痛太過，決定告老還鄉，返回原籍。

「林乃能臣無疑，但終究已屆花甲之年。至於這個周天爵嫉惡如仇、任勞任怨，可惜也早就過了古稀之年啊。」咸豐的心中暗自琢磨，難道我堂堂大清就只能倚賴這一幫老邁臣子嗎？

杜受田猜想到咸豐的疑慮，趕緊補上一句：「聖上，老驥伏櫪。」

咸豐這時方才張開眼睛，拿出一份摺子遞給杜受田說：「這是從廣西送上來五百里加急軍報，南方兩廣一帶早就盜匪、亂黨層出不窮，現在又加上一個什麼上帝會的來給朕添亂，再這樣下去，萬一影響到兩湖以及長江下游的魚米之鄉、稅收重地，可是會動搖國之根本。」

杜受田快速瀏覽完軍報後，雙手一揖恭敬地說：「林則徐在兩廣威望甚隆，臣建請委其欽差一職，督責兩廣全境的剿匪工作，畢其功於一役。另外廣西巡撫鄭祖琛辦事不力，讓匪情愈演愈烈，又企圖粉飾太平，臣以為應革職查辦，可以周天爵署理之。」

雖然對於杜受田的推薦，咸豐仍有些顧慮，但是眼前似乎也找不到更好的人選，只好說：「好吧，就依太傅所請，擬旨吧。」

杜受田馬上在咸豐御前開始擬旨，他神情肅穆，內心卻異常激動，暗想：「終於輪到我了，一人之下，萬人之上，輔國重臣，國之棟樑。」這些詞彙就在他草擬聖旨的同時，不斷從腦海中跑出來。還好他還算是在官場行走過的人，經驗老到，不至於讓咸豐察覺出自己內心洶湧澎湃的情緒。杜受田一臉嚴肅而鎮定地將聖旨草擬完成，他熱切期盼這道聖旨一下，整個朝廷、官府衙門就要動起來，集結一切資源，給予亂黨最大的打擊。一旦南方的亂黨匪禍平息，這個中興名臣的稱號就會是釘在板子上的穩當。杜受田此刻精神振奮、意氣風發，雖已年過六十，然而烈士暮年、志在千里。

✢ ✢ ✢

桂平縣衙內一大早就有許多人進出走動，原來是知縣大人要為二姨太操辦壽宴，所以菜販、肉販、布商等人用各式雜貨把後院給堆擠滿了。據說縣大人特別交代因為二姨太這些年來相夫教子、賢良淑德，十分辛勞，因此這次的壽宴要找個戲班子進府來熱鬧一下，給二姨太做個大面子，好好犒賞獎勵一番。

正當眾人忙碌之時，在內廳裡面邱知縣與黃主簿正跟一位樣貌為布商的中年男子密會。這名男子雖然作商販打扮，但是若是近身細觀便能發現此人手腳精壯，面帶殺氣，絕非一般商人。此人名叫陶玉德，是清軍綠營鎮遠鎮㊟轄下的守備，是個五品武官。此次他會特地改妝易容進入桂平縣衙，乃是因為幾天之前鎮遠鎮總兵周鳳岐接到一封密函，密信中告知周總兵桂平縣內即將有叛黨謀反作亂，整座縣衙已經被亂黨給監視包圍，希望總兵大人能派人暗中進入縣衙查訪。接獲此情報後總兵周鳳歧為求謹慎，便按信中的要求派出麾下將領陶玉德，進入縣衙內與邱知縣親自見面求證。

「有勞陶軍爺了，如今我這座縣衙四圍都已經佈滿拜上帝會的眼線，所以不得不出此下策，請軍爺喬裝入府。」邱知縣用無奈又膽怯的口氣說道。

陶玉德半信半疑地說：「知縣老爺莫驚，這夥亂黨可真有這麼大本事，佈下天羅地網在衙門四周，這般張狂，目無王法？」

「陶軍爺啊，你有所不知，下官雖身為桂平縣的父母官，然而這桂平縣內大大小小的事務其實都已經被拜上帝會所掌控。都怪我當初一時不察，誤以為他們是一群熱心公益的鄉紳父老，只是想要宣揚忠孝節義的傳統美德，與官府攜手來建設鄉里，豈知這些日子下來，這群人的狼子野心便漸漸顯露出來，不但私下開爐鑄造兵器，而且招聚眾多教徒進駐金田村，我看這村裡聚集的人數已近萬人以

---

註：「鎮」是清軍綠營的編制單位，指揮官稱做「總兵」。

上。」

陶守備此行就是奉周總兵之命前來進一步求證，拜上帝會在桂平縣近來勢力崛起，乃是潯州府人盡皆知之事。倘若只是一般的宗教團體，想要藉勢擴大自己的勢力範圍與信徒人數也就罷了，但聽過邱知縣陳述拜上帝會的許多舉措行為後，他也深切感覺這個拜上帝會並不單純。眼下兩廣地面的亂黨橫行，但多是天地會黨或是其勾結的幫派勢力為主，其他以宗教之名怪力亂神的宵小之徒也是所在多有。但叛亂謀逆之名終究非芝麻小事，若無確切的證據就動手抓人，真要是亂黨也就罷了，萬一查無實據，那免不了要坐實官兵擾民的控訴指責。

邱知縣看出陶玉德心中的猜疑，於是便道：「軍爺您心中的擔憂應該是怕我口說無憑吧，下官有一計策不但可以拿到真憑實據，而且還能夠趁機將亂黨的頭領一舉成擒。」

陶守備的眉頭一揚說：「喔，知縣老爺請講。」

聽完邱知縣的計策之後，陶守備與邱知縣兩人相視而笑。

邱知縣是個明白人，身處於這個局勢內，前面早已經有個全家被毒死的王烈給他做最佳典範，他豈肯束手就擒，走上同一條死路。而好不容易積攢下來百萬兩的身家財富，正是要享受與揮霍的時候，說什麼也得想辦法度過這個難關。

邱知縣心裡頭暗想只要朝廷的官軍一出馬，這群拜上帝會的教徒們即便再如何囂張，又豈真能翻雲覆雨嗎？真的還會有上帝幫他們的忙嗎？我偏不信這些虛無飄渺的宗教信仰，我相信的還是最實在的真金白銀啊。

三日後。

就在邱知縣暗自盤算如何從拜上帝會天羅地網般的監視下逃脫的時候，陳作容與蒙天佑也同時在思索如何將他從死亡的邊緣拉回來。

這日兩人趁縣衙內人來人往的機會，喬裝販賣蜀錦的商販混進了縣衙，很快地撂倒縣衙內的差役之後，兩人直接進入內堂控制住邱知縣本人。陳作容也不多說廢話，立即表明自己的來意，邱知縣心想糟糕了，這個脫殼之計還沒有預備好，冤家就找上門了。

「兩位好漢啊，本縣官與貴教向來是水乳交融、合作無間，有事情可以好好商量，何必如此呢？」邱知縣向作容與天佑兩人苦苦哀求說道。

蒙天佑突然心裡有個感動，向陳作容使了個眼色，然後說：「知縣大人你既然與我教是互相合作，那為何要故弄玄虛想向外頭通風報信啊？」

邱知縣心中一驚，馬上說：「沒有這回事，我與貴教是合則兩利、分則兩敗，我哪會向誰通風報信啊，況且我也不知要通風報信些什麼事情?對吧，好漢。」

「真人面前不說假話，縣老爺大張旗鼓地為二姨太辦壽宴，可不就是為了想掩人耳目嗎？」蒙天佑氣定神閒地看著知縣說。

邱知縣暗暗觀察這兩名拜上帝會派來的人，年輕、朝氣又充滿活力，尤其是天佑雙眼目光如炬、炯炯有神，好像沒有任何事情可以在他的眼前隱藏，於是嘆了口氣說：「好吧，不瞞二位好漢，本官確實是觀察到貴教最近情況有些異狀，我是怕惹禍上身，想要另尋一條保命之道。可是又發現近來這座縣衙的周圍似乎佈滿了貴教的眼線，所以才會出此下策。」

陳作容見到邱知縣如此坦白，便說：「知縣大人過謙了，你做的事情並非下策。知縣你能夠有如此布置安排想掩人耳目顯然是個聰明人，又能看穿縣衙外有本教的眼目窺探，所以是個明白人。對於一個既聰明又明白的人來說，應該不難猜到今天我們來的目的是什麼，以及知縣大人你自己又有多少選擇。」

邱知縣在心底琢磨了一下，決定要為自己的生命及人生未來做出最後一搏，於是大膽豁出去說：「貴教若是想成大事，要嘛除掉我、要嘛需我相助，但是一開始就殺掉朝廷的命官，馬上就會引來官兵的大舉鎮壓，這恐怕對貴教相當不利啊。」

天佑心想邱知縣這人頭腦清楚，倘若真能歸順我教也是個人才，於是伸手解開原本將他綑綁起來的雙手，讓他先坐下來舒緩一下心情，然後說：「縣老爺說得有理，不過這也得看我們有多需要知縣大人，畢竟出師前能夠用朝廷命官的腦袋來祭旗的話，對於激勵我方教眾的士氣，肯定會有不錯的效果。想來你也明白廣西省內四境這些貧苦窮困的老百姓，對於長期欺壓剝削他們，又長得一副腦滿腸肥的貪官污吏是有多麼地憎恨與仇視了。」

邱知縣聽著天佑的話，下意識地摸摸自己的腦袋，然後陪笑說：「這位好漢您此言差了，我與貴教共同治理桂平，得貴教之助，本縣一無盜匪，二無劣豪，並且實施分地於佃農的土地德政，人人安居樂業，這桂平之治在潯州甚至廣西現下是頗有名聲，桂平縣的百姓們就算不感激我，也不至於會想要將我的項上人頭掛在城牆之上吧。」

聞知縣此言，陳作容順勢勸說道：「知縣大人既然知道我教德披四方，那麼棄暗投明應是大人你最佳的選擇。」

邱國柱心想，看來今日是逃不出這兩人的手心，便說：「要本官投誠也行，但是我本來不求功名利祿，只想苟存性命於亂世之中，因此我需要有兩個條件，只要你們答應這兩個條件，我就歸順貴教。」

「什麼條件？」蒙天佑問。

「一是我的家人不能參與進來，待我將他們遣送回老家，爾後我所行之事，皆與他們無關。」

「這行。」陳作容爽快的答應。

「第二則是需要貴教洪教主親口保證本官的人身安全，而且絕不會過河拆橋、殺人滅口。」

陳作容聽到要教主親自出馬，便回說：「這恐怕有困難，教主乃是崇高尊貴之軀，豈能隨意與人見面。」

邱知縣聞言把心一橫道：「若是無法得到教主的親口保證，我怎能相信貴教真有愛才之心、招降之意。」

作容與天佑對望了一眼，然後說：「好，關於教主的親口保證這件事，待我們回去稟報，請示教主聖裁後再做告知。」

邱知縣見兩人鬆口願意幫忙傳話安排，猜想拜上帝會應該對於自己是否能夠歸降這件事情頗為在意，於是乎他的底氣陡然增加，連忙壯膽繼續加碼說：「還有與教主的會面絕不能在貴教的地盤上進行，否則我豈不是羊入虎口，難逃生天？而現今整個桂平縣都早已在貴教的掌控下，所以雙方會面的場所最好是在桂平縣以外的地方，至於何處適宜？可由貴教提出，本官再做考量。」

見到邱知縣不斷提高投誠的要求，陳作容怒從中來，大聲喝斥：「你最好是坐地起價，不要以為我們非買不可。」

邱知縣被這麼大聲斥責後，立即身體龜縮起來閉上嘴不敢再說些什麼，天佑向作容使了個眼色後說：「知縣大人莫驚，本教對於大人所提出來的這些條件已經知悉，且讓我們帶回總壇後恭請教主聖裁。」

說罷拱手向知縣告辭，兩人轉身要離開時，陳作容又突然回頭說：「請知縣大人靜候本教的消息，千萬不可輕舉妄動。」他特別在最後四個字上加重音調。

「靜候貴教佳音。」邱知縣則是小心翼翼地回覆。

作容跟天佑二人離開縣衙後，迅速動身趕回金田總壇，途中兩人討論到邱知縣的這些條件其中是否有詐，然而幾經思索過後，覺得雖事出突然，但也是在情在理，只要確保雙方見面的地點安全無虞，倒也是不失為一個解決方式。

可是他們倆人萬萬沒有想到，邱知縣投誠的條件將會掀開拜上帝會總壇內部茶壺裡的風暴，對於各派系間的權力平衡帶來考驗與改變。

✝✝✝

金田村拜上帝會總壇今日的空氣似乎是凝結的。總壇議事廳的大門緊閉，門外左右兩側各有十名侍衛站崗，廳內不時傳來大聲爭吵的聲音，雖然不到互相咆哮罵人的程度，但這種場面在總壇內實屬罕見。

自從打敗桂平縣豪強高家後，拜上帝會就開始在金田村建立根據地，總壇更是教內高層領袖聚會議事之所在。拜上帝會的教徒不同於一般綠林草莽、梁山好漢，加入拜上帝會後就必須遵守嚴格的教規，每一個人都隸屬於固定的單位，從伍、倆、卒、旅逐級而上、層層監控，基本上就是個軍事化的組織，再透過傳講聖書中的教義真理來進行思想教育，所以教徒在加入拜上帝會以後，都會被要求學習相關的教規律令，是個極有紀律的團體。

因此在總壇內想要看到三五成群聚集乃至人聲鼎沸、吵雜紊亂的景象是不太可能的事情，更何況是在總壇吵架喧鬧，肯定立刻會受到教規的議處。

所以眾人都明白，今日教內不平靜。

然而絕大多數的信徒並不理解，導致這不平靜的原因究竟為何？

答案只有兩個字：權力。

沒錯，爭吵的雙方表面上是就事論事，但是骨子裡爭的就是權力。

權力的競逐與鬥爭是任何一個團體組織都無法擺脫的宿命，尤其是當這個團體從小變大，開始成長與擴增的過程中，權力的追逐與矛盾常是必然現象。從前的天佑遇到這樣的場景一定是充滿不解與疑惑，不知道為什麼這群人要為許多事無端爭辯，但經過這幾年的歷練，特別是從廣州行回來以後，他對事情的觀察有了更敏銳的眼光，看事情能夠不被表象的說法給迷惑，然後仔細去參透事情表相背後所隱藏的脈絡實相，這種觀察力的改變連天佑自己也覺得驚訝。

廳內洪秀全高座於正中央，兩派人馬則是分立於兩側。

右邊以馮雲山、蕭朝貴以及秦日昌為首，左邊則是以楊秀清以及胡以晃兩人為主。至於石達開和韋昌輝則是屬於暫不表態的一方。

雙方爭論的焦點就是該不該答應桂平知縣的條件，由教主親自出馬去接受他的投誠。馮雲山站在贊成這一方，他力主教主在這個關鍵時刻應當御駕親征，出馬降服桂平知縣，這樣一來會產生風行草偃的功效，屆時舉兵起義則事半功倍，令清廷的百官群臣望風披靡，而使百姓眾民相偕來投之。

持反對意見的楊秀清則是認為教主乃千金萬貴之軀，絕對不可親身涉險，而且這個邱知縣向來心性狡猾詭詐，不可不防。

在天佑看來，雙方的立論各有依據，孰優孰劣，很難論斷。但也不是完全無法解決，例如可以差遣教內身分地位高者持教主聖諭前往受降，或是派人向邱知縣那邊再做商議。但是雙方看起來卻是一點都不想要妥協，絲毫不讓步。天佑很敏銳地察覺出一些端倪，這並不是一場講道理的討論，而是一場權力主導權的爭奪。誰要是先讓步，往後在各方面的角力都必須屈居下風，這才是雙方都不願意讓步的主因。

洪秀全雖然看似中立，但是明眼人都可以看得出來，他當然想要偏袒馮雲山，而當原本屬於中立的石達開與韋昌輝紛紛陸續站隊到馮雲山那邊時，楊秀清權衡思量後也清楚眼下大勢所趨，便不再力爭。

楊秀清見勢不可擋，最後只好說：「既然諸位兄弟都認為此舉可行，小弟就也不再堅持，但是為求謹慎，懇請教主選擇平南縣花洲做為雙方會面之處，那裡有胡兄弟的一座茶樓可用來接見邱知縣，我想邱知縣他應該不知道那座茶樓與我教的關係淵源。」

洪秀全見到楊秀清已經示弱，便做順水人情說：「感謝楊兄弟如此體貼周到，這個地點相當不錯，就照楊兄弟的意思辦了。」

本來在這場爭論之中，洪秀全對於是否要依照邱知縣的要求由自己親自出馬去受降這件事，是沒有自己的定見，甚至還略有反感。自從金田總壇建立以來，拜上帝會的聲勢扶搖直上，目前洪秀全的手下聚集近萬的精兵，老實說在洪的心中隱約有睥睨群雄的心態，彷彿放眼桂平乃至潯州，眾人莫不聽他的號令。所謂桂平知縣在洪秀全的眼中不過就是個擺設，若不是馮雲山堅持要在起事之初有個好兆頭，他還真想要同意楊秀清的做法，乾脆一殺了之。

然而這場爭論其實是關係到楊、馮兩人的路線與權力之爭，楊秀清在馮雲山被捕之時竄起，幾乎將教內的權力一手囊括。好不容易馮雲山回來後，洪秀全費盡心機拉攏蕭朝貴，再加上扶植韋昌輝的勢力，才勉強讓教內權力的天平再次向洪秀全與馮雲山這邊傾斜一些。

洪秀全心中明瞭，楊秀清此人絕對是拜上帝會的一大頂樑柱，但是因為楊的權力慾望太大，要利用他，但也要想辦法牽制他才行。

至於楊秀清這邊，雖然在權力的角逐場上暫時的落敗，不過他當然不會這麼容易就退出這場競爭，當天他就向洪秀全稱病告假，表示自己的眼疾突然發作，以致無法行走。楊秀清將教內原本由他負責的事務全部都委請馮長史一併代勞，頗有負氣稱病的意思。洪秀全一時之間也無法處理，與馮雲山商量後決定就先讓他鬧一下脾氣，等到把邱知縣受降一事處理完後再說。

爭論結束後，總壇暫時恢復平靜，不過明眼人都清楚高層內部裡的鬥爭暗潮洶湧、方興未艾。這種氛圍讓阿桐心裡不是很安定，剛好天佑回到總壇來，她便乘隙前來找天佑聊天解悶。

天佑早已在書房內泡好茶等待阿桐的來訪。

對於阿桐這位在拜上帝會開創之初和他同時期入教的姐妹，天佑有著一份特殊的感情。一開始他自己還以為是情竇初開的少男對於異性的仰慕之情，後來發現自己對於阿桐乃是出自真心的兄妹情誼，甚至更多點同窗之誼。因為在上帝真理的學習上，阿桐算是他的信仰夥伴，許多關於信仰的疑惑都是通過兩人之間的長期交流討論，才讓天佑得到解答。而這點對於天佑來說是極為重要的，因為若是無法在信仰上站穩腳步、立定腳跟，他會對人生以及未來方向產生極大的迷惘與困惑。

阿桐來了之後，打了聲招呼就逕自坐下，不發一語，隨手將一疊紙張往桌上一扔。

天佑見狀，連忙遞上杯茶說：「是誰好大的膽子？竟敢惹本教第一才女發這麼大的脾氣啊。」語罷，見阿桐沒有什麼反應，就接著說：「我看一定是那不解風情的石敢當，居然敢欺負我們家阿桐，就算石家的戰拳再怎麼厲害，我也去會一會，替你出口悶氣。」然後便作勢要起身，阿桐再也忍不住，一把將他抓回座位，莞爾一笑道：「你別胡鬧了，怎麼才兩個月不見，也學會那些輕佻男子的油嘴滑舌啊。」

天佑見阿桐笑顏逐開，才放心說：「我是擔心你啊，怎麼了？到底什麼事情讓你生這麼大的氣？」

「我不是生氣，只是很無奈啊。」阿桐回道。

阿桐手往桌案上那疊厚紙一指說：「昨天馮老師奉教主指示，要把教主最近創作的詩集結起來刻印成書，準備做為教義宣講時的教材。可是……可是……其中的內容，真是令人啞口無言、萬般無奈啊。」

天佑把桌上的那一疊紙拿起來一頁一頁地仔細端詳，不看還好，越看眉頭越深鎖。最後他深深吐了一口長氣，將整疊紙放回桌上，久久不能言語。他完全能夠體會阿桐現在的心情，這些紙上所記載的詩句雖然名叫天父詩㊟，但是他認為應是洪秀全自己憑空杜撰，絕非天父上帝的親自指示，因為當中的內容真是光怪陸離、匪夷所思。有些部分還好，譬如：

子不敬父失天倫、弟不敬兄失天倫、臣不敬君失天倫、下不敬上失天倫。

這與傳統的倫理道德沒有太大分別，雖然跟本教真理沒有太多關係，但也不至於互相違背。但是其他詩句大半多是教訓妻子要服從丈夫的一些教條命令，而且很多是專門用來規範服侍教主的後宮嬪妃的。以第十七首為例：

服事不虔誠，一該打。硬頸不聽教，二該打。起眼看丈夫，三該打。問王不虔誠，四該打。躁氣不純靜，五該打。

阿桐開口說：「這些詩句全部是以丈夫為尊，妻子為卑的心態來寫。老實說並不符合本教真理的教導。我們拜上帝會的信仰是強調男女都是上帝所造，雖然男為頭，但是女為幫助，夫妻二人結為一體組成家庭。丈夫愛妻子、妻子愛丈夫，夫妻間的相處互動是以愛為基礎，完全不應該用暴力相

註：天父詩內容是天王洪秀全指導和約束宮中后妃的教條，也涉及其它內容比如對太平軍官兵的思想控制，此書既是太平天國的官書，亦是其宗教經書。

向。」

「這樣子的詩句和現今那些壓榨貶抑婦女的傳統錯誤觀念有何不同？你再看看那第二十四首是怎麼寫的。」

狗子一條腸，就是真娘娘。

若是多鬼計，何能配太陽。

阿桐語氣憤怒的說：「這種文采比之鄉學的學生還不如，更別說把女人比做狗的心態是何等惡劣了。」

天佑聽著阿桐的批評卻無法回應半句話，因為阿桐的想法正是此刻他的心聲。

這位洪教主近來對於上帝真理的教導，跟他們最初入教之時已經有了極大的轉變，不僅越來越少談上帝的慈愛與恩典，反而不斷強調信徒要遵守所頒布的教規律法，並且把違反教規的後果跟死後下地獄連結在一起。種種的說法都跟天佑對於上帝信仰的理解有著極大差距，特別是在廣州伍家期間，與伍思喬的信仰討論帶給他極深的影響，讓天佑對於正統的基督教義與真理有更多的認識。

天佑對阿桐說：「我在廣州時有個機會認識一位外國牧師，他告訴我：人們之所以可以從墮落的罪惡中，再一次重新回到天父上帝面前，是因為上帝差派獨生愛子耶穌降世為人，為全人類的罪死在十字架上，背負起所有人類的罪債，耶穌原是無罪的卻成為眾人的代罪羔羊，承擔上帝公義的憤怒。因此只要願意相信耶穌、跟隨耶穌的人，就可以透過祂的恩典再次回到上帝的面前，與天父上帝和好，恢復最初人被創造之時，與上帝親密又美好的關係，而那些相信並跟隨耶穌的人就會被稱為上帝的兒女。」

「如果這些是真的話，那麼天父應該只會有一位獨生愛子：耶穌。怎麼會有第二個兒子呢？」這是天佑自廣州回來後一直藏在心裡的疑問，今日第一次向阿桐表露出來。

阿桐聽完後雙眼放空，但是並沒有接話。因為在她心裡面的想法不應該講出來。以前的她或許會反駁天佑，說這些是邪魔歪道的言論，不應詆毀聖次子的名譽。但如今卻說不出口，因為她已經不太有把握誰才是邪魔歪道了。

天佑望著阿桐有口難言的表情，嘆了口氣，拿起桌上的茶一飲而盡後道：「現在誰是、誰非，可能很難做出判斷，只希望天父上帝能夠賜下智慧給本教的眾兄弟姊妹，使大家能夠明白什麼是真正的信仰與真理。」

阿桐終於回過神來說：「敬畏上帝是智慧的開端，希望大家是真實的敬畏上帝，而不是把上帝的名號當成謀取個人私利的一個工具。老實說，我看到本教近來的局勢發展相當憂心，現在不過是稍有一點局面而已，領導高層就開始分黨結派、爭權奪利起來了。」

「這乃是人性使然，特別是從權力的誘惑中足以看出人與生俱有的罪性，這是再明顯不過了。」天佑說。

阿桐點點頭，然後突然看著天佑，思忖這位與她年紀相仿的少年郎，似乎跟兩年前已經大相逕庭，甚至有霄壤之別。以前的天佑比她還要憤世嫉俗，但是對真理的認識卻遠不及她。而今日的天佑無論是舉止言行、情緒表達都比她更加成熟，而且對信仰的認識又更上一層樓。阿桐深信上帝是唯一的真神，假若天佑的想法是對的，她在心中默默地禱告，希望上帝使用天佑來協助教內其他兄弟姊妹明白真正的信仰與真實的上帝。

阿桐對於教主洪秀全的信心已開始動搖，但是並沒有動搖她對上帝的信心，天佑也是。

倘若在拜上帝會裡面跟天佑與阿桐抱持同樣想法的人越來越多，那麼對洪秀全來說會是個極大的危機。洪秀全還沒有神通廣大到知道每個人的心思，或是可以探知教內有那些人在對他議論紛紛、指指點點。然而洪秀全卻有個特殊的長才，就是對人有某些特殊的感應。他能從人的眼神、說話、態度以及舉止中揣測出這個人的性格，結果通常八九不離十。他深信這是上帝賜給他在斬妖除魔對抗清廷，建立地上天堂的能力與證明。

洪秀全越掌握權力就越害怕失去權力，故此對於在拜上帝會教義的教導中加入更多對教主個人的崇拜內容。他期望所有信徒都完全相信並且臣服於他這位天父上帝的聖次子。為此洪秀全把大部分的時間投入教義思想典籍的創作與註解，這些宗教經書創作完成後，便透過各種聚會場合，包括聖日的宣講，命信徒統一學習及背誦，藉由強化思想教育來達到洪秀全個人操弄群眾以及掌握拜上帝會權力的目的。

近來洪秀全因搜腸刮肚、日夜苦思的編撰他想要的教義材料，導致精神壓力頗大，令他夜裡時常輾轉反側、難以入眠。而他只要一起身就會驚動身旁侍寢的月娘，趕緊起床來服侍他。

為什麼這些服侍洪秀全的女人要稱做月娘呢？

全是因為洪秀全自命是天父上帝在凡間的聖次子，他就像太陽一般要普照天下萬民，所以與之相配的女人自然是月亮，而且月亮可以有很多個。洪秀全還宣稱他在天上老早有一位天妻，那一位是正妻，稱作正月宮，而他在地上的元配，目前被安排棲身於廣州的賴氏就只能稱作又月宮，也就是排行老二的意思。至於正妻到底是誰，叫做什麼名字就沒有下文了，也沒有人敢去問洪秀全本人。這些被洪秀全挑選進入后宮，專責伺候他的月娘目前在總壇裡就有五人之多。雖然拜上帝會還只是廣西桂平縣內的一個小勢力，但是洪秀全左擁右抱、美女環繞，這作派與架式比起一些封疆大吏、豪門大族不惶多讓。

當然洪秀全個人的野心還不止於此，他深信十三年前那場升天之旅所帶來的改變，以及天父上帝交託給他的使命是千真萬確的，否則的話，他如何可以有今天這般局面。現在每日都有人前仆後繼地爭相加入拜上帝會，本教的勢力蒸蒸日上，再過不久就要正式揚旗起義，問鼎中原、稱雄天下，剷除萬惡的清妖，建立地上天堂，這些都是上帝給的明證啊。

確實無可置疑，從道光二十四年（公元1844年）洪秀全至廣西潯州傳教開始，迄今不過短短六個年頭，而其中的變化之速、之大都是他所無法想像的，這當中必有神助啊。這是洪秀全內心底層堅信不移的想法，他就是那一位注定要執行上帝使命的聖次子，人間太陽，洪日，洪秀全。

有句話說，上帝要毀滅一個人必先令其瘋狂，但是我們可能錯怪上帝了，使人瘋狂的未必是上帝，更有可能是魔鬼做的。

✝✝✝

道光三十年（公元1850年）十一月二十四日，拜上帝會跟邱知縣雙方都依約出現在平南縣花州的悅來茶樓三樓的包廂裡。

邱知縣只帶了一名隨僕，而且提早不少時候先行抵達，在三樓的廂房等待傳說中的洪教主到來。

由於這座茶樓是胡以晃的家業，從掌櫃到店小二都是胡家自己人，因此老早就事先將包廂空出來精心預備，等待貴客的到訪。另外馮雲山為求謹慎，還吩咐陳作容親自帶了神兵卒共百人的精銳教兵，喬裝打扮成路人分別佈署在茶樓的周圍，把整座茶樓給嚴密監視起來。做足了萬全的準備後，終於洪秀全在眾人引頸期盼下乘坐四人大轎來到茶樓。

下轎之後洪秀全在二前二後共四人的隨扈護衛下迅速地進入茶樓，直接上到三樓來到廂房，那早在廂房內等候的邱知縣一見到洪秀全便立刻起身道：「恭候教主閣下。」

兩人正式見面，洪秀全首先稍微上下打量這名今拜上帝會勞師動眾的桂平地方父母官，他心想今時可不同往日，以前的我見到縣官老爺都得畢恭畢敬，然而今非昔比，我早就不是吳下阿蒙，廣州的落魄書生了。洪秀全的眼中隱含著蔑視，伸出手揮了一揮說：「邱知縣久候了，看座。」

邱知縣等洪秀全先坐定後才跟著入座，並隨即恭敬說：「久仰教主威名，今日終見聖顏，果真是大幸，大幸啊。」

洪秀全雖然聽多了這些阿諛奉承之語，不過對他依然受用。笑著問：「請問知縣，這大幸從何而來啊？」

阿諛諂媚、曲意逢迎是邱知縣的看家本領，他連忙說道：「這大幸從天上來，如今有聖天子降世，為要拯救黎民百姓於水火之間，此乃萬世之福，豈不大幸哉。」

桂平邱知縣一開口就如此歌功頌德，洪秀全被他捧的心飄飄然，暗想此人就算真是蛇鼠兩端之徒也無妨，暫且先收了他，日後再說。於是說：「既是如此，不知邱知縣你又是作何打算？」

當下邱知縣站起身來，然後往外橫移一步立刻跪下說：「今日教主要替天行道，撥亂反正，下官有幸躬逢其盛，自當棄暗投明，願為教主效犬馬之勞。」

洪秀全看見邱知縣如此大方坦率地表白心跡，不禁志得意滿起來，連說了幾次：「甚好、甚好。」為了展現自己求才納賢之心，於是便站起身來，向前一步打算親自攙扶跪在地上的邱知縣起身，就當洪秀全將手一伸之時，一直站在洪秀全身後不發一語的馮雲山眼尖，發現邱知縣身後那個隨僕的身形也跟著向前移動，馮的心裡暗叫一聲不妙，立即跳向前雙手將洪秀全整個環抱住，然後用力往後一拉，恰巧躲過隨僕從袖中拔出匕首向前突刺過來。

這時候陪同洪秀全進入廂房的其餘護衛，見狀紛紛上前擋在教主與馮雲山的前面做為保護。原本認為茶樓是自家人的地方，所以進入包廂內的護衛身上並沒有攜帶武器，但是除了馮雲山以外，其他三人都是拳腳功夫了得的悍卒，因此迅速的將洪、馮兩人與邱知縣和他的隨僕隔開來，形成一道人牆。

正當洪秀全這方的隨行護衛想要聯手攻擊邱知縣的僕從時，沒想到那人並不戀戰，他一擊未中，就立刻伸手抓著邱知縣的腰帶向後急撤，兩人從三樓破窗跳出，一躍而下至二樓的觀景平台，並隨即翻下平台往茶樓的西側奔逃而去。

平南縣是潯州四縣之一，位於整個潯州的東北角，而花州屬於平南轄下的一個鎮，鎮區不大，靠近大瑤山脈，大約有上千戶人家在此聚集居住。

茶樓所在位置正好是市集的中心，整個市集早已被陳作容所率拜上帝會的教兵給包圍監視起來，所以當陳作容看見有人從茶樓破窗躍下時，一開始還沒有會意過來，但是當他發現跳下來的兩人其中一名是邱知縣時，心中就已經有個底了，他趕緊抄起兵器，示意幾名伍長快速跟上，一路緊追著逃跑的兩人不放。

茶樓裡的馮雲山先確認過洪秀全平安無事後，話不多說，立即命人到窗邊施放信號，自己則是護衛著洪秀全連忙下樓，一群人出茶樓後便往鎮區的南側方向急速離開。此刻的馮雲山知道自己犯下了一個大錯，逃離的過程中，他一邊思量這整個事件的始末，他評估這絕不是單單邱知縣一人所能佈置的圈套，應該是更高層的人士涉入策畫，以至於能讓邱知縣親身做餌引誘教主出馬，而剛剛動手的隨僕一擊不成就馬上撤退，這顯示出敵人的目標絕對不僅僅是想要刺殺教主而已，他們一定有更大的圖謀，至於是什麼圖謀，馮雲山心知肚明，他只是不敢再往下想，他現在能做的就是禱告上帝以及趕緊逃命。

另外一邊的陳作容，在追逐三百丈遠的距離後，很快地就攔下邱知縣以及他的隨僕，雙方隨即展開一場惡鬥，雖然那名僕從只有手持一把匕首，卻功夫了得讓陳作容等人花了好些功夫，並賠上一名伍長的性命才將他給撂倒在地。解決僕從之後，陳作容一干人將邱知縣給團團圍住，邱知縣見情勢不妙，立即跪在地上大聲哀求：「好漢饒命啊、饒命啊，是他們逼我這麼做的，我也不想啊……。」

陳作容看著橫躺在地上的兩具屍體，以及這一位他費盡苦心希望替他保全性命的狗官，心裡頭有著萬般滋味，不知如何說起。邱知縣趴在地上，面部朝下不敢直視陳作容，身軀不停地顫抖，嚎啕大哭，不停地討饒，他清楚自己命在旦夕。而陳作容的心裡只是不停地咒罵，為了這種人，犧牲這一切值得嗎？

忽然間鎮區西側傳來轟隆隆的響聲，聲音越來越大，原本呼嚎求饒不已的邱知縣忽然地安靜下來，抬起頭向西邊望去，隨著響聲越來越大，邱知縣臉部的表情逐漸從恐懼轉為歡喜，突然間他鼓起勇氣站起身來對著陳作容大聲說：「逆匪，你們現在後悔還來得及，如今朝廷的大軍已到，快快投……」，可惜「降」這個字還沒有機會說出口，陳作容右手的大刀一揮，一條白光劃過他的脖子，立時鮮血四濺，邱知縣處心積慮、苦心經營的富貴人生就走到了盡頭。

陳作容現在沒時間來感受懊悔或是惋惜，因為今日陷入了大麻煩之中，他趕緊召集帶來的百名教兵前去與教主、馮老師等人會合。雙方人馬在鎮區的南邊會集，馮雲山派人觀察鎮區四周的現況，得知小鎮外圍陸陸續續傳來部隊集結的聲音，至於西側則是有大隊人馬向他們靠近。

教主洪秀全已經嚇得六神無主、不知所措，他只能不斷地默禱，祈求天父上帝派天兵天將來拯救他。

馮雲山再三確認花州四圍的環境狀況後，迫於無奈只好語重心長地向作容下了道命令：「依我判斷目前清兵還沒有完成整個鎮區的合圍，南邊是山人村，我已經將信號發出，總舵方面派人前來救援必定是從南邊過來，我帶教主先躲入山人村內，但是需要作容你率領教兵為教主殿後。」

陳作容聽懂馮雲山這道命令的意義，自加入拜上帝會以來「身死殉教」四個字一直就是他預想得到的人生結局。他個人並不懼怕死亡，只要死得其所，對上帝以及天國有貢獻，作容並不會逃避，只是想不到這個時刻比自己預期的時間更早來臨。陳作容雙手抱拳語氣堅定地說：「老師，學生領命。請老師趕快與教主撤離此地，剩下的事情就交給學生了。」

馮雲山用手搭著作容的肩膀，用力緊緊的一握，似乎是在向他道別。馮雲山內心十分後悔，想不到自己的一個疏失，結局竟是將自己辛苦栽培的得意門生給送回天家，他內心祈求天父上帝憐憫這個孩子，在天上給予他更多的光榮與賞賜。隨著敵人部隊的聲響逼近，馮雲山知道時不我與，不可再作停留，立即點了五名親兵跟隨著自己護送洪秀全往南邊的山人村撤退。陳作容則是下令與他一同前來的神兵卒將士結成一個方陣的防禦隊伍，他獨自站立於陣列前，持刀而立，有股風蕭蕭兮易水寒的悲壯感襲向陳作容的內心。

陳作容明白自己即將要面對生命中最重要的一刻，說完全不懼怕是騙人的，但是他的信仰給予他極大的信心與勇氣，這個信仰教導他生命固然可貴，然而更重要的是認識生命的起源，以及生命的價值。

還沒有認識上帝之前，陳作容的人生只為了生存與需要而活著，頂多是怎麼讓自己的生存寬裕一點、舒服一點；但是認識上帝之後，他重新發現生命的價值，也對生命有了全新的期盼，明白人不僅僅是活在地上，將來還要活在天上，那是更重要、更永恆的家。

上帝信仰帶給他面對死亡恐懼的勇氣，並且令人驚訝的是，不僅僅陳作容一人有如此的想法，他身後所率領的百人隊伍，每一名教兵也都具有同樣的思想與態度。他們個個手持單刀準備要殊死決鬥，每個人都清楚接下來要面臨的敵人可能數倍甚至數十倍於己方，但是拜上帝會的教兵們臉上並沒有顯露出畏懼的表情。

拜上帝會自廣西傳教開始，所發展出來的組織體系跟以往農民起義或是綠林好漢落草為盜的模式大不相同。拜上帝會以信仰上帝認識真理為出發點，強調世人都犯了罪卻不知悔改，雖然前有耶穌降世救人，為世人捨命贖罪，但是妖胡竊據中土，他們誘人信鬼越深，致使世人陷落地獄不得進入天國。故引起天父再發大怒，派次子洪秀全降世，拯救世人。

因此拜上帝會的信徒所接受的思想教育跳脫了傳統中國千年的歷史文化思想架構，拜上帝會的信徒們不在乎朝代興替的正統性，或是將相本無種的英雄傳說。易言之，拜上帝會的信仰是把以人類為主體的歷史觀點，轉變成以天父上帝為主體的歷史觀點。

人類的命運不再是由帝王將相或是英雄豪傑所決定，而是由真神上帝所掌控。所以這群教徒最在乎的事情是自己能不能進入天堂，能不能得到天父上帝的喜悅和賞賜。因此只要能夠為建立地上天堂貢獻出一己之力，無論要付出什麼代價都是值得的，因為他們真正要追尋的是將來在天上的榮耀與賞賜。

拜上帝會的教徒是一群相信永恆，認為人必須有終極目標的信仰者，他們帶著視死如歸的信念與價值觀上戰場，對這些人來說最大獎賞不在於地上的富貴，而是在於天上的榮耀。如此一來戰死於沙場這件事情就不會成為轄制他們行動的恐懼源頭，反而成為他們奮不顧身、捨生忘死的催化劑。

這種信仰在中原歷史上從來沒有出現過，滿清皇族高官們也沒有遇到過，他們還沒有察覺這一群不懼戰、不畏死的教徒，即將成為滿州人入關統治中原以來最大的噩夢。

✢✢✢

統軍前來搜捕圍剿拜上帝會教徒的清軍將領是綠營鎮遠鎮轄下的副將李殿元，他率領旗下潯州協左右兩營共千人的兵馬，浩浩蕩蕩地迎向陳作容所在地點。李殿元是鎮遠鎮總兵周鳳岐旗下的一名經驗老到將領，正是他向周鳳岐建議設下這個圈套來將拜上帝會的頭領一網成擒。

李殿元投身軍旅二十餘年，這些年來都一直在廣西地界上打滾。因為兩廣、湖南以及貴州近年盜匪叢生，會黨流寇聚眾生事的狀況頗多，讓他這幾年打了不少盜匪，其中多數是舉著天地會的旗號或是與之聯繫的地方幫派組織。

打仗不是兒戲，但是身為軍人不打仗就顯不出你的價值所在。李殿元個人特別喜歡打盜匪，原因是他領悟到一件事，那就是盜匪越打越肥。誰越肥？他自己越肥。

每打一股盜匪，如果打跑了匪黨，那通常可以在這些匪黨的巢穴中搜刮出不少財富珍寶，萬一打不贏或是搜刮不到東西，那也可以趁機劫掠一下附近的民宅大戶，然後將之嫁禍於匪徒頭上。如此下來對他而言就是一個良性循環，官兵清剿叛黨，越打就越民怨四起、民怨越多盜賊就越多，越需要這些綠營官兵，他也樂得向朝廷索討更多的軍餉糧秣，然後再去向地方鄉里百姓打劫或是搜刮匪黨的財物。

這便是李殿元領悟出來的生存之道，或說是當時清軍綠營將領們共同的生存之道。打從去年起他就盯上拜上帝會，自從這個團體取代高家成為桂平縣的實力豪強後，桂平縣附近地方治安改善許多，沒有什麼盜匪敢在當地惹事生非。這樣一來可不得了，一是斷了他的財路，二是讓他警覺到這個拜上帝會的目的絕不單純。果不其然，經過不到一年，桂平的地方官邱知縣就自個兒找上門來，於是他趕緊向周總兵獻上這招甕中捉鱉的妙計，只要將匪首生擒或是斬殺，必定能立即給拜上帝會重重的打擊。

另外一方面，從一開始綠營的官軍就不打算給拜上帝會任何辯駁解釋的機會，不管拜上帝會是真要造反也好還是被誣陷的也罷，李殿元這夥狡猾的軍爺們早已經下定決心要把拜上帝會給一鍋端掉，這是因為拜上帝會所擁有的龐大教田與財富實在太過迷人了，讓他們這夥人早在一旁虎視眈眈、覬覦已久。

貪婪的慾望壓過理智的思考，周鳳岐與李殿元這些清軍將領們長期在刀口舔血的環境中生活，這些年下來悟出的真道理，就是這群會黨匪徒們其實是他們事業的好夥伴，彼此各取所需。然而拜上帝會犯下了個大忌，就是打破這種平衡關係，真心去協助官府治理地方，一旦四境昇平、國泰民安，沒有盜匪作亂還需要他們這群官兵幹嘛呢？拜上帝會這種作法與綠營官兵的既得利益產生了根本的衝突，因此這回不管拜上帝會是拜神還是吃素，擋我財路者，必殺之。回過頭來說，邱知縣找上鎮遠鎮這群財狼虎豹來解決他的難題，原本是冀望能夠找到一條保全富貴與身家生命的活路，不料反而是一條自掘墳墓的死路。

李殿元本人騎著一匹棕色駿馬，在隊伍的最前方威風凜凜地奔馳過來，後頭跟隨著數名騎兵以及二百名的鳥銃隊，這是綠營常規編配的火器。再後面則是依序跟著長槍隊三百名、刀牌手三百名、弓箭手二百名。李殿元意氣風發地在距陳作容與其後的百人教兵約百步開外拉緊韁繩停了下來，手握二尺腰刀向前得意一指說：「逆匪小賊，快快束手就擒。不然本將……」

陳作容沒給李殿元機會把場面話說完，就下令全員衝鋒。

百人卒的陣勢陡然一變，全軍向前猛衝，殺聲震天，嚇得李殿元的坐駕一驚，前腳高抬出聲長鳴，想向後退卻。李殿元連忙操控韁繩，勉強穩住胯下坐騎後，趕緊大聲命令後陣的長槍手、刀牌手往前出列阻擋敵人的攻勢。然而卻已經來不及了，李殿元自己心驕氣傲、太過大意，把拜上帝會的人當作一般草寇土匪來圍剿對付，自以為只要將大批人馬拉到這些教徒面前，然後讓鳥銃隊放幾發火槍，憑藉著鳥銃的龐大聲響就能將拜上帝會這群人嚇得屁滾尿流、跪地求饒。但是李殿元作夢也想不到，眼前這區區百人左右的教徒，面對十倍於他們的兵力，居然膽敢主動發起進攻。

陳作容經過這幾年的磨練對於臨陣殺敵的戰法也有些心得了，他原本還想結陣死守，為教主與馮老師爭取時間。但是一看到清軍所擺出來的陣勢，心想這必是上帝所賜的絕佳機會，因為李殿元竟然輕率地把鳥銃隊擺在隊伍的最前面，犯了兵家大忌。當然這是因為李殿元原本打算透過火槍的威力及聲響來震懾這群拜上帝會教徒，但是沒想到過於托大與輕敵，誤認為陳作容所帶領的人數少，絕對不敢主動發起進攻，頂多是頑抗固守而已。

想不到這種列陣反而給了陳作容一個機會，因為火槍隊若是要發動攻擊需要時間點燃麻火繩以及進行瞄準，這就會給敵人一個時間大空檔，因此通常會將火槍隊布置於第二線，前方有長槍隊或是刀牌手做掩護。陳作容看到清軍所排的布陣後，毫不遲疑立即發起進攻，不給清軍的鳥銃隊預備攻擊的時間，這時候清軍的鳥銃隊反應不及，不但無法展開攻擊，反而陷入一陣混亂中。前方的陣勢一亂，連帶影響到後陣的部隊，這是陳作容求生的唯一契機，面對千人大軍的圍攻，他知道自己的勝算極低。但是若能一鼓作氣向敵人祭出重拳，或許可以趁亂找到一線生機也說不定。

拜上帝會的百人隊果然展現出視死如歸的架勢與氣魄，一陣猛烈攻擊逼得李殿元趕緊退到後陣來，並且花了一段時間才穩住大軍的陣形，差點讓整個潯州協兵敗如山倒。然而為了穩住大軍的陣形不被拜上帝會教兵給衝垮，所付出的代價卻是那極珍貴的二百名鳥銃隊。

李殿元內心在淌血，暗自咒罵道還沒有撈上一筆便先遭受到巨大的損失，他發誓一定要把拜上帝會這群賊人給碎屍萬段來洩心頭之恨。

陳作容這方雖然一開始靠著鳥銃隊準備不及的時間優勢，迅速衝入敵人陣營，斬殺那些手持火槍的步兵，但是等到後方的長槍隊與刀牌手以人數優勢陸續向前支援圍攻過來以後，百人隊的教兵便陸續產生傷亡，人員漸漸減少，畢竟人數上劣勢是極為明顯的。陳作容眼看著兄弟們一個接著一個命喪清兵的刀下，難掩心中悲憤，只是他卻無能為力，如今他能做的就只有與這群兄弟們一起奮戰到最後一兵一卒，這樣才對得起他們，作容一心想多殺幾個清兵墊背，才不會讓大家的鮮血白流。然而就在他緊握刀把，想要衝入敵軍陣營做最後的一搏時，忽然聽到後面傳來一陣鼓聲，接著是沉重卻有紀律的部隊跑步聲。

陳作容聽出鼓聲是拜上帝會的軍鼓，所傳遞的訊息就是向後撤退。他直覺是援軍到了，只是不解為何己方的援軍可以來得如此之快？然而不必固守死戰，讓作容鬆了一口氣，趕緊用手勢指揮倆司馬與伍長們收攏殘餘的人馬，準備向後撤退。清軍發現原先奮力死戰的教徒開始出現後撤的跡象，也隨之加大進攻的力道，李殿元在這裡損失近二百名的鳥銃隊，他是絕對不會讓這群人有機會活著逃走。

就在雙方部隊糾纏得難分難解之際，後方一股教軍投入支援，部隊的旗幟正是屬於楊秀清轄下的北山旅，帶頭者是旅帥胡以晃。約三百名的生力軍投入戰場後，清軍的優勢馬上被打破，李殿元沒時間思考這群人是從哪裡冒出來的，趕緊調派弓箭手投入戰場，但是由於雙方人馬近身肉搏戰，弓箭隊發揮不了太大作用，只能在周圍掠陣，尋找零星標的狙殺。

胡以晃率領的部隊加入戰局之後，順利建立起一道防線，把原先受困的陳作容以及所剩餘不到五十人的教兵陸續營救出來，並且告知陳作容，跟他一起向後方撤退。於是拜上帝會兩股部隊合流的教兵就一路向南邊後退，清軍則在李殿元的指揮下緊咬著陳作容這夥人不放，雖然新加入戰鬥的這群拜上帝會教兵戰力不弱，但還是無法擺脫清軍利用人數優勢的追擊，雙方從花州鎮區一路向南邊纏鬥約二里路的距離。

拜上帝會的人邊撤邊打，防禦得比較辛苦，體力逐漸不支。至於清軍李殿元這方其實也快要耗盡力氣了，但因為屬於進攻優勢的一方，清軍眾人的士氣顯得比較高，李殿元心想不能再拖延下去，否則士氣一旦下滑，戰況隨時可能反轉。於是吹號下令部隊進行猛攻，他想要盡快取得決定性的勝負。果然在號角聲的催逼下，清軍綠營潯州協的官兵個個腎上腺素分泌，氣勢陡然走高，正準備向前衝殺時，右後方卻忽然有一陣屹蹬蹬的馬蹄聲在耳邊響起，接下來許多奔跑的清兵愕然發現，自己的夥伴們被一陣陣的黑影掃過後，不是身首異處，鮮血四濺，就是五臟六腑被巨大力量撞擊後破碎不全。

等到有人會意過來時，整個潯州協的清軍已經被馬群給衝撞得四分五裂了。衝向清兵的正是蒙天佑以及他麾下的玄甲騎，五百精騎快速又猛烈的衝鋒，相對於千名沒有防備的步兵來說，就宛如一齣獵豹追逐尚未成年的幼鹿的遊戲，沒人會懷疑最後的結局。

見到自己的千人部隊崩潰逃散，李殿元無法面對這個突來的變局，大腦無法思考，他完全不能接受這樣子的結果。他簡直不敢相信一刻之前還信誓旦旦要將拜上帝會的匪徒碎屍萬段，轉眼間卻是自己的手下橫屍遍野。萬念俱灰的他仰望天空，他人生最後看見的景色是一片湛藍，李殿元遽然意識到，自己奮鬥四十幾年的人生，都在追求榮華富貴，但是到了最後一刻，卻沒有一件東西可以讓他帶走，他懷念這個人生嗎？不知道，但如果可以重來的話，他最想知道的事情是：為什麼人要活得這麼辛苦？

一場殺戮在清軍的潰逃下結束了。

就在玄甲騎聯合其他拜上帝會的教軍追擊四處逃竄的清軍，進行最後清理戰場的工作時，南方有著一支士氣高昂打著拜上帝會旗幟的部隊緩緩向山人村這個戰場靠近。為首的是一名臉色黝黑的騎馬將領，其雙目散發出如虎狼般的懾人氣勢，臉上絲毫沒有一絲病容，這名氣勢洶洶的將領自是楊秀清，跟在其後的是被他搭救出來的洪秀全與馮雲山。楊秀清帶著自己的精銳部隊北山軍營風光的來到戰場，結局跟當初他所預期的一模一樣，內心情不自禁地亢奮起來，於是振臂向群眾高呼：「天父下凡託夢於我，告知教主於山人村有難，命我統軍趕來救駕，迎我主、護我教。」

現場拜上帝會的教徒們，被楊秀清振奮人心的口號以及空前的勝利給感染，都開口向天父上帝獻上感謝。經此一役，拜上帝會的教徒對於自己就是承受天命的一群選民，要承擔起斬妖除魔、拯救天下蒼生於水火，在地上建立天堂國度的這個神聖任務，再也深信不疑。

「迎我主、護我教……迎我主、護我教」

教徒們自發性的開始呼喊口號，聲音傳遍了整個蒼茫大地。

聽著眾人的吶喊聲，天佑不自覺地熱血沸騰起來，他明白拜上帝會經此一戰，將會成為朝廷對付的頭號目標，不過他隱約也感覺到，這就是天父上帝要他走的一條道路。雖然天佑打從心底不相信楊秀清所說的天父下凡託夢一事，然而他對拜上帝會在未來要對抗朝廷、打造地上天堂的任務產生了更多的信心。

以前的他還不太明白所謂天父的旨意是什麼？如今的他則希望能夠更深入去認識天父上帝的帶領。天佑認為天父上帝如果是真神，那麼祂就會在一切的事情上掌權，包括人間國度朝代的興替。上帝使用那些相信祂的人做事情，同樣的上帝也可以使用那些不相信祂的人去做某些事情，上帝做事並不被人的信與不信給限制住。

就如同聖書上所提到的，當以色列人背棄神，行上帝眼中看為惡的事時，上帝就興起外邦人來攻打以色列人，讓以色列人得到教訓。

此時此刻的蒙天佑，感受到上帝正準備要大行奇事，至於祂要使用那些人全憑祂自己的旨意，非世人所能明白與臆測的，而他能做的就是持續不斷的禱告祈求上帝，將自己獻給神，成為上帝手中的一把利器，向這個不公不義的世界發出審判的怒吼。

蒙天佑內心裡充滿著感動，在眾人的鼓譟聲中，他猛然大喊一聲：「讚美真神上帝、讚美萬王之王！」然後高高舉起握在右手的黑刀「斬邪」，接著帶領整個玄甲精騎跑動起來，騎兵隊迅速拉出一條長龍，威猛的騎兵跟隨著天佑繞著戰場上全體教眾不停奔馳，一邊高聲吶喊讚美真神上帝，一邊歡欣揮舞著手中兵器，帶領群眾的情緒激揚的飛騰起來。

# 天國立

神的國是從加略山開始的；十字架乃是必經之路。
當我們背負耶穌的十字架，且在祂的愛中，
祂的國度就在我們裡面開始了。

——芬乃倫

# 第九章

## 起義建天國 女營首出征

我就是門，凡從我進來的，必然得救，並且出入得草吃。盜賊來，無非要偷竊、殺害、毀壞；我來了，是要叫羊得生命，並且得的更豐盛。

——約翰福音10章9-10節

沙礫當途不太平，勞薪頑鐵日交爭。
車箱簸似箕中粟，愁聽隆隆亂石聲。註

福州。

已經退休，想要頤養天年的林則徐這時已經染病，身體尚未康復，但才剛接獲聖旨重任的他想要速速啟程，然而三子林聰彝苦勸他等到身體好點再出發，但是林則徐回說：「當年我被先帝罰往西域寒天凍雪之地尚且不畏辛勞，今日國家有難，我豈能耽擱片刻。」

註：出自《塞外雜詠》是林則徐的作品。本詩作於公元1842年（道光二十二年）作者被遣戍新疆伊犁途中。

在林則徐的催促下一行人整裝出發，並且為抄近路而走山道，行路期間他的疝氣不時發作，使得林要躺在特製的臥轎才能繼續行路。由福建、廣東山區，一路直達廣東，抵達廣東潮州時，林則徐開始嚴重下痢，走到了普寧，更是病入膏肓，不得不暫住於普寧行館。

最後，一代名臣抵不過命運的呼喚，於道光三十年（公元1850年）十月十九日，指天三呼「星斗南」之後，與世長辭，享壽六十六歲。

出師未捷身先死，長使英雄淚滿襟。良相純臣，鞠躬盡瘁。

林則徐一生為官清廉正直、性格剛毅堅忍、勇於任事並且熟知兵事，是當時清廷中少數有能力且為百姓所敬重的大臣。假若林則徐真的能夠身強體健抵達廣西擔任欽差大臣，擔負起督剿太平軍一職，那麼太平天國的未來發展還未可知。

京師方面很快便得知此一噩耗，咸豐帝極為哀痛，隨即頒旨悼恤林則徐及親屬，晉封林則徐為太子太傅，赦免任內所有處分，並且對他的三名兒子授予官職，算是展現出皇室的憐惜補償之心。儘管出師不利，然而在與杜受田商議之後，咸豐帝迅速做出新的人事佈局，首先是改派李星沅為欽差大臣，即刻赴廣西主持督剿大局，另外則是啟用也已經退休的張必祿回鍋擔任雲南提督，率雲南綠營官兵盡速趕往廣西支援剿匪。

杜受田之所以向咸豐推薦李星沅來接替林則徐的欽差重任，乃是因為李星沅先前在擔任雲貴總督的時候，曾經順利解決了道光二十七年間的雲南回民叛亂，看上他有處理民變的經驗，才會選中他來接替不幸病逝的林則徐。

李星沅是在道光三十年十一月二十日接到諭旨，第二天便從長沙出發，十二月初抵達廣西的省城桂林，接見省城的文武官員並聽取有關拜上帝會匪患的軍情彙報。

除了由李星沅擔任欽差大臣，加上調派的雲南提督張必祿率軍馳援廣西，另外還有已經到任的廣西巡撫周天爵、廣西提督向榮，朝廷決定再調廣州八旗軍副都統烏蘭泰入廣西支援，數名大臣、各路大軍並進。咸豐帝希望這一次他精心籌畫的佈局能夠順利執行，看起來這些人事部署思慮周密、無隙可乘，但是人心再怎麼籌算依然會有漏洞，難怪古往今來，會有這麼多人想要探詢天意如何。

天意到底如何？

天意難測，我們只知道，冥冥之中，自有主宰。

而上帝的旨意目前似乎是站在太平軍這邊的，至少拜上帝會的信徒是這麼認為，當然最深信不疑的就是洪秀全。

吉日。

道光三十年十二月十日，是西曆聖子耶穌誕生後1851年的1月11日，這一天是洪秀全的生日。拜上帝會的信徒們聚集在金田村向洪秀全恭祝「萬壽」。「萬壽無疆」向來是臣民歌頌皇帝天子的用語，如今也堂而皇之地使用在洪秀全的身上了。洪秀全端坐在明堂的高位上，接受拜上帝會眾教徒的跪拜。這一年他三十八歲，宣稱自己是天父上帝的次子，正式對禍國殃民、倒行逆施兩百餘年的滿清妖孽王朝宣戰，建號太平天國，起義的教軍稱為太平軍，封五軍主將，並頒佈太平軍律：

一、遵條命；

二、別男行女行；

三、秋毫無犯；

四、公心和儺，各遵頭目約束；

五、同心合力，不得臨陣退縮。

雖然洪秀全已經接受眾人的跪拜與萬歲的稱呼，但是他並沒有宣布正式的稱號。

許多人都上前來敦促洪秀全稱王、稱帝，但是他都推說時機未到，必須先打下天國的根基再說。此時的洪秀全無論是要稱王或稱帝都是毫無疑義，但他認為尊貴的天父次子並不需要人間的稱號來加以肯定。洪秀全對於擁有帝王的稱號這件事並不著急，現在讓洪秀全更加傷透腦筋的，是接下來教內權力的分配要如何安排。

山人村一役是重大的轉折關鍵，原本拜上帝會的權力佈局在洪秀全以下的第一人就是馮雲山，他除掌一師的兵力以外，還兼任總壇長史，掌管整個教務。其次才是楊秀清、蕭朝貴、石達開等人。但是馮雲山在處理招降桂平知縣的路線上犯了大錯，讓教主洪秀全與他自己陷入清軍的陷阱之中，致使本教損兵折將。相比之下當初極力反對招降桂平知縣的楊秀清，趁勢高舉天父下凡託夢的大旗，領軍救駕，處置得宜，大敗千人清軍，不但大大提振拜上帝會的聲勢，連帶使其個人在教中的名望達到高峰，如今在拜上帝會，不，在太平天國裡，他已是無人可擋。

馮雲山當然得為自己所犯的錯誤向教主以及高層領導班子請罪，不過馮雲山畢竟是拜上帝會的首輔重臣以及核心，關於究責部分眾人自是輕輕帶過，不便落井下石。楊秀清也不想於此時對馮雲山步步進逼，他清楚馮雲山為何會犯下這種錯誤，關鍵都源自於一件事：性格。

馮雲山的個性寬容慈悲而富有耐性，所以非常適合擔任傳道、授業的角色。這也是為何拜上帝會落腳廣西不過幾年的光景，就能夠迅速吸引這麼多信眾的重要因素。固然是天父上帝的真理光照廣西大地，然而馮雲山的人格特質並且戮力傳教實應居首功。馮雲山的個性適宜擔任教義真理的教導、教規律令的制定與組織人員的培訓等工作，實為政務長才。但是論到臨陣殺敵、殺伐果斷、行軍排陣與間計謀略等兵事就非馮之所長。

就以邱知縣一事來說，馮的個性期待凡事有好的結局，他希望邱知縣能夠歸降拜上帝會，以免雙方兵戎相見，也為將來清廷官吏的投誠留下一個典範，藉此來號召更多的清軍官兵棄暗投明。

相對的楊秀清這人的性格，卻是利益優先且行事果斷，他的想法是凡事永遠以自身的利益來做考量，如果策反邱知縣是利益上的最佳選擇，他就會策反；倘若不是，他會絲毫不帶私人情感的做出決定，該殺就殺、要除便除。

因為楊秀清明白自己沒有太多的資源可以浪費。他手上的一兵一卒、一分一毫都極度珍貴，他絕不會隨意地揮霍。楊秀清有深刻的覺悟，他能從一名低賤的燒炭工人一躍成為千名教兵的統帥，在戰場上威風凜凜的領兵司令，說真格的已經是個神蹟了。他絕不會輕易浪費現有的成果與資源，楊秀清格外地珍惜天父上帝所賜的機會，這是個讓他原本毫無希望的人生能夠翻轉重生的機會。

加入拜上帝會後，楊秀清終於發現原來自己能夠不必向命運的安排低頭。雖然出身寒微，但是只要敬拜上帝，把握上帝給的每一次機會，他是有能力改變環境、甚至改變一切。因此任何妨礙他功成名就，阻擋他出人頭地的人、事、物，不管是誰、無論何物，他會毫不遲疑地一一剷除。

就是這種性格上的差異讓馮雲山與楊秀清兩人無法真正彼此合作，甚至走上互相對抗的局面。而顯然地在混亂不安的亂世，目前楊秀清的處事作風似乎是占了上風。山人村一役楊秀清營救教主立下大功，再一次將自己的聲望推向頂峰，也讓洪秀全陷入了困境。

對洪秀全來說，他所在乎的就是維持自己處於權力的最頂端，想辦法將底下的派系力量牢牢掌握在手中，各個勢力間彼此互相牽制，特別是不能讓權力向楊秀清那一方傾斜。

為此，洪秀全做出以下的人事布局：立國之始封五軍主將。因為楊秀清身為天父在凡間的代言人，再加上山人村一戰迎主救駕有功，封為中軍主將，成為洪秀全以下的首席大將。

既然檯面上楊秀清是以天父代言人的身分坐上第二把交椅，那麼身為天兄代言人的蕭朝貴當然得封為第三順位，擔任前軍主將。至於馮雲山就封為後軍主將，成為排名第四的核心幹部。

前面三位核心人物的安排尚稱合理，楊秀清有功上位，馮雲山為過失負責。但接下來的封賞就完全是洪秀全的私心自用、個人考量了。洪秀全封帶領全宗族投入拜上帝會的韋昌輝為右軍主將，排名甚至高過比較早入教且盛名在外、實力堅強的石達開。

原因很單純，韋昌輝入教之後積極與洪秀全建立個人紐帶關係，並表達歸附效忠之意，所以洪秀全極力扶植韋昌輝在教內的地位，期盼韋氏能夠成為自己的另外一股心腹力量來與楊秀清抗衡。至於石達開對於洪秀全來說，總覺得有股距離感，畢竟此人素有才學，人望甚高，又卓然不群。洪秀全無法收服他，不過終究是馮雲山所招攬入教之人，還算屬於是比較親自己這方的勢力，最後石達開被封為左軍主將，排名為教內高層之末。

就這樣，一個全新的國家正式成立，核心高幹各就各位。

雖然目前這個新興國家所占據的領土不過金田村方圓十里地盤，所擁有的人口不過一萬多人，但是卻掩藏不住它所散發出來的光芒，這道光芒向著那已經盤據中原二百年的滿州女真人，和京城內的那位年輕皇帝發出一個強烈的訊號，那就是：

天國近了。

✠✠✠

紫荊後山玄甲騎的秘密訓練基地來了幾名貴客，其中一位是自從天佑離開廣州後經常想起的李聰兒，同行之人還有石達開與阿桐。

雙姝同行，爭妍鬥艷、各有擅場。

聰兒與阿桐兩人的年紀相仿，但是所顯露出來的個性與氣質卻有著明顯的不同。

阿桐是貧戶佃農出身，傳統客家女孩的個性在其身上表露無遺，性格溫柔卻十分堅毅，任勞任怨、刻苦耐勞。另外由於阿桐很早就跟隨著馮老師研究信仰、熟讀聖書，因而她的身上經常散發出一股智慧的氣息，與之靠近時會不由自主地謙和端正起來，預備要虛心受教。

至於聰兒給人的感覺完全不同，她自小在粵劇戲班裡面成長，面對南來北往的各種人物都得交往接觸，在待人接物上大方老練，加上其自幼便習練各種武藝、粵劇唱腔與身段，自然是散發出一股江湖兒女的俐落與爽朗。與之接近時常覺如春風撫臉，心情愉悅，會情不自禁地想要跟她多聊個幾句。或許正是這個原因，才讓天佑從第一眼見到聰兒時就特別加以留心注目，當然這亦是處於情竇初開的青春少年會有的正常反應。

聰兒與阿桐兩人都只是年方十八的荳蔻少女，本該是待字閨中的閉月羞花，而今為了理想中的天國大業卻甘願冒著生命危險，拋頭露面甚至舞刀弄槍親赴戰場。儘管必須面對這麼多的困難與挑戰，但是兩人都不輕易言退，因為對阿桐而言，重要的是能夠幫助眾人認識真正的信仰，上帝的旨意與真理可以得到彰顯；至於聰兒，現階段的她只關心能否與自己心愛的人一起攜手併肩、共赴天涯。

而能使兩位如花佳人同時傾心的青年才俊，不是別人，自是名震廣西的青年雄杰，才貌雙絕的天之驕子，石敢當。

但是石達開的心裡面對於佳人心意又是如何打算呢？

他不是個鐵石心腸之人，豈會不明白兩位紅顏知己的款款情意，但是石達開非常清楚現在不是讓自己陷入兒女情長的好時機。還不到十八歲的他就獨當一面，執掌一家一族的榮辱，如今不及弱冠之年便受封為太平天國的左軍主將，石達開的身上背負著太多人的期待與太沉重的壓力。面對兩位姑娘的情思深婉，他卻無法給予肯定的回覆，畢竟面對充滿未知及挑戰的將來，石達開沒有任何把握，也給不起任何的承諾。

自從石加入拜上帝會以後，他非常盼望藉由更深、更進一步的認識信仰來安定自己徬徨迷惘的心，在這方面阿桐給予他不少幫助，每七天他們固定一起查考聖書，分享教義真理，在阿桐的悉心教導下，石達開情緒穩定許多。如今他對於創造世界萬物的天父上帝已經完全的接受，「創造主」這個概念解決他之前不少疑惑。

人從哪裡來？要往哪裡去？一直是古往今來無數的哲人與思想家努力要參透的大哉問。佛教說要修行成佛、跳脫輪迴；道家則說不靠天，不靠地，靠自身修道得道，守道存生。所以佛道兩教的立論根基都是在於倚靠人類自身的修為與努力，來為自己取得在未知生命領域中更上一層樓的條件。至於儒家是不討論生命起源與歸宿的經世濟民哲學，只在道德學問上做文章。

石達開天資聰慧，從小博覽各派經典、百家群書，卻不能解決他對生命的疑惑。老實說，若只是要在這個世間安身立命，以他的才華與家世，他自可以安安穩穩、無憂無慮地度過一生。但石達開卻無法以此感到滿足，他想要明白關鍵問題的答案。

比如說：為什麼人類會存在於這個世界？而且為自己以及這個世界帶來如此多的痛苦？諸如此類的疑惑一直等到接觸阿桐所介紹的天父上帝「創造主」後，他才仿佛在黑暗的隧道中看見一盞明燈，引導他不斷往前走。現在的石達開越來越有信心，自己所跟隨的天父上帝，就是獨一無二的真神。而眼下困擾他的，卻是關於教主洪秀全是天父次子的這個身分，令他感到有些遲疑。

石達開三人連袂來到玄甲騎基地探訪讓天佑十分歡喜，他趕忙招呼眾人入座，命人預備茶水點心，天佑開心說：「如今大夥聚在一起的時間是越來越少了，真難得今天可以共聚一堂。」

聰兒坐定後，先是望了天佑一眼，然後說：「多謝天佑哥在廣州的時候出手相救，聰兒虧欠天佑哥的地方真是太多了。」

天佑很不好意思的說：「聰兒姑娘這是哪兒的話，你我雙方本來就是盟友，互相幫忙是再自然不過，千萬別放在心上。」

接著阿桐搶先詢問天佑說：「天佑到底你是怎麼知道馮老師與教主在平南花州那裡出事的？竟能夠這麼及時地前往支援。」

天佑知道眾人一定會想要探詢有關此事，便請大家稍安勿躁，先替眾人斟過茶後，才緩緩地說：「我當然不是先知，是楊帥找上我的。」

原來在馮雲山與洪秀全一行人出發前往平南花州不久後，楊秀清就到了馬隊基地找蒙天佑。告知天父上帝下凡託夢與他，天父不但醫好了他的眼疾，而且告知他教主此行會有凶險，所以要他立即調派兵馬前往支援。

天佑雖對天父下凡一說不置可否，但是楊帥親身前來求援，無論事實如何都間不容緩，於是他事不宜遲，點齊玄甲騎所有兵馬後即刻出發。他與楊秀清所統領的部隊抵達花州之時，發現教主一行人已經進入鎮區，楊秀清觀察之後便下令天佑先率領玄甲騎藏身於思旺圩一地，他會先派胡以晃領兵進入花州搭救教主一行人，然後再將清軍引出花州鎮區，在接近山人村一地時，等待他發出的信號，天佑再率領玄甲騎從清軍的後方加以突襲。

石達開聽完天佑的敘述後便說：「楊帥果真是用兵如神，不僅他派出胡以晃部隊前往支援的時機恰到好處，命你預先埋伏於思旺圩一地，也顯示出楊帥對於騎兵運用的機宜，同樣是得心應手。」

「不瞞石大哥，我亦是做如此想，如今本教，不，這太平天國之內，論到運籌帷幄、決戰千里的將才，除石大哥外，就屬楊帥為首了。」

石達開謙虛地道：「天佑你過譽了，現在看來楊帥早在我之上。因為他不但運籌帷幄、指揮若定。更重要的是，他可以洞燭先機在前，這是無人能出其右的地方。」石達開指的自然是楊秀清說自己是因天父下凡託夢才得知教主會身陷險境一事。

聽兒聽完兩人對話以後說：「那楊帥是當真能夠天父下凡附身嗎？」

在場的石達開、蒙天佑與阿桐面對聽兒這個問題都低頭不語起來，眾人一陣沉默，石達開為了化解尷尬場面便順勢問了天佑：「我聽聽兒說，天佑在廣州城遇見一位來自外國的牧師，不知道有什麼收穫，可以說與大家聽聽。」

「我正想跟各位分享，不過有些想法不知道洽不洽當？」天佑望向阿桐一眼，因為他們兩個先前已經針對教義真理的部分做了些討論。

阿桐明白天佑在擔心什麼，便說：「我有向石大哥提過一些事情，天佑你但說無妨。」

天佑聽了便放心地說：「我在廣州城遇到的那位牧師告訴我，神愛世人，甚至將祂的獨生子賜給他們，叫一切信祂的不致滅亡，反得永生。因為神差祂的兒子降世，不是要定世人的罪，乃是要叫世人因祂得救。相信這段經文大家不陌生，可是在我們的聖書裡面，只寫了愛子，卻沒有獨生這兩字，這件事情我百思不解。」

石達開說：「這件事情阿桐也跟我提到過，我猜想會不會是聖次子的降世，不在天父原先的計畫內，所以就沒有寫入聖書裡。」

天佑回答說：「天父上帝的旨意為何？我們凡人或許難以參透。但是這次所遇見的哈巴牧師告訴我，聖父、聖子與聖靈是三位一體的真神，因為人類自己墮落得罪神，陷入到罪惡與死亡權勢的轄制裡。因此聖子道成肉身，來到世間為世人的罪釘死在十字架上，完成了救贖的工作。所以我們只要跟隨主耶穌，相信祂，認自己的罪，就能得救，進入永生。」

天佑喝了口茶接著說：「既然聖子耶穌已經完成救贖工作，為何還需要其他的人再來到人世間拯救我們呢？」天佑暗指的就是洪秀全自稱的天父次子。

聰兒此時突然接話問說：「可是人間的苦難並沒有因為耶穌的降世就此消失啊？」

眾人同時轉頭看向聰兒這邊，看得聰兒有點不好意思地說：「抱歉，我只是說出自己內心的想法。」

「這的確是一個問題，聽兒姑娘問得很好。」阿桐說：「天佑你如何看呢？」

天佑站起來在房間內走了幾步，思忖半晌後對他們說：「我記得哈巴牧師說聖子耶穌昇天後還會再來，然而當耶穌再來之前，我們還是身處在一個罪惡的世代，而邪惡勢力並不會放棄殘害人們，而且會持續到這個世界的終了。因此我們在這段時間內並非無所事事、坐以待斃，每一個相信上帝的人，都要認罪悔改重新回到上帝面前，得著上帝兒女的名分，並且倚靠上帝的大能，在這個世界裡和那邪惡的黑暗勢力爭戰。」

我們都是上帝的兒女，這句話同時進入了在場三人的心思裡頭。

聽到這句話，石達開心想：「是的，我們都是上帝的兒女。我們生在如此亂世中，就有責任把上帝的公義與恩典傳揚出去，撥亂反正，為水深火熱的黎民百姓盡一份力，無論最後的結果如何，將來回到天上才不會愧對天父上帝。」

而阿桐則是想到：「我們都是上帝的兒女，那麼還有這麼多人不認識上帝，沒有經歷過上帝的慈愛，他們的生活處在十分艱困的環境中需要幫助，我還能夠為這些人做些什麼事情呢？真希望多一點時間去傳教，好讓更多的人認識這位真神上帝。」

至於還沒有真正認識信仰，但是卻充滿好奇的聽兒聽到這句話時，則是在心中反問自己：「那我是上帝的女兒嗎？我可以成為上帝的女兒嗎？我值得被上帝愛嗎？我以前是拜彌勒佛的人，如果我改換信仰，會不會被彌勒佛懲罰呢？但倘若上帝才是真神的話，彌勒佛應該就沒有能力懲罰我才對。」

在此同時，金田總壇的楊秀清所轄營區裡，上帝信仰與教義真理也不斷被提及。現在的楊秀清對於天父上帝的敬虔與愛戴比起他剛初入教之時還要火熱，而且在教內無人出其右，他自認甚至遠超過教主洪秀全。因為楊秀清已經嘗到這個天國信仰的好處與甜頭，建立一個地上天國更成為他熱切追求的目標，因為這個天國是他在掌管啊！

所謂「天國」的概念就洪秀全信仰思想源頭的一書《勸世良言》作者梁發的解釋是：

> 天國兩字，有兩樣解法，一樣，指天堂永樂之福，係善人肉身死後，其靈魂享受真福也；一樣，指地上凡敬信救主耶穌眾人，聚集拜神天上帝之公會也，神之國三字，亦同此義。

因此梁發的解釋裡天國有兩種意涵，既在天上，也在人間。天上的天國是死後靈魂的歸宿，地上的天國是指敬拜救主耶穌的信徒。但是洪秀全卻私自將梁發對天國的解釋再加以擴充，在新遺詔聖書上加以批註並派人至各地宣導說：

> 天上有天國，地下也有天國，天上天下同是神父天國，勿誤認單指天上天國，故太兄預詔云：蓋天國來在凡間，今日天父天兄下凡創開天國是也，欽此。[註]

在洪秀全的誤解與引導下，拜上帝會的天國信仰變成了二元天國，天上天國是天父上帝掌管，地上天國就是如今創立的太平天國，則是由天王洪秀全所掌管。

本來楊秀清剛入教時，對於天國信仰是半信半疑，但如今他則是全人全心地擁護與支持。因為這個信仰帶給他太多的好處，從地位、名聲、成就感乃至於自我價值都是天國信仰所帶給他的。這其中

---

註：洪秀全，《批馬太福音書第五章》，載蕭一山編，《太平天國叢書（上）》，（台北：中華叢書委員會，民國45年12月），頁56-57。

最重要的是藉由拜上帝會的信仰組織，讓他得以建立起一支戰力堅強、抵死不退的強軍。

舉凡信奉上帝的信徒，由於對上帝天國的賞賜及應許充滿無限的盼望，致使這群信徒願意忍受現實生活中的種種困苦跟挑戰，更確切的說是他們可以藉由信仰的力量去克服這些困難與痛苦，信徒們真正期待的獎賞並不在地上，也不是現在，乃是在將來天上永恆的天國。

信仰的力量非常的巨大，使得拜上帝會的教徒們遠較於一般常人更堅忍不拔、百折不撓。他們不關注外在生活條件的困苦，且樂意接受嚴格教規律令的管束。這種信仰環境，成功培育出一批素質良好的教兵，肯吃苦、聽號令。只要再加上精明幹練的將領來領導統御，經過排兵布陣與兵器操作等軍事訓練後，這些信仰虔誠的信徒們便能迅速轉變成一支戰力強大的軍隊。

楊秀清深知信仰思想教育對於訓練出一批強軍的重要性，所以他個人對於固定七日一次安息聖日的教義宣講非常的重視。楊營的人馬，上自師帥，下至兵士，都一定會參加。楊秀清也常常親自出席授課，而其軍營裡最常見的情形是，安息聖日在敬拜上帝的儀式上，楊秀清對著上千將士們傳揚教義，而其中的信息內容，有些來自於楊挑選過的新舊遺詔聖書摘要的經文，有些則是他自己針對聖書經文的詮釋批註或是假借託辭是天父上帝的指示，但實為自己的理念與想法。

透過信仰思想教育，楊秀清一步一步建立忠誠不二且願意犧牲奉獻的精銳士兵，他最喜歡宣講的信息內容，是強調天父上帝已經替願意為地上天國完全奉獻自己、付出一切努力的信徒們，在天上預備好極大的賞賜。所以每一位信徒在戰場上只要奮勇爭先、戮力殺敵，甚至是將自己的生命奉獻給地上的天國，將來在天上的天國裡就有享用不盡的榮華富貴與福分。

除此之外，楊秀清極度強調遵守上帝誡命的重要性，故此在楊的軍營之中，就豎起大旗，寫著兩條太平軍律[註一]：一要恪遵天令。二要熟識天條、讚美、朝晚禮拜、感謝規矩及所頒行的詔諭。

楊秀清另外還訂有其他相當嚴格的軍規，相關內容如下列[註二]：

凡各衙各館兄弟倘有口角爭鬥，以及持強鬥架，俱是天父所深惡，不問曲直，蓋斬不留。

凡我們兄弟俱要修好鍊正，不准吹洋煙、吃黃煙、飲酒、擄掠、姦淫，犯者斬首不留。

凡兄弟俱要熟讀讚美、天條，如過三個禮拜不能熟記者，斬首不留。

凡天條書中各條如有違犯者，斬首不留。

在如此嚴格的教規和軍紀的要求下，所訓練出來的太平天國士兵迥然不同，相較於貪墨成性、委靡成風的清朝官兵，能夠遵守嚴格的教規軍令並且堅持下來的人，一定是對上帝信仰抱持著極大的虔誠，且對太平天國這個團體具有強大的向心力。楊秀清心裡有數，這麼一支軍紀嚴明的軍隊將是他賴以爭雄於天下的本錢。

然而卻不是每個人都能夠適應與認同太平天國如此嚴格的教規與軍紀，跟著羅大綱以及蘇三娘一起來投效拜上帝會的張釗便是其中一位。

註一：太平天國頒行的一部最重要的軍律叫做太平條規，分成定營規條與行營規條各有十條。

註二：張德堅，《賊情匯纂》，卷八，〈偽文告下〉：偽律。

話說蘇三娘被蒙天佑說服之後，便率領自己所部的潯江沿岸碼頭工人約千人集體加入拜上帝會。羅大綱則是為愛走天涯，明眼人都看得出來他是因蘇三娘的緣故才會一起加入，但是他對外宣稱乃是因為受到上帝的愛所感召，希望能為地上天國盡一份棉薄之力。

羅大綱不只自己加入拜上帝會，同時號召掌控潯江、大煌江的水路各地天地會堂口一起加入，聲勢頗為浩大，而其中另一股大勢力就是張釗所率領的人馬。

這位張釗，本名張嘉祥，江湖外號「大頭羊」。據傳年輕時因犯案逃至安南，後來輾轉來到廣西潯江一地成為艇匪水盜。此人的個性極為跋扈囂張，在天地會中名聲不佳，但是因為頗具領導長才，因此吸收了一群氣味相投的亡命之徒跟隨，在潯江艇匪水盜中的勢力僅次於羅大綱。

但是張釗自從來到桂平金田加入拜上帝會後，已經好幾次來找羅大綱理論，他向羅大綱表示拜上帝會要利用宗教信仰來攏絡收買人心，他沒有意見，但是對於如此嚴厲的教規他實在無法接受。

入教之後張釗才發現拜上帝會的信徒不但每天早中晚都要禱告、每七日還有安息聖會敬拜上帝、聽講道，更還有無數條教規和律法需要遵守，其中最令人難以接受的是還要把個人所有的財產繳入總聖庫，然後再依個人的需求來分配使用。凡此種種嚴格的規定都讓放蕩不羈、行為無度成性的張釗以及他手下那幫兄弟們難以順服。

這天大頭羊又再次找上門要跟羅大綱理論，希望他去向上頭領導們反應，是否可以對於某些不符合江湖氣息的教規加以通融，否則他就要散夥，自尋出路。

「我說老羅啊，你是被蘇三娘給迷的腦袋都不清楚了嗎？我們帶著這群弟兄出生入死，不就是為了錢財、為了女人。如今打仗不准騷擾民戶百姓，繳獲的糧草軍械財務一律充公，在營區裡不准嬉鬧飲酒，這比當和尚還要痛苦，我幹嘛要自找罪受呢？」

羅大綱則是一臉平靜的回覆說：「張釗兄弟，我老實跟你說，剛開始我確實是為了蘇三娘才跟著一起加入拜上帝會，但是自從接觸上帝信仰之後，我才驀然覺得自己找到人生真正的意義跟目標。從前的我只為了求生存、為自己的利益而活。看似自由自在、無拘無束，但是實際上並沒有獲得真正的自由。相反地我一直生活在恐懼中，害怕失去生命、失去財富、失去權力以及失去我所擁有的一切。」

羅大綱眼神相當堅定地看著張釗，然後繼續說道：「最近我漸漸明白了，其實我不需要恐懼任何事物，因為我原本就沒有擁有什麼東西，聖書上說『賞賜的是耶和華、收取的也是耶和華。』世間萬物一切都是上帝所造的，所給的。我們以為自己擁有什麼，其實我們不過是寄居在這世界的客旅而已。而當我找到真神上帝，又明白聖子耶穌為我的罪受死，使我可以再次回到上帝面前，與祂和好，這真是無價的恩典。」

羅大綱講得越來越起勁，但是張釗卻是越聽越糊塗，語氣不悅地回說：「既然如此，我們這麼多人聚在這裡是要幹嘛？不如大家散夥回去吃齋唸佛算了。」

羅大綱知道張釗還是將拜上帝會的信仰與傳統民間信仰甚至佛道思想看作是一樣的，便想要進一步澄清說：「這個上帝信仰跟以前我們所接觸過的一些宗教信仰並不同，不管是佛祖還是太上老君，都是遠在天邊的神佛。好像與我個人沒有太大的關係，但是這位真神上帝的信仰卻是強調，我們一開始就是上帝特意創造出來的，而且祂是按著自己的形象造人。但是因為人們被罪給轄制綑綁而背叛上帝，但上帝很愛我們，並沒有放棄人們，於是聖子耶穌道成肉身，降世為人，為所有人類的罪死在十字架上，完成了救贖的計畫。」

羅大綱接著說：「我們既然是上帝的子民，就要為上帝的國度盡一份心力，聖子耶穌昇天前說，要去使萬民都認識祂、做祂的門徒。所以這就是現在我們大家要努力的目標，去使天下萬民、萬國都歸向真神上帝。所以，第一個目標當然就是要打倒這個腐敗的清廷，推翻滿州邪惡妖魔韃子，建立地上的天國。」

羅大綱說得起勁，但是張釗已經完全不想再聽羅大綱對他催眠傳教，很生氣地站起來大聲說：「我不想再聽你講這些什麼上帝天國虛無飄渺的道理，我只知道，我的弟兄每天都來跟我抱怨，沒有女人可以抱，沒有酒可以喝。要建立天國可以，總得讓這些冒著生命危險、出生入死的兄弟享受、享受吧。我不相信你們靠上帝就能夠打勝仗，上帝會派天兵天將來幫你們打跑外面那些虎視眈眈的清兵，才有鬼。」

說完後，轉頭就離開，他心中暗暗碎念，這是哪門子的邪魔歪道啊，竟然這麼快就將羅大綱整個人的心神都給攝去，我得千萬要小心，別被騙了，回頭趕緊為自己的後路打算才是正途。

✠ ✠ ✠

溪雲初起日沈閣，山雨欲來風滿樓。

桂平縣城裡數日間擠進大批的清兵，縣城裡的許多百姓不明究裡的猜測是有那位大官要蒞臨，還不知道自己所處的城市即將成為全國注目的焦點。

清軍綠營鎮遠鎮總兵周鳳岐在得知副將李殿元在山人村被襲，整個潯州協兩營共千人的兵力被拜上帝會全部殲滅的消息後，感到難以置信、震驚不已。兵敗消息傳來連帶影響周鳳岐轄下部隊，士氣萎靡、失去戰意，他趕忙將部隊開入桂平縣城裡，以潯州府衙為大本營，一方面籌建對抗拜上帝會的軍事部署與防線，另一方面則是立即把軍情緊急向上傳遞匯報。

而接到鎮遠鎮上報潯州協整整兩個營共千人的部隊，被一群教匪擊潰的消息時，身為廣西省綠營最高軍事指揮官，廣西提督向榮同樣受到極大的震撼。自幼出身行伍的他立即嗅出非比尋常的味道，除了以五百里加急向京城通報以外，並即刻點齊本部的三千標兵，從南寧府趕往桂平縣與周鳳岐的鎮遠鎮合兵一處。

話說向榮這名廣西提督才從湖南提督調任至廣西不滿一年，對於分布於廣西境內各地的綠林幫派、武裝勢力尚在探查了解的階段，然因其自參軍起便一直與各地的叛黨亂民作戰，故此向榮對於武裝叛亂團體有一定程度的職業敏感度。但是這一次似乎不太一樣，帶給他的感覺是前所未有的，向榮不敢掉以輕心，畢竟能夠一次打掉上千名官兵的強悍對手已經好久沒碰到了。

進駐桂平的廣西提督在經過連日的整軍部署後總算心情比較篤定，這日在潯州府衙清軍綠營的臨時大本營內，聽取鎮遠鎮總兵周鳳岐所提出對於叛黨拜上帝會的軍情彙報。

聽完周鳳岐的報告之後，對於這個新興對手拜上帝會，向榮心裡私下的評估是棘手兩字。

根據所收集到的情報資料分析來看，近幾年雖然打著天地會旗號的會匪在兩廣境內四處興風作浪，但是通常是小股人馬聚集的型態，並且會匪主要目的在對官軍進行騷擾或是搶奪富戶大族的錢財貨物，儘管各路會匪的人數不少，但均無法有效統合，形成大規模有組織性的叛亂團體，因此官軍很容易將其分化後各個擊破。此外這些亂黨匪徒通常生性殘暴、燒殺擄掠無惡不作，故而無法爭取到當地老百姓的支持與信任，因而難以落地生根，形成割據地方山頭的武裝勢力。

但是這次明顯與傳統的會黨作亂有所不同。

這群拜上帝會的教匪是以宗教信仰為核心，先是進行傳教工作來拉攏百姓，光是在潯州府附近已經是信徒無數。再加上擊敗桂平縣高家豪門取而代之後，積極協助官府治理桂平縣，得到地方鄉親的肯定，這種籠絡人心的手段相當高明，看來這個拜上帝會絕非等閒之輩，千萬不可小覷。

不過當頭號目標出現時，清軍的行動也相對快速起來，立即組織了戰鬥隊伍預備反攻，向榮要求轄下各部隊指揮官必需展現出官軍有能力掌控局面的氛圍，避免朝廷派來督導視察的大臣抵達時，會讓長官上司覺得自己毫無作為，那就有辱軍風，萬分難看了。

清軍在山人村受挫後明顯地想要積極振作，在此同時，太平軍的核心人物同樣在舉行軍議，五路軍主將會集一堂，共商未來的戰略方向，而大夥所討論出來的戰略共識依然是搶占大湟江口，準備東進廣州。

要搶占大湟江口，這一項任務自然是落在剛加盟的羅大綱跟蘇三娘等大湟江舊人身上，為了以防萬一，楊秀清還提議加派另外一支兵馬前去助陣。這時前軍主將蕭朝貴自金田起義以來相比於其他主將們較無戰功，所以這時候便主動請纓出戰，洪秀全便准了他，派蕭朝貴與羅大綱等人一同出兵搶占大湟江口。

大湟江口位於廣西桂平縣潯江的北岸，離金田村不遠，是大鵬河、三連河、羅蛟河、紫荊河等幾條河流的匯合之處。從大湟江口沿潯江東下，便可直達平南、梧州，然後出廣西直奔廣州而去。

此時由於清軍已將主力部隊集結於桂平縣城附近，大湟江口的防備鬆散，於是附近的據點在太平軍的一陣猛攻下很快就失陷，太平軍順利取得大湟江口要地。

自從金田起義正式建國以來，一路順風順水，太平軍的攻勢進展相當順利，潯州一帶的人民百姓都感受到這群以上帝之名行動的軍隊，跟之前那些占地為王的盜匪流寇顯不相同，太平軍不擾百姓、不占民屋、不搶民糧，加上先前拜上帝會在桂平縣降低田租、整頓治安，素有善行，風評良好。因此陸陸續續都有一些早對朝廷憤恨不滿的鄉里百姓前來投靠。

起義之後前來加入太平軍的人絡繹不絕，不過這時太平軍不但重挫清軍銳氣，而且攻占大湟江口後氣勢如虹，因此對於前來投效的民眾反而精挑細選，不再是撿到籃子裡的就是菜，那些趨炎附勢、如蟻附羶的投機分子在太平軍裡並不受歡迎。

現階段太平天國的體制是各軍主將對所轄管的部隊擁有獨立的指揮權，因而每個主將挑選人才的標準就直接反映出這個部隊的思維與文化。譬如以中軍主將楊秀清來說，他就專門挑身強體健、苦大仇深的年輕小子入伍。這身強體健自不待言，苦大仇深才是楊秀清特別要求的選才標準。所謂「苦大仇深」乃是專指出身於貧困階級，對於現有財富分配與社會階級極度不滿或是身受其害的人。

楊秀清自己是燒炭工人出身，非常明白這些苦大仇身的年輕人一窮二白、一文不名的處境，他們的人生原本毫無希望可言，對這個社會長期充滿憤恨與不平的情緒。這種人只要餵給他一點肉，然後再讓他看見努力奮鬥過後，會有多大的富貴榮華、物質享受等著他，便能把內心中的苦大仇深轉換成追逐獵物的動力，繼而奮不顧身地撲向目標。

但是對於左軍主將石達開而言，他挑選新人的標準卻是要選擇心性秉直、單純善良的農家子弟為優先。石達開認為一個人的體格可以後天花時間加以鍛鍊，但是心性的培養卻十分困難。所以他寧願挑選一些個性單純樸實的農家子弟加以訓練，也不要豢養出一群難以控制的豺狼虎豹。

另外，石達開還特別注重新人過去的信仰背景，他希望能找到真正對拜上帝會信仰有興趣或是至少不排斥的人，這樣才能夠盡快對其傳教，進行信仰思想教育，使新信徒能正確的認識教義真理，順利融入整個信仰群體之中。

當石達開在物色新兵時，李聰兒時常亦步亦趨地跟著他。聰兒冰雪聰明善於察言觀色，知道什麼時候該閉口不言，避免對石達開造成干擾，只要石達開眉頭深鎖表露情緒，聰兒就會立即上前關心並給予協助。老實說，像聰兒這樣出身蓮園戲班這種龍蛇雜處的環境，不管是看人或是處事，都有相當程度的歷練，因此她經常能夠提供石達開貼心的建議及協助。日積月累下來，石達開便逐漸習慣於聰兒在旁的陪伴，雖然他清楚，長此以往必然會使得兩人更加彼此依賴，但是石達開卻順其自然，並不排斥。或許在石達開的內心裡，對李聰兒早已產生情愫而不自知。

不過這類兒女私情對於同是女兒家的阿桐卻是相當敏感，馬上心領神會的將她與石達開原本固定七日一次的研經，改成三日一次。為的自然是能夠增加與石達開會面的機會。然而最近卻從原本的兩人研經，演變成三人同行。李聰兒也加入聖書研讀的行列。雖然阿桐也是期盼聰兒可以認識上帝真神，加入拜上帝會。但是每每看著她與石達開兩人間的互動，阿桐心裡總有一股難言的滋味，卻也無可奈何。

阿桐同樣是石達開的得力助手，特別是在信仰學習與教導方面。自從石達開決心信仰天父上帝後，便率領石家莊全族加入。石達開不是做做樣子表面相信而已，他既然相信上帝是唯一真神，當然也希望石家莊全族的人對這個信仰有正確的認識。

阿桐在信仰教育上幫了大忙，為了盡快讓石家莊老老少少幾千人對於上帝信仰能夠更快的認識，阿桐跟馮雲山討論之後，決定創作一部拜上帝會信仰三字經。

這部三字經模仿傳統儒家的三字經，其內容大都採用韻文，每三字一句，四句一組，就像一首詩，背誦起來如唱兒歌朗朗上口。阿桐將新舊遺詔聖書中的信仰核心內容都寫進拜上帝會的三字經裡，包括從上帝創造世界，摩西帶領以色列人出埃及的過程，以及聖子耶穌降世為人被釘十字架，透過祂所流寶血為眾人贖罪的過程等。

阿桐所寫這部上帝信仰的三字經㊟完成後，石達開隨即命石家莊麾下的將士，無論年紀與階級大小均須每日清晨集合於校場開口大聲誦讀：

皇上帝　造天地　造山海　萬物備　六日間　盡造成　人宰物　得光榮
七日拜　報天恩　普天下　把心虔　說當初　講番國　敬上帝　以色列
十二子　徙麥西　帝眷顧　子孫齊　後狂出　鬼入心　忌興旺　苦害侵
皇上帝　垂憐他　命摩西　還本家　命亞倫　迎摩西　同啟奏　神蹟施

（省略）

皇上帝　憫世人　遣太子　降凡塵　曰耶穌　救世主　代贖罪　真受苦

註：太平天國教育信仰的韻文，採用中國傳統教育兒童啟蒙讀物《三字經》形式，三言一句，共352句。

十字架 釘其身 流寶血 救凡人 死三日 復番生 四十日 論天情
臨昇天 命門徒 傳福音 宣詔書 信得救 得上天 不信者 定罪先
（省略）

藉由言簡意賅的三字經，讓本來屬於傳統文化民間信仰和祖先崇拜的石家莊族人能夠快速明白上帝信仰的內容大要，這對於鞏固新加入的石家莊族人的信仰至為關鍵，反而讓石達開所率領的石家軍成為太平天國各路部隊裡面，信仰教育最為完整的一支軍隊。

至於李聽兒在經過一段時間與阿桐和石達開一起研讀聖書以後，內心裡的認知也產生了一些變化。

聽兒自幼成長的蓮園戲班，前身是嘉慶年間川楚教亂時白蓮教的餘黨後人所創，所以她自出生以來就信仰白蓮教的無生老母。白蓮教是一個融合佛教與道教所發展出來的民俗宗教，相傳主要是源自於宋朝高宗紹興三年（公元1133年），由茅子元創立的佛教淨土宗分支白蓮宗，其後經過不斷的演變，特別是到了明朝，接受了羅思孚的「無極老母」思想，便成為了羅教系統裡的一支秘密宗教。

相對於白蓮教認為無生老母是要到地上來普渡眾生，拜上帝會所信的創造主上帝乃是創造世界萬物唯一的主宰；而關於救世主的部分，拜上帝會則是認為聖子耶穌道成肉身，降世來拯救眾人。這些道理不去細究時，看似兩教之間有些雷同之處，所以聽兒並不排斥。然而隨著對於聖書內容有更深的理解後，聽兒發現兩者間最大的不同，是在於基督耶穌的部分。聖書裡的這一位耶穌，祂除了降世為人之外，還為了救贖眾人，親自為世人的罪被釘死在十字架上，更重要的是祂戰勝黑暗死亡權勢，從死裡復活升天，將來還會再來審判活人死人。

當聽兒讀到這一段經文時，心中有了某種感動，她突然問了自己一個問題：「哪一個人會愛我，愛到願意為我捨命的程度？」

這個問題她沒有答案，但不知是何緣故，她心裡隱隱作痛起來。為何一個無罪的耶穌，竟然願意為她這樣一個罪人而死？思想到這裡她突然好想哭，她不知道心中這一股沉重、憂傷與痛悔的情緒是從何而來？原本她想要壓抑自己的情緒，然而越是想壓抑，就越讓聽兒看清楚自己內心裡的罪，思想到自己原來是如何的汙穢、敗壞與不堪，但是聖子耶穌卻依然願意為她這樣的人付出生命的代價，她感到自己不配得到如此大的恩典，最後她終於情緒潰堤，嚎啕大哭起來。

這一哭不知道經過多久時間，而當她恢復平靜再次睜開眼睛的時候，發現阿桐與石達開兩人站在她的身邊，分別伸出手來按在她的肩上不停地為她禱告，她感受到有一股暖流流入心裡，讓她了解到自己已經被耶穌所接納，不需要再害怕了。

自從有了這次的經驗，聽兒便越來越喜歡閱讀聖書，尤其是新遺詔聖書中有關聖子耶穌道成肉身的內容。現在的聽兒愈加的相信聖子耶穌就是那一位要來拯救世人的彌賽亞救世主，只是她心中也有同樣的疑惑：既然已經有一位救世主耶穌了，為什麼還需要另外一位聖次子洪秀全？

儘管有這個疑惑，卻不影響李聽兒最終決定改換信仰，成為拜上帝會的信徒，石達開與阿桐都非常開心地看見聽兒心志的改變及天國家族裡多了一名成員。

然而聽兒這一位天國的新子民很快就另有重用，原來總壇下了一道詔書，為了接下來行軍出征做準備，宣布即日起男女分營，不得混居。因此，除了持有通行令牌的人以外，男女信徒一律分營行動，達者軍法嚴辦。面對此一新政策，石達開正想要以李聰兒是盟友聯絡人的身分，替她申請通行令留在自己轄下的左軍當中，但是隨後卻接到天國女營統領洪瑄嬌的手令，宣調李聰兒入女營協助訓練女兵。

洪瑄嬌便是那位洪秀全原先要納為己用的侍女楊雲嬌，自從與洪秀全結拜為兄妹後，就成為天妹並且負責訓練女營來擔任護衛洪秀全的責任。

最近總壇又流傳出一個小道消息，說洪瑄嬌早於十年前就曾經夢到天父下凡，在夢裡的天父上帝告訴她：「十年後有人會來廣西傳教，此人可誅邪救世，眾人都應當遵從於他。」這類的消息，想當然爾是洪營內部施放出來，特意要傳播訊息來加強洪秀全與洪瑄嬌兩人地位的正當性。

剛開始洪瑄嬌組建女營的目的只是做為洪秀全個人的護衛隊，只是近來加入太平軍的人數愈發加增，而且來者多數皆攜家帶眷、男女老幼同行。拜上帝會是以信仰為根基的教徒團體，只要願意信仰跟隨上帝，即便不是成年男子也可以當兵，照樣會受到照顧。因此在婦女人數不斷增加的情況下，馮雲山於是建議擴充女營人數，讓女營不只是擔任教主的護衛工作而已，如果把占整體信徒人數約一半之數的年輕女子訓練成能夠上沙場作戰的部隊，那麼就等於兵力馬上倍增。這個提議在強調男女平等的拜上帝會教義宗旨下，並沒有碰到太多攔阻或反對，反正此刻正是用兵之時，無論男女，能夠多一份力量總是好的。

既然要訓練女兵，又要避諱男性的出入，那麼擁有戰鬥經驗與武術技巧的李聰兒自然成為女營教頭的不二人選。接獲這道命令時，石達開原本想要替聰兒婉拒，因為太平軍自身還有蘇三娘這位女中豪傑可擔大任。石達開為聰兒設想，聰兒自己反倒跳出來說：「趁這個機會為太平軍出一份力也是應該，況且眼下蘇三娘跟羅大綱正駐守在大湟江，無法分身，即使有空，蘇三娘還有自己的人馬要統御管理。因此，目前自己確實是最佳的人選。」

於是李聰兒就進入女營擔任起武術教導的工作，聰慧機靈的她沒多久就得到洪瑄嬙的信任，慧眼識英雄的洪瑄嬙，看出李聰兒不但功夫了得外，在人員組織與隊伍領導的能力也是相當優秀，於是大方的委任聽兒擔任女營的副師帥兼武術教頭。

在洪瑄嬙與聽兒兩人的共同努力下，花了大約一個月的時間將新入教的年輕女孩給組織培訓起來，打造出一支共五旅，每旅約三百人，總數達一千五百人的女兵部隊。這支女兵部隊由洪瑄嬙本人擔任師帥，其餘五旅的旅帥分別從表現優秀的女兵中挑選出來，多半是洪瑄嬙一開始就親自訓練的親兵，當中唯有一位是新加入女營的新人，就是蒙天佑玄甲騎旗下卒長林紹章的親妹子，林倪。

林倪原來歸屬於玄甲騎旗下，但自發佈男女分營令後，便被要求至洪瑄嬙的女營集合報到。

還記得女營開訓的第一天，李聰兒安排了一場與她比武的擂台大賽。希望藉由這個方式挑選出一些手腳俐落的菁英幹部。急性子的林倪自是當仁不讓，擂台賽一開始立刻從隊伍中一躍而出向李聰兒挑戰。林倪在玄甲騎打滾許久，耳濡目染下刀槍拳腳功夫自然不差，不要說女子，就是尋常兩三個田裡莊稼漢也不是她的對手。比武開始林倪還不把李聰兒放在眼裡，心高氣傲不拘小節的個性表露無遺，但這種個性也使得她的攻擊顯露出破綻，林倪本來想要利用出其不意的快攻，打的李聰兒措手不及，卻沒料到聽兒一個閃身與迴避，馬上就繞到林倪的後方，迅速朝她出腿攻擊，既快且準，而一擊不中的林倪立刻感覺到背後有股凌厲的腿勁逼近。可是林倪畢竟不是繡花拳頭，她馬上低頭向左迴旋，一招鷂子翻身一縱而躍，以腿制腿，逼得李聰兒得趕緊向後一躍才能穩住身形。

兩人只過完一招，李聰兒便雙手抱拳於胸示意，然後說了聲：「行了。」

「行了？什麼意思？還沒開始打呢？」林倪滿頭霧水地說。

「設立此擂台目的是要尋找可用之才，不是要爭牌奪勝，更不是比武招親。姑娘的身手我已經清楚，足堪大用。」李聰兒微笑道。

而在一旁觀戰的洪瑄嬌此刻拍著手走向兩人連聲說：「好、好，本帥深慶得人。這位巾幗英雄身手不凡，不知姑娘來自何處？」

林倪知道此人的身分，立刻雙手一揖恭敬說：「參見師帥，小女原來在本教玄甲騎旗下聽令。」

洪瑄嬌與李聰兒一聽，同時說了聲：「難怪。」

✢ ✢ ✢

就在太平軍緊鑼密鼓地加強戰備的同時，朝廷新任欽差大臣李星沅終於星夜兼程的趕到廣西，與提督向榮等前方部隊將士們會合，可惜等著他的卻是兩個不幸消息。

一是比他早先一步到來的雲南提督張必祿在抵達潯州不久之後就染上感冒重疾，咳嗽與氣喘接連不止，但他依然堅持親自督管操練兵事，使得病情加劇，最後大夫束手無策、無力回天，病逝於潯州。

另一個壞消息就是太平軍已搶占大湟江口，並在石頭腳紮營建立防線與根據地。

這兩個消息都讓李星沅大驚失色、大失所望。一是痛失良將；一是斷送重地，兩者皆是大傷。

李星沅曾歷任江蘇巡撫、雲貴總督、兩江總督等地方大員職務，素有官聲，其在兩江總督任內，奏請籌設外海水師事宜，以護海防。他向皇帝陳奏必須組建外海水師的五大理由為：一曰磨厲人才，二曰變通營巡，三曰覈實會哨，四曰扼要堵緝，五曰配兵足數。

從李星沅對於海上防務的建言來看，不難發覺此人乃是思慮深遠、通權務實之人。再加上他曾經參與鴉片戰爭與平定雲南回亂戰事，應是知兵的大臣，咸豐選擇他來擔任欽差重任，督導剿匪全局，算得上是知人善任的一步好棋。

這樣經驗豐富的能臣當然不會這麼輕易就被眼前的困難給打倒，縱使出師不利，李星沅依舊趕緊花時間瞭解戰場的全盤情況，然後迅速地做出部署，期望能盡快扳回一城，避免清軍的士氣不斷潰散，否則將更難以收拾。

與眾將商議之後，李星沅決定先解決大湟江口的太平軍，他分派向榮、周鳳歧以及接替張必祿指揮雲南綠營軍的臨元鎮總兵李能臣為三路主將，分頭帶領約一萬人的部隊，向駐紮在石頭腳的太平軍進攻，形成合圍之勢。

李星沅觀察太平軍的形勢後認為駐紮於石頭腳的太平軍最多不過五千人，依他評估目前清軍的兵力人數能對太平軍構成極大的壓力，他指示先由周鳳歧與李能臣兩路主攻盤據石頭腳的太平軍，向榮部則在一旁伺機而動，等候金田附近的教匪趕來支援時再給予痛擊。

然而廣西提督向榮對這位遠道而來的欽差大臣所下的軍事指導棋卻頗不以為然，但是囿於職位尊卑也只能依令行事。

說到向榮此人，是個將相本無種的好榜樣。他自幼失學，為了生活只好投身行伍之列，自擔任小兵起就遇到在嘉慶年間的天理教之亂，當時向榮隨甘陝總督楊遇春鎮壓天理教徒，因為打仗常任先鋒、屢獲軍功而得到總督楊遇春的賞識，才順利展開他的軍旅生涯。向榮在長官的提攜下一路從游擊、參將、副將、總兵、到統掌一省軍務的四川提督。

道光三十年時，因為湖南爆發天地會黨羽李元發的叛變，緊急調任湖南提督，前往鎮壓，於金峰嶺擊敗叛軍，俘獲匪首李元發。所以對於剿滅叛黨、彈壓叛亂一事，向榮是個相當有經驗的老手。

當鎮遠鎮總兵周鳳岐派人前來通知他，桂平邱知縣密報拜上帝會圖謀叛亂，鎮遠鎮想要趁機對拜上帝會動手時，向榮還不以為意。心想也好，他才剛到任不久，透過打擊拜上帝會給廣西境內的地方豪強起一些震懾效果也不錯，有利於他後續綏靖地方武裝派系勢力的工作。但沒料想到結果居然如此出人意料，潯州協大張旗鼓的出動兩營千人的綠營官軍，竟然如秋風掃落葉般被一群教匪給打敗，而且敗得極慘。

向榮是沙場老將，戎馬一生的他對付過各地不少的叛軍。就他的經驗法則來看，這些叛亂的匪徒雖說號稱起義，其實都只是想要趁亂取利，不過是群烏合之眾、一盤散沙，普遍缺乏整體性的戰略思考以及團體紀律性的規範。誠然清軍官兵的紀律很差，但是所謂起義軍也不過是假借一些道德、政治口號，做的勾當還不都是一樣搶劫錢糧、燒殺擄掠。因此很難在地方老百姓當中取得長期而強烈的支持，通常只要略施手段加以分化，然後斷其糧草，就能加以蕩平。

不過目前以收集到有關太平軍的各種情報消息來作研判，都讓他以前的經驗派不上用場。首先是這群太平軍教匪自其發跡以來，不斷透過各種方式在百姓群眾間建立起扶危濟困、樂善好施的名聲，使得即便是不同宗教信仰的百姓也對其頗有好感。另外是其組織制度紀律嚴明，信徒只要一入教就會編入組織管理，並且進行信仰教育，因此這群叛匪不是沒有紀律的一盤散沙，而是具有高度紀律的團體，這在以往其他民變叛逆組織中非常罕見，這些情形都是向榮所擔憂的。

不過以向榮征戰沙場大半生的經歷來看，他對自己還是存有極高的信心，向榮認為山人村之敗不過是總兵周鳳岐個人的輕敵失算，掉入拜上帝會所設的圈套所導致。往後只要不再掉以輕心，穩紮穩打，應該就可以順利將叛亂敉平的。

向榮對於形勢的推論是合理的，只是他的推論中沒有計算到一個關鍵因素：人。太平軍起義至今，之所以能夠事事順利，其中一個很重大的關鍵，就是上帝賜給太平軍許多的人才。這些人才並不以搶劫財貨、殺人放火為樂，反而雄才大略、志在千里。這些人或許心志各異，但是卻個個深謀遠慮、胸懷萬里。最典型的人物之一就是楊秀清。

當太平軍金田總壇得知清廷起三萬大軍合圍大湟江石頭腳時，教眾們人心惶惶，這時候楊秀清不慌不忙陳述：「此番清妖集結大軍，攻我大湟江石頭腳據點，阻我東進，實乃意料之內。末將認為清妖剛剛從各省調入兵員前來，這些兵、將之間彼此互不相識，部隊之間缺乏聯繫默契。只要能夠將其中一支部隊加以痛擊，便能快速地瓦解清妖的士氣，解我軍的石頭腳之圍。」

左軍主將石達開點頭稱是表示贊同，然後接著說：「楊帥此計甚好，不過末將認為接下來清妖必定會不斷從外省調軍入廣西支援，目前我軍的兵力不足，實難分兵駐守兩地，這次戰役應以救援為主，不宜鏖戰。先整合壯大自己的部隊，未來再從長計議。」

馮雲山跟韋昌輝亦都表示贊成石達開的想法，洪秀全於是頒布軍令，把這次打擊清妖，解除石頭腳之圍的軍事指揮帥印交給楊秀清，由他負責來全權指揮。正要下令之時，突然有個聲音跳出來說：

「我也要去。」

大家都轉頭查看，想要知道那一個聽起來悅耳如銀鈴卻充滿焦急感的聲音是誰。

一身火紅的戎裝，卻掩飾不住曼妙身材的洪瑄嬌，一個箭步衝至眾人的面前。洪秀全見狀趕緊說道：「嬌妹啊，別胡鬧，這是軍國大事。」

洪瑄嬌不服氣地說：「我才沒有胡鬧，男女平等是天父說的，再者，我訓練的女營已經成軍，兵力接近兩千人。此刻正是用兵之時，女營怎能置身事外，更何況⋯⋯」接下來的理由洪瑄嬌不講，大夥也心知肚明。石頭腳目前正是她的相好蕭朝貴的部隊在駐守，情人有難，她又怎能袖手旁觀而不心焦如焚呢？

面對洪瑄嬌突來的一招，大家都還在面面相覷，不知道該說什麼的時候，楊秀清靈機一動好像想到什麼，於是便轉身向洪秀全稟報說：「教主，末將認為女營此刻成軍出戰，正是天父上帝要幫助我們戰勝清妖的最好明證。」

楊秀清的一席話讓會中眾人更是滿腹疑惑與不解，望著眾人狐疑的目光，楊秀清好整以暇的說：「各位兄弟莫著急，且待我將戰略部署說給大家聽後，自然明白。」

就這樣太平軍的女營迎來她們的首場正式戰役：牛排嶺之戰。

✢ ✢ ✢

在李星沅的布置下清軍迅速地完成對石頭腳太平軍的包圍，然而清軍與太平軍雙方之間只發生一些零星的戰鬥，現階段清軍並不打算對駐守在石頭腳的太平軍進行強攻，因為根據李星沅的估算，只要再包圍一段時日就算清軍這邊不進攻，石頭腳的太平軍也會因為糧草不濟而自行崩潰。

向榮率領的部隊則是駐紮在石頭腳北方靠近牛排嶺的位置附近，近萬名清軍的營帳壁壘整齊羅列，哨所巡查井井有條，所部官兵的軍紀在各營清兵中算是中規中矩，向榮不愧是個經驗道地的老將。

兩名斥候匆忙地進入軍中大帳跟向榮回報消息。

「稟告督帥，屬下探得太平賊黨的先鋒部隊正往牛排嶺方向前進。」

向榮意氣風發向兩側諸將說：「來得正好。」轉頭問斥候：「賊人來多少人？」

領頭那名斥候欲言又止地說：「估約兩千人不到，不過……」

「不過什麼？」向榮追問

「這前來的匪軍，全是女的。」

「女的，全是？胡說，你有沒有探錯。」向榮無法置信地大聲說。

斥候趕忙回覆：「稟告督帥，千真萬確，屬下連探數回，來人不但全是女兵，統軍者也是女將，聽說還是這幫匪首之妹。」

聽完斥候的回報後，帳內諸將議論紛紛，甚至還有人忍不住笑了起來。

向榮這時再也按耐不住，大力拍桌站了起來說：「可惡，逆匪欺人太甚，竟用此計辱我威名，以為派女兵來，我就不敢打，還是想要羞辱我軍，給我一個勝之不武的名號嗎？別以為這樣我就會對你客氣。」

副將耿全忠處事較為沉穩周密，朝向榮進言道：「督帥大人，小心有詐，是否按照欽差大人的部署我軍先行觀望，讓賊人往石頭腳去救援被圍的太平軍，我部再伺機而動。」

向榮本來就瞧不起李星沅這個出身文人書生的欽差大臣，然而清朝傳統上崇文抑武，同樣品級的官員，文官硬是比武官要高上一級甚至更多，並且全軍統帥向來由文人擔綱，這種文化讓一些行伍出身的老兵相當感冒，常常造成文武官員之間的齟齬和摩擦。對於李星沅的調度向榮本來就不滿於心，這時候又被太平軍祭出女兵攻勢這一招給激怒，於是他決定要打一場勝仗給欽差大人瞧瞧，向榮望向帳內諸將，發出號令：「眾將聽令，逆賊意欲以女兵羞辱激怒、亂我軍心，但本帥絕不為所動，立即全軍出動，不管這群逆匪是男、是女，全部都給我殺個片甲不留、寸草不生，以振軍威。」

眾將齊聲說：遵令。

牛排嶺是一座布滿竹林的山坡地，地勢不算陡峭，清軍沿著牛排嶺的北側佈防集結，向榮先命參將李逸率領兩營約千人的刀牌兵為前鋒，與即將來襲的太平軍亂黨正面迎戰，自己則是帶領手下最精銳的提標六營在後面押陣。

清軍綠營軍隊的編制簡單說可分為標、協、營及汛等單位。軍隊的官階由高至低分別為提督（省／標）、總兵（鎮）、副將（協）、參將（營）、游擊、都司、守備（地方）、千總（駐點）、把總。

所謂提督，全名為「提督總兵官」，統領一省綠營部隊，受文官總督、巡撫所節制。提督之下為總兵，總管一鎮的綠營，兵力從幾千人至萬人不等；再下面的為副將，管理一協的兵力，通常約有兩三營，兵力約一千人至三千左右；副將以下就是參將、遊擊、都司、守備，所統轄的單位稱為營，兵員數量各有不同，從三、四百人至七八百人都有；最下面的層級為千總與把總，負責統領一汛，也就是一個駐地，士兵由十數名到上百名都有，後來更設有「外委千總」與「外委把總」，在他們之下，職位與千總、把總相同，但薪俸較低。

另外從總督到總兵都有自己直屬的親兵部隊，稱作「標」，如「督標」（總督）、「撫標」（巡撫）、「軍標」（四川、新疆將軍）、「提標」（提督）、「鎮標」（總兵）、「河標」（河道總督）、「漕標」（漕運總督）。

綠營的士兵分成戰兵、守兵兩種，戰兵的戰力較強，守兵通常是擔任後勤運輸工作。戰兵則又分為步兵跟馬兵，因應不同地區馬兵數量的編製各有不同，直隸省（河北）、河南、山東、山西、陝西等五省，因都是地勢平坦的平原或是高原，而且是京畿外圍的軍事重省，所以綠營編制是馬三步七，亦即一萬人的兵力中應有三千騎兵。東南江浙兩省是水鄉澤國，以水師和步兵為主，所以編制上是馬一步九，其他各省原則都是馬二步八。但這只是編制名額，實際上會少許多，再加上普遍綠營有虛報吃空餉的現象，所以一萬人的部隊可以湊出五百名騎軍，已經算得上好的。

向榮將廣西全省綠營軍內的馬兵完全集中至自己親轄的提標下，不過僅僅湊出號稱一千、實際八百的騎兵隊而已。

然而騎軍的戰力通常是步兵的三至五倍，因此當向榮親率本軍提標三千人，而其中的八百騎軍浩浩蕩蕩地替前鋒李逸部隊在後面壓陣時，猶如千軍萬馬般的聲勢，也使得前方的刀牌兵在士氣上受到極大的鼓舞。

清軍先鋒李逸很快地發現敵軍的蹤影，遠遠望去逆匪為首者騎著一匹火紅絳馬，馬鞍上是雪白的氍毹，身穿青衣皓褲、長髮飄逸、面白腿長，無須近觀就可知道此人是個美人胚子。為首之人的後面跟著幾名統兵的女將，亦是個個精神奕奕、眼目倩兮，令清軍官兵眾人嘖嘖稱奇、目不暇給。

在當時的社會文化中，女人當兵是奇聞，因為女人不僅有三從四德，不得隨意拋頭露面的道德規範要遵守外，更重要的是還有女子纏足的文化，就是綁小腳的風氣極為盛行。

清朝的女孩子在五至八歲左右，便要開始纏足。纏足時，除拇指外，其餘四指下屈，並用長布包裹，用針線縫住。難怪時人稱：「人間最慘的事，莫如女子纏足聲。」試問一個已經纏足的女人，要如何舞刀弄槍？又怎能忍受長途行軍奔波的辛苦？這難怪綠營的官兵聽聞太平逆匪是由女兵打頭陣，皆大聲嘲笑之。

至於這個纏足的習俗是怎麼產生的呢？說到底只是要滿足男性的審美觀。纏足相傳起源於北宋時代，明清以後漸漸流行於一般階層百姓間，於是男人心目中的最佳美女圖象，就是裹著小腳，走起路來搖曳生姿的三寸金蓮。

不過在當時卻有兩個族群是不時興纏足的。

一個就是入主中原的滿州女真女人，因她們的固有文化起自山林原野，女人習慣上也是要外出工作，不管是狩獵或是農作，故向來沒有裹腳的習俗，進入中原後也不接受漢族那一套「金蓮美學」。

另一個族群便是客家女子，客家人主要分布在廣東、廣西、江西等地，婦女們也不裹腳，因為客家人通常於高山激流間分布聚居，其生存環境相當惡劣，一家人僅靠耕田難以餬口，男人常常出外謀生，女人不僅要做家務，還要挑起一部分養家的重擔。一旦女子裹了腳，她們便難以承受比較粗重的農務或工作，家裡就有斷炊挨餓的可能。可見貧窮也有貧窮的好處，因為不時興裹腳的傳統，使得客家女子被稱為大腳婆，然而就是這群大腳婆們，竟然讓那稱得上是百戰沙場的老將向榮跌了個大跤。

面對前所未見的娘子軍，不僅前鋒李逸熱血沸騰，他轄下的清兵們更是躍躍欲試，難得遇上對手是女人，清兵們都自忖就算再不濟，不至於打不過女人吧，萬一真打不過女人，回鄉可是要被譏笑一輩子的。

摩拳擦掌、虎視眈眈地期待著，參將李逸在距離敵軍還有上千步時就不斷吶喊提升士氣，大聲喊說：「將士們，別讓前面的婆娘們小瞧咱們，讓她們知道，什麼才叫做男人，什麼才是軍人。」眾兵士們一聽，紛紛發出亢奮吶喊與激動的嘶吼聲，整個部隊顯露出的情緒十分高亢。向榮在後面聽見前方兵士們的聲音，還對旁邊的副將耿全忠笑說，這應該是這支部隊有史以來出征士氣最高的一次吧。

至於在太平軍這一方，娘子軍們同樣是鬥志高昂，要迎接歷史性的一刻。太平軍女營不但要進行史上首次出征，更要拿下史上第一場勝仗。領頭的統帥洪瑄嬌自信滿滿，在距離清軍約五百步時玉手一抬，號令全軍止步，下令佈陣禦敵。

而就在洪瑄嬌所率領的女營左後方五百丈之處，緊緊跟著一支隱密的騎兵部隊，全軍披著黑色皮甲，手握諸葛弩，數目不多約五百騎左右。這支騎兵展現出極高的紀律，不僅全隊行進步伐一致，並且把聲響降至最低，跟女營維持一定距離，這距離剛好是女營跟清兵都發現不到，可是一旦有需要，便可在最短時間投入戰場去支援女營的戰鬥。

率領這支騎兵的統帥自然是蒙天佑，三日前發布由女營打頭陣的消息不久後，他就被楊秀清找去。楊秀清身為此次戰役的指揮統帥，有調派全軍之權，他跟馮雲山打過招呼後便將天佑找來。楊秀清向天佑提出兩個問題，希望他能夠提供對策。一是要如何對付戰場上威武奔騰、氣勢如虹的騎兵；另一個是如何在兩軍交戰兵荒馬亂之時保全主帥的性命。

天佑思索了一下，給出了自己的想法。

楊秀清聽完天佑的想法後頻頻頷首稱是，他對天佑說：「太好了，此戰若能取勝，天佑兄弟當居首功。」

天佑回說：「末將不敢，楊帥運籌帷幄，深思熟慮、布置妥當，這次清妖必定落入我軍之手。」

兩人互相對視，卻心思各異。

楊秀清看著天佑心想：「蒙天佑雖然年紀輕輕但慎謀能斷、奇策四出，善將騎兵又思慮縝密，如此將才，一定要想辦法將他給攏絡過來。」

天佑看著楊秀清則是在心裡喃喃低語：「楊帥運籌帷幄、洞悉人心，計略周詳又果斷大膽，我教能得此人甚幸，只可惜……。」

就這樣，太平軍起義後對抗正規清軍第一場正式戰役的結果，在這兩人的會面中決定了。

清軍與太平軍雙方終於正面交鋒了。

戰場初期情勢的發展果然不出楊秀清的預判，也符合向榮的推斷。太平軍女營跟清軍先鋒李逸的部隊一接戰後，不出一刻鐘，太平軍女營這方就開始節節敗退，終於抵擋不住，部隊倉惶的向牛排嶺方向潰逃。李逸當然不會輕易地放過這塊到嘴的肥肉，於是下令部隊在後頭猛追。向榮看見己方的前鋒部隊旗開得勝，也認為是勝券在握，為了擴大戰果，於是便下令麾下的騎軍部隊出動，向太平軍女營潰逃的牛排嶺方向殺去，騎兵行進的速度極快，短時間內就趕上李逸的步兵，接著超越前鋒部隊成為追擊太平軍女營的先頭部隊。

眼看就要追上太平軍女營，正想大開殺戒之際，向榮麾下的八百精銳騎軍卻突然間好像被人砍了馬腳一樣，紛紛失足跌倒。原來在往牛排嶺的山坡路上堆滿了用竹子做成的竹篾豬籠，另外在道路的中間，還挖了一個一個的深坑，互相間隔不遠。這些竹篾豬籠與土坑成為馬匹的絆腳石，在前頭全速奔騰的騎兵沒有注意到路面的障礙，紛紛被絆跌落馬。

即使後面的騎兵有幸發現了路障，但在高速運動奔馳的情形下，很難操控馬匹去閃避。僅有部分騎術精湛的騎兵可以安全地越過路面障礙繼續前進。但是這些跨越障礙的騎兵，卻要面臨下一個威脅，那正是埋伏於兩側竹林裡的太平軍，這些士兵拿著裝了鐵鉤的長竹，準備去鉤拉清軍騎兵的馬腳。這些長竹鐵鉤把剩餘的騎兵也一一鉤倒後，早已埋伏多時，由楊秀清所率領的太平軍便一擁而上加以擒殺。

向榮苦心經營、細心呵護的精銳八百騎兵，就這樣煙消雲散於太平軍所設下的圈套當中。

而後方接續過來李逸的步兵隊伍，看見騎兵中伏想要上前支援，卻被左右兩側分別由石達開所率領的太平軍夾擊，李逸見狀趕緊下令部隊結陣防禦，就地抵抗。石達開率領自家的左軍部隊二千人與李逸的刀牌兵展開對戰，雙方僵持不下，這時從牛排嶺山坡的另一側有一支騎兵隊衝殺過來，石達開部與之相互呼應，並且迅速將戰場空間讓開來。

玄甲騎出顯威名，天南地北任橫行。

蒙天佑所率領的玄甲騎來勢洶洶地衝向李逸的部隊，在距離清軍五、六十步時，玄甲騎兵先使用諸葛弩射擊結陣禦敵的刀牌兵，等到近距離接戰時，騎兵們抽出鋒利的馬刀，利用衝鋒速度的優勢將清兵逐一砍殺，受到騎兵的快速衝擊，李逸的步兵隊陣型一下子就被騎兵給攻破。

清軍步兵的陣形一破，在旁虎視眈眈的石達開立即掌握機會加入攻擊，李逸所率領的兩千名清軍先鋒部隊在太平軍騎、步兩路聯手的攻勢下潰不成軍。

面對戰場情勢的瞬息萬變、急轉直下，李逸的心裡涼了半截，當下想要傳令部隊後撤，卻已失去對部隊的掌控能力。整個前鋒部隊開始失控地四處逃散，這時候蒙天佑策動玄甲騎的騎兵從最外圍將正往四面八方逃離的清軍潰兵壓迫收攏，透過騎兵的追擊，驅使原本是前鋒部隊的兩千名潰兵一致朝向榮的中軍本陣部隊方向來竄逃。

位於本陣的向榮驚覺前方狀況有異，陸續有從前方撤退下來的兵士往中軍移動，一開始還命令監軍部隊上前壓陣，不准後撤，違令者斬。然而由前線往後潰逃的兵士越來越多，不但監軍部隊壓不住，也開始衝擊到中軍部隊本陣的陣型，兩千潰兵轉眼間變成清軍自己的大敵，面對不斷向己方衝過來的潰兵，後方的清兵進攻也不是、後退也不是。

副將耿全忠觀看戰場的情勢發展，連忙上前道：「督帥大人，不妙啊，這乃是名為倒捲珠簾的上乘騎兵戰法(註)，逆匪之中肯定有用兵高手，竟能利用騎兵驅使潰兵作為攻擊，我軍的敗象已現，勢不可挽，再不撤退則全軍覆沒，請督帥盡早下令保全部隊，以圖將來啊。」

註：倒捲珠簾由隋朝大將軍王楊爽所創，主要是一種騎兵戰法，戰法的精髓是驅趕潰兵衝擊本陣。大隋邊軍曾藉此戰法在突厥人進犯時以少勝多，大敗之。

向榮眼睛緊盯著前方不斷向後潰逃的清兵，心裡的情緒是哀嘆、埋怨及憤恨不平，雖說不甘願但是他也當機立斷，咬牙咒罵了聲可惡後，將轡繩一拉掉頭就走，率領全軍快速的撤離戰場。

隨著向榮部隊脫離戰場，清軍對石頭腳的合圍出現缺口，楊秀清所率領的太平軍很快地擠入缺口跟石頭腳的蕭朝貴部會合。另外兩支清軍部隊，李能臣跟周鳳岐看見向榮部慘敗，原先還想率隊上前支援，但是接戰之後發現太平軍士氣旺盛、攻勢凌厲，而雙方兵力為一萬太平軍對上兩萬清軍。太平軍人數雖少但鬥志昂揚、氣勢高漲；而清軍這方則顯得軍心渙散、毫無鬥志，各部隊都不敢輕易與太平軍白刃肉搏接戰，或僅發生小規模的戰鬥便被擊退。故太平軍便順利從石頭腳包圍網中脫困，揚長而去。

天佑一邊帶領玄甲騎護送太平軍部隊脫離戰場，一邊心情感到相當振奮。因為這一仗他第一次把兵法書中所學的騎兵戰術運用至實際戰場上，並且獲得不錯的效果。這次戰場上成功的經驗帶給天佑極大的信心與成長，如今的他對於自己擔任一名騎兵統帥的能力充滿自信，也體認到所率領的玄甲騎兵確實成為一支令敵人聞風喪膽的精練勇銳，能夠在關鍵時刻發揮左右戰局的力量。

就這樣，太平軍與清軍兩方歷史上正式對陣的第一場戰役，以太平軍女營詐敗誘敵成功，玄甲騎痛擊向榮部隊，清軍損兵折將無數的結果作收。

太平軍方面不但損傷極小，而且因為擊敗向榮本部所轄的騎軍，故擄獲戰馬數百匹，軍械器具與輜重糧草不計其數。

太平軍自石頭腳合兵以後，並沒有馬上轉回老巢金田村，反而是在潯州地面慢慢行軍整理隊伍，從紫荊山一路走到武宣縣的東鄉。一路上清軍官兵退避三舍絲毫不敢靠近半步，甚至還有些部隊乾脆撤回平南縣城閉門不出。

# 第十章
# 五省齊出兵 永安封五王

撒母耳對眾民說：「你們看耶和華所揀選的人，眾民中有可比他的嗎？」眾民就大聲歡呼說：「願王萬歲！」

——撒母耳記上10章24節

太平軍武宣東鄉行營，洪秀全的大帳內來了個貴客。

洪秀全的個性向來不喜拋頭露面、送往迎來，因此可以避免出席的場合都盡量免除。但是有些人前來求見，他卻非見不可，洪瑄嬌便是其中一位。

洪秀全心裡清楚這時候洪瑄嬌來找上門是打什麼主意，自牛排嶺大勝以來，太平軍的聲勢高漲，馮雲山獻計此時先於廣西各地行軍，一方面展示軍威，讓廣西的鄉里百姓知道太平軍於牛排嶺大敗清兵，擴大政治宣傳效果；另一方面趁勢繼續在各地招攬有意投入太平軍的新血。

行軍的同時，多位將領幹部紛紛前來上奏，勸進洪秀全趕快稱號。明面上的理由都說太平軍興、出師大捷，替天行道、眾望所歸，教主應該早日登極以定人心。然而洪秀全心裡頭明白，這些勸進之人所圖為何？

雖然洪秀全已在去年的十二月初十，金田起義，正式宣布建立太平天國。但是當時他並未稱號，因為洪的盤算是要等到打下一塊根據地時，才要名正言順的登基稱號。然而不過才打了一場勝仗，他底下的幹部卻是等不及了，畢竟洪秀全本身若沒有稱號，那底下跑腿的人更不可能有官稱、職位，非但名不正言不順，更宛若蟊賊匪盜之輩。這對於剛剛拚死拚活上戰場的許多人來說確實不公平，而說到論功行賞撫慰三軍將士，除了金銀財寶之外，官職與勛爵可是許多人在戰場拚死拚活的動力之一。

太平軍若想要繼續打勝仗，就必須要給出生入死的將士們一些甜頭嘗嘗，最吸引他們的獎賞莫過於官職與爵位，儘管可能還只是個空殼子，但這卻是許多人盼了一輩子都不敢奢求的夢想，時至今日好不容易有機會可以透過跟隨太平天國起義來實現。說不定真的有那一天，眾人都瞧不起的燒炭工人、農民佃戶可以拜相封侯，錦衣還鄉、榮歸故里。

洪秀全正在長考這個問題，洪瑄嬌就來了，心知必定是蕭朝貴請她前來說項。因為力主洪秀全盡速登大統稱號的聲音，就以蕭朝貴、韋昌輝與楊秀清最為大聲，反而是馮雲山與石達開認為不需要操之過急。

洪瑄嬌一進帳內就向洪秀全跪了下來說：「請萬歲天兄，為小妹主持大局。」

洪秀全趕緊一把將她攙扶起來說：「嬌妹啊，有事好說，何必如此。」

洪瑄嬌情詞懇切、淚眼欲滴地說：「萬歲天兄，您若再不即位大統，小妹我是要如何出嫁，這良人難尋，我可不想要坐等空閨下去。」

「出嫁？」洪秀全先是一頭霧水，後來仔細一想，才明白這是蕭朝貴的算計。

原來蕭朝貴正式向洪瑄嬌提親，其實兩人在眾人眼中老早出雙入對是公認的情侶，現今正式成親乃是名正言順，避免落人口實。蕭朝貴請洪瑄嬌向洪秀全進言，天父次子之妹的婚禮必然是要由其兄長洪秀全親自主持，而洪秀全要主持太平天國第一場重要的婚禮總是要有個正式稱謂，而天妹洪瑄嬌出嫁更是需要有個名分，所以於公於私，洪秀全都理當盡速登極稱號，才足以安定人心、也是眾望所歸。

天子受命，諸侯以封。

終於在眾人的勸進聲浪中，清咸豐元年2月21日（公元1851年3月），洪秀全在廣西省武宣縣東鄉莫村的太平軍行營登基，稱號太平天國天王，並且正式剪辮蓄髮，拋棄滿洲統治中原的象徵，號召四方義民來歸。

當日雙喜臨門，雖然正處於跟清軍對峙的狀態，不過太平軍營裡卻張燈結綵，太平軍的將士們個個喜笑顏開，完全沉浸於一片歡樂節日的氣氛裡。大夥都很開心的慶祝天王正式登基，以及王妹洪瑄嬌與右軍主將蕭朝貴結為連理，這一日後來被定為太平天國的登極節來紀念。

有人會問說為何洪秀全只稱王、不稱帝呢？

這是對於拜上帝會的信仰教義不夠瞭解所致。洪秀全對於自己所信的宗教教義是相當清楚且毫不馬虎的，信奉上帝的人認為全天下只有一位可以稱為帝，那就是萬物的創造者天父上帝。所以地上任何一個王朝、任何一個國家的統治者稱皇、稱帝者，都是僭越了上帝的名號，都是得罪了上帝，應該予以討伐。人類再怎麼偉大也大不過創造天地的真神上帝，所以只能夠稱王，故洪秀全稱天王便足堪統治天下的萬千臣民。

洪秀全於稱王的同時，再次進行封賞，這是眾人最引頸期盼的部分。人事安排、權力布局向來是組織團體興衰的關鍵，公布的結果如下列：

封楊秀清爲左輔正軍師，兼領中軍主將；

封蕭朝貴為右弼又正軍師，兼領前軍主將；

封馮雲山為前導副軍師，兼領後軍主將；

封韋昌輝為後護又副軍師，兼領右軍主將；

封石達開為殿前指揮，兼領左軍主將。

太平軍此時建立的官制是以正、又正、副、又副的順序依次排列。從洪秀全的封賞安排來看，大家隱約感覺出他對石達開的壓抑，因為五軍主將中，唯有他沒被封為軍師職，而是封較低層級的殿前指揮，然而牛排嶺一戰，除了先鋒女營以外，各路軍的功績都不相上下，石達開所統領的左軍同樣是奮勇作戰，但是封賞的結果，卻只能居末。石達開心中雖略感不快，但因他個人對於這種名義上的官職稱號不是很在意，也就無所謂。只是石達開底下的將領們可沒那麼好說話，多數感到憤憤不平，但正處於天國草創初立時期，石達開花了一番功夫勸大夥們放開胸懷、共體時艱，不需過於計較。

除了上述五大核心人物外，其餘眾將領也都官升一級、人人有獎，比如陳作容與蒙天佑，便從旅帥升級為師帥。

當太平軍正式建國與清軍展開鬥爭後，領導班子適時的加官晉爵，對於安定部隊將士的人心產生了功效，使得眾人對於這個新興的政權充滿期待。同時會刺激那些還在外圍觀望猶疑不定的份子，他們看在眼裡拿起算盤評估一下，若在這時加入一個剛興起的組織團體，是不是比較容易搶占到前面的位子，倘若時日一久，許多位子是不是就讓別人捷足先登了呢？這就是洪秀全想要製造的氛圍，然而他依然留下一些籌碼不發，宣布只要眾人齊心努力，等到太平軍打下第一塊根據地之後，就會再論功行賞，屆時有功的將士們要封王列侯都不成問題。

不過封賞歸封賞，實際的狀況是，加入太平軍的人數雖增加不少，但是其中可以真正當做補充兵員的人數卻不多。

五軍主將號稱分領五軍，每軍轄五師，每師轄五旅，每旅轄五卒，每卒百人，按理說這一軍當有萬人之數，可是實際上每軍的實際兵力卻不達編制的一半。目前五軍當中戰力較強的是楊秀清所率領的中軍，約有六千人的兵力；蕭朝貴的前軍加上剛投效的羅大綱、蘇三娘等人，約有五千人；接下來則是馮雲山部約有五千人；石達開部約有四千人；韋昌輝部則是約三千人。

比較特殊的是馮雲山部轄下的蒙天佑，他統領的騎兵部隊玄甲騎原本只有五百之數，雖然蒙天佑此次封賞被拔擢為師帥，按理當有二千五百人的編制。但是廣西一帶馬匹奇缺，良馬更是難尋。還好上次在牛排嶺之役大敗向榮的騎軍部隊，擄獲幾百匹戰馬可以作為補充。但是這些千金難得的戰馬很快就成為各軍勢力爭奪的目標，這亦是因為太平軍諸將看見玄甲騎所展現的威力後，紛紛想要打造屬於自己的騎兵部隊。但是馮雲山力排眾議說：「各軍要自己訓練騎兵部隊是緩不濟急，現階段應該要將玄甲騎的戰力極大化，才是首要之務。」

儘管馮雲山說得在理，眾將領也清楚想要短期之內訓練出可以作戰的騎兵部隊絕非易事，然而玄甲騎在蒙天佑的帶領下，屢建奇功，展現出驚人的戰力是有目共睹。故在這個打仗的年頭，這些戰馬的價值遠比白花花的銀子更具吸引力，因此沒有人肯輕易放手，好不容易經過一番折衝樽俎下來，最後玄甲騎只獲得三百匹戰馬的補充，僅讓天佑的騎兵部隊得以擴充至八百之數。但可不要小看這區區八百騎兵，若是運用得當、操作得法，這一支騎兵部隊在廣西戰場上，將是一股衝鋒陷陣、縱橫四方的打擊力量，在左右戰局上扮演關鍵角色。

✝✝✝

就在太平軍沉浸在歡欣喜樂氣氛的同時，被打得灰頭土臉的廣西提督向榮跟督帥欽差李星沅、廣西巡撫周天爵等人正在徹夜商議如何趕緊挽回戰場上的頹勢。

眾人研商後決定重新整頓綠營官兵的士氣為先，並派出斥候部隊緊緊尾隨太平軍的行動，不過在正式戰略尚未確定前避免大規模的交戰。

接著是向京師回報軍情，一方面誇大太平軍教匪的人數已達十萬餘人，藉此奏請朝廷再調派各省部隊入廣西（桂）馳援，另外一方面再向朝廷要求加派軍餉，所謂重賞之下必有勇夫，希望透過加餉、加賞方式來提振萎靡不振的清軍士氣。

五百里加急的軍報從廣西前線送出，直達數千里之外大後方紫禁皇城。

宛若唐代詩人岑參《初過隴山途中呈字文判官》中所描寫的畫面「一驛過一驛，驛騎如星流；平明發咸陽，幕及隴山頭。」負責傳遞緊急軍情的驛卒快馬加鞭，不知累垮多少匹駿馬的情形下，遠在數千里之外的京城，年輕的咸豐皇帝才能及時收到這份軍情急報。

如果屬於緊急軍情，通常軍報上會寫著〈馬上飛遞〉四個字，收信的職司官吏則會將有註記的緊急公文書挑選出來，優先呈給皇帝批閱。

咸豐皇帝把李星沅送來的軍報拿在手上反覆看了不下十幾次，雖然時候已晚，但咸豐還是決定吩咐值班太監立刻去傳詔太傅杜受田入宮覲見。

北京城是明清兩朝的皇城、帝都，皇帝的居所也就是皇宮，又稱作紫禁城，位居北京城中，面積約有十五萬平方公尺大，房間有九千多間，如果皇帝每天選擇其中一間去住的話，估計要三年才能住完一輪。

而在這諾大的紫禁城裡面，太和殿、中和殿跟保和殿是所謂外朝三殿，主要作為舉辦重要典禮儀式的場所，例如太和殿是舉行新皇帝登基、頒布重要詔書、「金殿傳臚」（公布新進士名單）、派大將出征以及每年元旦節、冬至節、皇帝生日，冊封皇后，為太皇或太后加徽號等等重大儀式的地方。

往內則是內廷的範圍，內廷中路有個乾清門廣場，是一個東西長、南北窄的矩形廣場，廣場西面是隆宗門，東面是景運門。這個小廣場是皇宮外朝和內廷的分界，清朝初期皇帝「御門聽政」就在乾清門這邊舉行。

內廷也有三宮，分別是乾清宮、交泰殿跟坤寧宮，另外東西兩路也各有六座宮殿，以及其他大小不一的宮殿。皇城之中有這麼多的宮殿，到底哪裡才是最重要的地方呢？答案是皇帝睡覺的地方最重要。

時辰已至三更，太傅杜受田匆匆忙忙進入養心殿來覲見皇帝，這座養心殿從雍正皇帝開始就變成紫禁城內真正的權力中樞所在，不但是因為皇帝的寢宮在這裡，皇帝實際處理政務的地方也在此處。因此能夠被傳詔進入養心殿的臣子，才算得上是進入真正的權力核心。

養心殿為一座「工」字形殿，即前殿、後殿之間用穿堂相連接。杜受田在太監的引導下，進入前殿明間的西側，西暖閣內有數個房間，當中南邊有一間房間不大，布置簡單，在其正中間有一個大座位，座位正後方的牆壁上掛著一個匾額，上面寫著「勤政親賢」四個大字，左右是一副對聯，寫著「惟以一人治天下，豈為天下奉一人。」這乃是出自清初名臣張廷玉的奏章，此聯則為雍正皇帝親題。

清朝是中國歷史上公認皇子教育辦得最好的一個朝代，歷任皇帝都相當重視這些皇子們的教育學習，並且與過去歷代中原漢人皇朝以嫡長子制為繼承方式不一樣，清朝皇位的繼承方式是傳賢不傳長，有能者居之。這樣一來便可以避免萬一有不肖的後嗣，只因為具有嫡長子的身分就可大搖大擺地坐上皇帝寶座，進而把祖傳的江山給揮霍殆盡。

故此，清朝自開國以來少有昏君，更無暴君。然而即使如此，時代進步的洪流依然走到歷史性關鍵的時刻，清朝國勢的每況愈下、日薄西山來自於許多結構性的因素，而以血統為核心的家天下專制政治體制乃是其中極為關鍵的因素。

再者，時至今日所謂的天下，早已不再只是河洛中原、九州域內，明代利瑪竇的萬國輿圖早就宣告中國絕非世界的中心。現今所謂的夷狄，也不僅止於國土邊疆的蠻夷藩國而已，而是換成威脅性更大的西洋海上霸權。這些金髮碧眼的洋人是步步進逼、窮追猛打。可惜的是，這些警鐘完全敲不醒京城裡頭的皇親貴戚，還用因循守舊、掩耳盜鈴的心態面對世界局勢的變化，甚至顢頇無知地繼續以天朝上國的角色自居。

年輕的咸豐帝儘管效法其先祖戮力從公，孜孜不倦，但是對於天下局勢的想法卻相當故步自封，以至無法及早認清在那遙遠的南方，已經點燃的星星之火即將要成為燎原的烈焰，遲早會對他們愛新覺羅皇朝的根基造成巨大又恐怖的傷害。

杜受田一進入房內，咸豐便將手上的軍報扔給他看，同時間大發雷霆地說：「廣西這群教匪好張狂，想不到居然可以打敗老經驗的向榮。而這李星沅還恬不知恥的說：『雖被賊暫挫，但之後傾全力將賊圍困於象州、武宣一帶，賊勢頓挫，不敢回金田老巢。』這話你信嗎？當朕是誰？信口胡弄。」

杜受田看到咸豐越說越激動，簡直怒不可抑，趕忙說：「聖上息怒，萬金之軀，為天下保重啊。」

咸豐坐了下來，拿起御桌上的茶喝了一口，順一下氣，心情略為平復後說：「依朕看，這些教匪不容等閒視之，他們還妄言建制稱號，叫什麼太平天國、天王的。」說到這裡咸豐稍微停頓了一下，嘆口氣說：「令人惋惜的是前次朕派林則徐為欽差前去督剿，卻是壯志未酬，朝廷痛失棟樑。再改派李星沅出馬也是看在他有處理回亂的經驗，想不到勞師動眾，卻吃了個大敗仗。接下來倘若再處理不慎，嘉慶初年的那場川楚教亂很可能重演之，兩廣或將有失啊！」

杜受田目光飛快地閱覽過整份軍報後，雙手一揖，謹慎又恭敬地說：「啟奏陛下，老臣認為兩廣、貴州一帶因是三藩舊地，再加上近年天災不斷早已成為會匪叢生、亂黨橫行之地，而所謂七年之病，求三年之艾，這些問題本來就需要些時間來處理，聖上切莫操之過急。然而李星沅出師不利吃了個敗仗，實在有失朝廷體面，為挽回大局宜速再改派欽差大臣代天子巡狩鎮壓，防止事端擴大。」

再派欽差？

聽到這裡不禁又讓咸豐心情難過且擔憂起來，上次派出的大臣，已經折損兩位，包括林則徐以及張必祿。李星沅這次又督軍不利，接下來的情勢肯定更加艱困，這該派誰去呢？

杜受田此時揣想一下咸豐的心意後說道：「聖上，如今情勢艱困，得派一個信得過的人，老臣以為文華殿大學士賽尚阿可擔此重任。」

對於杜受田的推薦，咸豐內心思量了一會，這位賽尚阿他相當的熟悉，現為文華殿大學士、軍機大臣。此人在第一次鴉片戰爭末期曾經赴天津及山海關一帶辦理設防事務，並積極向朝廷上奏章提出有關防務的建議，得到當時道光皇帝的讚賞，接著負責督練京師槍隊有方，曾獲賞賜花翎頂戴並任職步軍統領。就兵事的歷練來說賽尚阿算是個幹練的人才，而且最重要的是賽尚阿是自己可以信任的人選。

咸豐於是說：「好吧，就依太傅所奏，擬旨吧。」

第三次任命欽差大臣，年輕的咸豐帝這回下重本加碼，先特別賞賜給賽尚阿一把【遏必隆刀】，此腰刀鞘長三尺，刀長二尺。相傳本為清初名將遏必隆所用之指揮刀，死後，刀入皇宮。贈刀之舉前所未有，乃是咸豐要預祝賽尚阿統軍旗開得勝。

接著給錢，發庫帑二百萬兩，以充實軍餉。

最後給人，再加派蒙古副都統巴清德、達洪阿率領京軍同行，姚瑩、嚴正基參軍事襄助；另外還有一位人物，是浙江巡撫特別推薦的人，一名小官，秀水知縣江忠源也奉令調派赴前線大營支援。

這位江忠源是何許人也？又怎麼會被時任浙江巡撫的吳文鎔推薦加入清軍剿滅太平教匪的行列呢？

這要從清朝當時另外一種軍事組織：地方團練講起。自嘉慶年間川楚教亂爆發以後，因當時清廷的八旗、綠營等官軍已經腐化崩壞，擾民有逾、禦敵不足，無法履行保衛鄉里百姓的職責。於是合州知州龔景瀚上書朝廷《堅壁清野並招撫議》，建議可於鄉里設置團練鄉勇，由地方士紳自行訓練鄉勇，清查保甲，堅壁清野，使地方有武力能夠自保，而開辦團練的糧餉經費均由民間自行籌措，練勇也由民間的練總、練長自行指揮掌握。

由於當時的川楚教亂已經耗費清廷數量龐大的軍費與兵力，面對地方要求保衛鄉里的需求朝廷已經無能為力，所以只好同意民間自行開辦團練，沒想到這種地方自訓的武力反而比官方綠營軍隊更具有戰鬥力。原因是會參與團練的人，其目的就是想守護家鄉，故團練軍中大部分的士兵彼此都是有人際網絡關係連結的，可能是兄弟或朋友，更有可能是親父子，故此他們在作戰時相當團結且奮勇殺敵。

這種民間鄉勇團練的組成方式，說來與太平軍是頗為相似的，因此幾年之後民間鄉勇團練便取代綠營官軍，成為清廷對抗太平軍的主要力量。

受人推薦加入剿匪平叛行列的江忠源是湖南新寧人，舉人出身。道光二十七年（公元1847年），瑤民雷再浩打著白蓮教的旗幟在新寧崀山叛變，江忠源組織團練鎮壓叛亂的瑤民，這是他初出茅廬的第一戰，從此便以善組鄉勇團練而聞名。後來江忠源因功升署浙江秀水縣的知縣，政績卓著，為巡撫吳文鎔所賞識。

賽尚阿奉派任欽差大臣前往廣西督軍剿匪時，便尋求各省大員推薦知兵善戰之士赴營效力。浙江巡撫深知江忠源善於督辦團練並且有心於此，便推薦給賽尚阿一用，而接獲徵召後江忠源立刻趕回湖南家鄉招募勇壯五百人，號稱楚勇，而這群楚勇就是後來曾國藩訓練湘軍的雛形。

自此江忠源正式在清軍與太平天國的鬥爭中登場，這樣一位企圖心旺盛的七品知縣，即將給剛剛立國不久的太平天國帶來不同於綠營清軍的震撼與挑戰。

✝✝✝

咸豐元年五月。

廣西潯州莫村太平軍的中軍行營大帳內，楊秀清召集幾名心腹幹部議事，胡以晃與何振才必然是成員之一。這兩人一位是武將、一位是參謀，已成為楊秀清的左膀右臂、得力助手。另外一人就是小七楊輔清，他所率領的天眼司更是助楊秀清掌握情報資訊不可或缺的工具。

三人與楊秀清正在召開軍情會議，討論接下來太平軍的戰略目標與行軍方向。會議進行中間，小七不愧是情報頭子，一路察言觀色，徹底摸透了楊秀清現在的心思脈絡，便向楊秀清進言：「大哥，別這麼沒精神，女人嘛多的是，等我們太平軍打下大好江山，想要多少、就有多少。」

楊秀清啐了小七一口說：「胡說什麼，我們現在是討論東進的策略。」

楊輔清還不甘願地說：「大哥，別人看不出來就算了，我還看不出來嗎？這打自洪瑄嬌嫁給蕭帥後，就沒看您有好心情過，就算封了個正軍師還是不帶勁。」

小七開啟了話題說上癮，接著道：「大哥您對天妹洪瑄嬌可是情有獨鍾、百般憐愛。此次牛排嶺一戰雖然派出女營擔任先鋒誘敵，但是還特別安排蒙天佑帶著玄甲騎跟在後頭緊緊的保護，就怕有個閃失。可惜啊，情深意長，卻是落花有意、流水無情，美人還是去嫁給蕭老粗了。」

楊秀清狠狠瞪了小七一眼說：「你別瞎說，瑄嬌乃是王妹，雖然擔任先鋒部隊誘敵，卻是絲毫不可大意，否則本軍師要如何向天王交代。」

「可我看，大哥您比天王還要緊張啊！」小七憋著氣回嘴說。

被小七連番回話給激怒，楊秀清舉起右手作勢要打人，旁邊的何振才趕緊打圓場說：「軍師請息怒、息怒，所謂窈窕淑女、君子好逑，本是天經地義。來日方長，變數仍多，可請軍師再耐心慢慢等待。」

何振才的話說完，楊才把舉起的拳頭放下，不過心裡卻是會心一笑，表面雖不說什麼，但暗忖何振才這廝頗知我心，厲害、厲害。楊秀清不理會兩人的言外之意，正經地向大家說：「言歸正傳，東進路線就按剛才所商議的策略定案，明日本軍師就去向天王稟報。」

眾人皆曰諾。

隔日，天王行營的大帳內，五軍主將與天王正共同商議軍情，卻接到探子急報，清軍已開始拔營移防，往平南我軍大本營這邊前進。

面對清軍的行動，馮雲山說：「看來清軍那邊應該是又有部隊前來廣西支援，我軍東進一事得先暫緩，目前還是盡快先補充糧食、器械，給來犯的清軍再次迎頭痛擊，咱們才能有機會東進廣州。」

面對清軍三番兩次被打退了又捲土重來的現象，確實給太平軍眾人帶來極大的壓力。畢竟現在朝廷乃是傾全國之力前來對付太平軍，清軍的兵力會從各省源源不絕地調派入桂馳援。即便綠營的官兵再怎麼不濟，光是用人海戰術，對太平軍而言也是極大的威脅，可如今米已成炊、木已成舟也避無可避，只能走一步算一步了。

新任欽差大臣賽尚阿浩浩蕩蕩率軍馳援廣西，他先駐軍在湖南跟廣西的交界處，督辦軍隊防線的配置，以防太平軍北竄，並且傳令李星沅返回湖南。沒想到賽尚阿的大軍剛抵達不久就接到廣西傳來噩耗，被解任的欽差李星沅病逝於前線。

關於李星沅的去世傳言很多，其中一種說法是因為李星沅被革去欽差一職以後，便抑鬱寡歡、終日不食，羞愧而死。但是不管如何，這已經是清朝開始與太平天國進行鬥爭以來，所折損的第三位股肱重臣了。

李星沅病逝的消息讓賽尚阿決定不再停留，即刻率軍進入廣西省城桂林前線親自督師。另外又從湖南、四川兩地持續調兵數千名入廣西增援，接著派巴清德、達洪阿率部趕赴紫荊山地區，支援尾隨太平軍後面的向榮、周天爵和烏蘭泰所部清軍。

而太平軍方面為了防禦清軍的進攻，楊秀清等人決議分兵派遣一支部隊，去駐紮在思旺東南的官村附近，讓官村與莫村兩部的兵馬互為犄角，敵人來犯時，能夠互相支援。

太平軍眾人明瞭這次的戰役極為關鍵，根據探報，清軍這次出動滇、黔、桂、粵、湘五省的兵馬，集結超過五萬大軍要圍困太平軍，想要一舉將自己殲滅之，畢其功於一役。太平軍這邊則是要想盡辦法再度擊潰清軍的主力，並且同時保存己方的實力，跳脫出清軍的層層包圍後並趁隙向廣東進兵，這委實是個艱困的任務。

五省援兵到齊後，清軍的士氣與活力慢慢地恢復。

新任欽差賽尚阿召集廣西提督向榮、剛從廣州調派而來的副都統烏蘭泰、周天爵、巴清德、達洪阿以及總兵周鳳歧等一干將領於清軍的行營大帳內議事。

向榮雖然前次吃了個敗仗，但因當時總指揮官是李星沅，帳算在他頭上，賽尚阿考量之後還是決定把這次攻擊行動主帥一職交由老經驗的向榮擔任。對於這項安排廣州副都統烏蘭泰非常不以為然，心高氣傲的烏蘭泰認為一個敗軍之將何以言勇，故常在軍議時對向榮的指揮調度給出軟釘子。

話說這位烏蘭泰是滿洲正紅旗出身的滿人，所以瞧不起向榮這個漢人。其投軍時任京師火器營鳥銃護軍，先前曾經隨軍出征回疆有功，升任藍翎長，後累積軍功被拔擢至護軍參領。道光二十七年就任廣州副都統，本身頗擅長火器訓練。山人村一役之後，兩廣總督徐廣縉就派烏蘭泰率領旗下的八旗兵以及廣州綠營五百人，運送軍械火器前往桂平來幫辦軍務。

向榮是此戰主帥，由於太平軍現在盤據於莫村與官村兩地，他的策略是先進攻官村一部的逆匪，將其兵馬阻絕於大煌江北岸，防止其順江而下，東進廣州。

聞此言，烏蘭泰馬上不以為然的說：「向軍門，這平南官村一帶竹林繁茂，溝渠縱橫、田壟甚多，基本上無險可守。賊軍定然料到我們會先以此地為首要攻擊目標，必須要防止賊人趁我軍攻擊官村時，由莫村率兵殺出，攻擊我軍後背，使我軍腹背受敵，被兩面夾擊。」

向榮知道烏蘭泰每次軍議都會找自己的碴，有備而來的說：「本帥當然知道這些逆匪心中的盤算，他們分兵兩地駐守，就是想要互為犄角、以逸待勞。我的策略就是要將計就計，先佯攻官村，但是實際上另遣主力部隊在西嶺尾一帶埋伏，等待莫村趕過來的賊軍掉入陷阱後，我們就能螳螂捕蟬、黃雀在後。」

兵痞子老江湖的向榮吃了太平軍一次虧，可不想吃第二次，也不願意讓滿人烏蘭泰給瞧扁了。他老早就反覆推敲、仔細謀劃這次的戰略。

向榮的策略目前看來也無從挑剔，帳內的眾將領皆稱許此計甚好，烏蘭泰心裡不滿，但也不好再提意見。就這樣五省聯兵攻打太平軍的軍略底定，向榮執掌帥印，命各將分頭進行佈署。

就兵法上來看，向榮的戰略規劃本來是算無遺策，若能順利執行應該可以給太平軍重重的一擊。不過向榮卻有兩點沒有估算到，一是雙方兵士的戰鬥力；二是雙方對於戰場情報的掌握度，然而這兩點卻常是一場戰役勝負的關鍵所在。

向榮所率領的清兵以綠營軍為主，但是綠營軍制從清初創建到今日已接近崩壞，綠營的士兵薪餉薄、待遇差不說，餉銀又常被長官剋扣，高階幹部吃兵、喝兵、打兵的情事屢見不鮮。再加上由於收入差，許多兵士平常都有額外的兼差，如此一來更是訓練荒廢、操演怠惰、軍紀渙散。這種軍隊，一遇戰時，靠人數多嚇唬嚇唬對手還有用，真要短兵相接、真刀真槍的來，自然是畏首畏尾、缺乏戰意，容易被一擊而潰。

清軍這方面號稱五省聯兵，已經聚集超過五萬的兵馬，但是當中真正的能戰之兵，多屬提標、鎮標以及各將領所直屬的親兵部隊，大約是總人數的一半左右。

而就太平軍來看，雖說號稱擁兵超過三萬之眾，然而這是包括男女老幼所有人口通計。投奔拜上帝會的信徒，大多是舉家一起接受上帝呼召，故而整個太平軍營除了戰士以外，還有眾多家人扶老攜幼一起同行。這種情形互有優劣，好的方面是教徒全家聚在一起，所以太平軍十分團結有向心力，因為打仗的勝敗不只關乎將士自身的存亡，也攸關全家人的安危，因此一旦上了戰場，太平軍的將士們自然是拼死力戰，不輕易撤退。但是其壞處就是，整個軍營移動必須扶老帶幼，不但行動緩慢，且還需分兵支援保護這些非戰鬥人員。

不過太平軍還有一個優勢，就是對於戰場情報的掌握遠比清軍強，這就要歸功於楊秀清高瞻遠矚的洞見。他於創建北山軍營之時，就吩咐小七楊輔清籌設天眼司來培訓細作、間諜人力，並且透過傳教管道，將天眼司的間諜情報網撒向整個潯州，甚至外擴至廣西其他的州府。因此儘管現在處於兩軍對峙的局面，但是太平軍對於清軍部隊的動向是瞭若指掌，一天固定會有三批細作向楊秀清回報整個清軍部隊的行蹤與活動。

這也是為何上次桂平邱知縣跟鎮遠鎮總兵周鳳岐聯手設局，對洪秀全以及馮雲山發動突襲不成功的原因。廣西境內清軍綠營駐地楊秀清都已經布置天眼司全天候埋伏監控，綠營部隊只要一有拔營行軍的舉措，楊秀清就會在最短時間內接獲情報。

因此，當初李殿元部隊要移往花洲鎮外埋伏時，楊秀清其實早已探知清軍的動向與消息，他立刻判斷出邱知縣的投誠應該是個圈套。只不過楊秀清兵行險著，居然讓洪秀全與馮雲山兩人親身涉險，再由他自己打著天父下凡托夢的旗號，好整以暇地領兵前往救駕。如此一來楊秀清一石二鳥之計得逞，一方面藉由天父下凡託夢之舉，再次提高自己在教內的聲望；二來是迎主救駕有功，也趁勢搶奪了馮雲山教內第二號人物的地位。

時過境遷，這次換成清軍的向榮想要模仿太平軍在山人村的戰術，表面上佯攻官村，然後誘出太平軍在莫村的主力部隊前往官村救援，清軍再由後方偷襲莫村太平軍的主力部隊。但是向榮這個計謀已經從清軍綠營軍隊調動的情報中讓楊秀清給識破。

楊秀清在識破清軍方面的攻擊策略後，立即遣人通知駐紮在官村的蕭朝貴跟石達開，指示他們倆人當清軍前來攻打之時，因其所派只是佯攻的部隊，因此兵力不多、戰力不強，他命石、蕭兩人務必率領全軍傾巢而出，全力攻擊，定能力壓清軍取勝。

咸豐元年（公元1851年）的盛夏七月，向榮開始調撥部隊向官村一帶太平軍防地進逼，向榮先透過疑兵佈陣，擺出一副要全軍出擊跟官村的太平軍死戰的態勢，然而實際上則是將多數的兵力調派前往西嶺尾埋伏，等待莫村太平軍主力部隊出發前去救援官村時，向榮的部隊再伺機從後方加以襲擊。

官村這裡的太平軍因為無險可守，只能因地制宜，暗地設置木壘、炮台，並構築圍牆，特別是在水田、河溝、路口處，埋上竹籤、鐵釘等陷阱來阻擋，讓清軍難以進入。

太平軍一開始先擺出關閉陣地預備死守的態勢，跟清軍的先鋒部隊形成互相對峙的情況，而清軍先鋒部隊由於接獲的任務只是佯攻，所以率領部隊的先鋒楊成貴，觀察官村的太平軍躲藏於防禦陣地後，便想要築壘紮營、埋鍋做飯，只希望能夠圍困住官村這路的太平軍，令他們不敢輕易妄動即可。

想不到，就在楊成貴的部隊紮營築壘之時，石達開跟蕭朝貴兩人突然率領所部的兵馬全軍衝殺過來，楊成貴的部隊反應不及，急忙接戰，但是除了這五千名的先鋒部隊外，其餘的清軍全部開往西嶺尾埋伏，楊部這邊毫無後援。故在石達開所率領的三千太平軍的奮勇攻擊下，清軍抵擋不住、全線潰散，先鋒楊成貴被亂軍砍死。

至於在西嶺尾的三萬名清軍主力部隊則是死盯住莫村楊秀清所率領的太平軍，果然如向榮所料，莫村的太平軍整軍出發往官村方向進軍，可是詭異的是太平軍剛出發不久卻突然停住，擺出防禦陣勢預備迎敵，似乎早已預知有敵人要前來攻擊。這樣一來反而是讓埋伏在西嶺尾的清軍首鼠兩端，陷入進也不是、退也不是的窘境。

雖然互相看不到彼此，但是太平軍與清軍雙方隔著一段距離互相對峙起來。在西嶺尾的向榮與烏蘭泰對於莫村太平軍的行為漸感不耐，又接到先鋒部隊急報，得知佯攻官村的楊成貴部隊已經被擊潰。向、烏兩人此刻才發現中計，趕緊商議是否要回頭去搭救楊成貴的部隊，但是如今要是掉頭一走，反而是將自己的後方暴露於莫村太平軍的攻擊之下。就在兩人都拿不定主意時，突然間天空下起大雨，太平軍真是如有神助，由於清軍綠營官兵的服裝通常都是著袍穿靴，遇雨時行動不便，槍炮又被淋濕，無法施放彈藥。

但是滂沱大雨對於刻苦耐勞已成習慣的窮苦客家人來說，一點也不礙事。於是楊秀清抓住戰機，趁著雨勢下令大軍對向榮部隊發起全面進攻，太平軍多持刀、叉、矛、棍等，又是短衣赤腳，行動靈活，猛力衝殺。清軍方面則是在雨勢下狼狽應戰，雖然人數是太平軍的三倍之多，卻是不堪一擊，一路敗、一路退，就這樣除了楊成貴部五千人先鋒部隊被打得落花流水外，向榮與烏蘭泰所率主力部隊也是遭受沉重打擊，士兵被打得抱頭鼠竄，故這一場向榮苦心謀劃的戰役就在清軍死傷數千人，軍械、輜重損失無數的結果下收場，史稱太平軍官村大捷。

此役之後，向榮率領殘部遁入平南縣城，託病不出。

✝✝✝

太平軍接連幾次對抗清軍大勝，整個士氣爆棚，大夥都主張趁勢東出，沿江而下，進兵廣州，為天國打下第一塊根據地。

莫村大營內，天王難得召集師帥以上的將領們談話，一方面嘉獎眾將領的辛勞與貢獻、另一方面也是聽取大家的看法。

諸位將領們都充滿信心，認為只要能夠沿大湟江出梧州，兵臨廣州，搭配盟軍李聰兒父親的蓮園勢力做為接應，要打下廣州城應非難事。

李聰兒現已因功被封為太平軍女營第一師帥，這時候更是挺身而出，自告奮勇要率女營為太平軍去打頭陣，石達開聞言連忙出來勸阻。其實這幾場仗打下來，李聰兒都率領女營與石達開的左軍部隊協同作戰，兩人也培養出濃厚沙場默契跟同袍情感。石達開對於聰兒的感情明顯升溫，然而他自覺此刻不宜有兒女私情的羈絆。不過隨著洪瑄嬌與蕭朝貴兩人於陣前結親後，夫妻同心協力共赴沙場殺敵的畫面非常感人，因此對於是否一定得等到天國大業底定後，才考慮成家大事，讓石達開也有些猶豫起來。

李聰兒善解人意、精明幹練，說不令人動心的確很難。可是讓石達開舉棋不定的原因還有一個，儘管聰兒對他來說是個好幫手。但是阿桐呢？她沉靜聰慧，思路清晰，在信仰上同樣給石達開極大的幫助。想到這裡，縱使石達開多麼少年英雄，文韜武略，也不禁頭痛起來，陷入難以抉擇的矛盾情緒當中……。

「石兄弟、石兄弟，你的意見呢？」洪秀全呼喚幾次石達開後，石達開這時才終於回神，不好意思地說道：「請陛下恕罪，末將不小心剛剛走神了。」

洪秀全微笑道：「無妨，想必是連日征戰太過勞累。請石兄弟說一下對於楊正軍師所提兩路並進，北路佯攻策略的看法。」

楊秀清知道石達開剛才心不在焉，很貼心地跟他再說明一次自己的部署，就目前所掌握的情報來看，清妖主要部隊佈防於莫村的北側象州與東側平南兩地，明顯是要防止我軍北進與東出。但是清妖現在應該還不清楚我軍真正的意圖為何？因此我們要利用此一優勢，同時兩路出擊來混淆清妖的判斷。一路東進，攻取大湟江口，然後直下梧州。另一路則是北上，做為牽引清妖北方部隊的誘餌。

石達開聽完楊秀清的說明後迅速地釐清自己的思路，然後說：「正軍師此策甚好，只不過這北上一路雖是佯攻，但是依然要有個明確目標，如此才能讓清妖相信我軍是真心想要往北進攻。不知正軍師有何想法？」

「石指揮果然厲害，馬上點出關鍵所在，確實北路軍想要吸引敵人目光，讓清妖相信是實攻，就得擺出十足陣仗，一路強攻，直取永安州。」楊秀清道。

「永安？」帳內的諸將領都不自主地說了一聲，好像從來沒考慮過要攻打這座城池。

楊秀清不疾不徐地接著說：「沒錯，就是永安。這永安不是個大地方，東鄰昭平，西連金秀，南毗平南，北接荔浦。境內群山起伏，溝壑縱橫，地形錯綜複雜，境內有大小河流一百多條，主要河流為湄江從北往南貫穿。」楊秀清早有準備的將永安的地理環境清楚詳細的描述出來，然後頓一口氣說：「大夥應該可以發現永安此地易守難攻，對於想要獲取一個暫時根據地的我們來說，也算得上是個好選擇。故我以為如果北路軍進攻永安的話，清妖應該會信以為真。」

石達開對於楊秀清掌握地理環境與情報訊息的能力相當欽佩，關於永安的評估他也頗認同，只是誰要擔任這北路佯攻的重任？石達開明白洪秀全點名他發表意見，自然是想要將這個任務交給他。

佯攻部隊向來是吃力不討好的角色，一來既是佯攻，必然要以較少的兵馬去負責引誘和牽制數量遠多於己的敵軍，通常容易身陷險境，一不小心甚至整個部隊會被敵軍給吞沒；二來就算順利達成任務，成功牽制住敵軍，但最後論功行賞時，又常因不是主力部隊的緣故，戰功較少。從而擔任佯攻部隊的任務通常是件苦差事，天王洪秀全打算把這個任務交給他，可想而知是因為在天王的眼皮下不受關愛而導致。

石達開對於自己在天王面前備受壓抑的情形心照不宣，但他從不為自己叫屈埋怨，反而果敢地一步上前雙手抱拳道：「啟奏陛下，這項佯攻任務十分艱鉅，末將願率轄下左軍殺赴永安，引開清妖。」

洪秀全聞言大喜，心想這個石敢當果然生性剛硬，不會想要挑軟柿子吃。既然石達開都這麼上道，面子總是要做給人家，於是大聲稱讚道：「好，不愧為國之棟樑，軍之磐石。」

既然北路佯攻部隊的統帥確定了，楊秀清便道：「太好了，石兄弟真是我太平軍的典範與表率。那麼東路軍這部分則需要有熟悉潯江水路的人做為前鋒，我想就要麻煩羅大綱以及蘇三娘等諸位將領了。」

羅大綱正在想什麼時候會點到他們，他自個兒清楚太平軍要東出潯江，一定得要倚靠他們這群原先就在潯江水面吃飯的艇軍。一聽到楊秀清點名自己時，正想要出列領命，沒想到站在身旁的張釗卻搶先一步走到前方說話：

「啟奏陛下，末將想獻一策。」

洪秀全揚一揚手道：「張帥有什麼妙策，但說無妨。」

張釗說：「羅軍帥與在下情同兄弟，我舉薦羅軍帥隨左軍主將石指揮一同出征永安，因為羅帥早些年曾經攻打過永安城，對當地的環境十分熟悉，應能給石指揮帶來極大助益。至於東進大湟江的先鋒一職就請交給末將，本人與麾下千位弟兄縱橫潯江多年，在水面上來去自如，自投效太平軍以來就磨刀霍霍，盼著能為天國大業盡一份心力。」

洪秀全對張釗所言之事毫不知情，便詢問羅大綱：「羅兄弟可真有此事？」

羅大綱沒料想到張釗竟然有此一招，只能誠實回答道：「啟稟陛下，確有此事。末將早年加入天地會，曾經為了打擊清軍，劫掠永安州。不過那已經是陳年往事，如今末將受洗歸入天父上帝名下，已經對於當年錯誤行徑深感後悔。」

洪秀全知道羅大綱不願意提起當年為匪欺民的往事，便道：「羅兄弟加入我教以來，洗心革面，已經重獲新生，不再是從前水寇羅大綱，如今已是天父上帝旗下，威風凜凜的軍帥，要為天國打第一仗、立第一功。現在，朕便命你率隊隨同石指揮出征永安，牽制清妖。」

洪秀全的話才落下，又有人跳出來說：「啟奏陛下，末將也想率隊隨石指揮出征。」在場眾人一看竟是李聰兒，便都心領神會、忍俊不禁。

楊秀清當然理解李聰兒的心意，便做個順水人情說：「如今女營已成為我太平軍的標誌，北路軍若有女營加入，更可以讓清妖相信是我主力部隊的進攻，就請陛下恩准李師帥帶領一旅女營隨同左軍出征。」

「嗯，好吧。但是務必請石兄弟要多加小心，千萬不要太過為難，完成任務即可。」洪秀全吩咐道。

就這樣，佯攻永安，實為東進的軍事戰略底定，天王命諸位將領速速返回轄下營區，盡速安排後續工作。

一出天王行轅，羅大綱馬上攔下張釗質問他剛才為何在天王面前如此發言。

張釗回說：「就是想要搶當先鋒立功而已，不然老是被人瞧不起。」說完甩頭就走。蘇三娘這時也從後頭跟上來想了解情況，羅大綱心想這張釗的本性就是好大喜功、強出風頭，會做這事倒也不奇怪。便對蘇三娘說：「沒關係，反正只要能夠為天國盡一份心力，誰當先鋒？誰去打那一座城不都一樣嗎？」然而蘇三娘對於張釗的言行總是覺得怪怪的，但是又說不上來是哪裡怪，只因大戰在即，也就沒有心情去探究了。

✢✢✢

咸豐元年（公元1951年），九月，廣西剛入秋，氣溫涼爽宜人，是出外郊遊的好時機。可是平南一帶的道路上擠滿了許多人，卻沒有任何人有心情遊覽沿途的風光美景，反而個個臉部表情嚴峻，一片秋風肅殺的氛圍不斷蔓延。這些人大體上分做兩群，一群舉著綠旗；一群則以黃旗為主。

平南莫村的太平軍就是以黃旗為主，大本營的部隊開始移動，分成兩路行軍，一路北上從鵬化經過大旺，這一路的太平軍特意拉大部隊的間距，而且沿路人手一旗，大大小小，旌旗招展，成群結隊，聲勢浩大，遠遠望去似有萬人之數。這其中還包括一路女營部隊，女營為首的將領自是李聰兒，胯下騎著一匹黑色駿馬，身穿淡藍緊袍，披銀甲，鮮紅髮束，英姿逼人。

那匹黑馬右後方，一匹棕色駿馬亦步亦趨地跟隨著，棕馬的主人看起來比聰兒還要稚嫩一點，但是雙眼同樣散發出精光，讓人不敢輕視小看。這匹棕馬比前頭的黑馬更顯得結實和氣定神閒，有一股戰場老兵的感覺。原來棕馬的主人是太平軍女營的旅帥林倪，而這一匹棕馬可是從玄甲騎的戰馬中精挑細選出來的極品，能夠得此良馬無非是因為林倪乃是玄甲騎旅帥林紹章的親妹，林紹章的愛妹之心在這匹馬上展露無疑。他將自己訓練已久的老戰馬轉送給林倪，因為紹章知道林倪這次所屬北路軍的任務相當艱難，希望這匹戰場良駒可以帶給林倪一些幫助。

林倪雙腿一夾，策馬向前跟上李聰兒，與其並轡同行後問說：「師帥，這次行軍如此張揚，肯定是要當誘餌，我們可得當心一點。」

李聰兒心想小妮子果然聰慧，便笑道：「林旅帥，眼力過人啊。沒錯，這趟任務凶險萬分、前途未知，你可是會膽怯？」

林倪聞言，立刻說：「笑話，我林倪身為上帝的子民，任何困難挑戰在我的眼中都不算什麼，因為我知道，天父上帝一定會派遣天兵天將與我同行，只要完全信靠上帝，做好我的本份即可。」

李聰兒好奇的追問：「難道你真的一點也不害怕嗎？」

「怕當然還是會怕，但是上帝的子民就是有這個特權，可以把我們內心的恐懼交給萬有的主宰，祈求上帝將我們的害怕挪去，然後賜給我們勇氣去面對困難。」林倪用堅定的語氣回答。

李聰兒暗自在心中想，真是有信心啊。她問自己：「我以前所信的神，有給過我這樣的信心嗎？」

以前？是的，是以前，李聰兒現在很清楚自己不再相信那位無生老母，而是相信這位天父上帝。

不過李聰兒心中還有個疙瘩，由於她是盟軍的身分，雖然已經領有軍銜，但是依然只是個客將，所以在信仰上並沒有受到強迫。然而她清楚要加入太平軍，必須對外有個公開儀式，稱做洗禮。藉由受洗這個儀式向世人宣告自己放棄以前的信仰，認罪悔改重新歸入上帝的名下。這是她至今無法進入太平軍核心的關鍵原因，甚至是她與石達開兩人關係中一個極大絆腳石。

然而白蓮教畢竟是聰兒從小到大的信仰，她的父親、宗族長輩也為了這個信仰奮鬥了一輩子，若她就這樣放棄了白蓮教信仰，要如何去面對自己的父親與族人？

另外聰兒也不斷問自己放棄原有信仰的原因是因為真正相信上帝，還是因為想要讓石達開更加認同她呢？聰兒的心情被這些問題攪動，每個都複雜難解，現在的她只能默默禱告，希望天父上帝能夠保佑她跟石達開先平安順利的度過這個難關，倘若上帝允許的話，她願意作出重大的抉擇。

北路軍就這樣大張旗鼓地前進，一路上石達開不斷派出斥候探子四處去收集情報，想要及早探知清軍的動向，可以預為準備。但是原先佈防於北方的清軍部隊好像突然間消失一樣，探詢不到半點蹤跡。

於是北路軍就出乎意外在毫無阻攔的情況下，大軍直接開向永安州。

太平軍在距離永安城二里外駐紮，並派出探子前往查探永安四圍的軍情概況。

探子回報的消息是永安城的防禦相當薄弱，永安州現任的知州為吳江，他偕同清軍綠營平樂協副將阿爾精阿駐防在此地。目前永安所屬清軍綠營全部的兵力加上地方團練不過一千五百人，而此時副將阿爾精阿率領官軍五百多人於南郊要塞水竇防守，城內則歸吳江指揮。

石達開眼前陷入兩難情境，原本北路軍的目的是要吸引位在北方象州附近的清軍注意，進而牽制清軍的兵力。顯然這個任務失敗了，清軍有可能已經繞過他們去攻擊東路軍部隊或是其他據點。

那麼現在他應該要放棄北上的任務，回頭去支援東路軍，還是要繼續待在這裡等待清軍的出現？

羅大綱當下進言道：「石指揮，依末將看清妖的主力不在北方了。如今若是回頭，我軍一來找不到清妖部隊可以攻擊，甚至說不定清妖正等我們回頭，就從後頭突襲我軍。末將建議既來之、則安之。既然清妖看穿我們是佯攻永安，我們就讓清妖措手不及，把佯攻變成真打。現下這永安城守軍不到兩千，正是上帝賜予我們的良機，攻下這座永安城做為據點，萬一東進軍有個閃失，我們還有個據點能夠接應他們。」

石達開聽完後說：「羅兄弟的提議有理，說不定這乃是天父上帝的旨意，要賜下這座永安城給我們太平軍。不過永安城雖小，但位於南北東西長寬二十里左右的平壩中，四面崇山峻嶺，易守難攻。城中的守軍雖然不多，但若是清妖閉門堅守，光是憑我軍五千人的兵力強行進攻，恐怕也會傷亡慘重。」

「指揮所言甚是，那該如何是好？」羅大綱問道。

石達開思索後說：「本指揮有一計，可以先擊潰敵人的心防，動搖他們的意志，讓清妖失去堅守城池的決心。」

石達開向羅大綱說明自己的計策後，羅大綱拍掌稱是說：「真是妙計，石指揮果然智勇雙全，不但武藝高強，行軍打仗也多謀善斷啊。」

石達開謙遜道：「羅兄弟過獎，就趕緊依計行事吧。」

當日羅大綱奉命先率領千人部隊取道樟村，下午就抵達永安城南邊突襲水竇要塞，殺得清軍平樂協副將阿爾精阿措手不及，清兵抵擋不住潰敗，逃回州城後閉門堅守。

接著，當晚太平軍找來十幾匹馬，在馬尾拖著長串鞭炮，沿著城池周圍不斷繞城跑動，讓城內清兵覺得外面有千軍萬馬圍困永安城的感覺。次日清晨石達開再派師帥石祥禎帶人上西邊的坡地向城內施放火砲。

經過一日一夜的連續攻擊與騷擾，再加上火砲不停施放的震撼，永安城內的清軍早就軍心渙散、士氣崩潰，這時候石達開下令羅大綱佯攻永安東面城門，自己則率領部隊在最低矮的南面城牆架設雲梯登城，太平軍迅速地從南邊循梯而上蜂擁入城，城內清軍在連夜砲聲的心理壓力下，不戰自潰，太平軍順利攻占州衙門，清軍綠營副將阿爾精阿自刎，知州吳江從北門棄城逃亡，總共不到兩日，石達開所率的太平軍便控制永安州全城，並隨即派兵至州城外的戰略據點駐防。

就在北路軍認為順利攻占永安城是出於上帝的幫助，而原先預定東進的主力軍卻遭遇到完全不一樣的情況。

東路軍在北路軍後面出發，先鋒是張釗所率領的原潯江艇軍人馬，後面跟著分別是蕭朝貴的前軍與楊秀清的中軍，再接下來是韋昌輝的右軍以及馮雲山的後軍，最後才是由洪瑄嬌統領的女營護衛著洪秀全以及太平軍非戰鬥人員的老弱婦孺，整體人數亦達三萬人之譜。

東路軍出東鄉後，繞過金田直撲大湟江口，楊秀清心裡的盤算是即使北路軍能夠牽制北邊象州附近的清軍無法南下，東路軍依然會遭遇在平南縣城附近佈防的清軍部隊強烈的攔阻攻擊，因此一路上都命士兵提高戒備，隨時準備接戰。然而太平軍的運氣似乎是格外的好，先鋒部隊的定時回報都說前無敵情、進軍順暢，於是東路軍無風也無雨的抵達大湟江岸。

潯江本是張釗艇軍部隊的地盤，只要搶占江口，讓部隊分水、陸兩路挺進互為照應，接下來清軍就很難阻擋太平軍東進之勢了。

就在東路軍部隊準備進入大湟江口之際，楊秀清率領的中軍行營突然出現一股騷動，前方部隊的陣形失序，接著就有兵士回報，大批的清妖已經向中軍殺來。

聽到此一消息楊秀清左右諸將們一陣驚慌，眾人七嘴八舌大聲呼叫說：「這怎麼可能？先鋒部隊為何毫無示警？」

善於謀略的楊秀清心中暗叫一聲：「不妙。」

可是他快速地恢復鎮靜，楊秀清知道此時絕不能慌亂，別人可以亂，但他不行。楊秀清立刻發出好幾道命令，一方面通知後軍與天王前方生變的軍情，立刻命令後軍部隊轉為前軍，所有部隊依序轉向撤退，不得脫序混亂。

另一方面派出監軍部隊至前方部隊執行軍法，一有膽怯脫逃者立斬。

最後命前軍主將蕭朝貴率領轄下部隊殿後，無令不得任意撤退。自己的中軍加派胡以晃率領一師的人馬去支援殿後的部隊。

大湟江口不知從哪裡冒出來的清軍分成三路進攻，從其攻擊的部署來看，應該是老早就埋伏在大湟江口附近，等著太平軍自動入套。

而楊秀清完全搞清楚狀況，明白自己已經落入圈套的原因，乃是因為他瞧見一支敵軍部隊向己方攻過來，而那一支部隊的旗幟上面寫著就是一個大大的【張】字。

張釗，原潯江水寇、艇匪。

楊秀清淬口罵了一句：「王八羔子。」

張釗的叛變讓太平東路軍的處境十分凶險，稍有不慎，好不容易辛苦建立的小小天國，可能就要夭折於此地了。

楊秀清率領的中軍主力，一邊後撤一邊關注前方的戰況，中軍部隊移動得相當緩慢，因為他必須要給予殿后部隊足夠支援，不能一下全部撤離，否則即使自己能夠脫離戰場，但是卻得犧牲掉蕭朝貴與胡以晃的人馬，如此巨大的代價是否值得讓楊秀清陷入了長考。

目前的戰場的局勢是太平軍的人數比清軍少，但是由於士兵個人的戰力強，尚可抵擋住清軍的攻勢。清軍雖然分三路進攻，但由於清兵們普遍懼怕太平軍，所以在進攻時底氣不足，號稱五萬的清軍也僅僅是勉強跟太平軍形成對峙僵持的態勢。

大湟江口這一戰清軍由欽差大臣賽尚阿在廣西省城桂林遙控指揮，自從官村大敗後清軍的士氣低落萎靡，賽尚阿才剛接手廣西的戰局就被太平軍狠狠甩了一巴掌，令他非常難堪。

不過就在清軍一片愁雲慘霧不知如何是好的時候，上天的眷顧臨到清軍這一方，有人送上一份大禮讓賽尚阿精神為之一振。那人就是原潯江艇匪，現太平軍的師帥張釗，他決定棄暗投明，要率領部眾來降。

張釗在太平天國嚴格的教規下已經感到生無可戀了，嚴格繁雜的軍規不說，還需要將財物共用，並且禁止搶奪民宅與擄掠女人。加入太平軍對於一個以殺人越貨為己志的江湖盜匪來說，根本是天大的錯誤，所以張釗決定找一個可以讓他盡情發揮所長，打家劫舍、擄人搶糧的去處，不能做盜匪，那麼只好去當官兵。

張釗相當清楚，在這個時代，能夠明目張膽地殺人越貨，享盡好處而不會被人制裁的工作，第一是做官兵，第二才是當強盜。既然強盜當不成，就只好想辦法當官兵。

張釗的投誠帶給清軍一帖提神藥，而且他向清軍透露太平軍的戰略，北路軍純粹是疑兵之計，東進軍才是太平軍主力，沿江東下廣州乃是真正的行軍方案。

賽尚阿宛若溺水之人趕緊抓住張釗這塊浮木，把握良機迅速地擬定作戰策略，決定在大湟江口三路埋伏，將北邊象州附近布防的清軍秘密調動過來與南邊的清軍會合。

由於官村一役大敗使得廣西提督向榮鬥志全失、聲望受損，他遁入平南城後便稱病不出。故這次戰役賽尚阿就交給烏蘭泰來指揮大局，雲南臨元鎮總兵李能臣、潯州知府張敬修招募的團練、秀水知縣江忠源的楚勇以及最近才移防整訓完成，由達洪阿以及巴清德率領的川軍等部隊都共同加入圍攻太平東路軍的行列。

大湟江口太平軍與清軍兩方殺得難分難解，不過太平軍整體部隊是在向後方撤退，顯得清軍這邊較為占上風。

清軍各路部隊展現出來的進攻態勢也大不相同，烏蘭泰與李能臣的部隊先前跟太平軍交手多次，勝少敗多，故所部的兵士普遍畏戰。而新到的巴清德與達洪阿兩人同樣是宿將，並且是旗人出身，心高氣傲的兩人瞧不起漢人提督向榮，以及雖同是滿人但資歷較淺的烏蘭泰。巴清德與達洪阿兩人所率領的部隊因剛抵達廣西不久，對太平軍不熟悉，兵士們反而比較勇於衝鋒殺敵，給太平軍帶來比較大的壓力。

至於江忠源所率領的楚勇人數最少，但是卻是清軍所有部隊當中表現最為穩定的一支兵馬，人數雖少但是攻守進退井然有序、次序分明，雖然這群楚勇看得出來都是剛上戰場的新兵，不過假以時日只要經過嚴格的訓練再加上經驗的累積，將會是一支戰力強大的部隊，然而在這次戰役中楚勇可以發揮的空間還不大。

經過與清兵幾回合的交戰之後，楊秀清發揮他的軍事長才，迅速分析出所面對各路敵人的情況，研判之後他當下傳令要後軍的玄甲騎趕來支援。

兩刻時間不到，楊秀清的身後響起轟隆隆的響聲，他回頭一看，由蒙天佑所率領的八百名玄甲騎兵，金戈鐵馬奔騰而至，氣勢頗為驚人。

蒙天佑率領林紹章與李世賢兩名旅帥急忙奔至楊秀清的坐騎前聽候號令，楊秀清說：「蒙兄弟來的及時，戰場左前方現正與蕭軍師前軍鏖戰的清妖，應該是新來增援的部隊，戰意較強，給我軍造成極大壓力，命你速率領玄甲騎前往增援蕭軍師的部隊，只要將該處的清妖部隊給擊潰，其他的清妖部隊士氣必然會大受影響，屆時我等再率領大軍全面反攻，必能一擊而勝。」

「末將得令。」

蒙天佑立即調轉馬頭與其他兩人策馬疾馳回到玄甲騎本部，他簡要地向玄甲騎全軍說明攻擊目標後，接著就看見蒙天佑拔出刀身黝黑但散發出銳利精光的「斬邪」，天佑將手上的戰刀高高舉起，向玄甲騎的眾將士發出攻擊的號令後，催動胯下駿馬向前急馳，然後八百匹雄赳赳的戰馬整齊劃一跟隨在天佑後方，次序分明地開始跑動起來，馬兒的速度越來越快，眾馬奔騰不停的嘶吼但是整個騎兵隊卻絲毫不顯凌亂，反而十分精準一致的以每一排二十匹馬，共四十排的陣列快速奔跑前進。

蕭朝貴的部隊在清軍達洪阿與巴清德兩人統領的川軍猛攻之下漸漸感到不支，但是透過鼓聲與旗號，蕭朝貴這方接收到楊秀清發出的軍令，知道玄甲騎將會過來支援，他馬上下令己方部隊慢慢地往戰場兩側移動，把戰場中間的空隙逐漸加大。

蒙天佑率領的玄甲騎靠近前方戰場後，一望見蕭朝貴的部隊已經將戰場空間騰出來，立即下令全軍發起衝鋒，八百玄甲騎提速前進，直接朝向達洪阿與巴清德的部隊衝殺過去，清軍將領達洪阿等人還搞不清楚狀況，因此清軍的攻勢立刻受到阻礙，因為沒有經驗的步兵很難抵禦騎兵部隊的衝擊，而衝垮清軍的防線後，玄甲騎接著左右分開成兩條長龍，對四散的清軍展開無情地砍殺，因為達洪阿的部隊以步兵為主，配備鳥銃火槍的步兵在騎兵的攻擊下毫無防禦之力，隊形一散便失去掩護，更沒有空檔裝彈發射還擊，而餘下的刀牌兵也紛紛退避三舍，在玄甲騎幾輪來回的沖擊砍殺之後，達洪阿與巴清德的部隊已經陣形大亂，開始出現逃兵、潰兵。

楊秀清見狀即刻掌握戰機，下令中軍出擊，他自己親自率領以北山軍營為班底的中軍部隊撲向戰場，一舉將達洪阿與巴清德的川軍徹底擊潰，剎時間雙方的戰局起了變化，原本互相僵持的天平，開始向太平軍這方傾斜，清軍這邊則是陸續出現許多的防禦缺口，清兵見太平軍有騎兵後援，膽怯懦弱者不自主地開始後撤逃跑，然後兵士越撤越多、越跑越遠，最後終於整個防線崩潰。

各路清軍紛紛四處逃竄，最先跑的就是烏蘭泰、李能臣的部隊，而被打得最慘的則是達洪阿與巴清德的部隊。清軍當中唯有江忠源所統領的楚勇，雖然同樣是撤退，但是退得不慌不忙、部隊完整不混亂，所以這支部隊的損失最少。

江忠源部隊的表現吸引了蒙天佑的目光，在追擊達洪阿的川軍時，清軍丟盔棄甲毫無章法，但天佑卻看見在不遠處正在撤退的楚勇卻依然能結成方陣行進，所以當陳玉成向他請命要率兵前去追擊時，天佑連忙阻擋說：「那支部隊看起來不是好啃的骨頭，別輕率去攻擊，先派探子過去監視，順便打探一下是哪兒來的兵馬，帶兵的將領是何人？」

陳玉成旺盛的殺意瞬間被潑了盆冷水，不過軍令難違，只好悻悻然地離開，派出一個三人小隊前往跟監查探。

在不遠處的江忠源此時除了忙著指揮楚勇組織隊伍依序撤退以外，也是緊盯著戰場局勢的發展。今日這一戰是他生平第一次與太平軍正式接觸，也是頭一回領教玄甲騎的威力。江忠源心中暗自打量著這群教匪，跟以往所遇到的會匪亂黨截然不同。從這次戰役中他觀察出太平軍的軍紀嚴謹、士氣高昂，行軍作戰、有方有度，絕非烏合之眾。再加上一支銳不可擋的騎兵部隊，雖然數量不多，但是卻戰力驚人，不及千名的騎兵部隊一出動，竟可以衝破五千川軍的防禦陣形，連帶瞬間扭轉整個戰局。江忠源心裡想，要打敗太平軍這群逆匪，非得要先除掉這一支駭人的騎兵部隊才行。

江忠源在指揮楚勇撤退的途中，已經開始構思新一輪對付太平軍的戰略方針，這場大湟江口圍攻戰役對他來說雖然以失敗作收，卻非毫無所獲啊。

✢ ✢ ✢

咸豐元年（公元1951年），十月一日，洪秀全抵達永安城。

東進一路雖然受阻，但是全軍退而不傷，在損失不大的情況下安全後撤，算是不幸中的大幸。途中又接到石達開派人傳來的好消息，北路軍竟然弄假成真攻陷永安州，洪秀全深深感受到上帝的眷顧，於是立即下令全軍溯蒙江北上趕往永安與石達開等人會合。

等著迎接洪秀全的是一座真正完完全全屬於太平軍的城池，整個永安州除了城池本身外還有周遭七十餘座村莊，大約四百平方里的土地。不到十天的時間，石達開已經將永安城內外環境整頓起來，不論是街道、民居、店鋪都整整齊齊，城外幾處戰略要地也是佈防得有條不紊、固若金湯。當洪秀全率領東路軍進入永安城時，看見城內百姓扶老攜幼、夾道歡迎，這番簞食壺漿以迎王師的景象看得洪秀全興高采烈、心花怒放，讓他產生一個想法：或許這座永安城才是上帝所賜的寶地。

至於楊秀清、馮雲山、蕭朝貴以及韋昌輝等眾人見到永安州在短短時日內居然有能如此安排布置，紛紛對石達開的施政治理能力大加讚賞，都誇獎石達開是與上帝同行的福將、強將。

天王洪秀全進入永安城後入駐原永安州署，改設天王府，並立即接收永安城的統治權力，重新整編太平軍，加強各地防務。

針對軍事防務部分，洪秀全下旨將舊城牆加以擴大修築，不但築有新牆，還挖掘新壕溝。接著在城外西邊的團冠嶺上設置火砲台，而南邊的莫家村、長壽圩則是布署重兵把守。另外城西南方外防線的水竇要塞距離本城十八里，為兩川交會處，背後即是平地，最容易被敵人攻陷突破，因此特地派秦日昌率領一師的兵力構築多座營盤，再輔以地道、地雷、壕溝等工事為依託，與內防線莫家村一帶遙相呼應、互為犄角。

至於後勤錢糧部分則是成立州城的總聖庫，將太平軍近來幾次戰役所繳獲的財貨輜重全數歸庫，並且沒收原永安州庫、在地富戶、店鋪等相關物資，積蓄糧食儲備，建立城內物資的供應體系。

在軍事防衛部署與糧草後勤儲備都規劃佈置完成之後，接著洪秀全總算要處理最重要的人事問題。

這次的東進戰役，太平軍有得有失，雖然東進受阻，但是卻意外打下一片根據地，儘管不是當初設想的廣州，但畢竟仍是一座城池，一方天地。永安城雖小，卻五臟俱全，如今洪秀全在天王府內下達聖旨、發布政令，亦是略具雛形的小小割據政權。對建立太平天國，地上天堂的遠大目標來說，算是一個小小里程碑。洪秀全當初在金田起義時允諾眾人，只要打下根據地就會論功行賞，這千萬不能食言，否則就會寒了眾將士的心。然而新的人事安排令洪秀全相當費神，大傷腦筋，最後他與馮雲山兩人反覆商議後，結果終於定案出爐。

咸豐元年（公元1851年）十二月初，太平天國正式封王建制。洪秀全下詔封原左輔正軍師楊秀清為東王，九千歲，管治東方各國；封原右弼又正軍師蕭朝貴為西王，八千歲，管治西方各國；封原前導副軍師馮雲山為南王，七千歲，管治南方各國；封原後護又副軍師韋昌輝為北王，六千歲，管治北方各國；封原殿前指揮石達開為翼王，五千歲，羽翼天朝。

由於石達這回立下大功，攻陷永安州這塊足以立錐之地，洪秀全不好再加以打壓，終於與其他四人一同封王。另外東進軍的主力之所以能夠全身而退，全仰賴楊秀清臨陣不亂，指揮調度有方，他的軍事指揮才能也受到太平軍將士們上下一致的肯定與認同。洪秀全體悟到自己並非軍事謀略方面的行家，所以在詔書上加註各王俱受東王節制，等於名義上承認楊秀清是軍事行動的總指揮，使得楊秀清從五王勢力當中脫穎而出，成為太平天國中一人之下、萬人之上的第二號人物。

在最高層級的封賞上，基本上眾人覺得還算公允，立功者均有賞，也顧及各派系間的權力平衡。楊秀清雖然位列除天王外的群王之首，然而五王當中，除翼王石達開自成一系外，目前其他三王其實都是洪秀全的忠實心腹，因此對東王也產生了極大的牽制作用，楊秀清內心清楚故不敢過於托大，而不把天王放在眼裡。

諸王以下的封賞部分，各派系勢力競爭激烈、角力甚深，經過一番折衝樽俎之後，洪秀全決定對太平軍的官制做出調整修訂，確立太平軍的官級從上而下分別是軍師、丞相、檢點、指揮、將軍、總制、監軍、軍帥、師帥、旅帥、卒長、兩司馬、伍長以及聖兵，共十四級。

但是在軍隊組織運作部分仍以軍為最大編制單位，每一軍領一萬二千五百人，以軍帥統之，總制、監軍監之。其下則各轄五師帥，各領二千五百人。每師帥轄五旅帥，各分領五百人。每旅帥轄五卒長，各分領百人。每卒長轄四倆司馬。每倆司馬領伍長五人，兵士二十人，共二十五人。

在各方競逐下，諸王以下的封賞由南王派系之秦日昌勝出，封天官正丞相，被稱為朝官領袖，東王派系的胡以晃居次，封春官正丞相緊接在後。羅大綱則因攻打永安城有功，升官兩級受封總制，續領一軍；蒙天佑則於東進軍殿後保衛戰役上戰功卓著，官昇一級晉封為軍帥，同時把玄甲騎獨立成軍，由天佑統之。其餘諸將也都依其戰功相繼封官加爵，眾人齊樂。

洪秀全接著頒行《令各軍記功罪詔》、《嚴禁犯第七天條殺不赦詔》、《命兵將殺妖取城所得財物盡繳歸天朝聖庫詔》；頒刻《太平條規》、《太平軍目》整肅軍紀；頒刻《太平禮制》，從諸王到倆司馬的階級森嚴分明，各部頭領的子女親屬都定有不同的稱謂與儀禮，官爵封號世襲，並頒布天曆，刊刻新書，這些舉措都是建立一個國家政權的雛形，洪秀全雖然沒有明說，但是從種種跡象看來，儼然有要定都於永安的態勢。

經過這些政令發布推行之後，天王洪秀全便開始深居簡出於其王府內，對外命令常由使者傳達發布，越來越少看見他出現於公眾集會的場合。不過這也無妨，因為東王楊秀清進駐永安城內的原武聖宮，將其改為東王府邸，有關軍事方面的指揮命令，實際上都由東王府發出，故此永安城的軍事防務運作得十分順暢，街道上一片和樂安逸的景象，真有地上小天堂的感覺，難怪洪秀全可以整日不出天王府，悠哉快活地享受王府中的美人與佳餚。

然而永安城內雖然平靜無波，但是永安城外卻是山雨欲來風滿樓，清軍只是暫時受挫，卻還沒有到一敗塗地的地步。

太平軍占領永安州後不久，清軍將領烏蘭泰就率領其本部及別部人馬共約六千人追至城南二十餘里的文圩、佛子村一帶。接著總兵李能臣等人率領雲、貴兩省的兵馬四千餘人趕至永安西北的古排塘一帶佈防。欽差大臣賽尚阿連忙調兵遣將，清軍部隊又迅速集結，不出多少日所集結的兵馬又達四、五萬人之數，主要採取南北夾攻之勢，包圍這四百平方里的永安州，

清軍方面完成對永安的軍事包圍部署，但是卻不敢發起正面的進攻，只是派出小股部隊試探性的攻擊，但是都被太平軍輕易地阻擋於防線之外。因此在這個面積四百平方里，人口約十萬人的永安州內，好像一個寧靜的方外之國，不受清廷干擾地運作起來，除了天王府時不時發出詔書、政令外，百工百業都正常運作，一幅欣欣向榮、如日方昇、歌舞昇平的圖畫景象，接著甚至傳出天王有意舉行太平天國的第一次科舉考試。

永安城內的南王府邸，原是一座破落書院，馮雲山進駐後並沒有找人進行修繕，許多角落依舊殘破不堪，但是馮雲山並不以為意，因為他從來不認為永安城是一個長居久安之地。但是這種想法似乎跟天王洪秀全不太一致，馮雲山正在為天王下令要他研議天國首場科考的章程辦法而傷透腦筋。

這日正好是聖日，敬拜上帝的儀式過後，馮雲山邀請翼王石達開過府一敘，並請天佑、作容等人相陪。翼王石達開一進南王府內，看見如此破舊的房屋，對馮雲山的敬佩之意油然而生。因為自太平軍進駐永安城後，不要說是五王之尊，就是一些軍帥、師帥之流的高階軍官也都急著搶占城內的富戶

大院當作私人住所，能夠像南王這般甘於簡樸，對身外之物毫不戀棧之人，簡直是鳳毛麟角。

石達開與作容、天佑等人交情匪淺，私底下的互動常不計較太平天國剛剛制定的階級禮儀與稱謂，石達開不喜歡陳作容他們以王爺殿下來稱呼他，對天佑則是以大哥自稱。但是馮雲山為人比較拘謹，並且認為這些儀禮的制定與推動有助於天國政務的治理、軍隊的運作，所以當馮雲山在場時，眾人還是會遵守相關規範行事。

石達開由兩位紅顏知己連袂相伴來訪，左是阿桐，右是李聰兒。眾人坐定後，石達開首先發話：「南王殿下潔身自處，實乃我天國眾人之表率。」

馮雲山趕緊揚起右手示意道：「不不……，翼王殿下謬讚了，余既非聖賢，亦非無欲之人。實乃認為此地非久留之處，不需要浪費錢財於這些無用之物上面。」

石達開聞言嘆了口氣說：「倘若陛下能夠聽進此言就好，我軍應圖謀更宏遠的發展，不應拘泥於此地啊。」

「會的，翼王殿下莫急。時勢之所趨，天王陛下不聽也得聽，依在下看這永安城撐不過半年。」馮雲山語重心長地說。

「半年？老師，天國在這永安城內外佈下大軍駐守，層層阻擋，難道無法抵擋清妖的進攻嗎？」阿桐是馮雲山的得意弟子，倆人師徒情誼深厚，所以阿桐並不稱呼殿下而是稱呼老師，她聽到馮雲山的評估，非常驚訝地詢問。

馮雲山朝著這位在信仰真理上由他親自栽培指導的得意門生微微一笑，正要回答時，身後一名青衣男子向前遞上一壺剛沏好的茶，接話說：「兩軍對陣，比的不只是人數、兵器、訓練以及士氣，更比後勤、糧草和謀略。我天國將士用命，即便在兵士人數上不及清妖，但是訓練有素、軍紀嚴明，故能於單次個別戰役上以少勝多，打得清妖聞之喪膽。」

講話者稍微頓了一口氣，讓眾人將目光投注到他身上，石達開快速地將這名男子觀察打量一番。男子約莫是二十七八歲的年紀，眼神中的光芒內蘊不耀眼，但是卻能讓人感覺到其堅毅不拔的意志，語氣溫和而不輕佻，卻可讓人感受到其心中積極與熱切的情感。

來人正是馮雲山的祕書郎兼參謀：李秀成。

李秀成等到眾人皆注視他以後不疾不徐地說：「我軍雖然經歷牛排嶺與官村幾場勝仗，但是在對付敵人的總體戰略上卻是失敗的。清妖那邊縱然損兵折將，如今卻成功地將我軍圍困於永安一隅。永安城雖固，易守難攻，但因腹地狹小僅四百里，人口又稀少，實非立國建業之地。清妖接下來只要圍而不攻，切斷我軍的糧路，不出半年，除非天父上帝再顯神蹟，否則我軍必如待宰羔羊，肯定會因為物缺糧盡而不攻自潰。」

李秀成的觀點與石達開的想法不謀而合，讓石達開對這人留下良好印象，大讚說：「所言甚是，這位公子深謀遠慮，實乃帥才。當一名祕書郎未免太過委屈你了。」石說完這話，還順便看了馮雲山一眼，好似說你怎麼如此埋沒人才。

「殿下過獎了，下官才疏學淺，承蒙老師不棄，留我在其帳下做個祕書郎，參贊政務，獲益良多啊。」李秀成趕忙一揖謙恭的說。

馮雲山笑了笑解釋道：「翼王殿下有所不知啊，像您這般文武兼備的英雄少年、天縱英才之士世間少有，放眼天國之中也僅得殿下您一位而已。為了將來天國的大業著想，文武將相均得兼顧、不能偏廢，目前能夠馳騁沙場的戰將不在少數，但是德才兼備足堪擘劃政務、治民理政的良相還見不到幾個，得細心栽培啊。」

聽完馮雲山的解釋，石達開對南王的敬意又更多了幾分。馮雲山真的是一心一意在為天國的未來考慮，絲毫沒有半點私心。否則像李秀成這樣的人才，若是放他出去執掌軍隊必定能很快就建立軍功，為自己的派系增加力量。但是馮雲山完全不做如此狹隘的思考，他著眼於天國的將來，一旦太平軍打下一塊基業後，那時會更需要懂得治理地方百姓的政務人才，他現在已經著手栽培了。雖然短期內對南王自己的派系力量發展不利，但是長期來看，卻是對天國的擴張興盛極為有利。

想到此處，石達開逕自從座位上站起來，雙手一揖鞠躬說：「南王殿下用心良苦，為國為民，請受本王一拜。」

馮雲山一看連忙也站起來回禮說：「不敢、不敢，翼王殿下的大禮，余受之有愧啊。」

雙方經過一番互相謙讓後才又坐了下來，然而石、馮兩人惺惺相惜這一幕看在一旁的蒙天佑、陳作容甚至是李秀成眼裡都為之動容。

石達開雖然少年成名、雄才大略，近來更是功績卓著備受眾人讚譽，但是言行舉止完全沒有驕傲之氣，並且是太平天國高層之中少數不謀私利，真心為天國大業著想的人。

至於馮雲山更是太平天國的實際奠基者，從拜上帝會轉戰廣西起，他就一步一腳印踏破廣西的窮山惡水四處傳教，現在才能有這塊小小立錐之地。但是他卻毫不計較排名、地位，甘願屈居於楊秀清與蕭朝貴之下，其所希冀的不過是天父上帝旨意能夠真正的彰顯，讓世上清苦的大眾可以在太平的國度裡認識真神、找到生命的價值進而安居樂業。

然而如此真誠的兩個人，是不是能夠在接下來詭譎多變的戰場上同樣取得勝利，天父上帝的旨意到底如何，誰也不知道？

石達開徵詢馮雲山說：「事到如今，南王殿下可有萬全之策？」

「依余觀之，未來同樣不外是北上與東進兩條路，但是北上就會進入長江中下游的廣大腹地，兩江與安徽乃是清妖的田糧稅賦要地，必然部署重兵，我軍除非有其他助力，很難突圍。」馮雲山若有所思的接續說：「東進還是比較可行的方向，只要打下大湟江口，沿潯江出梧州，廣州在望，加上粵省有通商之利，到時再打造水師，揮軍水陸並進興師北伐，退則與洋人合作亦不無可能。」

「本王的想法雷同，不如我們兩人擇日聯名上奏天王陛下，請陛下早做準備。」

馮雲山回說：「余正有此意，我二人聯名上奏，相信陛下會多加斟酌一番。」

石達開喝口茶後，看了聰兒一眼後接著道：「另外還有一件事，想請南王殿下幫忙。」

「翼王殿下別客氣，請說，無論何事，余自當盡全力相助。」

「想勞駕南王殿下為聰兒姑娘主持歸入本教的受浸儀式。」

「聰兒姑娘決定要受浸入教，真是太好了。」馮雲山開心地說，旁邊天佑等人聽到這個消息也都非常開心。

然而接下來馮雲山用很正式地口氣說：「有鑑於聰兒姑娘之前是白蓮教徒，如今要歸入天父上帝的名下，得先經過信仰的考核才行。」

聰兒似乎早已知道會面對這個情況，所以信心滿滿的回說「沒問題，請殿下指導。」

馮雲山思索了一會兒說：「請問聰兒姑娘，這天地是由誰所造？人在其中是扮演何種角色？」

聽兒堅定地說：「這天地乃是由真神創造主所造，從周遭的花草樹木就可以知曉，若不是有一位偉大的創造主，誰可以將這些花朵設計得如此精美，飄出陣陣花香。雖然以前的我不知道誰是這位創造主，甚至誤以為白蓮教的無生老母才是創造主。但是如今的我非常確定，天父上帝才是真正的創造主。」

李聰兒歇了口氣後繼續說：「所謂人也是上帝的創造，而且是按著上帝的形象來創造，上帝看為甚好。只是人因為自己的罪以及魔鬼的引誘而墮落，所以逃離上帝。但是上帝愛世人，差派祂的愛子耶穌來到世界，為世人的罪受死，被釘死在十字架上，三日後，從死裡復活，昇天。如今我們世人可以懺悔自己所犯的罪，並藉由聖子耶穌的寶血塗抹、遮蓋我們的罪，重新回到上帝面前。」

聽完聽兒信仰告白，馮雲山感到相當滿意，因為從應答過程中，他明顯地感受到聽兒對於上帝信仰是熱切且真誠的，她的眼神之中也流露對於天父上帝的尊崇與敬畏。不過馮雲山還是繼續問聽兒：「聽兒姑娘，你是否可以說一下，從過去白蓮教的信仰背景到如今天父上帝的信仰，造成你轉變的最大關鍵為何？」

聽兒停頓一下，看了身旁石達開一眼後開口說：「從前，我接觸上帝信仰是因為人的因素，我認為這群信仰上帝的人都是些好人，是真正關心我的人。他們既不愚、也不笨，那到底是什麼原因會讓他們對上帝信仰這般死心踏地的跟隨。但是等到我自己去接觸聖書中上帝的話語以後，我漸漸感受到聖神風㊟的引導，慢慢幫助我明白與認識真理。」

---

註：馬禮遜聖經譯本中將「聖靈」一詞譯作「聖神風」，是三位一體的神，但是洪秀全卻將其任意曲解。

聽兒坦誠大方地說：「說實在地，這個過程不是沒有阻礙、沒有拉扯。過去的偶像崇拜的確帶給我相當多的挾制跟綑綁，直到有一次，我讀到一段聖書經文說：

先知以利亞前來對眾民說：『你們心持兩意要到幾時呢？若耶和華是神，就當順從耶和華；若巴力是神，就當順從巴力。』眾民一言不答。㊟

舊遺詔聖書的時代，以色列國先知以利亞說的這一段話給了我極大的提醒，我當時就下定決心不要再心持兩意了，如果相信天父上帝是真神，就應該專心跟隨祂。」

聽完聽兒的回覆後，馮雲山頷首稱許，心中默想感謝上帝，又有人悔改歸向祂。

天佑說：「真是太好了，聽兒姑娘，你能夠體會到聖神風的工作，證明你必然是一個願意聆聽真神說話的人，上帝喜悅你。」

聽兒用微笑對天祐表達感謝，然後說：「我要感謝這些日子以來，有這麼多人為我禱告祈求，相信這些付出天父上帝都知道，也會紀念。希望以後我能夠像各位先進一樣，成為一個努力傳揚天國真理的勇士。」

馮雲山說：「好，那我就擇日為聽兒姑娘舉行受浸儀式。」

「感謝南王殿下。」李聽兒站起來恭敬地說。

---

註：舊約 列王紀上 18章21節

馮雲山說：「好說、好說，到時候也邀請大家一同來觀禮，翼王殿下跟阿桐也算是你的引路人。」

於是就在眾人向聽兒恭賀聲中，結束了這場聚會。

南王馮雲山、作容與天佑等人親自在門口送別石達開、李聽兒與阿桐三人離開。天佑望著他們的背影，心中有股說不出來的滋味，是羨慕嗎？一定是有的。阿桐與聽兒都是曾讓天佑心儀的女子，儘管兩人個性不同、各有千秋，但無疑都是太平天國年輕女性中的佼佼者。一位沉穩對於真理有通透的洞見；一位幹練對於人際有敏銳的觀察。兩人都是女中豪杰、巾幗英雄，放眼望去太平天國裡似乎也只有翼王這位少年英雄可以與這兩名佳麗匹配得起。

陳作容在一旁觀察出蒙天佑的心情，於是對他調侃說：「天佑啊，別羨慕。人家是英雄配美人。不過大丈夫何患無妻？以你的能力，等將來的天國大業一成，封王列侯的功績必是手到擒來，屆時你想要左擁右抱，享齊人之福，也不是不行。」

天佑白了作容一眼說：「羨慕是正常的，只要是男人都會羨慕。但可別說我，作容哥都已經是而立之年，還不趕快娶門媳婦，給自己暖暖被子去。」

作容被天佑反唇一譏，惱怒說：「小子，別以為我沒本事，我只是以天國大業為重，沒有那個興致去談情說愛啊！」

「所以你的意思是說，翼王殿下他不以天國大業為重喔，才有空去談情說愛喔。」天佑抓住作容的話柄，馬上繼續進攻。

作容趕緊反駁說：「我不是這意思，翼王是翼王，跟我們不一樣。」

「你們兩個別在這瞎鬧了。」馮雲山沒好氣地看著這兩位，帶著他們走入內屋，經過庭院邊走邊說：「這男婚女嫁本是再正常不過之事，沒有什麼是最好的時機。只有上帝所定的時間是最好的，假若確定是上帝替你預備的人選，就要好好把握住，千萬別耽擱。」

說著說著馮雲山突然停下腳步，望著天空說：「終究掌握一切的是上帝，沒有人可以預測自己的未來。」

即使是石達開也無法預測自己與兩位佳人的未來。

在旁人的眼中是郎才女貌、金童玉女。

然而被天佑與作容等人羨慕不已的石達開，此時心中卻有顆大石頭讓他忐忑不安，因為就在昨夜，阿桐特地前來與他懇切深談一番。

阿桐是名聰慧婉約的女子，她不想要讓石達開左右為難，這些日子以來聰兒與石達開同赴沙場，生死與共，在這種極度高壓又一起同甘共苦的環境下，兩人感情自然容易增溫。阿桐向石達開表明心跡說：「石大哥是英雄豪傑，又肩負家族與天國的重任。聰兒姑娘機敏幹練，又擅長於軍事行伍之事，可以帶給石大哥極大的幫助。桐妹會默默為兩位禱告，祝福才子佳人、天長地久。」

阿桐這一番真情告白反而讓石達開陷入進退維谷、左右為難起來。他趕緊安撫阿桐的心情，表明自己對聰兒與和她兩人都是如出一轍、並無二致，希望她稍安勿躁。費盡九牛二虎之力軟磨硬泡後，才令阿桐暫且安心，不再激動。

雖然三妻四妾在當下的社會文化中稀鬆平常，但是石達開心裡清楚對於阿桐與聰兒兩位天國巾幗來說既不公平，也不可能。遲早必須在兩人之中做出一個決斷，才不會耽誤另一人。旁人眼中所艷羨的人生美事，反成了石達開心裡頭的巨大難題。兩人均是善解人意、才華出眾的紅顏知己，對他也都是真心誠意、情義厚重，該怎麼選擇呢？

石達開心中沒有答案，他無力預知未來，只能夠將這個難題交給上帝，希望上帝可以給他一個答案。

# 第十一章 吳王寶藏出 楚勇搶頭功

因為，你們的財寶在那裡，你們的心也在那裡。

——路加福音12章34節

咸豐二年（公元1852年）元月，遠在北京城的年輕皇帝得知南方戰事失利後大為光火，下旨嚴責，先是將廣西提督向榮革職，但是囿於眼下熟知兵事的將領難尋，只好命其繼續隨營效力、戴罪立功。

年輕氣盛的天子怎能容忍一敗再敗，這一次不再假手於他人了。雖然遠在京城，但是咸豐與幾位軍機大臣商討後，親自研擬剿匪戰略，決定採用層層逼近、前剿後應的策略部署。隨著欽擬的剿匪詔書發出，咸豐還下令欽差賽尚阿親赴前線督軍，務必要把這群太平逆匪重重圍困於廣西，防止其竄逃出省。

皇帝都親自下指導棋了，賽尚阿只好從廣西省城桂林南下，先赴陽朔視察當地防務，陽朔一帶目前是由川北鎮總兵劉長清所率的川軍以及江忠源的楚勇來負責當地主要防務。賽尚阿抵達陽朔以後，先前往正規部隊綠營川軍的營地視察，接著才轉往民間團練楚勇的駐防地察看。但是一進到楚勇的軍營駐地，賽尚阿就馬上感受到跟官方綠營兵明顯不同。

楚勇的人數較少，都是江忠源從故鄉湖南所募之兵，並且當中新參軍的人數比例相當高。然而雖是以新兵為主的部隊，整個楚勇營區卻顯得生氣蓬勃、勇壯們個個精神抖擻，軍營哨所布置得條理分明，兵士們的各種行止都素有規範。

賽尚阿雖是一名皇上寵信的大臣與貴族出身，但是本身卻不迂腐，也不愚頑。他一眼看出這個由民間團練組成的部隊雖然不是正規軍，但是其展現出來的戰力卻遠在正規的綠營官軍之上。若是眼下廣西的幾萬清軍都有楚勇般的素質與戰力，何愁逆匪不附啊。

他仔細端詳了跟在身旁這名年約三十多歲的秀水知縣一眼，目光如炬、表情堅毅，絕對是個幹才。

巡視完營盤與哨所後，賽尚阿率領眾人進入大帳內談話，賽尚阿一坐定就先對江忠源褒揚幾句，宣達聖上對其募勇助國的義舉十分讚賞。

「感恩聖上垂詢褒獎，下官不過是盡人臣之本分，為聖上、為百姓故，自當赴湯蹈火，萬死不辭啊。」聽到是聖上的嘉許，江忠源很識相地連忙跪在地上回話。

江忠源擺出不因恃才而心驕氣傲的態度，讓賽尚阿很是滿意，忖量此人對於進退之間的分寸掌握極有概念，愛才之心又高出了幾分，於是問道：「江知縣，這桂省教匪屢次脫逃，如今盤據於永安城內不出，你如何看？可有何良策？」

江忠源心裡頭早已備有謀策，老天爺賞賜良機，終於等到今日可以在欽差大人面前獻計發揮。儘管內心激動不已，江忠源仍然顯得泰若自然，非常鎮定地說：「回稟督帥大人，這群教匪勝於以往會匪亂黨之處有三，其一為以西洋宗教邪說誘惑人心，入教者皆死心踏地跟隨，上戰場時則奮勇爭先；其二為該教階層等級森嚴，團體組織嚴密，較之正規綠營軍制有過之無不及；其三該教利用開倉發糧小惠蠱惑善良百姓，慫恿無知群眾鬥爭官府仕紳，導致地方百姓支持附隨。」

這番評論切中要點、鞭辟入裡，賽尚阿邊聽邊點頭稱是說：「這群逆匪果然狡詐陰險。」

江忠源接著說：「然而太平教匪卻有一敗。」

「哦，是哪一敗？」

「太平教匪犯了戰略上的錯誤，不該攻下永安州後便蟄伏不出，如今被我大軍層層包圍，是自陷死地。依下官評估不出數月逆匪糧盡勢必會突圍，尋覓下一個城池劫掠。」

賽尚阿問：「那麼江知縣以為逆匪下一個目標會是哪裡？北邊、東邊還是南邊？」

江忠源回說：「最有可能的是東邊跟北邊，假若一旦讓逆匪從永安突圍成功，將如魚入大海，想要再把其圍困將變得十分困難，再加上逆匪於野外的戰鬥力遠高於我方官兵，故要對付這群教匪，下官以為，不應力敵、而需智取。」

「智取？如何智取？」賽尚阿好奇的詢問。

「下官這裡有一計策獻與督帥大人，只要此計一成，我方便可以化被動為主動，掌握先機，預先布置好陷阱，讓逆匪他們自己踏進這個圈套之內，如此一來要把太平逆匪一網打盡將是易如反掌。」

「看來江知縣早有良策對付逆匪，真是用心良苦，趕緊說來聽聽。」賽尚阿稱許地說。

江忠源便將他精心擘畫的誘敵之策，和盤托出說給欽差大臣賽尚阿聽，賽尚阿一邊聽、一邊看著江忠源，思量此人好謀略、富心機，又善於練兵，是名可以栽培的能吏幹部，現在將其納為己用，不僅為朝廷舉才，亦可壯大自己派系的力量。

聽完江忠源的計略之後，賽尚阿嘖嘖稱奇地說：「妙策啊，妙策。好，就依此計盡快行事，概凡一切需求用度皆從督標帳下開支。以後楚勇一營就與本帥督標的本部聯營行動，軍械糧餉規格等皆比照辦理。」

江忠源聽後大喜道：「感謝督帥大人垂愛，下官定當肝腦塗地、湧泉以報。」

賽尚阿非常滿意江忠源的表現，能夠招攬到這一名幹才，此趟陽朔行總算有點收穫。接下來若是可以按照江忠源的誘敵之策順利引出逆匪，將太平軍一舉殲滅的話，那麼將來咸豐一朝，除了皇帝外，就是他賽尚阿的個人舞台了。

送走欽差督師大人後，楚勇營內幾個參謀幕僚一擁而上，紛紛向江忠源道賀，其中一位幕僚師爺說：「恭喜大人、賀喜大人，今日大人展現出來的文韜武略獲得督帥大人極高的讚賞，現今我們楚勇從一個民間團練的身分，一躍成為等同督帥本標親軍的地位，真是不可同日而語，往後其他軍方派系的人也不敢隨意輕視咱們了。」

江忠源客氣地回道：「這一切都是大家共同努力的結果，也是老天有眼，我苦心經營策劃許久，今日終於等到良機派上用場，否則英雄無用武之地，只能懷才不遇，屈居不得志。」

的確，這一切讓江忠源等了很久了。

江忠源出生於小康家庭，從小受到儒家四書五經的教育，是個名符其實的讀書人。從小立志通過科舉制度來進入仕途，家族長輩都期盼著他能光耀門楣。費盡多年的努力好不容易在道光十七年時考中舉人，可是後來去京城的考試卻屢次不中，最後鎩羽而歸，只好回老家發展。

江忠源回到老家湖南新寧後，苦思出人頭地之道，他自忖並非官宦之家出身，缺乏人脈與金脈，如今科考不中，想要飛上枝頭當鳳凰，只得另尋出路。他花了一段時間四處遊歷，思索自己的未來，最後他看到了一條不一樣的路。他看見了一個亂世。

是的，亂世。

自嘉慶、道光以來，盜匪、民變開始層出不窮，他自己的故鄉湖南就有瑤族農民叛變的事件頻傳。而清廷傳統固有的武力綠營已經腐朽不堪，難以應付這些武裝叛變。江忠源從中發現了機會，他看到鄉里百姓有保衛自己性命財產的需要；也觀察出朝廷官府應付民變能力不足的現象。於是江忠源興起辦理團練鄉勇的想法，江忠源的眼光超前，知道在太平盛世需要良相文臣，但是一旦進入亂世，需要的卻是猛將精兵。

以猛將來說，他雖是個讀書人，然而兵法可以學，且自古以來的傳統皆是儒將文臣領兵的文化，即便在當今大清朝中，文臣地位也遠高過武將，戰事發生時歷來皆由文臣督軍指揮武將作戰，所以只要自己下苦功絕對可以成為一名驍勇善戰的良將。

至於精兵就比較困難，亂世當中誰掌握了兵力，誰就掌握權力。清朝為了防止兵、將之間彼此太過熟悉才制定綠營制度，並且將兵力分散佈防且定期輪調將領，只有遇到戰事時才從各省調集軍隊並且指派將領統兵。這種制度的好處是將、兵互不相知，可以避免將領鼓動並率領兵士叛變，然而其壞處也同樣是兵、將之間彼此缺乏默契，真要集結起來打仗時，需要很長一段磨合期。

江忠源自己非行伍出身，也對綠營官軍缺乏信心。因此想要擁有自己的精兵，唯一途徑就是組織民間鄉勇團練。這是清廷認可地方仕紳為了保護鄉里而籌設的地方私人武裝。由於所有經費人員都是私人自己招募籌措，所以指揮管理也委由地方自行負責。這是清廷在軍力、經費不足情況下的妥協辦法，沒想到後來卻成為清朝對抗太平天國的主力，甚至由地方民間團練衍變成派系軍隊，不但成為清朝後期軍隊的主力，其領導人更變成主宰清朝命運發展的關鍵人物，不過這是後話了。

總之，江忠源發現興辦民間團練或許是可以讓他功成名就的終南捷徑，於是在家鄉新寧提出興辦團練的構想，所謂「集父老舉行團練，以孝義訓其子弟」。後來新寧還真的發生民變，江忠源便率領自己所訓練的三百鄉勇，配合官軍對叛變的亂黨進行鎮壓，初試啼聲的效果不錯，此後楚勇的聲名鵲起，逐漸為人熟知，因此當廣西太平天國的亂事一起，江忠源立刻被浙江巡撫引薦給賽尚阿，楚勇正式登上清末歷史的大舞台。

江忠源跟太平軍的領導人物洪秀全在某些層面存在共同點，一是兩人皆為科舉制度下的挫敗者，江忠源雖是舉人出身，但是止步於此，進京考試屢次不中，在強調科舉出身的傳統官宦生涯是極大的挫敗。至於洪秀全就更不用說，連赴京趕考的資格都沒有，總共參加四次府試都沒通過，而其第三次在廣州落榜後已經是二十五歲了，受此打擊回家以後更是生了一場重病，才會有夢到天父下凡的奇遇。因此在傳統科舉生涯的挫敗實為洪秀全反抗清廷的動力來源之一。

另一個相仿之處，在於兩人對於功名都相當熱衷、汲汲營營，不會因為挫折與困難就輕易放棄。在科考制度上受挫的人，古往今來絕對不只洪秀全和江忠源兩人，但是他們二人的相同處在於不因此而灰心喪志，相反地內心裡對於功成名就的渴望更加熾熱，更加飢渴。

洪秀全在科考落第之後，雖然對清廷失望但是卻沒有反對科舉制度，甚至揚言以後要自己開科取士，剛說此言之初，只是引來眾人的訕笑，認為洪秀全的大言不慚只是想掩飾心中落榜的不甘願，誰能料想到數年之後他果真付諸實行。這兩人在追求功名利祿上都展現出強大的意志力與決心，而這也是洪、江兩人與其他同為科舉制度下的失敗者不同之處。

最後兩人還有一個相似之處，就是兩人在現行制度走不通時，都不會拘泥於固有的思維，而是願意嘗試一條全新的道路。洪秀全是自己創立拜上帝會，另闢一條蹊徑，不再加入清廷的科舉遊戲；而江忠源則是看出未來能夠掌握朝廷權力的人未必是從傳統科舉進士出身的人，在亂世中擁有自己的武裝力量，才是權力的保證，因此他返鄉開辦鄉勇團練，為自己的未來宏圖精心擘劃。

洪秀全與江忠源都不會被現有文化、制度與思維給限制住，勇於嘗試新路徑，尋找突破點，這也說明了兩人為何會接連躍上歷史潮流的風口浪尖上。

就在清軍團團包圍永安城並精心策畫如何誘敵之時，城內的太平軍倒是風平浪靜，不太聞到戰場上的煙硝味。居民們河清海晏、安居樂業、作息如常，真是一幅天下即將太平的場面。

永安城內靠近南王府旁有一座自從太平軍入城之後才新建的建築物，拜上帝會的禮拜堂，乃是由一處民房改建而成。

今日是專屬於上帝的聖安息日，永安居民這幾個月以來已漸漸習慣在聖安息日不開工，因為城內的天國臣民都要到禮拜堂敬拜上帝，而士兵的禮拜儀式則是在兵營中進行。

南王府旁的這座禮拜堂是專門給天國大臣與高階幹部進行崇拜儀式之用，這日參與敬拜的人數明顯比平常還要更多。原因很簡單，因為今天禮拜的程序中多了道受浸儀式，就是有新人要受洗歸入上帝名下，正式加入信仰上帝的行列成為天國的子民。

這名新人就是李聰兒，這裡的新人不是傳統婚禮上新郎新娘的稱謂，而是一名新造的人。拜上帝會認為只要是願意受洗歸入上帝的名下，那麼這人便是重生得救，靈魂得到更新了。

敬拜儀式由尊貴的天國南王親自主持，如同以往有唱詩班在開始時吟唱聖詩，接著南王馮雲山便宣布今日要舉行新人受浸儀式。

馮雲山按照慣例先邀請預備受洗的新人，也就是李聰兒至臺前宣讀自己受浸的悔罪奏章。拜上帝會關於受浸的禮儀條例原則上都是馮雲山與洪秀全兩人參考新舊遺詔聖書裡面有關於受浸的經文內容後，擬定明確的規範於天條書內，成為拜上帝會信仰的準則。

天條書最早是洪秀全跟馮雲山兩人於紫荊山傳教初期就擬定的信仰守則，其後經過洪、馮兩人數次的討論修訂，如今已是再刻版，成為太平天國信仰的基礎。

《天條書》大致上分為兩個部分，第一部分是規範對上帝禱告時所採用的語言文字範例，比如悔罪規矩，悔罪奏章，早晚敬拜上帝，食飯感謝上帝，災病祈求上帝，凡生日、滿月、嫁娶、佳節一切吉事祭告上帝，凡作灶、做屋、堆石、動土等事祭告上帝，七日中要分別一日為聖日，禮拜讚頌上帝。

第二個部分則是所謂「十款天條」，這是洪秀全模仿基督教的舊約《出埃及記》第二十章的十誡改寫而成，這十款天條就成為拜上帝會最重要的信仰內容：

一、崇拜皇上帝（天父上帝）；

二、不拜邪神（偶像）；

三、不好妄題皇上帝之名；

四、七日禮拜頌讚皇上帝恩德；
五、孝順父母；
六、不好殺人害人；
七、不好姦邪淫亂；
八、不好偷竊搶劫；
九、不好講謊話；
十、不好起貪心。

這十款天條是拜上帝會信仰的基石，原則上與基督教的舊約聖經中以色列人領袖摩西從神所領受的十誡一致。

摩西領受上帝所頒的十誡以後，努力把以色列人從過去在埃及為奴的身分，教育改造成一群上帝的選民、屬神的精兵。經過四十年在曠野裡的信仰教育，才有後來以色列人進攻迦南地，建立屬於自己國家的歷史。

如今這樣一段歷史會在距離以色列耶路撒冷幾萬里之遙的東方亞洲重演嗎？

至少洪秀全與馮雲山等人是這般期盼的，所以將舊約中的十款天條幾乎原封不動照抄搬至太平天國，他們盼望透過符合上帝旨意的信仰教育，比照以色列人出埃及時一樣，打造出一支屬於天國的精兵強將。

李聰兒身穿潔白長袍，面帶微笑，神情略顯緊張地走至台前面向會眾，雙膝跪地後，出聲朗讀起自己的悔罪奏章，內容如下：

小女李聰兒

跪在地上，真心悔罪，祈禱天父皇上帝格外恩憐，赦從前無知，屢犯天條，懇求天父皇上帝開恩，准赦前愆，准改過自新，魂得升天。自今日真心悔改，不拜邪神，不行邪事，遵守天條，懇求天父皇上帝賜聖神風化惡心，永不准妖魔迷；時時看顧，永不准妖魔害。祝福有衣有食，無災無難，今世見平安，升天見永福。托救世主天兄耶穌贖罪功勞，轉求天父皇上帝在天聖旨成行，在地如在天焉，俯准所求，心成所願。

讀畢，馮雲山請聰兒站立起來，將她引導至一個由裝滿水的木箱所做的浸池旁，請她先跨進去，水深及其腰，然後按手在她頭上。再次詢問她：「李聰兒姊妹，你願意向上帝承認自己的罪，悔改歸向祂，承認祂是唯一的真神嗎？」

「我願意。」李聰兒大聲回答。

「你願意接受上帝成為你的救主，一生跟隨上帝，順服祂的話語與引導嗎？」

「我願意。」聰兒更大聲地說。

馮雲山大聲說：「余天國南王奉天父皇上帝的旨意，倚靠天兄耶穌基督的救贖功勞，替李聰兒姊妹施浸，從今爾後，李聰兒姊妹就是新造的人，舊事已過都變成新的。」語畢，便將聰兒的頭按壓入水池中，讓她全身都浸泡於池中，才將她從池中拉起。

聖樂、聖詩響起，全場的會眾歡欣鼓舞，大家都在為又有一個靈魂得救，天國又增加了一位好姐妹而歡喜快樂，這其中當然包括了石達開、阿桐以及蒙天佑等人。

靈魂得救是好事情，天國就好像是個大家庭一樣，成員增加代表著家族興旺。近來天國裡的好事頻傳，令眾人開心的事情不只這一件。

自從太平天國在永安城宣布建制立國以來，雖被清軍重重包圍，但是先前的幾場勝仗已經使得太平軍的名聲遠播、遐邇聞名，廣西各地甚至鄰近省分，陸陸續續都有許多對朝廷官府不滿已久的人們紛紛響應前來投靠，有的是隻身前來、有的是攜家帶眷，一日數起。

其中比較大股的勢力有象州邱二娘因旱災率饑民五百、湖南天地會首領焦亮率部兩百人投效、胡以晃之弟胡以章率親族前來，以及廣西博白縣人周錫能率鄉民上百人並聚資白銀千兩前來投靠。這當中的周錫能因為能說善道，出人、出力又出錢，對於天國上帝的信仰展現出十足熱忱，故被西王蕭朝貴給看上，將他納入旗下封了個旅帥。一時之間，永安呈現出朝氣蓬勃、萬民來歸的氣象，完全沒有被數萬名清軍包圍的危機感。

然而就是這種詭譎氛圍製造出來的假象，暫時麻痺了太平軍眾人，給了清軍時間與空間，使得清軍統帥賽尚阿雖然兵敗官村，卻能夠好整以暇、從容不迫的進行部隊的集結與調度。

如今清軍的包圍網儼然成形，而且越圍越密，一個月以後再也沒有任何百姓成群結隊加入太平軍的情況發生，因為清軍這方已經把出入永安州城的大小通道都給牢牢地堵死圍困。

暴風雨前的寧靜，永安城內出現了一些奇怪的謠言在散播流傳。

近日以來城內不斷謠傳永安城內藏著一個天大的祕密，首先有人說永安州城的格局頗為神祕，有四座城門樓，卻只有三個城門，並且城池的設計又違反傳統城池建築中「前朝後市」的格局，在正門前右方設一市場，但在其正後方卻是一個土丘，使得整座城池從遠處眺望過去，就宛如一條魚龍悠遊於湄江之中。

接著傳說早在前明時代，當時有個儒家大學者、有大明軍神之稱的王守仁就曾經看出永安城是五龍護主、帝王之居的風水奇地。當時王守仁任左都御史總督兩廣軍事，前來廣西平定瑤族與僮族之亂時發現此城有異，說：「此地藏龍臥虎，帝王之居，實乃英雄用武之地，三百年後必有王者興。」於是，王守仁修改永安城的建築來鎮壓住永安城的特異風水龍脈。

說也奇怪，自王守仁前來彈壓叛亂以後，明朝時期永安城再無兵燹之禍，於是此一風水傳說便流入民間，直到滿清入主中原以後，才漸漸消逝無人談起。可是最近此一傳說死灰復燃，開始在永安城內流傳起來，原因就是拜上帝會洪秀全在此城開基立業，不僅是建立太平天國，還分封五王，剛好符應了五龍護主的說法。

這個流言也傳進了天王府，今日南王馮雲山剛好入府與天王洪秀全議事，洪秀全向馮雲山談及此事，馮雲山回應說：「陛下，這些不過是市井小民在街頭巷尾聊天閒談時的穿鑿附會之說，不需多做揣想。」

洪秀全了解馮雲山這人向來不喜歡這種邪門歪道的堪輿風水之說，再加上與拜上帝會的信仰有所違背，便不再深究。畢竟現在有一件事情令他更加煩心，那就是永安城內的存糧問題。

「雲山兄弟啊，朕聽說這城內的糧食不夠了，可是當真？那該如何是好？」

「陛下，微臣前來便是為了此事，最新一次的盤點，本城的存糧只能再撐一個月，即使省吃儉用、節衣縮食，也頂多再撐五十天，而現下永安城對外的聯絡要道都已被清軍給封死了，就算是有銀兩也採買不到糧食啊。」

洪秀全一聽心中難免焦急不安，站起來踱步說：「想不到才幾個月的光景不到，永安城就從地上小天堂變成了坐困愁城的死地，雲山兄弟，這要怎麼辦？你可有何善策啊？」

「陛下，永安本就非長居久安之地，唯今之計勢必要突圍，但是清妖這幾個月來早已調兵遣將堵死各個要道路口，把本城圍得水洩不通，我軍已失去了突圍的先機。不過，倒不是沒有希望，假若可以有人從包圍網外引誘清妖，替包圍網打開一個缺口，那麼以我軍的士氣與戰力均優於清妖的情況下，就有機會能夠順利突圍。」

聽完馮雲山的陳述後，洪秀全倒吸了口氣，怨嘆地說：「朕真的是誤判情勢啊。」

一股悔不當初的感覺襲上洪秀全的心頭，其實剛進永安城時，馮雲山就勸過洪秀全不宜久留，盡速重整隊伍，再次向東進攻，入潯江、出梧州、取廣州才是正確戰略方向，可惜洪秀全進入永安城後，就迷戀於地上小天堂的感覺，逐漸深居簡出，鎮日在天王府內與王娘們談論天國信仰，但是對永安城外包圍的清軍部隊卻不主動施以打擊削弱其士氣，如今雙方的氣勢與力量再度逆轉，天平已向清軍那一方傾斜。

「陛下，為時未晚，天國的眾將士們還需陛下鼓舞士氣、振臂高呼，親自率領我軍殺出重圍。」馮雲山向洪秀全信心喊話。

洪秀全仰天嘆了口氣，似乎幾個月的太平時光就消磨去他許多的雄圖壯志，他坐下來問說：「但是如今有何外援可以協助我方打破包圍網呢？」

馮雲山向前跟洪秀全輕聲說：「陛下，還有一招可試。」

經過馮雲山的提點，洪秀全的眼神慢慢恢復了光芒，漸漸再次燃起與清妖爭雄天下的鬥志。

清軍這方面雖然是對永安城形成合圍，但卻缺乏積極的攻勢，各路圍攻的部隊因為前幾次敗仗的慘痛經驗，都害怕與太平軍正面交鋒。因此各路將領們最佳的盤算，是倚仗著人多把太平軍圍困於永安城內，再透過堅壁清野的策略，阻止物資糧食運入城內，冀望太平軍能夠自己不戰自潰。

於是雙方就這樣僵持不下，互相比氣長，雖然時間看起來是站在清軍這邊，不過清軍也不是沒有隱憂，遠在北京的咸豐帝對於賽尚阿這種圍城戰略遲遲看不到成效，逐漸失去等候的耐心，下令賽尚阿進兵。

咸豐元年（公元1851年）二月，賽尚阿在皇帝欽頒聖旨下，從陽朔親赴永安前線督軍。皇帝既然下令要進攻，前方將士怎麼樣也得裝裝樣子，打一場仗給皇帝觀賞觀賞，於是賽尚阿命令南北兩路清軍聯手出擊，果不其然，清軍遇到太平軍猛烈的抵抗，雙方就在太平軍所建立起的防線，南邊以莫家村、長壽圩一帶，西北邊以龍眼潭高地砲台以及西南邊的水竇一線等展開激烈攻防。

這一仗雙方纏鬥了十餘天，主動發起進攻的清軍部隊攻勢不順，傷病交加，減員甚多，實際進展卻甚微。太平軍這方雖然勉強地守住防線，卻也因為長期困守，兵疲馬倦，糧草殆盡，整體的士氣同樣是瀕臨崩潰邊緣。

清軍方面圍攻策略一直沒有速效，年輕氣盛的咸豐皇帝對廣西前線各路將領的信心大失，於是再次下指導棋，要求賽尚阿重新啟用老將向榮，命他官復原職，重掌軍隊的指揮權。礙於皇命賽尚阿只好派向榮負責督辦北路軍的軍務，進駐古排塘軍營；南方一路的防務則是由烏蘭泰負責統帥。

戰場上兩軍對壘時，最忌諱指揮領導的體系不明，偏偏碰到一位喜歡在遙遠的京城發號施令又自以為是的年輕皇帝，著實令清軍的戰略部署打了很多折扣。

咸豐皇帝的做法其來有自，他希望剿匪一役能速戰速決。原因很單純，一方面是他內心對於彌平叛亂的急迫感，另一方面是他很清楚朝廷現階段財力有限，而打仗很花錢，且打得越久花的錢越多。

前線領軍的將領每隔一段時間就上奏朝廷要添餉、要加人，可又拖延戰事，這讓生性節儉的咸豐打從心裡不高興，就是這種既要防外盜，也要堵內賊的心態，讓咸豐多次干預前方戰事的部署與指揮行動，這亦是導致清軍作戰失利的原因之一。

✠ ✠ ✠

時至三月中旬，太平軍終於完成突圍的作戰計畫，核心五王於天王府內做最後會商，突圍計畫是由馮雲山擬定，他首先說明根據情資綜整評估，永安州城的南北兩側都有清妖佈署重兵把守，而永安城東方的古蘇沖口因山隘險峻、道路複雜，目前敵軍只派遣了王夢麟部隊駐守，兵力約只有三千人，相對單薄，所以成了突圍的好選擇。

聽起來古蘇沖口是一個好選擇，然而眾人的疑慮是依現在形勢太平軍只要一出城，南北兩路清妖部隊得知消息必定會互為犄角趕來夾擊。面對這項質疑，馮雲山則是從容不迫地對在座眾人說明，他早於一個月前就秘密派遣李聰兒出永安城，前去廣東聯繫蓮園的李文茂、陳開等人率部隊前來支援。所以只要透過蓮園的伏兵出擊與太平軍裡應外合，兩路人馬內外夾攻來突破清妖的南北封鎖線，然後兩軍再連成一氣，一路奔向潯江，直驅廣州而去。

在場各王對於馮雲山的洞燭機先，並且提早一步遣人聯繫外部盟友的精心擘畫都感到佩服。但是就在戰略計畫要做最後定案之時，楊秀清卻突然跳出來說：「且慢，依我看這東進一途，恐有變數。」

眾人一聽相當錯愕，都用充滿疑惑的眼光望向楊秀清，這次輪到楊秀清要面對大家質疑的眼神，他卻泰然自若地說：「陛下以及諸位王爺莫驚，待我先將人給帶上來，再向各位一一說明。」

楊秀清派人把一名被五花大綁的囚犯押進議事廳內，此人蓬頭垢面被帶進堂內，站定後左右衛士大聲喝斥命其跪於地面。

這時楊秀清才出列向洪秀全雙手抱拳一揖後說：「啟奏陛下，微臣三日前發現此人偷偷地溜進東王府邸，原以為只是尋常的偷盜小賊，不料詢問之下居然發現一個天大的秘密。」

諸位王爺定神細看後，方才發現被綁的小賊竟然是上個月前來投靠的博白人士周錫能。而此人現為西王蕭朝貴帳下的一名旅帥，所以當蕭朝貴看清楚來人是周錫能後，趕忙上前詢問道：「周錫能你從實招來，為何要潛進東王府偷東西？當初你前來投靠之時，獻上白銀千兩，若只是貪圖金銀財寶，你冒死加入我軍又是所為何來？」

蕭朝貴的諸多疑問也是在座眾人的疑問，楊秀清這時說：「此人實乃清妖之奸細，加入我軍定是另有圖謀。」

「奸細！可惡！」因為周錫能是自己帳下的旅帥，蕭朝貴覺得臉面無光，盛怒之下，上前就是一拳重重打在周錫能的臉龐，這一拳打得周錫能整個人踉蹌跌到在地。蕭大聲喝斥說：「豎仔，居然膽敢混入我軍。說！是誰派你來臥底的？目的何在？給我從實招來，否則我立時將你大卸八塊。」

臉上被打了一拳的周錫能疼痛不已，但還是趕緊從地上爬了起來，重新跪好後才恭敬地說：「陛下及各位王爺殿下請饒命啊，小人已經全盤向東王殿下說明，小人完全是受清軍…，不，不對，是清妖的誘惑，答應他們進入永安城來偷取吳王寶藏的藏寶圖。」

「吳王寶藏？」

周錫能的回答更加令在座眾人一臉迷茫、滿頭霧水，楊秀清於是命周錫能將他先前供訴的內容詳情，一五一十全部再向眾人敘述一遍。周錫能只好從頭說起，等到聽完周的供詞後，堂內眾人，除了楊秀清外，個個都睜大了眼睛，好像不敢相信自己剛剛所聽到的內容。

原來周錫能是受到清軍的委託，命他帶人偽裝要投誠太平軍，實際上是進入永安城內來尋找江湖上相傳已久的吳王寶藏之藏寶圖。

所謂吳王寶藏的吳王指的就是當年明朝的大漢奸，山海關守將吳三桂。吳三桂叛明降清，領清軍入關，大清入主中原後被封為平西王。康熙十二年（公元1673年）吳三桂因為朝廷要撤藩而舉兵叛變，史稱三藩之亂。初期吳三桂的軍事進展頗為順利，不但統有雲貴全境，並發兵攻入湖南，另外兩個藩王廣東的尚之信、福建的耿精忠紛紛響應，一時之間整個中原為之震動。

但是不久之後清軍反攻，吳三桂的進軍止於湖南岳州，形勢開始出現反轉，各地響應吳三桂的兵馬都被清軍一一彈壓打敗，最後只剩吳三桂一支孤軍苦撐。康熙十七年（公元1678年）三月，吳三桂為了振奮軍心，決定在湖南衡陽登基稱帝，國號為周，建元昭武，立其妻張氏為皇后，同年八月吳在長沙病逝，享年六十七歲。隨後其部下擁立吳三桂之孫吳世璠繼位，繼續與清軍對抗，但是節節敗退。康熙二十年（公元1681年）十月，清軍最終攻陷昆明，其孫吳世璠自殺，結束歷時八年的三藩之亂。

這段歷史對於在場人士來說並不陌生，只是吳三桂又為何與吳王寶藏產生關連呢？

相傳吳三桂當年知道自己的敗象已現，乃是強弩之末，所以將大量的金銀財寶、軍械火器藏於某隱密地，繪製一幅藏寶圖傳給後人，希冀其後代子孫假以時日，覓得良機可以繼承其志，再次逐鹿中原，爭雄天下。

然而這幅藏寶圖卻在吳三桂的孫子兵敗自殺後就消失不見，再無其蹤跡。但這個吳王寶藏的傳說卻自此流傳下來，直至今日。

周錫能說有關吳王寶藏圖一事，也是他接受清軍委託後方才知曉，清軍那方告訴他吳王寶藏的藏寶圖於二十年前被一名高人藏於永安城武聖宮的後方古井旁，小坡地內的洞穴中。這其中牽扯到永安城另外一個傳說是，永安乃帝王之居、五龍護主，不久將出一位帝王，所以這位高人期盼將來這位應運而生的新帝王可以得到吳王寶藏，使用寶藏的財富、兵器等資源來推翻朝廷、反清復明。

周錫能說他原本也不相信這些事情，但是招攬他的那名清軍高官顯然深信不疑，所以不但安排其他人士與他一起投誠，並且提供兩千兩白銀做為資金，並且許諾只要能辦妥此事，事成之後會封他一個六品官銜。大利當前，於是他決定放手一搏，除了將所得的資金中一千兩先留為私用外，便攜帶一千兩白銀做為投名狀前來永安投靠太平軍。

「那可有找到藏寶圖？」聽完周錫能的陳述後，洪秀全急著問。

「回陛下，微臣依照這名奸詐小人所言，的確在府邸的後方找到一個洞穴，而其中藏匿有木匣一盒，盒裡放有一張牛皮圖。」楊秀清一邊回話，一邊將那張牛皮圖呈上。

洪秀全看完那張牛皮圖後，傳遞予眾人一同察看，此牛皮圖不大，所記載的也不是圖樣，而是幾行字。

昭武元年，戰事不順，朕自忖來日無多，將多年聚積的金銀寶藏與火器軍械藏於全州城內，西側城隍廟下的地窖內，望朕之後世子孫中有賢孝之輩，善加利用，重振朕之大周威名，立不朽之基業。

長伯筆

「這長伯是誰啊？」蕭朝貴問。

「長伯是吳三桂的字」馮雲山回道。

一時之間，眾人不知如何回應。因為此事太過曲折離奇，大家還需要時間仔細推敲琢磨一番，實在不知要從何說起。

「雲山兄弟，這事你怎麼看？」最後還是由天王洪秀全打破沉默。

馮雲山思忖後回說：「此事甚奇，微臣一時間實難斷定其真偽，我想問一下周錫能，清妖那方面是誰與你接洽？」

「清妖方面都是由一位名叫江忠源的將領與小人接觸，但是他說自己是奉欽差賽尚阿大人的指示辦事。」周錫能聽到馮雲山的問話後，立刻小心翼翼地回答。

馮雲山聞言思索一番後說：「如此看來，微臣認為這件事應是清妖方面安排，這個周錫能的確是清妖派來的奸細無誤。或許清妖他們真的相信吳王寶藏的存在，而這藏寶圖如今出現於東王府邸，但即便如此，亦難以就此推定所謂吳王寶藏就是真實的存在。」

楊秀清發言道：「陛下，臣已將這奸細所帶來的一百多人通通逮捕下監，逐一盤問，所得結果與這名奸細所言相符，他們均是清妖花錢找來偽裝投誠的流民，但是對於吳王寶藏之事則是一概不知。」楊接著繼續說道：「但倘若吳王寶藏一事為真，而這個寶藏確實是在全州，那麼我軍的突圍策略可能就必須要更改路線，不東進，改為北上，去取全州。」

「陛下，微臣認為或許真有其事，不然清妖不會如此費盡苦心，花如此大的血本派人潛進永安城來偷取藏寶圖。」西王蕭朝貴興奮地說。

「不知其他諸位兄弟的想法如何呢？」洪秀全接著問。

北王韋昌輝同樣是興致高昂地說：「這個吳王寶藏在江湖上傳言已久，前些日子也曾經謠傳藏寶圖現身於廣州，各路人馬都十分覬覦。想不到竟然在永安出現，說不定這乃是天意，天父上帝要助我們一臂之力取得寶藏，而這永安城果真是帝王之居啊。」

相較於西王與北王，翼王石達開的反應就相對謹慎許多，他說：「江湖上各式各樣的讖緯傳說所在多有，還有更多光怪陸離、匪夷所思之事，實在不需太過認真。若因吳王寶藏一事而要更改進軍路線，則便茲事體大，千萬要三思而後行。即使我軍真的揮師北上，打下全州之後，那麼接下來呢？」

楊秀清此刻拿出一份地圖打開，指著其中幾個地點跟大家說明：「我軍現在受困於永安城，清妖南北夾擊，不論向東或向北突圍都會遭遇圍攻。如今我們可以藉由蓮園李文茂的部隊做為一個誘餌，他們從東南邊的方向上來，我們先假意突圍後，欲與蓮園合兵一處，但實際上卻往北直撲廣西省城桂林而去，屆時清妖必然會回防桂林這座省城重鎮，等到吸引清妖部隊集結於桂林後，我軍再突然轉向，趁清妖毫無防備時進攻全州。」

楊秀清顯然是有備而來，歇了口氣看一下眾人的反應後接著說：「一旦入城取得吳王寶藏後，屆時我軍實力大增，繼續揮軍北進，進逼長沙，取武昌後可沿長江東下，兵鋒直指金陵。」

「南京城。」洪秀全脫口而出。

「沒錯，這座六朝古都，魚米之鄉，人口眾多，腹地廣大，又有通商口岸，才應是我天國帝都真正之所在。」楊秀清不是臨時改變行軍戰略，對於北進的方案構思規劃已久，早有預備。

聽完楊秀清的戰略構想後，眾人又陷入一片寂靜。

在場眾人紛紛想像假若真能打下金陵古城，建都於南京，那當真是萬世不朽之功業。楊秀清所擘劃的未來遠景相較於東進廣州的策略來看，南京城的繁榮，江寧府的風華當然是更令在場諸王嚮往與垂涎。

幾經思量斟酌之後，馮雲山才開口說：「東王殿下果然雄才大略、經緯遠圖，這個北進的擘劃說得上是宏圖大計，但是卻必須賭上兩件事情，一是賭吳王寶藏真的在全州；另一個則是賭上李文茂這支盟軍。」

對於馮雲山提出的質疑，楊秀清笑了笑說道：「南王殿下所言極是，任誰都難以確定吳王寶藏是否真實存在，此乃天意。若這是上帝的旨意，就會成就，而上帝的安排，我等眾人都需要順服接受。至於李文茂的部分，確實是難為，可是戰場上的局勢瞬息萬變，實不能拘泥於個人的情誼。何況就算我們雙方兩軍真的合兵一處，所謂兵兇戰危，我們同樣亦無必勝之把握。眼前李文茂的部隊可以成為我軍北上的掩護，最後或許會犧牲他們，但俗話說慈不掌兵，縱然對不起他們，我也只能言盡於此。」

楊秀清這一席話表達的意思很清楚，就是想要犧牲李文茂的部隊，來換取太平軍北上突圍的機會。這個計策雖然很齷齪，但是現場卻沒有人敢發言加以責難。太平軍今天能走到這個地步，都是眾人用身家性命拚出來的，沒有貴與賤的分別，一旦上了戰場誰都一樣，聽天由命，全部都看上帝的安排。情理上，蓮園李文茂率部遠從廣東前來支援，如此情義相挺，太平軍自是欠他們一份情。但是若為大局著想，為了戰略的考量，必須要犧牲掉哪一支部隊，該做就得做，在場人士都是沙場老兵、統兵大將，自然明白這個道理。

談到賭注一事，說實話會走上拿刀子與朝廷官兵對幹這一條路的人，其個性中多少都帶著些賭徒性格，賭的就是自己的身家性命。但既然要賭，這些人通常會選擇賭一把大的。畢竟現在是不管往北、往東都得打，都得要掄起刀槍來與清兵用命來拚搏，既然都是要拚死一戰，大夥兒當然是期望萬一拚過的話，能夠得到最大、最有利的獎賞，因此廣州城跟南京城兩相比較，絕對是後者更具有致命的吸引力。

石達開明白楊秀清的說法不無道理，然而無論是基於良心或是與聰兒的情誼，無論如何他必須要仗義直言：「東王殿下所言雖然在理，但是我太平軍是以斬妖除魔、匡正天下、傳揚上帝真理而立國。若是僅為一時戰略考量而背信忘義，恐怕有違本教起義的初衷，亦未必為上帝所喜悅。」

石達開的一番懇切陳詞，又令眾人陷入矛盾的思緒中，楊、石兩人的立場背道而馳，畢竟石達開的說法與考量亦有道理，但是魚與熊掌不能兼得，一場軍議就此陷入了僵局。

楊秀清眼看眾人無法有個決斷，於是便揚聲說：「天父皇上帝的旨意到底為何？目前我還不知道，天父亦未託夢明示於我。不過既然我能夠識破周錫能這小人的奸計，卻是有賴天父上帝於夢中提醒我，那日晚上府邸內會有小人潛入，才讓我順利逮到這個奸細，我想這應該算是個預兆。」

聽到楊秀清如此說法，雖然石達開內心有疑慮，但是鑑於楊秀清乃是欽定天父上帝在凡間的代言人，所以也不好當面加以反駁。

各有說法、各據一詞，雙方無法達成共識。

為了化解場面尷尬的氛圍，這時候韋昌輝打了個圓場說道：「既然天父上帝只顯預兆沒有明示，那麼依微臣之見此事至關重大，最後恭請陛下來聖裁，因為陛下乃是天父聖次子，天兄之弟，所以陛下的決定，必然就是天父上帝的旨意。」

這個提議算是給雙方一個下台階，讓天王作最後的定奪也是目前唯一的解方。洪秀全見雙方各站立場，而他一時間無法拿定主意，向馮雲山使了個眼色便說：「眾卿先回去吧，這事且待朕向上帝祈求禱告後再做裁奪。」

五王紛紛請安告退，各自回本營等候天王洪秀全的聖裁。

就在等待洪秀全做出最後決定的日子裡，城外包圍的清軍突然加大進攻的力道，北路軍由向榮指揮開始向永安城移營，他命總兵長瑞為先鋒，使用最近才剛剛運抵永安前線的「神功將軍紅衣大砲」，砲襲太平軍的龍眼潭大營，使得永安州的北部防線出現鬆動，頓時增加了太平軍防禦的壓力。

話說清廷從立國初期就使用「紅衣大砲」作為軍事作戰的利器。所謂紅衣應該是由「紅夷」兩字轉化過來，據傳這種大砲最早是在明朝時期，由荷蘭人或是葡萄牙人所製造生產，當時人稱這些洋人為紅夷，但是因清朝統治者女真人本身亦非漢族，因此對這個「夷」字避諱，所以就改稱為「紅衣大砲」。

清軍所使用的「紅衣大砲」屬於前裝滑膛式加農炮，乃是康熙年間由比利時人南懷仁所設計的大砲，一共有三種型號分別是：輕型大砲「神威將軍」型，中型大砲「神功將軍」型，重型大砲「武成永固大將軍」型。

清朝初年曾經用此砲開疆闢土、威震中原，但可惜的是經過了兩百年，紅衣大砲依然是紅衣大砲，名號依舊響亮，不過功能卻毫無長進。因此當百年老砲遇上從西方來的先進火砲技術時，便如虎門要塞戰役一樣，儘管有數十門重達八千斤的大砲鎮守，但是對上英軍艦艇的先進火砲時，居然是一敗塗地。

不過儘管如此，這些「紅衣大砲」拿來對付從農田、礦坑起家的莊稼漢太平軍來說，還是相當管用的。

就在清軍持續進攻永安州同時，石達開把蒙天佑找到翼王府內密談，一進入翼王府天佑就感受到一股不同以往的詭譎氣氛。

這翼王府中庭廣場內擠滿了人，應該說擠滿了士兵，大約有一整旅五百名左右的部隊集結，天佑的觀察力極佳，一眼就看出這支軍隊的異樣，每個人臉上帶著哀戚肅穆的表情，然而士兵們個個身形精壯、體魄雄健，絕對是一支強兵。

石達開出來迎接天佑進入內堂，一坐下來就開口對他說：「聖意已決，我軍要向北突圍了。」

天佑早已猜到石達開找他前來應該是商議此事，因為在不久前南王馮雲山也早已告知天佑那日在天王府內軍議的種種過程，以及有關吳王寶藏之消息。

天佑心中一沉的說：「我早就有預感陛下會做如此決定，但是這絕非正道啊，我們豈可棄盟友於不顧呢？」

「愚兄也期期以為不可，然而聖意難違，如今我所能夠做的已不多了。」石達開意志消沉地說。

「不如想辦法聯繫聽兒姑娘那邊，通知他們不要北上。」天佑說

「估計是來不及了，再過兩天我軍便要正式突圍，而聽兒那邊也有消息傳來，蓮園的人馬已經通過太平，準備進入三江口。況且就算來得及聯繫他們，這也犯了兵家大忌，會讓我軍的行動提前曝光、功虧一簣，後果更是難以設想。」

天佑氣急敗壞地說：「功虧一簣又如何？總不能讓數千人白白地替我們去送死吧。」

石達開聽到天佑這麼說，臉上總算是露出欣慰的表情說道：「天佑，謝謝你，還好有你在，才使得大哥覺得自己不孤單。身為天國翼王，我不能為了兒女私情，就輕言放棄所肩負的羽翼天國的責任。但是身為上帝子民，我也不敢忘記聖書中真理的教導，做出違背良心、違反公義之事。」

石達開將右手按在天佑肩上，語重心長地說：「大哥有個不情之請，希望天佑能夠幫忙。」

「殿下請說，只要是天佑辦得到的，定當全力以赴。」

「我軍北上突圍，把蓮園數千人當作誘餌丟給清妖去啃，實非我天國子民行事風格，但是如今木已成舟難以挽回。大哥希望天佑能夠率領一支部隊前往救援蓮園，玄甲騎的威名遠播，清妖必然聞風喪膽，不須鏖戰，只要突圍即可，屆時清妖一旦發現你們並非主力部隊，便會轉而向北追擊。」

天佑沉默良久不語，石達開將手放下，站起來踱步，然後仰天長嘆說：「我知道這個請求是強人所難，天佑你切莫為難，這件事只能怪我自己，大局與私情難兩全，現在只能祈求上帝保佑聽兒他們

能平安脫險。」

天佑立時站起來雙手抱拳一揖說：「請殿下千萬不要誤會，前去支援蓮園這件事就算是肝腦塗地、粉身碎骨，我也是在所不辭。其實不瞞殿下，馮老師昨日早就交代我相同的任務，務必要前去營救聰兒以及蓮園的兄弟們。至於違抗軍令部分，老師說他會自個兒承擔下來。」

石達開一聽，深鎖的眉頭立時舒展開來說：「南王高義薄雲，實在讓人敬佩，真是望塵莫及啊。」

天佑接著說：「我剛剛遲疑不語，乃是因為在思索一件事情。」

「何事困擾天佑？」

「我只是在思想，倘若我是殿下您，不知道會不會親自去救聰兒姑娘，還是會同樣身不由己？」天佑突然地問說。

石達開一聽有點愕然，但是隨後微笑道：「天佑真性情也。」

天佑這時才意會到這樣的發言恐有冒犯，趕緊向翼王賠不是說：「殿下莫怪，天佑別無他意，只是不捨殿下的為難與感嘆亂世中的無奈罷了。」

石達開再次拍拍天佑的肩，兩人一同坐下。石達開對天佑說：「天佑啊，可有喜歡的姑娘？可曾有過對某人朝思暮想、輾轉難眠的經驗？」

天佑不好意思地說：「殿下，你可問倒我了。這男女之情，我並不熟悉。喜歡的姑娘，不能說沒有，只是卻也還沒到想與之共結連理、比翼雙飛的階段。」

石達開看著這位僅比他小一歲的青春少年，突然想到自己跟他都不過僅二十出頭，正是朱顏綠髮要揮霍青春年華的日子，然而石達開卻覺得自己好像是個歷盡滄桑、飽經風霜的老人一般，於是嘆了口氣說：「天佑，人生如朝露，十分短暫，我們都只是人世間的過客，將來在天上才是永恆的家。而在地上的這段時間裡，我們能做的就是不要白白浪費，凡事盡力而為，記得不要留下遺憾就好。」

石達開喝了口茶接著說：「假使遇到心儀的對象，不要猶豫，儘管追求，也不必擔心對方是否喜歡你，因為那並不是操之在你，只要扮演好你自己的角色，剩下的部分就交給上帝，相信天父會做最好的安排。」

天佑問說：「但是萬一佳人早就心有所屬或是對我不感興趣，會不會很令人受傷呢？」

石達開回說：「受傷是難免的，但這是一種成長，只要態度正確，受傷的心情調適一段時間就可以回復。重要的是你將心裡的想法勇敢表達出來，對方要如何抉擇也是她的權利。然而整件事情的關鍵不在於對方會如何回應，而是在於你自己不會在多年以後，回憶過往，後悔當初為什麼沒有鼓起勇氣去向對方表白。」

蒙天佑從石達開的眼神中，觀察出他的內心裡有著許多的糾結，天佑很想問他說：「如果把天國重任與心愛的伊人放在天平上面一起考量抉擇時，要怎樣才能夠不留遺憾？」

但是這個問題天佑始終沒有問出口，因為他明瞭這個問題對於石達開來說，永遠是個遺憾。

石達開望著沉默不語的天佑說：「人生在世喜怒哀樂、悲歡離合，你以後都會一一經歷，這些乃是人生成長的養分，讓我們不斷向前進。」

接著他就扶起天佑的手與他一同走出內堂，來到大堂的庭院前。

庭院中間是剛才天佑進來時看見的五百人勁旅，依舊直挺挺地站立在大院中，石達開說：「天佑這次拜託你前去救援蓮園部隊，大哥知道此路凶險萬分，雖然你的玄甲騎戰力堅強，但是因為全屬騎兵，在整體作戰上還需要步兵來偕同補足戰力的缺口。現在我將石家最精銳的親兵部隊【陷陣營】交給你來指揮，雖然僅有五百人之數，然而這群兄弟，個個都是百裡挑一，並且對我石家忠誠不二，作戰時必定奮勇向前，誓死不退，是我最放心的部隊。」

石達開轉頭向陷陣營的兵士們說：「陷陣營的各位兄弟們，今日我把大家交給天佑兄弟，從今以後，蒙天佑就是大家的統帥，他的話就是我的話，他的命令就是我的命令，有沒有問題？」

「沒有」五百人齊聲吶喊。

天佑感受這聲音中散發出一股意志堅定、悲壯蒼涼的感覺，想必石達開應該已經向這五百名親兵一一道別過，因為這次的任務艱難危險不說，就算有幸生存下來，將來是否能夠再回到石家也是未定之天，這對跟隨石達開多年忠心耿耿的陷陣營兵士來說，必定相當不捨與難過。

天佑也清楚，這一支陷陣營在石家軍當中所占有的地位如何，每個人都是由石達開親自挑選，年紀自十六歲以上，未滿二十五。所領的餉銀是一般兵士的兩倍，每天食用的肉量也是兩倍，加入此營者須早晚嚴格操練不說，石達開還教導他們使用各式兵器軍械，傳授自創的戰拳拳法。因此雖僅有五百人，但是臨陣禦敵時可以抵擋兩千人以上的敵軍，因此不到萬不得已、戰況危急之時，石家是不會輕易將這支部隊派上戰場，通常是當作石達開中軍本營的親衛隊使用，主要是跟著石達開去衝鋒陷陣。

如今石達開卻把這一支重要的部隊交給天佑指揮去營救聰兒，從此可以看出他非常想要彌補心裡頭對於聰兒以及蓮園等人的愧疚。

蒙天佑率領陷陣營離開翼王府後，石達開回想起一個月前，李聰兒要秘密出城回去廣東時兩人的對話。臨去之前李聰兒對石達開說：「這次突圍成功與否對天國的未來發展舉足輕重，但石大哥切記要保重自身，萬一真的勢不可挽，千萬別意氣用事，留得青山在，方可細水長流。」

聰兒的擔憂與關心全寫在臉上，她還說：「至於阿桐姐姐那邊，我自知年幼不敢與之相爭，全聽憑石大哥的安排，望君莫操心。」

石達開站在王府的中庭廣場，抬頭仰望晴朗無雲的湛藍天空，他悄悄發現自己的臉龐已被淚水給沾滿了。

他為誰落淚呢？為聰兒的險境？為自己的愧疚？還是為紛亂時代中無奈的芸芸眾生？

四月的廣西，天氣已經開始躁熱起來，春天走得很快，似乎預告著接下來這片蒼茫大地將如同這炎熱的天氣般，開始發燙起來。

✣✣✣

四月五日傍晚，永安州東邊昭平附近突然出現一隻兵馬，這支軍隊不是舉黃旗、穿黃衣的太平軍，並沒有統一的服裝但是行動卻儼然像是受過訓練的軍隊。

這是遠從廣東趕來支援太平軍的蓮園部隊，人數共約有四千人左右。在李文茂的帶領下搖旗吶喊著朝向永安州的東側進軍，這支部隊的出現讓負責固守永安城東側古蘇沖的清軍王夢麟部非常緊張。王趕緊派人向南路軍統帥烏蘭泰回報求援。但是傳令兵才剛出發，王夢麟便接獲探哨回報，永安城內太平軍已經突圍出城向古蘇沖這邊直奔而來。王夢麟一聽仰天長嘆，抱怨自己的命運怎麼如此多舛，這些逆匪們哪邊不去竟然選擇從古蘇沖突圍，沒料到正在向老天爺怨嘆之時，天空就開始飄起濛濛細雨，接著雨勢越來越大，雷電交加，彷彿是在告訴王夢麟，命運就是這般作弄人。

突圍出永安的太平軍趁滂沱大雨抓緊機會東進古蘇沖，勇猛的羅大綱再次扮演先鋒的角色，他輕而易舉地擊敗王夢麟的守軍部隊，這時候烏蘭泰所率領支援的清軍部隊剛好從南邊趕上來，碰上李文茂所率領的蓮園部隊，雙方展開一場激戰。

按照原先與蓮園那方的協定，這時候太平軍應該繼續向東前進，與蓮園李文茂的部隊合兵一處，然後共同擊退清軍，接著往昭平、平樂方向突圍，兵指廣東。

但是太平軍在突破古蘇沖的清軍防線後，卻突然整個部隊左轉北上，留下蓮園李文茂這四千人，孤軍獨自抵擋清軍烏蘭泰部從南邊過來的攻擊。烏蘭泰所率領的南路軍約有兩萬人，將四千人的蓮園部隊給緊緊咬住，李文茂等人抵擋得相當辛苦漸感不支，李聰兒同在軍陣之中，她一方面苦戰清兵，一方面為遲遲沒有太平軍的消息感到憂心，她心想該不會是出了什麼事情？石大哥平安嗎？

李文茂部苦等不到太平軍的支援，只好率隊於龍寮嶺一帶就地佈防苦撐，奮力抵抗兩萬清軍的攻擊。一整夜過去，蓮園部隊的人數越來越少，傷員與減員的情況嚴重，而清軍的攻擊包圍網越縮越小，雖然黎明的曙光乍現，但是李文茂的心情卻非常低落，他猜測太平軍應該不會來了，不管原因為何，自己勢必要孤軍奮戰到最後。

他把陳開、聰兒兩人找過來告訴他們說：「今日我們可能要埋骨於此，但我實在不甘願，數十年下來的心血就此毀於一旦，所以我命你們兩人率領精兵突圍而出，為蓮園保留一絲火種，期盼日後能有機會再圖復興我蓮園一脈。」

「爹，我不要，我要與你共生死，戰到最後一刻。」聽兒哭喊著。

陳開是李文茂的結拜兄弟，幾十年一起奮戰的情誼，面對生死交關的時刻，他無法抛下兄弟獨自苟活，語重心長地說：「老李，我陪你，聽兒還年輕，要為大家保住最後希望，不但要讓蓮園能傳承下去，更要留下歷史紀錄，告訴後人我們曾經在這裡奮鬥努力過。」

聽兒聽到這兒心情更加難過，放聲痛哭無限悲泣，她在心中喃喃自語地禱告祈求上帝，盼望天父上帝能夠顯靈，拯救他們度過難關，她相信自己所信的神不會就這樣拋棄她，於是聽兒越哭越大聲，整個人仰天長泣而無法自已，口裡不斷大聲吶喊著：「上帝啊，救救我們！」

不知道是不是聽兒真誠的呼求禱告，得到上帝的垂聽抑或只是巧合，就在聽兒呼喊上帝拯救的同時，圍攻蓮園的清軍部隊後方出現了一支旗幟慢慢靠近，接著有越來越多旗幟出現，全部是黃色大旗，而這些大黃旗上都寫著一個大大的「石」字。

一支強兵喊聲震天，氣勢逼人的從清軍後方長驅直入，這一支部隊人數雖然不多，但是聲勢浩大行動果決，清軍很快地被此一部隊打亂原本的陣形，多數的清兵對於太平軍都相當忌憚，故而出現一種詭異的現象，一股五百人左右的太平軍部隊，居然能在萬人的清軍陣地裡橫行無阻。

蓮園部隊敏銳地察覺了戰場上的異狀，李聽兒一看是石字旗，便大聲喊：「太平軍來了，石達開來了。」李文茂見機不可失，趕緊鼓舞士氣，下令擂鼓通知眾兵士太平軍前來救援的消息，僅存不多的蓮園兵士原本低迷的士氣再一次被激勵起來，雖然蓮園部隊已經剩下不及兩千人，但是生死交關之際，大家都勉強鼓起最後一口氣，與衝入清軍部隊的石家陷陣營一起合兵作戰。

清軍一開始被陷陣營勇往直前的氣勢給嚇到，連忙退避閃躲，可是當他們發現前來支援的太平軍只有一小股人馬，雖然該部隊戰力強橫，但是畢竟在人數上與清軍有著巨大的差距。漸漸地，清軍這邊的部隊陣形再一次集結，並開始縮小圍攻蓮園與陷陣營的防線。李文茂跟陷陣營的旅帥石鐵接上頭之後，石鐵告知李文茂率領剩餘人馬，一起往大峒山方向撤退。

大峒山是一座凹型的谷地，在兵法的地形判斷中應為死地，烏蘭泰見到太平軍居然往大峒山的方向逃竄，見獵心喜，當下即命帳下的總兵跟著自己率領全軍在後追擊，一路驅趕。

陷陣營同蓮園人馬遁逃進入大峒山谷地後，突然迅速往左右兩側高地躲避，而烏蘭泰所轄的清軍不久就追趕上來，約兩萬名清軍宛如飢餓的豺狼見到野兔般奮勇向前、鬥志昂揚，但是沒有料到，一等清軍踏入大峒山谷地後，兩側的高地所預藏的巨石、木頭從上而下滾落而下，造成清兵不少的傷亡。烏蘭泰發現中伏，趕緊約束各路部隊進行整軍，並派人查看谷內四周的情勢，從谷地深處的高丘上，突然響起轟隆隆的巨響聲。

這種響聲似曾相似，由遠而近、由小而大，伴隨響聲的是陣陣煙塵，烏蘭泰久經沙場，立即分辨出來這是馬蹄聲，而以這聲音大小來判斷，至少有上千匹馬群之多，烏蘭泰此刻心裡涼了半截，因為他明白前方的敵人是所有太平軍中，他最不想遇到的對手，但是卻偏偏找上了他。

烏蘭泰所率領的清軍瞧見前方五百丈附近的山坡上，出現黑壓壓一整片的騎兵部隊，部隊最前方的騎兵擎著兩面黃稠大旗，左邊那幅上面寫著：「天下一家、共享太平。」右邊那幅則是：「斬邪留正、玄甲無敵。」

令清兵聞風喪膽的玄甲騎出動了。

原來天佑率領玄甲騎跟陷陣營在太平軍突圍的當晚已經快馬加鞭趕來龍寮嶺，但是因為氣候不佳，雨勢頗大不利於騎兵作戰，因此天佑立刻改變作戰計畫，先命令玄甲騎進入大峒山谷地並在高處埋伏，派兵徹夜製造巨石與滾木等陷阱工具等待敵人前來；另一方面則是派遣石鐵率領石家陷陣營前去支援蓮園的人馬，然後命石鐵將清軍從龍寮嶺引進大峒山谷，天佑評估清軍部隊人多勢眾，假若蓮園等人敗退至大峒山谷這個兵法中的死地，清軍統帥必定會輕敵來追，這一來就給玄甲騎創造一個攻擊的絕佳機會。

兩萬名清軍雖然在人數上遠遠勝過千名玄甲騎、蓮園與陷陣營部隊兵力的加總，但卻由於清軍將領過於輕敵托大反而自入死地。烏蘭泰所率領的清軍在山谷低地中，承受上千名騎兵由高而低的猛烈衝擊，在玄甲騎衝鋒過後，原本躲入兩側的陷陣營與蓮園等部隊隨後反撲加入戰局，清軍方面則因身陷險地，先是自家的軍隊擠成一團，加上指揮紊亂無度，士兵們開始潰敗、各自逃命，終至全軍覆沒。

大峒山谷一役清軍的傷亡慘重，四名總兵長瑞、長壽、董光甲、邵鶴齡戰死，連烏蘭泰自己也墜馬身受重傷幾乎喪命，最後是在轄下勇將田學韜犧牲自己斷後的情況下，才在親衛部隊保護下勉強逃離戰場，帶領所剩不多的殘部一路丟盔棄甲，抱頭鼠竄逃回古蘇沖，不敢再與太平軍交戰。

玄甲騎經過一個多時辰的反覆衝殺後，才將清軍殘留在大峒山的剩餘人馬剿滅，雖然是大勝，然而蒙天佑卻不敢得意忘形，畢竟己方的兵力十分稀少，因此趕緊率領陷陣營與蓮園人馬，迅速地朝東南方撤退，一路退到三江口才停止。

玄甲騎等部隊雖勝卻不敢大意，一路急行軍十幾里路沒停過，所以直等到進行部隊休整時，李文茂跟聽兒等人才有機會前來找天佑談話。

天佑一瞧見李聽兒的眼神就明白她想要問什麼，於是先說：「翼王殿下他沒事，只是他們往北走了。」

「往北走？這跟我們的約定不一樣。」李文茂質問說。

天佑並不打算隱瞞，於是便將最近太平軍與永安城內所發生的事情一五一十地都說給李文茂等人知曉。聽完之後，陳開大聲咒罵：「王八羔子，竟然如此背信忘義，為了個什麼吳王寶藏就犧牲盟友，竟然讓我們去做替死鬼，做清妖的刀下魂。」陳開越罵越大聲，天佑也不出聲辯駁，讓他盡情地宣洩情緒，陳開罵得忘乎所以，一直到看見天佑無奈的眼神後，才嘆口氣小聲地說：「我罵的人不包括你在內。」

自知理虧的天佑並不打算做任何爭辯，反而是身旁的將領陳玉成跳出來說：「我看這一切都是楊秀清早就計畫好的一步棋，不管有沒有吳王寶藏這一件事情，他都打算將蓮園等人當作誘餌，自己往北邊突圍。」

天佑聞言大聲喝道：「玉成，休得胡說。」他轉向聽兒說：「聽兒姑娘，石大哥身負天國的重責大任，無法親身前來支援蓮園，但是他派出石家陷陣營跟隨我一同前來的這一番苦心安排，相信聽兒姑娘可以理解與體諒。」

李聽兒緊閉雙唇不發一語，過了許久，她再也憋不住，眼淚不停地奪眶而出，她哭泣地說：「石大哥的處境與無奈，我能了解，只是……」聽兒的話已經被哭聲給掩蓋過去，沒人能聽得清楚。

大家都曉得李聽兒與石達開兩人的關係，拋棄盟友肯定不是石達開的想法，但是對於聽兒來說真是情何以堪。石、李兩人身處於這個鉅變的亂世、混亂的年代，都是人在江湖身不由己，隨時要面對各種變化無常的挑戰，下一瞬間會發生什麼事情，任誰也無法掌握。故此天長地久是一種奢侈，同甘共苦更是難以強求，大時代所造成的種種情境，誰對誰錯，爭論這些都已無濟於事。

聽兒問天佑，石達開還有交代什麼事情嗎？天佑拿出一只手帕說：「這是翼王殿下讓我轉交給妳的。」聽兒一眼便認出，這是當初她親手縫製給石達開的手帕。接過手帕後將其打開，上面多了幾行字，是最近才繡上去的：

相思杯中影未現　念念伊人往日情
今因重任兩分離　祈蒙天恩再相逢

一邊讀著石達開詩句的信息，聽兒的淚珠再一次在臉龐上滾落，她的心情十分糾結、複雜難解。就石達開的角度來說，選擇放棄她，隨太平軍北上是身為天國翼王唯一的道路，否則石達開將無法對追隨他的數千石家子弟與天國軍民交代。但是對於一名情竇初開的女孩子來說，希望心儀的郎君能夠在危難之時守護在自己身邊，只是一個小小期盼，然而在這個亂世中竟然成了一種奢求。

是奢求嗎？

就在這時，聽兒赫然發覺，蒙天佑不發一語地陪伴在她的身邊，雖然天佑一句話也沒說，但他的出現與陪伴讓聽兒感到相當安心。聽兒心中暗自思忖：「天佑好像已經無數次出手搭救我，每次當我身陷危難之時，最常出現在我身邊的，不是石達開，反而是蒙天佑。」聽兒邊哭泣邊看著天佑，她心裡清楚，天佑前來雖是奉命行事，但也必定是他心甘情願，才會不顧一切、以身犯險的趕來救援。如果蒙天佑與石大哥兩人易地而處，那他又會做出何種選擇呢？

這是聽兒心中的疑問，但是她始終沒有開口尋求答案。聽兒非常訝異自己腦海裡居然出現這樣的問題。

聽兒不敢繼續想下去，或許是害怕面對她會得到的答案。

至於天佑此刻心中同樣是五味雜陳，對於聽兒失落的情緒他能夠體會，天佑也曾經問過自己，假若他是石達開，他會做出怎樣的選擇？天佑的心中也沒有答案。

或許天佑應該感到慶幸，因為他不必去面對這個難題。

天佑替石大哥感到不捨與難過，因為他清楚石達開做了一個他最不想要的決定，但是人在江湖、身不由己。對於聽兒，天佑則是更加憐惜萬分，只是他不好出聲去安慰，一方面是不知從何說起；另一方面則是內心的情感讓他猶豫不前。

天佑承認自己對李聽兒是有股愛慕之情，然而聽兒喜歡的人是石大哥，他也認為兩人是天造地設的一對佳偶，所以他小心地將自己內心的感情隱藏起來，給這對郎才女貌的金童玉女衷心的祝福。天佑告訴自己，喜歡一個人有很多種方式，即便對方不明白自己的心意也沒關係，只要默默地守護在她的身邊就已足夠了。

這是一種自欺欺人的想法嗎？天佑雜亂的思緒從來沒有好好釐清過，但他只希望在這個混沌黑暗的時代，聽兒能平安無事就好。

經過一日的休養，蓮園與太平軍眾兵士身心都獲得適當的喘息，於是天佑召集眾人商討下一步的對策。

李文茂與陳開兩人對於太平軍背信忘義的作為深感不齒，決定帶領剩餘的蓮園人馬打道回廣東另起爐灶。不過對於天佑的救援他們倒是銘感於五內，並且表達無論何時何地只要天佑有需要，儘管通知一聲，必定千里赴援、義不容辭。

天佑聞言後拍掌道：「君子一言，太好了，我現在就需要各位的幫助。」

「現在？我們絕不會再去替太平軍打仗！」陳開說道。

「請放心，不是要求各位兄弟替太平軍打仗，只是需要大家的協助完成一項任務。這事辦成以後，我蒙天佑與蓮園的諸位弟兄約定，必定助蓮園取得一州之地，開府立國，決不食言。」

聽到「開府立國」四個字讓李文茂等人內心不免激動。雖然對抗清廷、重建白蓮是蓮園長久以來的奮鬥目標，但是經過數十年的辛苦努力，卻依然一事無成。李文茂多年辛苦的努力就是盼望早點得償宿願，這亦是蓮園決定與太平軍合作的主因。畢竟如今放眼望去，太平天國這支力量還是相對有希望推翻清廷的起義勢力，儘管他們被擺了一道遭太平軍算計，但是要重起爐灶，又談何容易，因此天佑的提議再次勾起眾人的遐想。

天佑繼續說：「多的我不敢講，但是許以一州之地，讓蓮園的眾兄弟們建立家業，自據一方。我太平天國做得到，不，是我玄甲騎做得到。我蒙天佑與貴園立誓結盟，並以性命擔保之。」

天佑這次提出來與蓮園結盟的對象，不是太平軍，而是玄甲騎，也就是用他個人的名義。這對李文茂等人產生了說服力，他們雖然剛吃過太平軍其他人的悶虧，但是蓮園眾人對於天佑的人品操守是願意信任的，再加上玄甲騎展現的實力，也得到他們認同。只要有天佑這支騎兵部隊相助，遇上尋常清軍部隊是不需要擔心的。

「不知天佑兄弟你的打算如何？」陳開問。

「我需要蓮園兄弟們跟我去一個地方。」

「哪裡？」

「香港。」

「香港？去那裡做什麼？」

天佑笑笑地回說：「去拿個東西。」

# 第十二章
# 兩王同殞落　聖殿騎士軍

從前在百姓中有假先知起來，將來在你們中間也必有假師傅，私自引進陷害人的異端，連買他們的主他們也不承認，自取速速的滅亡。

——彼得後書2章1節

得知太平軍轉而北上直撲廣西省城桂林的行動後，北路軍統帥向榮，並不急著攻打阻攔太平軍，反而是立刻開拔大軍先朝省城桂林的方向前進，因此向榮的部隊早太平軍一步抵達桂林，接著向榮就緊閉城門堅守不出，也不對來襲的太平軍進行攻擊。至於進軍桂林的太平軍似乎也沒打算認真的攻城，只是擺出陣勢圍而不打，等候各路清軍逐漸向桂林方向集結。

就在太平軍大張旗鼓圍攻桂林時，此刻清軍這方內部傳來一個噩耗，南路軍統帥烏蘭泰帶著殘部向北撤退，行經陽朔時，身負重傷的他終於支撐不住，死於當地。清軍又折損了一名統兵大將，這讓桂林附近的各路清軍對於太平軍更加忌憚畏怯，不敢與之正面交鋒。

於是太平軍圍攻桂林之戰，交戰的雙方非常有默契的互相禮讓，你打我退、我來你躲。在桂林城郊外待了二十多天後，五月中，太平軍突然一陣風似的撤圍離開，揮軍北上直撲全州而去。而省城桂林附近的各路清軍，宛如早就預知結果會如此，慢條斯理的整理行囊後，各路清軍部隊一路尾隨在太平軍的後面，彷彿獵人緊盯著即將掉入陷阱的獵物，在旁窺伺等待著。

這時候太平軍的領導者自以為成功將各路清軍吸引至桂林，現下只要比清妖早一步攻入全州城，取得吳王寶藏以後，一切便高枕無憂了。

全州城位於桂林東北七十餘里，接壤湖南省界，東有湘水，可順流直抵衡陽、長沙，算得上是一個戰地要衝，但奇怪的是，整座全州城在太平軍來襲時駐防的兵力卻極為孱弱。

全州當下只有知州曹燮培轄下守衛數百人而已，還好適逢江西都司武昌顯率兵五百名在前去支援桂林的途中，先在此地逗留。正要出城時，太平軍剛好殺到，危狀萬分之時，武昌顯只好留下來一同守城。全州守城的兵力雖然不足，但還好全州的城牆均是用青石固砌而成，城牆高達一丈五尺左右，並且城牆上每隔三十步就建有一小房，可容納十名兵丁防守，另外還架設有「紅衣大炮」十多門；城外則設有護城河環繞，是座典型易守難攻的堅城。

在獲知太平軍前來進攻以後，曹知州立即遣人通知桂林方面的清軍，他心想雖然城內的兵力不及千人，但全州城的防禦工事頗為周備，只要能支撐數日，等待桂林附近各路清軍趕至，定可驅散太平軍，保住州城。

然而事實證明這只是曹知州個人一廂情願的期待，因為自太平軍抵達全州城外後，在桂林方面的清軍部隊並沒有加快腳步，反而以日行不到十里的速度行軍，宛若老百姓出遊逛大街般的怡然悠閒，絲毫不在意全州城的傾覆在即。

太平軍兵臨城下，曹知州算是一名認真堅守崗位的地方父母官，親自率領兵丁登上城樓施放火炮，甚至還打進南王馮雲山的大營之中，馮雲山因此受了皮肉傷，幸好並無大礙。眼看全州城就近在咫尺，雖然守軍不多，但是城牆堅固，太平軍一時間也莫可奈何。就在曹知州還在癡癡等待桂林方面的清軍前來救援的同時，楊秀清想到了一招攻城妙計，叫做「穴地攻城」。

原本太平軍之中就有許多教兵是煤礦工人出身，因此對使用火藥來炸山挖洞並不陌生，現在只是把炸山挖洞改成炸牆挖洞而已。楊秀清命人將太平軍中所有熟悉炸山火藥作業的兵丁集合起來，取了個名字叫做【土營】由他親自指揮，並請老練的煤礦工人，訓練大家如何埋藏火藥，何種份量、何種方位，才能夠把堅實厚重的城牆給炸垮，炸出一個大洞來。

楊秀清指揮這群土營的礦工士兵們在全州城外一處民房內暗挖地道，通至城下，將大量火藥安置於城牆地下，火藥爆炸後，牆垣崩塌有二丈餘多。接著由石達開、韋昌輝等人率太平軍由缺口處攻入，一擁而上攻進城內。奮勇守城的曹知州苦盼不到清軍的援兵，卻盼到一批兇猛的太平軍殺入城中，結局是可想而知。

忠勇的守城官成為太平軍祭旗的對象，然而身死殉國的曹知州，卻萬萬想不到自己的犧牲竟只是朝廷欽差大臣賽尚阿與同僚江忠源為了設局誘敵入甕，計畫剿殺逆匪太平軍完美布局中的一個棋子而已。

曹燮培個性耿直，頗富幹才，倘若生在太平盛世或許可以發揮自身能力，成為國之棟樑。無奈生不逢時，不但生於亂世，還身處於陰謀詭詐橫行的鬥爭漩渦之中。他的公忠體國、他的大公無私、他的為國為民，這些優良品行反而成為別人算計他、利用他的工具。更可惡的是，算計他的人是他的頂頭上司賽尚阿，是他的協力同僚江忠源，這些人為了達到自身目的，會不擇手段，犧牲一座城、犧牲幾千人的性命都無所謂，只要完成我的使命，符合我的利益即可。

江忠源此時已經獲欽差大臣賽尚阿的提拔，被朝廷拔擢升官，由正七品的知縣跳級升至從五品湖南永州知州。江忠源相當確定自己正走在一條邁向成功的康莊大道上。對他來說，曹燮培只是取得功名的墊腳石，任何攔阻他功成名就的人都可以犧牲，曹燮培可以犧牲、周錫能可以犧牲，必要時甚至連自己的親人族弟也都可以犧牲。這種性格其實與洪秀全、楊秀清等人十分類似。

洪、楊兩人為了取得吳王寶藏，可以犧牲蓮園數千人的性命，不過洪秀全他卻萬萬沒有想到，全州一地竟然是改變太平軍命運的重要關鍵，洪秀全因為一時的貪念，想要從全州取得巨大的財寶，但是命運弄人，結局反而是失去了他一生中最重要的至寶。

太平軍費盡千辛萬苦，總算攻入全州城，不過歡欣鼓舞的情緒持續不到幾個時辰，隨著時間一點一滴地流逝，全州城內的太平軍開始浮動起來，首先是士氣逐漸消沉，焦躁、哀嘆乃至於禱告的呼喊聲四起，接著部隊出現混亂。軍心不穩的原因是遍尋不著「吳王寶藏」的消息開始在軍中各部隊流傳，兩萬多名太平軍不但把城隍古廟的地窖裡裡外外搜了好多趟，甚至是整個全州城內的大小府邸、民宅也上下翻了好幾遍，可是別提什麼吳王寶藏的蹤影，就是州庫衙門內一樣是空空如也，絲毫沒有任何財寶、物資以及軍械可供搜刮。

太平軍的眾將士千辛萬苦、機關算盡才攻下全州，得到的卻是如此結果，所有人的情緒炸鍋了，再加上不斷有清軍的細作放出謠言，大抵的流言內容都是：「太平軍因為背信忘義，要被上帝給拋棄了。」

「我們中了魔鬼的詭計了。」

「因為背叛盟友，所以天父上帝要懲罰太平軍。」

就在失敗、恐懼、懊悔的情緒籠罩整個太平軍之際，向榮所率領的大軍已經悄悄抵達全州城外，並且從南邊將全州城層層給包圍起來，另外北邊則是由賽尚阿欽點的江忠源率領兩營楚勇駐紮防守，做好萬全準備，就等待城內太平軍的軍心士氣崩潰後，就要收網抓魚。

這個局是江忠源精心策畫、巧妙設計的，名叫「摧心為上」。

江忠源對太平軍的崛起下了苦心研究，發現這群逆匪之所以能夠屢次擊敗清軍乃歸因於太平軍的眾兵士篤信上帝，教徒們倚靠信仰，不懼艱難、奮勇殺敵，故軍心士氣相當旺盛，需避其鋒。於是江思索後決定另闢蹊徑，巧妙設局，從瓦解太平軍的信仰與堅定的戰鬥意志下手。所以江忠源用心良苦，先是招來周錫能假意帶人歸順永安，取得太平軍的信任後，再演出盜取「吳王寶藏」的這齣戲碼。

演技精湛的江忠源騙過周錫能，讓他真以為永安城內的吳王寶藏圖萬分重要，因此朝廷無論花上多少代價都必須取得。江忠源說得誠懇，演得真切，才能讓周錫能完全相信這場騙局，也才瞞騙得過太平軍內那些聰明絕頂的厲害角色。

這是雙方一場精采的鬥智，而勝負的關鍵取決於人性：【人性的貪婪與驕傲】。

如果不是洪秀全的貪婪沒有真的去尋求上帝的旨意，而是被自己貪婪的罪性給挾制住，癡心妄想巨大的財寶將可以給自己帶來多大的利益好處，貪念一起就讓洪秀全做出一輩子追悔莫及的錯誤決定。

如果不是楊秀清的驕傲，以楊秀清的聰明才智，只要他靜下心來仔細思索一番，不難察覺這個所謂的吳王寶藏有太多蹊蹺、弔詭之處。首先是有人散播永安城是風水寶地、君王帝居、五龍護主的傳言，接著就發生了周錫能夜潛東王府盜取吳王寶藏圖的案件，這一切都太過巧合。但因楊秀清剛經歷過幾場勝仗，開始心驕氣傲起來，把對手清軍想得太過簡單，以至於心智被蒙蔽，掉進這個陷阱之中，而且最重要的是，楊秀清個人並不喜歡馮雲山所策劃的東進廣州戰略，一是出於他人之手，二是認為格局太過狹小，這些同樣是楊秀清內心的驕傲所導致。

【貪婪】與【驕傲】是人性中的兩個大罪，因為領導人的貪婪與驕傲所犯下的錯誤，嚴重擊垮太平軍眾兵士從金田起義以來所建立的信心與士氣，甚至讓太平軍的將士以為自己受到魔鬼的咒詛，被上帝所遺棄。

幸好天無絕人之路，天父上帝並沒有真的拋棄太平軍，因為在太平軍的領導階層裡還是有人腦袋是清楚的。

太平天國的五王緊急前來與天王洪秀全共同會商，討論對應之策，洪秀全的心思此刻還陷在無比懊悔之中，然而楊秀清、石達開與馮雲山三人不愧是太平軍的頂梁柱，臨危不亂。

他們很快地討論出共識，首先大家皆同意是中了清妖的詭計無疑，因此全州之地不宜久留，必須盡速突圍。楊秀清提議現在先放出假消息，告知眾人於城隍廟地窖內發現新的藏寶圖，得知吳王寶藏已經被搬移至北方的另一座城池中，所以全軍要立刻移營行動，期盼透過這樣的訊息來安定軍心。石、馮兩人雖明白這種的說法只是自欺欺人，效果有限，但畢竟到了危急存亡的關頭，只能默然同意。

眾人軍議後決定要從北側突圍，儘管清軍布陣擺出的態勢就是圍三缺一，擺明了要請君入甕，就是希望太平軍從北面突圍。所以大家都明瞭北側的清軍必然佈下重兵等待著他們前去。

明知山有虎，偏向虎山行，太平軍沒有太多選擇，然而從北面突圍也有個好處，就是除了陸路以外還有水路可走，現在正處於春汛豐水期，湘江這條水路有利於大部隊行軍，尤其是太平軍中夾帶著許多老弱婦孺，利用水路行軍可以加快速度，因此只要能夠順利突破圍困之後，即可順流而上直達長沙城。

太平軍退無可退只能背水一戰，打一場硬仗，從北側突圍與清軍正面對決。另外，楊秀清下令縱兵劫掠整座全州城，搜刮城內所有的可用物資，並且焚燒屋舍以洩心頭之恨，這些舉措必然會傷及無辜百姓，而且與太平軍的以往作風行逕並不相符，但在軍心不穩又事出緊急的情況下，馮、石兩人無可奈何只能默許。

向北側突圍的布局是由洪秀全與馮雲山率領後軍部隊，護衛天國的老弱家眷出全州城走水路，而楊秀清和石達開等人則率領其餘部隊走陸路，兩路並行一起突破清軍的防線。

江忠源早就預料太平軍肯定會趁春訊水漲時，順湘江而下突圍，直撲長沙，故特意挑選位於全州城北側河道彎曲而狹窄的「蓑衣渡口」來進行埋伏。

蓑衣渡口一帶兩岸山壁重巒迭嶂，樹木高聳參天，河床狹窄多彎，河水湍急灘淺。由江忠源親自帶領楚勇在渡口北面三里的水塘灣江中豎起木柵，構築木堰，並結合賽尚阿本營督標精銳以及川軍劉長清的部隊共約兩萬人在西岸設伏，此外江忠源還派快馬飛函，通知正在後面追趕太平軍的向榮部轄下的綏靖總兵和春，催促他儘速率兵至蓑衣渡的東岸與他合兵一處共同阻擊太平軍。

這幾乎是個完美的埋伏。

太平軍只要一進入蓑衣渡口就要面臨全軍覆滅的危險，結果也的確是如此。

馮雲山率軍走水路，當大隊人馬進入渡口之後，他一看到蓑衣渡的地形就對左右諸將說：「此處水湍而狹，兩岸多山林，敵只需一軍扼之，足以致吾儕死命。」

上萬名規劃走水路的太平軍，就宛如待宰的羔羊一步步地進入死亡陷阱中。而當數萬名埋伏的清軍身影出現於蓑衣渡口時，馮雲山驚恐至極、面無人色，危急萬分之時他強作鎮定地召聚秦日昌、陳作容、李秀成等親信將領，下達冒死也要保護天王突圍脫險的命令，並立刻遣人聯繫陸路的太平軍前來救援。

走陸路的楊秀清與石達開的部隊其實跟水路軍相距並不遠，當傳令兵前來通知他們洪秀全、馮雲山的部隊中伏時，楊秀清立即下令部隊往蓑衣渡方向移動，希望能把水路部隊給拯救出來。但是畢竟水路太平軍內有一半以上屬於非戰鬥人員，埋伏的清軍一發動攻擊便帶給水路太平軍極大的壓力，縱使眾將士全力拚死抗敵，依然死傷非常慘烈。

楊秀清的部隊趕來救援時，發覺水路軍各路部隊似乎已群龍無首、指揮紊亂，當場下令眾軍聽從他的指揮，改朝東岸的方向突圍。太平軍與清軍雙方在蓑衣渡相遇時，彼此兵力人數的差距並不大，清軍號稱兩萬多人與太平軍相差不多，只是太平軍當中卻有一半為老弱婦孺，真正的戰鬥人員不及萬人。

總體來說，清軍士兵個人的戰鬥力遠遜於太平軍士兵，然而清軍這方坐擁埋伏的地利之便和以逸待勞的體力與士氣，太平軍則是在全州城內遭受信心上極大的打擊，本次突圍宛如困獸之鬥。雙方在立足點上是相當不平等的，清軍占盡先機，故能在蓑衣渡口一役，給予太平軍一記極大的重擊。

不過或許是天父上帝的慈悲憐憫，不願見到這一群名下跟隨敬拜祂的太平軍子民從此灰飛湮滅、煙消雲散，因此在危難之間還留給太平軍一條生路可走。

那位原本應該要前往東岸與江忠源共同設伏的清軍總兵和春，由於其個人對於江忠源的輕視不屑，以及清軍綠營官兵對於民間鄉勇團練的輕蔑心態，此時給了太平軍最後的一線生機。

這群清軍正規軍態度上看不起民間自組的團練鄉勇，但是打起仗來又輸人一等，造成心態上的極度不平衡，於是當和春接獲江忠源所派傳令快馬的信函反而擺起譜來，不願意聽從江忠源的指揮調度。

就因為清軍這個兵（正規軍）與勇（民間團練）不和的小間隙，讓太平軍找到突圍的空間，讓楊秀清得以率領太平軍的殘部從蓑衣渡的東岸逃竄，一路向東急行軍，整整花了兩個晝夜才擺脫清軍的糾纏追擊，而清軍最後會放棄追擊太平軍，是因為領兵緊追不捨的江忠源赫然發現只剩下楚勇一支部隊還緊咬著太平軍的尾巴不放，其他清軍各路人馬早已四散去搜刮太平軍敗逃後所遺留下來的大批軍械、輜重、糧草與財物了。

最後為了楚勇自身的安全考量，江忠源不得不縱虎歸山，放棄繼續追擊夾著尾巴逃跑的太平軍。

經過連日的奔逃終於擺脫清軍的追擊，太平軍總算可以喘口氣停下來休息一下，這時候的洪秀全還驚魂未定，趕忙數點殘餘的兵馬，初步估算蓑衣渡一戰造成太平軍約五千人的死傷，為了一個虛無飄渺的吳王寶藏付出極慘重的代價，正當洪秀全感到相當難過與痛心之際，卻又接到另一個更大的噩耗。

親兵來報：南王馮雲山戰死於蓑衣渡。

馮雲山把所率領的後軍精銳部隊交由秦日昌、陳作容與李秀成等人帶去保護洪秀全的本營撤退，自己則是帶著所剩不多的親兵留下來殿後，保護老弱婦孺逃命，以少許的部隊獨自抵抗萬名清軍的圍攻，結果是可想而知。

馮雲山慷慨赴義前，他的身邊只剩下自從到廣西傳教以來，個人最欣賞、最疼愛的得意門生：阿桐。

就在生命最後關頭之時，馮雲山曾要求阿桐棄他而去趕緊逃命，但阿桐堅決不肯離開要與馮雲山共生死。阿桐向馮雲山說：「老師，感謝您帶領我認識上帝，改變我這一個小小貧困農村客家女孩的命運。雖然沒有機會看見地上天國的建立和成長，但是我知道今日並非真正的終點，將來我們在天上會再見面。那美好的仗我已經打過了，當跑的路我已經跑盡了，所信的道我已經守住了。這個結局若是天父上帝的旨意，我會勇敢接受它，因為我相信那公義的冠冕必定會為老師、為我在天上存留。」

戰場從來就是現實而殘酷的，蓑衣渡口沒有醉臥沙場君莫笑的從容與瀟灑，只有一將功成萬骨枯的悲涼與無奈。

清咸豐二年（公元1852年）六月十日馮雲山與阿桐師生二人於蓑衣渡從容赴義，是太平天國的重大損失，亦是改變其未來命運的關鍵所在。

當洪秀全收到南王馮雲山戰死沙場的消息後五內俱崩、難以置信，當場放聲痛哭起來，大喊說：「天父上帝啊，難道祢不希望我建立地上天國嗎？為何奪我良輔之速也？」

太平軍眾人也都頓足捶胸、痛之入骨，泣不可抑。某種程度來說，太平天國是馮雲山與洪秀全一起打造出來的，而其中馮雲山的角色可能更為重要。馮雲山本人雖然不是出身望族，但他自幼攻讀經史，天文地理無所不通，在太平天國裡扮演一個類似春秋名相管仲的角色。他自幼與洪秀全相識，彼此意氣相投、志趣相合，所以當年洪秀全宣稱自己領受天父上帝的指引要創立拜上帝教時，馮雲山便成為洪秀全的第一個夥伴，而且在一段相當長的時間裡也是唯一的一位。兩人在廣東家鄉附近的傳教工作不順，後來馮雲山向洪秀全建議放棄在廣州傳教，轉往廣西去另闢戰場，才使得拜上帝會找到一條出路，漸漸地發展起來。

馮雲山實際上是太平天國教義、教規、禮制、曆法與官制的制訂者㊟，當天王洪秀全常常神隱於王府內與眾王娘冥思默想時，他更是天國眾信徒實際上的信仰導師與明燈方向。

後世史學家給馮雲山的評價是：「其忠勇才德與智謀器度實為太平天國之第一人」。

然而對於洪秀全來說，最重要的是馮雲山乃是他最忠誠的支持者，太平軍內唯有他可以與東王楊秀清的勢力互相抗衡，今日馮雲山身死殉國，洪秀全頓失肱骨大臣，未來前路要如何是好，想到這裡天王洪秀全剎時間心神大亂，他眼前一黑便昏厥過去。

南王身死殉國，天王悲傷過度無法指揮大局，在此軍心極度不穩的時刻，自然需要有人跳出來承擔天國的領導重任，楊秀清當仁不讓，這亦是當前太平軍眾人唯一的選擇。東王楊秀清接手統兵大權後立即重新整軍，將南王的舊部納入自己的轄下來領導，並且下令繼續向東面行軍，前往永州、道州一帶尋求戰略物資的補給。

註：《李秀成自述》文中曾提到：「謀立創國者出南王之謀，前做事者皆南王也。」

就這樣，洪秀全滿心期待的一趟尋寶之旅，卻使洪秀全失去自己原先所擁有的最大寶藏：馮雲山，他一生的摯友與最大幫助者。

人性中的兩個大罪：貪婪與驕傲，導致一個永遠無法彌補的錯誤與損失，無論對洪秀全以及太平天國來說皆是如此。

✝ ✝ ✝

咸豐二年（公元1852年）六月在桂（廣西）、湘（湖南）兩省交界，清軍與太平軍的戰事正酣，雙方打得你死我活的時候，南方的廣州正是炎熱的盛夏節期。

廣州的更南邊有一座小島，名叫香港，在道光二十二年（公元1842年）時，清廷因為鴉片戰爭失敗後與英國所簽訂的南京條約中，把這座小島割讓給大英帝國。大英帝國正式殖民香港後就宣布此地成為自由港，逐步把香港建設成西方與東方自由貿易的樞紐，商家買賣與貨物運輸等行業相當興盛，人口也越來越多。

在英國的管理統治下，香港從一個杳無人煙的小漁村慢慢蛻變成一座人潮如織、熙熙攘攘的貿易商港，島上街區建築的風貌改變，出現了各式各樣的西式樓房建築。中環大道上的洋樓林立，各式商家、行會都陸續進駐此地，雖然廣州依然是大清主要的對外通商口岸，但是越來越多人看好香港的未來發展，廣州十三洋行之首怡和行就是其中之一。

怡和行的行主伍榮在一年多前開始將本店和行下經營的各種生意、物業漸次轉移至香港。廣州同行們剛開始罵他背棄祖國，居然跑到洋鬼子的地盤上去做生意，要做生意留在廣州不是一樣可以做，為什麼要跑到一個小島呢？然而隨著時間過去，卻有愈來愈多的商家行號跟隨怡和行的腳步跳槽，把本行的家業陸續遷移到香港。

問他們為什麼要這麼做？

得到的答案不外乎是香港在英國人的統治下有個好處，就是做生意規矩訂得很清楚，該給官方多少錢、該給仲介多少錢都是明定價碼，不太需要靠關係、暗盤與走後門，亦不用太多送往迎來的官場應酬，很輕鬆、很自在。

是的，就是這種氣氛，自由自在又規定清楚，想做什麼生意，只要遵守英方的規定你都可以做，至於能不能成功，一切都憑藉自己的本事與努力。

就是這種法治與自由的精神，造就了香港成為東方明珠的條件。

香港維多利亞城的皇后大道是香港島上最繁華、最氣派的一條街道，路旁有座小教堂，是北美長老教會至香港開拓的分會，取名為皇后長老會。今天正好是禮拜日，教堂內約有七、八十位信徒在聚會，其中約有一半是洋人，一半是中國人。一名打著領帶身穿成套灰黑西服，並且頭上戴了一頂西帽的年輕男子進入會堂中，此人體格結實、目露精光，面貌看起來不超過二十歲，但是卻散發出一股沉著老練的氣質。

男子的身旁則是跟著一位綠鬢朱顏、青春洋溢的年輕女子，但是這名女子的裝扮有點奇特，上身是穿著合身修長、衣袖短窄的粉紅旗裝，下身卻是著漢族婦女的墨黑長裙，可是肩上又披罩著洋人女子經常使用的白色披肩，儘管穿著略顯怪異，但是此女的眼珠靈動、齒若編貝，雖非傾國傾城之貌，但也如出水芙蓉般吸引眾人的目光，這對年輕男女找了個位子，安靜的坐下來參加禮拜，並不想惹人注意。

禮拜的儀式在聖詩班悠揚的聖歌聲中開始，詩班有十名成員，全是婦女組成，均穿著白色的洋裝，年紀有老有少，當中有一名女子特別吸引剛才走進來的年輕男子注意，那女子婉約溫柔又帶有聰慧的眼神，跟一年多前一模一樣，男子非常專心注視著那名女子唱聖歌時的表情，非常地投入，宛若是對著自己的情人歌唱。詩歌的內容大意是：

聖徒都當歡喜，同聲齊唱吟詩，注意我所報福音。
今日聖子來降世，萬民都來敬拜祂。
因為在馬槽出世，我們應當讚美祂，我們應當讚美祂。

詩歌隊聖詩頌揚結束以後，牧師接著上台開始進行證道，牧師是一位年約五十多歲的金髮洋人牧師，但是漢語卻相當道地，幾乎沒有外國人的口音，想必是下過一番苦功。牧師用平緩的語氣講述一段聖經經文，是記載於新約聖經約翰福音十章七至十五節：

所以，耶穌又對他們說：「我實實在在的告訴你們，我就是羊的門。
凡在我以先來的都是賊，是強盜；羊卻不聽他們。
我就是門；凡從我進來的，必然得救，並且出入得草吃。
盜賊來，無非要偷竊，殺害，毀壞；我來了，是要叫羊（或作：人）得生命，並且得的更豐盛。
我是好牧人；好牧人為羊捨命。
若是雇工，不是牧人，羊也不是他自己的，他看見狼來，就撇下羊逃走；狼抓住羊，趕散了羊群。

雇工逃走，因他是雇工，並不顧念羊。
我是好牧人；我認識我的羊，我的羊也認識我，
正如父認識我，我也認識父一樣；並且我為羊捨命。

當日牧師傳講的整篇信息內容都是有關於聖子耶穌，而這些經文與信息內容對於那位穿著怪異的年輕女子來說非常新穎。她從前也聽過聖子耶穌的故事，但是對於耶穌跟上帝，耶穌跟世人的關係並不是那麼清楚。可是今日有個特殊的感動，好像牧師講道的內容是在對她說話，讓她重新認識這一位耶穌。她突然覺得這位聖子耶穌與自己很親近，她心中有任何的勞苦愁煩都可以向聖子耶穌來傾訴，她一邊聽著牧師的話語，一邊回想起自己人生的許多過往。

年輕女子曾經崇拜過其他偶像，以前的她以為那個偶像就是她人生的主宰，可以護庇她，帶給她幫助，從小就有許多人跟她一起崇拜那位偶像。

然而時日一久，她卻發現這群跟她一起崇拜偶像的人當中，有些人實際上並不是真心在崇拜這個神祇，只是想要利用神祇的名義來獲取自己個人的利益。而這個自小所崇拜的神祇並沒有帶給她平安與喜樂，反而讓她倍覺壓力與綑綁。於是她內心感到失望難過，對於自己原來的信仰產生了懷疑，但是因為她崇拜那偶像已經很久了，她不知該怎麼辦才好？一直等到有人告訴她，在這個世界上有位真正的創造主，可以幫助她明白人生真正的意義，因此她鼓起勇氣來認識這位真神。

經過一段時間的讀經以及禱告後，她開始對這位創造主：天父上帝，有了認識與感動。她體會到自己向天父上帝的禱告獲得回應，漸漸地覺得這才是我想要尋找的信仰，這位上帝才是真神。終於最

後她鼓起勇氣離開了原來崇拜十幾年的偶像，轉而敬拜這位真神，天父上帝。

這個轉變帶給這位年輕女子人生極大的改變，她開始對生命、對未來有了全新的盼望。然而在她的內心深處，依然還感到有些不滿足，她一直不知道問題出在哪裡？但是今天從牧師的信息中，年輕女子忽然覺得自己找到了亮光，或者應該說這光找到她了。

她終於明瞭自己還欠缺什麼東西？是被完全地接納、是被愛。

以前的她曾經犯過許多錯誤，內心裡充滿罪惡感，這些罪惡感不停地控訴著她，導致她不敢祈求天父上帝的原諒，因為害怕面對上帝的聖潔與公義。可是今日她突然覺得心裡面好釋放好自由，因為有聖子耶穌無條件的愛，耶穌已經用祂的寶血洗淨跟塗抹自己的罪孽與過犯。她不用再擔心懼怕上帝的懲罰，可以坦然無懼地來到上帝的寶座前來敬拜祂，因為有耶穌為她承擔一切。

這名年輕的女子開始淚流滿面，輕聲地啜泣起來，但奇怪的是，越哭她的心裡就越充滿喜樂，有一股暖流不斷進入她的心裡來安慰她，她感覺到神在觸摸她，她感受到耶穌的愛。

不知經過多久，李聰兒才意識到自己的失態，然而她更意識到自己已經找到真正的信仰了，她打從內心裡覺得開心，充滿喜樂。

坐在身旁的蒙天佑雖然不知聰兒正在經歷什麼事，但他一直默默替聰兒禱告，而天佑的心中此刻他同樣被神的愛充滿。

主日禮拜的儀式結束後，蒙天佑跟李聰兒並沒有立即走向前面去尋找聖詩班那名女子，雖然這是天佑此行的目的。聰兒理解天佑的心情還沒準備好，不知道該怎麼去面對伍思喬。

而伍思喬與小倩告別了牧師後，便坐上自家馬車離去，馬車旁邊則有兩名護衛快步跟隨，天佑與聽兒兩人則是揮手叫了部人力車跟在馬車後頭。伍思喬的馬車緩慢地往下環方向移動，這是香港目前人煙比較稀少的地區，天佑雖然覺得奇怪，但也只好繼續尾隨，一直到馬車停住以後天佑才發覺原來伍思喬是要來跑馬地。

跑馬地一帶原稱黃泥涌谷，起源是自黃泥涌峽的溪流所流下的黃色泥水，即後來的寶靈頓運河，因此山峽口這個地方便稱為黃泥涌谷。英國人認為這個谷地適合賽馬運動，便在此地建立一座跑馬地馬場。

這日並沒有跑馬賽事舉行，可是依然有許多騎師與馬匹在跑馬場內練習，伍思喬與小倩下了馬車，走到跑馬場外圍的看台附近，兩人靜靜地觀賞騎師們駕馭駿馬快意奔馳的場面。天佑和聽兒兩人則不發一語站在遠處，瞭望著伍思喬，過了許久，聽兒開口說：「天佑哥，我覺得伍姑娘應該已經原諒你了。」

「你怎麼知道？」天佑看了一下聽兒好奇的問。

聽兒眼神凝視著遠方的伍思喬，然後用含有深意的語氣回答說：「從她望著場內馬兒奔馳的眼神以及女人的直覺。」

天佑不太明白聽兒的話，皺了眉頭沉思了一會兒，終於咬牙鼓起勇氣，一個人走向伍思喬。當天佑靠近伍思喬身邊時，便被她身旁的兩名護衛攔下，大聲喝斥他說：「你是什麼人，要做什麼？」

護衛的喊叫聲驚動伍思喬與小倩，兩人轉頭查看發生了什麼狀況，伍思喬一開始似乎沒認出天佑，還對這名身穿西式服裝的男子仔細打量，但是跟天佑的眼神交會之後，伍思喬立即認出天佑來，她的眼神逐漸熾熱，卻緊閉著雙唇說不出話來，那些深埋在內心深處的許多回憶、畫面，一股腦的全都湧上心頭，伍思喬拼命壓抑自己內心的激動情緒，好不容易最後才開口說道：「沒關係，讓他過來。」

護衛們聽見大小姐的命令後便退開，讓出一條路，天佑於是邁開腳步走向伍思喬。

天佑每跨出一步就覺得好像又沉重幾分，短短的距離卻讓天佑感覺彷彿走了三天三夜，終於天佑走到伍思喬面前，停了下來，兩人互相對望。現場的空氣好似突然凝結一般，陷入鴉雀無聲的沉默之中。當年在廣州發生的所有事情，一幕幕地重現在兩人的腦海裡，天佑的心裡有感動、有愧疚、也有悲傷。他思考如果自己不是太平天國的軍帥，不需要為了天國大業的理想奮鬥，不必為玄甲騎上千名袍澤的身家性命負責時，他與伍思喬之間是不是可能會有不一樣的發展。而當天佑想到這個問題時，突然間他想起石達開與李聰兒兩人的際遇，那種感覺在他心裡頭重重地敲了一下。天佑猛然驚覺到原來人都是一樣，會犯相同的錯，會陷入相同的矛盾之中，想到這裡天佑啞然失笑，發出一聲短促的嘆氣聲。

為了掩飾自己內心的想法與尷尬，天佑趕緊打破僵局說：「這麼久沒見，妳還好嗎？」

聽到天佑的聲音，伍思喬的淚水再也忍不住奪眶而出，小倩連忙遞上手絹來安慰她，伍思喬拿起手絹一邊擦著眼淚，一邊拍著小倩的手表示自己沒事。

面對女孩子哭泣的場面，天佑實在是手足無措，不知如何是好？只好慌張地說：「對不起，思喬姑娘，當年因為任務在身，不得已欺騙了你，但是我真的從頭到尾沒有要傷害妳的想法，希望思喬姑娘能夠原諒我。」

伍思喬從內心澎湃的情緒中逐漸恢復過來，望著天佑說：「我以為我已經把你給忘了，忘記那一段不愉快的過去。但原來我沒有，我只是將它掩蓋起來，催眠自己這一切都已過去了。」

聽到伍思喬這麼說，天佑更加愧疚地說：「真抱歉，沒想到我的自私對妳造成這麼大的傷害，我願意做任何事情來彌補我過去犯的錯誤。」

「自私？算了吧，誰不自私呢？你當然有你的苦衷。我們哪個人不是身不由己、情非得已，誰不是被環境、被社會、被家族、被感情和被自己的慾望給綑綁住。」伍思喬幽幽地說。

伍思喬的這一番話，說得天佑啞口無言，確實許多自以為且自我催眠的理由，不過只是編織的藉口而已。

人為了達到自己的目的，就可以不擇手段，絕大多數的人做事都有一套非常正當的理由，光明正大、冠冕堂皇。但我們捫心自問，真的是如此嗎？還是其中最深層的目的就只是滿足自己內心的慾望而已。

天佑突然想問自己這些年的所作所為，真的是為了造福黎民百姓、創立地上天國而做的嗎？還是其實是為了掌握權力、鞏固勢力，滿足潛藏於自己內心深處的野心企圖，達成那想要睥睨世人、稱雄天下的饑渴慾望而去做的。

天佑默然不語，因為他實在無法確定自己內心真實的想法。

思喬輕聲地說：「天佑，希望你明白，人可以原諒別人所造成的傷害，但不代表痛苦就會離開。而人的心之所以會痛，是因為在乎。」

的確，蒙天佑在不知不覺中成為伍思喬心裡面所牽掛在乎的人，就是因為如此，她才一直無法從傷痛裡走出來。自從舉家搬遷至香港後，伍思喬便常到跑馬場來觀賞這些騎師跑馬來解悶。伍思喬的嘴上雖然不說，不過就連小倩也明白為何她會想來看人騎馬。單純是因為場上群馬奔馳的場景可以一解相思之苦，能夠令伍思喬遙想到人在遠方的天佑，那位曾經救過她、陪伴她、護衛她並且與她討論信仰、交流心得的陽光大男孩，而今已成為太平天國剽悍騎軍的統帥。

蒙天佑對伍思喬說：「如果可以，請讓我彌補過去的錯誤。」

思喬看一看天佑，然後嘆了一口氣說：「算了，我的要求你做不到，我也不會勉強你。」

天佑趕緊回說：「不，你說，我一定會努力去做。」

思喬說：「是嗎？太平天國的軍帥，名震天下的玄甲騎，這些都不是你能夠輕易放棄的。」

很明顯的伍思喬雖然人在香港，但對這一年下來令南方各省搖盪震撼，讓大清朝廷萬分緊張的太平天國各種情況掌握得相當清楚。

蒙天佑不是木頭，當然能夠明白與體會伍思喬對他的那股隱約情意，雖然兩人之間沒有說破卻又彼此心照不宣。可是伍思喬所說的那些確實不是他所能放棄不顧的，因此天佑欲言又止，場面又是一陣默然。

天佑此時非常能夠體會石達開的心境，以及理解李聰兒的感受。只是對於伍思喬，天佑的內心充滿著無限的歉意。

伍思喬擦乾眼淚說道：「其實父親在幾天前就向我提到有位友人前來香港。我問他是誰？他不肯說，只說是一位我不想見到的人，那時候我就有股預感，覺得應該是你。」

天佑說：「抱歉，拖了這麼久才過來找妳，因為我實在不知該如何面對妳。」

在旁的小倩這時忍不住終於插話：「無論如何都是要面對的，現在見面把心裡的話說開了就好。」

是啊，把事情說開就好。

伍思喬明白自己得要了卻這一樁心事，她心裡清楚為何自己會為天佑如此難過，絕對不僅是因為天佑曾經欺騙過她純真的心靈，更是因為她發現自己喜歡上天佑，現實裡卻無法與天佑長相廝守。不是因為天佑的出身背景配不上名門大戶的她；相反地，是名門閨秀的她配不上海闊天空的天佑。

天佑這一次出現，使得伍思喬的心情再次被攪動，不過她早有預備，伍思喬明白蒙天佑這種人宛如大海蛟龍一般，是無法被困於淺灘之中。伍家雖大，卻不夠讓天佑翻雲覆雨，他的天地在外面，很大、很廣，甚至無邊無際，而自己卻像是個鳥籠裡的金絲雀，大宅門裡的黃花閨女，絲毫幫不上忙，所能做的就是替天佑默默地祈求禱告。

於是伍思喬下意識地握緊自己的手，堅決的說：「天佑，我曉得你是一個心志廣大、眼界遼闊的人，別再為了曾經欺騙我的事情感到內疚，當年種種就如同過眼雲煙，早就應該消失無蹤了。」

天佑感受到伍思喬話中的心意，雖然感覺悽苦卻透露出一絲體貼，於是回說：「感謝思喬姑娘的諒解。無論如何，我會永遠記得妳說過的話和對我的幫助，這份情誼我這一生都不會忘記。」

在廣西戰事急迫，太平天國前途未卜的此時此刻，這應該是天佑能夠給伍思喬最好的回覆了。

兩人相視對望雖然看不透彼此的內心，但是有了共同的默契。思喬知道自己與天佑之間存在著無法跨越的極大鴻溝，兩人的未來就只能交由天父上帝安排，結果會是怎樣，誰也無法臆測。

伍思喬曉得今日再次與天佑分離，不知何年何月才能夠再相見，心裡有無限的惆悵，卻依然打起精神說：「天佑，此去前方有無數凶險正等著你，但若這是上帝的計畫，神必定保守你平安。希望你能夠時時刻刻記住，神的愛並不偏待人，常常思想倘若是主耶穌遇到這個情況，祂會怎麼做、會如何抉擇？願神賜福與你，神的平安與你同在。」

天佑再次向思喬感謝說：「思喬姑娘，我會記住妳的提醒，也願神保守妳一切平安，來日再會。」

「再會」這兩個字講來輕鬆，但是伍思喬心裡明白廣西現下兵兇戰危，天佑這趟回去所面對的是數以萬計的朝廷大軍不停地圍剿攻擊，所謂萬國盡征戍，烽火被岡巒。積屍草木腥，流血川原丹㊟。古來征戰幾人回，真不知何年何月才能再相會。伍思喬衷心的期盼他們兩人真能有再會的那一天，而當那日來臨時，盼望上帝的平安降臨到這片蒼茫大地，這個世上不再有苦難，不再有悲傷，不再有殺戮，也不再有死亡。

伍思喬知道自己所做的這個禱告需要極大的信心。

蒙天佑轉身離開，此時天佑心裡面強忍著不捨，這份分離的悲傷甚至遠勝過上次離開廣州。可是他知道自己不能回頭，因為前方有太多人在等著他以及玄甲騎。

天佑離開伍思喬後去找李聰兒會合，李聰兒人待在不遠處觀察兩人的對話與互動，雖然有些距離，不過當蒙天佑回來後聰兒開口便問：「如果伍姑娘要求你留在她身邊不要走，天佑哥你會怎麼回答？」

天佑當場楞在原地不動，默不作聲許久，最後說：「我不知道，我只是在想假若是耶穌祂會怎麼回答這個問題？」

---

註：杜甫〈垂老別〉。

✝✝✝

天佑來到香港已經十餘日，終於把事情辦妥，萬事就緒，十艘大船也在港口準備啟航。蒙天佑與李文茂、陳開等人在檢查封箱的貨物，進行最後的確認。

陳開向天佑拱手說道：「蒙帥你真是有先見之明啊，居然如此厲害，能夠在一年多前就超前部署，與怡和行伍家談妥這一筆買賣。」

「這應該感謝聰兒姑娘。」天佑微笑道

原來當日聰兒誤以為伍家內藏有吳王寶藏的藏寶圖才冒險進入伍家盜取，沒料到她的失手被擒一事，最後反而成就蒙天佑與伍家結盟一事。而伍家真正擁有的乃是從歐洲一名普魯士商人手中得來的新式火槍設計圖，這新式火槍跟目前清軍與太平軍甚至西洋各國還在使用的前膛燧發槍大相逕庭。

所謂前膛槍，又稱為前裝槍，是指從槍口把彈藥裝入膛內的槍械，最早的前膛槍以火繩點燃火藥，又稱為火繩槍。十六世紀初出現了以鋼輪摩擦燧石發火的簧輪槍，又稱為燧發槍，這是當前清軍士兵使用的主要火器。

而這次天佑所取得的新式火槍是由普魯士人德萊賽發明的後膛針發槍，這是火槍技術發展的重大變革，新式火槍改從槍管的後方裝填彈藥，使得裝填速度加快，並用其底部像針一般的撞針，開槍時會貫穿紙筒式彈殼，並撞擊子彈底部的雷管，然後火藥爆發後彈射出子彈。

另外一個重要的改變就是後膛槍的裝填子彈方式可以讓士兵在臥倒、匍匐等姿勢時還能夠進行裝填補充彈藥的動作，不再需要使用站姿或跪姿填裝火藥，如此一來便大大避免裝填火藥時成為敵人槍砲或弓箭的靶子，而且因為槍管內有膛線也使得後膛槍在射程、精準度上遠超過前裝式的滑膛槍。

一年前伍家接受了天佑的提議，將火槍設計圖賣給其他各國的商人買家後，自己卻暗暗留下副本，並私下聘請英國軍械工匠協助製造。蒙天佑與伍榮約定未來太平軍東進廣州時必定會保護伍家產業以及家人平安，但是請伍家協助製造七千桿新式火槍供應給他。沒料到太平軍東進一事受阻，計畫改變轉為北上，天佑只好前來與伍家商議，要把已經製作好的火槍運走。

天佑來香港聯繫上伍榮告知來意後，伍榮十分爽快，不但不計較天佑跟太平軍食言並未東進，反而大力支持他，將這一年來製造完成的七千多桿新式火槍外加彈藥數十萬顆如數奉上，毫無二話。

李聰兒問天佑說：「為何這個伍榮會如此大方？太平軍並沒有東進廣州，其實他大可不認帳，但是伍榮卻反而將七千桿火槍全數餽贈，不跟我們索取任何費用。」

天佑說：「伍榮是天生的商人，他這是在投資，也是在下注。他投資我，也下注太平軍。雖然太平軍東進的計畫受阻改變，但這與他無損，而且他留下這七千桿火槍於他也無益，與其把火槍賣給別人，還不如送給我。萬一太平軍將來北上成功，整個戰局情勢逆轉，那麼他就對我有了大恩，若太平軍行動失利，他也不過是趁機甩開一塊燙手山竽而已。」

原來如此，聰兒恍然大悟地說：「真是一隻老狐狸，算得這麼精。」

「不過伍榮倒是真的相當感謝我指引他一條明路，教他把家業轉移至香港來，現今這座小島從一座小漁村蛻變成國際商港，島上欣欣向榮，不斷建設發展，未來必定會成為東方一顆耀眼的明珠，他們怡和行掌握先機，搶占有利位置，所以他的功勞簿上也記了我一筆。」天佑笑著說。

李文茂興高采烈地走過來，握著一把新式針發槍說：「蒙帥，我試過這火器，真是棒啊，不但打得距離比前膛式的火槍遠得許多，而且準確度更高，依我看一名配備新式火槍的士兵，可以對付五個，不，是十個以上的清兵。」

天佑回說：「李當家的預估過於樂觀了，這新式火槍雖然犀利，但重要的還是使用的士兵，幸好這火槍的操作算簡單，以步兵來說，我預估只要十天的訓練就可以上手。我的目標放在騎兵上面，我要將玄甲騎的騎兵訓練成能夠在馬背上使用火槍的槍騎兵，如此一來便能使玄甲騎的攻擊力提升數倍以上。但要讓騎士能在馬背上一邊駕馬奔馳，一邊還能空出雙手操作火槍射擊，並保持一定準度，我估算至少要花上一個月的時間。」

陳開嘖嘖稱奇地說：「火槍騎兵，這真是前所未聞啊，以前只聽過馬上開弓引箭的蒙古騎兵橫行草原，誰知蒙帥才智過人，居然想訓練火槍騎兵，你的這個創舉將推翻古往今來的成規，打造出一支全新的兵種。」

天佑望著大海說：「我們不能再讓傳統的歷史、思想、文化以及規範給框架住，將來的世界遼闊無垠、難以想像，你們看洋人竟然能設計出這麼厲害的火器，可以預見未來這些外國強權將會如何橫行於廣闊的天下。唯今之計，我們只能急起直追，能夠模仿學習的就趕緊先學習，千萬不能再故步自封了，否則將會追悔莫及，任由別人宰割。」

聽兒這時上前來提出她的擔憂說：「可是先前我們從廣西來廣東時，還可以將眾人化整為零、分批行動，躲過清兵哨所的盤查。可是現在我們有十艘商船帶著兩千名壯丁，要溯西江而上進入廣西，而且每艘船上都裝著幾百桿火槍以及不計其數的火藥子彈，這是要如何躲過沿路清兵的盤查呢？」

眾人聽了才紛紛拍頭懊惱，都為這事憂慮起來。天佑微笑地回說：「各位別急，我早就想好法子。」

「什麼法子？」眾人齊聲問。

「既然當今朝廷鼓勵民間鄉里自行組成練勇來保家衛國，我們也來號召鄉民組成團練兵勇，然後打著剿匪的旗幟前往廣西襄助朝廷官軍剿滅叛黨。」

眾人一聽先是幾分錯愕，接著都拍掌叫好，對啊，打著剿匪的旗號組成團練，這樣一來不但可以光明正大集結部隊行進，更不用怕清兵於途中攔截盤查。

於是數日之後，以蓮園人馬為主力的民間團練鄉勇敲鑼吹號的正式成軍，號稱東勇㊟。

一行人出發時還獲得廣東地方官府的一番嘉許，東勇大隊人馬在蒙天佑與李文茂等人的帶領下鼓角齊鳴、浩浩蕩蕩地搭著船出發，溯西江而上，不出數日就抵達梧州，接著往北改走陸路，很快地便與躲藏駐紮於太平山區附近的玄甲騎和陷陣營士兵取得聯繫合兵一處。

天佑絲毫不浪費半點時間，抵達目的地後趕緊進行部隊的換裝訓練，他希望把時間壓縮至二十天以內，讓玄甲騎的騎兵們可以熟悉在馬背上操作火槍，而步兵「陷陣營」部分由於素質原本就高，所以新式火槍操作訓練的進度相當快。至於蓮園本來不打算出兵支援太平軍，但自從見識過新式火槍這種神兵利器的巨大威力後，李文茂與陳開等人的信心大增，於是決定再搏一次，也派出一千人加入天佑的訓練。

---

註：根據正史記載，金田起義後，廣東一地不少仕紳招募壯勇前往廣西協助官軍剿逆。例如廣東候補訓導張熙元在東莞縣選得壯勇千名到達象州。六月，廣東武舉韋允升招募得東勇五百名到達武宣。

天佑對於蓮園的情義相挺非常感動，李文茂則是告訴天佑說：「別客氣，我也是在下注，期盼蒙帥將來功成之後，不要忘記我倆之間的約定，許蓮園一州之地，助我開府立國。」

天佑望著緊鑼密鼓抓緊時間操練的士兵們，心裡面充滿著信心，他深信一旦訓練完成，這將會是一支無與倫比的強軍，其勢如破竹，其銳無可擋。

如今天佑只擔心北方的太平軍還能支撐多久了。

✢✢✢

就在玄甲騎積極進行更換武器裝備訓練的同時，被困在湖南的太平軍，似乎冥冥之中感受到一股力量的支持，雖然在蓑衣渡一戰大敗損兵折將、傷亡慘重，但是太平軍卻沒有一敗塗地，反而在幾個月內就轉危為安。

這確實是要感謝楊秀清超凡的戰場指揮能力，在馮雲山戰死的危急之時，他臨危不亂果斷地率領太平軍向湘江東岸突圍，並趁著清軍沒有及時完成合圍的小缺口逃竄出去。

好不容易才保住最一口氣的太平軍立刻整隊，先是攻向湖南永州，來到永州不久旋即發現此城牆高厚，防衛甚堅，楊秀清便當機立斷、毫不戀棧，立即下令整軍改道轉向進攻湖南道州，這次天父上帝的眷顧再次降臨到太平軍身上，這座道州城居然沒有清兵在此負責把守，於是太平軍幾乎是兵不血刃就輕鬆取得此城，入城後順利進行部隊人員的休息以及獲得所需物資與糧食的補充。

太平軍之所以可以大難不死，苟延殘喘地存活下來，其實也是清廷自己傳統的戰略佈局弊病所造成的。原因是清廷自入關取代明朝統治中原以來，軍隊防務的配置策略是將屬於漢人投降部隊整編而成的綠營，分散佈防於轉略重地與各處隘口。

滿州來的外族統治者對於漢人組成的軍隊並不放心，過多數量的漢人軍隊聚集，讓女真族統治者心中難免有些疙瘩。於是朝廷便將漢人軍隊分派駐防於各省各地，避免集結於一處。故雖然綠營以營為單位，卻在營以下依照地區，再把兵力分「汛」駐防，各「汛」分設千總和把總來管領，每個汛所轄的兵員從數十至一百皆有。一旦遇有亂事民變發生時，朝廷再從各地的綠營調派軍隊集結整軍，然後派遣文官武將加以統帥之。

然而為防一弊，就另生一弊。

兵力過度分散的結果，導致地方萬一真遇有叛亂情事發生時，許多城池都缺乏足夠的兵力來自我防禦，各地綠營官兵又無法擅自集結，發揮防衛固守的力量。因此叛亂的反抗勢力只要能閃躲過清軍主力部隊的追擊，就能夠在其他無軍事守衛力量的地區縱橫馳騁、橫行無阻。

現下的太平軍就是如此，只要任何一地一城攻不下來，就立刻轉進至清廷防禦兵力較弱的地區，而只要能夠持續不斷攻占城池，太平軍就可以持續地取得部隊所需要物資糧食補給來延續自己的戰鬥力。

太平軍攻占道州以後，楊秀清發現這地方是天地會黨活動要地，有許多反清、反官府的潛在支持者，再加上太平軍內原本就有不少天地會的加入者，如羅大綱、邱二娘等人，因此楊秀清於道州發布檄文抨擊清廷，廣邀各路英雄入夥。原本他想要一人單獨發布，但是卻被蕭朝貴給攔阻下來，楊秀清猜測蕭朝貴應該是受到天王洪秀全的指示而為，蕭要求與他一起聯名發布檄文，楊秀清也只好答應。

最後兩人以天國東、西王的名義共同發布了三份檄文，分別是：《奉天討胡檄布四方諭》、《奉天救世安民諭》、《救一切天生天養中國人民諭》，文中列舉了官僚富戶地主階級剝削平常百姓民脂民膏的惡行罪狀，宣告了清朝妖運告終。在檄文中楊秀清特別主打滿、漢民族間的衝突，期望透過煽動廣大窮苦漢人對少數滿人權貴不滿的情緒，創造出有利太平軍的形勢。比如說在《奉天討胡檄布四方諭》一文中就提到：

> 真天命太平天國禾乃師贖病主左輔正軍師東王楊，右弼又正軍師西王蕭，為奉天討胡，檄布四方，若曰：嗟爾有眾，明聽予言！予惟天下者，上帝之天下，非胡虜之天下也；衣食者，上帝之衣食，非胡虜之衣食也；子女民人者，上帝之子女民人，非胡虜之子女民人也。
>
> 慨自滿洲肆毒，混亂中國，而中國以六合之大，九州之眾，一任其胡行，而恬不為怪，中國尚得為有人乎？妖胡虐焰燔蒼穹，淫毒穢宸極，腥風播於四海，妖氣慘於五胡，而中國之人，反低首下心，甘為臣僕，甚矣哉！中國之無人也！
>
> 今幸天道好還，中國有復興之理，人心思治，胡虜有必滅之徵。三七之運告終，而九五之真人已出。胡罪貫盈，皇天震怒，命我天王肅將天威，創建義旗，掃除妖孽，廓清中夏，恭行天罰。言乎遠，言乎邇，孰無左袒之心，或為官，或為民，當急揚徽之志！甲冑干戈，載義聲而生色；夫婦男女，攄公憤以前驅。誓屠八旗，以安九有。特詔四方英俊，速拜上帝，以獎天衷。執守緒於蔡州，擒妥歡於應昌。興復久淪之境土，頂起上帝之綱常。其有能擒狗韃子咸豐來獻者，或能斬其首級來投者，又有能擒斬一切滿洲胡人頭目者，奏封大官，決不食言：蓋皇上帝當初六日造成之天下，今既蒙皇上帝開大恩，命我主天王治之，豈胡虜所得而久亂哉！公等世居中國，誰非上帝子女？倘能奉天誅妖，執蝥孤以先登，戒防風之後至。在世英雄無比，在天榮耀無疆。如或執迷不悟，保偽拒真，生為

胡人，死為胡鬼。順逆有大體，華夷有定名，各宜順天，脫鬼成人。公等苦滿州之禍久矣！至今而猶不知變計，同心戮力，掃蕩胡塵，其何以對上帝於高天乎？與義兵，上為上帝報瞞天之仇，下為中國解下首之苦，預期肅清胡氛，同享太平之樂。順天有厚賞，逆天有顯戮。布告天下，咸使知聞。

楊秀清一方面操弄滿漢間的民族矛盾，一方面又祭出高官厚祿封賞之策，果然在湘南道州等地收到不小效果，許多天地會黨徒以及貧困農民紛紛踴躍加入太平軍，讓太平軍的軍事力量獲得增補，雖然前來投靠者的信仰不一定純正，但是非常時期只要可以上場打仗的人楊秀清一概來者不拒，這使得楊秀清系的部隊實力大大增加，太平軍的總體兵力也恢復到兩萬多人。

在楊秀清的政治鬥爭以及軍事指揮操盤下，太平軍漸漸地又恢復了生機。而在後面不停尾隨的清軍當然不會這麼輕易放過他們，不過得先處理自身的問題。清軍統帥賽尚阿對於總兵和春竟然沒有依江忠源的調派抵達蓑衣渡東岸進行合圍，導致殘存太平軍絕處逢生的結果極為震怒，然而犯事的主角和春此人卻是滿州正黃旗的貴族將領，根正苗紅，再加上戰事正酣，急需用人，於是賽尚阿只好把滿肚子的憤恨先按奈下來。

蓑衣渡一役後，賽尚阿再次重整剿逆大軍，得知太平軍攻占湖南道州後，趕緊展開追擊太平軍的行動，自此清軍跟太平軍形成你追我跑、你打我躲的態勢。楊秀清看出清廷軍事防務戰略部署的缺點，於是採取不跟賽尚阿的大軍正面衝突的策略，轉而專門去攻擊守備力量薄弱的州城來進行部隊的補給，另一方面則是派出大量政治宣傳隊伍至鄉里、農村進行信仰與政治宣傳，採取一邊抵抗清軍、一邊擴大自己隊伍的戰略。

楊秀清這個政治與軍事策略得到不錯的效果，八月初面臨清軍賽尚阿、江忠源與向榮部隊等大軍集結的壓力，太平軍果斷地捨棄了道州，往寧遠、桂陽方面流竄，於八月下旬又攻占湖南另一個重鎮郴州。

進占郴州後，楊秀清又得到湘南當地數千名燒煤工人前來投靠，一時之間個人派系勢力大幅的擴增，讓天王洪秀全深感惶恐與不安。

可是自從馮雲山戰死以後，整個太平軍都是倚賴楊秀清個人高明的政治軍事頭腦運籌帷幄才換來一線生機，現今還處在四處逃竄的處境，洪秀全明白此時並非明目張膽打壓楊秀清的時間點。但總不能眼看太平軍的大權持續旁落下去，否則再過不久，楊秀清便極可能會取自已而代之。唯今之計，洪秀全只盼望能夠再扶植一個能與楊秀清互相抗衡的人，放眼望去西王蕭朝貴自然是不二人選，眼下是處於戰爭時期，唯有立下戰功才可以服眾，才能夠擴權。所以洪秀全與蕭朝貴兩人積極尋找適當的時機來立戰功，以便扶持蕭朝貴在太平軍內的聲望，希望藉此挽回權力的天秤，不致過度向楊秀清傾斜。

郴州城內太平軍的高層舉行軍議，會中主要幹部有了一致的共識，依照楊秀清所提方略，決定從湖南進攻湖北，取道長江，進占金陵。若按此一進攻方略來看，下一座預定要攻占的城池就是長沙。

長沙乃是湖南省的重要大城，根據探子回報長沙城目前駐防的兵力薄弱，於是蕭朝貴便趕緊抓住良機，自動請纓要率領一支部隊前去突襲長沙城。

對蕭朝貴的提議，翼王石達開卻表示反對說：「本軍剛打下郴州，兵士們正在進行休整，尚需一段時間才能再戰。如今西王殿下要自領一軍前去攻打長沙，雖然斥候的探報內容是長沙城兵力空虛，不過此城乃湖南重鎮，一向是兵家必爭之地，清妖必定會全力援救，不可不慎啊。」

北王韋昌輝知道西王蕭朝貴想要利用此戰建立軍功，他不想要破壞別人的興致，所以發言力挺說：「目前我方軍威正盛，清妖聞風而逃，如能趁清妖以為我軍會堅守郴州之際，西王率偏師突襲長沙，出奇制勝，定能大功告成。」

自蓑衣渡一戰後，楊秀清儼然是太平軍實際權力的掌握者，天王洪秀全也不敢直接下達命令，因而看了一眼楊秀清問道：「這突襲長沙一事，楊兄弟怎麼看？」

楊秀清思忖過後說：「起稟陛下，長沙乃是名城重地，若能一戰攻克長沙對我軍的聲勢大有助益，目前斥候探得的軍報顯示該城兵力空虛，但是翼王所言也是在理，還需慎之。我大軍尚在休整中，無法全師動員，西王英雄蓋世，膽識過人，若願自領一偏師出征，一方面可混淆清妖耳目，一方面可立不世之功。然其中利害輕重的權衡實難拿捏，祈望陛下聖裁。」

楊秀清講得四平八穩，點出突襲長沙的凶險之處，卻也沒有阻止西王率軍出征，只是說明目前能動員的兵力有限。洪秀全聽出楊話語中的含意，簡單說就是：想要立功你就去，但是風險請自負。

洪秀全與西王蕭朝貴兩人對望一眼後，洪秀全便道：「蕭弟兄豪氣干雲，願為天國冒險犯難，此心可表日月。我軍目前尚無一方立錐之地，應記取永安被困的教訓，積極進取、經略四方。所以蕭弟兄請兵出征一事，朕准了，請西王領五千精兵替天國直取長沙城，祝蕭弟兄馬到功成、所向披靡。」

洪秀全此次發號司令，似乎有大權重新在握的感覺，把這陣子以來的悶氣一吐為快，情緒好久沒這麼彭湃激昂，興致一來便說：「來人，拿酒來，朕要敬蕭兄弟一杯，以壯行色！」

西王領軍出征長沙的軍議定案之後，胡以晃、楊輔清等幾位楊系大將紛紛跑來向楊秀清抱怨嚼舌根，說西王此番出征一下子就帶走我軍近三成的兵力，而長沙城雖說探子回報兵力稀少，但是牆高城堅，要輕易打下此城絕非易事，萬一清軍及時趕來支援，很可能會一敗塗地，損兵折將。眾人內心不解，紛紛詢問為何東王殿下要答應天王做此決定？

楊秀清向前來關心的嫡系將領們解釋說：「出征長沙一事，其實陛下早就心意已決，他想要扶植西王來牽制我，所以在檯面上本王不宜再橫加阻攔，否則只會更加深陛下防我之心。」

眾將領們聽後更是咬牙切齒，都深認為國難當頭、危亡之際，天王還在搞互相制衡的權力遊戲，分明是不顧大局。楊秀清聽到眾將的抱怨後便喝斥說：「這些話千萬不得再說，陛下自有聖斷，豈是你們眾人可以隨便妄加評議的，切記、切記。」

眾將領為楊的委曲求全感到不平，但是在楊的訓斥下，大家也只能悻悻然離去，只留下楊秀清的文膽何振才與小七楊輔清兩人在座，小七見眾人都散去之後才上前詢問楊秀清說：「殿下，真的好嗎？萬一西王真的攻下長沙城，那必定會威脅到殿下在我軍中好不容易才建立起來的地位。」

楊秀清笑而不答。

倒是何振才發話說：「小七軍帥您就別擔心了，這是殿下的一石二鳥之計。」

「一石二鳥，怎麼個一石二鳥啊？」小七好奇地問。

楊秀清也轉頭看向何振才，好奇這廝怎麼會有這種想法。

何振才不慌不忙地說：「我軍剛下郴州，後頭的清妖必然會隨之而來，此時西王領軍攻打長沙，長沙乃為湘北重鎮，清妖絕不會讓長沙城就這樣輕易失陷，一旦得知長沙有變，肯定會率軍北援，這樣一來正好替郴州的我軍解除了清妖包圍的壓力，可以爭取時間趁機好好休整，而從此地到長沙，行軍再加上攻城的時間，至少能為我軍爭取到一個月，甚至更多的時間，此乃一鳥也。」

小七楊輔清撫掌叫好說：「好計策，那另外一鳥？」

何振才挑了一下眉毛低聲地說：「這另外一鳥就要看上帝的旨意為何？且看天父上帝是否能讓東王殿下稱心如意。倘若這尾隨的數萬清軍得知西王動向，直撲西王的部隊而去，依微臣看，西王殿下這趟恐怕是凶多吉少，如此一來，不但天王陛下又少了個膀臂，那美若天仙的西王娘肯定會更傷心難過。」

人家都說小七是楊秀清的心腹，但這參謀何振才真是楊秀清肚裡的蛔蟲，對他的心思瞭如指掌，讓楊秀清心底一驚，趕緊罵道：「放肆，可別亂說、慎哉斯言、慎哉斯言。」

聞言，何振才連忙用手上扇子打了自己的嘴巴幾下說：「小的該死、小的該死，胡說八道，請殿下恕罪、恕罪。」

楊秀清又隨口罵了幾句，便打發了二人離開。自己在房間內踱步起來，他在心裡跟自己對話，楊秀清一直認為他之所以願意同意讓西王出征，除了做個面子給天王外，主要是期望藉西王此行，引開清妖部隊轉而北上長沙，好讓郴州的太平軍可以解除壓力，得到喘息的時間。檯面下這部分的心思他自己是不否認的，而且這也是為大局著想，說起來理直氣壯，他不會因此感到愧疚。但是剛剛經何振才這麼一說，是不是自己的潛意識內也希望藉此機會除掉蕭朝貴呢？

這樣好嗎？楊秀清不斷反覆問自己，雖然他與蕭朝貴在太平軍內分別屬於不同派系，彼此是互相較勁的對手，但畢竟都同為天國的子民，不是敵人而是戰友。甚至兩人在初入拜上帝會時，更是出身相同的燒炭工人，無話不談的好哥們，共同在戰場上出生入死的好兄弟，只可惜後來蕭朝貴讓天王給拉攏過去，不然現在應該是站在我這邊的自己人。

我到底該怎麼做？楊秀清內心不斷問自己。

這後時許多畫面不斷出現在楊秀清的腦海中，有那西王蕭朝貴的臉孔，有長沙城外的千軍萬馬，有美景如畫的錦繡江山，有金鑾殿上的龍椅寶座，最後出現的畫面卻是那張楚楚動人、一笑傾國的洪瑄嬌艷麗的臉龐，想到這裡不禁讓楊秀清握緊拳頭下定決心。

他遣人去喚了小七回來，低聲吩咐他說：「命天眼司的探子向清妖那邊放出消息。說我軍即日起程，北上進攻長沙城。」

小七聽完後，嘴角露出詭異的一抹微笑，然後說：「得令。」

✝✝✝

太平軍想要擺脫清軍的苦苦糾纏，但是清軍尋求的是大部隊正面的決戰。

至少清軍的統帥賽尚阿是如此想法。

一路尾隨太平軍的賽尚阿心裡正焦急著想要找到太平軍的主力部隊決戰，但越是這樣想，太平軍越是遠遠地躲開他。而更令他生氣的是，清軍這邊的部隊將領除了他與江忠源外，其他人似乎都不太想與太平軍正面交鋒，只希望利用兵力上的優勢進行圍攻，所以任由太平軍在清軍前面輕易取城，然後他們在後面尾隨進攻。

湖南的戰事發展令賽尚阿極不滿意，但還有人比賽尚阿本人更不滿意，那就是遠在京城的咸豐皇帝。

雖然馬上飛遞的軍情文書的速度比實際戰場進度還要慢了許多，但是咸豐帝也已得知太平軍成功突圍永安，以及順利竄入湘南等地的消息。這種情勢演變令咸豐帝怒不可抑、氣急攻心，因為當初咸豐親自下達的戰略指導方針就是希望把這群長毛亂匪圍困於廣西省內，千萬不能讓其竄逃出包圍網至其他省分，特別是不要危及長江中下游等較富裕的省份，但如今局勢卻是往越來越壞的方向發展。

即使賽尚阿身為咸豐皇帝所信賴的欽差大臣，然軍情進展不順，讓咸豐失去耐心，於是下旨嚴責賽尚阿說：「汝奉命出征一年有餘，歷次奏報軍情，不過是派兵尾追，並未迎頭截擊，出奇制勝，所謂調度者安在？」

咸豐隨即撤換掉賽尚阿欽差大臣的職務，改派兩廣總督徐廣縉接替，作為懲戒。

不過接替的徐廣縉是個老於世故的官場中人，知道眼下剿匪是件苦差事，雖然接獲聖旨，卻不急於赴湖南就任，前方的戰事還是交由賽尚阿等人繼續辦理。

賽尚阿對於欽差一職被撤感到萬分羞愧與惱怒，便與江忠源商議該如何才能重新取得咸豐帝的信任，江忠源獻計說：「唯有給予太平匪黨再一次重擊，才能夠讓聖顏開展，龍心大悅。長毛們雖然四處流竄，但是經他觀察評估，這群逆匪必定依然尋思北進之途，既然逆匪意在北上，路途中就必先攻打長沙這座湘北重鎮。」

江忠源建議賽尚阿趕緊調派大軍，先行開赴長沙設伏，再一次以逸待勞，避免每次都從背後苦苦追趕逆匪，老是落於被動之勢。

賽尚阿心想頗有道理，立即兵分二路，先命老將向榮領軍兩萬，假裝前往郴州追擊太平軍，但不要真的進攻郴州，三日後便撤圍北上長沙與大軍會合。自己則率領本營督標、楚勇以及剩餘的清軍約三萬人直奔長沙而去。

賽尚阿才剛上路不久，便獲得斥候的探報，表示太平軍派遣西王領兵數千名北進要突襲長沙城。賽尚阿心想太好了，這一來正中下懷，於是趕緊與江忠源風馳電掣、疾如旋踵的領兵奔向長沙而去。

而太平軍這一邊由西王蕭朝貴領軍，率領林鳳祥、李開芳兩位軍帥，帶領數千精兵大搖大擺地從湘南殺向湘北，蕭的心裡原以為是一場如探囊取物、易如反掌的戰役，殊不知早已經有數萬名清軍正在長沙城等著他前去自投羅網。

✢✢✢

正當太平軍跟清軍雙方在湖南鏖戰不休，彼此你來我往，互相鬥智較力之時，躲藏在廣西平樂一帶建立軍營、整軍經武的蒙天佑按理應該是要日夜不停的操練玄甲騎與陷陣營，教導士兵儘速熟悉新式火槍的使用才對。可是自前日起，蒙天佑便足不出戶，把自己一個人關在房間裡不吃不喝，也不讓任何人進去探望他。

林紹章、陳玉成跟李世賢等玄甲騎核心將領們都非常擔心天佑的狀況，趕緊前來找李聰兒想想辦法。李聰兒卻用無助的眼神看著三人說：「連我自己也十分難過、傷心欲絕，怎麼有能力去勸說天佑呢？」

原來日前，南王馮雲山與阿桐的死訊傳到天佑這邊了，起初天佑還不相信，特別派出數名親兵斥候前往查探，前日探子回報證實了這個消息，天佑得知以後肝膽俱裂、心如刀銼。

南王馮雲山不僅是在太平軍的地位重要無比，更是天佑的精神導師，再加上情同兄妹的阿桐，兩人的死訊立時讓玄甲騎的眾將士心情盪到谷底，蒙天佑確認消息後立即命眾人披麻帶孝以表追弔之情，自己則是閉門不出，不與任何人接觸。

陳玉成跟李世賢等人心裡面也都是痛徹心扉、錐心泣血，他們當然能明白這個殘酷的打擊必然使天佑陷入極度的低落與無助。然而「將」為軍之膽，如今整個玄甲騎跟陷陣營都以蒙天佑為主心骨，天佑若是無法振作起來，那麼玄甲騎全軍亦危矣，眾將心焦如焚卻都束手無策。

又過了三日，天佑依然不出房門，陳玉成等將領覺得不能再等下去，決定要硬闖天佑的房間，想把他給拉出來。眾人聚集於房門前正要動手之時，剛好聽到營外有人聲在擾動，接著當哨的衛兵前來回報，居然是天佑的父親蒙飛趕著五十幾匹駿馬從桂平那邊前來與玄甲騎會合。

眾將趕忙至營門口迎接蒙飛，經過一番細談後，才知當玄甲騎跟陷陣營回到廣西後，太平軍的殘部便透過散布各地方的信徒開始發出召集令，暗中通知四散的信徒前來平樂這裡團營。蒙飛因而得知玄甲騎屯兵於此，他心想此時應該正缺乏可用戰馬之際，於是趕緊從桂平一路將馬場內所有剩餘的馬匹趕往平樂交給玄甲騎使用。

蒙飛自從拜上帝會宣布在金田起義以後，便留在桂平老家，表面上與天佑切斷了聯繫，實際上卻是在為天佑的玄甲騎訓練與提供戰馬。天佑並不希望父親站上檯面來參與起義活動，當然是為了以防萬一，不願父母親受到自己的牽連，畢竟他所做的事情對朝廷來說是造反，是殺頭的重罪，不是請客吃飯般的風花雪月。

走上這條路的天佑知道前路必然是凶險萬分，得要掄起真刀真槍與朝廷官兵用性命來對抗，天佑自己由於信仰的緣故並不害怕所要面對的危險，雖然個人無所畏懼，然而他卻不能不考量自己家人的安危。對於蒙飛來說，身為人父儘管反對自己的兒子參與起兵反抗朝廷的行動，但是一旦兒子決定投入了，他就選擇用自己的方式給予支持。

「飛叔，您來得正好，軍帥他正需要幫忙。」陳玉成連忙上前向蒙飛求助。

將蒙飛領進軍營後，眾人七嘴八舌地連忙將天佑的近況以及最近所發生的事情告訴蒙飛，期望蒙飛能夠去勸解一下天佑，幫助他趕緊振作起來。

費了一番功夫，對於事情的梗概有粗略地了解後，在眾人帶領下蒙飛來到天佑自我封閉的房門前，蒙飛請眾人都先行離開，等剩下自己一人時才敲了幾下房門輕聲說：「天佑，是我，阿爹啊。」

過了一會，房門打開，蒙飛看見站立在眼前的天佑面容憔悴、形容枯槁，他頓時眼眶泛紅，心裡萬分不捨，不禁落下兩行老淚。已經數日未曾闔眼休息的天佑看見父親出現在眼前，內心的情緒一時潰堤，開口喊了聲「爹」後，父子倆便相擁在一起放聲痛哭。

蒙飛明白此時必須讓天佑將內心壓抑的情緒完全宣洩出來，否則放在心底只會更加難以承受。蒙飛自己也是啜泣不已，看著自己的寶貝兒子面容枯白毫無生氣，令他百感交集。從小到大天佑這孩子不但聰明、聽話而且從沒讓他操過心，可惜自己不爭氣，無法給孩子一個好的環境讀書，去拚一個有前途的未來，身為人父的他相當自責。

而如今天佑為自己的將來努力奮鬥，想要拚出一條活路，打從天佑加入拜上帝會以後，從無到有，一步一腳印，翻轉了自己的人生。由一名拜上帝會的基層教兵開始，腳踏實地、辛苦奮鬥到今日，成為號令一方統領千名精銳騎兵的軍師。但是這些過程當中天佑所痛下的苦功，所獻上的心血，所付出的代價，別人可以不知道，但是他這個做父親的，怎能不清楚。

天佑沒有世家大族背景，更不是書香門第出身，還好遇上馮雲山這名老師，跟著他從讀書寫字開始學起，接著是認識上帝信仰與真理，雖然辛苦但是卻備受關懷。故此馮雲山對天佑來說，不僅僅是學習的導師，也是帶領他進入上帝信仰的父親。馮雲山的死自然帶給天佑極大的衝擊與挫敗，卻也令天佑有了全新的領悟，那就是原來在這個世上，沒有一個人是你可以永遠依靠的，沒有人。

父子兩人進入房內坐下來，蒙飛撥一下天佑散亂的頭髮，這時天佑已經將辮子剪去，滿頭零亂散髮讓他看起來更顯得的滄桑淒涼，一個二十歲出頭的少年家，卻像是個飽經風霜與人間冷暖的老頭子。

蒙飛對天佑說：「你再不整理整理這一頭亂髮，看起來就要比阿爹還老了。」

聽到阿爹這麼調侃，天佑總算破涕為笑說：「阿爹您一點都不老啊，還不到五十啊。」

「兒子啊，我老了，兩條腿越來越不聽使喚，最近餵馬都力不從心了。」

天佑聽了心中又是一陣酸楚難過，他哽咽地說：「對不起，阿爹，我不但沒辦法好好在家中孝順您，還讓您一個人如此辛苦勞累。」

蒙飛拍拍天佑的肩膀安慰說：「傻小子，別這麼說，你知道阿爹現在最驕傲的事情就是告訴別人，太平天國的玄甲騎是我兒子蒙天佑所統領的。」後面又補了一句：「當然是跟自己人才說。」

「天佑啊，我明白這些年來你的辛苦，也很清楚馮老師對你的重要性，不過天佑你得要記住，今日的你已經不再是當時初出茅廬的小夥子，現在你的肩上扛著很重的擔子，那是幾千人的性命與期待。你對玄甲騎這群人而言，就如同馮老師對你那麼的重要。」蒙飛語重心長地說。

「阿爹，我明白，我不會忘記自己肩負的責任。只是需要花點時間來想通一些事情。謝謝阿爹過來看我，阿娘還好嗎？」

「你娘親她很好，而且越來越好，自從她也信了上帝以後，每天讀經禱告，精神跟身體都越來越健康，特別要我轉告你，別替她擔心，一切都有上帝在看顧保守。」

天佑聽了點點頭說：「感謝上帝。」

或許是親情的力量，又或許是上帝的憐憫，蒙飛的出現讓天佑的情緒找到出口，與父親的情感交流後，天佑終於走出自我封閉的世界，再一次站立於眾人面前。

天佑終於走出房門，不再自我封閉，並且迅速地恢復身為一軍主將，玄甲騎統帥該有的氣勢與決斷。他召集諸將宣布即刻整軍出發，改採邊行軍、邊操練的模式，一行人浩浩蕩蕩打著東勇民間團練的旗幟，號稱要義助官軍討伐長毛逆匪，直接開拔大軍，加快腳步北上進入湖南去與太平軍會合。

經過一個多月下來的整訓，天佑把蓮園派來支援的士兵整編入陷陣營的步兵部隊中，使得步兵的人數達到一千五百名，再加上原有的千名騎兵，當今的玄甲騎已組建成一支總兵力達二千五百名的百戰精銳、虎狼之師。

大軍出發的前夜，李聰兒特地前來探訪天佑，一進到屋內聰兒相當關心地詢問起天佑的狀況。

天佑告訴聰兒：「放心我還好，其實令我這麼難過的原因不全然是馮老師與阿桐的死，因為世人終究會有一死，而我深信死後會有更好的家園等著我們。只是我不明白為什麼是這個時機點？就在太平天國正要努力奮起的時候？這些日子我不停地求問上帝，為何會讓這種事情發生？是上帝要拋棄我們了嗎？還是我們做錯了什麼？馮老師與阿桐兩人都是非常敬畏上帝，遵行上帝旨意的人，為什麼上帝允許他們在這個時候離開我們？」

聽兒說：「那你有答案了嗎？」

「沒有。」天佑嘆了口氣說。

「不過這些日子我感覺到上帝似乎在提醒我一件事，那就是祂乃獨行奇事的上帝，在祂有無限的美好，即便現在我不清楚原因，不理解緣由，但還是要相信上帝祂會有最好的安排。」

「那天佑你覺得太平天國有做錯什麼事情嗎？仍然走在上帝的旨意中嗎？」聽兒認真地問道。

天佑想了一會說：「我也很難回答這個問題，但是我現在知道，太平天國信仰中某部分的教義真理出現了問題，比如說教主是天父上帝次子這件事在聖書中並沒有提到，天父上帝也不會下凡附身在凡人身上。另外真正可以拯救人們脫離黑暗死亡權勢的，是聖子耶穌在十字架上為世人贖罪所流出的寶血，而不是倚靠人們表面遵行律法的各種行為，這些都是我們需要重新修正的教義真理。」

聽兒說：「的確，這些真理教導需要重新調整，但依我看想要修正這些教義內容，勢必會與現在的權力高層產生很大的衝突與對抗。光是要天王陛下不再自稱是天父次子就是件大逆不道的事情。」

天佑無奈地說：「我知道，但是若不能將太平軍的信仰導回正道，我認為上帝就不會祝福天國未來的行動。就好像當初以色列人行上帝眼中看為惡的事，上帝就出手管教以色列人。」

接著天佑握緊右手的拳頭，對著聽兒信心喊話說：「但是我相信，只要努力去做、不停地禱告祈求，遵行上帝的旨意往前走，剩下的部分，就交給神。上帝在一切事情上掌權，祂必會有最好的安排。倘若我們太平天國行走在上帝的旨意當中，上帝就會祝福，天國就必定會興旺強盛。」

聽兒附和地說：「但願如此。」

天佑繼續說：「上帝厭惡罪惡，祂必會施行公義與審判，假若太平天國不走正道祂也必會審判。眼前這個腐敗殘暴、不仁不義的滿清朝廷，上帝絕不會坐視不管，現在的我願意成為上帝手中施行審判的鞭子，對著這些竊據神州大地，殘害百姓，橫征暴斂，魚肉鄉民，把國家搞得天昏地暗、民不聊生的皇親國戚、貪官污吏，用力地抽打一番。」

聰兒說：「說得好，痛快。算我一份，那麼請問這條審判的鞭子打算往哪裡去呢？」

「要往哪裡去待會再告訴妳，不過要去之前得先讓妳看個東西。」

天佑右手指著房間內大方桌上所擺著的一面旗幟說：「妳過來看看這是什麼？」

聰兒走進桌邊仔細一瞧後說：「難道是十字架？」

這方桌上放著一面旗幟，底色是太平軍慣用的黃色，但是正中間卻沒寫什麼名號或是文字，而是用赤紅色染成一個圖樣，這個圖樣是聰兒以前從沒在太平軍任何一面軍旗上見過的，但是聰兒察覺到這個圖樣在新遺詔聖書中不斷被提到，很簡單，就是個十字。

沒錯，就是個紅色的十字，黃色底，中間大大一個紅色十字。

天佑說：「沒錯，就是十字架。這乃是我玄甲騎最新的軍旗，從今爾後，我要高舉聖子耶穌十字架的大旗，這是天父上帝召我來到這裡所要完成的使命，我要背起自己的十字架，完成天父上帝所託付的工作，在這一片廣闊無垠的蒼茫大地上向普天下的萬民宣告，天國來了，天國的精兵來了，天國的救贖來了。」

玄甲騎十字軍自此誕生。

✚✚✚

長沙這座古城，相傳起建於西漢高祖五年（公元前202年），是當時漢長沙王吳芮所築而名之，之後歷朝歷代對於長沙這座據守湘北的城池都十分重視。到了清朝時期，順治十一年（公元1654年），明朝的叛徒、清朝的大官，兵部尚書兼都察院右副都御史洪承疇拆掉明朝諸藩王府的城磚後，全部拿來修築城垣使其增高加厚，大大提升了長沙城的防禦保衛能力。

西王蕭朝貴所率領的部隊在前往長沙的攻勢上一開始進展頗為順利，一個月不到的時間之內，太平軍連陷藍山、安仁、攸縣、醴陵等地，並由醴陵小路，繞越衡州，直撲長沙而去。

然而就在蕭朝貴自以為順風順水、稱心如意之際，殊不知賽尚阿與江忠源已經提早一步抵達長沙建立防線，而佯攻郴州的向榮也率領著大批軍隊緊緊跟在蕭朝貴部隊的後面，於是形成以五萬清軍的優勢兵力，用南北夾擊的態勢，對上孤零零的五千太平軍。

蕭朝貴的部隊進抵長沙城南方的石馬鋪後，著手準備攻城的事宜，但是他們沒花多久時間便發現城內的守軍並不像斥候探子軍報所言那樣的薄弱。相反的，在各個城門樓上似乎都有嚴密的佈防，並且城樓上更架設起十幾門紅衣大砲嚴陣以待。

正當蕭朝貴心裡暗叫不妙之時，又有斥候探子回報，在太平軍部隊的後方出現了大批清妖的軍隊。當下蕭朝貴、林鳳祥等人才驚覺自己中了清軍的設局埋伏，蕭朝貴轄下的軍帥林鳳祥是名果斷具謀略，又勇於衝鋒的將領，他立即建議蕭朝貴趕緊重新調整防線，派快馬回報郴州的太平軍主力部隊，並尋找突圍破口，力求保住全軍的生機。

就這樣蕭朝貴所率領的這一支太平軍部隊，與清軍在長沙城南方展開了一場激烈的對戰，基本上等於是五萬清軍圍毆五千太平軍，雖然雙方的兵力懸殊，但由於清軍將領普遍不敢與太平軍正面白刃戰，所以多數時間長沙城內的清軍採取守勢。

長沙城內的賽尚阿頗為不耐，便命江忠源率領楚勇親上南門督軍，楚勇主要是使用南門魁星樓的紅衣大砲來砲轟太平軍；至於向榮所部的清軍則是負責阻擋太平軍，防止其從包圍網中突圍逃脫，但是亦不太敢進行正面交鋒，只是使用鳥銃與弓弩在外圍加以施放攻擊，因此一時之間交戰雙方形成僵持之勢，然而隨著時間的流逝，毫無疑問優勢是在站清軍這邊，太平軍傷亡的人數隨著清軍的包圍攻擊不斷增加。

蕭朝貴受困長沙城外的消息很快傳回至郴州太平軍的大本營，洪秀全接獲消息後立刻找東、北、翼等三王前來商議營救之道。楊秀清表示清妖的主力已經全調往長沙，所以力主全軍應立刻棄郴州城前往長沙營救西王，楊秀清表達對西王的重視，並旋即出兵營救的舉動令天王洪秀全相當感動，於是下令即刻全軍出動，直撲長沙而去。

咸豐二年（公元1852年）九月初，長沙城下的太平軍費盡心力的苦守陣地把清軍擋在外圍，但是受限於自身兵力的不足無法突圍，而更加令太平軍眾人沮喪的消息是，西王蕭朝貴因為身先士卒、奮勇殺敵，不幸被長沙城南門魁星樓上重達三千餘斤的紅衣大砲的砲火擊中，傷勢頗重，一時間軍心大亂。還好林鳳祥與李開芳兩名軍帥接手指揮得宜，守住太平軍的陣地，讓清軍無法越雷池一步。

太平軍本營主力軍隊由楊秀清與石達開兩王為首率領前軍火速出發，九月下旬，不到十日的時間就星移電掣、倍道而行的趕抵長沙，楊秀清一到馬上下令部隊衝鋒，打開清軍的包圍網投入戰局，想要接應長沙城下被困已久的太平軍，無奈為時已晚，西王蕭朝貴早已傷重不治，殺身成仁、為國捐軀，楊秀清聽聞後當場痛哭流涕，石達開亦黯然神傷。

隨後洪秀全率領後軍抵達長沙城下得知此噩耗，悲痛欲絕、凄入肝脾，一下子六神無主、不知所措。楊秀清與石達開商議後認為長沙非久留之地，決定要繼續向北突圍來擺脫清妖的糾纏。

楊秀清立刻命全軍渡湘江從西岸一路北上，由於向榮所率領的清軍一向怯於與太平軍正面死戰，再加上太平軍的主力部隊抵達後總共約有一萬五千人左右的兵力，已足夠與城外向榮所部的兩萬清軍相互抗衡，向榮的部隊投鼠忌器不敢硬碰硬，清軍的圍堵因而破功失利，讓太平軍順利逃脫包圍網，轉向北方逃竄。

長沙城內的江忠源見城外的戰況發展不利，連忙向賽尚阿勸說：「當前之際乃萬分關鍵，倘若再讓太平軍北竄攻城掠地，則再無良機可以一舉剿滅逆匪，祈望督帥親領全軍下令眾將追擊，機不可失，時不再來，不負皇恩啊。」

江忠源言下之意乃是向賽尚阿力陳，清軍每次戰事不利皆因諸將不願意以身犯險率部力戰，而再讓太平軍逃出生天，將會失去挽回皇帝信任與眷顧的機會。

賽尚阿聞言後心知肚明，終於痛下決心，下軍令狀督責向榮與和春等眾將領，務必領兵全力死戰不得後退，違令者斬。

於是五萬清軍急急忙忙尾追太平軍北上而去，而太平軍的目標則是放在長沙城北方靠近洞庭湖的另一座大城岳州，這岳州城是洞庭湖的咽喉要地，人口眾多，楊秀清的計畫是能早清軍一步攻入岳州城來取得軍隊所需的物資補給，然而太平軍一方面要向北進軍，一方面還要應付後方緊咬不放的清軍，兩面作戰絕非易事。

賽尚阿的決心令向榮與和春等人不敢小瞧，也只好用力鼓動部隊向太平軍發動猛攻。雙方部隊一路打、一路跑互相糾纏的情況下，終於在岳州城外二十里處展開殊死決戰，由於清軍緊追不捨，楊秀清明白想要毫無後顧之憂的攻打岳州城已是絕無可能，為今之計，只有先將後方緊咬的清軍部隊給徹底擊潰，自己才有生路，於是下令全軍整隊擺開陣勢，準備與清妖決一死戰。

而清軍方面統帥賽尚阿與江忠源則是相當興奮，因為終於等到雙方決戰的這一天，賽尚阿心裡的盤算是以五萬清軍對上不足兩萬的太平軍，再加上岳州城內的數千守軍伺機而動，在兵力上清軍這方還是占有明顯的優勢。而太平軍這邊經過連日的奔逃，氣勢顯然已是強弩之末，兵士們的體力也瀕臨崩潰邊緣，再加上前些日子長沙城下那一役，太平逆匪的重要將領西王蕭朝貴不幸戰死，給予太平軍的士氣一記重擊。

天平似乎是向清軍這方面傾斜的，只要穩扎穩打，賽尚阿相信岳州城外就是這群讓他寢食難安、身心俱疲的長毛逆匪埋骨之地，而今天亦會是他名垂青史的一刻。

雙方大軍的決戰在咸豐二年（公元1852年）十二月十日展開。

剛開始太平軍展現驚人的戰力，個個勇猛善戰，拚死力敵，造成清軍不小的損傷。然而隨著時間一點一滴過去，清軍在人數上的優勢逐漸顯現出來，再加上這次賽尚阿向眾將領下達必死的決戰令，不分將兵任何一名後退逃跑者立斬無疑，使得清軍士兵們個個展現出難得的戰鬥力。而江忠源所率領的楚勇更是一夫當關，不斷投入最激烈的交戰前線來阻擋太平軍的攻勢，因此太平軍的氣勢漸漸消退，士兵傷亡的情形越來越嚴重。

一日激戰過後，太平軍死傷無數、損失慘重，中軍大帳內洪秀全急得像熱鍋上的螞蟻，卻苦無對策。楊、韋與石等三王也是費盡心機、搜腸刮肚後，依然一籌莫展，大家只能抬頭向天禱告，祈求天父上帝能夠再賜下神蹟，差派天兵天將下到凡間前來拯救他們，度過此一危難。

不過縱使是在信仰上虔誠無比的信徒也不敢保證神蹟一定會出現，最後洪、楊等人終於下了決定，為保住天國的最後生機，暗中從眾兵士中挑選出兩千精兵，保護天王與諸位核心重臣突圍。這個決定對大家來說都非常無奈，因為這等於是要拋棄一路跟隨太平軍的老弱婦孺與親友家人。

太平天國自金田起義以來還不滿兩年，居然就走到這般田地，真是情何以堪、心何以安，即使是核心高層眾人不禁都彼此相擁抱頭痛哭起來。

而對石達開來說，這絕不是他想要的結局，當初他率領石家莊數千人投效拜上帝會，是為了替平民百姓找出路，窮苦大眾謀利益，絕對不是為了苟且偷生而拋棄族人兄弟。這時的他忽然想起在永安被圍困時，被他拋棄的李聰兒與蓮園等人，那時候他已經暗暗向上帝立誓，爾後絕不會再犯同樣的錯誤。

石達開向天王洪秀全請命，自願留下來領兵斷後，讓天王與其他諸王們可以順利突圍，也避免剩下的部隊因無人指揮而一敗塗地。原先洪秀全還不准石達開所請，但是拗不過翼王苦苦相求，最後只能勉予同意。這時候的石達開是抱著與眾兄弟同生死、共存亡的心情，來迎接自己人生最重要，也可能是最後的一場戰役。

倏忽間，他有一股衝動想要召聚陷陣營前來，才猛然想起石家陷陣營已經交給天佑去營救聰兒了。此刻的他突然覺得幸好當初把陷陣營交給了天佑，希望陷陣營的兄弟們現在是平安的，只是不知道天佑還好嗎？聰兒還好嗎？

✠✠✠

十二月十二日，湘北的天氣雖不至於天寒地凍，但已然冬風蕭瑟。

岳州城外鹿角附近的這處平原十分遼闊與寬廣，幾萬人集結在此地並不會顯得擁擠，並且這麼多人齊聚在一起的感覺，似乎讓當地的氣溫提高不少。

洪、楊等人已經秘密集結了兩千精兵，預計於今天發起突圍。因此石達開必須率領剩餘的軍隊主動向南方包圍清軍部隊發動攻擊，好吸引他們來進攻，藉此掩護洪秀全與楊秀清等人趁機率兵突破包圍網。

所餘的部隊集合完畢，石達開把自個兒的石家軍布置於行伍陣列的最前方，石家軍的勇將一字排開，從石達開的叔叔石進開始，堂哥石祥禎、族人石向前、石雨讀、石鳳魁、石鳳苞、石龍泉、石達德、石達英、石明開、石鎮侖、石鎮崗、石鎮交、石鎮吉、石鎮龍、石城等人個個奮勇爭先、不落人後，站在前軍衝鋒線上的第一排。

石達開自個兒也身先士卒，騎著一匹黃驃戰馬位於前軍正中央，身旁親兵扛著兩面翼王大旗隨侍左右側，他要向太平軍的兄弟們與對面的敵人宣告，太平天國翼王石達開，人稱石敢當，絕不會畏懼後退，更不會投降。

此時太平軍裡所有的老弱婦孺、男女老幼都紛紛拿起各式各樣的兵器，要為天國的存亡盡自己最後的一份力量，肅穆靜謐的氣氛瀰漫於整個部隊之中，每個人都清楚今天是一場生死戰，這一群敬拜上帝的弟兄姊妹，大家同心合意共同面對清妖的大決戰，眾人手握武器，個個激情高漲、熱血沸騰，不求同年同月同日生，但求同年同月同日死，慷慨赴義的心情溢於言表。

然而絕大部分的基層教眾卻不曉得天王洪秀全已經決定要拋棄他們了。

儘管情勢對太平軍十分不利，但是天國裡面只要是信仰堅定虔誠的信徒，絕大部分的人並不怕死，因為他們認為地上不過是短暫的寄居之地。信徒們相信與期待上帝的應許，只要在地上曾經為天國打仗，付出自己的努力，那麼死後就會到天上的國度去，那裡是更美的家鄉，有著上帝無限豐富的賞賜在等著他們，因此戰死並不可怕，反而是充滿榮耀的勳章。

令人惋惜的是這些信仰虔誠站上前線的士兵們被蒙在鼓裡，他們不曉得天國的領導高層們，如天王、東王、北王等人並不做如此想，這些高層領導人認為自己的任務還沒有完成，應該要在地上多存活一些時間來完成工作，所以天國裡基層的弟兄姊妹們需要為天國赴湯蹈火、犧牲自己的生命，但是唯有他們這些肩負特殊使命的人不行，他們必須留下自己寶貴的性命來完成更重要的工作。

敬虔、樸實但身處基層的太平軍兵士們假使知道天王以及其他高層們準備逃命，不知道會不會提出質疑說：憑什麼你們的命就比較重要，而我們就可以被犧牲。

然而這個疑問並不會出現在士兵們的心裡，因為他們看見了一個人，石達開，天國的翼王，這位人中豪傑威風凜凜、英姿勃勃地親自領軍站在最前線與他們同在。

翼王石達開的現身讓太平天國的兵士們感到安心無比。

這位優秀超群的領導人在太平軍當中一直享有極高的聲望，此人不但是年少英雄、勇敢無畏、文韜武略，最重要的是為人處事極為公正耿直，不會為了培養勢力而偏袒自家人，這在講求派系力量抗衡的太平軍中極為罕見，但卻是廣為基層信徒所週知並尊敬的。

故此每當有人提起石達開的名號時，太平軍內人人都豎起大拇指說好，深獲眾人的敬佩，這是石達開讓洪秀全多所忌憚的主因。可笑的是，最後自願跳出來拯救洪秀全的人，卻是他一直打壓箝制的石達開，真是性格決定命運。

石達開的個性就是當不了小人，但也是這種個性成就了他的一世英名，日後即使是那些嚐盡苦頭，在他手下吃了不少敗仗的清軍將領們，依舊對石達開有著極高的評價，就是源自於對其高尚人品的肯定。

就今日太平軍的布陣來看，翼王親自領軍出戰於陣前，使得清軍這方感受到極大的壓力與詭譎的氛圍，賽尚阿與江忠源也都嗅到了今天就是決戰日的味道，不過他們深信自己是站在勝利的這一方。

賽尚阿命江忠源舞動軍旗，五萬清軍布下鶴翼陣準備進攻，此陣型是把大將統帥本營置於陣形的中後段，以重兵圍護，左右張開如鶴的雙翅，是一種攻守兼備的陣形。

左右包抄是鶴翼陣的主要戰術思想，兩翼張合自如，既可用於抄襲敵軍兩側，又可合力夾擊突入陣型中部之敵，統帥大將的中軍本營的防衛必需嚴密，防止被敵人突破；兩翼部隊應當要機動靈活，密切協同，攻擊猛烈，否則就不能達到圍攻的目的。

白鶴展翼，江忠源把戰鬥力最強的楚勇部隊佈置於右翼頭排，顯然是希望楚勇能夠擔任迎頭痛擊太平軍的任務，同時替他自己獲取最大的軍功。

這一戰雙方都勢在必得、不容有失，因為是一場生死交關的大戰，對太平軍而言，敗則退無可退，洪秀全等人是否能夠順利逃出生天也是未定之數，或許這一個新興勢力的國運就止步於此；至於對清軍而言，現階段南方各省朝廷可以調派的兵力都已全部集結於此，倘若無法畢其功於一役，將太平軍的力量整個殲滅，後果是清軍將整個元氣大傷，後續再也無力阻止太平軍出湘入鄂，橫行於江南大地之上。

太平軍的眾將士等著石達開發號司令，雖然心情緊張，但石達開臉上鎮定且泰然自若的神情使得眾人的情緒得到適時地安撫。

石達開不愧是龍鳳之姿、天日之表，大戰當前依舊面不改色，不過他心裡頭怎麼想，只有他自己明白。現下的他內心正不斷向上帝禱告呼求，祈求天父上帝憐憫這群跟隨他的百姓，幫助他們、拯救他們。石達開非常清楚，此戰凶多吉少，目前他唯一可以做的事情，就是呼求上帝的拯救。

就在石達開內心暗中禱告的同時，他發現對面清軍部隊的後方開始出現騷動的聲音，他先是冷靜觀察，後來察覺清軍後方的陣形發生變異，這時石達開忽然感覺到，上帝是真實存在的，他的禱告蒙應允。

機不可失、時不再來。

石達開果斷地下令全軍發起衝鋒，利用清軍陣形出現破口的時機展開攻擊。

賽尚阿這邊同樣也察覺自己後方軍隊的異狀，趕忙要調整陣形，而後方的清軍部隊卻還沒有看見敵人的蹤影，只聽到轟轟隆的馬蹄聲響，其中夾雜著火槍發射的聲音，許多清兵不明就裡地便紛紛倒地，這些人還沒搞清楚天南地北的狀況就接連一個個中彈受傷。

當賽尚阿下令向榮的部隊調整陣形，把部隊調轉方向面對後方迎戰時，赫然發現一支騎兵部隊以全軍橫排鋪展開來的陣形，以一行百騎比肩的編隊，總共十排向清軍這邊快速衝殺過來。

這支騎兵為首的騎將旁邊有兩名標兵擎著兩面大黃旗緊緊地跟隨，不過黃旗上並沒有任何明顯的名號，只有一個大大的紅色十字圖案，雖然沒有名號，然而這支騎兵的制服是向榮再熟悉不過的裝扮，全軍騎士都身著黑色皮甲戎裝，自不待言這就是令各路清軍聞之喪膽、望風而逃的無敵之師，威名遠播的玄甲騎。

只是玄甲騎這次出現於戰場上的樣貌卻略有不同，以往的玄甲騎兵多是持馬刀出擊，雖然玄甲騎兵配備有諸葛短弩，然而這類短弩射程有限，大約是三、四十步以內的距離才會具有殺傷力，比起清軍常用的騎弓威力還差。可是這次玄甲騎居然能夠在四、五百步開外的距離就開始擊殺清兵，令清軍感到相當訝異，而一直等到距離較接近之後，答案揭曉，清兵才看清楚這些玄甲騎兵竟是使用火槍在攻擊。

這真是前所未聞，騎兵居然可以在馬背上使用火槍攻擊，而且這群騎兵還不只是開槍一次，竟能夠在馬背上重新填裝火藥子彈，連續性射擊，這種新型態的攻擊方式造成清軍極大的震撼與傷亡。

過去清軍不是沒有想到讓騎兵在馬上使用火槍的戰法，只是礙於清軍使用的火繩槍準度很差，而馬匹在跑動之時，馬背上的騎士很難精準瞄準目標，再加上火槍只能射擊一次，無法在馬背上重新裝填火藥，使得這種戰術技巧在實際戰場上沒有太大用處，因而就廢棄不用，通常只有少數的騎術高手為了表演才會想去練習。

正當向榮與其他清兵將領們還在疑惑為何這些玄甲騎兵能夠坐在馬背上填裝火藥與子彈時，蒙天佑已經率領玄甲精騎殺進清軍布防的陣地裡面，近距離展開白刃戰，天佑自然是拔出專用的神兵「斬邪」，將其高舉在手，對於這群老對手們，天佑可沒有任何一絲慈悲心，千名玄甲騎化作十條黑龍在清軍的陣地裡不停地突破與擾動，將原本的鶴翼陣型切割得四分五裂，清軍的陣形被打得亂七八糟，白鶴的雙翼永遠無法合併。

接下來就是陷陣營的步兵登場，步戰時雙方士兵都先以火槍對射，但是清軍的鳥銃不但射程距離比不過陷陣營的新式火槍，射速也比較慢。清軍通常打完一發後要花上很多時間重新由前方槍口裝填子彈，然後再從後方點燃火藥擊發，因此清軍每打一發，陷陣營士兵的新式火槍已經打了五、六發。

步戰時雙方呈現出如此不對等的火力差距，戰況自然是一面倒的偏向陷陣營，雙方步兵長距離的火力對戰結果同樣是清軍一敗塗地，最後發起衝鋒正面對決的白刃血戰，向來又是清兵的罩門，面對可以一夫當關、以一擋百的陷陣營勇士，綠營的清兵們多半早早喪失與其面對面交戰的信心跟勇氣，整個戰場迅速地淪為陷陣營士兵追殺潰逃清兵的慘烈景象。

石達開向清軍發動進攻不久後，便曉得是玄甲騎前來支援，立刻叫探子傳報全軍說：「玄甲騎來了。」

一時間，「玄甲騎來了、玄甲騎來了」的呼喊聲傳遍整個戰場，太平軍眾人對這一支無敵強軍有著無上的崇拜之心，聽聞玄甲騎趕來救援的消息，全軍的士氣頓時大振，更是大大提升士兵們奮勇殺敵的力道。

清軍的後防失利，前方又要面對石達開率領的部隊猛烈進攻，這時候清軍的陣形已經大亂，不僅無法將太平軍合圍，己方原本的陣地陸續失守。而在一旁原本要伺機突圍的楊秀清看見戰場上的狀況有變，清軍似乎開始潰敗，也聽見玄甲騎來了的喊話聲，楊秀清不愧是優秀的戰場指揮官，立即果斷的改變原先的計畫，率領原本要突圍轉進的兩千精兵投入主戰場，給予清軍另一個重重打擊。

於是岳州城外的鹿角平原風雲變色，原先坐擁大好形勢的清軍，在玄甲騎領兵以新式火槍的優勢加入戰局後，整個情勢霎時逆轉，五萬名的清軍部隊在不到半天的時間就被太平軍打得丟盔棄甲、鳥驚魚散、潰不成軍。賽尚阿與江忠源等人眼看兵敗如山倒，無力回天，儘管再怎麼樣不甘心、不服氣，也只能下令撤退，保存僅剩的兵力，避免全軍覆沒。

清軍此役的損傷極大，傷亡者過萬，潰逃者無數，並且損失大批的軍械錙重與糧草物資，而且連帶整個軍心為之渙散，眾將士們都心驚膽寒，再也提不起勇氣與太平軍接戰。

楊秀清不愧是領軍高手，當敵我情勢逆轉，太平軍打敗岳州城外清軍以後，他立刻重新整軍，下令進攻岳州城。而目睹城外清軍敗逃慘狀的城內守軍們，更是人心惶惶、毫無戰意，岳州守將湖北提督博勒恭武連夜摸黑逕自棄城而逃，太平軍沒有遇到多大的抵抗，次日便順利攻下岳州城，太平軍再次奪取重地，並且得到充分的物資補給，一時間聲名大震、驚動兩湖。

太平軍取得岳州城，趕緊讓部隊休整，天王洪秀全連忙找來此戰最大功臣玄甲騎統帥蒙天佑親自褒獎一番，為了展現對天佑這次拯救整個太平軍生死存亡巨大貢獻之肯定，洪秀全特地率領諸位大臣將領於岳州臨時天王府的大門口迎接蒙天佑前來，還牽著天佑的手，兩人一同步入大廳內，抬舉寵愛之心不言可喻。

等待眾人皆入席就座以後，洪秀全進一步詢問蒙天佑是如何得知太平軍受困於岳州，以及又是如何能率領玄甲騎前來支援等問題，在場眾人同樣是相當好奇，想要一探來龍去脈。

蒙天佑則是言簡意賅地從在永安突圍前接獲馮雲山與石達開的密令，要他率領玄甲騎以及陷陣營前去救援蓮園人馬開始說起，但是隱去香港怡和行伍家這段內容，只提先前已有計畫至廣州跟洋人買新式火槍，接著便喬裝廣東民間團練名號，以東勇之名集結部隊後，便一路北上趕來支援，星夜馳援終於趕上岳州城外的這一戰。

石達開則是頻頻詢問關心蓮園眾人以及李聰兒的狀況如何？因為李聰兒這日並未跟隨蒙天佑一起來天王府覲見洪秀全與接受褒揚。

天佑回答石達開說：「這次蓮園眾人披肝瀝膽、兩肋插刀的義氣十足，除了聰兒姑娘外，還特地派遣了千名兵力一同前來助陣，實乃真兄弟也。聰兒姑娘則是因為疲累過度，目前人在營中休養，不過身體狀況良好，請翼王殿下不必擔心。」

北王韋昌輝則是趁勢追捧說：「這也是天佑弟兄先前冒死相救有功，才讓蓮園等人感恩圖報。依我看還是南王與翼王思深慮遠、布置妥當，早早暗中派遣玄甲騎前去支援，一來讓我軍順利突圍，二來也化解蓮園之危，我太平軍統帥果真行軍調遣有方、頭尾相顧，方能有今日岳州之大捷。」

韋昌輝說的這番話其實乃是要替先前太平軍在永安時，為了自身突圍而拋棄蓮園盟友的可恥行徑找個下台階。北王先把蒙天佑帶領玄甲騎前去支援蓮園，明面上定為翼王等人的暗中調度，這就表示太平軍絕非背信忘義之輩，因為馮、石兩人是太平軍的高層統帥，他們的決定自是等於整個太平軍的決策，所以蓮園眾人這一次也才會投桃報李，再次出兵相助。

儘管這個說法聽起來強詞奪理，但是為了避免尷尬，在場人士也都紛紛附和給予贊同，畢竟永安之事已經過去，在當時的時空環境下所做出的決定，誰對誰錯，於今也無須再去爭論。

楊秀清則是關心天佑如何取得這些新式火槍，天佑早知會被詢問此一問題，將預備好的說詞拿出來。天佑表示先前去廣州安排王太夫人居所時，一併調查入廣的路線以及連絡相關人士，湊巧認識了幾位洋商，從中得知洋人在火器上有了新的進展，當時就為了將來要東進廣州預備，所以先預訂了數千桿新式火槍，等到永安突圍與蓮園眾人會合之後，就思考到既然轉為北上，不如就先去把火槍取來加強我軍的戰力。天佑順帶向眾人介紹新式後膛針發槍的概況以及使用方式，眾人看了都嘖嘖稱奇。

楊秀清聽完天佑的介紹與陳述後說道：「這款新式火槍固然是厲害，但是天佑兄弟能在兩個月的時間就把千名玄甲騎訓練成可以在馬背上射擊的火槍騎兵才真是可畏啊。真是令人不得不佩服。有此驍將、有此利器，我天國大業已經是指日可待。」

洪秀全用力拍了大腿一下，大聲說：「太好了，上帝垂憐啊，這是天父上帝的旨意，雖然自出永安以來，我軍經歷多場苦仗、損兵折將，但是最後依然獲得勝利，這足以證明天父上帝沒有離開我們，之前的種種苦難，只是給我們的磨練而已，如今我軍更加強大、更加茁壯，而天佑與玄甲騎就是天父上帝派來的天兵天將，要助朕完成建立地上天國的使命。」

這是洪秀全的內心裡對蒙天佑真實的盼望與期許，因為他一連損失南王與西王兩名得力支柱，現今太平軍內的派系不消說當然是東王派系的勢力獨大，至於翼王石達開一直是卓然不群，難以駕馭，現在還能算得上是他心腹，會支持他的人只剩下北王一位。

而今日蒙天佑與玄甲騎不但回來，還帶回如此厲害的神兵利器，並且力挽狂瀾立下滔天軍功。洪秀全宛如溺水者看見浮木般，當然要緊緊抓住。他想要趁機扶起蒙天佑繼承馮雲山的勢力，成為一股支持自己的新力量。

洪秀全先試探性的詢問：「眾卿啊，天佑兄弟立了如此大功是一定要重重獎勵的，而天佑既然是已故南王雲山兄弟所親自調教出來的弟子，依朕看是不是就讓天佑繼志述事，克紹箕裘南王的未竟之業啊。」

天王這話一出引起眾人的議論紛紛，有人覺得雖然立下大功，但繼承南王勛爵的封賞未免太大，畢竟天佑之前不過就是一個軍帥而已，現在一下子就繼承南王的封號，這已經不是三級跳，而是直上雲霄了。

不過也有人認為天佑在岳州一戰扭轉乾坤，解全軍滅頂之危，功高蓋世、碩大無朋，真要封王也是實至名歸、當之無愧，於是大廳之上忽然間眾人都七嘴八舌地討論起來。

楊秀清此時說話：「天佑兄弟立此貪天之功，理當重賞，全憑聖裁。不過臣聽聞南王殿下有幼子兩名在廣州一帶，臣以為南王殿下於天國有大義，為彰顯其功勞，應於來日天下大定之後，派人尋找南王遺孤承襲其王爵，以慰南王殿下在天之靈。」

楊秀清明白此時的蒙天佑是當紅炸子雞，所以也不想要正面與他為難，所以他提出應該由南王後人繼承爵位名號的方式，軟中帶硬的表達自己的立場。

天佑本人則是相當清楚太平軍內派系鬥爭的眉角，現在的他並不想要捲入派系鬥爭、權力競逐的是非之中，於是趕緊說：「啟稟陛下，封王一事萬萬不可。首先岳州一戰是靠眾位弟兄大夥一起齊心齊力打下來的勝利，絕非我天佑一人之功；二來東王殿下言之有理，將來我必定戮力找尋南王殿下的後人，助他克紹箕裘，以彰南王效力天國之大功。」

其實洪秀全早就預料到這些可能的反應，在聽完天佑的表態後，沉思一下說：「好，眾卿所言均在理，但此次岳州大捷，論功行賞自是必然，朕就封蒙天佑為聖殿將軍，賜號玄甲騎為『聖殿騎士軍』，擴編至萬人，該軍在殿前候令，毋須聽從各王號令。」

楊秀清聽完後心想洪秀全這招果然厲害，先抛出一個封王的風向球讓大家議論，最後雖然縮手收回，但是卻把玄甲騎獨立成軍，還一下子擴編至萬人，這已經要占掉目前太平軍總兵力的三成以上，並且玄甲騎獨立於各王的指揮號令之外，基本上讓蒙天佑的實力急劇增長至與封王相差無幾了。雖然心中吃了記悶虧，深覺不妥，但是楊秀清這下子卻難以再發言反對，否則就會讓在座眾人認為楊秀清只是因為蒙天佑並非東王派系人馬，而想要一味打壓。

就這樣一場封官大戲，權力分配的競逐，在洪秀全精心策畫下結束，基本上達到洪秀全的目的，就是扶植蒙天佑的玄甲騎成為另外一股可以與楊秀清互相對抗的實際力量。

天佑自然清楚洪秀全在打什麼主意，雖然他並不願意捲入太平天國的權力鬥爭裡頭，但他明白自己現在所處的環境是難以獨善其身的。玄甲騎已經成為太平天國的頂梁柱，更是各方派系拉攏與鬥爭的對象。現在天佑能做的就是不斷擴增自己的力量，只有自己的實力大到足以改變環境的時候，他才是真正的獨立自主不受制於人，他非常清楚自己不會成為洪秀全的心腹或是棋子，相反地，他要成為那個改變洪秀全的人。

對於未來的方向以及道路，天佑早有定見，他要走自己的路，就是改革太平天國信仰的道路，他要撥亂反正，把現在扭曲錯謬的信仰觀念給導正回來，回到聖書信仰的本質，沒有所謂天父次子，更沒有上帝下凡附身等錯誤離譜的信仰教導，只有三位一體的真神。

儘管目前太平天國眾信徒的心思被錯誤的教義思想給盤據，但是天佑決心透過自己的見證，讓天國子民們重新認識公義的上帝、慈愛的聖子以及安慰的聖靈。這是他內心的計畫，而要完成這個計畫，他就必須先壯大自己的實力。

只是天佑不知道，這個計畫會花多久的時間、要費多大的努力，才能夠完成。

儘管路途艱難可期，但他不會輕易的放棄，天佑明白這是屬於自己的十字架，這是從他加入拜上帝會以後，上帝就放在他身上的十字架，他只能勇往向前，朝著目標直跑，完成他人生的使命。

加入太平軍的每個人都是他的兄弟姊妹，他有責任協助這些信徒們回轉歸向正道，引導他們認識真正的上帝、真正的信仰，這條路與當權者衝突，必然要面對許多困難與挑戰，但是天佑不會輕易退縮，畢竟他已經高高舉起玄甲騎十字架的大旗，而這個十字架就是一切力量的源頭，使得他充滿信心與勇氣，無所畏懼的向前行。

✠✠✠

岳州城是座名揚天下的古城，位於江南洞庭湖之濱，依畔長江，納三湘四水，江湖交匯。此地資源豐富、地理優越，城內有名樓、名人、名島、名山及名水，遊人如織，不遠千里慕名而來。所謂「洞庭天下水、岳陽天下樓」，城內著名建築岳陽樓更是來訪遊客必到之地。

然而在這個刀兵四起、動亂飄搖的時代，還能安然恬靜坐在岳陽樓裡，品嘗在地頗負盛名、醇甘持久的君山茶，欣賞洞庭湖上的夕陽餘暉日落美景的人，絕對不是個尋常人家、泛泛之輩。

在岳州城內有這等能耐可以力拒眾人，獨上西樓的人寥寥可數。不過當今的掌權者，太平天國的翼王必定是其中之一。

今日石達開約了李聰兒至岳陽樓來賞日落、品茗茶，兩個人終於要再見面了。自從太平軍攻下岳州城以後，李聰兒就一直找各種理由躲著石達開不與之相會。李聰兒的內心是百感交集、五味雜陳的，對於石達開她有著愛恨交織難以言表的情緒，聽兒不知該如何處理自己的感情，也不知道如何去面對石達開，所以一直藉故拖延至今。

經過了時間的沉澱，她終於覺得自己準備好了。

聽兒獨自一人來到這座岳陽樓，首次到訪，不免被這座千古名樓的思古幽情給吸引住，此樓高三層，樓中用碩大楠木為柱，直貫於屋頂，屋頂鋪黃色琉璃瓦，其樓頂托付在如意形狀的拱斗上，曲線流暢，陡而復翹，貌似武士頭上盔頂，四圍繞以廊、枋、椽、檁互相榫合，結為一個整體。

若單就建築的本體來論，岳陽樓說不上雄偉壯闊，但是此樓勝在地理環境優越，所謂「銜遠山，吞長江，浩浩湯湯，橫無際涯；朝暉夕陰，氣象萬千，此則岳陽樓之大觀也。」㊟登樓遠眺，真是浮光躍金，靜影沉璧，此樂極也，真不愧是中國三大名樓之一。

然而此樓今日生人勿近，只專門為石達開跟李聽兒兩人所預備。

兩人悠閒的坐於岳陽樓上，樓下有數百兵士列隊把守，平常老百姓一步也不得靠近，如此大陣仗反而在於數十丈開外造成許多民眾的聚集，紛紛探頭張望並彼此猜測是哪一位天國的高官貴賓蒞臨。

群眾的聚集被警衛士兵隔開，對岳陽樓上的兩人絲毫沒有影響，聽兒倚著窗欄邊望著遠方的晚霞臨波，夕陽餘暉、美不勝收。她看著湖面開口說道：「江山如畫、美景如詩、大權在握、睥睨四方，就是這種感覺吧，山湖如此多嬌，令無數英雄豪傑甘願拋家棄子、血濺沙場也不後悔。」

石達開斟了杯茶，遞給了聽兒，然後嘆了口氣說：「妳知道這些並不是我所追求的。」

註：岳陽樓記范仲淹著。

「或許石大哥也不知道自己內心是在追求什麼？每個人都認為身上肩負著很重要的使命跟任務，因而為了達成使命，可以犧牲一切，包括自己的朋友、家人，甚至包括自己本身。」聰兒低下頭來淡淡地說。

「我父親也是自認背負著家族使命的人，以前的我亦是如此，身為白蓮教後代傳人，為了復興白蓮教，從小學武賣藝，浪跡天涯，就是希望可以實現幾代人傳承下來的夢想。」

石達開喝了口茶，但緊閉雙唇不語。

李聰兒抬起頭來看著他繼續說：「但是打從我脫離白蓮教，開始敬拜上帝以後，我才重新找到真正的信仰，這位上帝是真神，公義與慈愛兼備，認識祂以後，心中充滿平安與喜樂，最重要的是能與一群上帝的子民一起生活，大家都是兄弟姊妹，情若手足，彼此同心。」

聰兒接著說：「一開始我以為自己找到了天堂，然而真實的情況是，人都有罪，沒有人是完美的。而當罪性發動時，即便是再虔誠、再善良的信徒，內心都可能變得邪惡不堪。」

石達開忍不住開口說：「對不起，我失信於你，傷害了妳。」

聰兒舉起右手示意說：「石大哥，千萬不要誤會，我不是在責怪你或是任何人，我也沒有資格論斷任何人，因為假若當時易地而處，我也不知道自己會做出怎樣的決定。而石大哥你所做的決定，不論是當時或是現在來看，我認為都已經是最好的選擇了。」

「但那依然是一個傷害你的決擇。」石達開望著聰兒難過地說。

「人活在世上沒有不受傷的，要緊的是明白傷害的意義跟價值。很多時候因為害怕去面對自己內心真實的想法，反而會導致更多不必要的傷害。」

聽兒低聲的詢問：「石大哥你是否有見到南王殿下與阿桐姊姊的最後一面？」

這個問題讓石達開閉起了雙眼，好像是在回想當時的場景，過了一會兒說：「很遺憾，當時兵荒馬亂，又分兩路行軍，當我們趕過去支援時已經來不及，連他們的屍首都沒有時間好好的安葬。」

對於沒能好好保護阿桐這件事，石達開非常懊悔，內心激動的他身形略略顫抖起來。聽兒觀察出石達開悲痛的情緒，趕緊安慰他：「石大哥別難過，我相信阿桐姐姐現在安息在上帝懷裡，必然是無比的平安與喜樂。」

「我也相信如此，只是無緣與阿桐一起看見地上天國大業的完成，總是有些許的遺憾。」

聽兒說：「是啊，很多事情就是有緣無份。」

石達開聽聽兒這麼一說，心想那眼前的聽兒跟自己是不是也是有緣無份呢？突然有一股想將聽兒擁入懷裡的衝動。然而謙謙君子的石達開，只是將右手輕輕伸出握住聽兒放在窗欄上的左手。

聽兒閉起雙眼感受到石達開手掌的厚實與溫暖，令她感到平靜安謐，這就是石達開一直以來帶給人的那種感覺。

若是幾個月前的她會非常期待與石達開一起執子之手、與子偕老。但是如今那種感覺似乎已經不再那麼強烈了，甚至有點煙消雲散，聽兒納悶自己是不是不再喜歡石大哥了？好像也不是，石大哥在她心中依然占有極重要的份量，但是的確已經不一樣。

聽兒知道現在自己的心跟以前的她確實不一樣了。

於是聽兒睜開眼睛回過神來，輕輕抽回被石達開握住的手。

她清楚這一縮手，就是一個抉擇。

一個她想了很久的抉擇。

她並非不喜歡石達開，只是女孩子的心思意念很奇怪，當她覺得自己的心裡有了另外一個人的影子，而當這個影子沒有處理好之前，聽兒認為自己沒有辦法坦然面對石達開。

石達開對聽兒的反應有些錯愕，但是他並不追問緣由，風度翩翩、心胸廣闊的石達開自然是瀟灑以對，不落凡俗的超逸性格是石達開吸引人之處，因此來時不受拘束，走時亦不勉強。

聽兒將手中的那杯茶一飲而盡，然後對石達開說：「從今天起我要勇敢面對自己的內心，不要活在逃避之中，逃避自己的情感，逃避自己的渴望，逃避自己的恐懼，這些都是不必要的。經歷過這麼多事情，我很清楚自己是一個有上帝的人，不需要害怕與恐懼，未來掌握在上帝手中，只要專注去尋求上帝在我身上的旨意與命定，不需要逃避，也不再浪費一時一刻，努力去活出上帝所喜悅的人生。」

看見聽兒的轉變，石達開也豁然開朗起來地說：「謝謝妳，聽兒，我會記住妳今天的這番話，不再害怕去面對自己的內心，勇敢去尋求上帝的旨意。」

兩人相視而笑，然後一起望向湖面遠方的夕陽，他們兩人突然心有靈犀的一起開口說：「這光真是美啊。」

✝ ✝ ✝

咸豐二年（公元1852年）十二月上旬，太平軍進占岳州城後，不但獲得大量物資補給，也趁著玄甲騎帶來的新式火槍威名遠播之時，楊秀清趁眾人還搞不清楚狀況，放出小道消息混淆人心，說太平軍在岳州城內找到失蹤已久的吳王寶藏，獲得大量軍械以及火藥，軍力從此大增，才能夠將清軍一舉殲滅。

這些流言透過天眼司的細作間諜在湘北各地廣為傳播，聞者皆曰：「得吳王寶藏者，得天下。」所謂祭起吳王炮藥一事㊟，促使太平軍在當地的氣勢大盛，湖南各處的天地會黨徒眾、各路綠林人馬競相前來投靠，又因岳州鄰近洞庭湖，再得數千戶船家攜船加入太平軍，楊秀清順勢組織水營部隊，任命唐正才為典水將，正式成立太平天國的第一支水軍。

十二月下旬，太平軍拔營離開岳州，進逼湖北的省城武昌，這時太平軍的總人數已經膨脹至五萬餘人，而其中戰力最強的部隊是以玄甲騎為班底的【聖殿騎士軍】。

玄甲騎雖然獲得天王准許擴編至萬人，但是因為蒙天佑希望每一名加入玄甲騎的新兵，都必須在信仰上是純正而不敷衍的信徒才行。所以他所挑選的補充兵員多是來自於從前南王旗下的舊部人馬約有二千多人，再加上原本的玄甲騎與陷陣營，天佑花了半個月的時間，才順利整編出一支五千人的威武強軍，當中騎兵一千五百名、步兵三千五百名，全軍的每一名士兵都裝備有新式後膛針發火槍，成為最令清軍聞風喪膽的玄甲騎。

在數十面黃底紅十字的大纛前行引領下，聖殿騎士軍作為先鋒，帶領太平軍水陸並進，直逼武昌而去。

註：記載於湖南安化人李汝昭在同治二年（公元1863年年）撰寫的《鏡山野史》。

此時武昌城內的清軍守兵僅有三千餘人，湖北巡撫常大淳、提督雙福以城內兵少，便將城外兵勇全部撤入城內，閉門堅守。經過岳州城郊一役後，清軍在各地城池都僅剩餘少數綠營守軍可用，而原本由賽尚阿、向榮等人所率領的剿匪主力清軍部隊已經被太平軍給打殘、打趴、打怕了，再也無能力與太平軍進行正面對抗。

十二月底，陸路的太平軍由蒙天佑領軍，一馬當先直攻至武昌城外，未遇任何像樣的抵抗便輕鬆占領了城東洪山、小標山等要地，並向南北兩翼展開部署，包圍武昌城，同時挖溝築壘，阻擊敵人援軍。

水路太平軍也隨後抵達鸚鵡洲，雙方展開戰鬥，不出數日，太平軍連續占領漢陽與漢口兩座鄰近重要城池，翼王石達開派兵在漢陽跟武昌之間以船隻相聯，用巨纜橫縛大木，上鋪木板，架起兩座上面可通行人馬的浮橋，建立起溝通漢陽、武昌間的通路聯繫，以便進攻武昌城。

不過武昌城雖然兵少但是城牆堅厚，太平軍攻城行動一時難以奏效，最後東王楊秀清派出「土營」，採用穴地攻城法，於文昌門附近埋藏火藥、炸開城牆後，蒙天佑立即率領聖殿玄甲騎由缺口衝入，後面大隊人馬相繼突進，其餘各路人馬也陸續攻入城內。

守城的清軍見狀都紛紛丟下武器，四散逃跑，湖北巡撫常大淳、提督雙福等雙雙命喪於亂軍之中，武昌城正式落入太平軍之手，這亦是自金田起義以來太平軍所攻下的第一座省會大城。

武昌淪陷的消息傳來，京師震動，龍顏大怒，但是為時已晚，事到如今，咸豐帝只好不顧朝廷財政經濟上的窘困，趕緊進一步的調兵遣將，企圖阻止太平軍繼續前進，希望能夠把這一群逆匪亂黨阻攔於長江中游地區。

面對一敗塗地、戰況惡化的不利情勢，萬般無奈的咸豐帝只能再度下旨將那一位接任數月，卻一直不肯赴前線督戰的欽差大臣徐廣縉給換下來。但是朝中已無良將名相可以更換，只好直接命前線領兵的老將向榮為欽差大臣來收拾殘局，指揮著那群被打得魂飛魄散的兩萬多名清軍，亦步亦趨地尾隨太平軍；另外任命署河南巡撫琦善為欽差大臣，會同直隸提督陳金綬等，指揮緊急從陝甘、直隸、山東、山西等省調來的兩萬名清軍與從吉林、黑龍江調來的騎兵四千名，佈防於河南南部一帶來防堵太平軍北上；接著再任命兩江總督陸建瀛亦為欽差大臣，統籌蘇、皖、贛三省軍務，自金陵率領部隊趕赴九江，防堵太平軍沿江東下。

咸豐皇帝一下子接連任命三位欽差大臣上任，無非是想要藉此轉敗為勝、扭轉頹勢，此刻的咸豐帝內心裡頭感到一股真實的恐懼，心想這個延續兩百年的愛新覺羅皇族江山基業，千萬不能就此斷送在他的手裡，否則他哪有顏面去見列祖列宗啊。

然而再周全的思慮計畫、再縝密的安排布置，還是抵不過天父上帝的旨意，至少在太平軍這一邊的天國將士們都信心滿滿的如此認為。

當太平軍進占武漢以後，整個長江中流的各省為之震動，吸引大量的底層群眾前來投靠加入隊伍，光是武漢一地要跟從太平軍的人，據時人稱男子從者十之九，女子從者十之一二，由此亦可見當時滿清朝廷是如何地不得民心。

太平天國的崛起讓這一群貧苦百姓們如同黑夜中看見晨星，點燃人民內心的希望，大夥們心想說不定真的有機會推翻這個腐敗、禍害、剝削人民的政權，建立一個全新的國家，一個可以「天下一家、同享太平」、「無處不均勻、無人不飽暖」的地上天國。

太平天國的政治口號很實際地打動眾多窮困、艱苦的農民百姓，當然也給了不少機會主義者蠢動投機的空間。因此，當太平軍離開武漢準備繼續向東進攻金陵時，隨從依附的民眾隊伍已經超過十萬人，聲勢之大，乃為清朝立國以來所罕見的武裝起義勢力。

咸豐三年（公元1853年）二月，天王洪秀全為首，以楊秀清、石達開、韋昌輝與蒙天佑為主將，大張旗鼓率領號稱五十萬的天國將士（實際兵力約十萬）、戰船萬餘艘，水陸並進，浩浩盪盪地順長江東下。

陸路由蒙天佑擔任統帥，並由聖殿騎士軍擔任開路先鋒，率領胡以晃、林鳳祥、李開芳、陳作容及李秀成等將領，沿長江河岸向前推進；水路則由東、北、翼三王統領率領秦日昌、羅大綱與蘇三娘等將領，順流東下，天王洪秀全本營則隨水路軍行動。

水路軍首先遭遇到清兵的抵抗，秦日昌、羅大綱所率領的先鋒水師在湖北東方廣濟縣南的老鼠峽一帶，與兩江總督陸建瀛所佈防的三千江防軍展開戰鬥，羅大綱身先士卒，領兵擊斃清軍壽春鎮總兵恩長，這時候人在九江的陸建瀛一聽聞前方老鼠峽兵敗的消息，便倉皇棄師潛逃回金陵，軍失其將，軍心渙散，於是沿江的清軍守兵亦隨之潰逃。

自此，太平軍長驅直進，先鋒水師於二月十八日占領九江，二十四日就攻破安徽省城安慶，擒殺安徽巡撫蔣文慶，並繳獲大批軍需物資。

陸路部隊在聖殿將軍蒙天佑所率領的無敵玄甲騎領軍下，更是無人敢攖其鋒，各路的清軍部隊避之唯恐不及，故在一路沒有遇到太多抵抗的情況下，順利地進逼金陵城下。而且在進軍的路上，沿途陸陸續續不斷有平民百姓踴躍參軍，使得太平軍的人數不斷增加，抵達金陵城時隊伍已膨脹至號稱百萬軍隊。

南京城即古都金陵，當時稱為江寧府，據說在周顯王三十六年（公元前333年），楚威王在石頭山築金陵邑，這是「金陵」別稱的由來，但是當時人們還是習慣稱它為南京。金陵在明朝以前先後有東吳、東晉、南朝宋、齊、梁、陳等朝代定都於此，所以有六朝古都之稱。

明朝開國皇帝朱元璋打敗蒙古人以後定都南京，使得金陵再次成為大一統王朝的首都，使其攀向歷史地位的高峰。金陵的城牆高厚，周長九十餘里，西北兩面瀕臨長江，東依鐘山，附近丘陵環繞，形勢險要，故有【鐘山龍盤，石頭虎踞】之名。此地向來是江南地區政治、經濟以及文化的中心，戰略地位顯著，實乃兵家必爭之地。

咸豐三年（公元1853年）三月八日，陸路太平軍在蒙天佑的率領下，首先抵達金陵城西南一帶，聖殿將軍蒙天佑下令各部隊陳兵列陣，安營紮寨達數十座。隔日，天佑先命軍帥李開芳領兵五千攻占雨花台，並乘勢奔過吊橋，直逼金陵城下。三日後，由東王楊秀清率領的水路大軍也陸續趕到，同日，水陸兩軍合兵，完成了對金陵城的包圍。

當時金陵城內由兩江總督陸建瀛駐守南城，江寧將軍祥厚防守北城，但是城中的布防兵力僅有滿州八旗兵三千名、綠營軍五千名，以及江寧布政使祁宿藻臨時募集的民間勇壯八、九千人而已。

相對於號稱百萬之師的太平軍，金陵城內如此單薄的兵力，縱然是有石頭要塞美稱的堅固巨城，牆塌城破的結局已經是毫無懸念的共識，問題只是時間的長短而已。

城外的蒙天佑隻身騎著百戰勇猛的良駒矗立於大軍陣前，一身銀甲赤紅披風耀眼得令萬千將士引頸注目，他雙眼盯著前方這座繁華無比的大都，心想在不久之後，這座名聞遐邇的古都金陵，將會成為太平天國的京城，全新的根據地。

朝思暮想的城池、心馳神往的功業，就近在咫尺，但是蒙天佑的心裡突然有股莫名的擔憂襲來，這一切如夢似幻，來得太快了。

才幾個月以前，太平軍還在湖南省內苟延殘喘的四處流竄，如今卻已經統轄著百萬之師，準備要攻取繁華璀璨、絢爛美麗的金陵古都。

天佑隱隱約約地感覺到，有時候上帝的旨意是很難明白的，但是可以確定的是，假使在位的掌權者，沒有遵守上帝的命令，不順從上帝的旨意去行善，反而作惡的時候，那麼上帝施行的審判就會很快降臨，而且從來不會落空。

打下金陵城，對天佑來說已經不是問題，問題是之後呢？

他相當確定太平天國的核心信仰是有偏差的，整個信仰缺少了聖子耶穌救贖跟饒恕的愛，也欠缺對自己罪的懺悔以及對十字架復活大能的認識。在這種情況下，更加虔誠的信仰、更加忠心的信徒，只會成為權力高層操弄鬥爭以及獲取私利的工具。

諸如此類的問題都在天佑的心裡盤旋、縈繞著，隨著戰事的進展，他開始謀劃要如何來推動天國的信仰改革，處理核心問題。他向天父上帝祈求禱告，賜給他力量與勇氣，因為天佑深信，無論如何，這一切上帝都掌權。

上帝知道人的內心。

數日後，金陵城破，咸豐三年（公元1853年）三月二十九日，天王洪秀全率領大軍入城，改江寧為天京，並定為太平天國的都城。隨後江南一帶各地盡入太平軍之手，太平天國自此以坐擁東南半壁江山之勢，與長江以北的滿清朝廷展開長達十多年的軍事與政治對抗。

✢✢✢

一座城市想要繁榮發展，交通建設通常是首要關鍵，清朝為了統治地方並且振興民生經濟，會於重要城市間興建交通聯繫道路稱之為「官道」，亦是中央與各級地方政府之間的聯絡管道，其中重要的官道還會建立成驛道，沿途派有軍隊把守，每隔一段距離設有休憩場所，配置專責的人員、馬匹，具備文報傳遞、官員接待、物資運輸等功能。

廣州城北郊的北路官道向來是南來北往的重要交通渠道，故沿途少不了駐防的巡檢司把守看管，為的就是確保此官道的暢通無阻。

咸豐五年（公元1855年）三月中旬初春的某日晌午時分，在距離廣州城約三里處的北路官道上卻與往常大不相同，官道上顯得人煙稀少，幾乎看不見任何商旅行人往來走動。

道路旁有座提供給旅人休憩的小涼亭，而距離這座茶亭的五十丈開外，駐紮著一隊數目約百騎的雄壯騎兵，整整齊齊地以圓圈列隊的陣型排列，密不透風層層地護衛這座涼亭。馬隊上騎士個個身形精壯、腰配鋼刀，身後背著一把長火槍，表情肅然但卻精神抖擻，目光炯炯有神，如此精銳，放眼當今，應該找不到幾支部隊可以與之匹敵。

儘管不會有哪個人笨到去攻擊這支軍容如此雄壯威武的騎兵部隊，但是隊伍的騎士們依然保持高度警戒，絲毫不敢大意，顯然他們所保護的對象就在涼亭裡面，而這人必然大有來頭。

涼亭內擺了個大茶桌，幾個人圍坐其中。

當中最吸引眾人目光的是一名年輕男子，身穿黝黑色戎裝，胸前銀鐵護甲，雪白貂毛繞頸，玄端披風在肩後。那名男子雙目散發精光、神采奕奕，面貌清秀，但是眉宇間卻又帶著一股濃濃的威嚴，年紀看來不超過二十三、四歲，可是舉手投足卻是泱泱大度，氣宇軒昂。年輕男子的面容氣度與裝扮超群絕倫令人印象深刻，推論應是這些人裡面身分最為尊貴的。

而面對年輕男子而坐的是一名年約五十開外的中年男子，那人容貌普通卻有著一雙如劍的目光，仔細觀察就知道此人必定長於算計且心思綿密。

兩人的左右還坐了三個人，其中兩名女子也剛好是相視而坐，都是朱唇皓齒、姿態娉婷的年輕姑娘，只是各自的裝扮卻是大相逕庭。一位也是身穿戎裝，紅袍黑甲、英姿翊爽，頗引人側目；而其對面那一名佳人則是新潮的洋式裝扮，俏麗可人的長蓬裙，白色花帽，顏色素雅，大方動人。

窈窕淑女，君子好逑。

假使是要在兩名佳麗之中做一選擇的話，真是平分秋色、左右為難。只是不知道涼亭裡的人會不會為此感到困擾。

最後的一名男子，坐在戎裝女子的身旁，年紀大約五十出頭，面容略顯滄桑，但是身體相當強健，看得出來功夫底子不錯，應是練家子出身。

那名尊貴年輕的男子首先發話：「兩廣總督葉名琛自己不敢來見我，不過倒還有點心機，竟然請出伍行主前來做說客，真是令人意外啊。」

這一位伍行主自然是廣州十三洋行之首的怡和行大當家：伍榮，而與他相視而坐的正是蒙天佑。

伍榮雙手握拳一揖道：「蒙將軍，不，蒙王爺，別來無恙。」

天佑回禮說：「伍行主言重，別叫什麼王爺，還是叫我天佑就好了。」

天佑雖然這麼說，但是伍榮卻不敢托大，依然恭敬地說：「豈敢、豈敢，如今太平天國開疆闢土、聲勢滔天，長江下游富庶之地盡入囊中，而王爺您手握重兵、身負重任、職司大權豈是一般人等，尤其是王爺麾下的聖殿騎士軍，無敵玄甲騎，那可是威名遠播，天下馳名，誰人敢在蒙王爺面前造次而不知進退啊。」

短短兩年不見，伍榮對天佑此刻展現出來的威嚴與風采著實感到訝異。兩年的時間雖不算短，但是卻也料想不到竟然可以給年輕人帶來煥然一新的成長，為這個帝國帶來驚天動地的變革。

太平天國自攻陷金陵建立國都以後，不到兩年的時間四處征戰，已將長江下游繁榮的江蘇、浙江、江西、安徽等各省一一納入其政權的統治，轄下人口已達數千萬，聲望如日中天。蒙天佑不再是當年那位初出茅廬的熱血小毛頭了，經過這些年的歷練天佑成熟了，進步了，只是他進步幅度之大令人咋舌。

自打下金陵城後洪秀全對天佑的倚賴越加深重，去年夏天他與翼王石達開聯袂西征，分別在湖口、九江兩地打敗清軍的後起之秀湘軍，聽說還令湘軍主帥曾國藩投水自盡。

接著蒙天佑又揮師南征江西省，在短短四個月內連下七府四十二縣，由於其所統領的軍隊軍紀嚴明，攻城掠地之餘更是看重地方的民生施政，天佑所到之地愛護百姓，恢復治安，賑濟貧困，慰問疾苦，使士農工商各安其業，於是江西各地民眾爭相擁戴，許多原本對太平天國反感的傳統儒家知識士子也轉而支持太平軍。

蒙天佑的戰功彪炳，封王已是實至名歸，乃是天國眾將領中除了開國元勳五王之外唯一封王者，這位沉穩果敢、文韜武略的蒙王爺，如今在太平天國裡，是除了東王楊秀清之外的第二號人物，其勢力之大已經不下於翼王石達開以及北王韋昌輝。

而這名當紅炸子雞，新興政權太平天國的實力者，率領玄甲騎五萬大軍從江西一路殺來廣州，現在就坐在伍榮的對面。

身穿戎裝的蒙天佑不怒自威，令人望而生畏，雖然年紀輕輕，舉手投足亦是一派輕鬆，但是此人如今可在須臾之間就讓一座堅城傾覆，數萬人化做灰飛煙滅，原因就出在其身後由他親手調教出來的五萬名玄甲精騎，聖殿騎士軍。

今時今日的蒙天佑，早已不同以往，名列王爵、身居高位、手握重兵，談笑間即可令千萬人血流成河，伍榮對他表現出來的恭敬態度，絕對不是做做樣子而已。

蒙天佑說：「伍行主，你的來意我自是清楚，只是我曾經答應過在座的蓮園李前輩，當日受蓮園之恩，許下承諾，來日必定給蓮園一州之地，助其開府立國，今日我就是前來兌現承諾的。」

能夠參與這場面談的人不多，那名英姿煥發的戎裝女將當然是李聰兒，而伍榮身邊的年輕淑女就是他的寶貝女兒伍思喬。

伍榮小心翼翼地說：「王爺今日功成名就，還望思念我伍家所提供的神兵利器。」

伍榮謹慎地提醒天佑，太平天國之所以有今日的成就，他也是有功之人。一旁的李文茂聽了趕緊說：「當日伍行主的生意眼光精準，投資這筆買賣，現在想連本帶利收回，但是請別忘了，我蓮園可是扎扎實實賠進了幾千位兄弟的性命。」

李文茂的一生費盡千辛萬苦、歷盡艱險，終於等到生平宿願有望實現的一天，攻取廣州一地開府立國，上可成全數代先人遺命，下可撫慰數千兄弟遺願。他說什麼也不會輕易放棄這塊即將到手的肥肉。

二十日前，天佑率領大軍從江西南昌出發南下，出了太平天國江南的領地後就直奔廣州而來，沿途各地的清兵守軍紛紛走避，因為沒有人有這個天大的膽子，敢去拔虎牙、捋虎鬚，挑戰令人聞名喪膽的聖殿騎士軍、無敵玄甲騎。

天佑的五萬名大軍輕輕鬆鬆地來到廣州城外，城內的兩廣總督葉名琛見到太平軍前來包圍廣州城心急如焚，他面對英、美、法等洋人事務已經忙得焦頭爛額，現在還跑來這一群殺神，他瞬時兩眼昏花，厥了過去。

很想要一覺不醒的兩廣總督葉名琛正是束手無策、一籌莫展之時，有人向他提議說十三洋行之首怡和行的伍行主傳言與太平軍統帥蒙天佑有私交，可以委請伍行主代表廣州商家與百姓前來與之協調交涉，所以才會有今天城北官道涼亭一會。

而伍榮這次之所以願意答應前來當說客，也是考量唇亡齒寒。

廣州城是通商大埠，儘管伍家的產業近年來已漸漸移往香港，但是廣州依然是伍家貿易利益的大宗，如果今日兵燹之禍降臨廣州，那麼對伍家來說絕對是弊大於利，不但生意產業受到影響，可能也會有許多親朋好友的生命財產遭到不測，這些都是伍榮所不樂見的。

多年前的投資，今天想要連本帶利的討回來，這是商人本色。

然而伍榮也知道天佑與蓮園之間的約定，於是獻計說：「蒙王爺，若僅是為了當初與蓮園的承諾，那麼並非無解。這天下之大，非僅廣州一地，以王爺今時的實力，兵鋒所指之處，莫不望風臣服。懇請王爺捨廣州而就他處，這廣州一地為對外通商口岸，貨物往來之便、買賣交易之利，留下此城對王爺是有利無害。不然這樣，再加上爾後玄甲騎前往他處攻城掠地的軍需用度，都皆由廣州行商們共同籌措支援，不知王爺意下如何？」

蒙天佑聽完伍榮的話以後，陷入長考，久久不語。

他對於伍榮的商人嘴臉以及談判作風並不陌生，多年前已經交手過。伍榮提出的條件確實相當具有吸引力，他的分析也不假，留下一座繁榮的廣州城使其成為自己軍隊經費的後盾，無疑是一個很好的選擇。畢竟兵戎相見就會有破壞，一旦破壞了，要再次重建起來又得花費一段時日。

只是蓮園眾人的老家在廣東，落地生根是常人的心願，如今放著廣州不打，反而去打其他地方，對早已在廣東落戶數十載的蓮園來說，就有點過意不去。

正當天佑左右思忖之際，在旁邊一直不說話的伍思喬突然說：「天佑，你現在有空嗎？帶我去騎馬。」伍思喬不顧在座眾人的錯愕就逕自站起來，拉了天佑的手往涼亭外走出去。

天佑一開始還反應不過來，但是當他看見伍思喬眼中隱含的淚光時，他立時決定與她一起走出亭外，隨即命玄甲騎的兵士牽來自己的坐騎後，天佑先將思喬推上馬背，然後自己跟著跨騎上馬，天佑雙腿一蹬，雙人一馬往外馳奔而去。

天佑帶著伍思喬向廣州城的方向奔去，原本護衛涼亭的百名玄甲精騎也立即尾隨著主帥而行動，但是玄甲騎的騎士們很識趣地刻意與天佑、思喬兩人的馬匹保持約有二十個馬身的距離，不去干擾到他們。

天佑與伍思喬兩人享受原野上騎馬快意奔馳的樂趣，天佑駕馭馬匹的功力已經出神入化，用十分穩健的速度前進，讓馬背上的思喬可以享受馳騁的快感，但又不會因為搖晃而感到驚慌害怕。

經過一陣奔跑後，兩人來到目視便可清楚看見廣州城牆的距離，天佑先是拉緊韁繩放慢馬匹的腳步，然後問伍思喬說：「為什麼要我帶你騎馬呢？」

伍思喬回說：「沒有為什麼？這只是我心裡頭一直想做的事情。」

天佑低聲問：「那你覺得我該怎麼決定呢？」

思喬卻回問了一句：「我想問的是，之後呢？」

「之後？」對於思喬的問題，天佑有點迷惘。

「攻下廣州城之後，又如何？攻下整個江南之後，又如何？」

「天父上帝的公義有獲得彰顯嗎？世人有更加認識信仰真理嗎？」

伍思喬一連串的問題都讓天佑難以回答。

最後她說：「還記得之前你離開時我給你的建議嗎？遇到問題時想一想如果是主耶穌祂會怎麼做？」

天佑沉默不語，載著伍思喬慢慢地踱步向前，越來越接近廣州城，城牆上值勤看守的清兵遠眺發現這雙人一馬出現感到非常驚奇，更驚訝地是其後還跟隨著一隊上百名的玄甲精騎。

城牆上的清兵無人敢向天佑發一槍一矢，天佑與伍思喬兩人緩緩的駕馬行進，看似要一路走到廣州城門前，眼看天佑越來越接近敵城，護衛主帥的玄甲騎衛隊隊長面露難色，正在思考要不要上前勸阻，突然之間天佑再一次拉緊韁繩，腳一踢，調轉馬頭往官道涼亭奔馳而去。

涼亭內的眾人終於等到天佑與伍思喬兩人回來，而當天佑走進亭內正要說話之時，李聰兒卻搶先一步淡淡地向父親李文茂說：「爹，我們就不要讓天佑哥為難了，這座廣州城有伍家在，天佑哥是怎麼樣也狠不下心來的。」

聰兒對天佑的了解，已經超越天佑本人對自己的認識，至少在感情這件事情聰兒非常清楚天佑的罩門在哪裡。

李聰兒拿起茶杯來向伍思喬致意說：「思喬姑娘，能夠讓人一輩子記在心裡是令人羨慕的，上帝祝福妳。」

將茶一飲而盡之後，李聰兒便頭也不回地逕自離開涼亭，這個突發狀況令天佑一時間不知如何是好，最後只好連忙追著聰兒的身影而去，留下在場錯愕的眾人。

是的，李聰兒知道，這一輩子伍思喬都會在蒙天佑的心中占有一個位置，永遠不會消失離開。那她的位置在哪裡呢？她吃味嗎？

她自己也沒有答案。

✝✝✝

咸豐五年（公元1855年）四月，蒙天佑率領聖殿騎士軍攻入廣西，一時間風聲鶴唳、狼煙四起，當地清軍面對這一支百戰雄師，不是潰逃就是投降，天佑不費吹灰之力就重新占領老家潯州府的桂平縣城，接著他把打下來的潯州府交給蓮園等人統管後，就逕自引兵北返天京而去，因為他要去處理一個更大的難題，這是上帝給他的使命。

蓮園李文茂、陳開等人在接手潯州府一地後持續發展，不到兩年時間便把大半個廣西省都占領了，宣布成立大成國㊟，年號洪德，改潯州為秀京。

李文茂自封為平靖王兼陸路總管、陳開自封鎮南王、梁培友則為平東王兼水路總管。接著也效法太平天國，開始頒行政治制度，分官設守，開爐鑄錢，建立屬於自己夢想中的家國。

註：大成國為1855年至1864年，由天地會在廣西建立的農民政權。

# 後話

說也奇怪，自從咸豐六年（公元1856年）八月發生在天京的一場事變後，太平天國裡面最具威名與戰力的聖殿騎士軍、無敵玄甲騎突然之間銷聲匿跡，其名號不再出現於各地的戰場上。由於聖殿騎士軍的突然消失，讓清軍與太平軍雙方的戰力逐漸拉近，清軍更在曾國藩所率領的湘軍成立以後振衰起敝，雙方重新擺開陣勢，互相攻伐，互有勝負。

玄甲騎雖然離奇地消失無蹤，但是當初玄甲騎所栽培的青年才俊，後來卻一一成為穩住太平天國局面的骨幹棟樑。例如陳玉成、李世賢、林紹章、藍成春、陳得才等人，都是太平軍後來的主力將領。其中被封為英王的陳玉成與被封為忠王的李秀成兩人，更是太平天國的開國五王死後，繼承先哲、接替其位來職掌大權的頂樑柱，在太平軍與清軍後期的對抗戰爭中做出極卓越的貢獻。

功敗垂成，太平天國最終還是落幕了。但總有人說若是玄甲騎還在，歷史或許會改寫，因此不斷有人想要找出玄甲騎憑空消失的原因：

有人說：天京事變時，蒙天佑率領玄甲騎大戰東王與北王的人馬，奮力剷除天國的不肖份子，但是不幸中伏，身受重傷，最後與之同歸於盡。

又有人說：天京事變中蒙天佑率領玄甲騎打敗了東王與北王，原本可以獨攬大權，但是因為蒙天佑提出了信仰改革，要求天王洪秀全不要再自稱是天父次子，希望回歸正確的基督信仰，此舉惹怒天王洪秀全，暗中設局毒殺蒙天佑，解散聖殿騎士軍，才會導致其銷聲匿跡。

另有人說：蒙天佑掌權以後提出天國的信仰改革，回歸聖經真理，但是與天王洪秀全意見相左，他原本有實力取洪秀全而代之，但是蒙天佑下不了決定，最後灰心喪志，於是自我放逐，解散玄甲騎，遠遁回故鄉。

也有人說：天京事變後蒙天佑提出信仰改革得罪天王洪秀全，遭到天王下旨追殺，他在翼王石達開的掩護下逃離天京。後來他一直隱身於翼王石達開的軍隊中，隱姓埋名持續協助石達開為天國奮戰。

還有人說：蒙天佑為了一位傾國佳人，放棄大好江山，與其浪跡天涯，遨遊四海，自在逍遙去了。

然而，這些都只是傳說，時間一久，就越來越少有人記得那一支當年叱吒風雲、席捲天下的無敵玄甲騎了，聖殿騎士軍的名號就從此消失在歷史中，不再被紀念。

✠ ✠ ✠

清光緒九年（公元1883年），轉眼之間離太平天國的天京遭清軍攻陷已經快要二十年了。

廣州香山的一個小村子，兩個十七、八歲的年輕小夥把村中的北帝廟神像給破壞搗毀，惹得村民們大怒，鄉里父老們拿起竹竿與掃把要找這兩個年輕人算帳，沒想到這兩個年輕人不但不悔改，還說什麼這是偶像、是假神，不要拜它們，要敬拜真神上帝。年輕人的荒謬言論惹得村民更加氣憤，於是將兩人逐出村外。

兩個年輕人的所做所為，不見容於村民間，有家歸不得，他們的家人只好將其送往香港求學，在前去香港途中的船上，剛好與一對中年男女同行聊天，年輕人無奈地說起自己的境遇。

其中說話嗓門特大的年輕人，趁機向這對中年男女說：「我奉勸兩位，請千萬不要再去拜偶像假神，要去認識真正的創造主。」

中年男子好奇地問：「那請問真正創造主又是誰？」

年輕男子回說：「當然是萬軍之耶和華，三位一體的真神。」

聽完後，中年男子更感興趣，跟年輕人問了許多問題，年輕人好不容易碰到一個願意聽他說話的人，一古腦兒的向中年男子傳起教來，把基督信仰完整的介紹一遍。

最後還跟中年男子分享對當今政治時局的看法，認為如今朝廷為政無道、民生凋敝、內憂外患、喪權辱國，一定要想辦法振衰起敝才能救國救民。

旁邊的中年女子聽得津津有味，一時興起加入談話說：「年輕人，那依你看應該要怎麼做呢？」

這時年輕人慷慨激昂地說：「要學太平天國的洪秀全，推翻腐敗滿清朝廷、創建新國家。」

中年男子說：「好……，好大的膽子啊，這是謀逆造反，你不怕被抓去殺頭啊。」

沒想到這位年輕人回答說：「我不怕，因為我知道，如果這是神的旨意，就一定會成就，我只要聆聽神的話，努力去做，最後的結果就交給神去安排決定。」

聽完年輕男子這番話，中年男子久久不發一語，最後問說：「年輕人，你叫什麼名字啊？」

「我叫孫文。」年輕人指著旁邊那位說：

「這位是我的好朋友，他叫陸皓東。」

船到香港後，兩方人分道揚鑣，各自往不同方向而去，中年女子望著年輕人的背影說：「佑哥，你認為這兩位年輕人如何？」

中年男子也回頭看了一眼，然後微笑說：「我不知道，不過年輕人說的對，人只要跟著神的話去走、去做，就對了。」

中年男子牽起女人的手，兩人互望一眼，會心一笑，繼續向前行。

# 參考圖示

太平軍號衣

南王黃綢旗 紅字紅邊
形方 長闊九尺

太平天國銅錢

太平軍士兵示意圖

清軍綠營士兵示意圖

國家圖書館出版品預行編目資料

天國記／林世慶著. --初版.--臺中市：白象文化事業有限公司，2021.8
面； 公分
ISBN 978-626-7018-08-8（平裝）

863.57 110010679

# 天國記

作　　者　林世慶
校　　對　陳婉兒
封面繪圖　周靖淞
內頁插圖　張敬永
專案主編　陳逸儒
出版編印　林榮威、陳逸儒、黃麗穎
設計創意　張禮南、何佳諠
經銷推廣　李莉吟、莊博亞、劉育姍、李如玉
經紀企劃　張輝潭、徐錦淳、黃姿虹
營運管理　林金郎、曾千熏
發 行 人　張輝潭
出版發行　白象文化事業有限公司
412台中市大里區科技路1號8樓之2（台中軟體園區）
出版專線：（04）2496-5995　傳真：（04）2496-9901
401台中市東區和平街228巷44號（經銷部）
購書專線：（04）2220-8589　傳真：（04）2220-8505
印　　刷　基盛印刷工場
初版一刷　2021年8月
定　　價　580元